GÜNTER NEUWIRTH

Sturm über Triest

GÜNTER NEUWIRTH

Sturm über Triest

ROMAN

GMEINER

Die automatisierte Analyse des Werkes, um daraus Informationen
insbesondere über Muster, Trends und Korrelationen gemäß § 44b UrhG
(»Text und Data Mining«) zu gewinnen, ist untersagt.

Bei Fragen zur Produktsicherheit gemäß der Verordnung über die allgemeine
Produktsicherheit (GPSR) wenden Sie sich bitte an den Verlag.

Immer informiert

Spannung pur – mit unserem Newsletter informieren wir Sie
regelmäßig über Wissenswertes aus unserer Bücherwelt.

Gefällt mir!

Facebook: @Gmeiner.Verlag
Instagram: @gmeinerverlag

Besuchen Sie uns im Internet:
www.gmeiner-verlag.de

© 2023 – Gmeiner-Verlag GmbH
Im Ehnried 5, 88605 Meßkirch
Telefon 0 75 75 / 20 95 - 0
info@gmeiner-verlag.de
Alle Rechte vorbehalten
2. Auflage 2026

Satz: Mirjam Hecht
Umschlaggestaltung: U.O.R.G. Lutz Eberle, Stuttgart
unter Verwendung eines Bildes von: © Ullstein Bild Molo San Carlo, ca. 1895
Druck: Custom Printing Warschau
Printed in Poland
ISBN 978-3-8392-0418-4

Personenverzeichnis

Brunos privates Umfeld

Bruno Zabini, 37, Inspector I. Klasse, Triest
Heidemarie Zabini, geb. Bogensberger in Wien, 59, Brunos
Mutter
Salvatore Zabini (1836–1899), Brunos Vater
Maria Barbieri, geb. Zabini, 32, Brunos Schwester, Triest
Fedora Cherini, 34, Kostümbildnerin, Triest
Luise Dorothea Freifrau von Callenhoff, 27, Schriftstellerin,
Sistiana und Triest
Lionello Ventura, 39, Schiffsbauingenieur, Brunos langjäh-
riger Freund

Die Triester Polizei

Dr. Stephan Rathkolb, 59, Polizeidirektor
Johann Ernst Gellner, 52, Oberinspector
Emilio Pittoni, 40, Inspector I. Klasse
Vinzenz Jaunig, 47, Inspector II. Klasse
Luigi Bosovich, 26, Polizeiagent II. Klasse
Ivana Zupan, 41, Schreibkraft

Die wichtigsten Akteure

Leopold Freiherr von Baumberg, 36, Obersekretär aus Wien
Koloman Vanek, 37, Baumbergs Adjutant aus Mährisch Ostrau
Gustav Lainer, 36, Schiffsbauingenieur im STT aus Wien
Hartmuth Edler von Greifenstein, 53, Abteilungsleiter im STT
Gräfin Jekaterina Olenina, 29, Russin aus Sankt Petersburg
Kenneth Hudson, 56, britischer Teeimporteur aus London
Rolf Stiebke, 42, preußischer Bankier aus Potsdam
Erlinda Russo, 39, italienische Buchhändlerin aus Venedig
Casimir Morel, 35, französischer Spirituosenhändler aus Marseille
Yamada Maresuke, 41, japanischer Ingenieur aus Yokohama
Alexander Schubnikow, 47, russischer Oberst aus Moskau
Grigorij Galkin, 32, Schubnikows Adjutant aus Moskau

Sonntag,
3. November 1907

UNNACHGIEBIG RÜTTELTE DER SCIROCCO an den Dachziegeln, Regenrinnen und Straßenlaternen. Auf seinem Weg übers Mittelmeer brachte er Sand mit sich, den er nun in den Gassen und Straßen von Triest zurückließ. Kaum jemand war zu dieser nachtschlafenden Zeit unterwegs, die Stadt versteckte sich hinter massiven Mauern und geschlossenen Fensterläden.

Gustav Lainer kämpfte sich durch den Wüstensturm. Noch regnete es nicht. Über mehrere Tage hatte sich der Wind aufgebaut, um sich nun in voller Stärke zu zeigen. Wie warm es war, bemerkte Lainer! Unnatürlich für November. Die erste trockene Welle des Windes war mit Sand angereichert, der sich wie Puderzucker über Triest legte. Doch der Saharastaub würde die Dächer und das Stadtpflaster nicht lange scheuern, denn dem Sand folgten schwere Regenwolken. Am nördlichen Ende der Adria bewegte sich die heiße Luft Hunderte Meilen nordwärts über das Meer und lud sich mit Feuchtigkeit auf. Lainer konnte die nahende Regenfront riechen, gar spüren. Spätestens bei Sonnenaufgang würde es wie aus Eimern schütten.

Was würde morgen sein? Würde die Gräfin ihr Versprechen halten? Würde er ein reicher Mann sein? Auf der Flucht nach Übersee? Aber wohin nur? Nach Kuba oder Kanada? Australien? Indien? Nur fort aus Österreich-Ungarn, weit fort.

Ein Verräter auf der Flucht! Der Strang des Henkers drohte. Oder Schlimmeres.

Lainer hatte noch viel vor in seinem Leben. Er konnte unmöglich weiter in dieser eintönigen Mittelmäßigkeit verharren. Er hegte hochtrabende Pläne, sah kolossale Chancen für sich. Sinnliche Abenteuer mit schönen Frauen, Jagden im Dschungel, eine Kanufahrt im Regenwald, die Pferderennen in Ascot, auf einem Dampfer durch die Inselwelt der Karibik. Die Gräfin hatte eine Tür aufgestoßen, er musste nur noch durchschreiten.

Oder vielmehr rennen.

Er eilte seit einer halben Stunde kreuz und quer durch die Stadt. Hatte er seine Verfolger endlich abgeschüttelt? Lainer drückte sich in den Schatten eines Hauseingangs und spähte in die nächtliche Gasse. Es war wohl nach Mitternacht. Er tastete nach der Taschenuhr, zog sie aber nicht heraus. Egal, er musste die zwei Männer endlich loswerden.

Wenn er nur eine Waffe bei sich hätte!

Die Gräfin hatte ihm eine angeboten. Lainer fluchte in sich hinein. Warum war er so dumm gewesen, den Revolver nicht anzunehmen?

Sie erwartete ihn sehnsüchtig auf Brioni. Einmal hatte er den mondänen Kur- und Badeort auf der Inselgruppe vor der Küste Istriens besucht. Es war nur ein kurzer Aufenthalt gewesen, als einfacher Schiffsbauingenieur konnte er sich nicht mehr leisten. Der Hochadel und die Hautevolee Österreich-Ungarns trafen sich dort, alle anderen, die Menschen aus dem einfachen Volk, konnten von den Galaabenden, Konzerten und Sportveranstaltungen nur in der Zeitung lesen.

Doch das Leben als Mann des einfachen Volkes hatte Gustav Lainer endgültig hinter sich gelassen. Auf zu neuem Gestade! Die Nacht mit der schönen Russin war atemberaubend gewesen. Der Start in eine neue Welt! In ein neues Leben!

Lainer konnte seine Verfolger nicht mehr entdecken. Die Meute war dem Fuchs lange auf den Fersen gewesen, aber er hatte sie abgeschüttelt. Er hielt mit einer Hand seinen Hut, mit der anderen umklammerte er eisern den Griff der Ledertasche. Alles hing davon ab, jetzt durchzukommen. Mit eingezogenem Kopf lief er gegen die prasselnden Sandkörner des Südsturms und tauchte wieder in die Finsternis der Nacht.

Nur fort von hier.

～♥～

»Verdammtes Wetter. Ausgerechnet heute dieser Sturm.«

Leopold von Baumberg und Koloman Vanek steckten die Köpfe zusammen, um nicht gegen den Wind anbrüllen zu müssen.

»Hast du so etwas schon erlebt?«

»In dieser Stärke noch nicht.«

»Der vermaledeite Wind trägt den Sand Tausend Meilen über den Himmel, und just heute Nacht fällt der Dreck aus den Wolken.«

»In meiner Heimat gibt es keinen Scirocco. So ein Sturm ist beängstigend.«

Baumberg schaute überrascht seinen Adjutanten an, entdeckte aber dessen Lächeln. »Du Fallot, für einen Augenblick habe ich gedacht, dass du zum ersten Mal im Leben wirklich vor etwas Angst hast.«

»Melde gehorsamst, Herr Hauptmann, die laue Brise jagt mir keinen Schrecken ein. Aber ich befürchte etwas anderes. Nämlich, dass uns unser Mann abhandengekommen ist.«

»Die Befürchtung hege ich auch.«

Die beiden standen im Windschatten des Ospitale Civico. Als Baumberg auf höchsten Befehl nach Triest gegangen war, hatte er seinen besten Mann mitgenommen. Sie waren ein exzellent eingespieltes Duo und hatten sich in der großen Hafenstadt in gewissen Kreisen schnell Respekt verschafft. Baumberg war der Kopf des Unternehmens, er war aus adeligem Haus und verfügte über exzellente Verbindungen, sein Erfolg beruhte auf einem geradezu unfehlbaren Gedächtnis und guter Menschenkenntnis. Vanek hingegen war der kräftige Arm im Verbund, ein Mann von bulliger Statur, eiserner Ruhe und absoluter Loyalität.

»Entweder wird er ein Schiff oder einen Zug nehmen. Bei diesem Sturm kommt er mit der Kutsche nicht weit. Das Wetter mögen die Gäule nicht«, meinte Vanek.

»Die See ist bei diesem Sturm bestimmt zu rau, als dass ein Dampfer mitten in der Nacht ablegen könnte. Und mit einem Ruderboot oder Segelschiff kommt heute niemand lebend aus dem Hafen raus.«

»Also der Zug.«

»Ich tippe auf einen Güterzug.«

»Südbahnhof oder Staatsbahnhof?«

Baumberg überlegte. »Ich glaube, er muss in der Nähe der Küste bleiben.«

»Um einen Dampfer zu nehmen, sobald der Sturm sich legt?«

»Exakt.«

»Die Parenzana vielleicht? Oder ein Zug nach Pola?«

»Daran habe ich auch schon gedacht.«

Vanek nickte. »Dann der Staatsbahnhof.«

Baumberg tastete unwillkürlich nach seinem Schulterhalfter. »Wir trennen uns. Und treffen uns beim Bahnhofsgebäude.«

»Jawohl, Herr Hauptmann.«

Als Knabe hatte er sich auch für Lokomotiven interessiert, aber Schiffe faszinierten ihn, seit er denken konnte. Als Sohn eines Wiener Schlossermeisters war es naheliegend, sich in der 1884 neu gegründeten Schule des Technologischen Gewerbe Museums in der Währinger Straße einzuschreiben. 1886 hatte er als Schüler seine Laufbahn als Ingenieur begonnen, er hatte die Ausbildung zum Metallarbeiter mit Erfolg abgelegt, doch anstatt in die Fabrik einzutreten, in der auch sein Vater arbeitete, hatte Lainer sich um eine offene Stelle bei einer Bremer Werft beworben. Nur wenig später war er als Schiffsbauelevefür vier Jahre nach Norddeutschland gegangen. Nach seiner Rückkehr ins Kaiserreich hatte er nicht lange eine Dienststelle suchen müssen. Mit der Aussicht auf eine seriös bezahlte Anstellung und der interessanten Arbeit in einer der bedeutendsten Werften der Monarchie war er von Wien nach Triest übersiedelt. Seit sechs Jahren arbeitete er als Schiffsbauingenieur im Stabilimento Tecnico Triestino.

Das erste Jahr war noch voller Abenteuer gewesen, das Leben in der adriatischen Hafenstadt war gänzlich anders als in Wien oder Bremen, jeden Tag hatte er eine Überraschung erlebt. Und er hatte sich unsterblich in eine Italienerin verliebt. Doch ohne dass Lainer sagen konnte wann und wie, hatte sich sein Leben verändert, ja, es war, als ob sich der Wind gedreht hätte. Seine Angebetete hatte ihm einen Korb gegeben, die Arbeit in der Werft begann ihn zu langweilen, und bei seinen Pferdewetten hatte sich eine außerordentlich kostspielige Pechsträhne eingestellt. Jeder Sohn eines Industriemagnaten oder eines Herzogs verpulverte Unmengen an Geld beim Glücksspiel, zuckte dabei mit der Achsel und stellte einen Wechsel aus. Doch niemand nahm einen von ihm entgegen, er hatte bar und sofort zu zahlen. Seine mühsam gesparten Reserven waren bald verbraucht gewesen.

So war aus seinem dritten Jahr in Triest eine Serie von Niederlagen und Pleiten geworden, all seine Hoffnung und Zuversicht war wie Wachs auf einer Herdplatte geschmolzen. Aus dem adriatischen Abenteuer war grauer Alltag in einer Stadt geworden, deren Sprache er bis heute nicht richtig sprechen konnte. Das Litoral mit seiner Kultur und seinen Menschen blieben ihm fremd.

Und dann war die Gräfin in sein Leben getreten. Jekaterina Olenina. Allein ihr Name klang wie die pure Versuchung, wie der Wind der Freiheit, wie die Schönheit der Welt. Alles hatte sich verändert.

Er hatte schon vor dieser Begegnung gewisse Möglichkeiten erwogen, aber die Gräfin hatte die vagen Überlegungen zu einem konkreten Plan geformt. Und jetzt gab es kein Zurück mehr.

Lainer schlich von Gasse zu Gasse. Der Sturm pfiff über die Dächer, aber schien jetzt weniger Sand mit sich zu führen. Würde es gleich zu regnen beginnen?

Hatte er seine Verfolger endgültig abgeschüttelt?

Schon vor Wochen hatte er für seinen Abgang vorgesorgt, nichts, was in seiner Wohnung noch lagerte, war für ihn jetzt noch von Wert.

Vielleicht hatten sich im Viertel weitere Männer verschanzt. Die Gräfin hatte ihm zu Vorsichtsmaßnahmen geraten. Zwei Koffer mit Kleidung für die heranziehende kalte Jahreszeit, Rasierzeug und einem Paar Reserveschuhe lagen im Versteck bereit. Auch Geld hatte er deponiert.

Gustav Lainer war wie in einem Rausch. Das war sein neues Leben! Nächtliche Verfolgungsjagden, eine schöne Geliebte, eine Tasche voller Geheimnisse. Danach hatte er sich gesehnt. Mehr Abenteuer.

Er überquerte die Fahrbahn der Via del Corso. In ein paar Stunden würde hier wieder ein Gewimmel herrschen aus

Trams, Fuhrwerken, Kutschen und unzähligen Menschen, die ihren Geschäften nachgingen und dem unmittelbar bevorstehenden Regen trotzen würden.

Der Wind fegte durch die Straße. Lainer schaute hinter sich und entdeckte eine Gestalt. In der Ferne, unweit der Piazza Goldoni. Der Mann stand mitten auf der Straße. Zweifellos erblickten die Männer einander im selben Augenblick, denn als der Mann loslief, lief auch Lainer los.

Verdammt, so ein Pech!

Waren es mehr als zwei, die hinter ihm her waren?

Nur fort. Er rannte nach Leibeskräften. Zum Glück war er ein Sportsmann. Noch hatte er Vorsprung. Wohin? Da, die verwinkelten Gassen und Treppen der Città Vecchia.

∼ৡৢ∼

Baumberg überquerte die Piazza Goldoni nicht, sondern ging im Schatten der Häuser entlang. Da sich der Scirocco seit Tagen angekündigt hatte, waren bei Ladenschluss Vorkehrungen getroffen worden. Die Ladentische und Verkaufsregale waren mit Planen bedeckt und solide vertäut worden. Die Menschen in Triest waren vertraut im Umgang mit starkem Wind, egal ob er aus dem Süden über das Meer kam oder sich vom Norden von der Anhöhe des Karstes auf die Stadt herabstürzte. Baumbergs Blick wanderte systematisch über den Platz. Niemand war zu sehen. Die Straßenlaternen spendeten nur wenig Licht.

Vanek war vom Hospital in Richtung Canal Grande gegangen und würde über die Rive in Richtung Staatsbahnhof marschieren, während Baumberg den Weg durch die Città Vecchia nahm.

Baumberg fluchte in sich hinein. Seine Vorgesetzten in Wien würden toben, sollte sich die gegenwärtige Sache als echte Affäre entpuppen. Er musste herausbekommen, ob Ingenieur Lainer Dreck am Stecken hatte. Natürlich standen alle leitenden Angestellten des STT, wie der Stabilimento Tecnico Triestino abgekürzt wurde, unter Beobachtung, aber mit den wenigen Männern, die Baumberg zur Verfügung hatte, konnte er unmöglich alle Abteilungsleiter, Ingenieure und Werkmeister lückenlos observieren.

Es war eine reine Routinekontrolle gewesen. Baumberg und Vanek arbeiteten nach keinem Plan, sondern sprunghaft und daher nicht vorhersehbar die Liste aller ihrer Klienten ab. Mal wurde dieser Mann beschattet, dann ein anderer, mal wurde diese Wohnung durchsucht, dann wieder eine andere. Sie beobachteten Lainer nicht wegen eines Verdachts, sondern weil Baumberg die Arbeit gründlich erledigte. Die gegenwärtige Verfolgungsjagd war ein klarer Beleg, dass sie unversehens auf etwas gestoßen waren. Aber worauf?

Was war in der Tasche, die Lainer bei sich trug? Hatte dieser bislang völlig unscheinbare Mann ein krummes Ding gedreht? Warum war er knapp vor Mitternacht aus dem Fenster in den Hinterhof geklettert? Und warum war er auf und davon gerannt, als er Vanek im Hauseingang gegenüber entdeckt hatte?

Vanek hätte eine halbe Stunde später seinen Beobachtungsposten beim Haus verlassen, so wie Baumberg seinen ein paar Straßen weiter, irgendwann mussten auch Geheimagenten schlafen. Und dann hatte Baumberg gesehen, dass sein Adjutant einen Flüchtenden verfolgte. Binnen weniger Augenblicke war aus einer Routinesache ein Wettrennen geworden. Und Baumberg drohte, dieses Rennen zu verlieren. Der Mann war im Sandsturm entkommen.

Er bog in die Via del Corso ein und überquerte die Fahrbahn.

Da vorn! Ein gutes Stück entfernt ging eine Gestalt durch den Lichtkegel einer Laterne. Sie erblickten einander gleichzeitig, und sprinteten gleichzeitig los.

Baumberg rannte nach Leibeskräften. Der Mann war wieselflink. In den verwinkelten Gassen der Città Vecchia würde Baumberg Lainer leicht aus den Augen verlieren.

∼✥∽

Koloman Vanek überquerte mit schnellen Schritten die Piazza del Ponterosso. Der Wind blies vom Südwesten über die Stadt. Vanek hielt seine Melone fest, blinzelte und stemmte seinen Körper gegen den Luftstrom. Er erreichte die Riva Carciotti, bog nach links und marschierte wie vereinbart die Rive entlang. Sein Vorgesetzter hatte recht, niemand konnte bei derart heftigem Wind in ein kleines Boot steigen. Selbst für die großen Dampfer würde es bei Tageslicht gefährlich sein, vom Molo abzulegen, erst recht in dunkler Nacht. Wütend schlugen die Wellen gegen die Kaimauer, Gischt wurde landeinwärts geweht. Vanek spürte die kleinen Wassertropfen auf seiner Wange. Es war reichlich ungemütlich für einen Spaziergang am Porto Vecchio.

Vanek hatte seine Heimatstadt Mährisch Ostrau zu Beginn seiner Dienstzeit bei der Armee verlassen und war seither nicht wieder dorthin zurückgekehrt. Er vermisste seine Heimat nicht, böse Erinnerungen an eine schwierige Kindheit in äußerstem Elend waren mit der Stadt verbunden. Sein Vater war ein Trunkenbold, der seine Frau und die drei Kinder regelmäßig mit Fäusten, Gürteln oder Rohrstäben geschlagen hatte. Seine Mutter war bis zu ihrem frühen Tod in Selbstmitleid versunken. Die Tuberkulose hatte sie geholt. Vanek hatte das Rattenloch, das seinen Eltern als Behausung gedient hatte, nur zu gern verlassen. Beim Militär hatte sich schnell gezeigt, dass er zu viel mehr als nur zu einem saufenden Kohlenträger taugte, die soldatische Disziplin hatte ihn gestählt, hatte seine besten Eigenschaften zutage treten und hatte ihn nach mehreren Beförderungen zum Adjutanten des Hauptmanns werden lassen. Dieser hatte sofort gesehen, was für ein Mann in Vanek steckte, und er hatte ihm eine erstklassige Ausbildung zuteilwerden lassen. Koloman Vanek hatte nicht eine Sekunde überlegt, den Dienst als Unteroffizier zu quittieren, um gemeinsam nach Triest zu gehen. Vanek hatte Triest nicht gekannt und dennoch sofort zugestimmt. Wohin der Hauptmann ging, da ging auch er hin. Außerdem lag Triest praktisch am anderen Ende der Monarchie, also weit von Mährisch Ostrau und seiner verdammten Familie entfernt.

Bereits nach einem Tag an der Adria hatte er sich wohlgefühlt. Das milde Klima, die fremde Sprache, das Essen und der florierende Hafen hatten ihm auf der Stelle behagt. Und natürlich lag es auch an seiner neuen Arbeit im Dienste des Kaisers. Koloman Vanek wusste, dass der Dienst als Soldat gut zu ihm passte, aber unter dem Befehl des Hauptmannes im Geheimen für das Reichskriegsministerium zu arbeiten, das kam ihm noch mehr entgegen.

Die Gischt und der herangewehte Sand vermischten sich auf dem Kopfsteinpflaster zu einer schmierigen Schmutzschicht. Vanek schaute hinter sich. Die Abdrücke seiner Schritte waren zu sehen. Das war nicht gut. Er hinterließ nicht gerne Spuren. Aber es lag Regen in der Luft, dieser würde alles fortspülen.

Nach einer Weile erreichte er die Piazza Giuseppina und beschloss, nicht länger an den Rive entlangzugehen. Sein Mantel war von der Gischt schon ein wenig durchnässt, also wollte er lieber durch die Gassen des Borgo Giuseppino marschieren. Er bog in die Via del Lazzaretto Vecchio. In der Ferne sah er den Schatten einer Person. War das der Hauptmann? Möglich.

Koloman Vanek hetzte los.

Es war ein gespenstisches Ambiente, wie in einem Albtraum, in dem Erinnerungen mit Visionen verschmolzen und schließlich die Angst aus den Fugen kroch. Schienen, Laternen, Wasserbehälter mit auskragenden Hälsen, ein großer Ladekran, Rampen, beständig tobender Sturm und flackerndes Licht. Er hatte den Passeggio di Sant'Andrea überquert, nicht unweit des Gebäudes des Stabilimento Tecnico, wo im zweiten Stock sein Bureau lag. Der Verschiebebahnhof befand sich zwischen den Wohnvierteln und dem Franz-Joseph-Hafen. Der Ausbau dieses Stadtviertels war weit fortgeschritten, aber noch nicht abgeschlossen. Würde der Ausbau Triests jemals abgeschlossen sein? Seit Gustav Lainer hier lebte, waren Wohnhäuser und Fabriken aus dem Boden gestampft worden. Und gerade in Sant'Andrea waren wirtschaftlich bedeutende Bauten hinzugekommen, etwa die Molen V und VI, der Staatsbahnhof und der weitläufige Verschiebebahnhof. Auch der Endbahnhof der Parenzana war in den neuen Bahnhof verlegt worden, wodurch nicht nur Gleise in Normalspur, sondern auch die Gleise der Schmalspurbahn hierherführten.

Lainer wusste, dass täglich um drei Uhr früh ein Güterzug der Parenzana abfuhr. Die Bahnlinie verlief erst entlang der Küste und schließlich ins Innenland Istriens nach Süden, um dann wieder in Richtung Küste einzuschwenken und am Endbahnhof in der Hafenstadt Parenzo zu enden. Sein Plan war ursprünglich, bis zum Morgen im Versteck auszuharren und dann mit seinem Gepäck an Bord des Dampfers nach Pola zu steigen, doch dieser Plan war durch die Verfolgung obsolet geworden. Verdammt, dass die Kettenhunde ihn schon ins Visier genommen hatten, war erschreckend. Er war in Panik gewesen, als er sich knapp vor Mitternacht durch den Hinterhof aus dem Staub hatte machen wollen und dann plötzlich dieser vierschrötige Mann im Schatten gestanden hatte.

Er überlegte, ob er den Güterzug nehmen sollte. Es war nicht schwer, sich mitten in der Nacht auf einen Güterwaggon zu schleichen. Aber seine beiden Koffer lagerten noch im Versteck, ohne diese würde er Triest nicht verlassen können. Er musste also ausharren und seine Verfolger endgültig abschütteln, erst dann konnte er auf einen Dampfer steigen oder einen Zug nehmen.

Warum wollte die Gräfin sich mit ihm ausgerechnet auf Brioni treffen? Das war verrückt! Die Inseln lagen unweit von Pola. In dieser Stadt, dem wichtigsten Stützpunkt der Kriegsmarine, wimmelte es von Militär. Dort sollte er hin? Das war gefährlich. Dennoch hatte es die Gräfin so eingefädelt.

Der Wind wehte den fernen Pfiff einer Lokomotive herüber. Elektrische Laternen sorgten für ein bisschen Helligkeit auf dem Areal. Es war klüger, im Schatten von Lokschuppen und abgestellten Waggons unsichtbar zu bleiben.

Der Mann war ihm auf den Fersen gewesen, aber Lainer hatte ihn auf Distanz gebracht. Und hier auf dem Verschiebebahnhof würde er kaum zu finden sein. Lainer schöpfte Hoffnung.

Er griff nach dem Riegel der Schiebetür eines Waggons. Die Tür war nicht versperrt. Sollte er hineinklettern? Er überlegte kurz und entschied sich dagegen. Das war zu unsicher. Was, wenn just dieser an einen Zug nach Wien oder Prag gehängt wurde?

Lainer sah, wie eine Verschublokomotive eine Reihe von offenen Güterwaggons langsam auf ein Abstellgleis schob. Der Bahnhof stand nie still, selbst der Scirocco konnte nicht verhindern, dass nach Mitternacht noch gearbeitet wurde. Hinter dem sich nähernden Zug standen auf einem weiteren Abstellgleis mehrere gekoppelte, gedeckte Güterwaggons. Sein Blick fiel auf einen der Waggons. Dieser verfügte über ein Bremserhaus, das wie üblich die Dächer der Wagen um ein Stück überragte.

Das war es. Dort konnte er sich verstecken und hatte gleichzeitig einen guten Überblick über das Gleisareal. Er musste nur die Schienen überqueren, bevor der Zug herankam.

Gustav Lainer rannte los, sprang über die Gleise und erreichte den betreffenden Waggon, noch lange bevor ihm der näher kommende Zug den Weg versperrte.

Hatte ihn einer der Bahnbediensteten gesehen? Kaum. War sein Verfolger in Sicht? Nein. Lainer schöpfte Hoffnung. Er stieg auf die Plattform des Waggons und dann auf die Leiter zum Bremserhaus. Er zog an der Klinke. Die Tür war offen! Endlich hatte er Glück.

Lainer warf die Tasche in das Bremserhaus und stieg noch höher. Er schaute sich um. Konnte er seinen Verfolger irgendwo ausmachen? Keine Menschenseele huschte über die Gleise.

Er wollte in das Bremserhaus klettern.

Eine Windbö warf die Tür zu. Die Finger seiner rechten Hand wurden eingeklemmt. Ein Schmerzensschrei entfuhr ihm, unwillkürlich lockerte sich sein Griff. Er verlor das Gleichgewicht und stürzte rücklings auf die Gleise.

Ein harter Aufprall.

Mit dem Hinterkopf schlug er auf eine Schwelle. Schmerz. Gewaltiger Schmerz sogar. Lichter taumelten vor Gustav Lainers Augen. Hatte er sich etwas gebrochen? Etwa die Wirbelsäule? Hatte er eine Gehirnerschütterung? Warum sah er nichts? War er erblindet? Oder verlor er das Bewusstsein?

⌒⊙⌒

Auf dem Trittbrett der Lokomotive stand der Verschieber. Im Halbdunkel sah er schemenhaft den fallenden Körper und griff sofort zu seiner Pfeife. Der Lokführer schien das Signal sofort gehört zu haben und betätigte die Bremse. Doch die acht mit Eisenplatten schwer beladenen Waggons waren selbst bei langsamer Verschubfahrt nicht im Handumdrehen zu stoppen. Die Bremse kreischte unendlich lang, ehe der Zug stand.

Der Verschieber sprang vom Trittbrett und rannte voran. Der Heizer kletterte von der Lok und folgte ihm, nur der Lokführer blieb auf seiner Maschine, lehnte sich aber weit aus dem Fenster, um seinen Kollegen hinterherzuschauen. Der Verschieber schaltete seine Lampe ein und beleuchtete die Stelle, an der einer der acht Waggons den Mann überrollt hatte.

»Madonna!«, entfuhr es dem Heizer.

⌒☙⌒

Baumberg hörte den Pfiff und schaute über die Gleise hinüber zum träge rollenden Güterzug. Die Bremsen der Lokomotive quietschten unüberhörbar. Eine Notbremsung. Baumberg schaute links und rechts die Gleise auf und ab und rannte los. Der Lokführer gab ein lautes Signal.

Baumberg umrundete die offenen Güterwaggons und eilte auf die beiden Männer zu, die zwischen den Gleisen standen und hektisch miteinander redeten. Die Männer schauten erschrocken hoch, als Baumberg plötzlich vor ihnen auftauchte. »Geben Sie mir die Lampe! Und gehen Sie zur Lokomotive! Sofort!«

Die beiden Männer rührten sich nicht, da zog Baumberg seinen Revolver. Der Verschieber reichte ihm sofort die Lampe, dann trollten sich die beiden Bahnbediensteten.

Baumberg wollte eben die Lampe auf den zerrissenen Körper richten, da stand Vanek schwer atmend neben ihm. »Vanek, schau, ob das unser Mann ist.«

Der Adjutant beugte sich zwischen die Räder, nahm seine

Melone ab und drehte das Gesicht in den Lichtkegel. »Jawohl, Herr Hauptmann. Das ist er.«

»So ein Scheißdreck! Siehst du die Tasche zwischen den Gleisen?«

»Leuchten Sie mal hier rüber. Nein, da ist nichts.«

Baumberg suchte den Boden zwischen den Gleisen ab. Dann hob er den Blick und entdeckte die offen stehende, daher im Sturm klappernde Tür des Bremserhauses. »Steig dort hoch und schau nach.«

Vanek stieg die Leiter empor und wurde fündig. »Volltreffer, Herr Hauptmann.«

»Sehr gut! Werfen wir einen Blick hinein.«

Vanek kletterte wieder hinab und öffnete die Ledertasche. Baumberg leuchtete in die Tasche, Vanek zog den Inhalt heraus.

»Ein Atlas, ein Buch über angewandte Mathematik und ein Lehrbuch der spanischen Grammatik«, zählte Vanek auf.

»Das darf ja wohl nicht wahr sein!«, entfuhr es Baumberg wütend. »Was soll der Blödsinn?«

»Eine Attrappe? Ein Köder? Ein Fehlgriff?«

»Verflucht! Verschwinden wir hier.«

»Sollen wir die Tasche mitnehmen?«

»Natürlich. Vielleicht ist etwas zwischen den Seiten versteckt.«

Die beiden entfernten sich vom Bahnhofsareal. Die ersten Regentropfen fielen aus den Wolken.

Montag,
4. November 1907

BRUNO STIEG DIE TREPPEN HOCH, trat durch die offen stehende Tür in die Wohnung und stellte die Badewanne aus verzinktem Eisenblech ab. Damit war das gesamte Mobiliar am Ziel angelangt. Er schloss die Wohnungstür hinter sich und wischte mit seinem Taschentuch den Schweiß von der Stirn. Zwei Stunden war er unermüdlich die Treppe hinauf- und hinuntergelaufen, jetzt nahm er den Wasserkrug vom Wohnzimmertisch, füllte das Glas und trank es in einem Zug leer.

Luise hatte das Wohnhaus in der Via Pietro Kandler vor knapp einem Monat gekauft und umgehend einige Sanierungsarbeiten in die Wege geleitet. Sowohl Bruno, aber noch viel mehr Fedora waren sprachlos gewesen, als Luise ihnen mitgeteilt hatte, dass sie ihrem Advokaten den Auftrag zum Kauf erteilt hatte. Wozu sei sie, so hatte Luise achselzuckend gefragt, die Baronin Callenhoff und verfüge über ein beträchtliches Vermögen, wenn sie nicht von Zeit zu Zeit eine Investition tätigen könne, ihr Mann habe bestimmt Verständnis, dass sie Geld in Immobilien veranlagte. Ein Wohnhaus in der Nähe des Giardino Pubblico war unbestreitbar eine solide Geldanlage. Die Verwaltung des Hauses würde weiterhin die bestehende Kanzlei durchführen, und die Mieter würden den Besitzerwechsel nicht in geänderten Mietpreisen, sondern lediglich an der frisch gestrichenen Fassade bemerken. Luise plante, ihre mäßig große Triester Stadtwohnung im Borgo Teresiano beizeiten aufzugeben und in eine geräumigere zu übersiedeln. In der Beletage lebte ein altes Ehepaar. Die ehemaligen Hausbesitzer benötigten eine derart große Stadtwohnung nicht mehr, deshalb hatten sie das Haus veräußert, sie wollten ihren Lebensabend auf dem Landsitz der Familie verbringen. In Jahresfrist würde die Beletage frei werden. Und für die leer stehende Wohnung im vierten Stock war flugs eine Mieterin gefunden, nämlich Fedora. Luise hatte als Mietpreis den niedrigsten Betrag gewählt, den man als Miete in Triest veranschlagen konnte, ohne den Neid anderer Hausbewohner zu erwecken. Ja, in Wahrheit hatte Luise für Fedora und ihre beiden Söhne mit einem Fingerschnippen eine Wohnung in guter Lage und Ausstattung besorgt.

Durch die Wohnungstür trat man direkt in die Küche, in der sich ein solider Küchenschrank und der Herd befanden. Eine weitere Tür führte in das recht geräumige Wohnzimmer, das mit einem Keramikofen ausgestattet war. Rechts und links lagen je ein Kabinett ungefähr gleicher Größe. Im Zimmer rechts würden Fedoras Söhne schlafen, sie selbst im Zimmer links. Die vier Fenster zur Seitengasse hinaus waren neuwertig, da pfiff nicht der Wind durch Rillen und Ritzen. Fedora wusste nicht, wie sie Luise für diese Gunst jemals danken konnte.

Bruno hörte Fedora im Kinderzimmer fluchen. »Ist etwas passiert?«

»Was?«

»Ich fragte, ob dir etwas passiert ist.«

Fedora kam in das Wohnzimmer, setzte sich zu Bruno an den Tisch und goss sich ebenfalls ein Glas Wasser ein. »Nein, nichts ist passiert. Ich habe mich nur am Knie gestoßen. Bist du schon fertig?«

Bruno streckte seine Arme von sich. »Jawohl, ich bin fix und fertig.«

Fedora schaute sich um. Möbel, Steigen und Koffer standen überall herum, es würde noch ein ganzes Weilchen dauern, bis die Wohnung fertig eingerichtet war, aber immerhin war ihr Hab und Gut jetzt hier. »Ohne deine Hilfe hätte ich die Möbel und das Gepäck niemals in so kurzer Zeit transportieren können.«

»Du hättest eine Schar Möbelpacker engagieren müssen.«

Fedora kniff die Augen zusammen. »Du kommst mir erheblich billiger. Ein Teller Suppe und genug.«

»Wasser brauche ich auch«, konterte Bruno verschmitzt lächelnd und füllte das Glas erneut.

Sie schaute zur am Boden liegenden Tischuhr. »Es ist knapp vor zwölf. Großartig, dass wir es noch vor Mittag geschafft haben.«

»Wann kommen die Buben von der Schule?«

»In einer Stunde.«

»Das heißt, die Suppe wird rechtzeitig fertig sein.«

»Bleibst du zum Essen?«

Bruno verzog seinen Mund. Da Carlo und Fedora Cherini in Trennung von Tisch und Bett lebten und das Gerichtsverfahren noch anhängig war und da Fedoras Söhne Bruno vielleicht nicht hassten, dennoch ablehnten, hielt Bruno sich, was das Familienleben Fedoras mit ihren beiden Buben betraf, lieber zurück. Es reichte ja, dass sich im neuen Wohnhaus Fedoras die Leute den Mund zerrissen. Da sowohl Carlo als auch Fedora katholischer Konfession waren, war gemäß der Rechtsprechung Österreich-Ungarns eine Scheidung nicht möglich, nur Menschen anderer Konfessionen konnten sich in der Habsburgermonarchie rechtsgültig scheiden lassen. Für Katholiken gab es nur die Möglichkeit der Annullierung einer Ehe oder das Recht auf Trennung von Tisch und Bett. Im Fall des Ehepaares Cherini war die Annullierung nicht möglich, denn der Ehe waren zwei kerngesunde Knaben entwachsen. Also blieb für sie nur die Trennung von Tisch und Bett, wodurch die Ehe aufrechtblieb, aber sowohl Mann als auch Frau keine Eherechte und -pflichten mehr zueinander hatten. Da Carlo und Fedora einander trotz beiderseitiger Verfehlungen nicht wegen Ehebruchs angeklagt hatten, steuerte das Verfahren auf eine einvernehmliche Trennung zu.

Dennoch wohnte der Affäre erhebliches Potenzial zum Skandal inne. Carlo Cherini bekleidete als Erster Offizier des Liniendampfers Baron Beck eine bedeutende Stellung im Österreichischen Lloyd. Und der Geliebte seiner treulosen Ehefrau Fedora war auch kein geringer Mann, nämlich Inspector I. Klasse im Dienste des k.k. Polizeiagenteninstituts. Dass Carlo angeblich ein Verhältnis zu einer in Bombay lebenden Engländerin unterhielt, hatte sich zwar herumgesprochen, aber, ganz ehrlich, Triest war Triest, und Bombay sehr, sehr weit entfernt.

Bruno und Fedora hatten, nachdem die Baron Beck abgelegt hatte, demonstrativ ihre zuvor heimliche Beziehung offengelegt, um damit dem Getratsche den Wind aus den Segeln zu nehmen. Sie waren, kaum war der Skandal ruchbar geworden, gemeinsam auf den Markt und in die Fischhalle gegangen, hatten zusammen im Caffè degli Specchi Kaffee getrunken und im Teatro Verdi einer Opernaufführung beigewohnt. Diese Strategie war insofern von Erfolg gekrönt gewesen, als dass der Skandal tatsächlich bald vergangen und vergessen war.

Bruno allerdings hatte das Bekanntwerden seiner jahrelangen Beziehung zu Fedora beruflich erheblich geschadet. Ehebruch war nach dem Gesetz ein Vergehen, das bei einer Anklage eines geschädigten Ehepartners mit bis zu sechs Monaten Haft bestraft werden konnte und im Falle einer Verurteilung zur sofortigen Entlassung aus dem Polizeidienst geführt hätte. Brunos Glück war, dass Carlo keine Anklage erhoben hatte. Und das schlicht und einfach deshalb, weil Fedora drei Briefe seiner Engländerin gefunden hatte und offen gedroht hatte, auch Carlo wegen Ehebruch anzuklagen, was mit den vorliegenden Beweisen möglicherweise zu Haft, in jedem Fall aber zu einer Entlassung aus dem Dienst als Seeoffizier geführt hätte. So hatte sich das Ehepaar Cherini geeinigt, das Trennungsverfahren ohne Anklage einvernehmlich zu eröffnen. Der Polizeidirektor hatte Bruno nicht entlassen, aber bis zum Abschluss des Verfahrens vom Dienst suspendiert.

»Lieber nicht. Ich gehe wieder nach Hause.«

»Wie du willst.«

»Wann musst du wieder ins Theater?«

»Erst in zwei Tagen. Für den Umzug habe ich mir freigenommen.«

Nicht nur mit der Wohnung hatte Luise Fedora geholfen, auch bei der Arbeit. Auf Luises Empfehlung hatte Fedora eine Anstellung als Kostümbildnerin am Politeama Rossetti erhalten. Gemeinsam mit zwei anderen Frauen hielt sie den umfangreichen Kostümbestand des Theaters instand, sie arbeitete sowohl mit der Nadel in der Hand als auch mit der Nähmaschine. Das Gehalt war bescheiden, aber sie konnte ihre geringe Miete und den täglichen Bedarf ihrer Söhne bestreiten. Und natürlich half Bruno großzügig aus, zwar erhielt er in der Zeit seiner Suspendierung kein Gehalt, aber nach fünfzehn Jahren im Dienst der Triester Polizei hatte er Reserven angespart.

Bruno erhob sich und trat ans Fenster. Der Regen prasselte seit dem Morgengrauen herab. Zum Glück hatten sie die Möbel in der Hauseinfahrt – vor dem Regen geschützt – zwischenlagern können. »Eigentlich hast du es gar nicht so schlecht getroffen. Die Schule ist im Nachbarhaus, das Theater ist nicht fern und der Volksgarten liegt fast vor der Haustür.«

Fedora stellte sich neben ihn und umfasste seine Taille, er legte seinen Arm um ihre Schulter. »Du aber auch nicht. Sobald Luise hier einzieht, hast du deine beiden Geliebten unter einem Dach vereint.«

»Ich nähere mich paradiesischen Zuständen.«

Fedora grinste schief. »Ich glaube, du wirst unter der Last der Verantwortung zusammenbrechen.«

»Da kann ich mir schlimmere Niedergänge vorstellen.«

»Bestimmt ist es ein Vorteil, dass der Weg in dein Stammcafé dich hier vorbeiführt.«

»Du meinst, ich kann in Zukunft vor, während und nach dem Billardspiel zu dir hochlaufen, um einen Teller Suppe oder ein Glas Wasser zu holen.«

»Du könntest dir auch einen Kuss holen.«

»Nun, dafür, dass ich dein Mobiliar vier Stockwerke hochgeschleppt habe, hätte ich einen verdient.«

Sie drückte ihm einen Kuss auf die Wange. »Wann sehe ich dich wieder?«

»Morgen vielleicht. Ich bin um zehn Uhr zum Polizeidirektor vorgeladen.«

»Wie bitte? Und die ganze Zeit über sagst du nichts!«, rief Fedora überrascht. »Erklär mir das.«

Bruno zuckte mit den Achseln. »Gestern habe ich einen Brief erhalten. Der Direktor bittet mich höflich um pünktliches Erscheinen.«

»Was will er von dir? Das Trennungsverfahren ist noch nicht abgeschlossen.«

»Vielleicht häufen sich die Schwierigkeiten in der Kanzlei und sie brauchen mich wieder. Oder ich erhalte auf Weisung des Ministeriums in Wien endgültig die Entlassung. Morgen werde ich mehr erfahren.«

»Einen Dreck werde ich tun! Nur einem Kretin wie dir kann so etwas einfallen.«

Luise Dorothea Freifrau von Callenhoff saß wie immer bei formellen Anlässen aufrecht, nichts regte ihre Miene und sie rührte mit gemessenen Bewegungen den Zucker in den Tee. Ihre Mutter wäre stolz auf sie gewesen, Luise präsentierte ihre sorgsame Erziehung vollendet. Als vierte und jüngste Tochter des Barons von Kreutberg gehörte sie einem Geschlecht mit fünfhundertjährigem Stammbaum an. Seit Luise den Baron Callenhoff geheiratet hatte, trug sie zwar nicht mehr ihren Mädchennamen, aber Erziehung hatte man, oder eben nicht. Luise hatte. Und sie trug diese mittlerweile wie einen Harnisch. Es war keine leichte Lektion gewesen, dies zu erlernen, denn in der Tiefe ihres Wesens war sie in keiner Weise eine wehrhafte Person. Aber um sich einer Konfrontation mit der Mutter ihres Ehemanns zu stellen, hatte sie unter gewaltigen Mühen und noch schlimmeren Schmerzen ein Kettenhemd anlegen müssen. Luise hielt stand, weil die Schlacht zum Glück entschieden war. Ihrer Schwiegermutter blieben allein noch wütende Rundumschläge, die von einer derart starrsinnigen und kaltherzigen Person selbstverständlich zu erwarten gewesen waren.

»Euer Gnaden, es besteht kein Anlass für Injurien«, sagte Luise.

Sieglinde von Callenhoff schaute die Ehefrau ihres Sohnes verächtlich an. Es schien, als ob sie in jedem Moment die ekelhafte Galle ihres Lebens auf den Boden spucken wollte. »Du wirst mich nicht von meinen Ländereien jagen. Du nicht!«

»Euer Gnaden, geehrte Frau Schwiegermutter, niemand trachtet danach, Euch von Euren Ländereien oder aus Eurem Haus zu jagen, und ich, wie ich Euch inständig versichere, am allerwenigsten. Nichts läge mir ferner, als mir dieses Haus anzueignen.« Luise formulierte zwar einen weiteren Satz, behielt ihn aber für sich. *In Wahrheit sähe ich es mit Wohlwollen, wenn eine Feuersbrunst den grässlichen alten Kasten hinwegfegen würde.*

»Du glaubst wohl, ich weiß nicht, was du für ein Flitscherl bist. Du Metze. Eine Soldatenhur bist du.«

Dr. Andreas Salmhofer räusperte sich und schaute, ob der Entgleisung der alten Baronin, betreten zum Fenster hinaus. Sie saßen zu dritt im Salon im Stammhaus der Familie Callenhoff unweit der Stadt Görz, das Hausmädchen hatte Tee und Zwieback serviert. Der Hausarzt der Familie Callenhoff betreute die Baronin seit zwanzig Jahren, seitdem er die Arztpraxis von seinem Vater übernommen hatte, aber natürlich kannte er die Dame des Hauses bereits von Kindesbeinen an. Schon sein Vater war Hausarzt der Callenhoffs gewesen. Die Barone bezahlten alle Rechnungen pünktlich, also erhielten sie auch ehrliche Leistungen nach den besten Möglichkeiten ärztlicher Kunst, doch das Verhalten der Baronin war, wie Dr. Salmhofer Luise gegenüber zugegeben hatte, mit der Zeit zu einer echten Herausforderung für dessen Integrität geworden. Was für ein Segen, so hatte der Hausarzt Luise gegenüber formuliert, dass sie auf seine Briefe reagiert hatte und nun schon mehrmals nach Görz und auf den Landsitz der Callenhoffs gekommen war.

»Euer Gnaden, bitte verzichtet auf Unflätigkeiten. Wir wollen nur das Beste für Euch.«

»Zum Henker mit dir.«

Luise erwiderte nichts. Was hätte sie auch sagen sollen, die Mutter ihres Mannes verlor alle Fassung. Es war ein Trauerspiel.

Dr. Salmhofer räusperte sich erneut. »Euer Gnaden, es entspricht vollständig der Wahrheit, dass wir allein Euer Bestes wollen. Die Baronin hat für Euch eine sehr luxuriöse Suite im Kurhaus reserviert, die Baronin hat auf meine ärztliche

Empfehlung sämtliche Maßnahmen eingeleitet und für Euch eine exquisite und medizinisch aussichtsreiche Kur bestellt. Die Fahrkarte nach Abbazia ist gekauft, ein Dienstmann wird während der Reise für Euer Wohlbefinden sorgen. Ich selbst habe dem ärztlichen Leiter der Kuranstalt einen umfassenden Brief über Euren Gesundheitszustand geschrieben. Es steht völlig außer Zweifel, dass die Kur nur zu Eurem Besten sein kann und auch wird. Bitte, Euer Gnaden, Euer Gesundheitszustand erfordert unbedingt die Ergreifung klarer Maßnahmen. Sogar Euer Sohn, der Baron Callenhoff, hat mir aus Südamerika geschrieben und mich gebeten, mich um Euch zu kümmern. Die Kur wird Euch guttun.«

Sieglinde von Callenhoff schaute den Arzt unverwandt an. »Mein Sohn ist ein Trottel. Warum schreiben Sie Helmbrecht überhaupt? Was erlauben Sie sich? Wo treibt sich der Nichtsnutz schon wieder herum? Südamerika? Was will er dort? Dieser Esel!«

»Euer Gnaden, Euer Sohn, der Herr Baron, hält sich seit zwei Monaten aus geschäftlichen Gründen in Brasilien auf. Er besucht und erweitert seine Kaffeeplantagen. Darüber haben wir mehrfach gesprochen.«

»Wollen Sie behaupten, ich wäre senil und würde alles vergessen?«, keifte die Baronin.

»Ich habe Euch auch berichtet, dass sich der Herr Baron bei einem Jagdausflug mit Malaria angesteckt hat. In seinem Brief spricht der Herr Baron mir gegenüber davon, dass er eine Woche unter hohem Fieber gelitten hat und sich gegenwärtig langsam erholt. Er konnte aus dem Krankenhaus entlassen werden und befindet sich in seinem Landhaus in Behandlung seines Hausarztes. Auch der Arzt hat mir aus Brasilien geschrieben.«

»Helmbrecht ist selbst schuld. Der Blödian hat in Südamerika nichts zu suchen.«

»Wir hoffen alle auf die rasche Genesung des Herrn Barons.«

»Ach was, Unkraut vergeht nicht.«

Luise betrachtete die alte, sichtlich von ihrer Krankheit gezeichnete Frau. In der letzten Phase ihres Lebens war aus der ebenso bösen wie mächtigen Hexe eine Karikatur geworden. Ja, Luise hatte in den verletzlichsten Momenten ihres Lebens die Macht dieser Frau wie glühendes Eisen auf der Haut gespürt, ja, sie hatte Luises Leben beinahe zerstört, ja, Luise war nur um Haaresbreite dem Sprung von den Klippen entgangen, zu welchem die Baronin sie verdammt hatte. Hier und heute empfand sie daher kaum Mitleid für eine an den Möglichkeiten des Lebens vollends gescheiterten Frau. Wie oft hatte Luise sich gefragt, was aus ihrem Leben geworden wäre, wenn ihre Eltern nicht die Ehe mit Helmbrecht von Callenhoff arrangiert hätten? Tausendfach hatte sie sich das gefragt. Und nicht ein einziges Mal hatte sie eine plausible Antwort auf die Frage gefunden. Jetzt aber stand Sieglinde von Callenhoff an der Pforte des letzten Weges, während sie, Luise von Callenhoff, noch ein langes Leben mit ihrem Sohn Gerwin vor sich hatte.

Sie hatte Gerwin noch immer nicht zu Gesicht bekommen, Sieglinde hatte den beinahe sechsjährigen Knaben bis zum heutigen Tage im hinteren Teil der Villa eingeschlossen und somit vor seiner Mutter versteckt. Aber bald würde Sieglinde nach Abbazia gebracht werden, um dort ihre medizinische Betreuung zu erhalten. Und dann, endlich, würde ihr Sohn bei ihr sein, dann würde er dem Drachen entrissen und fortan bei seiner liebenden Mutter leben.

Ihr Gemahl Helmbrecht hatte bei Antritt seiner Reise nach Brasilien geplant, vor Weihnachten wieder in Europa zu sein, aber durch seine Erkrankung war dieses Vorhaben gefährdet. Der aus Portugal stammende Arzt in Santos hatte in seinem

Brief an Dr. Salmhofer geschrieben, dass der Baron substanziell Gewicht verloren habe, beträchtlich geschwächt und in seinem gegenwärtigen Zustand nicht reisefähig sei. Also waren sowohl die alte Hexe wie deren Sohn krank.

Helmbrecht selbst hatte nicht Luise geschrieben, sondern nur Salmhofer. Offenbar fand er es nicht der Mühe wert, seiner Ehefrau von seinem Zustand zu berichten. In Wahrheit war Luise sogar erleichtert darüber, denn das vereinfachte die nächsten Schritte.

Natürlich kümmerte sie sich um die bestmögliche Versorgung ihrer Schwiegermutter nur aus einem Grund: um endlich ihren Sohn wiederzusehen. Luise gestand sich ein, dass ein gewisses Maß an Kaltherzigkeit ihrer Schwiegermutter auf sie ausgestrahlt hatte. Luise verstand diese Regung, und sie versuchte, diesen Krankheitskeim in sich unter Kontrolle zu halten. Sie durfte diese Krankheit der Seele nicht von sich Besitz ergreifen lassen. Ihre Schwiegermutter war der Krankheit verfallen, zuerst in der Seele, danach im Geist und jetzt auch an ihrem Körper. Die Krankheit fraß sich durch die alte Frau hindurch und gab somit Luise ein warnendes Beispiel. Aber Luise war zuversichtlich, sie war mittlerweile stark genug, der Krankheit namens Bosheit zu trotzen. Sie freute sich auf das Wiedersehen mit ihrem Sohn.

Helmbrecht von Callenhoff war kein Mann, den man sich als junge Frau zum Gatten wünschte. Wenn er nicht bekam, was er verlangte, wurde er gewalttätig. Während Gewalt lediglich in den Worten seiner Mutter lag, wandte Helmbrecht diese wiederholt an. Zusammen machten Mutter und Sohn Luise das Leben kaum erträglich. Den Sohn hatten sie ihr von der Mutterbrust gerissen und entführt. Ja, Luise hatte tiefschürfende Krisen hinter sich, sie war nach der Niederkunft ihres geliebten Sohnes in ein Loch gefallen und hätte beinahe ihren neugeborenen Sohn mitgerissen. Es war mit aller Wucht die

Angst über sie gekommen, wieder Opfer ihres Ehemanns zu werden. Gerwin war ihr Sohn, ihr Ein und Alles, aber er war auch die Frucht einer Gewalttat. Helmbrecht war betrunken gewesen, hatte sie geschlagen, auf das Bett geworfen und gegen ihren Willen genommen. Diese Tat hatte zur Schwangerschaft geführt. Luises Arzt Dr. Samigli hatte ihr geholfen, diese Nacht des Schreckens zu vergessen und sich auf die Niederkunft vorzubereiten. Es war ihr gelungen, sie hatte sich auf das in ihrem Bauch regende Kind gefreut, doch nach der Geburt war sie in eine finstere Starre der Angst verfallen. Sie hatte die Vorhänge in ihrem Zimmer zugezogen, ihren Sohn nicht der Amme gegeben und sich wochenlang mit Gerwin eingeschlossen. Sie hatte kaum essen können und war merklich abgemagert, mit der Folge, dass die Milch ihrer Brüste knapp und der Säugling kaum mehr satt geworden war. Als der Hausarzt eine Warnung ausgesprochen hatte, dass dem Kind bei weiterer schlechter Versorgung Schaden drohe, hatte der Baron Maßnahmen ergriffen und die Tür zu ihrem Zimmer aufbrechen lassen. Ihr Mann und seine Mutter hatten ihr den Sohn entrissen und sie zuerst wochenlang in eine Irrenanstalt, danach monatelang in ein Sanatorium im weit entfernten Karlsbad gesteckt. Die Krankenschwestern in Karlsbad hatten mehrere ihrer Versuche vereitelt, aus dem Leben zu scheiden. Währenddessen hatte ihre Schwiegermutter den Sohn des Baron Callenhoff unter ihre Fittiche genommen, um aus ihm den Erben des Geschlechts zu formen. Nach dem Aufenthalt in Karlsbad hatte Luise rund zwei Jahre in der Einsamkeit der Villa in Sistiana vegetiert, sie war zu schwach sowohl für das Leben wie auch für den Freitod gewesen. Ihr Mann hatte sich nicht mehr um sie gekümmert, Reisen unternommen, Pferderennen besucht, seine einträglichen Geschäfte betrieben, sich schamlos mit Kurtisanen vergnügt und bei Jagdausflügen alles geschossen, was ihm vor die Flinte gelaufen war.

Dann war just in jenem Moment, als Luise zum allerersten Mal nach all dem Schrecken und den Qualen den Gedanken an ein weiteres Leben gefasst hatte, ein Mann in ihr Leben getreten. Dieser Mann hatte ihre Hilfe suchende Hand ergriffen und, ohne zu zögern, sie auf den Weg zurück ins Leben geleitet. Sie verdankte Bruno in Wahrheit alles.

So hatte Luise nach und nach Kraft gefunden, Freude und Zuversicht kennengelernt, Zärtlichkeit und Verlangen entdeckt, sie hatte in Bruno einen Seelenfreund, Gesprächspartner und Liebhaber gefunden. Sie hatte auch die Literatur für sich entdeckt und begonnen, Erzählungen in deutscher und Gedichte in italienischer Sprache zu verfassen. Sie war aus einem von existenziellen Krisen zerrissenen Mädchen, das man jung und unerfahren in eine ungewollte Ehe getrieben hatte, zur erwachsenen und eigenverantwortlichen Frau gereift.

Und Luise hatte mittlerweile den Mut, sich gegen die Macht und den Hass ihrer Schwiegermutter und ihres Gatten aufzulehnen. Nach über fünf Jahren würde sie endlich ihren Sohn wiedersehen. Sie konnte sich noch so genau an das kleine, süße Gesicht erinnern, an den kleinen Mund, der an ihren Brüsten gesaugt hatte, sie war sich sicher, ihn sofort wiederzuerkennen, obwohl sie ihn in all den Jahren nicht ein einziges Mal zu Gesicht bekommen hatte.

»Euer Gnaden, geehrte Frau Schwiegermutter, in zwei Tagen werdet Ihr nach Abbazia zur Kur fahren. Es ist der Wille Eures Sohnes, der Wille Eures Arztes und es ist mein Wille, dass Ihr umfassende medizinische Betreuung erhaltet. Das Leben hat Euch manche Unbill aufgebürdet, doch jetzt, im Angesicht der schwerwiegenden Erkrankung, soll Euch alle Wohltat dieser Welt zuteilwerden.«

Sieglinde warf die Teetasse zu Boden, die sofort zersplitterte. »Der Bub gehört mir! Mir allein! Du kriegst Gerwin nicht! Du bist keine Frau, keine Mutter, du bist nichts!«

Luise nahm in aller Ruhe einen Schluck Tee. Ceylon, eine sehr gute Sorte. »Oh nein, Euer Gnaden, geehrte Frau Schwiegermutter, ich bin hier. Es werden noch Jahrzehnte vergehen, bis ich nicht bin. Ihr hingegen werdet in absehbarer Zeit ins Nichts vorangehen. Macht Euch bereit für diese Reise.«

✧

»Baumberg, mein Freund, ich sag dir, neulich hab ich mit dem Marischka und ein paar von seinen Spezis mullatiert. Herrlich! Die Musik dazu. Klassikaner, sag ich dir. Drei Ungarn. Fesch haben die Buben gespielt, mit Paprika. Eine Riesenhetz die ganze Nacht.«

»Beim Hopfner?«

»Na, wo denn sonst? Dort kannst dich auch in der Ausgehuniform sehen lassen. Und Mädels, meiner Seel, Baumberg, da wird man wieder zum jungen Spund. Ich sag dir, da war so ein süßes Mädel, herzallerliebst, das war ein Hund. Haha, hast den Reim gehört? Spund, Hund. Ist mir so rausgerutscht.«

Baumberg lauschte verschmitzt lächelnd der Erzählung seines älteren Freundes Major Johann von Stukart. Wie lange hatten die beiden Männer einander nicht gesehen? Baumberg rechnete nach. Vor ziemlich genau drei Jahren hatten sie knapp vor Baumbergs Abreise nach Triest im Hotel Imperial bei Tisch gesessen. Wie es sich für einen anständigen Stabsoffizier gehörte, wusste Stukart zu leben.

»Ein Wetter habt ihr hier an der Adria! Ich dachte, hier scheint immer die Sonne. Der Regen will offenbar gar nicht mehr aufhören. Aber sehr warm ist es. Ich komme mir vor wie am Heustadelwasser im Prater mitten in einem Sommergewitter. Dabei habe ich die Winterwäsche eingepackt, den warmen Mantel, die Handschuh, und was muss ich vorfinden? Ein Lufterl wie in einem türkischen Bad.«

»Das ist der Scirocco. Die warme Luft der Sahara strömt nach Norden und über dem Mittelmeer nimmt der Wind die Regenwolken mit. Passiert aber eher selten.«

»Das erinnert mich an die Zeit in der Garnison in Budweis. Da habe ich das halbe Jahr einen Nebel gehabt und das andere halbe Jahr den Regen.«

»Na ja, mit Budweis kannst du Triest nicht vergleichen. Das ist klimatisch schon eine andere Welt.«

»Als ich vor vier Jahren einen Monat in Triest verbracht habe, hat immer die Sonne gestrahlt und es war herrlichstes Sommerwetter. Da habe ich mir schon gedacht, die Adria ist ganz nahe dran am Paradies. Aber das war im August, da hat offenbar der Kaiser für das Kaiserwetter gesorgt. Mir scheint, hier ist die dunkle Jahreszeit recht regnerisch und warm.«

»Wenn im Winter die Bora fällt, schaut es ganz anders aus. Da wird es kalt und stürmisch.«

»Im Winter bringen mich eh keine fünf Rösser vor die Tür. Als ich heute in aller Herrgottsfrühe im Schlafwagen aufgewacht bin, habe ich den starken Wind bemerkt. Ich konnte dann nicht mehr einschlafen.«

»War deine Reise unangenehm?«

Stukart zuckte mit den Achseln. »Ach, es ging so einigermaßen. Lieben tu ich den Schlafwagen nicht, aber es ist halt schon sehr praktikabel, Wegstrecken im Schlaf zurückzulegen. So konnte ich heute den ganzen Tag arbeiten. Was angesichts des regnerischen Wetters ohnedies gut gepasst hat.«

»Nun, das Klima an der Adria ist im Großen und Ganzen schon sehr angenehm.«

»Wenn du das sagst. Aber ich lasse mich trotzdem nicht nach Triest versetzen, obwohl die Restaurants hierorts ja vom Feinsten sind. Davon konnte ich mich schon vor vier Jahren überzeugen.«

»Aufs Kochen verstehen sich die Italiener, da gibt's kein Kontra.«

»Ich weiß auch, dass ihr hier fesche Mädels habt's. Die schönen Italienerinnen, das sag ich dir, eine hübscher als die andere. Gutes Essen, fesche Mädels, was soll's, den Krieg können herzlich gern die anderen vorbereiten, ich lasse mich trotz Regen und Wind hierher versetzen.«

Die beiden lachten.

Seit mehreren Jahren war der Mittvierziger Stukart einer der Adjutanten des Chefs des Generalstabes. Franz Conrad von Hötzendorf, den selbst seine engsten Freunde mit seinem Nachnamen Conrad ansprachen, vertraute dem im Reichskriegsministerium bestens vernetzten Major vor allem repräsentative Aufgaben an, die Stukart vermöge seiner blendenden Erscheinung und seiner Leutseligkeit zur vollsten Zufriedenheit seines Vorgesetzten erfüllte. Als der General sich anschickte, zu einer Geheimkonferenz nach Triest aufzubrechen, hatte Stukart die Reisevorbereitungen getroffen. Und natürlich hatte er seinem alten Kameraden Baumberg per Telegramm die Ankunft avisiert, woraufhin Letzterer in Triest die nötigen Maßnahmen ergriffen hatte. Die beiden Männer saßen in Baumbergs Bureau der Statthalterei und ließen einen arbeitsreichen Tag bei Cognac und Zigaretten ausklingen.

Stukart schwenkte genießerisch sein Glas. »Das Gesöff ist exzellent, fast fürstlich im Geschmack. Wird der hierorts gebrannt?«

»Am Stadtrand befindet sich die Destillerie Camis & Stock. Die Qualität rührt von den verarbeiteten Trauben. Auch der Wein aus dem Karst gehört zum Besten, was man in der gesamten Monarchie kriegen kann.«

»Langsam verstehe ich, warum du Hallodri von Wien nach Triest gegangen bist. Leben lässt sich's hier offenbar recht angenehm.«

»Ich kann nicht klagen.«

Stukart schaute sinnierend zum Fenster. Baumberg beobachtete seinen Bekannten. Ein Grund, weswegen Baumberg vom Reichskriegsminister persönlich mit seiner Aufgabe betraut worden war, lag in seiner Fähigkeit, Menschen zuzuhören. Baumberg hatte eine bevorstehende glänzende Karriere als Soldat im Rang eines Hauptmanns beendet, um in einen sehr elitären und diskreten Zirkel aufgenommen zu werden. Baumberg war nicht wegen des Wetters, des guten Essens oder der edlen Weine nach Triest gekommen, sondern weil er hier etwas aufbauen hatte können, weil hier ein Mann mit seinen Fähigkeiten gebraucht und auch gefordert war. Baumberg hatte eine Aufgabe gefunden, für die er geradezu prädestiniert schien.

»Und, glaubst du, wird sich Conrad durchsetzen?«, fragte Baumberg nach einer Weile des Schweigens.

Stukart seufzte. »Sag du es mir! Du bist das ganze Jahr mit den Leuten von der Kriegsmarine zusammen.«

Die in zwei Tagen geplante Geheimkonferenz würde neben dem Chef des Generalstabs Franz Conrad von Hötzendorf, den Reichskriegsminister Franz Xaver Schönaich, den k.u.k. Außenminister Alois Lexa von Aehrenthal und den Marinekommandant Admiral Rudolf Graf von Montecuccoli zusammenführen.

»Die Marine wird nicht zustimmen. Sie kann nicht zustimmen«, meinte Baumberg.

Stukart schaute sich im Raum um. »Haben die Wände hier Ohren?«

Baumberg schüttelte den Kopf. »In diesem Zimmer führe ich alle meine Besprechungen. Du bist sicher wie in Abrahams Schoß.«

Stukart kniff die Augen zusammen. »Nicht nur Montecuccoli wird bremsen. Aehrenthal wird dem Präventivkrieg gegen Italien ebenfalls nicht zustimmen. Noch besteht der Dreibund zwischen Österreich-Ungarn, Deutschland und Italien, selbst wenn es die Spatzen von den Dächern pfeifen, dass die Italiener ihre Rüstungsanstrengungen forcieren, nicht weil sie Frankreich Angst einjagen wollen, sondern um unserem geliebten Kaiser seine Ländereien an der Adria zu entreißen. Wenn du mich fragst, hat Conrad völlig recht, mit der welschen Bagage in Venedig und Mailand muss man Schlitten fahren.«

»Zweifelsfrei, aber unsere Marine ist nicht gerüstet für den Kriegsfall.«

»Und wessen Schuld ist das? Die Politiker in Wien und Budapest blockieren die vernünftige Ausrüstung der Marine, wo es nur geht. Ich halte nichts von Politikern, das sind allesamt geltungssüchtige Streithanseln und Querulanten.«

Baumberg wiegte den Kopf. »Ich habe läuten gehört, dass unser braver 24 cm Mörser einen großen Bruder kriegen wird.«

Stukart zog beeindruckt die Augenbrauen hoch. »Dafür, dass du an der Adria sitzt, bist du erstaunlich gut im Bilde. Du hältst natürlich dicht.«

»Ehrensache.«

»Ja, die Škoda-Werke haben den Auftrag zum Entwurf erhalten.«

»30,5 cm, wie ich gehört habe.«

»Gnade Gott wem auch immer, wenn das Monstrum erst pumpert.«

»Armee und Marine schreiten voran.«

»Durch den russisch-japanischen Krieg 1905 hat die Entwicklung der Militärtechnik dramatisch an Fahrt gewonnen. Auch bei der Artillerie geht es stürmisch vorwärts. Ich war bei der Erprobung von neuen Feldhaubitzen am Schießplatz in Felixdorf dabei. Baumberg, ich sage dir, als die Batterie gefuhrwerkt hat, da hat die Erde gebebt. Škoda produziert unter Hochdruck. Unsere Artillerieregimenter sind so stark wie nie zuvor. Wir sind den Italienern und Serben klar überlegen, keine Frage. Also wenn man durchgreifen will, dann jetzt. Ja, die Küste ist verwundbar, ja, unsere Marine ist zahlenmäßig unterlegen, aber lass einmal am Isonzo unsere Artillerie ihr frohes Schaffen verrichten und dann die Infanterie losmarschieren. Ein paar Tage später können wir in Mailand Chianti goutieren, das garantiere ich dir. Der Präventivkrieg ist nicht nur möglich, er ist nötig. Davon ist Conrad überzeugt, der gesamte Stab und ich sowieso. Und was wird uns diese Überzeugung nutzen? Rein gar nichts. Ich fürchte, die Bremser werden sich wieder durchsetzen.«

»Und dennoch ist der Generalstab angereist.«

»Sollen wir's unversucht lassen? Na freilich sind wir angereist. Vielen Dank übrigens, dass du ausgesprochen diskret alles vorbereitet und mir den ganzen Tag zur Seite gestanden hast. War ja doch einiges zu erledigen. Du und deine Leute leistet ganz hervorragende Arbeit. Das ist bis zu Conrad vorgedrungen.«

Baumberg nickte geschmeichelt. »Stets im Dienst des Kaisers und der Generalität.«

Stukart öffnete seine Zigarettenschatulle und hielt sie Baumberg hin. Die beiden Männer entflammten ihre Zigaretten.

»Zum Glück erkennt der Reichskriegsminister den Wert der geheimdienstlichen Arbeit. Und zum Glück haben wir Männer wie dich, Baumberg, die den Kopf, die Disziplin und ein bisserl auch die Geduld für diese mühselige und in der Regel unbedankte Arbeit haben.«

Baumberg schmunzelte. »Da hast du recht, Stukart. Je weniger man von mir hört und sieht, desto besser. Wenn ich populär hätte sein wollen, wäre ich Schauspieler geworden. Oder noch schlimmer: Außenminister.«

Die beiden Männer lachten herzhaft.

Dienstag,
5. November 1907

WIE ÜBLICH MARSCHIERTE BRUNO zu Fuß die Strecke von
Cologna in die Stadt. Ein Blick aus dem Fenster hatte ihm
gezeigt, dass der Regen in den Morgenstunden merklich nachgelassen hatte, also hatte er seinen leichten Mantel angezogen, einen Regenschirm genommen und war aufgebrochen.
Er wusste auf die Minute genau, wie lange er für den Weg zur
Polizeidirektion brauchte, immerhin beschritt er diesen Weg
seit einem Jahrzehnt. Noch als junger Polizist hatte Bruno die
Gelegenheit erhalten, als außerordentlicher Hörer ein Jahr an
der Grazer Universität zu studieren. Damals war er Student
von Professor Hans Gross gewesen und vom Gründungsva-
ter der wissenschaftlichen Disziplin der Kriminologie und
Erfinder der systematischen Kriminalistik unterrichtet worden. Nach seiner Zeit in Graz war er sehr bald vom normalen Streifendienst in das k.k. Polizeiagenteninstitut übernommen worden, wo er Schritt für Schritt die Karriereleiter zum
Inspector I. Klasse hochgestiegen war. Und ja, der Polizeidirektor selbst hatte es Bruno gegenüber in den Raum gestellt,
dass er der ideale Kandidat wäre, dereinst, wenn Oberinspector Gellner den Ruhestand antreten würde, die Leitung der
Kanzlei zu übernehmen. Doch seitdem im letzten September
Brunos außereheliche Beziehung mit der Gattin des Seeoffi-

ziers Carlo Cherini aufgeflogen war, hing seine Laufbahn als Polizist mit einem Mal am seidenen Faden.

Das ging so weit, dass Bruno bereits mit dem Gedanken kokettiert hatte, die Krise zu nutzen, um den Polizeidienst zu quittieren. Sein verstorbener Vater Salvatore hatte in seiner bestimmenden Art die Laufbahn als Polizeibeamter für Bruno vorgesehen, er selbst wäre viel lieber technischer Wissenschaftler oder Constructeur geworden. Seine jugendliche Neugier hatte den Naturwissenschaften gegolten, nicht der Fahndung nach Taschendieben, Trickbetrügern oder Totschlägern. In den ersten Jahren seiner Tätigkeit hatte er die Arbeit als Polizist nicht wirklich gehasst, aber auch keinerlei Begeisterung dafür empfunden. Er hatte sich eingefügt, weil eine Rebellion gegen den Willen seines Vaters niemals infrage gekommen wäre. Und zwar nicht, weil Salvatore Zabini ein Tyrann gewesen war, sondern ein umsichtiger, treu sorgender und von der Gültigkeit seiner Entscheidung unbeirrbar überzeugter Vater. Erst das Studium bei Hans Gross und die Erkenntnis, dass die Polizeiarbeit der Zukunft sich der exakten Methoden der Wissenschaft bediente, hatten ihn zum Polizisten werden lassen. Nicht wenige Fälle hatte Bruno gelöst, weil er der einzige Polizist in Triest war, der die Methoden der Daktyloskopie anzuwenden verstand. Er hatte bewirkt, dass das Polizeiagenteninstitut einen Photoapparat angeschafft hatte und eine Dunkelkammer eingerichtet worden war. Er hatte sich selbst eine Kommissionstasche nach dem Vorbild Hans Gross' zusammengestellt, die manche »Zabinis Tatortkoffer« nannten. Er hatte sich Kenntnisse der Physik, Chemie und Medizin angeeignet, die er bei der Klärung von Fällen systematisch zur Anwendung brachte.

Die Wochen der Suspendierung hatten ihm nach und nach klargemacht, dass er durch die Quittierung des Polizeidienstes einen beträchtlichen Teil seines Lebens verlieren würde.

Es hatte ein Weilchen gedauert, bis er in sein Leben als Kriminalist gefunden hatte, aber nun steckte er mittendrin. Und jetzt brauchte er nicht einmal mehr seine Beziehung zu Fedora verheimlichen. Das fühlte sich nach Befreiung an. Natürlich musste die Beziehung zu Luise weiterhin im Verborgenen bleiben. Was für ein Glück, dass Luise und Fedora sich nicht nur kennengelernt, sondern sich an diesem wunderbaren, verrückten, irgendwie poetischen Septemberwochenende in Luises Villa in Sistiana angefreundet hatten. Ja, Bruno liebte die klare Rationalität des Kausalitätsprinzips, er war ein Diener der ordnenden Kraft von Ursache und Wirkung, aber dennoch gestand er sich ein, in Liebesdingen ein bisschen irrational zu sein. Konnte man es verrückt nennen, zwei sehr unterschiedliche, in jeder Hinsicht einzigartige Frauen zu lieben? Wenn ja, dann musste er wohl mit dieser Verrücktheit leben.

Davon allerdings würde er Polizeidirektor Dr. Rathkolb im nun anstehenden Gespräch nichts erzählen. Manche Belange durften, sollten oder mussten Privatsache bleiben.

Bruno stand vor dem Gebäude der Polizeidirektion und schaute an der Fassade des Gebäudes hoch. Er schüttelte das Wasser vom Regenschirm. Was wartete im Gedärm des Gebäudes auf ihn? Was hatte Dr. Rathkolb ihm mitzuteilen?

Der Regen hatte den Wüstenstaub vollständig von den Straßen und Dächern gespült. Im Süden klarte der Himmel nach und nach auf.

Bruno stemmte sich gegen das schwere Haustor.

～◦～

So amüsant und erfolgreich die gestrige Zusammenarbeit mit Stukart auch war, so zeitaufwendig war sie. Baumberg war gestern nicht um die Burg dazu gekommen, sich dem Fall Lainer zu widmen. Ja, eine Geheimkonferenz auf höchster

Ebene erforderte sorgfältige Vorbereitung, aber die organisatorische Arbeit war nicht Baumbergs liebste Beschäftigung, er gefiel sich mehr in der Rolle des Ermittlers, des Aufdeckers, des Spürhundes. Und der Fall Lainer war so unvermutet aufgetaucht, beziehungsweise vor den Güterzug gefallen, dass Baumberg unbedingt die Hintergründe erforschen musste. Immerhin hatte gestern Vanek die in Lainers Tasche gefundenen Bücher genau inspiziert, und sie hatten jetzt die Gewissheit, dass an diesen Büchern nichts Verdächtiges zu finden war, keine verschlüsselten Notizen, keine Markierungen, keine eingeklebten doppelten Blätter, es waren einfach nur ein Atlas mit Landkarten der gesamten Welt, ein offenbar häufig benutztes Mathematikbuch und das Lehrbuch der spanischen Grammatik. Waren die ersten beiden Bücher noch verständlicher Besitz eines Schiffsbauingenieurs, so fand Baumberg das spanische Lehrbuch auffällig. Baumberg wusste aus dem Dossier über den Mann, dass Lainer zwar ein guter Mathematiker, aber sprachlich nur mäßig begabt war. Deutsch, seine Muttersprache, beherrschte er perfekt in Wort und Schrift, sein Französisch war nicht ganz schlecht, aber sein Italienisch war nicht gut, obwohl er seit sechs Jahren in Triest lebte. Ungarisch sprach Lainer nur ein paar Worte. Warum also lernte er Spanisch? Eine Sprache, die in Österreich-Ungarn höchstens im diplomatischen Korps benötigt wurde. Hatte Lainer vorgehabt, sich nach Spanien oder Südamerika abzusetzen? Und wenn ja, warum? Das waren die Fragen, die er klären musste.

Leopold von Baumberg saß mit übereinandergeschlagenen Beinen auf einem Stuhl im Wartezimmer der großen Fabrikanlage. In diesem Trakt befanden sich die Verwaltung und die technischen Bureaus des Stabilimento Tecnico Triestino. Ein Laufbursche war in den verzweigten Gängen unterwegs, um dem Abteilungsleiter Hartmuth von Greifenstein den Besuch Baumbergs anzukündigen. Der Mann war der Vorgesetzte von Lainer und, wie Baumberg aus dessen Dossier wusste, seit Jahren ein sehr energischer und erfolgreicher Leiter einer der wichtigsten Abteilungen der großen Werft. Baumberg schaute auf seine Taschenuhr. Das dauerte.

Endlich erblickte er den Laufburschen.

»Der Herr Abteilungsleiter kann Sie jetzt empfangen. Bitte folgen Sie mir.«

Baumberg erhob sich und richtete seine Krawatte. Seit er die Uniform abgelegt hatte, kleidete er sich bewusst unauffällig. Elegante, aber nicht offensichtlich kostspielige Anzüge und Hüte nach den üblichen Gebräuchen, robuste Schuhe für einen Mann, der viel auf den Beinen war. Der Bursche führte Baumberg durch verwinkelte Gänge. In den Bureaus wurde fleißig gearbeitet. Der Stabilimento Tecnico war keine verschlafene Fabrik am äußersten Ende der Monarchie, er war ein führender Industriebetrieb, ein Taktgeber des mediterranen Schiffsbaus, gemeinsam mit dem Marinearsenal in Pola wurde hier an der Zukunft der Kriegsmarine gearbeitet.

Der Bursche klopfte an eine geschlossene Tür und wartete auf den Zuruf. »Herr Abteilungsleiter, wie angekündigt, Herr von Baumberg.«

»Baron Baumberg, ich begrüße Sie in meiner bescheidenen Kanzlei. Treten Sie nur näher, bitte setzen Sie sich. Darf ich Ihnen etwas aufwarten? Kaffee? Tee? Um diese Zeit wahrscheinlich noch kein Cognac, oder doch?«

Baumberg schüttelte die Hand des dreiundfünfzigjährigen Mannes. »Guten Tag, Herr von Greifenstein. Herzlichen Dank, keine Getränke. Ich möchte Ihre wertvolle Zeit nicht über Gebühr in Anspruch nehmen.«

Greifenstein wandte sich dem noch in der Tür stehenden Laufburschen zu. »Vielen Dank, Johannes, Sie können jetzt die Türe schließen.«

»Sehr wohl, Herr Abteilungsleiter.«

»Also, Herr von Baumberg, was kann ich für Sie tun?«

»Ich komme wegen Ihres Mitarbeiters Ingenieur Gustav Lainer.«

»Tragische Sache! Furchtbar. So ein tüchtiger Techniker und ein echter Sportsmann. Selbstmord, wer hätte das gedacht.«

»Haben Sie Befürchtungen gehabt, dass Lainer lebensmüde sein könnte?«

»Wie sollte ich? Der Mann war immer höflich und umgänglich, ich habe keinerlei Klagen über ihn gehört. Er war eher ein stilles Wasser, keiner, der sich gehen ließ, keiner, der derbe Schmähs riss. Ich stehe einer großen Abteilung vor, da kann man natürlich nicht jeden einzelnen Mitarbeiter gut kennen, also was in seinem Inneren vorging, wusste ich nicht. Offenbar niemand in der Abteilung, denn meine Leute waren schockiert über die Nachricht, dass er sich vor einen Zug geworfen hat. Schrecklich.«

»Mit wem hat Herr Lainer in letzter Zeit Kontakt gehabt?«

Greifenstein runzelte die Stirn. »Herr von Baumberg, sind Sie von der Polizei, dass Sie solche Fragen stellen?«

»Nun, ich arbeite in der Kanzlei des Statthalters, und seine Exzellenz, Prinz Hohenlohe, sorgt sich bekanntermaßen wie ein guter Vater um seine große Familie.«

Greifenstein sagte nichts, sondern fixierte seinen Gast. Baumberg hielt dem prüfenden Blick stand.

»Herr von Baumberg, ich weiß, wer Sie sind und was Sie tun.«

»Dann können Sie sich vielleicht denken, warum ich Sie besuche.«

»Haben Sie Lainer in den Selbstmord getrieben?«, fragte der Mann mit düsterer Miene.

»Ich fürchte, die Annahme der Polizei, dass Lainer den Freitod gewählt hat, ist nicht korrekt. Meiner Meinung nach ist er Opfer eines Unfalls geworden.«

»Aber was in Gottes Namen hat er mitten in der Nacht auf dem Verschiebebahnhof zu suchen gehabt? Da stimmt doch etwas nicht. Haben Sie oder Ihre Leute etwas damit zu tun?«

»Meine Leute?«

»Tun Sie nicht so! Ich weiß, dass Ihre Arbeit als Obersekretär des Statthalters nur eine Tarnung ist, ich weiß, dass Sie zum Reichskriegsministerium gehören.«

»Der Statthalter hat großes Interesse zu erfahren, warum ein seriöser und unauffälliger Techniker um Mitternacht auf Güterwaggons klettert, ausrutscht und vor einen fahrenden Zug stürzt. Zumal Lainer in einem Bereich gearbeitet hat, der von, gelinde gesagt, höchstem staatlichen Interesse ist.«

Greifenstein verzog säuerlich den Mund. »Herr von Baumberg, ich sage es Ihnen offen heraus, mir gefällt nicht, dass Sie und Ihre Leute mich und meine Leute pausenlos bespitzeln, beschatten und durchleuchten.«

»Ich bitte um Verständnis, Herr von Greifenstein. Der Kaiser nimmt beträchtliche Teile vom Vermögen Seiner Völker und stellt es einer gemeinsamen Sache zur Verfügung. Unser geliebter Kaiser hat vollstes Vertrauen in die Zuneigung und Treue Seiner Untertanen, aber ein gewisses Maß an Kontrolle ist unumgänglich.«

Greifenstein winkte beschwichtigend ab. »Ich bin lange genug hier auf diesem Posten und habe mich an diese Kontrollen gewöhnt. Natürlich ist unsere Arbeit gerade in diesen Tagen von höchstem kaiserlichem Interesse.«

»Ist der zweite Kiel schon gestreckt?«

»Das erfolgt in den nächsten Tagen. Alles läuft nach Plan.«

»Respekt!«

»Ich werde also, wie immer, meinen Dienst am Vaterland leisten, ich werde selbstverständlich kooperieren.«

»Das ist sehr erfreulich, Herr von Greifenstein.«

»Erfreulich würde ich es nicht nennen, ich habe einen wertvollen Mann verloren, aber es ist unausweichlich.«

»Was war der Arbeitsbereich Lainers?«

»Materialbeschaffung.«

Baumberg wartete eine Weile auf weitere Erläuterungen. »Können Sie das auch einem technischen Laien näher erklären?«

»Wir hier im Stabilimento Tecnico entwerfen die Schiffe ja nicht, das wird in Pola gemacht, wir bauen sie. Unsere Aufgabe ist es, das im Marinearsenal gezeichnete Papier in seetüchtiges Eisen zu verwandeln. Lainers Arbeit war, basierend auf den Entwürfen, die Mengen an Blechen, Rohren, Nieten, sprich allem, was im Hochofen gekocht wird, zu berechnen, zu beschaffen und den Hellingen zeitgerecht zur Verfügung zu stellen.«

»Eine außerordentlich verantwortungsvolle Arbeit. Hat er diese allein geleistet?«

»Aber nein, das könnte einer allein beim derzeitigen Bauvolumen nicht bewältigen. Fünf Männer arbeiten in der Materialbeschaffung.«

Baumberg überlegte kurz. »Habe ich richtig verstanden, dass die Männer der Materialbeschaffung im Zuge ihrer Tätigkeit die Baupläne studieren?«

»Das ist praktisch deren Hauptbeschäftigung.«

»Kann es sein, dass Pläne fehlen?«

»Ausgeschlossen! Wir führen peinlich genaue Kontrollen der Bestände durch. Mehrmals täglich. Ich persönlich überprüfe jeden Abend den Bestand der ausgegebenen Pläne und sperre sie in den Tresorraum. Und wenn ich verhindert sein sollte, dann erledigt diese Arbeit mein äußerst gewissenhafter Stellvertreter.«

»Die Pläne werden also sicher verwahrt im Tresor, für die Arbeit entnommen und nach der Arbeit wieder eingeschlossen?«

»Korrekt. Es werden ausschließlich Pläne entnommen, die für die Arbeit der Ingenieure nötig sind. Alles, was im Moment nicht gebraucht wird, verbleibt im Tresor.«

»Gibt es Kopien der Pläne?«

»Wir hier im STT haben die Kopien, die Originale lagern im Marinearsenal in Pola.«

»Ich verstehe.«

»Als ich die traurige Nachricht von Lainers Selbstmord, oder, wie Sie sagen, von seinem tragischen Unfall vernommen habe, veranlasste ich eine Prüfung der Bestände.«

Baumberg zog die Augenbrauen hoch. »Was ist dabei herausgekommen?«

»Die Prüfung dauert noch an.«

»Wann rechnen Sie mit einem Ergebnis?«

»In frühestens anderthalb Stunden. Wir haben beträchtliche Mengen Papier auf Lager und das Tagesgeschäft muss weitergehen.«

»Herr von Greifenstein, haben Sie bitte die Güte, mich schnellstmöglich vom Ergebnis der Überprüfung in Kenntnis zu setzen?«

»Habe ich, weil anderenfalls werden Sie mir ja sowieso keine Ruhe lassen.«

Baumberg erhob sich und nickte dem Abteilungsleiter höflich zu. »Herr von Greifenstein, Ihre berufliche Erfahrung und Kenntnis der Lage kann in keiner Weise in Zweifel gestellt werden. Mit Ihrer Erlaubnis beanspruche ich nicht weiter Ihre kostbare Zeit. Ich empfehle mich mit besten Grüßen.«

~⚬~

Hatte es jemals in ihrem Leben einen Moment der stillen Zufriedenheit gegeben? Eine in sich ruhende Stimmung, umkränzt von der Gewissheit, dass vieles sich zum Guten gefügt und manches sich sogar verwirklicht hatte? War je eine beständige Gelassenheit in ihr gewesen? Als das Schiff am Molo anlegte, stellte sie sich diese Fragen. Nein, niemals. Sie war immer von einer ruhelosen Unrast getrieben gewesen. Das musste sich Jekaterina Olenina eingestehen. Und sie stellte sich gleich noch eine weitere Frage. Hatte es in ihrem Leben jemals Langeweile gegeben? Gräfin Olenina lächelte in sich hinein. Wieder ein klares Nein. Niemals.

Die Seeleute fixierten die Taue der Dampfbarkasse am Poller und die Gangway wurde herangeschoben. Nur sieben Passagiere waren für die Überfahrt von Brioni nach Pola an Bord gewesen. Ein fescher Matrose beeilte sich, ihren Koffer an Land zu tragen, nur um ein geneigtes Lächeln der edlen Dame zu erhalten. Jekaterina gewährte dem kräftig gebauten Mann mit dem akzentuierten Bartschatten die Ehre und bescherte ihm somit den Höhepunkt der Woche.

Schon eilte ein Dienstmann herbei, um auch in den Genuss ihrer Aufmerksamkeit zu kommen. Sie überlegte, ob sie einen Wagen nehmen oder lieber zu Fuß gehen sollte. Da zwar das Pflaster noch nass war, aber der Regen aufgehört hatte, entschied sie sich für den Spaziergang. Sie beauftragte den Dienstmann, den Koffer zum Bahnhof zu bringen und gab reichlich Trinkgeld. Sie hatte nur den Regenschirm und ihre Handtasche bei sich, als sie losging.

Seit sieben Monaten hielt sie sich an der Adria auf. Und sie liebte das Wetter, das Klima und die Sonne dieser Region. Sie war in Sankt Petersburg aufgewachsen und als Kind mit ihren Eltern auf Dampfern nach Stockholm und Danzig gefahren. Von Anfang an hatte sie das Leben an der Küste gemocht. Später, im zweiten Jahr ihrer Ehe, hatte sie mit ihrem Mann ein paar Monate in Odessa gewohnt. In der Hafenstadt am Schwarzen Meer hatte sie sich wohlgefühlt. So hatte Jekaterina nicht eine Sekunde gezögert, als Fürst Blochin ihr das

Angebot unterbreitet hatte, in seinem Auftrag nach Triest zu gehen. Wieder ein Meer, anders als die Ostsee, zumindest was die Kraft der Sonne betraf, durchaus mit dem Schwarzen Meer vergleichbar, aber doch in einem völlig anderen Kulturkreis gelegen.

Als Enkeltochter des bedeutenden Literaturwissenschaftlers Sergei Semjonowitsch Uwarow hatte sie eine exzellente Schulbildung erhalten. Zwar hatte sie ihren Großvater nicht gekannt, er war Jahre vor ihrer Geburt gestorben, aber alle seine Kinder und Kindeskinder waren der Familientradition gemäß nur von den besten Lehrern unterrichtet worden. So hatte Jekaterina schon mit vierzehn Jahren über umfassende Kenntnisse der russischen Literatur verfügt, konnte fehlerfrei deutsche Gedichte rezitieren und las Romane in französischer Sprache. Einer ihrer Lehrer war Deutscher aus dem Elsass, der für ein respektables Gehalt den Enkelkindern des Grafen Uwarow Sprachen sowie alles Wissenswerte aus Geschichte, Literatur und Wissenschaft beigebracht hatte. Schon als kleines Mädchen hatte sich Jekaterina durch besondere Gelehrigkeit ausgezeichnet.

Später hatte sie in Odessa die ruthenische Sprache erlernt, was ihr wegen der Verwandtschaft mit dem Russischen leichtgefallen war. Drei Monate hatte sie sich mit ihrem Mann in Budapest aufgehalten, wo sie sich in Grundzügen Ungarisch beigebracht hatte. Und als Fürst Blochin ihr das Angebot unterbreitet hatte, nach Triest zu gehen, hatte sie unverzüglich begonnen, Italienisch und Serbokroatisch zu lernen. Den Klang und den Rhythmus der südslawischen Sprache hatte sie schnell erfasst, und beim Italienischen half ihr, dass sie fließend Französisch sprach. Sie war nach der langen Reise von Sankt Petersburg nach Triest mit Grundkenntnissen beider Sprachen aus dem Zug gestiegen.

Der Sommer an der Adria war von berückender Schönheit gewesen. Natürlich hatte sie viel zu tun gehabt, aber so wie sie ihr Leben und ihre Arbeit hier aufbaute, gehörten Schiffsreisen zu den dalmatinischen Inseln, Aufenthalte in den Kurorten Abbazia und Brioni und Ausflüge nach Venedig schlicht und einfach dazu. So hatte sie von der Lebensweise und Kultur an der Adria viel gesehen. Sie war die junge Witwe des viel zu früh verstorbenen Grafen Wladimir Olenin, legendär schön, leider kinderlos und wegen der langen, kalten und dunklen Winter in Russland und des Verlusts ihres geliebten Gemahls von Melancholie geplagt, weswegen ihr Arzt ihr empfohlen hatte, das sonnige Klima der Adria aufzusuchen. Das war die Geschichte, mit der sie nach Triest gekommen war und die von den hiesigen Kreisen begierig aufgeschnappt worden war. Und als sie bei einem Empfang bei Prinz Hohenlohe in Trauerkleidung und mit schwermütigem Blick das Parkett betreten hatte, hatte sie mit einem Augenaufschlag die Herzen der Stadt erobert. Man raufte sich geradezu, der jung verwitweten russischen Gräfin die Aufwartung zu machen.

Ihr Mann hatte für Fürst Blochin geheimdienstliche Aufträge übernommen. Die Reise nach Odessa hatte nicht nur dem Vergnügen gedient. Dann war ihr Mann bei einem Jagdunfall ums Leben gekommen. Wladimir Olenin hatte vor seiner Frau keine Geheimnisse gehabt, ja, Jekaterina hatte wiederholt ihren Mann bei Aufträgen unterstützt. Das war auch Fürst Blochin bekannt gewesen, also hatte er sich nach einem Jahr der Trauer mit einem Vorschlag an die Witwe gewandt. Jekaterina hatte das außerordentlich verlockende Angebot sofort angenommen.

Wladimir Olenin war ein Mann gewesen, von dem edle Fräuleins an langen Winterabenden träumten, überaus stattlich, gebildet, kultiviert und unternehmungslustig. Jekaterina hatte in seiner Gesellschaft und seinen Armen höchstes Glück erfahren, nur ein Kind war dem Ehepaar verwehrt geblieben. Nach seinem Tod hatte Jekaterina feststellen müssen, dass ihr Gemahl seiner Ehefrau außer der Villa in Sankt Petersburg keine Reichtümer hinterlassen hatte. So war ihr der Auftrag Fürst Blochins höchst zupassgekommen, denn dieser vertrat die Meinung, dass die handverlesene Schar seiner Agenten bei den Einsätzen niemals in finanzielle Bedrängnis geraten durfte. Jekaterina hatte mit ihrem Leben in Sankt Petersburg abgeschlossen, das Haus verkauft und war in den Süden aufgebrochen.

Gefühlsmäßig war die Fahrt nach Triest wie die erste Etappe auf ihrem Weg nach Übersee. Seit ihr Mann von der Reise nach Venezuela erzählt hatte, die er in jungen Jahren unternommen hatte, träumte sie davon, Südamerika zu besuchen, über karibische Gewässer zu segeln und in tropischen Wäldern zu wandern. Das Leben in der Nähe des Äquators unterschied sich völlig vom Leben im Norden Europas. In Triest legten Linienschiffe direkt nach Südamerika ab. Irgendwann würde sie eines besteigen und den Ozean überqueren.

Fürst Blochins Auftrag war klar gewesen, sie hatte Leistungen für das Vaterland zu erbringen, der Fürst hatte ihr auch manche gute Ratschläge erteilt. Wie sie ihre Arbeit verrichtete, hatte er ihr nicht vorgeschrieben, er hatte nur gesagt, ein Spion müsse unauffällig sein, und unauffällig war man, wenn man das Leben, in das man geboren war, gemäß der jeweils geltenden gesellschaftlichen Usancen führte. Ein Jäger aus der Taiga konnte sich nicht über Nacht in einen Offizier von altem Adel verwandeln, ebenso verhielt es sich umgekehrt. Diesen Gedanken hatte sich Jekaterina sofort zu eigen gemacht. Sie war die Enkeltochter eines bedeutenden russischen Edelmanns, hatte standesgemäß einen russischen Grafen geheiratet, der zwar um fünfzehn Jahre älter als sie gewesen war, der aber mit seiner jungen und mutigen Frau ein geradezu abenteuerliches Leben auf zahlreichen Reisen geführt hatte.

Sie war adelig, polyglott und wohlerzogen, sie war mit ihren neunundzwanzig Jahren kinderlos, verwitwet und schön, also versteckte sie ihre Herkunft nicht, sondern nutzte ihre Gaben und die Zuwendungen des Fürsten, um sich in der neuen Stadt am neuen Meer ein neues Leben zu erschaffen.

Jekaterina betrat das Hotel, in dem sie immer logierte, wenn sie in Pola war, durchschritt das Foyer und ging auf die Rezeption zu.

Der Concierge blickte hoch und strahlte mit einem Mal über das ganze Gesicht. »Euer Gnaden, welche Ehre, dass Ihr unser bescheidenes Haus mit Eurer Aufwartung würdigt. Darf ich die Suite für Euch bereit machen?«

»Guten Tag, Herr Koren. Ich muss gleich weiter zum Bahnhof.«

»Oh, wie bedauerlich. Ich hoffe, Eure Eile ist nicht von unangenehmer Natur.«

»Vielen Dank für Ihre Anteilnahme, aber es besteht keine Veranlassung zur Besorgnis. Ich bin nur auf der Durchreise.«

»War Euer Aufenthalt auf Brioni erholsam?«

»Im höchsten Maße, verehrter Herr Koren. Sagen Sie mir bitte: Ist Post für mich hinterlegt worden?«

»Ich werde das Postfach sofort in Augenschein nehmen. Bitte um Geduld.«

Der Concierge eilte in das Bureau hinter der Rezeption und kam wenige Augenblicke später mit zwei Couverts zurück.

»In der Tat sind zwei Briefe abgegeben worden. Bitte sehr, Euer Gnaden.«

»Verbindlichsten Dank, geschätzter Herr Koren. Ich freue mich auf unsere nächste Begegnung. Auf Wiedersehen.«

»Mit Verlaub, Euer Gnaden, darauf freue ich mich auch inständig. Gute Reise.«

Jekaterina stellte sich an den Rand des Foyers und öffnete die Briefe. Eine Einladung zu einem Musikabend und eine weitere zu einem Empfang bei Komtess Urbanau. Jekaterina verzog verärgert ihren Mund und steckte die Briefe in ihre Tasche. Keine Nachricht von Gustav Lainer. Warum hatte der Mann sie versetzt? Warum hatte er ihr keine Nachricht zukommen lassen? Sie marschierte zügig los. Am Bahnhof würde sie ein paar Zeitungen kaufen. Während der Bahnfahrt nach Triest würde sie die Zeit nutzen, um sich auf den Stand der Dinge zu bringen. Zeitungslektüre gehörte zu ihren Aufgaben.

Jekaterina ahnte mehr als deutlich, dass es eine Komplikation gegeben hatte. Sie fluchte in sich hinein. Auf Russisch.

~∾~

Dr. Rathkolb erhob sich und gestikulierte. »Inspector Zabini, bitte sehr, kommen Sie näher. Vielen Dank, Hinteregger, Sie können sich zurückziehen.«

Der Amtsdiener hielt die Klinke in der Hand, ließ Bruno eintreten und schloss von außen die Tür.

»Guten Tag, Herr Polizeidirektor«, grüßte Bruno in strammer Haltung.

»Guten Tag, bitte nehmen Sie Platz.«

Bruno konnte sich noch genau an die letzte Unterredung mit Dr. Rathkolb erinnern. Damals hatte der Polizeidirektor generös Kaffee serviert und sofort eine freundschaftliche Atmosphäre geschaffen, obwohl ein unangenehmes Gespräch anstand. Dafür war der oberste Chef der Triestiner Polizeibehörde bekannt und geschätzt, er führte seine Behörde mit Höflichkeit, Menschenkenntnis und Umsicht.

»Wie ist es Ihnen in den letzten Wochen ergangen?«, fragte Rathkolb.

»Vielen Dank der Nachfrage. Ich hatte Zeit, über viele Dinge nachzudenken.«

»Ich hatte stets den Eindruck, dass Sie ein besonnen denkender Mensch sind. Lassen Sie mich bitte an Ihren Gedanken teilhaben.«

Bruno saß aufrecht und schaute dem Polizeidirektor offen in die Augen. »Meine erste Überlegung war, dass ich die Krise meiner Laufbahn zu einem entschlossenen Schritt nutzen könnte und den Polizeidienst quittiere. Ich bin nicht zu alt, um mich beruflich neu zu orientieren. Der Beruf des Technischen Zeichners hat zeit meines Lebens eine Faszination auf mich ausgeübt. Außerdem finde ich manche Gesetze unseres Landes irrational. Warum ist es Mitgliedern der evangelischen oder mosaischen Konfession rechtlich möglich, sich scheiden zu lassen und sich wieder zu verheiraten, während Katholiken dieses Recht verwehrt wird? Ja, ich habe sogar eine Konvertierung ins Auge gefasst.«

Rathkolb verzog überrascht seine Miene. »Vielen Dank für Ihre entwaffnende Offenheit.«

»Aber nach einigen Tagen hat sich meine erste Aufregung gelegt, und ich konnte gelassener über die Situation nachdenken.«

»Sehr gut.«

»Der mitunter belastenden Konfrontation mit dem Übel der Welt und der Schlechtigkeit der Menschen, welcher man als Polizist berufsbedingt ausgesetzt ist, steht für mich doch das ethische und juristische Prinzip der Gerechtigkeit entgegen. Wenn ich die letzten Jahre vor meinem Auge Revue passieren lasse, so sehe ich doch meine Fähigkeit, den Anforderungen des Berufes gewachsen zu sein. Irgendjemand muss in dieser unserer unvollkommenen Welt den Mut, den Schweiß und manchmal auch das Blut aufbringen, um die menschliche Gesellschaft vor ihrer eigenen Destruktivität und Ungerechtigkeit zu bewahren. Das Schicksal hat mich mit dieser Aufgabe betraut, und manches ist mir gelungen, manches mag mir noch gelingen, was die Ruhe und Sicherheit in meiner Heimatstadt gewährleistet.«

Rathkolb kniff lauernd die Augen zusammen. »Höre ich da die Bereitschaft, weiterhin den Polizeidienst auszuüben?«

»Ich habe jahrelang im Geheimen mit einer verheirateten Frau eine Beziehung unterhalten, weil auch sie es wollte. Das ist eine Verletzung der Gesetze Österreich-Ungarns. Ich bereue diesen Gesetzesbruch nicht und stehe für die Konsequenzen meines Fehlverhaltens gerade. Somit ist es nicht an mir, über meinen Dienst als Polizist zu entscheiden.«

»Die Frage ist, würden Sie weitermachen, wenn man Sie ließe?«

»Ja.«

Rathkolb wiegte mit beeindruckter Miene seinen Kopf. »Die Prägnanz Ihrer Gedanken ist für mich ein Lichtblick, Herr Inspector. In Wahrheit erlebe ich viel zu selten eine solche Klarheit und Folgerichtigkeit. Und Ehrlichkeit.«

Für eine Weile schaute der Polizeidirektor zum Fenster hinaus. »Ich habe Sie in den letzten Wochen nicht ganz aus den Augen gelassen, Signor Zabini. So weiß ich zum Beispiel, dass Sie den Umzug der Signora Cherini in ihre neue Wohnung organisiert haben.«

»Ich habe mitgeholfen.«

»Man hat mir auch zugetragen, dass Sie und Signora Cherini gemeinsam auf dem Markt eingekauft haben und im Kaffeehaus zu Gast waren.«

»Es gibt keinen Grund mehr für Heimlichkeiten.«

»Offizier Cherini ist mit der Baron Beck noch auf See, aber der Gerichtstermin rückt näher, bei dem über die Trennung von Tisch und Bett des Ehepaars entschieden wird. Im vorliegenden Fall scheint der Prozess eine Formsache zu sein. Natürlich unter der Voraussetzung, dass keiner der beiden Eheleute die Meinung ändert.«

Bruno wartete still, bis der Direktor zum Kern seines Anliegens vorstieß.

»Ich muss gestehen, Signor Zabini, ich war doch überrascht, wie schnell sich nach Ihrer Suspendierung die Stimmung im Polizeiagenteninstitut verschlechtert hat. Praktisch von einer Woche auf die nächste. Insbesondere die für mich unerwartet schroffe Gegensätzlichkeit der Meinungen und Gesinnungen von Oberinspector Gellner und Inspector Pittoni ist für mich beunruhigend. Wenn die beiden höchstrangigen Beamten nicht kooperieren können oder wollen, dann wirkt sich das verheerend auf die niederen Dienstränge aus.«

Bruno spitzte die Ohren.

»Es begann, als nach einem Verhör Inspector Pittoni einen Verdächtigen laufen ließ, den der Oberinspector in einem Fall von subversiven Umtrieben als Hauptverdächtigen ansah. Der Verdächtige hat sich unmittelbar nach seiner Entlassung höchstwahrscheinlich nach Italien abgesetzt. Nun war das kein schwerwiegender Fall, nur Wandschmierereien gegen das Haus Habsburg, die Gemüter hätten sich bald beruhigt, wenn nicht eine Woche später ein ähnliches Ereignis vorgefallen wäre. Auch in diesem Fall ist ein Verdächtiger aus der Stadt verschwunden. Daraufhin kam es zu einem heftigen Disput, in dem Oberinspector Gellner Inspector Pittoni vorgeworfen hat, aus nationalistischen, ja, aus geradezu irredentistischen Gründen italienischstämmigen Verdächtigen im Fall von subversiven Umtrieben die Flucht ermöglicht zu haben. Woraufhin Inspector Pittoni sich verstieg, die kriminalistische Kompetenz des Oberinspectors infrage zu stellen. Höchst unangenehm. Die Wogen sind bestenfalls oberflächlich geglättet, es droht jederzeit eine weitere Sturmflut.«

Der Direktor schaute wieder eine Zeit lang aus dem Fenster. Bruno saß bewegungslos auf dem Stuhl.

»Inspector II. Klasse Vinzenz Jaunig bemüht sich nach Kräften, unsere jungen Polizeiagenten vor den Querelen in der oberen Etage abzuschirmen, doch ich fürchte, der Arbeitsaufwand und die Verantwortung bereiten ihm Woche für Woche noch größere Last. Bislang konnte ich durch Gespräche und Beschwichtigungen die Männer auf Kurs halten, aber ich sehe klar und deutlich vor mir, dass es Ihrer sachorientierten Führung bedarf, an der sich die jungen Kollegen festhalten können. Daher, Inspector Zabini, habe ich in Absprache mit Oberinspector Gellner und dem Statthalter Prinz Hohenlohe-Schillingsfürst die interne Revision abgeschlossen. Wir sind darin übereingekommen, dass Ihr Verhalten unbestreitbar gegen die üblichen Sitten und Gebräuche verstößt, aber da Signor Cherini keine gerichtliche Anklage wegen Ehebruch gegen seine Ehefrau und Sie erhoben hat, da Ihre Verdienste als hochrangiger Beamter für das k.k. Polizeiagenteninstitut außer Zweifel stehen und da Sie der Signora Cherini in ihrer zweifellos schwierigen Lebenssituation in ritterlicher Weise beistehen, haben wir die Revision zu Ihren Gunsten abgeschlossen. Was sagen Sie dazu, Inspector?«

Brunos Miene blieb ohne Regung. »Ich möchte mich für diesen Vertrauensbeweis bedanken.«

»Sehr schön.«

»Aber bitte lassen Sie mich gleichzeitig ein Anliegen zum Vortrag bringen.«

»Ein Anliegen?«

»Manche Abläufe in der Arbeit des Polizeiagenteninstituts erfordern meiner Ansicht einer Erneuerung.«

»Und zwar welche?«

»Es ist nicht mehr zeitgemäß, dass nur ein Kriminalist in ganz Triest die Methoden der Daktyloskopie anwendet, dass nur ich den Photoapparat bedienen und Photographien in der Dunkelkammer entwickeln kann. Wir haben einige lernwillige, junge Polizeiagenten in unseren Reihen. Ich bin mir sicher, die Männer mit moderner Ausbildung zu höherer Leistungsbereitschaft zu motivieren. Insbesondere Luigi Bosovich hat sich im letzten noch von mir bearbeiteten Fall als ausgesprochen patent erwiesen.«

»Solche und ähnliche Anliegen haben Sie schon wiederholt geäußert.«

»Herr Polizeidirektor, Sie haben zuvor die Prägnanz meiner Aussagen gelobt. Deshalb sage ich klar und deutlich, dass ich es nicht weiter dulde, dass sowohl Oberinspector Gellner als auch Inspector Pittoni die Modernisierung der Arbeit endlos verschleppen. Ich werde nicht wieder den Dienst antreten, um gegen veraltete Ansichten anzurennen.«

»Geduld, Zabini, Geduld. Sie haben gerade erst wieder Ihren Posten in Aussicht gestellt bekommen. Ihr Anliegen klingt auf mich wie eine Forderung. Und für Forderungen ist es verfrüht.«

»Herr Direktor, verzeihen Sie, ich habe jedoch bewusst Anliegen gesagt, denn die Entscheidung obliegt selbstverständlich Ihnen. Ich bin suspendiert und kann keine Forderungen stellen. Aber ja, ich behalte mir das Recht vor, eigenständig und selbstverantwortlich über meine berufliche Zukunft zu entscheiden.«

Rathkolb nickte anerkennend, öffnete eine Schublade seines Schreibtisches und legte Brunos Dienstwaffe, Legitimationskarte und Kokarde auf den Tisch. »Nun, Inspector, ich habe mit Oberinspector Gellner mehrere Gespräche zum Thema Modernisierung geführt. Wir sind darin übereingekommen, beträchtlich in die Ausbildung der jungen Polizeiagenten zu investieren. Insofern stimmt Ihr Anliegen genau mit der Intention des Oberinspectors und meiner überein. Und Polizeiagent Bosovich habe ich letzte Woche davon unterrichtet, dass er bis auf Weiteres als Ihr persönlicher Assistent eingesetzt und von Ihnen auf das Gründlichste in die wissenschaftlichen Methoden der Kriminalistik eingeschult wird.«

»Herr Direktor, ich danke für das Vertrauen.«

»Sind Sie damit einverstanden?«

»Jawohl.«

Rathkolb erhob sich, Bruno tat es ihm gleich. Die Männer nahmen Haltung an.

»Inspector I. Klasse Bruno Zabini, hiermit endet Ihre Suspendierung. Ich fordere Sie auf, durch Übernahme Ihrer Ausrüstung ab sofort wieder den Dienst für das k.k. Polizeiagenteninstitut anzutreten. Mit dem heutigen Tag werden Ihre Bezüge wieder ausbezahlt.«

❧

Auf dieses Getränk war Koloman Vanek schon in den ersten Tagen seines Aufenthalts in Triest süchtig geworden. Natürlich hatte er in Wien auch Kaffee getrunken, für ihr flüssiges Gold waren die Wiener Kaffeehäuser in der gesamten Monarchie bekannt. Er hatte Melange, Verlängerten, Gold sowie kleinen und großen Braunen probiert, aber aus irgendwelchen Gründen hatte sein Magen sich nie mit Kaffee angefreundet und ihm mitunter unangenehme Blähungen beschert. Deswegen hatte er im Kaffeehaus lieber zu Bier gegriffen. Und dann war er nach Triest gekommen und hatte nicht gewusst, was er im Kaffeehaus bestellen sollte, also hatte er einfach das Erste von der Karte gewählt. Nero. Und als der Kellner, der entweder wirklich kein Wort Deutsch verstand oder dies in boshafter Absicht vorgab, eine kleine Tasse schwarzen Kaffee brachte, hatte Vanek gegen den Impuls gekämpft, dem arroganten Kerl einen Kinnhaken zu verpassen und ihm den Kaffee mitsamt der Tasse tief in den Rachen zu befördern. Aber er war ruhig geblieben, hatte die kleine Tasse genommen und in der Ahnung von Bauchschmerzen gekippt. Vanek hatte in sich hineingehört und darauf gewartet, dass nun die Beschwerden und die Winde einsetzten. Doch nichts war geschehen, der Kaffee hatte keinerlei Magenbeschwerden verursacht, die kleine Tasse hatte seinen Kreislauf angeregt und ihm insgesamt wohlgetan. Da hatte er begriffen, dass es die Mischung von Kaffee mit Milch gewesen sein musste, die sein Unwohlsein hervorgerufen hatte. Er hatte lachend den Kopf geschüttelt. Warum hatte er in Wien nie Mokka probiert? Egal. Jetzt war er in Triest und nahm zwei bis dreimal pro Tag im Kaffeehaus einen Caffè nero.

Seine regelmäßigen Besuche in den unzähligen Kaffeehäusern dieser nach Kaffee süchtigen Stadt verschafften ihm einen guten Überblick über die allgemeine Stimmung ihrer Bewohner. Da seine Kenntnisse der italienischen Sprache von Monat zu Monat besser wurden, verstand er auch viel von den Themen, über die gesprochen wurde.

Im Caffè Stella Polare etwa verkehrten die Engländer, weil unweit die Berlitz School lag. Die Dozenten und Studenten der Sprachschule verbrachten regelmäßig die Mittagspause hier, sodass er oft den Klang der englischen Sprache hörte, was wiederum die englischen Händler, Reisenden oder Angestellten der britischen Gesandtschaft hierherlockte.

Vanek lugte über den Rand der Triester Zeitung zum Tisch neben dem Eingang. Sein Zielobjekt erhob sich eben, nahm Mantel und Hut vom Haken und wurde vom herbeieilenden Oberkellner wortreich zur Tür begleitet. Vanek war klar, dass Kenneth Hudson genau wusste, wer er war und warum sie sich einander von Zeit zu Zeit über den Weg liefen. Dabei taten sie beide stets so, als ob sie einander weder kennen noch bemerken würden. Hudson suchte niemals solche unerkannten Begegnungen, ein Mann wie er hatte für Observierungen eine kleine Truppe von Agenten zur Hand, gab die Befehle und brachte Nachrichten in die richtigen Kanäle. Selbstverständlich wusste ein alter Haudegen wie Hudson über Baumberg und seine Leute in Triest Bescheid. Vielleicht lag es an der Klugheit Baumbergs und Hudsons, dass die österreichischen und die britischen Agenten einander praktisch nie in die Quere kamen, vielleicht lag es aber auch einfach an der geographischen Distanz von Österreich-Ungarn und dem Vereinigten Königreich Großbritannien und Irland.

Natürlich war Baumbergs Auftrag sinnvoll und nötig gewesen, also hatte Vanek zuerst Rolf Stiebke, danach Kenneth Hudson unter die Lupe genommen. Sowohl der preußische Bankier als auch der britische Teeimporteur hatten keinerlei Anzeichen von Nervosität oder ungewohnter Betriebsamkeit gezeigt. Vanek hatte den Eindruck gewonnen, dass der Preuße und der Brite stumm zur Kenntnis genommen hatten, dass die Österreicher sie in Person Vaneks unter Beobachtung nahmen. Nicht irgendein Laufbursche, sondern Vanek selbst war gekommen. Das war natürlich auch ein Signal an die Preußen und Briten. Bestimmt würde Hudson auf absolut unauffällige Weise seine Leute aufscheuchen und sie auf Spurensuche schicken. So wie Stiebke unter Garantie schon zwei Stunden zuvor Maßnahmen ergriffen hatte.

Vanek winkte dem Kellner und griff zu seinem Portemonnaie. Er würde seinem Vorgesetzten wahrheitsgetreu berichten, dass er noch keine Anhaltspunkte in der Sache Lainer gefunden hatte.

Wenig später marschierte Vanek eilig in die andere Richtung als Hudson. Hatte der Hauptmann endlich Nachricht aus dem STT über den Bestand der Constructionspläne erhalten?

Mittwoch, 6. November 1907

Bruno öffnete die Tür zu seinem Bureau und trat ein. In den Wochen seiner Abwesenheit war nichts verändert worden, das Lineal und die Bleistifte lagen exakt dort, wo er sie zurückgelassen hatte, alles war sauber und geordnet, nur die Luft war ein bisschen abgestanden. Er öffnete das Fenster. Die Erde der Topfpflanzen war feucht, also hatte sich Ivana um sie gekümmert. Bruno legte Hut und Mantel ab und setzte sich hinter den Schreibtisch. Er schaute sich um.

Ja, sein Bureau, sein geregeltes Leben als Beamter, die Anforderungen, die die Arbeit als Kriminalist mit sich brachte, die Verantwortung für die Einsätze waren ihm abgegangen.

Wobei natürlich auch die Freiheit, einfach in den Tag hineinzuleben, fürwahr mit süßem Geschmack aufwarten konnte. Wie ein Künstler ohne Wecker aufstehen, ohne Uhr den Tag mit selbst gewählter Tätigkeit verbringen und abends wieder ohne Uhr zu Bett gehen. Er hatte eine Ahnung von einem solchen Leben erhalten.

Nachdem der Polizeidirektor ihm gestern seine Ausrüstung ausgehändigt hatte, war Bruno in die Kanzlei gegangen und hatte fast anderthalb Stunden mit den Kollegen, den Amtsdienern und den beiden Schreibkräften geredet und Kaffee getrunken. Alle, die er getroffen hatte, waren froh, dass er wieder im Dienst war. Bruno hatte fast eine Stunde unter vier Augen mit Vinzenz Jaunig gesprochen, der ihm von den Vorgängen erzählt und dabei auch sein Leid geklagt hatte, in den letzten Wochen kaum zur Ruhe gekommen zu sein. Denn als herausgekommen war, dass Bruno jahrelang ein Verhältnis mit einer verheirateten Frau unterhalten hatte, war die Freundschaft zwischen Vinzenz und Bruno auf eine harte Probe gestellt worden. Man konnte den erfahrenen Inspector als einen Hünen bezeichnen, er war groß und kräftig, mit seinen siebenundvierzig Jahren mittlerweile auch breit und schwer. Wenn Vinzenz bei einem Handgemenge eingreifen musste, dann war dieses in der Regel schnell beendet. Bei all seiner immensen Kraft war Vinzenz ein gutmütiger und gemütlicher Familienmensch, der seine italienischstämmige Frau nach über zwanzig Jahren Ehe nach wie vor über alles liebte und für seine Kinder ein treu sorgender Vater war. Vinzenz und Bruno hatten über die Jahre nicht nur gut zusammengearbeitet, sie waren Freunde geworden. Brunos ehebrecherisches Verhalten hatte die Festigkeit des Bandes arg strapaziert, zum Glück aber nicht zerrissen. Da die interne Revision abgeschlossen und Brunos Suspendierung aufgehoben worden und da Vinzenz durch die Unstimmigkeiten in der Kanzlei erheblich unter Druck geraten war, war Vinzenz heilfroh, dass Bruno in Amt und Würden zurückkehrte.

Und ja, Vinzenz sagte es freimütig heraus, er selbst hatte im Auftrag des Polizeidirektors Bruno und Fedora Cherini im Auge behalten. Gerade Vinzenz' Beobachtungen hatten dazu beigetragen, das sittliche Verhalten Brunos der Signora Cherini gegenüber als ehrenhaft zu beurteilen. Bruno hatte natürlich bemerkt, dass Vinzenz ihn gelegentlich observiert hatte. Auch dass der Direktor nicht den höherrangigen Emilio Pittoni, sondern Vinzenz mit dieser Beobachtung beauftragt hatte, zeugte von seiner Umsicht. Es war Dr. Rathkolb nicht entgangen, dass das Verhältnis der beiden ranghöchsten Inspectoren, Zabini und Pittoni, nicht das beste war und dass Inspector II. Klasse Jaunig in diesem Fall verlässlichere Informationen und Einschätzungen liefern konnte.

Bruno schaute sinnierend zum Fenster. Emilio Pittoni. Was war wirklich los mit dem Mann? Nicht selten hatte sich Bruno über die veralteten Ansichten des Oberinspectors geärgert. Ohne Brunos Initiative und geduldiges Nachsetzen wären so manche Fortschritte niemals gelungen. Man konnte Gellner aus vielerlei Gründen kritisieren, dachte Bruno bei sich, doch war es ein unerhörter Fall von Insubordination, Oberinspector Gellner rundweg kriminalistische Kompetenz abzusprechen. Vinzenz hatte Bruno anschaulich vom Streit erzählt. Es war kein Geheimnis, dass Emilio dem italienischen Nationalismus anhing. Bruno selbst hatte wiederholt festgestellt, dass er bei der Verfolgung von Verbrechen durch einen Slawen oder Deutschen überaus hartnäckig war, während er gegenüber Italienern durchaus mal ein Auge zudrückte.

Und dann stand noch Brunos Verdacht im Raum, dass Emilio ihn bespitzelt hatte. Der ominöse Brief, der eines Tages im Spind Carlo Cherinis gesteckt und Carlo auf die Untreue seiner Frau aufmerksam gemacht hatte, war von irgendjemand mit Absicht dort platziert worden. Bruno hatte Emilio zur Rede gestellt, aber Emilios Panzer war undurchdringlich gewesen. Also hatte Bruno seinen Verdacht niemandem mitgeteilt, nicht einmal gegenüber Fedora war er konkret geworden.

In den Wochen seiner Suspendierung hatte Bruno seinen Verdacht mehrfach hinterfragt, hatte hartnäckig versucht, diesen Verdacht als unbegründet und unlauter zu entlarven, war aber immer wieder gescheitert. Wer sonst hätte diesen anonymen Brief an Carlo Cherini schreiben sollen? Niemand anderer als Emilio Pittoni fiel ihm ein. Doch hinsichtlich seines Motivs tappte Bruno im Dunklen. Emilio war ein Meister darin, seine Beweggründe in einem undurchdringlichen Dickicht zu verstecken. Das machte die Sache so unklar.

Gestern hatte er Emilio nicht gesehen, heute würde es wohl zu einem Zusammentreffen kommen.

Es klopfte an der offen stehenden Tür. Bruno tauchte aus seinen Gedanken auf.

»Guten Morgen, Luigi.«

»Guten Morgen, Herr Inspector. Ich habe schon gehört, dass Sie uns gestern besucht haben. Ich war leider unterwegs.«

Bruno erhob sich, trat auf Luigi Bosovich zu und reichte die Hand zum Gruß. »Das habe ich bemerkt. Wie geht es dir, Luigi?«

»Danke der Nachfrage, eigentlich recht gut. Bin heute sogar besonders früh aufgestanden, damit ich pünktlich in der Kanzlei erscheine.«

Bruno machte eine einladende Handbewegung. »Komm, Luigi, setz dich. Wir haben einiges zu bereden.«

»Sehr gern, Herr Inspector.«

Bruno bot ihm einen Platz an seinem Schreibtisch an. Bruno musterte seinen jungen Kollegen. Luigi war ein eher phlegmatischer Mensch, der sich kaum aus der Ruhe bringen ließ, der schon am Anfang seiner polizeilichen Laufbahn durch ein sehr gutes Gedächtnis und eine schnelle Auffassungsgabe aufgefallen war, der aber Routinearbeit und Kleinkram überraschend langsam abarbeitete. Der schlanke, feingliedrige Mann ähnelte in der Statur Emilio Pittoni, aber anders als Emilio war Luigi jede Schärfe in Gestik und Mimik fremd. Emilios Blick konnte schneiden wie ein Rasiermesser, Luigi lächelte höchstens hellhörig, so waren die beiden völlig unterschiedliche Charaktere.

»Luigi, wie mir der Polizeidirektor mitgeteilt hat, hast du mit ihm eine Unterredung gehabt.«

»Jawohl, Herr Inspector.«

»Fasse bitte den Inhalt des Gespräches zusammen.«

»Also, der Polizeidirektor und der Oberinspector wollen einige Veränderungen des k.k. Polizeiagenteninstituts durchführen. Dabei geht es unter anderem um Modernisierungen der Arbeitsweisen. Tribel, Marin und ich sollen in den nächsten Wochen in die Methode der Daktyloskopie eingewiesen werden. Ich soll mit der Arbeit in der Dunkelkammer Erfahrungen sammeln und das Morsealphabet erlernen. Wobei, das habe ich mir selbst schon beigebracht. Ist nicht so schwer.«

»Um ehrlich zu sein, Luigi, haben mich Dr. Rathkolbs ehrgeizige Pläne ein bisschen überrumpelt. Dass die Modernisierung jetzt so schnell kommen wird, ist beachtlich. Und auch herausfordernd.«

»Mir gefällt das, Herr Inspector. Das Schreiben von Berichten ist mir auf die Dauer zu langweilig.«

»Ein guter Bericht hat seinen Wert. Der Sinn der Kriminalistik ist es, gute Berichte zu verfassen, die vor Gericht exakte Darstellungen ermöglichen. Die gute polizeiliche Untersuchung führt zu gerechten Urteilen. Das ist der eigentliche Sinn und Zweck unserer Arbeit.«

Luigi grinste breit. »Herr Inspector, zum Glück sind Sie wieder im Amt.«

Bruno lächelte ebenso. »Freue dich nicht zu früh, Luigi, denn wir fangen morgen schon mit der Daktyloskopie an. Das ist keine einfache Arbeit, man muss sehr präzise und konzentriert arbeiten.«

»Jawohl, Herr Inspector.«

»Hat Dr. Rathkolb dir auch gesagt, dass du als mein persönlicher Assistent fungieren sollst?«

»Ich hoffe, das ist Ihnen genehm, Herr Inspector.«

»Das ist mir genehm, wenn du das willst.«

»Sehr gerne, Herr Inspector. Ich glaube, für mich geht die Arbeit bei der Polizei jetzt erst richtig los.«

Bruno erhob sich soldatisch und fasste Luigi mit strengem Blick ins Auge. Luigi sprang hoch und nahm Haltung an. »Also, Polizeiagent II. Klasse Luigi Bosovich, ich übernehme Sie hiermit in den Dienst als persönlichen Assistent. Ich erwarte von Ihnen höchste Bereitschaft, tugendhafte Amtsführung, Geistesgegenwart und Schlagfertigkeit.«

»Zu Befehl, Herr Inspector.«

»Und ich erteile dir hiermit den ersten Auftrag, Luigi.«

»Stets zu Diensten, Herr Inspector.«

»Lauf hinaus zu Frau Ivana und besorge für uns beide eine anständige Kanne Kaffee. Mit einem Kaffee redet es sich leichter. Und nimm die Zeitungen mit.«

Luigi salutierte stramm. »Jawohl, Herr Inspector.«

~∞~

Leopold Freiherr von Baumberg setzte das Messer an. Langsam und bedächtig schabte er über seine Haut. Seit er sich in jungen Jahren bei einer Rasur eine stark blutende Wunde am Hals zugefügt hatte, von welcher eine sichtbare Narbe geblieben war, nahm er sich ausnahmslos viel Zeit für diese Tätigkeit. Er spülte die Klinge im Lavoir und wusch die Seifenreste ab.

Die kleine Wohnung in der Via della Cattedrale auf halber Höhe empor zum Colle di San Giusto erfüllte alle seine Ansprüche. Baumberg stammte aus einem Adelshaus mit ehrwürdiger militärischer Vergangenheit. Da seine Familie zwar einen respektablen Namen trug, aber kaum Ländereien oder Vermögen besaß, war Baumberg keine andere Wahl geblieben, als die militärische Laufbahn einzuschlagen. Das Leben in der Militärakademie in Wiener Neustadt und danach in verschiedenen Garnisonen hatte ihn geprägt. Er brauchte keinen Luxus, er brauchte lediglich ein Bett mit fester Matratze, einen Schrank für seine Garderobe, einen Ofen und eine Waschschüssel. Mehr musste eine Wohnung nicht bieten. Er kochte nicht selbst, sondern lagerte in den Küchenschränken nur Vorräte für kleine Zwischenmahlzeiten. Und auch Kaffee kochte er nicht zu Hause. Warum auch? Wer in Triest aus der Tür eines Kaffeehauses hinausstolperte, fiel prompt in das nächste Kaffeehaus hinein.

Einmal in der Woche kam eine Haushälterin, die für einen großzügigen Stundenlohn die Wohnung säuberte, die Fenster putzte und wenn nötig die Bettwäsche zur Wäscherei trug.

Der Weg in sein Bureau im Palazzo del Governo führte über die Treppen und durch die schmalen Gassen der Città Vecchia. Er mochte die Altstadt Triests und die Anhöhe des Colle di San Giusto. Vor allem der kolossale Rundumblick von der Rundbastion des Castello über die Dächer der Stadt, die Hänge hinauf zum Karst und hinaus in den Golf von Triest hatten ihn schon bei seinem ersten Besuch begeistert. Baumberg besuchte regelmäßig die Sonntagsmesse in der Kathedrale. Der Klang der Kirchenorgel war einfach unübertrefflich. Sein Adjutant Vanek wohnte am Fuße des Colle nur ein paar Gassen weiter. Und genauso wie Baumberg konnte man auch Vaneks Wohnung als spartanisch bezeichnen. Sie waren Soldaten, selbst wenn sie keine Uniform mehr trugen.

Baumberg leerte das Lavoir in die Bassena und spülte es gründlich aus. Nicht jedes Haus in der Altstadt verfügte über eine Wasserleitung und pro Stockwerk sowohl über eine Bassena wie ein Wasserklosett. Diese moderne Ausstattung hatte den Ausschlag gegeben, weswegen Baumberg in dieses alte Haus eingezogen war.

Zurück in der Wohnung bekleidete er sich vollständig. Er schaute aus dem Fenster. Wie es aussah, war die Regenfront über den Golf hinweggezogen und hatte den Himmel gesäubert, also nahm er den leichten Mantel von der Garderobe. Er drehte sich vor dem Spiegel. Sehr gut. Ein durchschnittlich gekleideter Beamter auf dem Weg zur Alltagsarbeit in der Kanzlei.

»Kruzifix noch mal!«

Baumbergs Spiegelbild zeigte Wut, Abscheu und Verzweiflung. Aber nur für einen Augenblick. Dann hatte er sich vollkommen im Griff. Disziplin, Soldat! Disziplin, ermahnte er sich.

Eine Katastrophe! Die schlimmsten Befürchtungen waren um ein Vielfaches übertroffen worden. Natürlich hatte er, als die Sache klar geworden war, sofort nach Wien telegraphiert. Baumberg hatte noch Vaneks lapidare Feststellung im Ohr, als er seinem Adjutanten von der Situation beim STT berichtete.

»So, Herr Hauptmann, jetzt stecken wir in der Rue de la Merde«, hatte Vanek gesagt, zu seinem Messer gegriffen und die Klinge geschärft.

Dieser Verräter Gustav Lainer hatte auf noch unbekannte Weise aus dem Tresorraum des STT Geheimmaterial entwendet. Und nicht nur ein einzelnes Zeichenblatt, nein, einen vollständigen Satz an Konstruktionsplänen.

Baumberg wusste, die nächsten Tage würden ein Albtraum werden. Sein einziger Vorteil war, dass er frühzeitig Wind von der Sache bekommen hatte. Aber angesichts der Größe und Schwere der Angelegenheit fiel der Vorteil praktisch nicht ins Gewicht.

Er hatte seinen Leuten verboten, im Alltag Schusswaffen zu tragen, während er selbst einen Revolver trug. Er griff danach. Sollten sich die Männer mit Revolvern rüsten? Konnte er den offenen Krieg noch verhindern? Die nächsten Tage, vielleicht sogar die nächsten Stunden würden eine Antwort auf diese Fragen liefern.

Baumberg verließ seine Wohnung und ging zügig durch die

Gassen. Viel war heute zu tun, die Geheimkonferenz würde in anderthalb Stunden beginnen. Vanek und er würden spätestens in dreißig Minuten mit dem Automobil losfahren müssen. Die Konferenz kam wirklich zur Unzeit. Viel wichtiger wären jetzt weitere Ermittlungen im Fall Lainer. Egal, Baumberg musste tun, was zu tun war.

Ein Blick über seine Schulter sagte ihm, dass Kenneth Hudson einen Mann abkommandiert hatte. Die Briten waren also im Spiel. Natürlich, die Briten waren immer im Spiel.

Was wussten die anderen Geheimdienste über die Konferenz der hohen Herren? Wahrscheinlich alles, was nötig war. Und was wussten sie vom Fall Lainer?

Wie zufällig sah Baumberg, dass auch Vanek sich dem Palazzo del Governo näherte. In diesem Spiel gab es keine Zufälle.

❧

Der Dienstmann wartete geduldig. Bis zur Abfahrt des Zuges war noch viel Zeit, knapp zwei Stunden, die Kutsche würde selbst im Schneckentempo den Bahnhof rechtzeitig erreichen. Außer die alte Baronin stieg nicht ein. Das Gepäck der edlen Dame war längst verstaut, nur sie selbst schien keine Anstalten zu machen, sich von ihrem Sitzplatz zu erheben. Die junge Baronin und der Hausarzt kamen aus dem Haus und traten auf die Veranda. Der Dienstmann schaute bewusst weg, hinüber zum Park. Wahrscheinlich würde wieder eine peinliche Situation entstehen. Das ging ihn nichts an, er wurde nur dafür bezahlt, das Gepäck zu tragen und der alten Baronin beim Ein- und Aussteigen zu helfen. Sein Auftrag endete, wenn die Baronin samt Gepäck im Kurhotel angekommen war. Er würde in einer Herberge beim Bahnhof übernachten und morgen früh den Zug zurück nach Görz nehmen.

Luise und Dr. Salmhofer setzten sich zur Baronin an den Tisch, diese ignorierte die beiden unbeirrbar. Eine geradezu kindische Trotzreaktion, wie Luise fand.

»Euer Gnaden, der Wagen steht bereit«, sagte Luise.

»Soll warten. Der fährt nicht ohne mich.«

Es war Sieglinde von Callenhoff deutlich anzusehen, dass es ihr heute nicht gut ging, dass das Geschwür auf ihrer Speiseröhre schmerzte, dass sie trotz der Medikamente litt. Der Hausarzt warf Luise einen Blick zu, der ihr verriet, dass der Mann am Ende seiner Geduld angekommen war. Die letzten Tage waren für ihn sehr fordernd gewesen. Luise hingegen blieb die Ruhe in Person. Woher nahm sie die Kraft dazu?

»Geehrte Frau Schwiegermutter, würdet Ihr bitte die Freundlichkeit haben, den Schlüssel herauszugeben? Alle Grenzen der Vernunft und des Anstandes sind längst überschritten.«

Seit mittlerweile fünf Tagen logierte Luise in einem Hotel nahe des Görzer Bahnhofs und fuhr täglich mit einer Kutsche hierher, um mit dem Arzt, dem Advokaten und den Dienstboten die nähere Zukunft zu organisieren. Es war eine Zumutung für sie, sich so lange mit Sieglinde von Callenhoff abzugeben, aber sie schaffte es. Unter einem Dach mit ihrer Schwiegermutter zu weilen, war zu viel, daher das Hotel. Nicht zuletzt, weil die alte Baronin Gerwin noch immer fern von seiner Mutter hielt. Luise wusste in Wahrheit nur aus den Aussagen des Hausarztes und der Köchin, dass ihr Sohn im Haus anwesend war. Ihre Schwiegermutter hatte den Sohn und sein Kindermädchen im hinteren Bereich der Villa eingeschlossen und gab den Schlüssel nicht heraus. Litt der Knabe Höllenqualen? Zerriss ihn die Angst? Was ging nur vor in seiner Seele? Und was in ihrer eigenen? Wie in aller Welt konnte sie so ruhig bleiben?

»Scher dich zum Teufel, Miststück.«

»Wenn Ihr den Schlüssel mit auf die Fahrt nach Abbazia

nehmt, werde ich veranlassen, dass die Tür aufgebrochen wird. Ich denke, die Grundlage dieses Verfahrens ist Euch von früheren Begebenheiten bekannt.«

Schweigen. Der Arzt, die alte und die junge Baronin saßen eine quälende Weile stumm beisammen.

Plötzlich sprang Dr. Salmhofer auf, trat auf die alte Baronin zu, packte die Handtasche und entriss ihr diese. »Jetzt ist genug! Das geht ja auf keine Kuhhaut, verflixt noch mal!«

»Hilfe! Ich werde beraubt!«

»Ach, halten Sie die Goschen, Sie verbohrter Drachen!«

»Verrecken sollst du!«

Salmhofer kramte in der Tasche und zog einen Schlüssel heraus, an dem ein Band mit einer kleinen Kordel befestigt war. Der Mann stapfte in das Haus.

Luise winkte dem Dienstmann. »Euer Gnaden, geehrte Frau Schwiegermutter, begebt Euch jetzt in die Kutsche. Hier bleibt nichts mehr zu tun.«

»Du wirst den Buben zu einem Bettnässer machen. Und ehe du dich versiehst, wird er sich eine Kugel in den Kopf schießen. Oder besser noch, er schießt zuerst dir in den Kopf.«

»Euer Gnaden, Ihr habt hoffentlich Verständnis, dass ich darauf nichts erwidere, ja, dass mir in diesem Moment Eure Worte entfallen sind. Gehabt Euch wohl.«

Luise erhob sich und wandte sich zum Gehen. Aus den Augenwinkeln sah sie, wie sich ihre Schwiegermutter mühsam aufraffte, nach dem Gehstock griff und der Dienstmann herbeieilte, um sie zu stützen.

Luise taumelte mehr, als dass sie ging. War sie in einem seltsamen Traum gefangen oder geschah das alles wirklich? Sie kam zu der Tür im hinteren Trakt des Hauses. Sie stand sperrangelweit offen.

Der Name stach Bruno sofort ins Auge. Seit anderthalb Stunden war er dabei, die aktuellen Meldungen und Berichte zu sichten. In der Zeit seiner Abwesenheit hatte sich nicht viel verändert, Unfälle, kleinere Vergehen und größere Verbrechen hatten nicht auf seine Suspendierung Rücksicht genommen. Dienstbeflissen, wie dies nun einmal im Beamtenstaat Österreich-Ungarn die Regel war, hatten die Polizeikommissariate Listen sämtlicher Meldungen an das k.k. Polizeiagenteninstitut weitergeleitet.

Auf einer dieser Listen entdeckte er einen kleinen, unscheinbaren Vermerk, wonach Ingenieur Gustav Lainer des Nachts am letzten Sonntag auf dem Verschiebebahnhof von einem Waggon überrollt und getötet worden war. Wahrscheinliche Ursache: Selbstmord. Zwei Polizisten der Wachstube beim Staatsbahnhof hatten den Fund gemacht und den Abtransport des getöteten Mannes veranlasst und einen entsprechenden Bericht verfasst.

Bruno erhob sich von seinem Schreibtisch und verließ mit der handschriftlichen Liste sein Bureau. Die meisten Männer waren außer Haus, auch Luigi Bosovich war vor einer halben Stunde fortgegangen. Bruno klopfte an die offen stehende Tür der Schreibstube. Ivana sortierte Papiere, während Regina an ihrer Schreibmaschine arbeitete, beide hielten inne und schauten hoch.

»Sehr geehrte Damen, ich benötige Auskunft.«

»Welche, Herr Inspector?«, fragte Ivana, die zwar jünger war als Regina, aber wegen ihrer Umsicht, Sach- und Sprachkenntnis dieses Bureau inoffiziell führte, und überhaupt durch ihren tüchtigen Pragmatismus für Ordnung in der Kanzlei sorgte.

Bruno ging auf Ivana zu und legte ihr die Liste vor. »Sehen Sie, Ivana. Dieser Eintrag. Ein Mann namens Gustav Lainer ist nachts am letzten Sonntag auf dem Verschiebebahnhof zu Tode gekommen.«

»Furchtbar, von einem Zug überrollt.«

»Angeblich Selbstmord.«

Ivana runzelte die Stirn. »Hm, ich kann mich nicht erinnern, dass jemand des k.k. Polizeiagenteninstituts zugezogen worden ist. Regina, weißt du etwas davon?«

»Sonntagnacht am Verschiebebahnhof? Ich weiß von keiner Meldung oder Anforderung.«

Bruno runzelte die Stirn. »Haben etwa die Wachmänner die Vorschrift vergessen, bei schwerwiegenden Fällen das k.k. Polizeiagenteninstitut hinzuzuziehen? Das wäre neu, denn in der Regel melden sich die Streifenpolizisten eher zu oft als zu selten bei uns.«

»Sonntagnacht lag der Höhepunkt des Sciroccos über der Stadt. Vielleicht ist deswegen keine Meldung gemacht worden«, mutmaßte Ivana.

Bruno nahm die Liste wieder an sich. »Ich kenne den Mann, ich kenne Gustav Lainer.«

»Ach, und woher?«

Bruno schaute Ivana an. »Er war einer der besten Langstreckenläufer im Turnverein Eintracht. Außerdem hat Lainer in seiner Freizeit Sportboote gebaut. Ich bin mehrmals mit Booten gefahren, die Lainer entworfen und gemeinsam mit ein paar Handwerkern im Bootshaus des Rudervereins Hansa erbaut hat. Vor drei Jahren habe ich zuletzt im Vierer an einer Regatta teilgenommen, da sind meine Kameraden und ich in einem von Lainer gebauten Boot angetreten. Außerordentlich schnittig, leicht und robust, glitt übers Wasser wie auf Kufen. Er war Schiffsbauingenieur beim Stabilimento Tecnico.«

»Ein tragischer Verlust. Selbstmord auf der Schiene.«

Bruno verzog den Mund. »Richtig gut habe ich Lainer nicht gekannt, er war eher ein stilles Wasser, aber einen lebensmüden Eindruck hat er nie auf mich gemacht.«

»Man kann in die Menschen nicht hineinschauen. Und wie sagt das Sprichwort? Stille Wasser sind tief.«

»Kann sein. Ich werde mir den Fall ansehen. Erstens, weil ich Lainer kannte, und zweitens möchte ich wissen, warum wir von den Wachleuten nicht benachrichtigt wurden.«

～◎～

Luise war außerstande, sich zu bewegen. Ihr Herzschlag schien stillzustehen. Eine rasche Bewegung in der Tür erweckte ihre Aufmerksamkeit.

»Gott zum Gruße, Euer Gnaden. Entschuldigt bitte«, sagte eine junge Frau mit blondem Haarkranz und der Schürze einer Dienstmagd verschämt. Sie deutete einen Knicks an und versuchte dabei erfolgreich, nicht einen Tropfen aus dem beinahe randvollen Nachttopf zu verschütten. Die junge Frau huschte aus dem Zimmer, um den Topf zu entleeren.

Soweit Luise wusste, war das Kindermädchen auf Geheiß der alten Baronin immer mit Gerwin eingeschlossen worden.

Luise schaute Grete hinterher. Bislang wusste sie nur den Namen und dass Grete in Mädchenjahren von ihren Eltern in den Dienst gegeben worden war.

Der Arzt trat durch die Tür, an seiner Hand hielt er einen blonden Jungen mit hellen blauen Augen. Luise erkannte diese Augen sofort.

Gerwin. Ihr Sohn. Seit über fünf Jahren hatte sie ihn nicht gesehen.

Er starrte sie mit offenem Mund an.

»Nun, junger Mann, darf ich dich mit deiner Mutter bekannt machen«, sagte Salmhofer. »Luise Dorothea Freifrau von Callenhoff. Nur zu, begrüße deine Frau Mama.«

War er verängstigt? Gar traumatisiert? Hatte die alte Hexe ihr Vernichtungswerk schon geleistet? Würde er sich schreiend zu Boden werfen? Würde er fortlaufen und sich im letzten Winkel verstecken?

Nichts davon geschah. Der Junge schien nicht sehr verschreckt, eher neugierig und unsicher.

Luise ging auf ihn zu und bot ihre Hand zum Gruß. Sie war konzentriert, sie versuchte, möglichst vorsichtig zu sein. »Lieber Gerwin, nach so langer Zeit der Trennung freue ich mich auf ein Wiedersehen. Du kannst dich wohl nicht an mich erinnern, aber ich bin deine Mutter, ich habe dich geboren. Es tut mir unendlich leid, dass ich in deinen ersten Lebensjahren nicht bei dir sein konnte. Das will ich jetzt wiedergutmachen.«

Gerwin rührte sich nicht, er starrte Luise weiter unverwandt an.

»Reich deiner Mutter die Hand, junger Mann«, forderte Salmhofer mit sanfter Stimme.

»Gnädige Frau, Ihr seid so schön«, sagte Gerwin und drückte artig die dargereichte Hand.

Luise und Salmhofer lachten.

»Vielen Dank für das Kompliment. Du musst aber nicht gnädige Frau zu mir sagen. Sag einfach *Mama*.«

»Darf ich das wirklich sagen?«

»Aber ja, ich bin deine Mutter. Du bist der einzige Mensch auf der Welt, der mich Mama nennen kann.«

Gerwin schaute sich unsicher um. »Ist Großmutter jetzt fort?«

»Ja. Deine Großmutter ist leider sehr krank und auf dem Weg in das beste Kurhaus der Monarchie. Gute Ärzte werden sich um sie kümmern.«

»Werdet Ihr jetzt hier wohnen, gnädige Frau?«

»Nein. Wenn du willst, kannst du zu mir in mein Haus in Sistiana kommen.«

»Ist das weit fort?«

»Nein, nicht sehr weit. Nur eine Stunde mit dem Zug und der Kutsche.«

»Darf Grete auch mitkommen?«

»Ich werde sie fragen, ob sie mitkommen will.«

»Bitte, bitte, Grete soll mitkommen.«

In diesem Moment trat das Kindermädchen in den Raum. Als Gerwin sie erblickte, rannte er los, umschlang ihre Hüften und stellte sich hinter sie. Luise erkannte in den Bewegungen und Blicken, wie viel Vertrauen und Zuneigung zwischen Grete und ihrem Sohn bestand. Die junge Frau schaute Luise verunsichert an und machte schnell einen Knicks.

»Sie sind also Grete, das Kindermädchen.«

»Jawohl, Euer Gnaden. Entschuldigt bitte, dass ich so schnell hinausgelaufen bin. Es war sehr dringend.«

»Es gibt nichts zu entschuldigen. Waren Sie lange eingesperrt?«

»Drei Tage lang.«

»Ich versichere Ihnen, dass so etwas nicht wieder geschieht.«

»Vielen Dank, Euer Gnaden.«

»Haben Sie ausreichend zu essen und trinken gehabt?«

»Jawohl.«

»Wollen Sie mir bitte Ihren vollen Namen nennen und mitteilen, woher Sie ursprünglich stammen.«

»Sehr wohl. Ich heiße Margarethe Fischnaller und werde von allen Grete genannt. Ich bin auf dem Hof meiner Eltern in Villnöß aufgewachsen. Ich habe drei ältere Brüder und eine ältere Schwester. Als ich fünfzehn war, hat mich die Baronin in den Dienst genommen und seither bin ich hier im Haus.«

»Wie alt sind Sie jetzt?«

»Ich bin zwanzig Jahre alt.«

»Sind Sie mit Ihrer Arbeit zufrieden, liebe Grete?«

»Ja, ich bin sehr zufrieden. Ich habe eine trockene Kammer und gutes Essen.«

»Sind Sie in Kenntnis der aktuellen Lage? Wissen Sie über den Gesundheitszustand der Baronin Bescheid?«

»Jawohl, Euer Gnaden. Die Baronin ist schwer erkrankt.« Der Akzent der Tiroler Bergbauern war hinter der nach den Dienstjahren einigermaßen hochdeutsch geschliffenen Artikulation der jungen Frau noch zu hören. Luise ahnte in der Mimik und Gestik des Kindermädchens, was für ein unsägliches Glück Gerwin gehabt hatte, dass dieses offenbar patente und robuste Mädchen zwischen der Großmutter und dem Enkel gestanden hatte. Die Art, wie Gerwin sich an Grete klammerte, sprach Bände.

»Grete, wissen Sie, warum ich in den letzten Jahren mich nicht selbst um meinen Sohn kümmern konnte?«

»Nein, Euer Gnaden, davon habe ich keine Kenntnis.«

»Arbeiten Sie gern als Kindermädchen für meinen Sohn?«

Die junge Frau biss sich auf die Lippen und überlegte kurz, ob sie sagen sollte, was ihr auf der Zunge lag. Sie schaute auch den Arzt an, der ihr aufmunternd zunickte. Grete nahm sich ein Herz. »Gerwin ist wie mein kleiner Bruder. Meine anderen Geschwister sehe ich ja nicht mehr.«

Luise atmete tief durch. Sie fühlte Gretes Schmerz durch die Trennung von ihrer Familie, ihre Einsamkeit und Angst vor der Zukunft. Luise fasste einen naheliegenden Entschluss. »Nun denn, die Baronin ist zur Kur nach Abbazia abgefahren und wird wahrscheinlich dieses Haus nicht wieder betreten. Mein Wille ist es, meinen Sohn zu mir in mein Haus in Sistiana zu nehmen. Im nächsten Jahr soll Gerwin in Triest zur Schule gehen. Meine liebe Grete, ich biete Ihnen an, in meinem Haushalt den Dienst als Kindermädchen fortzusetzen. Die Bezahlung wird nach den bestehenden Usancen gehandhabt, Sie bekommen ein schönes Zimmer und weitgehende Vergünstigungen. Es wäre mir eine große Freude, wenn Sie zu mir ins Haus kämen. Ich will gut für Sie und Gerwin sorgen.«

Die junge Frau schlug verschämt den Blick nieder und machte einen Knicks. »Vielen Dank, Euer Gnaden. Also wenn Ihr erlaubt, dann würde ich gerne bei Euch in den Dienst treten.«

»Sehr gut. Ich freue mich, zwei so wunderbare Menschen bald in meiner Nähe zu wissen.«

Luise schaute Dr. Salmhofer an, der zufrieden lächelte. Sie begriff, dass sie nun einen halbwüchsigen Sohn und eine fast erwachsene Tochter hatte. Was war das für ein Gefühl? Sie horchte in sich hinein.

Es war pures Glück.

~∞~

Pünktlich zu Mittag öffnete ein Offiziersdiener die Tür des Besprechungsraumes. Insgesamt zehn ältere Herren saßen beisammen und debattierten. Das Außenministerium, das Reichskriegsministerium, die Armee und die Marine waren durch ihre obersten Anführer und deren engste Vertraute zugegen.

Wenn so hohe Herren zusammenkamen, würde man Pomp und Prunk erwarten, doch davon war in der Kaserne außerhalb des Stadtgebietes nichts zu finden. Keine livrierten Diener, keine großen Hallen und mit Blumen dekorierte Treppenaufgänge, auch die Automobile der hohen Herren protzten mit poliertem Blech nicht vor dem Gebäude, sondern waren in der Scheune des militärischen Areals versteckt. Ein zufällig an dem weitläufigen Kasernenareal vorbeigehender Spaziergänger oder ein auf seinem Eselskarren fahrender Bauer würde nicht bemerken, dass sich solche Prominenz in der Kaserne aufhielt. Und dass das Wachpersonal verdoppelt worden war, fiel bei einer rund um die Uhr bewachten Kaserne kaum auf.

Baumberg hatte den Ort der Zusammenkunft mit Bedacht gewählt. Niemand in Triest wusste, dass sich Schönaich, Aehrenthal, Montecuccoli und Conrad in der Stadt eingefunden hatten. Auch für das Quartier der hohen Herren und ihres Stabes hatte er kein Grand Hotel gewählt, sondern einen Landgasthof bei Opicina für die gesamte Woche gemietet. Das Personal des Gasthofes war beurlaubt worden, temporär hatte er Gebäude und umliegendes Gelände zu militärischem Sperrgebiet erklären lassen. Die Wirtsleute hatten einen Geldbetrag in beträchtlicher Höhe erhalten mit der Forderung, dieses Geschäft sofort wieder zu vergessen.

Den ganzen Tag über würden die hohen Herren tagen, am Abend war ein gemeinsames Essen im Gasthof geplant, anschließend würden sie sich wieder in alle Windrichtungen zerstreuen.

In ein Gespräch vertieft verließen Conrad und Aehrenthal den Raum. Montecuccoli folgte mit düsterer Miene, zuletzt kamen Schönaich und einer seiner Sektionschefs heraus. Der erste Gang des Mittagstischs war eine Rindsuppe mit Schöberl, die Hauptspeise bildete Tafelspitz mit Schnittlauchsoße und Apfelkren und als Dessert wurde Topfenstrudel gereicht. Abends im Gasthof würde es Tiroler Wildschweinbraten mit Serviettenknödel geben. Selbst das Menü hatte Baumberg zusammengestellt. Er war Perfektionist.

Stukart und Baumberg standen am Rande des Vorraumes, sie versuchten, an den Gesichtern abzulesen, wie die Atmosphäre war. Das Gespräch schien bislang nicht ohne Friktionen verlaufen zu sein.

Schönaich entdeckte Baumberg und trat auf ihn zu. Der Reichskriegsminister nickte Stukart zur Begrüßung zu, was dieser mit soldatisch strammem Gruß erwiderte. Der alte Minister fasste Baumberg am Oberarm und zog ihn zur Seite.

»Baumberg, kommen Sie her. Hören Sie zu«, flüsterte Schönaich.

»Ich lausche, Herr Reichskriegsminister.«

»Vielen Dank übrigens, dass Sie wieder alles mustergültig auf die Beine gestellt haben. Sie sind eine Koryphäe, mein Freund.«

»Herzlichen Dank für die Anerkennung, Herr Minister.«

»Zum Ablauf für den Nachmittag habe ich einen Vorschlag.«

»Und zwar?«

»Die Stimmung im Raum ist ein bisschen frostig. Da müssen wir dezent gegensteuern. Um drei Uhr soll der Kaffee gereicht werden?«

»So ist es vorgesehen.«

»Machen wir halb drei daraus, und lassen Sie auch einen guten Cognac und ein paar Virginier zum Schmauchen servieren.«

»Sehr wohl, Herr Reichskriegsminister.«

»Was ist mit dieser streng geheimen Meldung, die Sie heute früh in meine Papiere gelegt haben? Muss mich das beunruhigen?«

»Leider ja, Herr Reichskriegsminister. Ich rechne mit schwerwiegenden Komplikationen.«

»Die Türme?«

»Jawohl.«

»Himmelherrgott, das ist ein Riesenpallawatsch.«

»Nicht anders kann man es bezeichnen.«

Schönaich fasste Baumberg streng ins Auge. »Dass ausgerechnet Ihnen so etwas passieren muss? Haben Sie hier in Triest die Lage nicht unter Kontrolle?«

»Melde gehorsamst, Herr Reichskriegsminister, wir stehen hier an vorderster Front. Die Großmächte wittern, dass unsere Marine voranschreitet. Es werden alle Hebel in Bewegung gesetzt.«

Schönaich schaute sinnierend in die Luft. »Na, immerhin sind Sie an der Sache unmittelbar dran, das ist schon mal gut.

Und, Baumberg, Sie haben natürlich recht, Sie stehen hier an der Kampflinie, da wird scharf geschossen. Kein Pardon, Baumberg, bleiben Sie standhaft und schießen Sie aus allen Rohren zurück.«

»Darf ich einen Wunsch äußern?«

»Natürlich, Baumberg, was brauchen Sie?«

»Erstens. Verstärkung wäre notwendig. Zweitens. Mit Verlaub gesagt, hier bin ich abkömmlich, Major Stukart kann vollkommen die Sicherheit der Unterredung gewährleisten. Mein Adjutant Vanek und ich werden anderswo dringend gebraucht.«

»Meiner Seel, Baumberg, das ist doch selbstverständlich. Ich werde gleich mit Stukart reden. Sie sind hiermit entlassen. Und Verstärkung schicke ich so schnell wie möglich. Dann wollen wir hoffen, dass sich die Sache nicht zu einer Staatsaffäre auswächst.«

»Ich gebe mein Bestes.«

～◎～

Das hinter dem Palazzo del Municipio an der Piazza del Pozzo del Mare gelegene Grand Restaurant Antica Bonavia bot sowohl italienische wie deutsche Küche an. Jekaterina Olenina kehrte regelmäßig hier ein und ließ sich im stilvollen Gewölbe von den erstklassigen Köchen und dienstfertigen Kellnern verwöhnen. Da sie kaum großen Hunger verspürt hatte, hatte sie sich nur einen Teller Fischsuppe kommen lassen, als Dessert zum Kaffee nahm sie Strudel di mele. Eben legte sie die Kuchengabel ab und nahm einen Schluck, da ging ein Mann mit schweren Schritten an ihr vorbei und setzte sich an einen freien Tisch am Ende des Saales. Jekaterina sah aus den Augenwinkeln, dass der Mann sie unumwunden in den Blick nahm.

Nun war eine Frau ihrer Erscheinung häufig das Ziel bewundernder Blicke, doch selbst aus der Ferne war es nicht schwer zu erfassen, dass der Mann sie nicht der Bewunderung wegen anstarrte. Sie kramte in ihrem Gedächtnis. Kannte sie ihn? Nein. Aber sie kannte die Aura, die den Mann umgab.

In aller Ruhe beendete sie ihr Mahl, ließ sich die Rechnung bringen, bezahlte und verließ, vom Oberkellner begleitet, das Restaurant.

Ihr Verfolger, der sich zur Verwunderung der Kellner nur ein Glas Cognac hatte bringen lassen, verließ das Restaurant mit einigem Abstand. Für ungeübte Augen war nicht ersichtlich, dass er ihr folgte, aber Jekaterina spürte seine Anwesenheit klar und deutlich. Erstaunlich, wie offensiv sie beschattet wurde. Mister Hudson, Herr Stiebke, Monsieur Morel und insbesondere Herr von Baumberg pflegten normalerweise viel diskretere Methoden, aber natürlich, Gustav Lainer war tot. Wie Jekaterina in der Zeitung gelesen hatte, war er auf dem Verschiebebahnhof von einem Zug überrollt worden. Es war zu erwarten gewesen, dass sämtliche Spieler in der Stadt in sehr kurzer Zeit sehr viel mehr wagen würden. Der Herbst in Triest versprach, stürmisch zu werden.

Sie passierte den Durchgang des Palazzo del Municipio und wandte sich auf der Piazza Grande nach rechts in Richtung Börse.

Der Mann ging in gemessenem Abstand hinter ihr her.

An der Piazza della Borsa angekommen, schaute sie sich nach den bereitstehenden Kutschen um. Eine Dame ihres Standes fuhr mit der Elektrischen nur in Ausnahmesituationen.

Ein weiterer Mann trat von der Seite auf sie zu. Er zog den Hut, nickte höflich und wies mit gedämpfter Stimme den Weg. Er sprach Russisch. »Gräfin Olenina, wir haben einen Wagen für Euch. Gewährt uns die Gnade, Euch fahren zu dürfen.«

Jekaterina kniff die Augen zusammen. Wieso ein Russe? Was hatte das zu bedeuten?

Der Verfolger kam von hinten näher. Das war keine freundliche Einladung zur Kutschfahrt, das war ein Befehl. Die Männer führten sie zu einem gedeckten Zweispänner mit zugezogenen Vorhängen vor den Fenstern.

Sie stieg ein und nahm Platz. Wie erwartet saß ein Mann darin auf der Bank und musterte sie. Sie musterte ihn ebenfalls. Er war Ende vierzig, breitschultrig, blond, hatte derbe Züge, einen harten Mund und kalte blaue Augen. Sie hatte ihn noch nie gesehen, konnte sich jedoch an die mahnenden Worte ihres verstorbenen Gemahls erinnern, der sie vor diesem Menschenschlag gewarnt hatte. Spionage konnte man auf verschiedene Weise ausüben. Wladimir Olenin hatte seine Aufgaben mit Raffinesse, Menschenkenntnis und Diskretion erfüllt, seine Witwe trat insofern in seine Fußstapfen. Was für Methoden wandte der Kommandant ihr gegenüber an? Angesichts seiner Haltung, Mimik und Gestik gab es keinen Zweifel, dass er ein Anführer war.

»Es ist mir eine Ehre, Gräfin Olenina, dass ich Euch kennenlernen darf. Mein Name ist Oberst Alexander Schubnikow.«

Die Kutsche fuhr los. Jekaterina lächelte den Mann distanziert an. Dass beim Oberst ein kokettes Lächeln fehl am Platze war, verstand sie, noch bevor sie darüber nachdachte. Alle ihre Instinkte waren hellwach.

»Ich bin hocherfreut, Sie so fern der Heimat zu treffen, Herr Oberst.«

Die Kutsche rollte durch die Straßen. Wegen der Vorhänge konnte sie nicht sehen, welchen Weg der Wagen eingeschlagen hatte. Die beiden musterten einander eine Weile schweigend.

Schließlich seufzte Jekaterina und legte die Hände auf ihren Schoß. »Wollen Sie die herrlichen Sehenswürdigkeiten dieser Stadt kennenlernen, Herr Oberst?«

Schubnikows Miene zeigte nicht den Hauch eines Lächelns. »Die Admiralität ist beunruhigt, der Generalstab enttäuscht und Euer Mentor Fürst Blochin ist aus gesundheitlichen Gründen beurlaubt.«

»Ein neuer Wind aus Sankt Petersburg also.«

»Wie lange seid Ihr schon vor Ort? Sieben Monate? Wo sind die Ergebnisse?«

»Ergebnisse können aus dem Nichts auftauchen oder dorthin verschwinden.«

»Was kommt heraus, wenn man eine Frau die Arbeit machen lässt?«

»Ich vermute, dass Sie eine Antwort auf die Frage gefunden haben, Herr Oberst.«

»Es kommen Kosten dabei heraus. Sonst nichts.«

»Wollen Sie meine Spesenrechnung kontrollieren?«

»Ihr untersteht ab sofort meinem Kommando.«

»Soll Triest trotz all der Italiener und Österreicher eine russische Stadt werden?«

»Die Scherze werden Euch noch vergehen, Gräfin.«

～⊛～

Nach all den Berichten, Besprechungen und auch einigen Telephonaten hatte Bruno als letzte Aufgabe des Tages die Kanzlei zu einer Befragung verlassen. Er hatte sich mit dem Anschluss des Staatsbahnhofs verbinden lassen und mit dem diensthabenden Kollegen der Wachstube gesprochen. Nach einigen Rückfragen hatte er schließlich herausbekommen, dass beim Todesfall Gustav Lainer tatsächlich die Weisungskette unterbrochen worden war. Als die beiden Wachmänner gegen ein Uhr früh am Verschiebebahnhof eingetroffen waren, hatte der Scirocco die maximale Windstärke erreicht und außerdem hatte Niederschlag eingesetzt, sodass der ranghöhere Wachmann die

Bergung der Leiche angeordnet hatte. Der Mann habe zwar eigenwillig gehandelt, aber sinnvoll, denn durch den schweren Regen waren ohnedies sämtliche Spuren hinfortgespült worden. Außerdem mussten die schwer beladenen Waggons zur Helling des Österreichischen Lloyds weitertransportiert werden. Die ganze Stadt wusste, dass in der Werft Dampfer der Baron-Beck-Klasse gebaut wurden und dass dort das angelieferte Eisen dringend gebraucht wurde. Bruno hatte zugestanden, dass die Männer im Sinne der Sicherheit der Eisenbahner, der Männer vom Leichenhaus und der Wachmänner richtig gehandelt hatten und dass die Unterlassung der Hinzuziehung des k.k. Polizeiagenteninstituts kein Dienstvergehen darstellte. Bruno bat darum, ihm den kompletten Bericht zuzusenden und ihm die Namen und Adressen der Eisenbahner zu geben.

Nach einem weiteren Telephonat wusste er, dass er einen der Eisenbahner knapp vor Dienstantritt antreffen würde, wenn er sich beeilte.

Bruno stieg von der Plattform der Straßenbahn und marschierte zügig auf den Staatsbahnhof zu. Er kannte das große Gebäude und weitläufige Gelände von früheren Ermittlungen und wusste, wo die Mannschaftsräume der Eisenbahner lagen. Die Männer der Spätschicht machten sich für die Arbeit auf dem Verschiebebahnhof bereit. Einige Eisenbahner standen vor der Mannschaftsbaracke beieinander, redeten, rauchten und lachten. Bruno trat auf die Gruppe zu.

»Entschuldigung, wo finde ich Silvio Montani?«

Die fünf Männer musterten Bruno kritisch.

»Das bin ich«, sagte ein drahtiger Mann um die dreißig.

Bruno wies seine Kokarde vor. »Ich bin von der Polizei. Signor Montani, ich habe Fragen zum Vorfall am letzten Sonntag. Können wir unter vier Augen sprechen?«

Der Mann kniff lauernd die Augen zusammen. »Was für Fragen?«

»Routinefragen zum Ablauf der Geschehnisse.«

»Ist das nicht schon geklärt?«

Bruno wunderte sich über die linkische Reaktion auf die Begegnung mit einem Polizisten. Hatte er ein schlechtes Gewissen? War irgendetwas Beunruhigendes vorgefallen? Das galt es herauszufinden. Er wies Montani den Weg. Ein paar Meter abseits der anderen Eisenbahner baute sich Bruno auf und nahm den Notizblock aus seiner Manteltasche.

»Signor Montani, wie gesagt, ich führe routinemäßig die Klärung des Todesfalls durch, das gehört zu meinen Pflichten. Sie brauchen in keiner Weise beunruhigt sein.«

»Also, was wollen Sie wissen?«

»Sie sind Verschieber und waren in der Nacht von Sonntag auf Montag im Einsatz. Ist das korrekt?«

»Ja.«

»Erzählen Sie ganz einfach, was vorgefallen ist. Ich ermittele ja nicht gegen Sie, ich will mir nur ein Bild des Vorfalls machen.«

Die Anspannung in Montanis Miene löste sich. »Knapp vor Ende meiner Schicht ist noch ein Güterzug hereingekommen, der eigentlich schon drei Stunden früher hätte da sein sollen. Warum er verspätet war, weiß ich nicht. Der Zug kam aus dem Walzwerk in der Steiermark, acht offene Waggons mit Eisen für die Werft und drei gedeckte Waggons mit Rüben für die Zuckerfabrik. Wir haben die offenen Wagen von den Rübenwaggons getrennt, weil das Eisen auf schnellstem Weg in das Lloydarsenal gefahren werden musste.«

»Sind Sie wie üblich auf dem Trittbrett der Lokomotive mitgefahren?«

»Das war bei dem Wind alles andere als ein Kinderspiel. Musste mich richtiggehend festklammern. Die Lok hat die Waggons vor sich her auf das Abstellgleis geschoben. Dort sollte sie die Werkslokomotive des Lloyds später abholen. Auf dem Nebengleis stand eine Reihe von gedeckten Waggons. Es war ein Zufall, dass ich die fallende Person gesehen habe, es war Nacht und der Wind schlug mir ins Gesicht, aber ich habe einen Schatten gesehen, der von einem der abgestellten Waggons heruntergefallen und auf unserem Gleis gelandet ist. Ich habe sofort in meine Pfeife geblasen und der Lokführer hat auch gleich gebremst, aber es hat nicht ausgereicht.«

»Soweit ich weiß, hat ein Waggon die Person überrollt, ehe der Zug stand.«

»So ist es.«

»Ein zwei- oder vierachsiger Waggon?«

»Ein üblicher Zweiachser. Mit Eisen voll beladen. Da bleibt nicht viel übrig.«

»Sie und der Heizer sind zur Unfallstelle gelaufen.«

»Ja. Zu meiner Ausrüstung gehört auch diese Lampe«, sagte er. Montani trug seine Arbeitskleidung und griff nach der an seiner Koppel befestigten Lampe.

»Sie haben als Erster den Verunglückten gesehen?«

»Furchtbar war das. So etwas vergisst man nicht von einem Tag auf den andern. Über der Brust in zwei Teile zerrissen. Aber ich sehe so etwas nicht zum ersten Mal. Vor zwei Jahren ist ein Kollege beim Verschub zwischen die Puffer geraten. Wir verrichten gefährliche Arbeit.«

»Ich versichere Ihnen meine volle Anerkennung für Ihre Leistungen, Signor Montani. Der Heizer ist wenig später zu Ihnen gestoßen und hat den Leichnam ebenfalls gesehen.«

»Korrekt. Er ist dann zum Lokführer gelaufen und hat ihm berichtet. Der Lokführer hat mit der Pfeife dem Stellwerk einen Notfall signalisiert. Der Heizer kam zurück zum Unfallort und wir haben über die Bergung des Körpers geredet. Und dann standen da die zwei Männer.«

Bruno schaute den Mann überrascht an, dieser blickte betreten zur Seite. »Zwei Männer?«

»Ja.«

»Welche zwei Männer?«

»Keine Ahnung. Die waren einfach da, und auch wieder schnell verschwunden.«

Bruno zog die Augenbrauen hoch. »Davon stand nichts im Aktenvermerk. Bitte beschreiben Sie die Situation.«

Montani druckste herum, die Sache war ihm sichtlich unangenehm. »Der Heizer und ich haben es den uniformierten Polizisten gesagt, aber die wollten uns nicht glauben. Da waren zwei Männer, die in deutscher Sprache Kommandos erteilt haben. Der eine Mann wollte, dass ich ihm die Lampe gebe.«

»Haben Sie es getan?«

»Zuerst nicht, ich habe nicht gewusst, was ich tun soll. Mitten in der Nacht bei schwerem Sturm auf dem Verschiebebahnhof trifft man üblicherweise nicht Menschen, die dort nichts zu schaffen haben. Als ich die Lampe nicht sofort herausgerückt habe, hat der unbekannte Mann einen Revolver gezogen.«

»Er hat was getan?«

»Wie ich sagte, Herr Wachtmeister. Er hat einen Revolver gezogen.«

»Was haben Sie gemacht?«

»Na, die Lampe herausgerückt, was denn sonst? Dann hat der Mann befohlen, dass der Heizer und ich verschwinden sollen. Haben wir natürlich gemacht. Wegen der Waffe.«

»Was haben die zwei unbekannten Männer getan?«

»Ich glaube, sie haben nach dem Toten gesehen. Dann sind sie so schnell verschwunden, wie sie gekommen sind. Meine Lampe haben sie einfach am Boden abgestellt. Das war gespenstisch.«

»Reden Sie von Gespenstern?«, fragte Bruno mit skeptischer Stimme.

»Nein. Der Mann hat mit dem Revolver auf mich gezielt. Mein Kollege kann das bestätigen. Aber die Polizisten haben uns nicht geglaubt und angenommen, dass wir betrunken waren. Das ist Unsinn, Herr Wachtmeister! Wenn ich im Dienst trinke, kann ich mich gleich vor die nächstbeste Lokomotive werfen. Betrunken überlebt man als Verschieber nicht einen Tag auf den Gleisen.«

Bruno notierte die Aussage. »Ich glaube Ihnen, Herr Montani. Können Sie etwas über das Aussehen der Männer berichten?«

»Nein. Es war eine stürmische Nacht. Die elektrische Beleuchtung des Areals ist nicht schlecht, aber wir standen im Schatten der gedeckten Waggons. Zwei Männer mit normalen Mänteln und Hüten, wie man sie in dieser Jahreszeit überall sieht. Das waren keine Monturen oder Uniformen. Sie haben Deutsch mit uns gesprochen. Mehr kann ich nicht sagen.«

Bruno überdachte das Gesagte. Irgendjemand war mit einer Schusswaffe nachts über den Verschiebebahnhof geirrt und hatte zwei Eisenbahner bedroht. Sehr seltsam, er fand auf der Basis der vorliegenden Informationen keine plausible Erklärung dafür. Brunos Neugier war entfacht.

»Signor Montani, vielen Dank für Ihre Aussage. Wenn noch Klärungsbedarf besteht, melde ich mich bei Ihnen. Auf Wiedersehen.«

Bruno marschierte mit ausholenden Schritten zur nächsten Tramhaltestelle. Bereits am ersten Tag nach dem Ende seiner Suspendierung hatte er es mit einem Fall mit offenen Fragen zu tun. Was war dem Erbauer hervorragender Rennboote widerfahren, bevor er bei schwerem Sturm mitternachts von einem Güterwaggon überrollt worden war?

☙

Sie hatte ihren Söhnen aufgetragen, nicht mehr die Wohnung zu verlassen, aber die Gefahr, dass sie in Fedoras Abwesenheit hinauslaufen könnten, war gering. Die neue Umgebung war den beiden noch fremd. Sie waren das Haus im Grünen gewohnt, den Garten, den Hund und die Ziegen der Nachbarn, der neue Wohnort inmitten eines dicht bebauten Stadtviertels schüchterte sie ein.

Der Abend war längst angebrochen, Fedora marschierte im Licht der Straßenlaternen durch die Gassen, überquerte die Piazza della Barriera Vecchia und ließ das Kinderkrankenhaus hinter sich. Wenig später näherte sie sich dem Campo San Giacomo.

Was suchte sie eigentlich hier? Warum war sie aufgebrochen? Was erhoffte sie sich?

Fedora hatte keine Antworten parat, fühlte aber die Unruhe in sich, die von diesen Fragen ausging. Suchte sie Vergeltung?

Als ihr Verhältnis zu Bruno aufgeflogen war, hatte er ihr gegenüber geäußert, dass er jemanden in Verdacht habe, diesen anonymen Brief an Carlo geschrieben zu haben. Er hatte keine Andeutung gemacht, wer die Person sein könnte, er hatte nur erwähnt, dass diese Person ihm nicht gut gesinnt sei. Fedora hatte mehrmals versucht, weitere Informationen aus Bruno herauszukitzeln, aber er hatte sich nicht in die Karten blicken lassen. Also hatte sie selbst überlegt, wer infrage käme. Ja, Fedora war wütend, sie war bespitzelt worden und Opfer eines hinterlistigen Anschlags geworden. Der Briefschreiber hatte letztlich bewirkt, dass ihre Ehe mit Carlo in die Brüche gegangen war, dass sie ihr Haus in Gretta verloren hatte, dass ihre Söhne wochenlang bei Carlos Bruder im Keller hatten hausen müssen, dass sie mit einem Mal auf der Straße gestanden hatte und in eine emotionale Krise gestürzt worden war. Hätten Bruno und Luise sie nicht aufgefangen, wäre sie im freien Fall in Armut gestürzt und im

Elend versunken. Mit ihr auch ihre Söhne. Selbst nach tagelangem Nachdenken war ihr niemand eingefallen, der entweder Carlo oder ihr derart hätte schaden wollen. Also war der Angriff gegen Bruno geführt worden, ihre zerstörte Ehe war der Kollateralschaden.

In der Zeitung hatte sie gelesen, dass nach siebenwöchiger Fahrt am Freitag die Ankunft der Baron Beck erwartet wurde. Der Dampfer war mit mehreren Berührungen wichtiger Häfen zuerst drei Wochen nach Süden gelaufen, dann hatte er eine Woche in Bombay geankert und war schließlich auf demselben Weg auf Nordkurs zurückgefahren. Wollte sie Carlo wieder treffen? Sie überlegte. Nun, vor Gericht würde sie ihm begegnen. Hatte er seine Belange in Bombay geregelt und würde er wirklich zu dieser Engländerin ziehen? Würde er zu seinem Wort stehen, das Haus in Gretta zu verkaufen und ihr die Hälfte des Verkaufserlöses für den Unterhalt der Buben zu geben? Das würde ihre finanzielle Situation erheblich erleichtern. Carlo war ein Ehrenmann, er würde zu seinem Wort stehen, darin war sich Fedora sicher. Treffen, so gab sie sich jetzt selbst Antwort, wollte sie ihn eigentlich nicht. Carlo und die Enge seines Haushalts waren Vergangenheit. Sie musste ihren Blick in die Zukunft richten.

Fedora war sich dessen klar, dass sie keine tugendhafte Frau war, dass ihre unkonventionellen Gedanken, ihre Phantasien und ihre Lebenslust nicht mit den strengen katholisch-konservativen Normen ihrer Umwelt zusammenpassten, und ja, sie hatte sich gesetzes- und sittenwidrig verhalten und sich während der langen Wochen, in denen ihr Ehemann auf See war, mit einem Liebhaber vergnügt. Sie haderte nicht damit, dass ihre Zügellosigkeit aufgedeckt worden war, weil sie sich in Wahrheit nicht dafür schämte. Auch ihren Buben sagte sie immer wieder, schämt euch nicht, ehrlich zu euch zu sein, schämt euch nicht, die Wahrheit zu sagen, selbst wenn diese anderen nicht gefällt. Womit sie haderte, war, dass eine Person gezielt Bruno und damit auch Carlo und sie angegriffen hatte.

Diese Rechnung war noch zu begleichen.

Also ja, es war Vergeltung, die sie suchte.

Nach reiflicher Überlegung hatte sich ein Mann herauskristallisiert, der infrage käme. Ein Mann, wie Fedora mittlerweile wusste, den Bruno mit gutem Grund einen gefährlichen Gegner nannte. Noch war sie sich nicht sicher, aber sie ahnte, dass sie mit ihrem Verdacht richtiglag. Bruno gegenüber hatte sie verschwiegen, dass sie im Stillen nach dem Briefschreiber suchte, der nicht nur ihn, sondern wohl auch sie über längere Zeit ausspioniert hatte.

Auf dem Campo San Giacomo war noch viel Betrieb, vor einem Bierhaus versammelten sich Männer, die nach der Arbeit ein Glas trinken wollten, der Kellner eines kleinen Kaffeehauses trug die Stühle und Tische zusammen, die tagsüber vor dem Laden gestanden hatten. Solange es nicht regnete, saßen auch im Winter Gäste vor der Tür. Ein Krämer schloss eben die Rollläden seines Ladens. Fedora bog in die Via del Pozzo und suchte das betreffende Haus. Es hatte sie einige Mühe gekostet, die Adresse herauszubekommen. Sie schaute die Fassade hoch. Einige Fenster waren erhellt, andere dunkel. Welche Fenster gehörten zur Wohnung Nummer elf? Lag die Wohnung im dritten oder vierten Stock? Sollte sie einfach das Haus betreten, anklopfen, zuerst Guten Tag sagen und dann dem Mann die Augen auskratzen?

Fedora überquerte die Straße und stellte sich ein Stück abseits in den Schatten eines Türeinganges. Sie wartete. Worauf? Vielleicht auf eine gute Idee. Vielleicht auf die Einsicht, dass sie verrückte Dinge tat.

Nach zehn Minuten verließ sie ihr Versteck und ging in Richtung Campo.

Auf der anderen Straßenseite bemerkte sie einen Mann mit tief in die Stirn gezogenem Hut. Fedora hielt den Atem an.

Sie hatte ihn an seinen Bewegungen erkannt, es war Emilio Pittoni. Fedora kannte Brunos Kollege Vinzenz Jaunig, dieser fiel wegen seiner Größe und Breite auf. Vor ein paar Tagen hatte sie vor der Kanzlei des k.k. Polizeiagenteninstituts Ausschau gehalten und verfolgt, wie Jaunig mit einem schlanken und deutlich kleineren Mann aus dem Haus gekommen war. Anhand der Beschreibung nahm sie an, dass der zweite Mann niemand anderer war als Brunos gleichrangiger Kollege Inspector Emilio Pittoni. Sie war den Männern mehrere Häuserblocks hinterhergegangen. Die beiden waren in ein Gespräch vertieft und hatten sie nicht bemerkt. Fedora hatte die Verfolgung bald aufgegeben, denn erstens war es riskant, zwei erfahrene Kriminalpolizisten zu beschatten, und zweitens hatte sie sich Pittonis Erscheinung und Bewegungen eingeprägt.

Fedora ging unauffällig weiter und hoffte, von ihm nicht bemerkt zu werden. Offenbar war er auf dem Heimweg in Gedanken vertieft.

Da blickte Emilio hoch und schaute hinüber auf die andere Straßenseite. Für den Bruchteil einer Sekunde kreuzten sich ihre Blicke. Fedora erreichte den Campo und überquerte den großen Platz.

Wenn Pittoni der Briefschreiber war, dann musste er sie kennen, und gerade eben auch erkannt haben. Würde er ihr folgen? Sollte sie hinter sich schauen? Sie widerstand dem Impuls und ging einfach weiter, als ob nicht das Geringste geschehen wäre.

Sie war aufgewühlt. Worauf hatte sie sich da eingelassen? Der Blick Emilios hatte sich in ihr Gedächtnis eingebrannt. Der Mann hatte etwas von einem Greifvogel, stets spähend, drohend, jederzeit bereit zuzustoßen.

Jetzt aber nichts wie fort aus diesem Viertel.

Donnerstag,
7. November 1907

DIE HAUSMEISTERIN HATTE BRUNO den Schlüssel erst ausgehändigt, als Luigi und er der Frau ihre Kokarden vor die
Nase gehalten hatten. Sie habe schon gehört, dass der Herr
Ingenieur verunglückt sei, hatte die ältere Frau gesagt, er sei
ein sehr beliebter Mieter gewesen, nie habe es Probleme mit
dem Herrn Ingenieur gegeben, die Mieten habe er immer
einen Monat im Voraus bezahlt, niemals habe man Lärm aus
seiner Wohnung gehört, er wäre bei Begegnungen im Flur
zwar nicht sehr gesprächig, aber immer korrekt und höflich
gewesen, hatte die Frau erzählt, als sie hinter den beiden Polizisten die Treppe hochgestiegen war. Dann hatte Bruno sie
aufgefordert, bei der Stiege stehen zu bleiben, um die Amtshandlung nicht zu behindern.

Er stellte seine Kommissionstasche ab und beugte sich zum
Schlüsselloch. »Schau mal, Luigi. Hier ist ein Kratzer auf
dem Blech.«

Luigi beugte sich näher. »Der Kratzer ist da. Glauben Sie,
dass er neu ist?«

»Möglich.« Bruno kniete vor der Tür und entnahm sei-
ner Kommissionstasche eine der drei sich darin befindlichen
Lupen. »In jedem Fall ist der Kratzer vergleichsweise neu.
Schau selbst, an den Rändern anderer Kratzer haben sich

leichte Rostspuren gebildet, dieser hat keine. Der Kratzer könnte ganz frisch sein.« Bruno reichte Luigi die Lupe, der sich ebenfalls hinkniete.

»Sie haben recht, Herr Inspector, wenn man weiß, worauf man achten muss, ist es erkennbar.«

Die beiden erhoben sich wieder.

»Rost bildet sich langsam, der Kratzer könnte von gestern sein, aber auch schon zwei Wochen alt. Wir haben eine Beobachtung gemacht, aber noch steht nicht fest, ob diese von Belang ist. Also müssen wir weitersuchen und sammeln.«

Bruno packte die Lupe zurück in den Koffer und wollte den Schlüssel anstecken, aber Luigi drückte die Türklinke nach unten. Die Tür war nicht versperrt. Die beiden schauten einander an. Mit der Schuhspitze öffnete Bruno die Tür zur Gänze. Luigi sog geräuschvoll Luft ein. Vom Treppenaufgang her versuchte die Hausmeisterin, den Polizisten über die Schultern zu gucken.

Bruno bückte sich erneut, griff in den für die Tatortbesichtigung ausgerüsteten Koffer und entnahm die darin enthaltenen zwei Paar Lederhandschuhe. Eines reichte er Luigi.

»Ich werde mich, sobald wie möglich, auch mit einer Kommissionstasche ausrüsten«, sagte Luigi.

»Das solltest du tun. Wobei es nicht unbedingt nötig ist, dass alle Männer eine eigene Tasche haben, aber drei sollten in der Kanzlei jederzeit griffbereit sein. Ich habe das mit Oberinspector Gellner schon so vereinbart.«

»Ich finde es großartig, dass der Oberinspector endlich fortschrittlich denkt.«

Bruno und Luigi streiften die Handschuhe über. Dann betraten sie die Wohnung, in der scheinbar ein Orkan gewütet hatte. Alle Schranktüren und Schubladen standen offen, auf dem Boden lag die gesamte Habe Gustav Lainers verstreut. Bruno ließ seinen Blick kreisen.

»Was fällt dir auf, Luigi?«

»Hm, jemand hat systematisch gesucht. Ich glaube, die Person hat sich im Uhrzeigersinn vorangearbeitet. Hier ist der Inhalt des Sekretärs, Schreibutensilien und Papiere, und darüber liegen die Tisch- und Leintücher, die wohl im Kasten waren. Dann weiter im Kreis.«

»Sehr gut, ja, anhand der umherliegenden Gegenstände könnte man das annehmen. Was noch?«

»Hm, ich weiß nicht.«

»Schau die Stühle beim Esstisch an.«

»Sie stehen an Ort und Stelle. Richtiggehend ordentlich.«

»Genau. Der Einbrecher hat keinen einzigen Stuhl umgeworfen. Nur dieser eine ist zum Kasten geschoben worden, um die oberen Fächer zu erreichen. Der Glaskrug und die Trinkgläser auf dem Tisch sind nicht zerschmettert. Ich habe mehrfach ähnlich durchwühlte Wohnungen gesehen. Wenn Einbrecher derart wüten, geht praktisch immer irgendein Teil des Interieurs zu Bruch. Hier scheint nichts willkürlich zerstört worden zu sein.«

»Ein disziplinierter Einbrecher?«

»In jedem Fall einer, der nicht durch den Lärm umgeworfener Stühle oder das Klirren zerbrochener Gläser Aufmerksamkeit erregen will.«

»Um Himmels willen, was ist denn hier geschehen?«, fragte die mit großen Augen im Türstock stehende Hausmeisterin.

»Habe ich nicht gesagt, dass Sie sich fernhalten sollen, verdammt noch mal!«, schimpfte Bruno und schob die Frau unwirsch zur Tür hinaus. »Stören Sie die Amtshandlung nicht weiter.« Er warf die Tür zu, trat wieder in das zentrale Wohnzimmer und stemmte die Fäuste in die Hüften. »So, Luigi, ich beginne hier mit der Untersuchung, du läufst zum nächsten

Telephon und gibst der Kanzlei Bescheid. Die Wohnung ist bis auf Widerruf polizeilich abgeriegelt.«

»Jawohl, Herr Inspector.«

☙

Leopold von Baumberg ging zügig über das Kopfsteinpflaster der Via della Cattedrale hinab. Als er zur Piazza San Silvestro zwischen der alten romanischen Basilika und der großen barocken Kirche Santa Maria Maggiore kam, schaute er unwillkürlich zum Schuhputzer, der an einer Straßenecke seinen Arbeitsplatz hatte. Mehrfach hatte sich Baumberg auf den Hocker des Mannes gesetzt und sich die Schuhe putzen lassen. Das Geschäft des Mannes lief nicht schlecht. Wie Baumberg gehört hatte, ging er schon seit über zehn Jahren an dieser Ecke seiner Arbeit nach. Eben saß ein eleganter Herr auf dem Hocker und ließ sein Schuhwerk polieren.

Baumberg grüßte aus der Ferne mit einem kaum merklichen Kopfnicken, welches der elegante Herr erwiderte. Baumberg winkte einem Zeitungsjungen und ließ sich die Morgenausgabe des Piccolo aushändigen. Am Rande der Piazza blätterte er sie auf. Der elegante Herr reichte dem Schuhputzer ein paar Münzen, dieser zog seine Mütze vom Kopf und nickte ehrerbietig. Baumberg faltete die Zeitung zusammen und klemmte sie unter seinen Arm. Wie zufällig gingen die beiden Männer die Straße hinab.

»Guten Morgen, Herr Stiebke.«

»Guten Morgen, Herr von Baumberg.«

»Wie ist das werte Befinden?«

»Angesichts des milden und trockenen Wetters nun sehr angenehm.«

»Haben Sie unter dem Scirocco gelitten?«

»Wüstenwinde sind in der Mark Brandenburg äußerst selten, dementsprechend sind Menschen meines Schlages der Unbill solcher Witterung schutzlos ausgeliefert.«

»Dann freut mich, dass Ihr Wohlsein wiedergekehrt ist.«

»Und selbst?«

»Danke der Nachfrage.«

Die beiden gingen ein paar Schritte schweigend, behielten dabei die Umgebung stets im Blick.

»Sind die hohen Herren wieder abgereist?«

»Was ist Triest in seinem Wesenskern? Ein großer Hafen mit großen Bahnhöfen.«

»Ich hoffe, die Gespräche verliefen in harmonischer Atmosphäre.«

»An Harmonie wird es der Donaumonarchie niemals mangeln, selbst wenn manche Würdenträger verschiedene Standpunkte derselben vertreten.«

Wieder gingen sie ein paar Schritte schweigend. Baumberg atmete tief durch. Die Allianz der beiden Kaiserreiche war beständig, sowohl Kaiser Franz Joseph I. wie auch Kaiser Wilhelm II. befürworteten ein enges Bündnis der beiden Großmächte. Rolf Stiebke war kein feindlicher Agent, sondern Vertreter eines befreundeten Reiches.

»Mir ist völlig klar, dass Sie zumindest eine Antwort von mir erwarten.«

»Herr von Baumberg, ich bin ein bisschen beunruhigt. Ich nehme eine erhöhte Aktivität Ihrer Männer wahr. Und ich bin nicht sicher, ob diese allein mit der Geheimkonferenz zusammenhängt. Und angesichts des guten Auskommens, das wir bislang gepflegt haben, dachte ich, ich trete persönlich vor Sie und bitte um Auskunft.«

»Die Geradlinigkeit Ihres Vorgehens nötigt mir wie immer größten Respekt ab, Herr Stiebke. Und ja, wie so oft, so ist auch diesmal Ihre Witterung exzellent. Nehmen wir den Weg durch die Altstadt.«

Die beiden bogen in eine kleine Seitengasse. Niemand verfolgte sie, darin waren sie sich sicher.

Baumberg strich über seinen Schnurrbart. »Wie Sie wissen, Herr Stiebke, hat Österreich-Ungarn endlich den Weg aller anderen Großmächte eingeschlagen und den Wert des Seehandels erkannt.«

»Oh, die Werften im Küstenland arbeiten auf Hochtouren. Ich kann mich noch lebhaft an den schönen Festakt bei der Jungfernfahrt der prächtigen Dampfer Baron Beck und Palacky in Anwesenheit des Thronfolgers erinnern. Die k.u.k. Handelsschifffahrt macht Riesenschritte in eine glorreiche Zukunft.«

»Viele Repräsentanten der Monarchie verstehen unsere Heimat als Großmacht zu Lande, Österreich-Ungarn liegt in der Mitte des Erdteils, nicht an dessen Außenküste. Aber der Seehandel ist so gewachsen, dass wir nicht umhinkönnen, für die Sicherheit unserer Handelsschiffe auf See Sorge zu tragen.«

»Ihnen ist der Standpunkt Berlins in dieser Frage bekannt. Wir raten seit Jahren zu einer soliden Ausstattung der k.u.k. Flotte.«

»In den letzten beiden Jahren hat sich die Stärke und Schlagkraft unserer Torpedoboote vervielfacht.«

»Damit ist die Adria für den internationalen Seehandel eine bedeutend sicherere Weltgegend geworden. Das kann ich nur begrüßen.«

Baumberg spähte über seine Schulter. »Jetzt gehen wir die großen Themen an.«

»Endlich!«

Baumberg flüsterte. »Die Radetzky-Klasse ist im Bau.«

»Drei Einheiten sind geplant, wie ich gehört habe.«

»Ein Kiel ist gestreckt, die Werft arbeitet auf Hochtouren. Der zweite Kiel folgt in den nächsten Tagen, der dritte im Laufe des nächsten Jahres.«

»Nun, es ist schwer zu übersehen, dass eine beträchtliche Anzahl an schwer beladenen Güterzügen nach Triest rollt. Können Sie mir ein paar Anhaltspunkte geben?«

»Ich habe von Ihrer Deutschland-Klasse gehört. Das erste Schiff ist im Vorjahr in Dienst gestellt worden.«

»Eine Fortsetzung des Konzepts der Braunschweig-Klasse. Und wie diese in fünf Einheiten im Bau, drei davon sind bereits in Dienst.«

»Die Leistungen der deutschen Werften und Marine nötigen mir höchsten Respekt ab. Wir bauen nur drei große Einheiten, weil das für das Mittelmeer hinreichend erscheint, dafür geben wir unseren Schiffen Schlagkraft.«

»Sie machen mich neugierig, Herr von Baumberg.«

»Die Radetzky wird die Braunschweig und die Deutschland in Sachen Bewaffnung und Standfestigkeit übertreffen. Statt vier 28 cm, stellen wir vier 30,5 cm auf, die Mittelartillerie umfasst nicht 17-cm-Geschütze in Kasematten, sondern acht 24-cm- in Zwillingstürmen.«

»Die Türme in Sexagonalaufstellung?«

»Ja.«

»Das Constructionsgewicht?«

»Vierzehntausendfünfhundert Tonnen.«

Stiebke pfiff durch die Zähne. »Anderthalbtausend mehr als unsere Deutschland-Klasse. Respekt, das kann sich hören lassen. Damit rückt die k.u.k. Kriegsmarine an die Flotten Frankreichs und Italiens heran.«

»Wir bekennen Farbe.«

»Haben Sie den Sprung zur Dampfturbine gewagt?«

»Wir machen keine Experimente bei einem derartigen Bauvorhaben. Die Expansionsmaschine ist erprobt und leistet hervorragende Arbeit.«

»Das ist auch unsere Sicht der Dinge.«

Baumberg hatte sich tief in die Karten blicken lassen, das

war ihm klar, aber in einer solch prekären Situation war es nicht verkehrt, sich mächtige Verbündete zu sichern. Zu verschenken hatte er allerdings nichts, das hier war keine Armenspeisung, sondern ein Geschäft.

»Und was meinen Sie zur Diskussion über das Konzept des *all big gun one caliber battleship*?«

Stiebke schien eine solche Frage erwartet zu haben. »Nun, die Briten sind uns nach wie vor ein beträchtliches Stück voraus. Die Indienststellung der Dreadnought hat sich schnell herumgesprochen. Sie ist die Königin der Sieben Weltmeere, keine Frage. Dieses Schiff ist der Beginn einer neuen Ära im Schlachtschiffbau, darin bin ich mir sicher.«

»Zwölf 30,5 cm in fünf Zwillingstürmen, über achtzehntausend Tonnen Constructionsgewicht. Dieses Schiff könnte sowohl Ihre Deutschland wie unsere Radetzky mit ein paar deckenden Breitseiten von der See fegen. Kein Land der Welt hat leistungsfähigere Werften. Wer kann da noch mithalten, wenn die Briten Schiffe dieser Art in hoher Stückzahl bauen?«

»Das ist eine berechtigte Frage.«

»Zum Glück stellt sich für Österreich-Ungarn nicht die Anforderung, in einen Wettstreit mit dem Vereinigten Königreich zu treten. Im Gegenteil, wir sind sehr daran interessiert, ein gedeihliches Auskommen zu finden.«

»Eine verständliche Haltung angesichts der geopolitischen Verhältnisse zwischen dem maritimen Großbritannien und dem kontinentalen Österreich-Ungarn.«

»Wie wird sich Deutschland verhalten?«, fragte Baumberg und lauerte darauf, ob Stiebke auch Informationen preisgeben würde.

Die beiden Männer gingen einige Schritte. »Wir nehmen den Fehdehandschuh auf.«

Baumberg verzog anerkennend den Mund. »Das ist äußerst beherzt.«

»Vier Kiele sind gestreckt. Die neue Ära der Großkampfschiffe hat begonnen. Auch wir wählen die Sexagonalaufstellung, setzen aber 28-cm-Rohre in die Lafetten.«

»Warum das kleinere Kaliber?«

»Weil Schießversuche gezeigt haben, dass das britische 30,5-cm-Geschütz unserem 28-cm-Rohr in Sachen Durchschlagskraft kaum überlegen ist, wir aber höhere Schussfolgen erreichen können.«

Baumberg schluckte. Würde der große Krieg zur See kommen? Wussten das Kriegsministerium und die Admiralität schon von der sich dramatisch verschärfenden Rivalität in der Nordsee? In jedem Fall waren sowohl Baumberg als auch Stiebke mit diesem Akt der Offenheit weit aufeinander zugegangen. Sie hatten implizit einen Pakt auf Gedeih und Verderb geschlossen. Deshalb war es jetzt nur folgerichtig, den für die gegenwärtige vertrackte Lage notwendigen letzten Schritt zu setzen.

Baumberg flüsterte. »Ein Ingenieur des STT hat Kopien der Baupläne unserer 30,5-cm-Zwillingstürme entwendet.«

Stiebke zog scharf Luft ein. »Hol's der Klabautermann! Ist das der Mann, der am Verschiebebahnhof überrollt wurde?«

»Ebenjener.«

»Hat er die Pläne weitergegeben?«

»Das ist unklar, deswegen arbeiten wir unter Hochdruck.«

»Die Lage ist also explosiv.«

»Und die Lunte brennt.«

Stiebke kaute auf seiner Unterlippe und dachte scharf nach. »Herr von Baumberg, wenn Sie Hilfe benötigen, zögern Sie nicht.«

»Vielen Dank für das Angebot, aber ich hoffe, wir kommen allein zurecht.«

»Viel Erfolg!«

Die beiden Männer lüfteten zum Abschied ihre Hüte und gingen auseinander. Baumberg fluchte in sich hinein.

~◦~

Sie saßen zu dritt im Coupé, der Zug rollte Richtung Süden. Luise war überrascht, dass Gretes gesamtes Hab und Gut in einem Koffer Platz gefunden hatte. Wie wenig ein Mensch in Wahrheit benötigte, etwas Kleidung, gutes Schuhwerk und ein freundliches Lächeln auf den Lippen. Es schien dem Kindermädchen viel Last von den Schultern genommen zu haben, dass sie ihre Dienststelle nicht verloren hatte. Gerwin stand am Fenster und drückte seine Nase platt, Grete saß bei ihm und schaute ebenfalls neugierig hinaus. Luise saß auf einem der mittleren Plätze.

»Bist du schon einmal mit der Eisenbahn gefahren, Gerwin?«

»Nein, gnädige Frau. Das ist das erste Mal.«

»Und gefällt es dir?«

»Sehr. Ich will jetzt jeden Tag mit der Eisenbahn fahren.«

Luise lachte. »Jeden Tag einen Zug zu besteigen, wird sich leider nicht verwirklichen lassen, aber ich verspreche dir, so oft wie möglich zu reisen.«

Der Personenzug verlangsamte das ohnedies gemächliche Tempo und hielt am nächsten Bahnhof, Passagiere stiegen ein und aus. Der Bahnvorsteher stand mit breiter Brust am Perron, hob vor der Abfahrt bedeutungsvoll die Kelle und blies in seine Pfeife. Ruckelnd setzten sich die Waggons wieder in Bewegung. Der Zug hielt an allen Bahnhöfen auf der Strecke zwischen Görz und Triest, also auch in Sistiana, wo bei der Ankunft eine Kutsche für sie bereitstehen würde.

»Seid ihr schon einmal mit einem Schiff gefahren?«, fragte Luise.

Gerwin und Grete schauten Luise mit großen Augen an. »Nein, Euer Gnaden, wir haben auf Anordnung der Baronin das Gut nie verlassen«, antwortete Grete.

»Das heißt, ihr habt auch den großen Hafen von Triest noch nicht gesehen.«

»Haben wir nicht, Euer Gnaden.«

»Ihr wart also immer nur im Haus und im Park.«

»Manchmal durften wir auch in den Wald und zur Pferdekoppel. Mehr hat die Baronin nicht gestattet.«

»Ihr Lieben, ihr werdet feststellen, dass die Welt sehr viel größer ist, als das Gut derer von Callenhoff. Wir werden gemeinsam viele Entdeckungsreisen unternehmen. Was haltet ihr davon?«

»Das wäre sehr schön, gnädige Frau«, sagte Gerwin mit strahlendem Lächeln.

Es würde wohl noch ein Weilchen dauern, bis ihr Sohn das Wort »Mama« in den Mund nehmen würde. Alles zu seiner Zeit. Es war November, Gerwin würde erst im September nächsten Jahres mit der Volksschule beginnen, ihnen blieben also zehn Monate, um sich aneinander zu gewöhnen.

»Ich habe eine Idee für unsere erste gemeinsame Schiffsreise.« Die beiden hingen an ihren Lippen. »Schönes Wetter vorausgesetzt, werden wir baldmöglichst frühmorgens mit dem Zug nach Triest fahren und den Dampfer nach Venedig besteigen. Drei Stunden dauert die Überfahrt. Dann werden wir uns zwei oder drei Tage Venedig ansehen und wieder mit dem Dampfer zurückreisen. Was haltet ihr von diesem Vorschlag?«

Gerwin zeigte einen fragenden Blick. »Ist Venedig eine Stadt?«

»Aber ja! Venedig ist die kulturell bedeutendste Stadt der Adria. Hast du noch nie von ihr gehört?« Gerwin schüttelte verneinend den Kopf. »Und Sie, Grete, haben Sie schon von Venedig gehört?«

»Gehört schon, aber viel weiß ich nicht.«

»Dem werden wir beikommen! Ich nehme an, ihr sprecht auch nicht Italienisch.«

»Nicht ein Wort, Euer Gnaden. Die Baronin hat immer Deutsch gesprochen. Sie hat viel auf die Italiener geschimpft und die Sprache nicht gemocht.«

»Werte Grete, mit deiner Erlaubnis möchte ich Sie in Zukunft duzen. Du gehörst ja sozusagen zur Familie. Ist das genehm?«

»Ganz wie Ihr wünscht, Euer Gnaden.«

»Also ihr beiden, hört zu. Nächste Woche werden wir mit dem Unterricht beginnen. Ihr lebt im österreichischen Küstenland, und jeder, der hier lebt, muss auch Italienisch beherrschen. Es ist eine sehr schöne Sprache, melodiös und fließend.«

»Sprechen Sie Italienisch, gnädige Frau?«, fragte Gerwin.

»Oh ja, Italienisch ist meine Zweitsprache.«

Grete sprang hoch und starrte zum Fenster hinaus. »Schau nur, Gerwin! Das Meer!«

Sofort drückte Gerwin wieder seine Nase an die Scheibe.

Luise erkannte in Gerwins Gesichtszügen das Erbteil seines Vaters Helmbrecht von Callenhoff, ihr eigener zeigte sich im hellen Haar. In Gerwins Augen erkannte Luise die Augen ihrer Mutter. Und sein Gemüt schien wenig von seinem Vater beeinflusst, Gerwin war nicht aufbrausend, er schien nichts vom tyrannischen und streitsüchtigen Gehabe der Familie Callenhoff geerbt zu haben, er wirkte viel eher feinfühlig und still und hatte das Temperament seiner Mutter.

Die nächsten Tage, Wochen und Monate würden sie mit Sinn und Zuversicht, mit wahrhaftigem menschlichem Leben füllen. Der neue Roman würde warten müssen. Wenn Gerwin erst das Gymnasium besuchte, würde sich viel Zeit für ihre weitere literarische Arbeit ergeben, jetzt war ihr Sohn wichtiger als jedes geschriebene Wort. Obwohl schreiben würde sie, das nahm sich Luise in diesem Moment vor, sie würde heute Abend einen Brief an Bruno und an ihre Freundin Carolina von Urbanau, die den Sommer über ihr Gast in Sistiana war, schreiben und ihnen von den besonderen Ereignissen berichten.

»Jetzt ist es wieder weg«, sagte Gerwin enttäuscht.

»Später kommt das Meer wieder in Sicht. Aber ich weiß etwas viel Besseres«, sagte Luise verschmitzt lächelnd. »Am Bahnhof wartet ein Wagen auf uns. Ich werde dem Kutscher sagen, dass er uns nicht gleich in die Villa bringen, sondern zuerst einen Abstecher in die Bucht von Sistiana machen soll. Dort könnt ihr mit den Füßen im Meer planschen. Für ein Bad ist es leider längst zu kalt.«

∽⊚∾

Reichskriegsminister Franz Xaver Schönaich räusperte sich vernehmlich und fasste Baumberg mit strengem Blick ins Auge. »Und das haben Sie Herrn Stiebke offen gesagt?«

Sie saßen zu dritt in seinem Bureau, der Minister, Baumberg und Vanek. Baumberg nickte. »Keine Details, Herr Reichskriegsminister, aber dass die Kopien der Baupläne verschwunden sind, habe ich mitgeteilt.«

»Dann weiß Berlin innert einiger Stunden Bescheid. Ich frage mich, was unsere preußischen Freunde tun werden?«

»Wahrscheinlich nicht viel. Sie könnten ein paar Männer zu Stiebkes Verstärkung schicken. In der Regel arbeitet der Mann allein auf weiter Flur.«

»Können wir ausschließen, dass die Preußen diesen halbseidenen Ingenieur angezapft haben?«

»Davon bin ich überzeugt. Wie ich Ihnen berichtet habe, hat Stiebke offenbart, dass die deutschen Werften bereits vier Schiffe vom Dreadnought-Typ bauen, allerdings mit 28-cm-

Geschützen. Ich bin mir sicher, dass die deutschen Ingenieure auf unsere Pläne nicht angewiesen sind, zumal sie uns im Schiffsbau klar überlegen sind.«

»Die Briten erst recht.«

»Deshalb vermute ich, dass Mister Hudson auch nicht hinter der Sache steckt. Die Briten haben Geschütztürme längst im Einsatz, die bei uns erst als Baupläne vorliegen, und ich nehme an, dass in den nächsten Monaten oder Jahren eine beträchtliche Anzahl von Großkampfschiffen mit genannter Schiffsartillerie vom Stapel laufen wird.«

»Ich stimme Ihnen zu, Deutschland und Großbritannien können wir von der Liste streichen. Also bleiben Italien, Frankreich, Russland und die Vereinigten Staaten. Die Türken vielleicht?«

Baumberg überlegte. »Ich glaube nicht, dass die Türken verantwortlich sind. Wozu sollten sie solche Baupläne beschaffen, wenn ihnen die industrielle Kapazität und entsprechend große Werften fehlen, um an den Bau eines Großkampfschiffes überhaupt zu denken.«

»Wir dürfen Japan nicht vergessen«, warf Vanek ein.

Der Minister nickte Vanek zu. »Allerdings, Japan muss man unbedingt im Auge behalten. Die vernichtende Niederlage Russlands gegen Japan in der Seeschlacht bei Tsushima war die Geburtsstunde einer neuen Seegroßmacht. Ich habe vielfach Bericht erhalten, dass Japans industrielle Expansion außerordentlich rasant vorankommt, die Japaner drängen mit Elan an das Licht der Sonne. Und der Pazifik ist groß, die Räume sind weit, mit starken Schiffen werden sie einen gesamten Erdteil beherrschen. Was wissen wir von den Aktivitäten der Japaner in der Adria?«

»Bislang sehr wenig. Ich habe keine eindeutigen Beweise, aber ich nehme an, dass ein Mann hier vor Ort einen Lauschposten besetzt hält. Sie schauen sich an, was wir so tun, aber wirklich Interesse zeigen die Japaner wohl an allem, was in der Nordsee passiert.«

»Nehmen Sie diesen Lauschposten sorgfältig unter Beobachtung, Herr von Baumberg«, ordnete Schönaich an.

Baumberg schaute seinen Adjutanten an. »Das wäre eine Aufgabe für dich, Vanek.«

»Zu Befehl, Herr Hauptmann.«

Schönaich schaute sinnierend zum Fenster. »Himmelherrgott, wenn die Admiralität davon erfährt, ziehen die uns glatt das Fell über die Ohren.«

»Das ist leider zu befürchten, Herr Reichskriegsminister.«

»Wie viele Männer haben Sie vor Ort, Baumberg?«

»Außer Vanek und mir noch zwei weitere Männer.«

»Sie bekommen Verstärkung aus der Hauptstadt. Das entsprechende Telegramm habe ich schon gesendet.«

»Vielen Dank, Herr Reichskriegsminister. Wir können wirklich jede Hilfe gebrauchen.«

»Es war lange ruhig in Triest und plötzlich brennen hier die Dächer«, sagte der Minister und erhob sich. »Brauchen Sie noch etwas von mir? Sind wir fertig?«

Baumberg und Vanek erhoben sich eilig. »Herr Reichskriegsminister, ich denke wir haben alles besprochen.«

»Das ist gut, dann kriege ich noch den Zug nach Villach.«

Die Männer verabschiedeten sich, Baumberg begleitete den Minister zum Ausgang und ging dann grübelnd zurück in sein Bureau. Vanek wartete auf seinen Vorgesetzten. Die beiden schauten einander an.

»Soll ich gleich nach Maresuke schauen?«, fragte Vanek.

»Zuerst noch Morel, dann Maresuke.«

»Der Franzose schien unverdächtig.«

»Casimir Morel ist zu jeder Tages- und Nachtzeit für alle Vergehen dieser Welt unbedingt in Verdacht zu ziehen. Den Japaner nimmst du danach ins Visier.«

»Was ist mit den Italienern?«

»Die haben wir für eine Weile kaltgestellt, von einem neuen Anlauf habe ich noch nichts bemerkt.«

»Die Leute, die wir haben auflaufen lassen, waren Stümper, ein Kinderspiel, denen heimzuleuchten. Ich könnte mir vorstellen, dass die Italiener bei einem neuen Anlauf bessere Leute schicken.«

»Davon müssen wir ausgehen.«

»Und die Russen?«, fragte Vanek.

Baumberg sinnierte kurz. »Tja, was ist mit den Russen? Die sind verdächtig still.«

»Vielleicht zu still.«

⁓

Bruno stemmte seine Fäuste in die Hüfte und ließ seinen Blick durch die Wohnung kreisen. Hatte er etwas übersehen? Nein, er war systematisch vorgegangen und hatte sich von einem Zimmer zum anderen vorgearbeitet. Sehr groß war Gustav Lainers Wohnung nicht, dennoch hatte Bruno den ganzen Vormittag mit der Untersuchung verbracht. Luigi hatte ihm assistiert, und nachdem Bruno zwei Fingerabdrücke abgenommen hatte, hatte Luigi erstmals mehrere Abdrücke sichergestellt. Eine vorläufige Sichtung unter der Lupe ergab die Annahme, dass alle Abdrücke von Lainer stammten. Eine eingehende Untersuchung würde Bruno dann im Licht seiner Schreibtischlampe mit der großen Lupe durchführen.

Bruno hörte, wie die Wohnungstür geöffnet wurde. Luigi trat ein, links trug er zwei Bierkrüge, rechts seine Ledertasche.

»Ich habe das Mittagessen mitgebracht, Herr Inspector«, sagte Luigi, stellte die Krüge ab und nahm Brot, Speck und Käse aus seiner Tasche.

»Bravo, Luigi, du denkst wirklich an alles«, sagte Bruno, setzte sich an den Tisch, griff sich ein Bierglas und nahm einen Schluck.

Luigi nahm ebenfalls Platz, klappte sein Taschenmesser auf, schnitt zwei dicke Scheiben vom Brot ab und reichte Bruno Käse und Speck. Bruno fühlte Leere im Magen, daher langte er zu.

»Ich habe auch noch einmal in der Kanzlei angerufen«, berichtete Luigi.

»Und, gibt es Neuigkeiten?«

»Ja. Gestern Nacht ist in den Mannschaftsraum des Turnvereins Eintracht eingebrochen worden. Soweit derzeit bekannt ist, wurde nichts entwendet, aber mehrere Spinde wurden aufgebrochen und durchwühlt.«

Bruno kniff die Augen zusammen. »Lass mich raten, einer der Spinde gehörte Gustav Lainer.«

»Genau. Die Täter haben im Hinterhof eine Scheibe eingeschlagen und sind in das Gebäude eingedrungen. Sonst haben sich keinerlei Spuren finden lassen.«

Bruno zeigte auf mehrere Broschüren, die er zuvor am Esstisch abgelegt hatte. »Schau dir die Druckwerke an, Luigi. Kommt mir verdächtig vor.«

Luigi griff nach den Broschüren. »Ein Linienplan der Austria-Americana und eine Werbebroschüre von Brioni sowie der Fahrplan der Fähre zwischen Pola und Brioni und ein Buch über die Naturschönheiten der Inselgruppe. Was soll daran verdächtig sein?«

»Blättere die Seite sieben des Linienplans auf. Da werden die Schiffsverbindungen zwischen Triest und Buenos Aires aufgelistet. Lainer hat einige Zeitangaben mit Bleistift markiert. Hat er vorgehabt, nach Argentinien zu reisen?«

Luigi musterte die Markierungen im Fahrplan. Dann griff er zu der Werbebroschüre von Brioni. »Ich sehe den Verdacht noch nicht, Herr Inspector. Die gleiche Broschüre habe ich auch zu Hause. Und zwar wegen der Bilder schöner Damen auf dem Titelblatt und in der Mitte. Sehen Sie selbst, das sind wirklich sehr gut gelungene Zeichnungen. Elegant, schön, inspirierend, man möchte förmlich in den nächsten Dampfer steigen, nur um so schönen jungen Damen zu begegnen.«

»Und warum fährst du nicht stante pede nach Brioni und versuchst dein Glück bei der holden Weiblichkeit?«

Luigi lachte. »Weil ich mir mit dem Gehalt eines Polizeiagenten zwar eine Fahrkarte leisten kann, ganz bestimmt nicht aber einen Anzug, mit dem ich in den Salons reüssieren könnte.«

Bruno nickte zustimmend. »Siehst du, dir mangelt es an Geld. Es ist bestimmt so, dass ein tüchtiger Schiffsbauingenieur besser als ein Polizeiagent verdient, aber Atlantiküberquerungen auf den eleganten Dampfern der Austria-Americana und rauschende Galaabende in den Salons Brionis überstiegen zweifelsfrei Lainers Einkommen.«

»Träumen wird man wohl dürfen.«

»Oh ja, träumen darf man. Aber was ist, wenn er versucht hat, seine Träume zu verwirklichen?«

Luigi sinnierte eine Weile. »Der Mann hat doch beim STT gearbeitet.«

»Korrekt.«

»Der STT baut Torpedoboote.«

»Ich habe vor etwa einem halben Jahr höchstpersönlich gesehen, wie ein fertig ausgerüstetes, nagelneues Torpedoboot pfeilschnell durch die Baia di Muggia in Richtung Südwest gedampft ist, wahrscheinlich mit dem Ziel Porto Militare in Pola.«

»Der Mann ist auf seltsame Art und Weise zu Tode gekommen, seine Wohnung und sein Spind im Turnverein wurden gezielt durchwühlt. Hm, langsam verstehe ich Ihren Verdacht, Herr Inspector.«

Bruno und Luigi beendeten ihr kleines Mahl. Danach brachte Luigi die leeren Biergläser wieder in das Gasthaus zurück, während Bruno seinen Tatortkoffer packte. Als Luigi zurückkehrte, war Bruno abmarschbereit.

»Luigi, du versiegelst die Wohnungstür, dann schaust du dir die Mannschaftsräume im Turnverein Eintracht an. Vielleicht findest du einen Anhaltspunkt.«

»Jawohl, Herr Inspector.«

»Ich werde die Fingerabdrücke in die Kanzlei bringen und anschließend nach Barcola fahren.«

»Warum nach Barcola?«

»Weil dort im Bootshaus des Rudervereins Hansa mein Sportboot liegt. Ich habe mich viel zu lange nicht darum gekümmert.«

»Ich dachte, Sie wären als Ruderer im Turnverein Eintracht eingeschrieben.«

»Bin ich ja, dennoch pflege ich gute Kontakte zu den Sportsmännern der Hansa. Im dortigen Bootshaus gibt es eine sehr gut ausgestattete Werkstatt. Und ich stelle mein Boot den Gymnasiasten zur Verfügung, die in Barcola trainieren.«

$\sim\!\odot\!\sim$

Die Überfahrt vom Porto Vecchio in den Hafen von Muggia dauerte nicht lange, zum einen betrug der Weg aus dem Hafen hinaus und an den vor der Baia di Muggia liegenden Wellenbrechern vorbei nur wenige Kilometer, zum anderen machte die Dampfbarkasse tüchtig Fahrt. Außerdem waren die Seeleute beim An- und Ablegen sehr routiniert. Alexander Schubnikow verfolgte, wie die Leinen festgezurrt wurden. Die Passagiere drängten zur Gangway. Schubnikow wartete, bis das Deck sich weitgehend geleert hatte, dann erst ergriff er seine beiden Koffer. Auf dem Molo warteten schon die Fahrgäste für die Rückfahrt nach Triest.

Etwas abseits des Gebäudes der Hafenverwaltung entdeckte Schubnikow Sergeant Grigorij Galkin. Beide Männer schauten sich um, aber niemand schien im lebhaften Treiben sich für die beiden zu interessieren. Galkin kam seinem Vorgesetzten entgegen und nahm ihm die Koffer ab.

»Gute Überfahrt gehabt, Herr Oberst?«

»Die Fahrt bietet einen interessanten Ausblick auf die Hafen- und Werftanlagen. Es muss das Lloydarsenal sein, in dem die beiden beinahe fertigen Schiffsrümpfe liegen.«

»Jawohl. Neue Dampfer für den Lloyd. Sie gehören zu einer Klasse von sieben Schiffen.«

»Die Österreicher bauen kräftig aus. Die Hafenanlagen sind bestens in Schuss, in den Werften wird emsig gearbeitet und aus den Schornsteinen steigt überall Rauch.«

»Ganz ähnlich wie bei uns in Odessa.«

»Einen Blick aus der Ferne auf die Helling des STT war wegen der davor ankernden alten Segler nicht möglich.«

»Natürlich, Herr Oberst, eine Sache der Geheimhaltung. Die Sicht wird verstellt.«

»Wie weit ist es bis zu unserem Quartier?«

»Etwa zwanzig Minuten den Hügel hinauf und ein Stück landeinwärts. Sehr abgelegen. Ich hoffe, Sie werden zufrieden sein.«

Schubnikow hatte Galkin schon vor zwei Monaten vorausgeschickt, um einen geeigneten Stützpunkt für ihre Operationen zu finden. Erst als Galkin telegraphiert hatte, fündig geworden zu sein, hatte Schubnikow seine kleine, sehr elitäre Truppe in Bewegung gesetzt. Die beiden Männer marschierten am kleinen Castello auf dem Hügel vorbei und kamen nach einer Weile zu einem Gehöft etwas abseits der Landstraße. Das Gehöft lag hinter einer hüfthohen Steinmauer und dichtem Gestrüpp versteckt unter Pinien, im Garten standen einige Obstbäume. Hinter dem Haus befand sich eine verwitterte Scheune. Schubnikow schaute sich um.

»Ideal, Galkin, sehr gut. Abgelegen, versteckt, gut zu verteidigen. Wie schaut es mit den Räumlichkeiten aus?«

»Die Männer müssen ein bisschen zusammenrücken. Sehr groß ist das Haus ja nicht.«

»Ist ein Keller vorhanden?«

»Ja, ein Kartoffelkeller. Auch nicht sehr groß, aber für unsere Zwecke geeignet.«

»Sind die Männer im Dienst?«

»Auf Patrouille. Sie müssen sich die Gegend einprägen. Ist ja alles neu für sie.«

»Haben Sie eine Kammer für mich eingerichtet?«

»Jawohl, Herr Oberst, ein Bett, ein Schrank, ein Tisch und zwei Stühle. Das Fenster liegt an der Rückseite.«

Die Männer betraten das Haus. Schubnikow öffnete alle Türen und inspizierte die Räumlichkeiten, während Galkin die Koffer in der Kammer des Obersts abstellte. Schubnikow war zufrieden, er wusste ja, warum er Galkin vorgeschickt hatte. Der Mann war vielleicht nicht der verwegenste Soldat, aber er hatte mehrfach Verstand und Umsicht bewiesen. Für die harte Arbeit hatte er andere Männer unter seinem Befehl. In der Stube standen sich die beiden gegenüber.

»Galkin, hören Sie zu.«

»Jawohl, Herr Oberst.«

Schubnikow zog aus seiner Brusttasche ein zusammengefaltetes Papier. »Ich habe hier eine Liste mit Namen, die wir unverzüglich überprüfen müssen.«

»Vorarbeit des Geheimdienstes?«

»Innerhalb der nächsten zwei Tage müssen Sie die genannten Personen lokalisiert haben.«

»Zu Befehl.«

»Zwei Japaner sind auch darunter.«

»Diese Lumpen mischen überall mit.«

»Die Japaner nehmen wir uns zuerst vor. Wir werden unsere bittere Niederlage rücksichtslos rächen. Die werden mich noch kennenlernen.«

Galkin nickte und steckte die Liste ein. »Was ist mit der Gräfin?«

»Was soll mit ihr sein?«

»Nun, sie hat nicht sehr erfreut gewirkt, als Sie ihr gesagt haben, sie stehe jetzt unter Ihrem Kommando.«

»Die Gräfin wird tun, was man ihr zuträgt, ansonsten ist sie sehr schnell Vergangenheit. Außerdem, eine Frau im Fronteinsatz? Lächerlich. Man sieht ja, was bisher passiert ist. Außer Spesen nichts gewesen.«

»Können wir sie so einfach abservieren? Immerhin hat Fürst Blochin sie eingesetzt. Und der Fürst ist …«

»Fürst Blochin sitzt Tausende Meilen entfernt in seinem Palast und leidet unter Rheumatismus und kalten Füßen. Was Fürst Blochin sagt, ist hier irrelevant.«

»Ich meine ja nur, die Gräfin ist eine sehr schöne … Na, Sie wissen, was ich sagen will.«

Schubnikows Miene war undurchdringlich. »Halten Sie sich von der Gräfin fern, Galkin. Wenn Sie eine Frau brauchen, gehen Sie ins Bordell. Und die Schönheit der Gräfin setzen wir dann ein, wenn es nötig ist. Das weiß man doch, dass die eitlen Gockel aus Österreich dauernd nur an Weibergeschichten denken und einer Russin nicht widerstehen können. Die Gräfin Olenina ist ein Werkzeug, verstanden?«

»Jawohl, Herr Oberst.«

Kenneth Hudson wartete, bis sein Fahrgast saß, dann klopfte er mit dem Gehstock auf die vordere Scheibe. Der Kutscher setzte den Wagen in Bewegung. Geschlossene Kutschen waren ein bestens geeigneter Ort für diskrete Gespräche, vorausgesetzt, der Kutscher war verlässlich. Darauf konnte Hudson zählen. Seit neun Jahren betrieb der Brite sein Handelsunternehmen in Triest, das sich auf den Import indischen Tees spezialisiert hatte. Ein großer Teil der von ihm importierten Ware wurde in Österreich-Ungarn umgeschlagen, der andere Teil in Deutschland. Nach England lieferte er nicht, denn das lukrative Geschäft mit Tee lag in den Händen weit größerer Kompanien auf der britischen Insel. In der Kanzlei beschäftigte er drei weibliche Schreibkräfte und zwei Sekretäre aus England sowie eine österreichische Übersetzerin, im Lagerhaus arbeiteten ein heimischer Magazineur und zwei Lagerarbeiter. Damit erwirtschaftete der sechsundfünfzigjährige Witwer genug, um sich eine geräumige Beletage, eine Haushälterin, eine prächtige Bibliothek und gelegentlich riskante Wetten auf der Pferderennbahn leisten zu können. Seine beiden Söhne dienten als Soldaten in Indien und traten insofern in seine Fußstapfen. Er hatte zwei Jahrzehnte in Indien gelebt und viel von Land und Leuten gelernt. In Indien hatte er auch begonnen, für den Geheimdienst zu arbeiten. Und als er dann berufen worden war, nach Triest zu gehen, war es naheliegend gewesen, sich ein Standbein als Teeimporteur aufzubauen. Kenneth Hudson hatte sich mit den Gepflogenheiten an der oberen Adria schnell angefreundet, im langsam vorrückenden Alter kam ihm das mildere Klima zustatten. Die Hitze, der Monsun und die sengende Sonne des Subkontinents hatten ihm zusehends zu schaffen gemacht. Deutsch hatte er in Grundzügen schon im Gymnasium erlernt, daher war es ihm leichtgefallen, seine Kenntnisse zu vertiefen, das Italienische hingegen hatte sich als beträchtliche Herausforderung erwiesen. Mittlerweile konnte er in beiden Sprachen problemlos Konversation betreiben. Allein bei den slawischen Sprachen hielt sich Hudson zurück, er war alt genug, die Grenzen seiner Lernfähigkeit abschätzen zu können.

Casimir Morel und Kenneth Hudson sprachen miteinander stets Deutsch. Hudsons Französisch ließ zu wünschen übrig, und Morels Englisch war höchstens bruchstückhaft.

»Guten Tag, Monsieur Morel. Ich freue mich, dass Sie meiner Einladung zu einer kleinen Ausfahrt entsprochen haben.«

»Guten Tag, Mister Hudson, vielen Dank für die freundliche Einladung.«

»Wie laufen die Geschäfte?«

»Im Rahmen. Dieser Tage erwarte ich eine größere Lieferung aus der Champagne. Das macht natürlich eine Menge Arbeit.«

»Sie müssen mir unbedingt ein Dutzend Flaschen reservieren.«

»Sehr gerne.«

Hudson musterte den Mann. Der Franzose war zwanzig Jahre jünger als er, sah blendend aus und war wegen seines französischen Akzents, seiner tadellosen Umgangsformen und des markanten Kinns der heimliche Schwarm vieler Triester Fräuleins. Da er auch exzellent das Spiel auf dem Klavier beherrschte, war er auch gern gesehener Gast der Musikabende in den vornehmen Salons der Stadt. Hudson hatte kaum Schwierigkeiten gehabt herauszufinden, mit welchen Damen der besseren Gesellschaft Morel amouröse Einlassungen unterhielt. Den charmanten und musikalischen Spirituosenhändler mimte er zur Deckung, weil ihm diese Rolle leichtfiel. Morel belieferte das österreichische Küstenland mit französischem Wein, Cognac und Champagner, im Gegenzug verkaufte er edle Weine und Brände aus dem Karst nach Nancy, Reims und Paris. Hudson wusste, dass im Grunde seines Wesens Casimir Morel ein ebenso gnadenloser, wie heimtückischer Meuchelmörder im Dienst der Grande Nation war.

Eine ganze Weile führten die beiden Herren eine Konversation über die aktuellen Aufführungen im Teatro Verdi, die letzten Pferderennen im Ippodromo di Montebello und über den zum Glück wieder abgeflauten Scirocco.

Nach einer längeren Gesprächspause, in welcher Hudson sinnierend zum Fenster hinausschaute, räusperte sich Morel.

»Mister Hudson, ich nehme eine beträchtliche Unruhe wahr.«

Hudson nickte zustimmend. »Ganz meinerseits.«

»Hängt sie mit der Geheimkonferenz zusammen?«

»Das ist mir noch nicht klar geworden.«

»Nicht?«

»Leider nicht.«

»Sie verfügen in der Regel über exzellente Kenntnis von den Geschehnissen in der Stadt.«

Hudson traute Morel nicht über den Weg, dennoch unterhielten die beiden Männer eine zwar distanzierte, aber stabile Verbindung. Seit das Vereinigte Königreich und Frankreich im Jahr 1904 die Entente cordiale geschlossen hatten, bemühten sich die Vertreter beider Länder um Vertrauen und Wertschätzung. Was natürlich niemals zu Leichtfertigkeit einem Mann wie Casimir Morel gegenüber führen durfte, fand Hudson.

»Ich vermute einen ernsten Vorfall, der den Österreichern schwer zu schaffen macht. Natürlich habe ich mich bemüht herauszufinden, ob es etwas mit der Geheimkonferenz zu tun hat, aber leider habe ich noch keine gesicherte Antwort.«

Morel kniff die Augen zusammen. »Ich habe den Eindruck, dass ein noch unsichtbarer Spieler auf dem Spielfeld aufgetaucht ist.«

»Diesen Eindruck habe ich auch. Und ich befürchte, der Spieler ist seit Längerem auf dem Platz und niemandem bislang aufgefallen.«

»So muss dieser Spieler ganz beträchtlichen Witz mitgebracht haben.«

»Und möglicherweise hat er eine Quelle angezapft, von der wir nicht einmal wussten, dass sie existiert.«

»Ich höre, dass Sie ähnlich besorgt sind wie ich, Mister Hudson.«

»Ich schlage eine Bündelung der Kräfte vor. Was meinen Sie, Monsieur Morel?«

Morel hob die Hände. »Ich kann davon nur profitieren, Mister Hudson. Ihnen stehen in Triest Mittel zur Verfügung, von denen ich nur träume. Also ja, ich bin einverstanden. Absolument.«

»Gut. Was wissen Sie über den Vorfall von Sonntagnacht?«

»Der Tote am Verschiebebahnhof?«

»Ja.«

»In Wahrheit nur, was in der Zeitung gestanden hat. Gut, ich habe mich erkundigt. Ein Ingenieur des Stabilimento Tecnico Triestino ist tot, das ist natürlich auffällig. Aber viel habe ich noch nicht in Erfahrung gebracht.«

»Herr von Baumberg scheint in Bedrängnis gekommen zu sein.«

»Soweit ich weiß, haben die Österreicher mit dem Bau ihrer neuen Schlachtschiffe begonnen. Höchst verdächtig.«

»Möglicherweise hat unser Schattenspieler einen Volltreffer gelandet.«

»Sehr beunruhigend, dass wir beide das nicht kommen gesehen haben.«

»Stiebke hält sich bedeckt.«

»Und die Italiener?«

»Nichts zu hören.«

»Die Russen?«

Hudson schaute den Franzosen eine ganze Weile mit düsterer Miene an.

»Mister Hudson? Wollen Sie mir etwas sagen? Was ist mit den Russen?«, fragte Morel.

»Ich habe heute früh ein Telegramm aus London erhalten.«

»Welchen Inhalts?«

»Ich weiß, Morel, dass Sie vor zwei Jahren in Königsberg eine bittere Niederlage hinnehmen mussten.«

Das Thema war Morel sichtlich unangenehm. »Ich versuche hartnäckig, die Erinnerung daran zu verdrängen, und mir liegt viel daran, dass diese Geschichte Vergangenheit bleibt.«

»Schwer möglich, Monsieur. Oberst Schubnikow ist in Triest angekommen.«

»Was?«, rief Morel fassungslos.

»Ich warne Sie, Morel, begehen Sie ja keine Dummheiten, bleiben Sie ruhig. Ich stelle mich vor Sie, so gut es geht. Sie haben Schubnikow in Königsberg persönlich erlebt, ich kenne ihn nicht, aber wenn meine Informationen verlässlich sind, ist mit diesem Mann nicht zu spaßen.«

»Von allen biblischen Plagen ist Schubnikow die schlimmste. Steckt er hinter der Aufregung?«

»Das glaube ich nicht, denn er ist erst dieser Tage in Triest eingetroffen.«

Morel wiegte den Kopf. »Ich glaube auch nicht, dass er der gewitzte Schattenspieler ist. Das ist nicht sein Stil, so arbeitet dieser Mann nicht.«

Hudson zog seine Taschenuhr aus dem Sakko und las die Zeit ab. »Wo darf ich Sie absetzen, Monsieur Morel?«

～∞〜

Während seiner Dienstzeit bei der Marine hatte sich gezeigt, dass er über die nötige Kraft und Disziplin für den Rudersport verfügte, daher war er von seinen Vorgesetzten in ein Rennboot beordert worden. So konnte er den öden Alltagstrott als

Seemann einer kaum mehr seetüchtigen Fregatte hinter sich lassen. Binnen weniger Wochen hatte er das nötige Leistungsniveau erreicht, um mit seinen Kameraden bei internationalen Regatten anzutreten. Im Vierer hatte die Mannschaft mehrere Pokale nach Triest gebracht, und zwar sowohl bei Regatten militärischer Verbände wie bei zivilen Rennen. Bruno konnte sich lebhaft erinnern, wie sie bei einer Regatta hier im Golf von Triest den Siegerpokal gegen eine teuflisch starke britische Mannschaft nur mit wenigen Zentimetern Vorsprung gewonnen hatten. Tausende Zuseher hatten das Rennen von der langen Küstenlinie Barcolas beobachtet und waren beim siegreichen Einlauf in kolossales Triumphgeschrei ausgebrochen. Brunos größter sportlicher Erfolg, tagelang waren die vier jungen Männer als die Helden ihrer Heimatstadt gefeiert worden. Das war knapp nach dem Militärdienst gewesen, als seine drei Kameraden und er, kaum vom Dienst entlassen, sich beim renommierten Turnverein Eintracht hatten eintragen lassen. Vier Jahre lang hatten sie regelmäßig an Wettkämpfen teilgenommen. Mehr als ein Jahrzehnt lag die Zeit der sportlichen Erfolge zurück, viel war inzwischen geschehen.

Vor etwas mehr als vier Jahren hatten sich die Kameraden wieder getroffen und das Training erneut aufgenommen. Sie hatten sich für drei Regatten angemeldet, doch schon beim ersten Rennen war klar geworden, dass sie zweifellos wackere Sportsmänner waren, aber gegen die jungen Ruderer nicht mehr ankommen konnten. Das Ziel lautete nunmehr, nicht als Letzte durch das Ziel zu gehen. Was ihnen immerhin gelungen war.

Bruno erinnerte sich mit Freude, dass er bei einer Trainingsfahrt von Triest in die Bucht von Sistiana Luise kennengelernt hatte. Was für ein denkwürdiger Tag! Mit einem Mal war der Sport nur mehr eine amüsante Beschäftigung gewesen, während bei jedem Treffen mit Luise sichtbarer geworden war, dass ein neuer Abschnitt seines Lebens begonnen hatte.

Bruno schüttelte den Kopf und ermahnte sich, nicht sentimentalen Gedanken nachzuhängen, sondern endlich seine Arbeit zu erledigen. Weswegen war er sonst mit der Elektrischen und das letzte Stück zu Fuß hierhergekommen? Im großen Bootshaus des Rudervereins Hansa stand tagsüber nur dann der Betrieb still, wenn ein Sturm über Triest wütete oder ein paar besonders kalte Frostnächte jedes Leben am Wasser mit Eis verhüllten.

Der Turnverein Eintracht war zwar als Sportverein gegründet worden, aber durch seine Umtriebigkeit und das Engagement hoher politischer Würdenträger veranstaltete der Verein auch Musikabende, Theaterveranstaltungen und literarische Zirkel. Es gehörte zum guten Ton der deutschsprachigen Oberschicht Triests, der Eintracht nahezustehen. Deswegen hatte Salvatore Zabini den Eintritt seines Sohnes in die Ruderabteilung des Vereins tatkräftig unterstützt.

Auch im 1880 gegründeten Ruderverein Hansa dominierte die deutsche Sprache. Das Bootshaus der Hansa in Barcola war durch seine Größe und seine Werkstatt zum Zentrum des Segel- und Rudersports geworden.

Einer der Trainer erklärte eben einer Gruppe junger Schüler die Prinzipien der Steuerung eines Segelboots, zwei Männer in Arbeitskleidung waren dabei, die Lackierung ihres Bootes zu erneuern, acht Ruderer trugen vier Zweier aus dem Bootshaus hinaus zu den Stegen. Das Wetter hatte sich nach der Regenfront deutlich gebessert, es wehte nur eine milde Brise, es herrschten gute Bedingungen für das Training auf dem Wasser. Der Hausmeister lief wie üblich mit breitem Lächeln durch das Bootshaus und scherzte lautstark mit allen. Im Verein wusste jeder, dass der Mann meist mittags einen Pegel erreicht hatte, den er bis zum Einbruch der Nacht hielt. Immerhin betrank er sich nicht zügellos, war daher imstande, seine Arbeit zufriedenstellend zu erledigen.

Bruno trat an das Regal heran, in welchem sein Boot kieloben auf den Auslegern ruhte. Da er zuletzt selten den Sport ausgeübt hatte, hatte er die Nutzung seines Bootes für Ausbildungszwecke gestattet. Er betastete den schlanken Rumpf, jetzt, wo er hier war, reizte ihn der Gedanke, eine Ausfahrt zu unternehmen. Ob er sich wieder mit seinen Kameraden treffen sollte? Er hatte gute Lust dazu.

Wieder ermahnte er sich zur Arbeit.

Gustav Lainer hatte in der Werkstatt hinter dem Bootshaus mehrere Sportboote gebaut. Da darin Werkzeug und hochwertiges Holz gelagert wurde, war die Metalltür stets verschlossen und die Fenster waren vergittert. Der Hausmeister hütete den Schlüssel wie seinen Augapfel, aber an Bruno hatte er ihn natürlich ausgegeben. Bruno verließ das Bootshaus, umrundete es und sperrte die Werkstatt auf. Sofort nahm er den Duft der Hölzer wahr. In einem Regal standen Eimer mit Lacken, alles schien gut sortiert, der Boden gekehrt. Man sah sofort, dass hier Wert auf Sauberkeit und Ordnung gelegt wurde. Auf einer der beiden Werkbänke lag kieloben ein geklinkertes Riemenboot, dessen Planken einer gründlichen Überholung bedurften. Bruno begann, die Werkstatt systematisch zu durchsuchen. Er hatte noch genau im Ohr, als Gustav Lainer vor etwa vier Jahren gesagt hatte, dass dieser Ort der eigentliche Grund sei, weswegen er in Triest lebte. Er hatte die Arbeit mit Holz nicht nur geliebt, sondern auch meisterhaft beherrscht. Bruno wusste nicht die genaue Anzahl von Rennbooten, die Lainer entworfen und gebaut hatte, aber es musste wohl ein Dutzend sein.

Nach rund einer halben Stunde erfolgloser Suche lehnte Bruno die Leiter an das hohe Regal mit den Holzvorräten und stieg die Sprossen hoch. Das Regal reichte über die gesamten acht Meter Breite der Werkstatt. Am Ende einer Seite entdeckte er zwei Koffer, die von unten nicht zu sehen waren.

Sie mussten absichtlich dort abgelegt worden sein. Er verschob die Leiter so, dass er an die Koffer herankam und stellte beide auf dem Boden ab.

»Was suchen Sie eigentlich, Herr Inspector?«

Bruno erschrak ein wenig, er hatte nicht mitbekommen, dass sich der Hausmeister genähert und in der Tür aufgebaut hatte.

»Entschuldigung, habe ich Sie erschreckt?«

Bruno winkte ab. »Kein Problem, Herr Potoschnig, ich war nur so in meine Suche vertieft, dass ich Sie nicht bemerkt habe.«

»Was sind denn das für Koffer?«, fragte der Hausmeister. »Waren die etwa dort oben im Regal?«

»Ja, die lagen oben auf. Und wem Sie gehören, wollte ich Sie gerade fragen.«

»Also ich habe die Koffer noch nie gesehen. Keine Ahnung, von wem die sind.«

Bruno versuchte, die Verschlüsse zu öffnen, aber die Schlösser waren versperrt. Er packte beide und legte sie nebeneinander auf die Werkbank, dann nahm er seinen Sperrhaken, den er immer am Schlüsselbund bei sich trug. Der Haken war zu dick für die kleinen Schlösser.

»Wollen Sie die Koffer etwa öffnen?«

»Allerdings.«

»Warum denn?«

»Polizeiliche Untersuchung.«

»Dann brechen Sie doch die Schlösser auf. Das wäre das Einfachste.«

Bruno suchte nach einem geeigneten Werkzeug. »Das ist nur die letzte Möglichkeit. Ich versuche mein Glück damit«, sagte Bruno und hielt ein Stück Draht hoch. Nach einigen Versuchen schnappten die beiden Schlösser des ersten Koffers auf. Der Hausmeister stand neben Bruno und verfolgte dessen Handgriffe.

Ein Paar Schuhe, Hemden, Hosen und Strümpfe befanden sich darin, fein säuberlich und sorgsam eingepackt. Bruno stocherte im Inhalt des Koffers und fand zwei zusammengelegte Taschentücher, an denen mit rotem Garn ein Monogramm aufgestickt war: »GL«.

Der Hausmeister beugte sich vor. »Das ist doch das Monogramm von Herrn Ingenieur Lainer.«

»›GL‹ für Gustav Lainer. Das könnte stimmen.«

»Seine Sporttrikots sind auch damit versehen.«

Bruno atmete tief durch. Hatte ihn seine Nase nicht getrogen.

Freitag,
8. November 1907

GERWIN KAUTE DAS KIPFERL mit sichtlichem Wohlbehagen, dazu trank er heiße Schokolade. Ja, er habe bei der Großmutter manchmal heiße Schokolade zum Frühstück getrunken, meist aber Milch oder Tee. Luise hatte die Haushälterin und den Gärtner gestern noch mit einer langen Einkaufsliste losgeschickt, unter anderem um Kakaopulver zu kaufen. Zum Frühstück hatte die Haushälterin nicht wie üblich eine kleine Kanne Kaffee für die Baronin gekocht, sondern eine große Kanne heiße Schokolade. Luise selbst labte sich an dem köstlichen Getränk. Und Gerwin, der mit ihr am Frühstückstisch saß, schien sich wie im Schlaraffenland zu fühlen. Heiße Schokolade, Kipferl, Brot, Butter, Marmelade und Honig, alles, was das Herz begehrte, stand auf dem Tisch. Wie Luise mittlerweile wusste, war das Leben im Haus der alten Baronin für Grete und Gerwin karg und kühl gewesen. Ihre Schwiegermutter war nicht nur im Umgang eine hartherzige und unnahbare Frau, auch war sie so von Geiz zerfressen, dass sie weder sich selbst und erst recht nicht den anderen Menschen in ihrem Haus auch nur den Hauch von Komfort gegönnt hatte. Nun war es Luises feste Überzeugung, dass eine sparsame und umsichtige Lebensführung das geistige, seelische und körperliche Wohlbefinden mehr förderte als der wiederholte rauschhafte Exzess, aber auf ein biss-chen Bequemlichkeit und Freude musste man wahrhaft nicht verzichten. Heiße Schokolade und Kipferl beim ersten Früh-stück im Haus seiner Mutter würden aus dem jungen Mann keinen Völler und Säufer formen, sondern ihm vielmehr ein höchst wohliges Behagen bieten, an das er sich vielleicht noch lange zurückerinnern würde.

Mit einem großen Schluck leerte Gerwin seine Tasse, stellte sie ab und schaute seine Mutter mit einem glücklichen Lächeln an.

»Hat es dir geschmeckt?«

Er nickte mit großen Augen. »Ja, sehr.«

»Willst du noch mal heiße Schokolade?«

»Nein, ich kann nicht mehr.«

»Bitte sitze aufrecht. Selbst mit zwei Kipferln und zwei Tassen heiße Schokolade im Bauch sollte man bei Tisch die Formen wahren. Und verwende bitte die Serviette. Du hast einen Bart aus Schokolade.«

»Jawohl, gnädige Frau.« Gerwin rückte sich zurecht und wischte seinen Mund ab.

Es klopfte an der Tür. »Herein«, rief Luise.

Grete trat ein, sie machte einen Knicks. »Euer Gnaden haben nach mir rufen lassen?«

»Ja, liebe Grete, komm nur zu uns. Hast du schon gefrüh-stückt?«

»Ja, Euer Gnaden, ich habe in der Küche bei Frau Latini gegessen.«

»Setz dich bitte zu uns an den Tisch.«

Grete zog überrascht die Augenbrauen hoch. »Zu Tisch?«

»Ja. Willst du eine Tasse vorzüglicher heißer Schokolade? Die Kanne ist noch nicht leer, bediene dich bitte.«

»Euer Gnaden, ich kann mich doch nicht zu Euch an den Tisch setzen«, flüsterte Grete verschämt.

Luise schaute demonstrativ zu ihrem Sohn hinüber. »Was meinst du, Gerwin, soll Grete mit uns heiße Schokolade trinken?«

Gerwin schaute mit großen Augen zwischen Luise und Grete hin und her. Im Hause der Großmutter war eine solche Verletzung des Standesunterschieds undenkbar gewesen. Er wusste nicht, was er sagen sollte.

»Also bitte, Grete, nimm meine Einladung an. Ich möchte, dass wir in Zukunft immer gemeinsam das Frühstück einnehmen. Deine Schürze kannst du bei der Hausarbeit jederzeit tragen, aber beim Essen, bei den Unterrichtsstunden und beim Spielen im Garten bitte ich dich, sie wegzulegen. Das Tragen der Schürze macht dich augenscheinlich zu einer Dienstbotin. Du wirst sehen, Grete, wir sind hier in diesem Haus weniger ein straff geführter Adelssitz als eher eine große Familie. Ich liebe höflichen Umgangston und gutes Benehmen, aber jede Form von Kasernenhofton und straffem Hofzeremoniell will ich herzlich gern vermeiden.« Luise wartete, bis Grete Platz genommen hatte, dann erhob sie sich, goss heiße Schokolade in die bereitstehende Tasse und servierte sie dem Kindermädchen. Sie legte Grete vertrauensvoll die Hand auf die Schulter. »Wie bist du mit deinem Zimmer zufrieden?«

Grete schluckte. »Sehr, sehr zufrieden, Euer Gnaden. Das Bett ist groß und die Matratze, wie soll ich sagen, die Matratze …«

»Was ist mit der Matratze?«

»Ich habe zum ersten Mal in meinem Leben ein Bett mit einer Matratze.«

Luise setzte sich lächelnd. »In jedem Fall hast du dein Zimmer und kannst auch jederzeit darin für dich sein. Nicht wahr, Gerwin, wenn Grete eine Weile für sich braucht und ihre Tür schließt, dann lassen wir ihr die Zeit.«

»Jawohl.«

Grete strich verschämt durch ihr helles Haar und warf Luise einen kurzen Blick zu. »Das Zimmer ist geräumig und hell, der Ausblick in den Garten schön. Vielen Dank, Euer Gnaden, dass ich ein so gutes Zimmer gekriegt habe.«

»Gerümpel lagert man in der Kammer, für Menschen gibt es Zimmer. Ich bitte um eure Aufmerksamkeit, ich will mit euch den Ablauf der nächsten Tage besprechen.«

Gerwin saß still und lauschte, Grete stellte die Tasse ab und legte ihre Handflächen sittsam auf die Knie.

»Ich habe heute eine Unzahl an Arbeiten zu verrichten, ich muss mehrere Briefe schreiben, auch muss ich ins Rathaus, um die behördlichen Formalitäten eures Umzugs von Görz nach Sistiana zu regeln. Somit ergibt sich für euch beide auch angesichts des sonnigen und milden Wetters die Gelegenheit, das Haus und den Garten zu erkunden. Ihr könnt Herrn Doplicher bei der Gartenarbeit zur Hand gehen, ich habe mit ihm schon gesprochen, und er hat ein paar kleine Aufträge für euch. Herr Doplicher ist ein etwas schrulliger Mann und er lebt in seiner eigenen Welt, aber er ist ein sehr guter Gärtner und ein liebenswerter und gütiger Mensch. Er würde sich über euren Besuch in seinem Gärtnerhaus sehr freuen. Ich glaube, er will euch seine umfangreiche Sammlung von Schneckenhäusern und Muschelschalen zeigen. Wenn ihr den Garten verlassen wollt, dann gebt der Haushälterin Signora Latini oder mir Bescheid und geht nicht zu weit. Um zwölf Uhr wird das Mittagsmahl serviert, bitte seid pünktlich wieder im Haus. Um vier wird Kaffee und Tee serviert, auch hier bitte ich um Pünktlichkeit. Das Abendessen gibt es um sieben. Morgen, Samstag, unternehmen wir eine Kutschenfahrt und werden gemeinsam das Umland erkunden. Unterwegs werden wir zu einem Picknick anhalten. Am Sonntag gehen wir zur Messe, essen zu Mittag und verbringen die restliche Zeit bei Spiel und Sport in Haus und Garten. Ich hoffe, dass wir am Nachmittag einen Gast zum Kaffee begrüßen dürfen, aber das ist noch nicht sicher. Am Montag beginnen wir um neun Uhr mit dem Unterricht.« Luise schaute Grete an. »Wie ist es denn um deine Schulbildung bestellt?«

»Ich kann lesen, schreiben und rechnen, Euer Gnaden.«

»Hast du schon einmal ein Buch gelesen?«

Grete knetete verlegen ihre Hände. »Nun, also, ja, ich habe schon drei Bücher gelesen.«

Luise war verwundert. »Warum ist es dir unangenehm, davon zu berichten?«

»Die Baronin hat nicht gewollt, dass ich Romane lese. Sie hat gesagt, dass man vom Lesen nur Flausen im Kopf kriegt. Deshalb habe ich bei Kerzenlicht nachts in meiner Kammer gelesen. Heimlich.«

Luise machte eine kategorische Handbewegung. »In meinem Haus ist das Lesen von Romanen nicht verboten, im Gegenteil, es ist erwünscht und wird mit allen Mitteln gefördert. Die Bibliothek steht dir ab sofort zur Verfügung. Wie ist es mit Grammatik, Geschichte, Geographie und den Naturwissenschaften?«

»Davon weiß ich nicht viel.«

»Mein lieber Gerwin, geschätzte Grete, ich glaube, ein sehr interessanter Winter kommt auf uns zu, wir werden viel Zeit miteinander verbringen und ich werde euch behilflich sein, eine ebenso faszinierende wie vielschichtige Welt zu ergründen. Nämlich die Welt der Bildung, der Schrift und der Bücher.«

∽◦∾

Jekaterina stellte die Teetasse ab und griff zur Klingel. Wenig später betrat ihre Haushälterin Sofia den Salon und servierte das Frühstücksgeschirr ab. Signora Pasqualini hatte die Frau mittleren Alters empfohlen, und tatsächlich arbeitete Sofia sehr gewissenhaft und verlässlich, allerdings hatte Jekaterina sich in den ersten Tagen an ihre Stummheit gewöhnen müssen. Kein Laut drang über die Lippen der Dienstbotin. Jekaterina hatte festgestellt, dass Sofia keinerlei weitere Gebrechen hatte und als stille Haushälterin tadellose Arbeit leistete. Ein Vorteil war, dass Sofia ein paar Straßen weiter ein möbliertes Zimmer bewohnte, Jekaterina hatte sich also um eine Bleibe ihrer Angestellten nicht kümmern müssen.

Schon bald nach ihrer Ankunft in Triest hatte sie die Bekanntschaft von Signora Pasqualini gemacht, einer ebenso eleganten, klugen wie sprachgewandten Frau. Mehrmals war sie bei den wöchentlichen Kaffeekränzchen, die der bedeutende Kaufmann Giovanni Pasqualini und seine Ehefrau ausrichteten, zu Gast gewesen und hatte viele interessante Menschen der guten Gesellschaft kennengelernt. Ja, ein bisschen hatte sie auch mit Signor Pasqualini geschäkert, er war ein wirklich stattlicher Mann, kultiviert und wohlhabend, doch zu einer Affäre hatte sie es nicht kommen lassen. Dazu war ihr die Bekanntschaft mit der Herrin des Hauses zu wertvoll.

Jekaterina schaute sinnierend zum Fenster. Nach dem Besuch eines Kaffeekränzchens oder eines Musikabends war ihr derzeit nicht zumute, sie hatte ganz andere Dinge im Kopf.

Wochenlang hatte sie ein feines Gespinst von Verlockung, Verführung und Versuchung um diesen langweiligen Schiffsbauingenicur gewoben, und tatsächlich hatte er gewagt, aus seinem Schatten zu treten. Ja, Gustav Lainer war in ihrer Wertschätzung beträchtlich gestiegen, als er diesen riskanten Plan entwickelt hatte, um an die Baupläne heranzukommen und sie aus dem Tresorraum und aus der Werft zu schmuggeln. Die neuen Linienschiffe für die k.u.k. Kriegsmarine waren im Constructionsbureau des Marinearsenals in Pola entworfen worden, die Originale lagen im Marinearsenal, während die

Kopien nach Triest gebracht worden waren. Dort hatte man sie in den Tresorraum des Stabilimento Tecnico gesperrt. Die Sicherheitsvorkehrungen im STT waren umfassend. Nicht einmal dem geschicktesten Einbrecher würde es gelingen, aus dem Tresorraum Material zu entwenden. Und um mit Gewalt der Pläne habhaft zu werden, benötigte man ein mit Artillerie gerüstetes Regiment. Es schien aussichtslos, an die Pläne der neuen Schiffe heranzukommen. Aber genau darum ging es im Auftrag des Fürsten Blochin, sie sollte die Rüstung der österreichisch-ungarischen Seestreitkräfte im Auge halten. Mit den Bauplänen der neuen Geschütztürme hätte sie ihrem Vaterland einen Dienst erwiesen, der sie zu einer Legende des russischen Geheimdienstes gemacht und ihr ein beträchtliches Preisgeld eingebracht hätte. Dort, wo räuberisches Geschick oder rohe Gewalt keinerlei Ergebnisse erbringen konnten, war sie mit den Waffen einer Frau vorangekommen. Doch dieser dumme Kerl hatte sich von einem Güterzug überrollen lassen.

Verdammter Tollpatsch!

Jekaterina erhob sich und ging unruhig im Zimmer auf und ab. Sie wusste, dass Gustav die Pläne herausgeschmuggelt hatte. Sie wusste, dass ein Paket mit gefalteten Papieren, auf denen mit feinen Linien furchterregende Kanonen in einem schwer gepanzerten Geschützturm skizziert waren, irgendwo auf sie wartete. Sie wusste aber nicht, wo Gustav das Paket versteckt hatte. Nach dem Diebstahl hatte sie geplant, Lainer auf dem schnellsten Weg nicht nur aus Triest, sondern aus Österreich-Ungarn fortzuschaffen, aber nein, dieser Esel hatte seine eigenen Ziele verfolgt. Schon am letzten Samstagabend hätte er nach Brioni kommen sollen, sie hatte dort gewartet und wäre mit ihm weiter nach Brindisi gefahren, von dort hätte er den Dampfer nach Südamerika genommen, während sie nach Odessa gereist wäre. Alles war arrangiert gewesen, am Sonntagabend hätte die Dampfyacht von Brioni abgelegt. Doch Gustav war nicht gekommen und das Schiff war ohne sie beide in See gestochen. Am Montag hatte sie versucht, ihn telephonisch zu erreichen, aber wie sie mittlerweile wusste, war er zu diesem Zeitpunkt schon tot gewesen. Also hatte sie sich Dienstag früh zurück nach Triest begeben.

Und was hatte sie hier vorgefunden? Das erwartete Schauspiel. Die Österreicher waren außer sich und schäumten vor Wut. Baumberg und seine Männer hatten Gustavs Wohnung auseinandergenommen, hatten seinen Spind im Turnverein zerlegt und waren dabei, sein lächerliches und langweiliges Leben zu durchleuchten. Hatten sie die gestohlenen Pläne bereits gefunden? Jekaterina wusste es nicht genau, aber es schien, als ob die Österreicher noch auf der Suche wären. Die hektische Betriebsamkeit würde den Agenten der anderen Großmächte keineswegs verborgen bleiben. Jekaterina wusste von diesem eleganten und sehr britischen Gentleman, der mit seinen lukrativen Teegeschäften sein eigentliches Berufsfeld geschickt kaschierte, sie hatte auch diesen feschen französischen Schnapshändler beobachtet, von dem die ganze Stadt wusste, dass er in den Boudoirs manch eleganter Damen verkehrte, und der stramme preußische Bankier war ihr gleich zu Beginn ihres Aufenthalts aufgefallen.

Was würden diese Männer tun, wenn ruchbar wurde, dass den Österreichern ein Paket mit Bauplänen abhandengekommen war? Natürlich würden sie handeln.

Und was würde erst geschehen, wenn ihr Landsmann Schubnikow von der Sache Wind bekam?

Jekaterina trat an das Fenster und schaute hinab auf die Straße. Die von ihr gemietete Wohnung lag in der Via San Michele auf der steilen Südseite des Colle di San Giusto. Die enge Straße zog sich von der Città Vecchia bis in das Viertel San Giacomo. Die Dreizimmerwohnung war nicht gerade das, was sie von zu Hause gewohnt war, aber sie lebte hier allein, und es fiel nicht viel Hausarbeit an.

Sollte sie Triest auf der Stelle verlassen? Oder sollte sie den gierigen Wölfen die Beute vor der Nase wegschnappen? Wo hatte Gustav Lainer das Paket bloß versteckt? Sie brauchte die Prämie, um nach Südamerika zu gehen.

Jekaterinas ernste Miene verschwand, sie öffnete das Fenster und ließ die erstaunlich milde Luft herein. In Sankt Petersburg fiel Anfang November Schnee und die ersten Frostnächte kündigten den Winter an. Wurde es an der Adria überhaupt winterlich?

Ein schwerer Wagen mit Bierfässern rumpelte die Gassen empor, die beiden Rösser mussten sich mächtig ins Zeug legen, aber der Kutscher saß ohne jede Regung auf seinem Bock und ließ die Peitsche knallen.

Jekaterina schmunzelte maliziös. Ja, in Kürze würden in Triest nicht nur die Peitschen der Bierkutscher knallen.

∼∾◦

Der Leutnant hatte seine Kokarde und den Dienstausweis penibel genau inspiziert und seinen Namen und die Uhrzeit notiert. Erst dann hatte Bruno das Fabrikareal betreten dürfen. Zwei voll adjustierte Soldaten hatten neben dem Offizier Wache gestanden. Jetzt wartete Bruno seit einer Viertelstunde in der Vorhalle. Der Portier hatte erklärt, dass er niemanden einlassen dürfe, selbst bei einem Inspector des k.k. Polizeiagenteninstituts könne er keine Ausnahme machen, die Werft wäre auf persönliche Anordnung seiner Exzellenz des Herrn Reichskriegsministers militärisches Sperrgebiet, der Herr Inspector benötige eine Bewilligung des Kriegsministeriums oder der Statthalterei, um Zutritt zu bekommen. Also wartete Bruno darauf, dass der Vorgesetzte von Gustav

Lainer in die Vorhalle kommen würde. Und sollte das nicht bald geschehen, dann würde er seine Dienstwaffe ziehen und sich trotz der patrouillierenden Soldaten den Weg freischießen. Seine Geduldreserven schwanden.

Er schaute auf seine Armbanduhr. Die Zeit tickte. Luise hatte sie ihm zu seinem Geburtstag geschenkt. Er konnte sich sein Armgelenk gar nicht mehr ohne sie vorstellen, seine Taschenuhr war in einer Schublade verschwunden.

Bruno sah einen Mann Anfang fünfzig, der auf direktem Weg zur Kammer des Portiers schritt, welcher nach einem kurzen Gespräch auf Bruno zeigte.

Bruno ging los, der Mann kam auf ihn zu.

»Guten Tag, mein Name ist Inspector Zabini«, stellte sich Bruno vor und zeigte seine Kokarde.

»Guten Tag, Hartmut von Greifenstein. Sie haben nach mir schicken lassen, Herr Inspector?«

»Jawohl. Wo können wir uns ungestört unterhalten?«

Greifenstein zog ein Zigarettenetui aus seiner Sakkotasche. »Folgen Sie mir in den Innenhof. Dort können wir rauchen.«

Bruno und Greifenstein betraten einen der Innenhöfe des weitläufigen Betriebsareals. Greifenstein bot Bruno eine Zigarette an, der dankend ablehnte. Der Abteilungsleiter entflammte seine Zigarette und musterte den Inspector. »Nun, was kann ich für Sie tun?«

»Herr von Greifenstein, waren Sie der Vorgesetzte von Ingenieur Gustav Lainer?«

»Schreckliche Sache. Ein so verlässlicher Mann schließt mit seinem Leben ab. Das ist sehr bitter.«

»Haben Sie bemerkt, dass Lainer Selbstmordgedanken hegt?«

»Nein.«

»Sie waren von der Tat also überrascht?«

»Ja.«

»Wie war Lainer als Mitarbeiter?«

»Wie gesagt, sehr verlässlich.«

»Hat sich Lainer jemals etwas zuschulden kommen lassen?«

»Niemals.«

»Kennen Sie Personen aus seinem Freundeskreis oder seiner Familie?«

»Nein.«

»Beschreiben Sie mir bitte den Tätigkeitsbereich Ihres ehemaligen Mitarbeiters.«

»Er war als Schiffsbauingenieur angestellt.«

»Was war seine genaue Arbeit?«

»Das unterliegt militärischer Geheimhaltung.«

»Er war also mit dem Bau von Kriegsschiffen beschäftigt?«

Greifenstein nahm einen tiefen Zug von seiner Zigarette. »Entschuldigen Sie, Herr Inspector, aber ich wurde von der Polizei schon befragt. Warum sind Sie jetzt hier?«

»Ich habe den Bericht über die Befragung gelesen.«

»Und warum stellen Sie dann die gleichen Fragen erneut?«

»Weil neue Sachverhalte zutage gekommen sind.«

»Welche neuen Sachverhalte?«

»In Lainers Wohnung ist eingebrochen worden.«

»Sind Sie hinter einer Räuberbande her?«

»Ich versuche, den rätselhaften Tod Gustav Lainers aufzuklären.«

»Wieso ist ein Freitod rätselhaft?«

»Es gibt ungeklärte Fragen.«

Greifenstein zerdrückte seine halb gerauchte Zigarette »Ich fürchte, ich kann zur Beantwortung weiterer ungeklärter Fragen herzlich wenig beitragen. Und ich muss zurück an die Arbeit. Haben Sie noch etwas auf dem Herzen?«

»Warum ist seit Neuestem das Areal des STT militärisches Sperrgebiet?«

»Wegen einer Anordnung des Kriegsministeriums.«

Natürlich schrillten sämtliche Alarmglocken in Bruno. Der Mann wollte sich nicht in die Karten blicken lassen, und Bruno bemerkte, wie unwillkommen er hier war. »Nun denn, Herr von Greifenstein, dann will ich Sie nicht länger von Ihrer bedeutenden Arbeit abhalten und empfehle mich. Wenn ich noch Fragen haben sollte, werde ich mich bei Ihnen melden. Auf Wiedersehen.«

»Auf Wiedersehen, Herr Inspector.«

Bruno verließ das Fabrikgelände und marschierte stadteinwärts. Er verzichtete auf die Fahrt mit der Tram und ging lieber zu Fuß. Gehen war Denken, und Denken war Gehen, und zu denken gab ihm der Fall Lainer einiges auf.

Gestern hatte er dessen beide Koffer in sein Bureau gebracht und genau untersucht. Kleidung für eine längere Reise hatte sich darin befunden, Rasierzeug, ein paar Schuhe, ein beträchtlicher Geldbetrag und ein Notizbuch. Bis in die Nacht hinein hatte Bruno im Licht seiner Schreibtischlampe gesessen und Seite für Seite des Notizbuches gelesen. Das meiste waren alltägliche Notizen, etwa Einkaufslisten oder Vermerke von Arztbesuchen, Sportereignissen, Theateraufführungen oder Reisen. Dann hatte er den Eintrag »*Graf.*« mit einem Datum gefunden. Leider hatte Lainer den Namen jenes Grafen nicht notiert, den er offensichtlich vor drei Monaten erstmals getroffen hatte. Danach fanden sich weitere Eintragungen mit der Notiz »*Graf.*«. Daher hatte Bruno seinen Adjutanten damit beauftragt, die Namen aller Grafen, die sich in den letzten drei Monaten in Triest aufgehalten haben, und aller Einwohner, deren Nachname mit Graf beginnt, zu eruieren.

Militärisches Sperrgebiet also. Sehr undurchsichtig.

∼⦿∽

Große Auftritte in den zahlreichen Kaffeehäusern und Ballsälen der Stadt, in den Salons der vornehmen Gesellschaft und auf der Pferderennbahn waren in ihrem Geschäft verräterisch, ja sogar gefährlich und führten in jedem Fall zu völliger Erfolglosigkeit. Dieser eitle Geck etwa, dieser parfümierte französische Schwerenöter mit der Pomade im Haar, war so verliebt in seine gefällige Erscheinung und erstklassigen Anzüge, dass seine Arbeit bestenfalls darin bestand, stil voll Kosten zu verursachen. Schon als Casimir Morel in Triest angekommen war, hatte sie über ihn und seinen Auftrag Bescheid gewusst. Auch den Österreichern, Deutschen und Briten war Morels wahre Identität von Anfang an nicht verborgen geblieben. Mit einem gewissen Amüsement verfolgte Erlinda Russo, wie Baumberg den Franzosen an der Nase herumführte, ihm nur solche Informationen zukommen ließ, die Österreich-Ungarn nicht schadeten, aber Morel glauben ließen, er würde hier vollwertige Arbeit leisten. Morel war in Russos Augen ein Popanz.

Anders Leopold von Baumberg.

In Venedig, Mailand und Rom hatten gewisse Kreise das Sagen, die den Österreichern mit Groll oder sogar blankem Hass gegenüberstanden. Die Kriege des letzten Jahrhunderts hatten sich in ihr Gedächtnis eingebrannt. Verbissen, bisweilen sogar verzweifelt hatten ihre Vorfahren das Risorgimento betrieben und waren wiederholt gegen das dominante Haus Habsburg zu Felde gezogen. Legendäre Schlachten waren geschlagen worden, die allzu oft böse für die Italiener geendet hatten.

Im Ersten Unabhängigkeitskrieg hatte Feldmarschall Radetzky den Italienern mehrere Niederlagen zugefügt. Nach der verlustreichen Schlacht von Novara im Jahr 1849 musste König Karl Albrecht von Sardinien-Piemont den Krieg gegen Österreich beenden und zurücktreten.

Doch schon bald erhob sich Sardinien-Piemont im Zweiten Unabhängigkeitskrieg erneut gegen die Herrschaft Habsburgs. Die Schlacht von Solferino im Jahr 1859 brachte die Entscheidung in diesem Krieg. Kaiser Franz Joseph I. erlitt eine schwere Niederlage und musste die Lombardei abtreten. Aber nicht an Sardinien-Piemont, sondern an Napoleon III. von Frankreich, denn nicht die Italiener hatten Österreich besiegt, sondern die Franzosen. Der Kaiser von Frankreich übergab die Lombardei an Sardinien-Piemont, woraufhin im Jahr 1861 Vittorio Emanuele II. aus dem Königreich Sardinien-Piemont das Königreich Italien formte.

Im Dritten Unabhängigkeitskrieg hatte Italien in der Schlacht bei Custozza zu Land und in der Seeschlacht bei Lissa in der Adria gegen Österreich verloren, dennoch war es Italien gelungen, den Habsburgern Venetien zu entreißen. Und das allein, weil die mit Italien verbündeten Preußen in der Schlacht bei Königgrätz im Jahr 1866 den Österreichern eine verheerende Niederlage zugefügt hatten und die Abtretung der Provinz an Italien forderten.

Auch jetzt noch, als die Lombardei und Venetien längst Teil des Königreichs Italien waren, hegten viele ihrer Landsleute Wut gegen Habsburg, weil manche italienische Gebiete unerlöstes Land waren, *terra irredenta*. Die Irredentisten reklamierten auch das Trentino, den Golf von Triest, Istrien und Dalmatien für Italien. Doch der Kaiser in Wien hatte Österreich-Ungarn so mächtig gemacht, dass an weitere Kriege nicht zu denken war.

Vor hundert Jahren hatten die Klugheit der Heerführer und der Mut der Soldaten Schlachten entschieden, heutzutage zählte nur die Zahl der Kanonen und Maschinengewehre. Das wusste Erlinda Russo, selbst wenn manche konservative Militärs in Italien es nicht wahrhaben wollten und von Heldentaten und kriegerischer Bravour faselten.

Erlinda Russo hatte sich minutiös auf ihren Auftrag vorbereitet, sie hatte sich mit den neuesten Entwicklungen der Militärtechnik beschäftigt, war sogar bei Feldmanövern gewesen und hatte sich bei einem Preisschießen der Artillerie von der Wirkung kleinkalibriger Feldgeschütze, die Schrapnell verfeuerten, und von hochexplosiven Granaten großen Kalibers ein Bild gemacht. Knapp bevor sie Venedig in Richtung Triest verlassen hatte, hatte sie einen sehr einflussreichen älteren General von der unüberwindlichen Wucht der mit blankem Säbel anstürmenden Kavallerie schwärmen gehört. Erlinda Russo hatte in der hintersten Reihe stehend den Vortrag verfolgt und sich im gleichen Moment eine Brigade stürmender Reiter vorgestellt, die eine Batterie Schnellfeuerkanonen attackierten. Das Schrapnell würde die Brigade ohne besondere Anstrengung der Kanoniere in Stücke hauen. Wie oft hatte sie sich über die in Wahrheit beängstigende Ahnungslosigkeit vieler Militärs in deren eigenem Metier gewundert? Aber das schien nicht nur ein italienisches Problem zu sein, hier in Triest hatte sie erlebt, dass auch österreichische Befehlshaber völlig unrealistische Vorstellungen von der Wirkung neuzeitlicher Waffen und den daraus abzuleitenden militärischen Strategien und Taktiken hatten.

Die Offiziere beidseits der Grenze verband die Geringschätzung der Kenntnisse einer Frau über militärische Belange. Sie hatte mehr Zähigkeit an den Tag legen müssen als alle Männer, um endlich einen relevanten Geheimdienstauftrag zu erhalten. Frauen waren bestenfalls als Schreibkräfte und Übersetzerinnen geduldet, nicht aber als Agentinnen.

Ihr war es gelungen. Sie hatte sich mit viel Geduld und exzellenter Arbeit durchgesetzt und war als Gehilfin des Capitano nach Triest abkommandiert worden. Wie oft hatte sie dem Capitano zu diesem oder jenem geraten? Wie oft hatte sie ihn gewarnt? Unzählige Male! Der Capitano und seine Männer hatten sich über sie lustig gemacht, hatten sie in die Schranken gewiesen und ihr die langweilige Schreibarbeit zugeschanzt. Dem Capitano hatte es geschmeichelt, in den Kaffeehäusern der Triester Irredentisten als schneidiger Held zu gelten. Bis Leopold von Baumberg in die Stadt gekommen war und diesen eingebildeten Affen mit wenigen Zügen Schachmatt gesetzt hatte.

Baumberg war ein Agent, der diese Bezeichnung verdiente, das war Erlinda Russos Meinung. Und mit Koloman Vanek hatte er einen loyalen Adjutanten, den man nicht zum Feind haben wollte. Es war nur einem glücklichen Zufall geschuldet, dass Baumberg sie nicht ebenfalls entlarvt und zum Teufel gejagt hatte.

Über ein halbes Jahr lang hatte sie allein die Stellung in Triest gehalten. Der Kommandantur in Venedig war nicht verborgen geblieben, dass sie bessere Informationen aus Triest geliefert hatte als der Capitano mit seinem Hofstaat. Also war ihnen nichts anderes übrig geblieben, als das Unglaubliche umzusetzen: Man hatte sie befördert. Unter ihrem Kommando waren in den letzten Monaten mehrere Männer und Frauen nach Triest gekommen. Russo hatte begonnen, ein stabiles Netz zu spinnen. Aus diesem Grund nannte man sie mittlerweile in Venedig die Spinne. Eitle Männer würden wegen einer derartigen Bezeichnung den Fehdehandschuh werfen und im Duell den Säbel ziehen, für sie, für Erlinda Russo, war es ein Kompliment.

Sie mochte ihre Tätigkeit als Buchhändlerin, die ihr Tarnung verschaffte und mit der sie ihren Unterhalt bestritt. Sie mochte Bücher und hatte immer viel gelesen. Nur durch einschlägige Literatur hatte sie sich militärische Kenntnisse angeeignet, denn als Frau war ihr der Besuch einer Kadettenschule und eine Karriere als Offizier von vornherein verwehrt gewesen. Wäre sie als Mann geboren worden, wäre sie bei ihrem Wissen und ihren Fähigkeiten wohl schon Major oder gar Oberst. Natürlich las sie auch Romane, als Buchhändlerin gehörte es zum Beruf, über die aktuellen Bücher Bescheid zu wissen, aber ihr Herz hing nicht an der Literatur. Romane dienten ihr lediglich der Unterhaltung und dem Zeitvertreib.

Ihr Dienstherr und seine Ehefrau führten seit drei Jahrzehnten die Buchhandlung in der Via del Corso. Allein die gute Lage garantierte solide Geschäfte, Herr Staudinger war ein Buchhändler der alten Schule. Umfassend gebildet, belesen, höflich und gesprächig hatte sich sein aufrechter Charakter und sein heller Geist über die Jahre und Jahrzehnte in das Gewölbe und die Regale gelegt. Die Eheleute Staudinger sprachen neben Deutsch auch fließend Italienisch und Slowenisch, und ihr Sortiment umfasste Bücher der drei Hauptsprachen Triests, so war der Laden auch zu einem Treffpunkt der cosmopolitischen Gesellschaft der Stadt geworden. In früheren Jahren hatten sie auch gut besuchte Lese- und Diskussionsabende veranstaltet, wovon sie in der letzten Zeit aus Altersgründen Abstand nahmen. Herr Staudinger ging auf die siebzig zu, seine Frau war Anfang sechzig, die beiden dachten schon daran, in den Ruhestand zu treten. Reich waren sie mit ihrer Buchhandlung nicht geworden, aber mittellos würden sie nicht ins Alter schreiten. In zwei oder drei Jahren würden sie den Laden verkaufen. Eine Weitergabe der Buchhandlung an die beiden Söhne war nicht geplant. Der ältere Sohn war ein bedeutender Lungenfacharzt in Wien und der jüngere unterrichtete an der Universität Prag Philosophiegeschichte. Russo hatte die beiden Söhne und deren Familien anlässlich ihrer regelmäßigen Besuche zu Weihnachten kennengelernt. Sollten etwa das die Menschen sein, die Russos Heimat Italien bedrohten? Nein, das waren kultivierte und humanistisch denkende Leute, deren Lebensstil und Geist die

Zukunft Europas prägen sollte. Sollte, wohlgemerkt! Denn die adeligen Starrköpfe, die Kriegstreiber aus Eigennutz und Geldgier, die von Heroismus stammelnden Tattergreise in Generalsuniformen, die militanten Nationalisten und raffgierigen Kolonialherren bestimmten die europäische Politik.

Erlinda Russo wusste, dass sie keine gewöhnliche Frau war und auch nicht so aussah, wie sich Männer eine Frau wünschten. Sie hatte nie nach einer Familie gestrebt, ja, sie hatte nicht einmal nach einem Mann gestrebt, sie interessierte sich für das Handwerk des Krieges, sie faszinierte die Arbeit der Geheimdienste, sie war durch und durch eine italienische Patriotin, verwechselte Heimatliebe aber nicht wie so viele mit tumbem Rassenhass. Sie kämpfte nicht gegen die Österreicher, Ungarn, Slowenen oder Tschechen, sie kämpfte für ein freies Italien, in welchem eines Tages in der Zukunft vielleicht sogar kluge und umsichtige Herrscher das Volk in eine gute Zukunft führen würden.

Natürlich war das ein vielleicht allzu idealistischer Traum, das gestand Russo sich ein. Wenn man über ein wertvolles Gut wie praktische Vernunft verfügte, konnte man sich doch auch einen idealistischen Traum leisten. Die Briten sagten Spleen dazu. Dieses Wort fand Russo treffend.

Eben betrat ein Stammkunde den Laden. Russo beendete ihre Pause, erhob sich, grüßte höflich und erkundigte sich nach dem Befinden.

Wenig später kam einer ihrer Männer herein, grüßte und stellte sich an das Regal mit den Tages- und Wochenzeitungen. Also doch, wie sie vermutet hatte, irgendetwas stimmte in Triest nicht.

Was war vorgefallen? Sie ärgerte sich, nicht Bescheid zu wissen. Nur mit halber Aufmerksamkeit hörte sie den Ausführungen des Stammkunden zu, vielmehr verfolgte sie, wie ihr Agent eine Ausgabe der Triester Zeitung vom Stapel nahm.

Russos Blutdruck stieg unwillkürlich. Das war das Zeichen für »Gefahr in Verzug«.

Ivana klopfte an die offen stehende Tür. Bruno hob den Kopf.

»Entschuldigen Sie bitte, Herr Inspector. Ein Herr möchte Sie sprechen. Jemand aus der Kanzlei des Statthalters.«

Bruno runzelte die Stirn. »Aus der Kanzlei des Statthalters? Die kommen hierher? Wenn die Statthalterei etwas will, lassen sie uns doch in der Regel Befehle zum Rapport zukommen. Hat der Herr seinen Namen genannt?«

»Obersekretär Leopold von Baumberg.«

Bruno legte die Füllfeder ab, mit schnellen Handgriffen räumte er seinen Schreibtisch auf und klappte den Aktendeckel zu. »Werte Ivana, bitten Sie Herrn von Baumberg herein und bringen Sie uns zwei Tassen Kaffee.«

»Sehr wohl, Herr Inspector.«

Bruno erhob sich, inspizierte seine Kleidung und rückte seine Krawatte zurecht. Während andere Bureaus in der Kanzlei bereits beheizt wurden, hatte Bruno noch kein Feuer im Ofen entfacht. Die Außentemperaturen waren noch nicht so niedrig, dass ihm mit einem Sakko bei der Schreibarbeit nicht warm genug war. Bruno nahm Aufstellung in der Mitte des Raumes. Ivana führte einen elegant, aber unauffällig gekleideten Mann Mitte dreißig herein. Baumberg trug einen Anzug, wie ihn die mittleren Beamten in der Statthalterei zu tragen pflegten. Über seinem Arm hielt er einen Tuchmantel, dessen Farbe sich harmonisch zum Anzug fügte.

»Darf ich bekannt machen: Inspector Zabini. Leopold von Baumberg«, sagte Ivana auf Deutsch.

Bruno trat einen Schritt auf seinen Gast zu, reichte seine Hand zum Gruß und begrüßte seinen Gast auf Deutsch:

»Guten Tag, Herr Obersekretär. Ich bin sehr erfreut, dass Sie mir die Aufwartung machen.«

»Guten Tag, Herr Inspector, die Freude ist ganz auf meiner Seite.«

»Darf ich Ihnen eine Schale Kaffee anbieten?«

»Das wäre sehr liebenswürdig.«

Bruno nickte Ivana zu, die sofort los eilte. Er nahm den Mantel und Hut seines Gastes entgegen und hängte beides an die Garderobe. »Bitte nehmen Sie doch Platz.«

»Sehr liebenswürdig, Herr Inspector. Ich danke Ihnen vielmals, dass Sie sich die Zeit für eine Unterredung nehmen. Wo ich doch völlig ohne Ankündigung in Ihr Bureau platze.«

»Nun, es gehört zum Alltag des Polizisten, dass sich unvorhergesehene Dinge ereignen.«

Baumberg wartete beim Stuhl, bis sich Bruno an den seinen begeben hatte, dann setzten sich die Herren gleichzeitig. Sie machten Konversation über das Wetter und über den bevorstehenden Wintereinbruch, der dieser Tage noch auf sich warten ließ.

Ivana klopfte wieder an die offen stehende Tür und servierte auf einem Tablett eine kleine Kanne Kaffee, Milch und eine Zuckerschale. Sie füllte die beiden Tassen und stellte sie vor den Herren ab.

»Vielen Dank, werte Ivana. Ich bitte während der Unterredung mit dem Herrn Obersekretär um keine Störung.«

»Sehr wohl, Herr Inspector«, sagte Ivana und schloss beim Hinausgehen die Tür.

Bruno wandte sich seinem Gast zu, der mit neutraler Miene, aber scharfem Blick das Bureau und Bruno besah.

»Nun, Herr von Baumberg, was verschafft mir die Ehre Ihres Besuches?«

Baumberg sprach nicht gleich. Für eine Weile hielten die Männer direkten Blickkontakt. »Signor Zabini, wir sind einander noch nicht begegnet, bestenfalls haben sich unsere Wege zufällig mitten auf der Piazza Grande gekreuzt, aber ich habe schon von Ihnen gehört.«

»Ich glaube mich zu entsinnen, dass ich Sie einmal auf der Treppe im Palazzo del Governo gesehen habe. Rein zufällig.«

»Das heißt, Sie haben auch schon von mir gehört?«

»In der Tat, Herr von Baumberg, das habe ich. Auch von ihrem Adjutanten Koloman Vanek. Es gehört zu meinem Beruf, über vieles und viele Bescheid zu wissen.«

»Dann wissen Sie vermutlich auch, warum und in wessen Auftrag ich in Ihre so wunderbare Heimatstadt gekommen bin.«

»Davon habe ich Kenntnis, Herr von Baumberg.«

»Sehr gut.«

»Wir arbeiten nicht in derselben Abteilung, aber im selben Unternehmen. Wenn ich mir dieses vielleicht allzu kommerzielle Gleichnis erlauben darf«, sagte Bruno.

Baumberg schmunzelte. »Triest ist ein Zentrum des Handels, da liegt doch ein solches Gleichnis sehr nahe. Wie geht es Signora Cherini und ihren Söhnen?«

Nur den Bruchteil einer Sekunde war Bruno vom abrupten Themenwechsel überrascht. Bei einem Mann wie Leopold von Baumberg durfte man sich von nichts überraschen lassen. »Vielen Dank der Nachfrage. Der Tag der Verhandlung über die Trennung von Tisch und Bett naht, wenn also Carlo Cherini es sich auf hoher See nicht anders überlegt, so sehe ich einer losen Verbindung mit Signora Cherini mit großer Hoffnung entgegen.«

»Ich finde es ungerecht, dass sich Katholiken in unserem schönen Vaterland nicht rechtskräftig scheiden lassen können. Warum ist das den Evangelischen, Muslimen und Israeliten vorbehalten? Nun, aber diese Diskussion brauchen wir nicht zu führen. Ich freue mich, dass Signora Cherini eine Wohnung und Anstellung gefunden hat.«

»Darüber freue ich mich auch.«

»Ich finde, der Herr Polizeidirektor hat rechtens gehandelt, Ihre Suspendierung aufzuheben. Man weiß im Bureau des Statthalters sehr wohl, dass Sie ein verdienstvoller Beamter des k.k. Polizeiagenteninstituts sind. Und wohin die Liebe fällt, das steuern doch wir Menschen nicht, die Liebe wird an höherer Stelle gelenkt.«

»Diese Erkenntnis durfte ich auch gewinnen. Herr von Baumberg, haben Sie Gustav Lainer getötet?«

Nun war es Baumberg, der sich keine Blöße ob des abrupten Themenwechsels geben durfte. Bruno beobachtete scharf. Baumberg zeigte keinerlei Irritation. Ein Meister seines Faches.

»Vielen Dank, Signor Zabini, dass Sie zum Grund meines Besuches kommen. Nein, weder ich noch einer meiner treuen Mitarbeiter hat Hand an Gustav Lainer gelegt.«

»Herr von Baumberg, wenn ich mir überlege, warum Sie hier in meinem Bureau sitzen, dann finde ich nur einen Beweggrund.«

Baumberg hob die Augenbrauen. »Welchen, Herr Inspector?«

»Die Polizei kann etwas tun, wozu Sie nicht in der Lage sind.«

»Herr Inspector, ich bin sehr angetan, auf einen Mann zu treffen, mit dem man klare Worte sprechen kann.«

»Was kann ich für Sie tun, Herr von Baumberg?«

»Ich bitte Sie, mich mit dem Stand der Ermittlungen im Fall Lainer vertraut zu machen.«

»Sehr gerne, wenn Sie mir sagen, was es mir bringt, das zu tun.«

»Ich erzähle Ihnen, wie Gustav Lainer zu Tode gekommen ist.«

»Das wissen Sie?«

»Ich war in jener Nacht am Höhepunkt des Sciroccos am Verschiebebahnhof.«

Bruno überlegte kurz. »Nun, dann fasse ich den Stand der Ermittlungen zusammen. Wir wissen mit an Sicherheit grenzender Wahrscheinlichkeit, dass Lainer weder das Opfer einer Gewalttat war noch dass er den Freitod gewählt hat. Wie oft ich meinen Kenntnisstand auch durchspiele, ich sehe immer einen tragischen Unfall. Allerdings sind die Umstände, wie es zu diesem Unfall kam, höchst rätselhaft. Waren Sie es, der Lainers Wohnung durchwühlt und den Spind im Sportheim des Turnvereins aufgebrochen hat?«

»Nicht persönlich. Das waren meine Männer.«

»Gut, dann ist das geklärt. Sie wären bestimmt nicht hier, wenn Sie entdeckt hätten, wonach Sie gesucht haben.«

»Korrekt.«

»Ich habe Lainers Gepäck gefunden, mit dem er wohl für längere Zeit hatte verreisen wollen.«

Baumberg schlug ein Bein über das andere und nickte Bruno zu. »Davon habe ich gehört, weswegen ich Sie in Ihrem Bureau aufsuche. Ich muss Ihnen für diesen Fund meinen Respekt zollen, Herr Inspector. Wie haben Sie zustande gebracht, was meine Männer nicht geschafft haben?«

»Der Erfolg ist Resultat gründlicher Arbeit.«

»Sie kannten ihn vom Turnverein, das weiß ich.«

»Haben Sie das Bootshaus in Barcola durchsuchen lassen?«

»Natürlich.«

»Dabei sind Sie sehr viel vorsichtiger vorgegangen als in seiner Wohnung. Im Bootshaus fanden sich keine Spuren Ihrer Suche.«

»Ich musste das Temperament meiner Mitarbeiter ein bisschen zügeln. Wo haben Sie die Koffer gefunden?«

»Lainer war zwar als Langstreckenläufer eine Klasse für sich, aber er hat sich auch als guter Segler erwiesen und mehrmals im Vierer gerudert. Mäßig erfolgreich, wenn ich das sagen darf. Als Ruderer hat er niemals die Qualität erreicht wie als Läufer. Aber Lainer hat hochwertige Rennboote gebaut, deswegen hat er sich auch im Ruderverein Hansa einschreiben lassen. Die Werkstatt hinter dem Bootshaus in Barcola ist bestens ausgestattet. Er war nicht nur ein erstklassiger Schiffsbauingenieur, er verstand sich auch auf die Arbeit mit Holz. In der Werkstatt hat er viele, viele Stunden verbracht.«

»Dann waren die Koffer dort versteckt?«

»Richtig, da habe ich sie gefunden.«

»Ich werde mit meinen Männern ein ernstes Wort reden müssen.«

»Das gehört nicht in meinen Einflussbereich.«

»Sie haben den Inhalt zweifellos genau durchsucht.«

»Peinlich genau«, sagte Bruno, nahm einen Akt aus einer Schublade, blätterte ihn auf und suchte nach einer Liste, die er Baumberg reichte. »Hier sehen Sie die vollständige Aufzählung des Inhalts der beiden Koffer. Ich kann Frau Ivana bitten, dass Sie eine Abschrift anfertigt.«

»Können Sie mir auch die Koffer aushändigen?«

»Nein, das sind Beweismittel in einer noch offenen Ermittlung. Die Koffer sind in der Obhut der Polizeidirektion.«

Baumberg gab das Papier an Bruno zurück. »Dann nehme ich sehr gerne die Abschrift dieser Liste.«

Bruno strich über das Blatt. Was niemand wusste, war, dass auf dieser Liste ein Gegenstand nicht vermerkt war, nämlich Lainers Notizbuch. Aus einer Ahnung heraus hatte Bruno dieses nicht anführen lassen, sondern an sich genommen. »Selbstverständlich, Herr von Baumberg.«

»Gut, dann sind Sie weitergekommen als ich und haben mir wirklich geholfen. Also will ich Ihnen helfen.«

»Ich bin ganz Ohr.«

»Vanek und ich haben Lainer routinemäßig observiert,

er stand nicht im Verdacht einer Untat, bis wir beobachtet haben, dass er mitten im größten Sturm aus dem Fenster in den Innenhof geklettert ist wie ein Einbrecher auf der Flucht. Er ist vor uns fortgelaufen, und wir haben ihn verfolgt. Was mitternachts gar nicht so einfach war. Wie Sie sagten, Lainer war ein begnadeter Langstreckenläufer. Aber wir konnten die Fühlung halten. Und dann ist er am Verschiebebahnhof verschwunden und, wie Sie selbst festgestellt haben, durch einen Unglücksfall von einem Zug überrollt worden. Sein Tod bereitet mir erhebliches Kopfzerbrechen.«

»Ingenieur Lainer war im Stabilimento Tecnico beschäftigt. Ich vermute, dass in der Werft dieser Tage wieder ein Kriegsschiff gebaut wird.«

»Mein Auftrag ist es, den Bau zu bewachen.«

»Hat Gustav Lainer militärische Geheimnisse verraten?«

Baumberg strich sich mit dem Zeigefinger über den Schnurrbart. »Leider kann ich weder Ihnen noch dem Statthalter oder dem Reichskriegsminister darauf eine endgültige Antwort geben.« Baumberg zog seine Taschenuhr aus dem Sakko, warf einen Blick darauf und erhob sich. »Ich bitte Sie, Herr Inspector, diese Unterredung vertraulich zu behandeln. Machen Sie bitte keine Meldung an höhere Stellen Ihrer Behörde. Wenn Ihre Vorgesetzten sich nach dem Inhalt des Gespräches erkundigen, dann sagen Sie, dass wir beide über eine Geheimkonferenz des Außenministers, des Reichskriegsministers, der Heeresleitung und des Marineoberkommandos gesprochen haben.«

Bruno erhob sich ebenfalls. »Ist eine solche Konferenz in Triest geplant?«

»Diese Konferenz hat am Mittwoch stattgefunden. Es tut mir ausgesprochen leid, dass ich die Polizeibehörde davon nicht in Kenntnis gesetzt habe. Ich musste unter größter Geheimhaltung agieren.«

»Dann ist es wohl vollkommen glaubhaft, dass wir beide darüber gesprochen haben.«

»Inspector Zabini, vielen Dank, dass Sie sich die Zeit genommen haben. Wenn ich noch um eine Abschrift der Liste bitten dürfte.«

»Wird sofort erledigt.«

Wenig später trat Bruno an das Fenster seines Bureaus, öffnete die Flügel und schaute sinnierend hinaus. Er sah Baumberg das Gebäude verlassen und sich zügig entfernen. Eine Kutsche rollte die Fahrbahn entlang, eine Gruppe von Schülerinnen mit ihren Taschen ging auf dem Gehsteig, eine alte Straßenverkäuferin trug ihren Korb am Arm. Brunos Blick richtete sich in den Himmel. Er überdachte die Begegnung und schüttelte den Kopf. Wenn der Geheimdienst jetzt schon die lokale Polizei konsultierte, dann stand denen das Wasser bis zum Hals.

Was hatte Gustav Lainer ausgefressen?

∼∾∘

Kenneth Hudson stand am Molo V und verfolgte die Entladung der Fracht. Die Passagiere waren vor anderthalb Stunden von Bord der Baron Beck gegangen, jetzt hievten die Matrosen und Hafenarbeiter mit den Ladebäumen die Güter auf die bereitstehenden Pferdegespanne. Selbstverständlich hatte sich Hudson den Festakt vor der Jungfernfahrt der beiden neuen Dampfer nicht entgehen lassen. Der Thronfolger und seine Gemahlin waren zu diesem Anlass nach Triest gekommen. Die Baron Beck war in Richtung Bombay und die Palacky nach Konstantinopel in See gestochen. Einer seiner Handelsagenten war an Bord des neuen österreichischen Dampfers gegangen, um die Geschäftsinteressen seiner Kompanie in Indien zu vertreten. Ein anderer Angestellter, der über ein

Jahr den Subkontinent bereist und Tee eingekauft hatte, war nach der vereinbarten Zeit mit der Baron Beck von Bombay nach Triest zurückgekehrt. Der Angestellte hatte dafür gesorgt, dass in den Laderäumen beträchtliche Mengen Tees transportiert worden waren. Eben wurde der letzte Ballen auf die Ladefläche des Gespanns gehoben. Nachdem der Kutscher sich vergewissert hatte, dass die Fracht ordentlich verladen war, nahm er auf dem Bock Platz und ließ die Zügel schnalzen, woraufhin die Pferde sich langsam in Bewegung setzten.

Hudsons Angestellter winkte seinem Dienstgeber und signalisierte, dass alles ordnungsgemäß geliefert und entladen war. Hudson wiederum gab ihm ein Handzeichen. Der tüchtige Mann würde nun die Zollformalitäten erledigen.

Hudson mochte die Geschäftigkeit des Hafens. Menschen und Güter bewegten sich, der Handel florierte, die Wirtschaft gedieh, es gab Arbeit und Geld zu verdienen. Er hatte noch die Ära der Raddampfer erlebt, die damals den Schiffsverkehr nachgerade revolutioniert hatten. Die alten Segelschiffe hatten gegen die Leistungsfähigkeit der Raddampfer nicht bestehen können. Und dann hatte sich die Schiffsschraube als Antrieb durchgesetzt, die die Leistung eines Schaufelrades bei Weitem überbot. Die Schiffe waren größer, schwerer und schneller geworden. In welch faszinierenden Zeiten er lebte.

Gemächlich ließ Hudson den Molo hinter sich und schlug den Weg in Richtung Piazza della Borsa ein. Im wie immer lebhaften Treiben am Hafen entdeckte Hudson Chester Richards in der Menge. Sein Sekretär für den Schriftverkehr war ein lang gedienter und erprobter Angestellter seiner Kompanie, er verfügte über sehr gute Kenntnisse in See- und Handelsrecht, außerdem sprach er fließend Deutsch und Italienisch. Letzteres war der Grund, warum Richards vom Geheimdienst nach Triest geschickt und Hudsons Gruppe zugeteilt worden war. Richards bestach durch seine exzellenten Umgangsformen und die seltene Fähigkeit, in Menschen Vertrauen zu erwecken, sodass sie gesprächig wurden. Richards näherte sich und nickte Hudson zu. Die beiden Männer gingen nebeneinander am Kai entlang und spähten diskret um sich.

»Sind Sie vorangekommen, Mister Richards?«

»Das bin ich, Sir.«

»Wie schlimm ist es?«

»Wir können ausschließen, dass Baumberg den Mann getötet hat. Es muss tatsächlich ein Unfall gewesen sein. Nur lebendig hätte Lainer von Nutzen sein können, sein Tod bereitet den Österreichern unerhörte Schwierigkeiten. Um ein Haar hätten sie ihn erwischt, dann stürzte der Mann einfach vor den Zug.«

»Wir müssen umgehend herausfinden, was Lainer gestohlen hat.«

»Sir, das habe ich schon.«

Hudson schaute seinen Untergebenen überrascht von der Seite an. »Raus mit der Sprache!«

»Lainer hat das gesamte Portefeuille an Zeichnungen der 30,5-cm-Geschütztürme entwendet.«

Hudson schnappte nach Luft. »Das gesamte Portefeuille?«

»Ja. Von den Munitionsaufzügen, Drehlagern, Belüftungsanlagen hinauf bis zu den Lafetten und dem Turmpanzer. Alles.«

»Also ist es nicht schlimm, sondern eine Katastrophe für die Österreicher.«

»Jawohl, Sir.«

Die beiden gingen ein paar Schritte schweigend. Hudson erwog die Möglichkeiten.

»Richards, wir müssen London umgehend davon in Kenntnis setzen.«

»Ich habe das Telegramm schon verschlüsselt und mit dem Versand nur auf Ihre Freigabe gewartet.«

»Sofort losschicken. Ist Ihr Informant im STT sicher?«

»Derzeit ja, aber Baumberg lässt keinen Stein auf dem anderen. Die Quelle könnte sehr schnell versiegen.«

»Das ist zu befürchten. Dennoch soll der Mann in Deckung bleiben und vor allem nicht in Panik verfallen.«

»Ich werde mein Bestes tun.«

»Wir scheuen keine Kosten, sagen Sie das der Quelle. Wenn das gut geht, gibt es eine Prämie. Auch für Sie, Richards, das war ein Meisterstück.«

»Danke, Sir.«

»Ich habe auch etwas für Sie.«

»Nämlich?«

»Stiebke hat offenbar schon gewusst, was sich hier ereignet. Die Deutschen schicken Verstärkung.«

»Österreicher, Russen, Deutsche, bald werden auch die Franzosen und Italiener ihre Truppen aufstocken. Zum Glück sind wir in Triest traditionell gut besetzt.«

»Wir müssen die Baupläne unbedingt zuerst finden, Richards. Unbedingt!«

»Wieso? Die Dreadnought ist im Dienst, weitere Schlachtschiffe und Schlachtkreuzer knapp vor der Fertigstellung. Wir benötigen die österreichische Konstruktion nicht.«

»Wir müssen verhindern, dass die Pläne anderen in die Hände fallen. Nicht nur die europäischen Großmächte werden viel wagen, um an das Material zu kommen, auch die Japaner, Türken, Brasilianer und Argentinier werden tief in die Tasche greifen. Triest ist zum Kriegsschauplatz geworden.«

»Das ist nicht zu übersehen, Sir.«

»Und es macht mich geradezu verrückt, nicht einmal andeutungsweise zu wissen, wer diesen allzu leichtfertigen Ingenieur dazu angestiftet hat, eines der bestgehüteten militärischen Geheimnisse der Donaumonarchie zu entwenden.«

»Sir, wenn ich eine Vermutung äußern darf?«

»Schießen Sie los!«

»Es kann nur eine Frau gewesen sein.«

Hudson nickte zustimmend. »Und es muss sich hierbei um eine außerordentlich inspirierende Frau handeln.«

⁓◦⁓

Jekaterina Olenina hatte im Laufe des Tages die Hälfte aller Lavendelblütensäckchen verkauft. Nicht zum ersten Mal hatte sie sich als Straßenhändlerin verkleidet, bei einem Händler am Markt auf der Piazza del Ponterosso zwanzig solcher Säckchen erstanden und diese in einem Korb durch die Straßen gehend zum Kauf angeboten. Mit entsprechender Schminke, die sie um zehn Jahre älter aussehen ließ, mit einem unauffälligen, tief in die Stirn gezogenen Kopftuch und mit Kleidung, die man gerade noch nicht als Lumpen bezeichnen konnte, war sie wiederholt auf Beobachtungsposten gestanden. Und manchmal sprach jemand die Frau mit den Lavendelblüten an und kaufte ihr für ein paar Heller ein Säckchen ab.

Es wäre völlig unmöglich, als Gräfin Olenina fünf Stunden auf der Piazza Grande zu stehen und den Palazzo del Governo im Auge zu behalten. Aber als Lavendelfrau verkleidet und ihrer Fähigkeit, sich wie eine ältere Frau aus dem einfachen Volk zu bewegen, klappte es.

Genau das hatte sie heute getan. Und sie hatte verfolgt, wie Leopold von Baumberg ohne Begleitung seiner Männer das Gebäude verlassen hatte. Jekaterina war an ihm drangeblieben. So hatte sie gesehen, dass er im Gebäude der Polizeidirektion verschwunden war.

Wie sie wusste, beheimatete das Gebäude das Polizeidirektionspräsidium, also die Kanzlei des Polizeidirektors im obersten Stockwerk, darunter nahm das k.k. Polizeiagenteninstitut den gesamten Stock ein, in den unteren beiden Stockwerken saß das hiesige Kommissariat. Jekaterina wusste, dass die Österreicher dem Vorbild Frankreichs gefolgt waren und neben der normalen Polizeitruppe auch einen nicht uniformierten Wachkörper unterhielten, der mit übergreifenden Untersuchungstätigkeiten beschäftigt war. Die Polizeiagenten hatten gänzlich andere Aufgaben als die Leute vom Geheimdienst, auch wenn man sie hierzulande als Agenten bezeichnete.

Was Jekaterina nicht wusste, war, ob Baumberg beim Polizeidirektor oder im Polizeiagenteninstitut vorgesprochen hatte. Noch viel weniger wusste sie, was der Grund für dessen Besuch war. Aber sie verstand sich darauf, Sachen zusammenzureimen, wenn sie die Hintergründe ahnte. Zumindest hatte ihr verstorbener Mann ihren Mutmaßungen stets gern gelauscht und ihr wiederholt gesagt, dass sie über ein außerordentliches Talent verfüge und mit ihren Spekulationen ein hohes Maß an Treffsicherheit erreiche. Jekaterina war natürlich klug genug, den gravierenden Unterschied zwischen Mutmaßung und Tatsache im Blick zu haben. Wenn sie in diesem Fall mutmaßte, dann hatte der österreichische Geheimdienst keine Ahnung, wo Gustav Lainer die Baupläne versteckt hatte, und Baumberg war deswegen bei der lokalen Polizei, um Verstärkung bei der Suche anzufragen.

Kurz hatte sie den Gedanken erwogen, in das Polizeigebäude zu gehen, und mit ein paar naiven Fragen unbedachten Amtsdienern oder Schreibkräften Informationen zu entlocken, aber sie entschied sich dagegen. Warum sich in die Höhle des Löwen wagen? Noch war ihre Lage nicht so prekär, um solch ein Risiko einzugehen. Und so wie sie es wahrnahm, wusste sie einiges über die Tätigkeiten der verschiedenen Geheimdienste in Triest, aber niemand wusste von ihr. Niemand, außer Oberst Schubnikow.

Selbstverständlich rechnete Jekaterina damit, dass ein Mann wie Schubnikow früher oder später auch ihre Tarnung gefährden würde. In ihren Augen gefährdete Schubnikow jegliche geheimdienstliche Tätigkeit. Dass ein derartiger rabiater Haudrauf überhaupt Aufträge erhielt, war ein Armutszeugnis für Russland.

Sie beobachtete, wie Baumberg die Polizeidirektion verließ und den Weg zurück zum Palazzo del Governo einschlug. Jekaterina wartete noch, bevor sie ihm folgte, denn eine Gruppe Schülerinnen näherte sich. Ihr Blick ging die Fassade des Gebäudes hinauf. An einem geöffneten Fenster entdeckte sie einen Mann, der zuerst Baumberg hinterherschaute, dann die über das Kopfsteinpflaster rumpelnde Kutsche wahrnahm und schließlich die Schülerinnen entdeckte. Jekaterina beugte schnell ihren Kopf, hob den Korb und trottete langsam den Gehweg entlang.

Seit einer Weile hielt sie sich auf der Piazza Grande auf und überlegte erfolglos die weiteren Schritte. In der Ferne erblickte sie Kenneth Hudson. Die Briten trieben sich bekanntlich auf der ganzen Welt herum. Jekaterina war beeindruckt, mit welchem Selbstbewusstsein Hudson und seine Leute in Triest auftraten.

Sie folgte dem Briten zum Molo V, wo einer der neuen Dampfer des Österreichischen Lloyds entladen wurde. Dabei bemerkte sie, wie Hudson mit einem seiner Angestellten redete. Es war jener, von dem sie annahm, dass er ein wichtiger Mann des britischen Geheimdienstes war. Leider konnte sie bei dem Hafenlärm nicht hören, was die beiden zu bereden hatten.

Nachdem die zwei auseinandergegangen waren und Hudson eine Kutsche gerufen hatte, begab sie sich bei Einbruch der Dunkelheit auf verschlungenen Wegen wieder nach Hause.

Jetzt stand Jekaterina vor dem Spiegel und wischte mit einem Tuch die Schminke aus ihrem Gesicht. Als sie ihre Haut gereinigt hatte, entledigte sie sich der Kleidung der Lavendelfrau und warf sich in der Unterkleidung auf das Kanapee.

Nach einem Tag auf den Beinen war sie erschöpft und fühlte sich abgespannt.

Was hatte die Maskerade gebracht? Jekaterina machte sich nichts vor, sie war nicht vorangekommen. Das Versteck der Baupläne lag im Dunkeln.

~∞~

Gerade noch hatte es Bruno geschafft, rechtzeitig das Bureau zu verlassen, um jetzt, um Punkt zehn Uhr, die Via Pietro Kandler zu erreichen. Er griff nach der Türklinke des Haustors. Wie erwartet war es versperrt. Bruno schaute sich um, das Gasthaus an der Hausecke war zwar noch geöffnet, aber viel war dort nicht mehr los, und vor allem waren die Türen und Fenster geschlossen. Es hatte nachts beträchtlich abgekühlt und die letzten Gäste tranken ihr Bier lieber im Warmen. Niemand war in der Gasse zu sehen, also zog Bruno den Dietrich aus der Manteltasche und öffnete das Tor. Mit einem Schmunzeln auf den Lippen huschte er die Treppe hoch. Fedora und er hatten bei der letzten Begegnung nicht ausgemacht, wann sie sich wieder treffen würden, denn in den letzten Wochen, seit sie nicht mehr im Haus ihres Ehemannes lebte, trafen sie sich so oft, dass es zum Alltag geworden war. Heute wollte er sie überraschen. Nach einem Arbeitstag wie diesem sehnte er sich nach ihrer Nähe. Nachdem die Suspendierung aufgehoben worden war, wurde er förmlich mit Arbeit überhäuft.

Um zehn Uhr abends würden Ludovico und Rudolfo, die beiden Söhne Fedoras, hoffentlich schon im Bett sein oder zumindest in ihrem Zimmer, sodass er sich unerkannt hineinschleichen konnte.

Durch den eiligen Aufstieg in den vierten Stock war ihm etwas warm geworden. Oder war es die Vorfreude auf Fedoras Küsse? Er atmete einmal tief durch und klopfte leise an die Tür. Bruno wartete. Hatte Fedora ihn nicht gehört? Er klopfte erneut.

Da öffnete sich die Tür.

Der zehnjährige Ludovico schaute Bruno mit großen Augen an.

»Guten Abend, junger Herr«, grüßte Bruno mit gedämpfter Stimme.

»Guten Abend, Signor Zabini.«

Bruno schaute durch den Türspalt in die Wohnung. »Kann ich mit deiner Mutter sprechen?«

»Mama ist nicht zu Hause.«

Bruno zog überrascht die Augenbrauen hoch. »Nicht zu Hause?«

»Ja.«

Bruno überlegte scharf. »Ist dein Bruder hier?«

»Ja.«

»Darf ich kurz hereinkommen?«

»Wenn Sie wollen«, sagte Ludovico und trat von der Tür fort.

Bruno schloss die Wohnungstür hinter sich. In der Küche stand benutztes Geschirr herum, und im Wohnzimmer brannte Licht. Neben dem Tisch stand Rudolfo im Nachthemd und schaute Bruno mit großen Augen an. Er hielt die Hände hinter dem Rücken, ganz offensichtlich versteckte er etwas. Bruno entdeckte unter dem Tisch eine Spielkarte, er bückte sich und hob sie auf. »Habt ihr Karten gespielt?«

»Nein.«

»Und warum liegt die Treff zehn auf dem Boden? Was hast du hinter deinem Rücken versteckt?«

»Nichts.«

»Lass sehen. Sind es Spielkarten?«

Schuldbewusst legte Rudolfo die Karten auf den Tisch.

Bruno schmunzelte. »Was habt ihr gespielt?«

»Préférence«, gab Ludovico zu.

»Seid ihr nicht ein bisschen zu jung dafür?«

»Werden Sie es Mama sagen, Signor Zabini?«

»Wo ist denn eure Mutter?«

»Bei einer Aufführung. Sie arbeitet ja jetzt im Theater. Sie wird in Zukunft häufig spät nach Hause kommen, hat sie uns gesagt.«

Bruno stemmte die Fäuste in die Hüften. Nun, dieser Abend lief völlig anders, als er sich das erhofft hatte. »Habt ihr zu Abend gegessen?«

»Ja. Mama hat das Abendessen vorbereitet.«

»Und wann habt ihr vor, zu Bett zu gehen?«

»Ach, irgendwann. Morgen ist ja keine Schule.«

Ein keckes Lächeln huschte über Brunos Lippen. »Signori, ich werde nur unter einer Bedingung nichts von eurer abendlichen Beschäftigung erzählen.«

»Welche ist das?«

Bruno legte Mantel und Hut ab. »Préférence zu zweit ist langweilig, Préférence spielt man zu dritt. Wenn ich der dritte Mann sein darf, dann könnte ich von einem Bericht an eure Mutter absehen. Also, wer gibt?«

<hr />

Nachdem sowohl seine Frau als auch sein Sohn in der Nacht der Niederkunft verstorben waren, hatte Yamada Marcsuke seine Heimatstadt verlassen. Drei Jahre lang war er unstet von einem Ort zum anderen gezogen, hatte sich als Hafenarbeiter betätigt, in einem Sägewerk und als Mechaniker in einer Seidenspinnerei gearbeitet. Nirgendwo war er lange geblieben. Seinen erlernten Beruf als Gießer hatte er in dieser Zeit nicht ausgeübt. Vier Monate hatte er sich sogar auf dem Festland in Shanghai aufgehalten und sich als einfacher Lagerarbeiter verdingt. Bis er das unabdingbare Bedürfnis verspürt hatte, wieder das Grab seiner geliebten Frau und seines Sohnes zu besuchen. So war er zurück nach Yokohama gekommen und von seinem alten Dienstherren wieder als Gießer angestellt worden.

Die Industrie in Japan machte enorme Fortschritte, die industrielle Revolution war von Europa und Nordamerika auf die Inseln des Tennō übergeschwappt und veränderte das Leben in den Städten grundlegend.

Die Arbeit hatte seinem Leben einen neuen Inhalt gegeben, er hatte nicht mehr nach einer Frau und der Gründung einer Familie gestrebt, sondern nach Verbesserung der Arbeitsabläufe in der Fabrik. Innerhalb von ein paar Jahren war er in der Hierarchie aufgestiegen, war Obergießer, Werkmeister und schließlich Leitender Ingenieur geworden. Die Fabrik errang sich einen exzellenten Ruf in Japan, die Auftragsbücher waren voll und immer größere und leistungsfähigere Dampfmaschinen wurden gebaut. Schließlich kamen ausländische Delegationen zu Werksbesichtigungen in die Fabrik und konnten sich davon überzeugen, dass die japanische Industrie längst zur Weltspitze aufgeschlossen hatte.

Eines Tages hatte der österreichisch-ungarische Botschafter mit einer Delegation von Sekretären und Wirtschaftstreibenden die Fabrik besucht. Maresuke hatte ihn persönlich durch das Areal geführt. Dieser war sichtlich beeindruckt von der Leistungsfähigkeit der Fabrik gewesen. Nur zwei Wochen später hatte Maresuke eine Einladung zum Tee in die österreichisch-ungarische Botschaft erhalten. Am Tag, bevor er diese aufgesucht hatte, war unvermutet ein Mann vor seiner Wohnungstür gestanden und hatte ihn um einen Spaziergang gebeten. Der Mann war ein hochrangiger Beamter des Marineministeriums, der genau wusste, warum Maresuke vom österreichisch-ungarischen Botschafter zum Tee eingeladen worden war. Der Beamte hatte Maresuke eindringlich geraten, das Angebot anzunehmen. Dafür hatte er versprochen, für Maresukes Eltern und die Familie seines Bruders gut zu sorgen.

Also hatte Maresuke zu allem Ja gesagt, was der Botschafter vorgeschlagen hatte und für einen neuen Lebensabschnitt in Europa gepackt. Er hatte sich auf einem der regelmäßig verkehrenden Dampfer des Österreichischen Lloyd eingeschifft und sich auf die lange Fahrt von Yokohama über Bombay, Aden und Alexandria bis nach Triest gemacht. Ein sehr höflicher Sekretär der österreichisch-ungarischen Gesandtschaft, der nach vierjähriger Dienstzeit in Japan wieder in seine Heimat zurückgekehrt war, hatte den Auftrag, während der langen Überfahrt Maresuke mit den Grundlagen der deutschen Sprache vertraut zu machen, sodass Yamada Maresuke bei der Ankunft in Triest mit den Einheimischen einfache Konversation hatte betreiben können.

Es hatte eine ganze Weile gedauert, bis Maresuke die komplizierten Verhältnisse in dieser Stadt begriffen hatte. Anders als in Yokohama, wo praktisch nur Japaner lebten, die zwar unterschiedliche Dialekte sprachen, aber einem Volk angehörten, war Triest eine Stadt vieler Völker. An die ständig wechselnden Sprachen musste er sich gewöhnen – Italienisch, Deutsch, Slowenisch, Serbokroatisch, Griechisch, Ungarisch und Englisch. Ein wahres Sprachwirrwarr existierte hier, daher hielt er sich an das Deutsche, das die Beamten und Ingenieure, mit denen er in seinem Beruf zu tun hatte, nutzten.

Seit fünf Jahren arbeitete er mittlerweile in der Gießerei im Lloydarsenal, und er konnte mit Stolz behaupten, dass sich auf Basis seiner Methoden und Verfahren die Leistungsfähigkeit der Gießerei beträchtlich erhöht hatte. Gegenwärtig wurden die hochmodernen Schiffe der Baron-Beck-Klasse gebaut, womit der Österreichische Lloyd eine ausgesprochen dynamische Expansion seiner Flotte betrieb. Ohne die unzähligen Bauteile, die in der Gießerei gefertigt wurden, wäre dieser Ausbau der Handelsflotte nicht möglich.

Sein Leben in Triest lief in äußerst geregelten Bahnen ab. Er stand jeden Tag zur gleichen Zeit auf, erschien immer pünktlich in der Werft, arbeitete ruhig und gewissenhaft, verbrachte wochentags seine Abende bei Tee und einem guten Buch in seiner Wohnung, jeden Freitagabend besuchte er zum Billardspiel dasselbe Kaffeehaus, am Samstagnachmittag machte er seiner Geliebten die Aufwartung und am Sonntag unternahm er bei nahezu jedem Wetter ausgedehnte Wanderungen in der Umgebung Triests.

Der Vizedirektor des Österreichischen Lloyds hatte ihm persönlich den Kontakt zu Olga vermittelt. Maresuke hatte sich bei ihr brieflich angemeldet, war zum Kaffee eingeladen worden und hatte zu dieser niveauvollen Dame schnell Vertrauen gefasst. Sie war Ruthenin aus der Bukowina, wie Maresuke erfahren hatte. Er hatte nach diesem ersten Kennenlernen im Atlas nachschlagen müssen, um zu erfahren, in welchem Teil der Donaumonarchie diese Provinz lag. Auch über das Volk der Ruthenen hatte er sich schlaumachen müssen. Olga lebte also fern der Heimat, wenngleich sie nur Österreich-Ungarn von Ost nach West hatte durchqueren müssen und nicht wie er von der anderen Seite der Erde gekommen war. Sie waren sich schnell einig geworden und Yamada Maresuke zählte seit diesem Tag zu den Stammkunden dieser Dame, die dem Begriff Kurtisane auf höchstem Niveau Gestalt verlieh.

Der Billardabend mit seinen Bekannten war wie immer sehr unterhaltsam. Anders als seine Spielpartner trank Maresuke selten Kaffee und niemals Alkohol, er hielt sich an Tee. Zu vorgerückter Stunde mieden deshalb manche, vor allem jene, die sich gerne am Cognac oder Sliwowitz guttaten, das Spiel gegen ihn. Selbst wenn die Beträge, um die gespielt wurde, eher symbolischen Charakter trugen. Riskante Spiele um hohen Einsatz wurden in diesem Kaffeehaus nicht ausgetragen, anderenfalls hätte es Maresuke nicht zu seinem Stammlokal erkoren.

Es ging auf elf Uhr abends zu, höchste Zeit also für einen notorischen Frühaufsteher wie ihn, nach Hause zu kommen. Dennoch ging er gemächlich durch die dunklen Gassen und genoss nach der rauchschwangeren Luft im Kaffeehaus die kühle Brise, die über die Dächer und durch die Gassen strich. Nach Sonnenuntergang hatte es merklich abgekühlt.

Es lebten nur eine Handvoll Japaner in Triest, und zu allen hatte er freundliche, aber distanzierte Kontakte geknüpft. Von Zeit zu Zeit erhielt er Besuch aus Wien, wenn ein Sekretär des Botschafters sich nach seinem Befinden erkundigte oder neue Instruktionen des Marineministeriums überbrachte. In den ersten Wochen seines Aufenthalts an der Adria war er wegen seines geheimdienstlichen Auftrags in große Aufregung versetzt gewesen, hinter allem und jedem, was ihm begegnet war, hatte er Gefahr gewittert. Doch recht bald war klar geworden, dass es völlig ausreichte, allgemeine Berichte über die wirtschaftlichen und militärischen Verhältnisse Triests zu verfassen. Wie viele Schiffe pro Monat legten in Triest, Pola und Fiume an, wie viele Züge verkehrten in der Region, welche Fabriken betrieb man hier, wie hoch war der Ausstoß der österreichisch-ungarischen Werften, wie war die Marine zusammengesetzt und welche Flottenpolitik wurde verfolgt.

Alles in allem führte er ein geregeltes, ruhiges und bequemes Leben, er ging in seiner Arbeit auf, wurde von seinen Kollegen und Nachbarn zuvorkommend und respektvoll behandelt. Da er sparsam war, hatte sich wegen seines recht hohen Gehalts mit der Zeit ein ansehnliches Guthaben angesammelt. Wenn er in einigen Jahren zurück in seine Heimat ginge, würde er sich ein hübsches Haus mit Garten kaufen können. Und natürlich wollte er zurück nach Japan. Die Welt an der Adria war ihm mittlerweile vertraut, aber in seinem Herzen blieb sie ihm fremd.

Yamada Maresuke schaute kurz hinter sich.

War ihm jemand vom Kaffeehaus in sein Wohnviertel gefolgt?

Er war so in Gedanken versunken gewesen, dass er nicht wie üblich nach Verfolgern Ausschau gehalten hatte. Er bog in eine Seitengasse und eilte auf das Haustor zu, in dessen Schatten er sich stellte und wartete. Unwillkürlich griff er nach dem Messer in der Scheide, das er immer bei sich trug. Triest hatte einen großen Hafen, und wie in allen Hafenstädten trieben sich darin üble Kerle herum, die einem Ausländer gerne die Last der schweren Brieftasche abnehmen wollten.

Eine Minute verstrich. Eine weitere. Nein, da war niemand.

Mit schnellen Schritten und sich sorgsam umsehend eilte er nach Hause, sperrte das Haustor auf, schlüpfte in den Flur, schloss das Haustor wieder und versperrte es. Das Haus verfügte über kein elektrisches Licht am Gang, daher griff er nach seinen Streichhölzern.

Ein Lichtstrahl traf aus kurzer Entfernung sein Gesicht.

Maresuke erschrak. Ein Hinterhalt? Jemand leuchtete mit einer Taschenlampe. Er erkannte die Umrisse von zwei Gestalten.

Noch bevor er um Hilfe schreien konnte, traf ihn ein harter Gegenstand mit voller Wucht am Kopf. Er wurde gegen das Haustor geworfen, dann ging er zu Boden. Das Letzte, was Yamada Maresuke bemerkte, war, dass man ihm einen Sack über den Kopf zog. Danach verschwand alles im Dunklen.

Samstag,
9. November 1907

LUISE ERWACHTE. Sie war verwirrt und beunruhigt. Ein kurzer Blick zum Fenster sagte ihr, dass die Sonne noch nicht aufgegangen war. Sie konnte die leisen Geräusche nicht einordnen. Es waren menschliche Töne, das verstand sie sofort, aber was klang so wehklagend, dass es ihr förmlich das Herz zerriss?

Gerwin! Er wimmerte.

Mit dieser Erkenntnis war sie schlagartig hellwach, sie sprang aus ihrem Bett und huschte durch die Dunkelheit in das Nebenzimmer, in dem ihr Sohn einquartiert war. Nur mit dem Nachthemd bekleidet fühlte sie, dass es merklich abgekühlt hatte. In der nächsten Nacht würde sie das Fenster nicht einen Spalt offen stehen lassen. Ihre Schritte knarrten auf dem Parkett.

Gerwin hörte sie und richtete sich auf. Luise setzte sich an die Bettkante und strich über sein Haar. »Hast du geträumt?«

»Ja.«

»Ein böser Traum?«

»Ich weiß nicht.«

»Jetzt bin ich ja bei dir.«

Luise hob die Tuchent und legte sich neben ihren Sohn. Sie nahm ihn in den Arm und schmiegte seinen Kopf an ihre Schulter. »Alles ist gut, mein Kind. Ich bin da.«

Für eine Weile lagen sie still beieinander. Luise fühlte, wie sich die Spannung seines kleinen Körpers langsam löste.

»Bist du wirklich meine Mutter?«, fragte Gerwin flüsternd.

»Ja. Du bist mein Sohn, und ich bin deine Mutter.«

»Wirst du bei mir bleiben oder wirst du mich wieder verlassen, wie Großmutter sagte?«

»Ich werde immer bei dir bleiben.«

Wieder lagen sie einige Minuten still nebeneinander.

»Ich bin froh, bei dir zu sein, Mama.«

Für eine Sekunde hielt Luise den Atem an. Glück durchströmte sie. Er hatte sie erstmals Mama genannt. »Und ich bin froh, dass wir zusammen sein können.«

Nach und nach wurde sein Atem ruhiger und regelmäßiger. Gerwin schlief in ihren Armen ein. Luise bemerkte noch, dass sich der Sonnenaufgang ankündigte, dann fiel der Schlaf auch über sie.

～⚬～

Jemand rüttelte an seiner Schulter. Bruno schreckte hoch.

Fedora legte ihren Zeigefinger auf ihre Lippen und flüsterte. »Still, ich bin es.«

Bruno schaute sich um. Die Erinnerung kehrte sofort zurück. Er setzte sich auf. »Schlafen die Buben noch?«

»Ja. Komm in die Küche.«

Bruno erhob sich und streckte seinen Rücken. Der Morgen graute bereits. Bruno folgte Fedora, die sorgsam die Küchentür schloss.

»Willst du Kaffee?«, fragte Fedora.

»Sehr gerne.«

Fedora zerknüllte altes Zeitungspapier und machte im Küchenherd Feuer. »Wie kommt es, dass du auf dem Diwan geschlafen hast?«

»Ganz einfach. Ich wollte dich gestern Abend noch besuchen, habe aber nur deine Söhne angetroffen. Also haben wir bis Mitternacht Karten gespielt, und als die Halunken mir das letzte Hemd ausgezogen haben, habe ich sie zu Bett geschickt. Wenn die Burschen schon in so jungen Jahren solch trickreiche Spieler sind, sehe ich schwarz für einen Lebensweg als ehrenhafte Staatsbürger.«

Fedora zog die Augenbrauen hoch. »Was habt ihr gespielt?«

»Préférence. Die beiden sind gut darin. In jedem Fall haben wir uns angefreundet und viel gelacht. Dann wollte ich noch ein Weilchen auf dich warten und habe gelesen, dabei bin ich wohl eingeschlafen. Und jetzt ist der Morgen gekommen.«

»Ich verstehe.«

Bruno rieb sich endgültig den Schlaf aus dem Gesicht und musterte Fedora, die eben Kaffeebohnen in die Mühle schaufelte. Er nahm die Mühle an sich, stellte sich an den Küchentisch und betätigte die Kurbel. Der angenehme Duft frisch gemahlenen Kaffees verbreitete sich. »Liebe Fedora, eines möchte ich angesichts der gegenwärtigen Situation in den Raum stellen.«

»Und was?«

»Nicht nur das Kartenspielen wird sich negativ auf die Fähigkeiten deiner Söhne auswirken, ehrenhafte Staatsbürger zu sein, auch das nächtliche Herumtreiben ihrer Mutter wird keine positive Wirkung auf sie haben. Wo bist du gewesen?«

Fedora warf Bruno einen finsteren Blick zu. »Was soll das werden? Vorwürfe?«

»Eigentlich ist es nur eine simple Frage.«

»Inspector Zabini, wir sind nicht verheiratet und ich bin Ihnen keine Rechenschaft schuldig.«

»Ich finde schon, dass du mir eine Antwort geben könntest.«

»Nach der Aufführung haben mich die Theaterleute zu einem kleinen Umtrunk eingeladen. Wir waren zuerst in großer Runde im Bierhaus in der Nähe des Theaters, dann sind wir in kleiner Runde zu Chiara gegangen. Zu siebt oder acht, weiß ich nicht mehr so genau. Wir haben meinen Einstand am Politeama Rossetti gefeiert, und ja, Chiara und die anderen haben mich generalstabsmäßig geplant mit Maraschino abgefüllt. Ähnlich wie du habe ich die letzte Nacht auf einem Diwan verbracht, bloß war ich betrunken. Ich bin es jetzt noch, bestimmt werde ich erst zu Mittag den Likör nicht mehr spüren.«

»Chiara? Sprichst du von Chiara Monteverdi, der berühmten Schauspielerin und Sängerin?«

»Ja.«

»Du hast tatsächlich bei Chiara Monteverdi auf dem Diwan geschlafen?«

»Als ich knapp vor Sonnenaufgang wach wurde, habe ich mich außer Haus geschlichen.«

Bruno verzog anerkennend seine Lippen. »Für eine Kostümschneiderin hast du sehr schnell Anschluss an die künstlerische Elite der Stadt geschlossen.«

Fedora zuckte mit den Schultern. »Es hat sich so ergeben.«

»Signora Monteverdi ist bekannt dafür, regelmäßig die Nacht zum Tag zu machen. Die bürgerliche Enge deiner Ehe hast du offenkundig erfolgreich zurückgelassen.«

Fedora kniff drohend die Augen zusammen. »Machst du mir Vorhaltungen, Bruno?«

»Nein, dazu habe ich keine Lust. Selbst wenn ich mir sehr selten bei Likör und Zigaretten die Nacht um die Ohren schlage, sondern ganz spießig früh schlafen gehe, so gönne ich dir, dass du dich mal richtig amüsierst. Du solltest bloß die durchzechten Nächte mit Chiara Monteverdi und ihren trinkfesten Freunden nicht zur Regel werden lassen. Du trägst die Verantwortung für deine Söhne.«

Bruno reichte Fedora die Mühle mit dem gemahlenen Kaffee. Sie nahm sie entgegen, stellte sie zur Seite und umarmte Bruno.

»Ich habe endlich Freunde gefunden, die zu mir passen. Ich habe mich so wohl gefühlt bei den verrückten Schauspielern. Sie sind so lebendig, so hungrig nach jedem Moment. Chiara ist wie ein brodelnder Vulkan, sie verfügt scheinbar über unendliche Energien. Das ist für mich sehr faszinierend. Und natürlich hast du recht, ich werde meine Söhne nicht vernachlässigen, ich werde auf sie achten.«

»Dann ist es ja gut.«

»Ich danke dir inständig, dass du hier warst und aufgepasst hast. Und es tut mir leid, dass ich nicht da war, als du gekommen bist.«

»Längst verziehen. Wir sind ja jetzt beisammen.«

»Musst du heute arbeiten?«

»Ja.«

»Kommst du abends?«

»Wenn du mich einlädst.«

Sie küsste ihn. »Ich lade dich herzlich ein.«

»Eine Feststellung möchte ich noch loswerden.«

»Raus damit.«

»Du solltest deine Kleidung wechseln, bevor die Buben aufwachen. Du riechst, als ob du letzte Nacht in einer verqualmten Spelunke abgesoffen wärst«, sagte Bruno und kniff ihr in den Po.

Fedora stieß ihn weg. »Wie kann ein Flegel wie du Polizist sein?«

~~∞~~

Koloman Vanek nahm Melone und Mantel, nickte dem Ober zu und verließ das Kaffeehaus. Er hatte wie häufig in seinem Stammcafé einen kleinen Schwarzen getrunken und die

Triester Zeitung durchgeblättert. Das milde Herbstwetter nach dem Scirocco war einer kühlen Strömung gewichen, die dunkle Wolkenbänke vor sich her schob. Viele Menschen mochten die kurzen, wolkenverhangenen und regnerischen Novembertage nicht, Vanek bevorzugte den Herbst und den Winter. Kurze Tage und lange Nächte machten ihm nichts, er fühlte sich in der Dunkelheit wohl und nannte sich manchmal scherzhaft »ein Geschöpf der Nacht«. Und auch Kälte und Regen machten ihm nichts aus. Dagegen konnte man sich mit warmer Kleidung schützen, die sengende Hitze des Hochsommers musste man erdulden.

Vanek war noch nicht dahintergekommen, warum der Hauptmann diesem französischen Schönling derart misstraute. Was sah Baumberg in Casimir Morel? Zweifellos trug der Mann eine boshafte Grausamkeit in sich, bestimmt war er ein Lügner, vielleicht ein Hochstapler, ganz gewiss würde er seine Großmutter für einen Apfel und ein Ei verkaufen, wenn es ihm irgendwie nutzen würde. Aber was war daran so schlimm? Vanek hatte in seinem Leben als Soldat weit grausamere Menschen getroffen. Vanek selbst konnte mit einem Fingerschnippen sehr viel bösartigere Dinge tun, als Morel es sich zu erträumen wagte. Darüber hinaus fand Vanek, dass der Franzose sich ziemlich dumm gebärdete. Für die Arbeit als Geheimagent waren die unterschiedlichsten Eigenschaften von Nutzen. Mancher war kaltschnäuzig und verwegen, ein anderer konnte mit katzenhafter Behändigkeit klettern, wieder ein anderer war ein blendender Lügner. So konnte vieles Erfolg bringen. Misserfolg als Spion hingegen war garantiert, wenn man ein Holzkopf war. Koloman Vanek fand, dass Casimir Morel einer war.

Dennoch hatte Vanek gewissenhaft den Auftrag des Hauptmanns ausgeführt und den gestrigen Tag über Casimir Morel beobachtet. Er hatte dabei den Eindruck erhalten, dass Morel nicht den Funken einer Ahnung besaß, wo die Baupläne versteckt sein könnten. Vanek hatte seine Ansicht dem Hauptmann genauso unverblümt mitgeteilt. Das war eine der vielen Stärken, die Vanek an seinem Vorgesetzten schätzte, Vanek konnte immer geradeheraus sagen, was ihm durch den Kopf ging. Wie viele Soldaten konnten von sich behaupten, einem solchen Vorgesetzten zu dienen?

Heute aber war der Japaner an der Reihe. Das war ein Spion ganz nach Vaneks Geschmack. Nicht viele Asiaten lebten in Triest, Japaner und Chinesen stellten an der Adria eine Rarität dar und waren dementsprechend auffällig. Doch dieser Meister der Tarnung und Täuschung verstand es, in der Masse völlig unterzugehen. Niemand, der es nicht besser wusste, würde annehmen, dass dieser überaus tüchtige Ingenieur, der einen biederen und völlig unscheinbaren Lebenswandel führte, für seine Regierung geheimdienstliche Berichte schrieb. Es hatte schon eines Fuchses wie Leopold von Baumberg bedurft, um die Tarnung des Japaners zu lüften. Vanek hatte damals nicht schlecht gestaunt, wie Baumberg in die Stadt gekommen war und mit Instinkt, Witterung und Umsicht geradezu hellseherisch eine Tarnung nach der anderen aufgedeckt hatte. Gut, diesen italienischen Capitano und seine versoffenen Halsabschneider aufzuspüren, war ein Kinderspiel gewesen, auch den Franzosen hatte er leicht enttarnt, aber das fein gesponnene Garn von Kenneth Hudson zu entdecken, hatte beträchtlicher Arbeit bedurft. Natürlich waren von Anfang an alle in Triest lebenden Ausländer zuerst einmal verdächtig, Spione zu sein, aber dass sich gerade Yamada Maresuke als der unvermeidliche Horchposten des Kaiserreichs Japan erwiesen hatte, war für Vanek eine echte Überraschung gewesen.

Vanek marschierte durch die Straßen, bog in jene Seitengasse, in der Maresuke wohnte, und ging das Trottoir entlang. Er warf einen kurzen Blick hinauf zu den Fenstern im zweiten Stock des Hauses an der gegenüberliegenden Häuserfront. Vanek zog den Hut tiefer in die Stirn und ging zügig weiter.

Die Vorhänge in den beiden gassenseitigen Fenstern der Wohnung waren zugezogen. Vaneks Puls pochte. Es war neun Uhr Vormittag, und Maresuke hatte die Vorhänge noch nicht geöffnet. Das konnte nur bedeuten, dass der Mann die letzte Nacht nicht in seiner Wohnung verbracht hatte. Ein Mann, der präzise wie eine Schweizer Uhr tickte und der nach dem Aufwachen immer die Vorhänge öffnete, würde auch an einem Samstag nicht anders handeln.

Vanek überlegte. Sollte er dem Hauptmann sofort Bericht erstatten oder genauer nachforschen? Gar die Wohnung aufsuchen? Vanek entnahm den Taschen seines Mantels die Handschuhe und streifte sie über. Den Dietrich hatte er immer bei sich. Auch sein Messer.

⌘

Die Arbeit als Kriminalist war für ihn ein Kinderspiel. Es war simpel, die halbseidenen Zuhälter, versoffenen Raufbolde und verzweifelten Mörder ihrer Ehefrauen zu überführen. Er sah es den Menschen an der Nasenspitze an, wenn sie ein schlechtes Gewissen hatten, egal, für wie abgebrüht sie sich halten mochten. Durch die Leichtigkeit der Arbeit bei gleichzeitig ganz beträchtlichen Befugnissen war es Emilio Pittoni möglich gewesen, eine bedeutende Machtposition zu erreichen, und mit der Zeit auch einen respektablen Geldbetrag beiseitezuschaffen. Emilios Stärke war, weder mit Macht noch mit Geld protzen zu müssen. Wie viele Beamte oder Politiker waren auf die Nase gefallen, weil sie mit dem an den Behörden vorbeigeschummelten Geld um sich geworfen hatten. Das würde ihm nicht passieren, dazu war er einfach zu klug. Da er seinem Heimatland Österreich-Ungarn in jeder

Hinsicht misstraute, hortete er sein Kapital nicht in Kronen, sondern in Gold. Nur er kannte das Versteck seiner güldenen Reserve. Sollte ein schneller Abschied aus Triest nötig sein, würde er sich mit einer kleinen, aber schwerwiegenden Kassette in Nullkommanichts in Luft auflösen.

An eine Flucht brauchte er gegenwärtig nicht zu denken, im Gegenteil, seine Geschäfte in Triest liefen blendend. Er hatte die Wochen, in denen Bruno suspendiert gewesen war, für ein paar lukrative Transaktionen genutzt. So hatte er für gutes Geld drei serbische und zwei bulgarische Mädchen für das vornehme Etablissement, in dem er wiederholt selbst zu Gast war, mit Papieren ausgestattet und über die Grenze gebracht. Der Capo hatte für den problemlosen Import der erstklassigen Ware eine satte Prämie ausbezahlt.

Die Streitigkeiten in der Kanzlei, seine offene Rebellion gegen den Oberinspector hatte er just deswegen inszeniert. Die Männer des k.k. Polizeiagenteninstituts vom Direktor abwärts waren mit internen Querelen derart beschäftigt gewesen, dass seine Aktivitäten unterhalb der Wahrnehmungsgrenze geblieben waren.

Er hatte natürlich damit gerechnet, dass Bruno früher oder später wieder zum Dienst erscheinen würde, Emilio wusste doch, dass nicht nur der Polizeidirektor, sondern sogar der Statthalter Bruno protegierten. Sollten sie nur. Ja, der Daktyloskopie, der Photographie, der wissenschaftlichen Kriminalistik gehörten die Zukunft, selbstverständlich, ohne Frage, das lag auf der Hand. Sollten doch Bruno und die Grünschnäbel eingehend Fingerabdrücke studieren, das beschäftigte die Bande und es verschaffte ihnen Befriedigung, wenn sie Täter mit physikalischen und chemischen Beweisen dingfest machen konnten.

Für Emilio war das alles Zeitverschwendung.

Natürlich musste er jetzt wieder vorsichtiger agieren, seine Schritte gut absichern und allfällige Spuren wirkungsvoll verwischen. Bei aller Arroganz und Eitelkeit, die Bruno an den Tag legte, er war kein Trottel und besaß Gespür. Wenn Bruno nicht ein derartig spießiger Gerechtigkeitsfanatiker wäre, hätten sie beide in Triest ein Imperium aufbauen können. Allerdings verspürte Emilio keine Lust, seine Macht zu teilen. Wozu auch? Ein Reich konnte nur von einem König regiert werden, und Triest war nun mal Emilios Reich.

Er saß an einem Fensterplatz des Caffè Milano in Blickweite des Volksgartens und hielt sowohl den Gastraum des Kaffeehauses wie den Eingang zum Park im Blick.

Da waren die Brüder.

Er erkannte die prächtigen Söhne des Offiziers zur See Carlo Cherini sofort. Es war Samstag, da streiften die Buben im Park herum. Genau so, wie Emilio erwartet hatte. Der tüchtige Offizier war ja ein stattliches Exemplar von Mann, und seine liederliche Ehefrau ein Bild von einem Weib, den beiden Rotzbuben stand bei einer derartigen Zuchtauswahl eine große Zukunft als Verführer bevor. Aber an die Buben verschwendete Emilio keine Gedanken, sondern an deren Mutter.

Fedora Cherini war eine Frau ganz nach seinem Geschmack. Nicht nur, dass sie ein rassiges Prachtweib war, er hielt sie zweifelsfrei für ein durchtriebenes Luder. Wenigen Menschen war es bislang gelungen, Emilio zu überraschen, Fedora Cherini hatte es geschafft. Er beobachtete aus der Ferne, wie sich Bruno für sie zum Affen machte. Sein werter Herr Kollege fraß dieser Frau aus der Hand, schleppte ihren Hausrat und bezahlte alle Rechnungen. Das war immerhin bemerkenswert, aber nicht wirklich überraschend. Was Emilio wirklich beeindruckt hatte, war, dass es Fedora Cherini offenbar gelungen war, die Baronin Callenhoff für ihre Zwecke zu benutzen. Noch hatte er die ganze Affäre nicht im Blick, aber seine Nachforschungen legten nahe, dass die Baronin das zum Verkauf stehende Haus in der Via Pietro Kandler erworben hatte, um einerseits die in Kürze frei werdende Beletage zu beziehen und um andererseits um Fedora und ihren Söhnen eine komfortable Wohnung zu überlassen. Wenn sich diese Vermutung bestätigen sollte, war das eine Leistung Fedoras, für die Emilio ehrliche Bewunderung empfinden musste.

Sollte er jetzt zu ihr hochgehen? Bruno war beschäftigt, die Söhne trieben sich im Park herum, sie war also allein zu Hause. Der Gedanke reizte ihn, aber er widerstand der Versuchung. Er war sich sicher, dass er Fedora zuletzt nicht zufällig vor seinem Haus gesehen hatte. Spionierte sie ihm hinterher? Was hatte sie vor? Er durfte diese Frau nicht unterschätzen. Was würde das nur für ein verruchtes Vergnügen sein, sich mit ihr im Bett zu wälzen. Er musste sie haben, unbedingt!

Emilio winkte dem Kellner und griff nach seinem Portemonnaie.

Nicht heute, aber bald, du Kanaille, sagte er sich.

✦

Mehr als eine Stunde lang hatte Bruno das Bootshaus durchsucht. Wonach eigentlich? Er wusste es nicht. Vielleicht nach einem Einfall? Vormittags hatte er sich in der Kanzlei durch Akten gewühlt, in den Mittagsstunden hatte er wieder in der Wohnung Lainers gestöbert und schließlich war er mit der Tram nach Barcola gefahren. Wie immer im November schluckte die Dunkelheit schnell die letzten Sonnenstrahlen, aber das Bootshaus verfügte über elektrisches Licht.

»Konnten Sie finden, wonach Sie gesucht haben, Herr Inspector?«, fragte der Hausmeister.

Bruno winkte ab. »Leider nein.«

»Kann ich Ihnen behilflich sein?«

»Ach, Herr Potoschnig, ich weiß gar nicht, wonach ich genau suche.«

»Das kenne ich. Jahrelang habe ich immer wieder meine Schlüssel gesucht, bis ich auf die Idee gekommen bin, alle Schlüssel auf einem Brett aufzuhängen. In einem Hotel in der Altstadt habe ich so etwas gesehen. Und siehe da! Seitdem suche ich meine Schlüssel nicht mehr. Als Hausmeister muss ich auf viele Schlüssel aufpassen. Sind Sie noch im Dienst, Inspector?«

Bruno zuckte mit den Schultern. »Auch das weiß ich nicht. Eigentlich ist heute mein freier Tag, aber gearbeitet habe ich dennoch.«

Potoschnig kam näher und zwinkerte Bruno verschwörerisch zu. »Wenn Sie jetzt nicht mehr im Dienst wären, könnte ich Ihnen zur Aufheiterung ein Glas Terrano aufwarten.«

Bruno schaute den anscheinend schon ein wenig angeheiterten Hausmeister an. »Na, warum eigentlich nicht? Ich habe schon länger keinen Terrano mehr getrunken.«

»Wein macht alles leichter, Herr Zabini, glauben Sie mir. Wenn ich einmal nicht weiterweiß, dann nehme ich einen Schluck Rotwein, und alles wird gut. Kommen Sie!«

Bruno folgte Potoschnig in dessen Wohnung. Der Hausmeister verfügte über zwei Kammern, in einer standen sein Bett und die Waschschüssel, in der anderen ein Esstisch und ein kleiner Herd, mit dem er heizte und kochte. Kleidung, Werkzeug und alte Zeitungen lagen herum. Potoschnig machte auf dem Tisch Platz, indem er das Zeug einfach in die Ecke warf. Hinter einem Schrank entdeckte Bruno eine Holzkiste, wie sie Weinhändler für den Flaschentransport verwendeten. Die Hälfte der Flaschen war leer. Potoschnig griff nach einer halb vollen Flasche und füllte zwei Gläser. »Setzen Sie sich bitte. Sehen Sie, dort hängt mein Schlüsselbrett. Da finde ich sofort jeden Schlüssel.«

»Sehr praktisch«, sagte Bruno und stieß mit seinem Gastgeber an.

»Am Montag beginne ich, alle Boote zu verstauen und das Bootshaus winterfest zu machen. Vor fünf Jahren, nein, vor sechs Jahren oder doch fünf, egal, vor ein paar Jahren habe ich mir bei der Arbeit zu viel Zeit gelassen und die Wintervorbereitungen immer wieder um einen Tag hinausgeschoben, bis dann über Nacht die Bora gekommen ist. Da war es natürlich zu spät. Das war eine verflixte Situation. Ich habe schon befürchtet, dass man mir kündigen wird. Vier Boote sind zerschmettert worden und zwei hat der Sturm aufs Meer hinausgeweht. Können Sie sich noch daran erinnern?«

»Ja, ich kann mich daran erinnern.«

»Das passiert mir nicht noch einmal, nein, mit der Bora ist nicht zu spaßen. Man muss jederzeit auf die Bora vorbereitet sein. Seit zwölf Jahren bin ich nun schon Hausmeister im Bootshaus, und ich sage Ihnen, Herr Zabini, was ich alles schon erlebt habe, das sollte man gar nicht glauben.«

Bruno nahm einen guten Schluck Rotwein und lauschte geduldig den ausschweifenden Erzählungen des Mannes. Potoschnig erzählte von den Booten, von den Segelschülern, von den Regatten, von der Sonne, dem Wind und dem Wetter, dem Essen, seiner verstorbenen Frau und seinen beiden Kindern, von der Qualität der Segeltücher und Taue, mit einem Wort, er kam vom Hundertsten ins Tausendste. Als er zum dritten Mal die Gläser füllte, machte Potoschnig eine kurze Pause in seinem Monolog.

»Haben Sie Herrn Lainer eigentlich gut gekannt?«, fragte Bruno.

Potoschnig wiegte den Kopf. »Gut gekannt? Hm, kann ich nicht sagen. Ich habe ihn oft getroffen, im Sommer ist er fast jeden Sonntag hier gewesen. Wenn er an einem Boot gearbeitet hat, dann noch öfter, sonst ist er zum Segeln gekommen. Manchmal auch zum Rudern. Aber gekannt? Kann ich nicht behaupten. Der Herr Ingenieur war eher ein stiller Mensch.

Wenn wir zusammen waren, hat er meistens nur zugehört und ich habe geredet. Er war halt eher zurückgezogen. Was ihm gefallen hat, so glaube ich, war, dass hier alle Deutsch sprechen. Ich spreche Italienisch gut, aber meinen Akzent kriege ich nicht los. Brauche ich auch nicht, ich bin Hausmeister, kein Professor. Der Herr Ingenieur hat nicht besonders gut Italienisch gesprochen, ihm war Deutsch immer lieber.«

»Hat er sich mit bestimmten Leuten getroffen?«

»Muss ich überlegen. Natürlich hat er regelmäßig mit Josip Mahnič und Karl Schwendtner in der Werkstatt gearbeitet. Ingenieur Lainer hat großartige Boote entworfen und er war auch ein hervorragender Handwerker. Die drei haben Boote gebaut, um die uns andere Vereine beneiden. Ein paar ihrer Boote haben sie auch verkauft. Wobei ich der Meinung bin, dass sie zu wenig Geld verlangt haben. Die Boote sind etwas wert. Die soll man nicht verscherbeln. Aber auf Geld war Ingenieur Lainer nicht aus.«

»Hat er in den letzten Wochen oder Monaten etwas über einen Grafen gesagt?«, fragte Bruno ins Blitzblaue.

Potoschnig dachte eine Weile nach, dann schüttelte er den Kopf. »Nein, von einem Grafen hat er in meiner Gegenwart nicht gesprochen. Prost, Herr Inspector. Na, das ist ein edles Tröpfchen, nicht wahr?«

Bruno hob das Glas und stieß mit Potoschnig an. Er spürte die beiden Gläser bereits, nach dem dritten würde er für heute Schluss machen. Die beiden Männer tranken und stellten die Gläser ab.

Potoschnig wischte sich über die Lippen, dann schien ihm etwas einzufallen. Er hob den Zeigefinger. »Wenn ich mich recht erinnere, hat Ingenieur Lainer mal etwas von einer russischen Gräfin zu Josip gesagt. Oder war es ein anderer? Das weiß ich nicht mehr so genau. Und worum es gegangen ist, weiß ich auch nicht mehr, ich habe nur ein paar Bruchstücke der Unterhaltung aufgeschnappt. Ja, jetzt erinnere ich mich wieder, er hat etwas von einer Gräfin erzählt.«

»Es ging um eine Russin?«

»Soweit ich mich erinnere.«

Bruno dachte an Lainers Notizbuch. Könnte der Mann mit dem Eintrag »Graf.« etwa eine Gräfin gemeint haben und nicht einen Grafen? Das musste er prüfen. Bruno leerte mit einem schnellen Schluck das Weinglas und erhob sich.

Potoschnig schaute Bruno überrascht an. »Ist Ihnen jetzt etwas eingefallen, Herr Inspector?«

»Allerdings. Ich muss los. Vielen Dank für die Unterhaltung und den Wein. Ein wirklich guter Tropfen.«

Potoschnig erhob sich, seine Wangen waren vom Wein sichtlich gerötet. »Ich begleite Sie noch zur Tür. Dann sperre ich ab, es ist ja niemand mehr hier. Und habe ich es Ihnen nicht gesagt? Ein Glas Wein und man kann wieder klar denken.«

»Das haben Sie tatsächlich gesagt und es stimmt. Vielen Dank, Herr Potoschnig.«

Der Hausmeister nahm einen Schlüssel vom Brett und folgte Bruno über den Landsteg zum Ausgang des eingezäunten Areals. Der Steg führte an der Küstenlinie entlang, an ihn schlossen zwei ins Meer ragende Bootsstege an. Vor den Bootsstegen hingen fünf Bojen im Wasser, die das Gebiet der Marina des Bootshauses absteckten.

»Diese verflixte Boje. Ich muss das blöde Ding aus dem Wasser ziehen und reparieren.«

»Was meinen Sie, Herr Potoschnig?«

»Sehen Sie diese Boje dort? Seit ein paar Tagen hängt eine von ihnen tief im Wasser. Wahrscheinlich ist der Schwimmkörper undicht und läuft langsam voll. Wenn ich am Montag die Boote ins Haus bringe, muss ich das Ding einholen und reparieren. Wenn es bis dahin nicht abgesoffen ist.«

Sie gingen weiter zum Tor, Bruno verabschiedete sich und

Potoschnig versperrte das Tor. Mit ausgreifenden Schritten marschierte Bruno stadteinwärts. Hielt sich eine russische Gräfin in Triest auf? Das würde sich herausfinden lassen. Und wenn ja, warum hatte Lainer von ihr gesprochen?

～☙～

Im Schutz der einbrechenden Dunkelheit flanierte Jekaterina gemächlich an der Küstenlinie entlang. Sie war diesmal nicht bis zum immer wieder sehenswerten Castello di Miramare gegangen, das sich in überaus reizvoller Lage über dem Meeresufer erhob. Zweimal war sie dort bei Empfängen zu Gast gewesen und hatte die Innenräume und den Ausblick von den Balkonen auf den Golf von Triest bewundern können. Am heutigen Tag hatte sie weder Zeit noch Veranlassung und schon gar nicht die passende Garderobe, um das Castello zu besuchen. Jekaterina hatte sich in die Kleider gehüllt, die sie schon vor Monaten auf dem Trödelmarkt gekauft hatte. Diesmal trat sie nicht als alte Straßenverkäuferin auf, sondern als Kleinbürgerin, die abends einen Spaziergang unternahm. Hut, Mantel, Kleid und Schuhwerk hatten schon die eine oder andere Besitzerin gesehen, waren schlicht, aber immerhin nicht zerschlissen oder stark abgetragen. Mit dieser Kleidung gelang es Jekaterina, sich unauffällig unter die Menschen zu mischen. Sie schaffte es vortrefflich, sich durch Schminke und Frisur unansehnlich zu machen. Menschen, die sie in ihrer standesgemäßen Bekleidung mit Kaskaden von Komplimenten übergossen, bemerkten sie in diesem Aufzug auf der Straße nicht. Die Kunst der Verkleidung und der Tarnung hatte sie von ihrem Ehemann erlernt, der ein Meister darin war.

Sie war mit der Tram in den Norden der Stadt gefahren, dort, wo sich zwischen dem Meeresufer und den steil ansteigenden, dicht bewaldeten Hängen nur ein schmaler Küstenstreifen befand und der Vorort Barcola lag. Gustav hatte ihr vom Ruderverein erzählt, von den Segel- und Ruderbooten, von den Regatten, die hier ausgetragen wurden, und er hatte von den Rennbooten berichtet, die er entworfen und mit zwei sehr fähigen Handwerkern gebaut hatte. Jekaterina hatte es gemocht, wenn er davon erzählt hatte, denn dann hatte sein ansonsten doch eher phlegmatisches Gemüt ein wenig Feuer gefangen, dann hatte er Leidenschaft gezeigt. Sie hatte stets interessiert den Geschichten über seine Boote gelauscht, während das Gejammer über die Monotonie seiner Arbeit in der Werft kaum zu ertragen war.

Jekaterina überlegte, wie sie es schaffen sollte, in das mittlerweile stille Bootshaus zu kommen. Sie war sich sicher, dass sie den Hausmeister, den sie eine halbe Stunde lang beobachtet hatte, mit nur einem Lächeln um den Finger wickeln konnte, aber eigentlich war sie bemüht, in ihrer Verkleidung so wenigen Menschen wie möglich unter die Augen zu treten.

Sie stand in Sichtweite des geschlossenen Tors im Schatten einer Pinie. Das Areal des Bootshauses lag etwas abseits der Wohnhäuser des Vorortes. Jekaterina ärgerte sich darüber, dass sie in Triest andauernd gezwungen war, zu improvisieren. Ja, sie war nicht schlecht darin, aber auf Dauer war es anstrengend, allein und ohne Sicherheitsnetz zu arbeiten. Und dass Oberst Schubnikow ihr eine Hilfe sein könnte, glaubte sie nicht.

Jekaterina schreckte aus ihren Gedanken hoch. Das Tor öffnete sich. Zwei Männer traten hinaus, der eine war der Hausmeister, das erkannte sie trotz der schlechten Lichtverhältnisse. Die beiden sprachen noch ein paar Worte und verabschiedeten sich voneinander. Der Hausmeister schloss ab, der andere rückte seinen Hut zurecht und marschierte los. Er näherte sich. Jekaterina hielt den Atem an.

Wieso kam ihr der Mann bekannt vor?

Ohne sie in ihrem Versteck zu bemerken, ging er an ihr vorbei in Richtung der Hauptstraße. Ihr Puls hämmerte. Verflixt, wo hatte sie diesen Mann schon einmal gesehen? Intuitiv wusste sie, dass die Antwort auf diese Frage wichtig war. Woher?

Der Mann am Fenster!

Sofort machte sich Jekaterina auf den Weg und nahm die Verfolgung auf.

Ja, es war der Mann, den sie am Fenster der Polizeidirektion gesehen hatte. Sie war sich jetzt sicher. War das der Mann, den Baumberg in der Polizeidirektion aufgesucht hatte? War das der Polizist, der den Tod Gustav Lainers untersuchte? War sie nach den zähen Stunden und der mühsamen Suche nach Anhaltspunkten plötzlich und unverhofft vorangekommen?

Wer war der Mann? Das galt es herauszufinden. Vorausgesetzt, sie schaffte es, an ihm dranzubleiben. Jekaterina ächzte. Er schien normal zu gehen, aber sie konnte kaum Schritt halten. Sie mühte sich, ihm hinterherzueilen. Jekaterina fluchte, denn der Mann ging an der Straßenbahnhaltestelle vorbei, einfach geradeaus weiter in Richtung Stadt.

Nach zehn Minuten kapitulierte sie. Dieses Tempo konnte sie mit diesen Schuhen unmöglich halten. Noch so ein Sportsmann. Wie Gustav. Jekaterina hatte bewundert, wie schnell und ausdauernd er hatte laufen können.

Gemächlich steuerte sie die nächste Haltestelle an. Sie wartete auf die Tram, stieg ein, kaufte eine Fahrkarte und ließ sich auf einen freien Sitzplatz sinken. Jekaterina musste herausfinden, wer dieser Mann war. Unbedingt.

~ ⚭ ~

Diesmal schaffte Bruno es, knapp vor neun Uhr das Haus in der Via Pietro Kandler zu betreten, also noch bevor der Hausmeister das Haustor versperrte. So brauchte er seinen Dietrich nicht zu verwenden, was an diesem Abend möglicherweise aufgefallen wäre. Vor dem Gasthaus an der Ecke standen einige Männer und unterhielten sich. Bruno stapfte die Treppe hoch und klopfte an die Tür. Fedora öffnete.

»Guten Abend«, grüßte er und nahm den Hut ab.

Fedora schaute sich am Gang um. »Hat dich jemand gesehen?«

»Ich bin im Stiegenhaus niemandem begegnet.«

»Komm herein. Hast du Hunger?«

»Ich könnte noch einen Happen vertragen.«

Fedora nahm Bruno Hut und Mantel ab. »Es ist noch eine Portion Polenta cipollata übrig.«

Aus dem Kinderzimmer hörte er die Stimmen von Ludovico und Rudolfo. »Wenn ihr alle schon gegessen habt, nehme ich den Teller sehr gern.«

»Hast du wieder den Tag über nichts gegessen?«

»Nicht viel.«

»Kaum bist du wieder im Dienst, arbeitest du rund um die Uhr.«

Bruno setzte sich an den Küchentisch. »Nun, die letzten Tage waren fordernd. Aber ich freue mich, dass ich wieder gebraucht werde, dass ich etwas zu tun habe und dass meine Arbeit geschätzt wird.«

»Guten Abend, Signor Zabini.«

Bruno schaute zur Wohnzimmertür, wo sich Ludovico und Rudolfo aufgebaut hatten. »Guten Abend, Signori.«

»Sie haben ja doch verraten, dass wir Karten gespielt haben«, stieß Ludovico anklagend hervor.

»Aber nur, weil ihr euch gegen mich verschworen habt und ich pausenlos verloren habe«, konterte Bruno schmunzelnd.

»Sie haben aber versprochen, Mama nichts zu sagen.«

»Moment, versprochen habe ich es nicht. Ich habe in den Raum gestellt, dass ich von einem Bericht absehen könnte.«

Die beiden Buben schauten Bruno eine Weile an.

»Ihr Erwachsenen seid komisch«, sagte Rudolfo, und dann verschwanden die beiden wieder in ihrem Zimmer.

Fedora seufzte. »Siehst du, Bruno, diese Strolche werden mit jedem Tag frecher. Bald weiß ich nicht, wie ich sie im Zaum halten soll.«

»Soll ich ihnen den Hintern versohlen?«, fragte Bruno mit ironischem Tonfall.

Fedora servierte den Teller Polenta und setzte sich zu ihm an den Tisch. »Das wird nicht viel nutzen.«

»Schönen Dank«, sagte Bruno und griff zum Löffel.

»Kannst du mir noch einmal Geld leihen?«

»Wofür?«

Fedora zeigte auf den bei der Tür stehenden Koffer, der Bruno schon aufgefallen war. »Ich habe zwei Kleider mitgenommen, die ich bis Montag ändern muss. Im Theater steht zwar eine Nähmaschine, aber wenn ich eine im Haus hätte, könnte ich die meiste Zeit hier arbeiten. Dann wären die Buben nicht so oft allein und ich könnte die Hausarbeit mit dem Nähen besser vereinbaren.«

»Das klingt vernünftig.«

»Ich habe heute Nachmittag eine fast neue Singer bei Signor Mandelbaum gesehen. Er hat versprochen, sie ein paar Tage für mich zu reservieren, aber nicht sehr lange, denn es gibt mehrere Interessenten.«

»Mit einer Singer kannst du bestimmt viele Jahre arbeiten. Die sind robust.«

»Ich zahle dir das Geld in Raten zurück.«

»Wie viel brauchst du?«

»Einhundertfünfzig Kronen.«

»Gut, du erhältst das Darlehen. Am Montag gehe ich zur Bank.«

»Ohne Luises und deine Hilfe wäre ich verloren. Vielen, vielen Dank.«

Bruno schluckte einen Happen Polenta. Er kniff die Augen zusammen, hielt die Luft an und starrte in eine Ecke.

Fedora war verwundert. »Was geht dir jetzt wieder durch den Kopf?«

»Es geht um einen Fall.«

»Das habe ich befürchtet.«

»Gustav Lainer hat vor vier Jahren in Mandelbaums Eisenhandlung Ketten gekauft.«

»Wer ist Gustav Lainer? Was für Ketten?«

»Das war hochwertiges Eisen, das unter Wasser kaum Rost ansetzt. Mit den Ketten hat Lainer die Bojen vor der Marina am Boden befestigt. Die Bojen waren Lainers Idee.«

»Bruno, wovon redest du?«

Bruno sprang hoch und fasste Fedora an den Schultern. »Du bist genial, Fedora! Das war ein großartiger Hinweis. Vielen Dank. Ich muss sofort los.«

Fedora erhob sich, während Bruno in den Mantel schlüpfte. »Lässt du mich jetzt einfach so sitzen?«

»Wie bitte? Was? Nein, nicht sitzen, ich muss laufen. Es tut mir leid, aber ich muss das überprüfen. Guten Abend, meine Liebe. Ich komme morgen. Oder übermorgen. So bald als möglich.« Bruno drückte Fedora einen Kuss auf die Lippen, verließ die Wohnung und eilte die Treppe hinab.

❧

Alexander Schubnikow steckte sich eine Zigarette an, entflammte sie und sog den Rauch ein. Stille hatte sich über das Hinterland der Baia di Muggia gelegt. Er schaute hinauf zum bedeckten Himmel. Jedes Wetter war hier möglich, strahlender Sonnenschein, schwerer Regenfall, ein Sturm, eine Flaute, nur eines nicht: Frost. Kein Wunder, dass diese Italiener und Österreicher so schwache Menschen waren, geradezu verweichlichte Völker. Frost stählte den Menschen und brachte ein starkes Volk hervor. Sogar die slawischen Völker, die sich in dieser Weltgegend angesiedelt hatten, waren über die Jahrhunderte schwach geworden. Die Slowenen und Kroaten waren zum Katholizismus übergelaufen, das zeigte klar den dekadenten Einfluss Roms. Die Serben und Bulgaren waren orthodox geblieben, das ließ Schubnikow hoffen, dass die panslawistische Bewegung die südlichen Völker stärken könnte. Wenn nur endlich in Sankt Petersburg die Anhänger des verweichlichten Westens auf Linie gebracht werden würden.

Schubnikow klemmte die Zigarette zwischen die Lippen und füllte sein Glas. Man bekam hier keinen ordentlichen Wodka, aber der Sliwowitz war nicht übel. Er hatte den Männern zwei Flaschen gebracht und sich selbst eine genommen. Etwas Erholung nach dem ersten echten Arbeitstag.

Schubnikow hörte Schritte hinter sich. Die Männer saßen in der Stube, rauchten und tranken, er hatte sich hinter das Haus in den Garten gesetzt.

»Herr Oberst, darf ich näher treten?«

»Galkin, nehmen Sie sich einen Stuhl und setzen Sie sich zu mir. Haben Sie Ihr Glas dabei?«

»Nein, das steht drinnen. Ich habe für heute genug getrunken.«

»Dann nehmen Sie wenigstens eine Zigarette.«

»Gerne.«

Schubnikow zog das Etui aus seinem Mantel und klappte es auf. Galkin nahm eine Zigarette und rieb ein Streichholz an. Die beiden Männer saßen ein Weilchen schweigend nebeneinander.

»Also, Galkin, was wollen Sie mir sagen?«

Der Mann Anfang dreißig nahm einen tiefen Zug und räusperte sich. »Herr Oberst, ich weiß, wir haben hier einen vaterländischen Auftrag zu erfüllen, der unseren unabdingbaren Einsatz fordert.«

Schubnikow schaute seinen Adjutanten schmunzelnd von der Seite an. »In Ihrem Satz fehlt noch etwas, Galkin. Es fehlt das *Aber*. Raus mit der Sprache.«

»Aber war es wirklich sinnvoll, ohne zwingende Notwendigkeit so drastisch vorzugehen? Die Lage in der Stadt scheint merkwürdig angespannt zu sein, dennoch friedlich und geordnet. Meiner Meinung nach war das ein sehr offensiver Schritt.«

Schubnikow kippte amüsiert das Glas, der Schnaps brannte herrlich in der Kehle. »Ich wäre enttäuscht von Ihnen gewesen, Galkin, wenn ich diese Diskussion nicht auch hier in Triest führen müsste. Wir haben sie bei jedem Einsatz geführt, es ist eine lieb gewordene Tradition.«

»Sind Sie verärgert, Herr Oberst?«

»Ich wäre verärgert, wenn Sie mir Ihre Meinung nicht sagen würden.«

»Ich fürchte, dass die Beseitigung des Japaners einen Brand entfachen könnte.«

»Galkin, ich bin kein Feuerwehrmann, der Brände löscht, ich bin auch kein feinsinniger französischer Poet, kein preußischer Hampelmann oder österreichischer Walzertänzer, ich bin russischer Soldat. Ich verstehe mich auf das Handwerk des Krieges, die Männer verstehen sich darauf, Sie selbst, Galkin, verstehen sich darauf, deswegen sind wir hierher abkommandiert worden. Und diesen Mann zu seinen ehrwürdigen Ahnen zu schicken, war absolut notwendig. Die japanischen Hunde haben bei Port Arthur und vor der Insel Tsushima Russland gedemütigt. Wir haben für unsere gefallenen Kameraden zu Land und zur See Rache genommen. Haben Sie die Leiche verschwinden lassen, so wie ich befohlen habe?«

»Jawohl, Herr Oberst.«

»Gut, damit ist die Sache erledigt.«

»Wir wissen noch nicht genau, wie stark unsere Gegner sind.«

»Nun, eine Partei haben wir mit einem Schlag ausgeschaltet. Amüsant, wie gesprächig dieser biedere Ingenieur geworden ist.«

»Dennoch müssen wir auf der Hut sein.«

»Galkin, im Krieg zu stehen, heißt in jeder Sekunde des Tages auf der Hut zu sein. Das müssten Sie längst wissen.«

»Jawohl, Herr Oberst, das weiß ich.«

»Wollen Sie noch etwas anmerken?«

»Nein, Herr Oberst, alles wurde gesagt.«

»Gut, dann können Sie wegtreten.«

∽◦∾

Er schaute sich um. Rundum lag Stille und Dunkelheit. Eine mäßige Brise strich über die Küstenlinie. Der Bretterzaun rund um das Bootshaus des Rudervereins Hansa war mannshoch. Bruno stand vor dem verschlossenen Tor, stellte den Koffer ab und prüfte das Hindernis. Dann zog er den Mantel aus und warf ihn, den Hut und den Koffer über die Bretter, nahm etwas Schwung und hievte sich darüber. Er stieg ein wie ein gemeiner Einbrecher, geisterte es durch seinen Kopf. Bruno hob seine Sachen auf und tastete sich vorsichtig weiter. Wolken bedeckten den Himmel und ließen nicht einmal das Mondlicht durch. Nach ein paar Schritten kam er zum Bootshaus. Glucksend schlug leichter Seegang gegen die Pfeiler der Stege, aus der Ferne hörte er den Ruf einer Eule. Mit leisen Schritten umrundete er das Gebäude und kam zu den Wohnräumen des Hausmeisters. Die Fenster waren finster, Bruno lauschte an der Tür. Stille. Potoschnig schlief offenbar tief und fest. Bruno vermutete, dass der Mann noch einen Schlummertrunk genommen hatte. Er umrundete das Haus erneut und kam zu den Stegen. Zwei Segelboote und drei Ruderboote waren festgemacht. Er ging bis an das Ende und blickte hinaus auf die schwarze Wasserfläche. Zum Glück blies kein Sturm und das Meer war kaum aufgewühlt. Bruno sah um sich, legte Mantel und Hut ab und stieg mit dem Koffer in ein Ruderboot. Kraftvoll stieß er sich ab und setzte sich an die Riemen. Mit ein paar Ruderschlägen erreichte er die Boje. Erst nach dem dritten Versuch gelang es ihm, den Eisenring am oberen Ende zu fassen und das Boot anzuleinen.

Er hielt die Hand ins Wasser. Die Adria war der Jahreszeit entsprechend kühl. Bruno überlegte fieberhaft seine Möglichkeiten. Wenn die Boje mit einer Schraube an der Kette befestigt war, würde es schwierig sein, sie zu lösen. Dazu würde er einen passenden Schraubenschlüssel benötigen. In seiner Kommissionstasche befanden sich einige Werkzeuge, Schraubenschlüssel verschiedener Größen gehörten nicht dazu. Immerhin hatte er eine kleine Metallsäge dabei, aber unter Wasser eine massive Kette zu zersägen, war nur unter größter Anstrengung möglich. Egal, jetzt war er schon hier. Er öffnete den Koffer und legte die Taschenlampe, die Zange, die Säge, den Hammer und den Schraubenzieher bereit.

Mit schnellen Griffen entledigte er sich seiner Schuhe und Socken und entkleidete sich bis auf die Unterhose. Er bekam Gänsehaut wegen der Kälte. Kräftig rieb er seine Hände an den Oberarmen und Oberschenkeln, dann ließ er sich über die Bordwand in das Wasser gleiten.

Er holte tief Atem und tauchte unter die Boje. Zwar hielt er seine Augen offen, aber in der Dunkelheit konnte er nichts erkennen. Er tastete nach dem Verbindungsstück zwischen der Kette und dem metallenen Hohlkörper der Boje. Vor Freude hätte er aufschreien wollen, die Boje war mit einem Bolzen befestigt, der mit einem einfachen Splint gesichert war. Er versuchte, diesen mit der Hand zu lösen, was nicht gelang, also tauchte er auf, zog sich an der Bootswand hoch und griff nach der Zange. Wieder holte er tief Luft und glitt hinab.

Mit der Zange versuchte er, den Splint abzuziehen, indem er kräftig daran rüttelte. Das rostige Stück Metall brach und rutschte aus der Bohrung. Bruno zog den Bolzen aus den Ösen und die Kette versank in der schwarzen Tiefe. Die Boje war gelöst.

Bruno schwamm an die Wasseroberfläche, schnappte nach Luft und kraulte zum Boot. Vor Kälte schlotternd zog er sich über die Bordwand und griff nach seinem Unterhemd, das als Handtuch herhalten musste. So gut es ging, rieb er sich die Feuchtigkeit von der Haut und aus dem Haar. Er bekleidete sich schnell, dann ruderte er mit der Boje im Schlepp zurück und machte das Boot fest. Er musste gehörig Kraft aufbieten, um die Boje zuerst aus dem Wasser und dann auf den Steg zu heben. Seine Kommissionstasche folgte, dann kletterte er hoch. Schwer atmend schlüpfte er in den Mantel und setzte den Hut auf. Er rollte die weiß lackierte Tonne über den Steg und dann weiter bis hinter ein Gebüsch. Irgendetwas befand sich im Inneren des Hohlkörpers, das war beim Rollen unverkennbar zu hören. Hinter dem Gebüsch versteckt, ging er daran, mit seinem Werkzeug die kleinen Schrauben zu lockern, mit denen der Deckel auf dem Fass befestigt war. Zum Glück wohnten hier keine Nachbarn in unmittelbarer Nähe, und Hausmeister Potoschnig schlief tief und fest. Bruno hob den Deckel ab und leuchtete in das Innere.

Ein gelb umhülltes Paket lag darin.

Er hob es heraus. Die Hülle des Paketes war aus Öltuch, also aus mit Gummi beschichtetem Leinen wie die dauerhaft wasserfeste Regenkleidung der Seeleute. Eine Plane aus Öltuch war mit Schnüren straff um eine Kiste gewickelt. Bruno klappte sein Taschenmesser auf und zerschnitt die Schnüre. Dann entfernte er das Öltuch. Das Gewicht der

Blechkiste war beträchtlich und sie war eindeutig gefüllt. Wegen ihres Gewichtes hatte die Boje tiefer im Wasser gelegen. Bruno beleuchtete die Blechkiste, die allein sehr guten Schutz vor eindringendem Wasser geboten hätte. Aber irgendjemand hatte die Blechkiste sorgfältig in das Öltuch gewickelt, wodurch der Inhalt sicher vor Nässe geschützt war. Die Person hatte sich das genau überlegt und gewissenhaft gearbeitet.

Bruno schaute sich noch mal um. Niemand war in der Nähe. Er war allein, also öffnete er die Blechkiste.

Sieben Aktenumschläge lagen darin.

Bruno blätterte einen Umschlag auf.

Ein ganzer Stapel an technischen Zeichnungen. Brunos Puls hämmerte. Von der Kälte spürte er nichts mehr, im Gegenteil. Er hatte nun keine Zweifel, dass Gustav Lainer hier gestohlenes Geheimmaterial versteckt hatte. Wie hoch war die Wahrscheinlichkeit, dass irgendjemand dieses Versteck finden würde? Verschwindend gering. Ein fast perfekter Plan.

Bruno stapelte die Aktenumschläge am Boden und schnürte sie zu einem Paket.

Deswegen also war der STT zum militärischen Sperrgebiet erklärt worden. Hinter diesen Aktenumschlägen war Leopold von Baumberg her. Jagten Agenten anderer Staaten ebenfalls danach? Und was hatte es mit der russischen Gräfin auf sich? Fragen über Fragen.

Bruno verwischte seine Spuren. Das zusammengerollte Öltuch und die zerschnittenen Schnüre packte er zurück in die Blechkiste. Mit dem Stemmeisen bohrte er mehrere Löcher in die Kiste, dann schloss er sie und hievte das Ding wieder in die Boje. Sowohl die Boje als auch den Deckel der Boje warf er am Ende des Stegs ins Wasser. Der Deckel versank sofort, die Boje samt Blechkiste lief mit Wasser voll und versank hernach. Das Meer war hier rund fünf Meter tief, niemand würde jemals die Metallteile entdecken. Potoschnig und der gesamte Turnverein würden denken, dass die offenbar undichte Boje über Nacht gesunken war.

Bruno verwischte an der Stelle hinter dem Gebüsch alle Anzeichen seiner Anwesenheit. Wenig später schleppte er seinen Tatortkoffer und sieben Aktenumschläge fort. Er schaute auf seine Armbanduhr. Mittlerweile war es halb zwölf. Knapp nach Mitternacht würde er zu Hause sein. Mit gefährlicher Fracht.

Sonntag,
10. November 1907

HEIDEMARIE ZABINI WARF drei Holzscheite in den Ofen. Das ehemalige Bauernhaus, das ihr Ehemann Salvatore vor fünfundzwanzig Jahren vollständig hatte renovieren lassen, war für zwei Personen mehr als ausreichend groß. Wobei ihr Sohn Bruno ja nur zwei Kammern im hinteren Teil des Hauses mit eigenem Eingang bewohnte. Salvatore Zabini hatte den ehemaligen Stall zu einer Dienstbotenwohnung ausbauen lassen. Nach seinem frühen Tod hatte Heidemarie der Hausmagd gekündigt. Sie allein benötigte kein Personal. Dann aber hatte Bruno seine kleine Wohnung in der Stadt aufgegeben und war wieder in das Haus am Stadtrand gezogen. So lebten Mutter und Sohn unter einem Dach. Das war für Heidemarie vorteilhaft, denn wann immer eine Lieferung Brennholz kam oder wenn im Haus etwas zu reparieren war, konnte sie auf seine Mithilfe zählen. Nicht immer sofort, sein Beruf beanspruchte viel Zeit und manche Tage kam er gar nicht oder irgendwann spätnachts nach Hause, aber sobald es möglich war, packte Bruno im Haus an.

Heidemarie goss Milch aus der Kanne in den Topf, stellte diesen aber noch nicht auf die Herdplatte. Ihr Frühstück bestand in der Regel aus einer Tasse warmer Milch und einem Stück Brot. Selten trank sie zum Frühstück Kaffee. Als junges Mädchen war sie im Dienst der Gräfin Windischgrätz nach Triest gekommen und hatte den um zwölf Jahre älteren Beamten Salvatore Zabini kennengelernt. Salvatore hatte sich unsterblich in sie verliebt und um ihre Hand angehalten, so war sie aus dem Wiener Stadtteil Gumpendorf, wo sie aufgewachsen war, nach Triest gekommen. Nun lebte sie seit fast vierzig Jahren an der Adria und war innerlich längst zur Triestinerin geworden.

Ihre deutsche Muttersprache hatte sie kultiviert und an ihre beiden Kinder weitergegeben, das Italienische sprach sie nach den vielen Jahren akzentfrei. Ihr Sohn hatte sich bislang nicht binden wollen, also hatte es an ihrer Tochter Maria gelegen, ihr drei Enkel zu schenken. Wann immer es ging, verbrachten die Kinder Zeit bei ihrer Großmutter im Grünen. Und ihr Schwiegersohn Teodoro war seiner Frau nicht nur ein liebender Ehemann und seinen Kindern ein treu sorgender Vater, sondern er genoss auch die Wiener Küche und ließ daher selten eine Gelegenheit aus, am Sonntag zum Essen zu kommen. Auch an diesem Sonntag würden Teodoro, Maria und die Kinder nach der Messe mit der Localbahn nach Cologna fahren. Heidemarie hatte im Großmarkt erstklassige Beiriedschnitzel gekauft, mit denen sie Zwiebelrostbraten zubereiten würde, dazu würde es Bratkartoffeln geben, und für den Nachtisch hatte sie gestern Nachmittag schon Apfelstrudel gebacken. Heidemarie liebte es, an Sonntagen groß aufzukochen, wochentags beschied sie sich ohnedies mit einfacher Kost. Mit Stolz erfüllte sie der Umstand, dass ihre Tochter ihre drei Kinder ebenfalls zweisprachig erzog und auch Teodoro seine Kenntnisse des Deutschen im Alltag perfektioniert hatte. So war es zur Tradition geworden, am festlich gedeckten Sonntagstisch Deutsch zu sprechen.

Während das Holz im Küchenherd Feuer fing, wollte sie den Nachttopf leeren und dabei gleich nachsehen, ob Bruno im Haus war. Dass er jahrelang ein Verhältnis mit Fedora Cherini unterhalten hatte, hatte sie nur schwer tolerieren können, und natürlich war das passiert, wovor Heidemarie sowohl ihren Sohn wie auch Fedora gewarnt hatte, das Verhältnis war aufgeflogen und die Ehe der Cherinis war zerstört. Heidemarie hatte das Chaos lange im Voraus kommen sehen und war nicht überrascht gewesen. Ein Verhältnis mit einer verheirateten Frau gehörte sich einfach nicht. Sie waren keine verlotterten Adeligen, bei denen solche Zustände gang und gäbe waren. Immerhin kümmerte er sich um Fedora und ihre beiden Söhne. Das versöhnte Heidemarie mit ihrem Sohn.

Ja, Heidemarie hatte Fedora sofort gut leiden können, als sie vor über vier Jahren zu den monatlich stattfindenden Bücherkränzchen dazugestoßen war. Man merkte es Fedora an, dass sie eine Frau mit Feuer war, mit hellem Verstand und großer Energie. Bei den Gesprächen des Bücherkränzchens, das in Heidemaries Haus bei Kaffee und Kuchen eine kleine Schar von Damen des Bürgertums zusammenführte, waren Fedoras überraschende Einfälle und hintergründige Witze aufgefallen. Heidemarie hatte recht bald herausgefunden, dass Fedora nicht nur für angeregte Konversation über interessante Bücher in ihr Haus kam, sondern dass sie nach Auflösung der Versammlung noch das eine oder andere Stündchen im Hinterhaus verbrachte. Ja, Fedora war ein lasterhaftes Weib, und Bruno hatte das schamlos ausgenutzt. Oder umgekehrt? Bruno war lasterhaft und Fedora hatte es ausgenützt? Nun, die beiden hatten die Rechnung für ihre Sündhaftigkeit erhalten. So dachte Heidemarie, ganz so, wie sie es von ihrem Ehemann Salvatore gelernt hatte. Sie war ihm immer eine gute und vor allem treue Ehefrau gewesen, sie hatte sich an Anstand und Moral gehalten. Das war die eine Seite. Auf der anderen Seite bewunderte sie Fedora für ihren Freiheitswillen, für ihre Furchtlosigkeit und ihre Wollust. Aber natürlich würde sie diese Seite der Medaille ihrem Sohn gegenüber nicht zur Sprache bringen.

Heidemarie zog eine Strickweste über und trat vor das Haus. Den Nachttopf entleerte sie wie üblich beim Komposthaufen hinter den Gemüsebeeten. Heidemarie Zabini hatte zwei Leidenschaften, die ihr das Leben wertvoll machten, das eine war das Lesen guter Bücher, das andere die Gartenarbeit. Auf dem Markt kaufte sie Brot, Milch, Käse, Fleisch und Fisch, mit dem Gemüse ihrer Beete kamen sie und Bruno in der Regel durch das ganze Jahr. Auch in diesem Sommer und Herbst hatte sie eine reiche Ernte eingebracht, die Vorratskammer war gut gefüllt.

Die Vorhänge im Hinterhaus waren zugezogen, aber durch einen Spalt drang Licht aus Brunos Stube. War er so früh schon wach? An einem Sonntag, wo er normalerweise sich kaum vor acht aus dem Bett erhob? Oder hatte er gestern Abend die Lampe nicht gelöscht? Das wäre sehr untypisch für ihn, dachte Heidemarie, erstens lehnte er Verschwendung ab, zweitens barg eine unbeaufsichtigte Petroleumlampe immer auch ein Brandrisiko. Heidemarie stellte den Nachttopf vor ihre Haustür, umrundete das Gebäude und klopfte an Brunos Tür.

Sie wartete.

»Mutter, bist du es?«

»Ja, natürlich, ich bin es. Du bist also schon wach?«, sagte Heidemarie und griff nach der Türklinke. Bruno hatte abgesperrt.

»Gibt es irgendetwas? Brauchst du etwas von mir?«

Heidemarie war verwundert. »Willst du mich vor der verschlossenen Tür stehen lassen?«

Bruno öffnete die Tür einen Spalt. »Was ist los?«

Heidemaries Verwunderung wuchs. »Hast du Besuch? Ist Fedora da? Oder die Baronin? Eine neue Flamme etwa?«

»Nein, ich bin allein.«

»Und warum belagerst du die Tür wie ein ertappter Sünder?«

Bruno schlüpfte durch den Spalt, zog hinter sich die Tür zu und schaute sich nervös um.

»Bruno, warum bist du so beunruhigt? Was ist geschehen?«

Bruno schaute seine Mutter aus müden Augen an. »Ich kann dir nichts sagen.«

»Hast du die Nacht durchwacht?«

»Ja.«

»Du steckst in großen Schwierigkeiten, so viel verstehe ich von allein.«

»Mutter, zu deinem eigenen Schutz flehe ich dich an, keine Fragen zu stellen. Ja, es ist ernst. Das muss genügen.«

Heidemarie trat verstört einen Schritt zurück. »Gut, dann lasse ich dich in Ruhe. Ich wollte dich nur fragen, ob du zu Mittag hier bist. Maria kommt mit den Kindern.« Heidemarie verfolgte, wie Bruno auf seiner Unterlippe kaute, während er überlegte.

Er schaute auf seine Armbanduhr. »Nein, ich werde den ersten Zug nach Sistiana nehmen. Luise hat mich zum Nachmittagskaffee eingeladen.«

»Und da nimmst du den Frühzug?«

»Ich habe noch Dinge zu erledigen. Bitte grüße Maria und die Kinder von mir.«

»Kann ich am Dienstag auf deine Hilfe mit den Koffern rechnen?«

»Dienstag?«

»Hast du das vergessen? Ich steige am Dienstag in den Zug nach Wien und fahre zur Beerdigung von Tante Frieda.«

»Ja, genau, hast du gesagt. Ich würde dich gern nach Wien begleiten und erstmals die Hauptstadt besuchen, aber ich kann dieser Tage nicht fort aus Triest.«

»Hilfst du mir mit den Koffern oder soll ich einen Dienstmann beauftragen?«

Bruno verzog den Mund. »Besser du rufst einen Dienstmann.«

⌘

Der vielstimmige Klang des Gesangs verhallte im einschiffi-
gen Raum der großen Kirche. Langsam leerten sich die Bänke,
auch Erlinda Russo verließ die Chiesa di Sant'Antonio Nuovo.
Nur wenn sie krank war, versäumte sie die Sonntagsmesse.
So hatte sie es als Kind von ihrer streng katholischen Mutter
erlernt, der Sonntag war Kirchtag, ein Sonntag ohne Messe
war ein Sakrileg. Ihre Mutter hatte sich noch in den letzten
Wochen ihres Lebens zur Kirche geschleppt, um der Mess-
feier beizuwohnen. Da Russo nur wenige Straßen von der
größten katholischen Kirche Triests entfernt wohnte, nahm
sie stets hier an den Messen teil.

Kühler Wind pfiff vom Hafen durch die Häuserschlucht
am Canal Grande auf die Kirche zu. Erlinda Russo knöpfte
ihren Mantel zu. Mit dem altbekannten Gefühl von Langeweile, welches sich bei und nach Messebesuchen regelmäßig
einstellte, marschierte sie los. In jüngeren Jahren hatte sie sich
manchmal zweifelnde Fragen gestellt. Was war die katholische
Kirche wirklich? Was sollte sie von der spirituellen Autori-
tät des Papstes halten? Hatten die Materialisten recht, wenn
sie behaupteten, Gott wäre eine Erfindung der Menschen?
Mittlerweile hatte sie mit solchen religionskritischen Fragen
abgeschlossen. Es war ihr egal, ob es Gott gab oder nicht. Es
war einerlei, ob der Papst und die Bischöfe in Glaubensfra-
gen unanfechtbar waren. Und es war ihr mittlerweile gleichgültig, ob sie selbst gläubig war. Sie sprach Gebete, besuchte
die Messe und nahm die Kommunion, weil sie es so und nicht

anders erlernt hatte. Es fühlte sich einfach richtig an, der Tradition zu folgen. Und die regelmäßigen Kirchbesuche zeigten nach außen, dass sie eine gottgefällige italienische Frau war und sich verhielt, wie man es von ihr erwartete.

Sie sah den vierschrötigen Mann an der Straßenecke stehen. Und er sah sie. Erlinda Russos Puls beschleunigte mit einem Mal. Das war kein Zufall. Sie ließ sich äußerlich nichts anmerken und ging gemessenen Schrittes weiter.

Als sie an Koloman Vanek vorbeikam, nahm sie aus dem Augenwinkel wahr, wie der Mann seine Zigarette zu Boden warf und austrat. Er folgte ihr.

Russo bog um die Ecke in die Via di Vienna in Richtung der rechtwinkelig angelegten Straßen des Borgo Teresiano. An der Straßenkreuzung wartete Russo und ließ zwei Droschken an sich vorbeifahren.

Vanek trat neben sie. Also war ihre Tarnung aufgeflogen. War sie sich ihrer Sache zu sicher gewesen? Wie viele Österreicher waren noch postiert, um sie abzupassen? Kaum denkbar, dass Vanek in einer solchen Situation einen Alleingang machte. Sie bemerkte, dass er neben ihr war und sie breit angrinste. Sie schaute ihn bewusst nicht an.

»Der Herr Hauptmann wartet beim Leuchtturm auf Sie, Signora Russo. Lassen Sie ihn nicht lange warten«, flüsterte Vanek ihr auf Deutsch zu.

Als die Droschken vorbei waren, überquerte sie die Straße, während Vanek blieb und sie ungehindert gehen ließ. Russo dachte fieberhaft nach. Einer ihrer Männer war in der Nähe, damit rechnete sie, denn seit sie von der gespannten Lage in Triest Kunde erhalten hatte, waren alle ihre Leute auf den Beinen. Also würde die Kommandantur in Venedig im äußersten Fall unterrichtet werden. Außer Baumbergs Truppe hatte ihren Mann schon ausgeschaltet. Erlinda Russo wusste natürlich, dass sie keine andere Möglichkeit hatte, als der Aufforderung nachzukommen. Ein Kerl wie Koloman Vanek würde ihr, ohne mit der Wimper zu zucken, die Kehle fein säuberlich und gewissenhaft durchschneiden. Sie bog scharf links ab und marschierte zügig in Richtung Hafen. Sie brauchte nicht über die Schulter zu blicken, es war klar, dass Vanek ihr folgte.

Russo ging die Rive entlang, dann vorbei am Staatsbahnhof und betrat den Molo di Santa Teresa, an dessen Ende sich die hoch aufragende Lanterna befand. Sie umrundete den Turm. Wo war Baumberg? Der Hauptmann war nicht hier, also schaute sie zurück zum Molo. Dort stand Vanek und hielt wegen des Windes seine Melone fest. Eine Kutsche stoppte am Kai, ein Mann stieg aus. Sie erkannte Baumberg aus der Ferne. Es war völlig klar, dass die Österreicher eine Aussprache suchten und keinen Kampf, anderenfalls hätte man sie niemals an einen öffentlichen Platz wie diesen gelotst. Niemand im Hafen oder auf den Moli konnte plaudernde Menschen bei der Lanterna belauschen, aber alle konnten sie aus der Ferne sehen.

Russo wartete geduldig im Windschatten des Leuchtturms, bis Baumberg gemächlich den Molo entlangschritt und mit seinem Adjutanten noch ein paar Worte wechselte. Endlich näherte sich Baumberg. Russo bemerkte die ernste, gefasste Miene und die spähenden Augen des österreichischen Kommandanten.

Baumberg nahm höflich seinen Hut ab, trat vor und küsste ihre Hand. Er sprach Deutsch. »Gnädige Frau Russo, es ist mir ein ausgesprochenes Vergnügen, Ihre werte Bekanntschaft zu machen. Darf ich um die exquisite Ehre bitten, mich mit Ihnen zu unterhalten?«

»Herr von Baumberg, die Ehre ist ganz auf meiner Seite.«

»Wie liebenswürdig. Und vielen herzlichen Dank, dass Sie meiner, na ja, vielleicht etwas unkonventionellen Einladung gefolgt sind. Aber wie ich zuletzt in Erfahrung bringen konnte, sind Sie eine Dame, die unkonventionelle Methoden durchaus zu schätzen weiß.«

»Konventionen sind meiner Meinung nach ein sehr gutes Fundament der gesellschaftlichen Ordnung, doch der Freiheit des Geistes und manch neuer Idee sollte man sich niemals verschließen.«

Baumberg lächelte Russo erfreut an. »Ich habe mir schon gedacht, dass Sie Ihren hochinteressanten Beruf als Buchhändlerin auch ausüben, weil Sie eine besonders belesene und kultivierte Dame sind. Wie geht es im Übrigen Ihrem ehemaligen Vorgesetzten, dem Capitano?«

Russo verzog kurz den Mund. »Das entzieht sich meiner Kenntnis. Ich hoffe doch sehr, dass dieser Einfaltspinsel seiner eigentlichen Bestimmung gemäß irgendwo eine Jauchegrube leer schaufelt oder den Boden eines Kuhstalls fegt.«

Wieder ließ sich Baumberg ein Lächeln entlocken. »Spott gefällt mir. Aber ich muss sagen, ihre Worte überraschen mich auch etwas.«

»Es war eine Blamage für meine Heimat, mit welcher Leichtigkeit Sie diesem Mann das Handwerk gelegt haben.«

»Mag sein, gnädige Frau, aber das von Ihnen gespannte Netz, welches ich nur mit äußerster Mühe auffinden konnte, ist meiner bescheidenen Meinung nach definitiv dazu imstande, jedwede Reputation Ihres Heimatlandes wiederherzustellen. Und ich fürchte insgeheim, dass ich nur kleine Teile Ihres Netzes im Blick habe. Sie sehen mich, gnädige Frau, voller Hochachtung und Bewunderung vor Ihnen stehen.«

»Vielen Dank, Herr von Baumberg, Sie sind überaus freundlich.«

»So wurde ich erzogen. Höflichkeit ist eine Tugend. Vaterlandsliebe auch.«

Russo fixierte Baumberg direkt. »Ich habe mit dem Fall

Gustav Lainer nichts zu tun. Das ist doch die Frage, die Sie mir persönlich stellen möchten, Herr von Baumberg.«

Baumberg nickte theatralisch. »Ja, das ist die Frage, Sie haben diesbezüglich völlig recht. Aber ich weiß die Antwort längst.«

»Also, warum haben Sie mich hierher zitiert?«

Baumberg seufzte. »Das Verhältnis der Italiener und Österreicher war im letzten Jahrhundert durchaus kompliziert. Meine Güte, wie viele Schlachten sind geschlagen worden, wie viel Streit und Hader gab es? Jetzt aber, zu Beginn des zwanzigsten Jahrhunderts, sind unsere Länder Verbündete. Österreich-Ungarn steht zum Dreibund, also auch die k.u.k. Armee und Marine, meine Vorgesetzten und natürlich ich selbst. Dass zwei Nachbarländer einander vertrauen, ist lobenswert, aber ich habe absolut Verständnis, dass man das Vertrauen mit ein wenig Kontrolle und Wachsamkeit unterstützt.«

»Ich bin ganz Ihrer Meinung, Herr von Baumberg.«

»Sehr schön. Deshalb komme ich zum Kern meines Anliegens, welchen ich mit Ihrer Zustimmung Ihnen gerne nahebringen möchte.«

»Sehr gerne, Herr Hauptmann, ich bin ganz Ohr.«

»Sie wissen ja, wie Ihre Eröffnung von zuvor beweist, weswegen ich derzeit von Ungemach verfolgt werde.«

»So ist es.«

»Gut, also, da ich Grund zur Annahme habe, dass Sie, geehrte Spinne, und Ihre Spinnenkinder nichts mit dem Fall Lainer zu tun haben, bitte ich Sie um äußerste Zurückhaltung. Bitte tun Sie nichts! Ich beschwöre Sie! Sollte ich Grund zur Annahme haben, dass das Königreich Italien sich im Kampf um das verschollene Paket einmischt, am Ende sogar den Preis hochtreibt, dann werde ich meinen treuen Vanek anweisen, dass Sie und Ihre Leute nie wieder heiligen italienischen Boden betreten werden.«

Russo kicherte amüsiert in ihre Faust. »Herr von Baumberg, bitte verlieren Sie nicht die Contenance. Ich hatte bislang eine so hohe Meinung von Ihnen und Ihren Methoden. Eine derartige Drohung wirkt derb und deplatziert.«

Baumberg bewegte die rechte Hand abwägend. »Bestimmt haben Sie recht, aber ich muss leider zu harten Bandagen greifen und kann nichts dem Zufall überlassen. Gnädige Frau, bitte richten Sie Ihre werte Aufmerksamkeit auf das Hafenbecken. Sehen Sie die Dampfbarkasse, die eben unter Volldampf den Hafen verlässt.«

»Ja, ich sehe Sie.«

»Drei Ihrer Männer, die ich enttarnt habe, befinden sich an Bord dieses Schiffes. Sie werden an einen sicheren Ort gebracht. Sollten Sie meine Warnung ignorieren, ist das Schicksal der Männer besiegelt, sollten Sie aber freundlicherweise kooperieren, dann werden nach Überwindung der gegenwärtigen Probleme die Männer selbstverständlich wohlbehalten in Venedig abgesetzt. Allein deren weiteren Aufenthalt auf dem Boden Österreich-Ungarns kann ich nicht dulden.«

»Sie gehen geharnischt vor, Herr von Baumberg.«

»Ich bitte um Verständnis.«

»Das habe ich, selbstverständlich. Aber was ist mit mir?«

»Nun, Herr Staudinger ist ein ehrenhafter Geschäftsmann und ausgewiesener Fachmann auf dem Sektor des Buchhandels, ich bin felsenfest davon überzeugt, dass er Ihre erprobte Arbeitskraft in seinem wohl sortierten Laden nicht missen möchte.« Baumberg lüpfte noch einmal seinen Hut zum Gruß und trat einen Schritt zurück. »Gnädige Frau, ich wünsche Ihnen weiterhin einen angenehmen Sonntag. Guten Tag.«

Luise und Gisela Latini saßen warm bekleidet auf der Veranda beim Nachmittagskaffee. Die neununddreißigjährige Frau aus der unmittelbaren Nachbarschaft arbeitete seit sieben Jahren als Haushälterin in der Villa in Sistiana. Ihr Mann war selbstständiger Zimmermann, der bei vielen Neubauten oder Dachreparaturen in der Gegend hinzugezogen wurde. Signor Latini war ein sehr erfahrener Handwerker, der ganze Landkreis kannte und schätzte ihn. Er liebte seine Freiheit, deswegen arbeitete er nicht in einer Firma, aber er brauchte nie über mangelnde Aufträge zu klagen. Als die vier Kinder des Ehepaares halbwüchsig wurden, hatte Gisela Latini mit Zustimmung ihres Mannes die Stelle als Haushälterin übernommen. Ihr Haus lag rund eine halbe Stunde Fußmarsch von der Villa entfernt, sodass sie nicht eine Dienstbotenkammer bewohnte, sondern morgens und abends zu Fuß ging. Manchmal, wenn ihr Mann Zeit hatte, brachte er sie mit dem Einspänner. Gisela Latini war Luises Angestellte, sie wahrten den Standesunterschied, dennoch waren die beiden ungleichen Frauen so etwas wie Freundinnen geworden. Und genauso wie Luise mit ihrer Haushälterin Maria in ihrer Triester Stadtwohnung gemeinsam Kaffee trank, hielt sie es mit ihrer Haushälterin in Sistiana. Luise lauschte der Erzählung Signora Latinis, die über die Erlebnisse ihres ältesten Sohns berichtete, der in einer Tischlerei eine Lehre begonnen hatte, sie und Signora Latini beobachteten aber auch das bunte Treiben im Garten.

Knapp vor dem Mittagessen war zu Luises großer Freude Bruno erschienen, schnell hatte Signora Latini noch ein Gedeck aufgelegt und sie hatten gemeinsam Suppe und anschließend Braten gegessen. Luise hatte genau verfolgt, wie sowohl Grete als auch Gerwin den Gast mit großen Augen angesehen hatten. Nach dem Essen hatte Bruno vorgeschlagen, in der Scheune gemeinsam ein Steckenpferd zu basteln. Es war nur allzu offensichtlich, dass Gerwin sehr verschreckt war und nicht gewusst hatte, wie er auf den Vorschlag reagieren sollte. Erst als Luise das Kindermädchen und ihren Sohn ermuntert hatte, mit Signor Zabini mitzugehen, waren sie ihm gefolgt.

Zwei Stunden lang hatte Luise sich mit allerlei Alltäglichkeiten abzulenken versucht, aber immer wieder hatte sie am Fenster gestanden und zur Scheune hinübergeschaut. Mit viel Überwindung hatte sie sich zurückgehalten und nicht nach dem Rechten gesehen. Herr Doplicher, der Gärtner, war irgendwann zu den Dreien dazugestoßen. Konnte Gerwin seine Scheu überwinden? Bruno war ein völlig fremder Mann für ihn. In diesen zwei Stunden fühlte Luise Unruhe in sich. War Gerwin schon so weit? Würde er sich mit dem Werkzeug verletzen? Dann war die Zeit gekommen, den Nachmittagskaffee vorzubereiten. Luise hatte Signora Latini die entsprechenden Anweisungen gegeben, um den Kaffee auf der Veranda zu servieren. Es war zwar recht kühl, dafür aber trocken und kaum windig.

Mit glühenden Wangen war Gerwin auf sie zugelaufen und hatte stolz das Steckenpferd gezeigt. Bruno hatte mit Stemmeisen und Schnitzmesser einen rohen Pferdekopf aus Fichtenholz geschnitzt, die Unterseite angebohrt und mit Holzleim einen Besenstiel am Kopf befestigt. Knapp darunter hatte er eine kurze Quersprosse mit Hanfseil festgezurrt, die als Griff fungierte. Man sah dem Steckenpferd an, dass es improvisiert und sehr einfach gestaltet war, in den Kaufhäusern der Stadt konnte man hundertmal kunstvollere und stabilere kaufen, aber für ihren Sohn Gerwin war dieses Steckenpferd, das er gebastelt hatte, das schönste Spielzeug.

Signora Latini endete ihre Erzählung und stellte ihre Tasse ab.

»Baronessa, darf ich das Geschirr abservieren?«

»Bitte ja. Ich glaube, unsere Horde hunnischer Reiter hat genug Kuchen gegessen. Es ist nur ein Stück übrig geblieben.

Nehmen Sie dieses Ihrem Mann mit. Das ist zumindest eine kleine Entschädigung dafür, dass er an einem Sonntag seine Frau entbehren musste.«

»Vielen Dank, Baronessa.«

Luise erhob sich und lehnte sich an das Geländer der Veranda. Seit etwa einer Stunde sprang, hopste und rannte Gerwin durch den Garten. Grete lief hinter ihm her, auch sie erlebte einen unbeschwerten Nachmittag. Und Bruno spielte mal den Rittmeister, der an seine Kavallerie Befehle erteilte, mal den Zirkusdirektor, der Dressurpferde in die Manege führte, mal den Indianerhäuptling im Wilden Westen, der einer Horde galoppierender Mustangs hinterherhetzte. Und Herr Doplicher stand am Rande, kehrte beispiellos langsam das herbstliche Laub zusammen und nahm am Spiel durch Zurufe teil. Luise hatte den schrulligen, alten Mann noch nie so fröhlich gesehen.

Signora Latini stellte sich mit dem beladenen Tablett in der Hand neben Luise und folgte ihrem Blick hinaus in den Garten. »Der junge Baron hat sehr schnell ein neues Zuhause gefunden.«

»Das erfüllt mich mit Freude.«

»Auch Grete hat ein Heim.«

»Sie blüht förmlich auf.«

»Seit der junge Baron im Haus ist, hat auch Herr Doplicher keine schlechte Laune mehr. Das Haus ist jetzt voller Leben.«

»Ich kann noch gar nicht richtig glauben, dass dies wirklich passiert.«

»Signor Zabini kann gut mit Kindern umgehen.«

»Ein Talent, das sich mir erst an diesem Nachmittag eröffnet.«

Die beiden Frauen standen eine Weile schweigend beisammen.

Signora Latini räusperte sich. »Was wird der Herr Baron zu all dem sagen, wenn er von seiner Reise zurückkehrt?«

Luises Miene wurde frostig. »Der Herr Baron, mein Gemahl, wird sehr schnell lernen müssen, mit der Realität zu leben. Vielen Dank, Signora Latini.«

Die Haushälterin machte einen Knicks und trug das Geschirr in die Küche.

Bruno entdeckte Luise an dem Geländer, er hielt inne, stemmte seine Hände in die Hüften und schnaufte durch. Er hatte Sakko und Krawatte längst abgelegt sowie die Ärmel seines Hemds hochgekrempelt. Mit dem Taschentuch wischte er den Schweiß von seiner Stirn. Erst nach mehreren Versuchen gelang es ihm, Gerwin aufzuhalten. Der Knabe war völlig außer Atem. Luise trat von der Veranda und ging auf sie zu.

»Meine Lieben, ich glaube, das war genug der ausgelassenen Tollerei, ihr seid bestimmt durstig und wollt euch ausruhen. Grete, geh doch bitte mit Gerwin zu Signora Latini in die Küche und lasst euch zu trinken geben.«

»Sehr wohl, Euer Gnaden.«

Luise nickte Herrn Doplicher zu, der sich wieder der Arbeit widmete.

»Lieber Bruno, lass uns doch ein paar Schritte durch den Garten gehen.«

Bruno hob Mantel, Sakko und Hut auf. »Sehr gerne.«

Sie schlenderten nebeneinanderher. Luise schaute kurz zu Bruno und schenkte ihm ein Lächeln. »Ich möchte dir für all das, was du an diesem Tag meinem Sohn geschenkt hast, meinen grenzenlosen Dank aussprechen.«

»Na ja, das Holz, den Leim und die Schnur habe ich aus deinem Vorrat genommen, also habe ich ihm eigentlich gar nichts geschenkt.«

»Du hast ihm deine Zeit geschenkt, deine handwerklichen Fähigkeiten und eine Stunde Tollerei im Garten. Das ist viel mehr an Freude, als er in den letzten Monaten bekommen hat. Dafür mein Dank.«

»Ich habe völlig eigennützig gehandelt. Was glaubst du, wer den meisten Spaß in der Scheune und jetzt im Garten gehabt hat?«

»Wie bescheiden du bist. Zuvor beim Kaffee erwog ich einen Gedanken. Ich habe mich ernsthaft gefragt, wie es wäre …«

Sie gingen ein paar Schritte.

»Du hast den Satz nicht vollendet, Luise.«

»Wie es wäre, wenn du der Vater meines Sohnes wärst.«

Wieder gingen sie sinnierend ein paar Schritte.

»Ein interessanter Gedanke.«

»Gerwins leiblicher Vater hat niemals auch nur eine halbe Stunde mit seinem Sohn gespielt. Das hat mir Gerwin auf meine Frage hin erzählt. Gerwin hat bis vor Kurzem weder Vater noch Mutter gekannt. Nur seine Großmutter und sein Kindermädchen.«

»Nun, jetzt lernt er in jedem Fall seine Mutter kennen.«

»Helmbrecht ist in Brasilien an Malaria erkrankt.«

Bruno wiegte den Kopf. »Du hast zuvor eine Andeutung gemacht. Malaria also. Das ist keine Kleinigkeit. Wie ist sein Zustand?«

»Dr. Salmhofer aus Görz hat mich den Brief lesen lassen, den der Arzt aus Santos an ihn geschrieben hat. Die Krankheit ist sehr schwer, angeblich ist Helmbrecht für Wochen, vielleicht für Monate auf ärztliche Hilfe angewiesen.«

»Und wie geht es dir damit, dass dein Ehemann auf der anderen Seite der Welt das Bett hüten muss?«

»Es belastet mich sehr viel weniger, als es pflichtschuldig einer Ehefrau zukommen sollte. In Wahrheit dreht sich meine ganze Aufmerksamkeit um Gerwin. Und ich habe Grete in kurzer Zeit in mein Herz geschlossen. In meinem Kopf ist gerade kein Platz für Gedanken an Helmbrecht, und in meinem Herz kein Raum für Gefühle. Aber ich weiß nicht, was sein wird, wenn er wieder zurückkehrt und Anspruch auf seinen Sohn und seine Frau erhebt. Diesen Tag fürchte ich.«

»Ängstige dich nicht zu früh. Vielleicht läutert die Krankheit deinen Mann und er sieht ein, dass er kaltherzig und grausam zu dir war.«

Luise schaute Bruno von der Seite an. »Ein bisschen ängstige ich mich auch um dich.«

»Um mich? Wieso denn das?«

»Irgendetwas lastet dir auf der Seele«, sagte Luise. »Ich habe es sofort gesehen, als du ins Haus gekommen bist. Beim Spiel war es nicht präsent, aber der Schatten bemächtigt sich deiner just in diesem Augenblick. Liege ich falsch?«

»Wie so oft liegst du, was mich betrifft, völlig richtig.«

»Willst du mir davon erzählen?«

»Das kann ich nicht.«

»Du hast zuvor sehr müde gewirkt. Hast du wenig geschlafen?«

»In der letzten Nacht nicht eine Minute.«

»Darf ich dir einen Vorschlag unterbreiten?«

»Sehr gerne.«

»Nimm ein Bad und ziehe dich in meine Gemächer zurück. Hol ein wenig Schlaf nach. Signora Latini wird im Kamin noch ein paar Holzscheite auflegen, so bleibt es gemütlich warm im Haus. Grete sorgt für Gerwin und ich werde mich um dich kümmern. Wir könnten später einen kleinen Imbiss nehmen, ein Glas Wein trinken, du könntest mir von deinen Sorgen erzählen, oder eben nicht, wie es dir genehm erscheint. Bruno, ich bin so glücklich, dich nach scheinbar so langer Zeit wiederzusehen. Ich weiß, wir haben uns vor zwei Wochen zuletzt gesehen, mir kommt es aber vor, als wären es zwei Jahre. So viel ist geschehen, mein stilles, der Literatur gewidmetes Leben hat sich völlig verändert, es ist eine neue Welt, in der ich mich befinde. Bitte, geliebter Mann, teile diese Welt mit mir, zumindest an diesem Tag und Abend.«

Bruno hielt inne, nahm Luise in die Arme und drückte sie an sich. Sie genoss seine Nähe. Für eine Weile standen sie eng umschlungen unter einer alten Linde. Bruno küsste sie auf die Stirn und trat einen Schritt zurück.

Luise erschrak, als sie seine Miene erblickte. »Was … was ist mit dir?«

Bruno schaute empor zu den Wolken. »Ich habe gestern Nacht in einen tiefen Abgrund der Hölle geblickt. Es wäre zu kompliziert und zu riskant, dir die Einzelheiten zu erklären. Nur so viel kann ich sagen, ohne dich zu gefährden: Die von mir so bewunderte Ingenieurskunst und Technik der Menschen ist drauf und dran, sich zum Schmiedehammer des Teufels zu machen. Ich habe das lange nicht wahrhaben wollen, ich habe die Dampfer und Lokomotiven gesehen, die den Menschen nützlich sind, die den wirtschaftlichen und kulturellen Austausch ermöglichen. Ich habe die Welt des zwanzigsten Jahrhunderts, in das wir voranschreiten, als ein erstrebenswertes Ziel vor Augen gesehen. Ich war ein Phantast und Träumer.«

»Bruno, jetzt machst du mir wirklich Angst.«

»Ich habe Angst.«

»Ist Fedora oder ihren Söhnen etwas geschehen?«

»Nein, Fedora geht es gut, und ihre Söhne blühen und gedeihen.«

»Wie kann ich dich aufheitern?«

»Ich fürchte, dass ich heute zu keiner weiteren Heiterkeit in der Lage bin. Besser, ich nehme den Zug zurück nach Triest.«

»Noch verstehe ich nicht, was du gesehen oder erfahren hast, aber es muss furchtbar gewesen sein.«

Bruno atmete tief durch. »Ich habe in das Innere einer Höllenmaschine geblickt, die dieser Tage von fleißigen Menschen gebaut wird. Ich habe böse Dämonen gesehen. Und wie sehr ich es auch drehe und wende, es sind nicht die Dämonen in meiner Vorstellung, die ich vielleicht bannen könnte, es sind reale Dämonen. Ares rüstet sich in Eisen. Das ist es, was sie wollen.«

Luise schluckte schwer. »Wer sind sie?

»Sie alle. Die Menschen. Die Kaiser und Könige, die Politiker und Edelleute, die Kaufleute, Arbeiter und Bauern, alle Menschen. Ich habe die Idee einer monströsen Waffe gesehen. Es erfüllt mich mit Entsetzen, was dem Geist des Menschen entspringen kann.«

Luise fasste nach seinem Kinn, drehte seinen Kopf und blickte ihm hypnotisch in die Augen. »Geliebter Bruno, hör mir zu!«

Bruno konnte ihrem Blick nicht ausweichen. »Ich höre.«

»Ich gebe dich nicht kampflos auf. Nicht heute, nicht morgen, niemals!«

»Kampflos?«

»Meine Zaubersprüche brechen die Macht der Dämonen, sie haben hier keinen Einfluss. Das ist mein Haus und mein Garten. Mein Reich wird von unüberwindlicher Magie geschützt, die selbst Gott Ares nicht niederringen kann. Sieh mich an, Bruno. Für diesen Abend und die kommende Nacht kann ich dich beschützen, ich kann sie alle verbannen, die Kaiser und Könige, die Politiker und Edelleute, alle. Böser Bann, weiche hinfort von meinem Mann!«

Einen Augenblick standen die beiden bewegungslos beieinander und starrten sich an. Dann brachen sie in schallendes Gelächter aus. Bruno legte seinen Arm um ihre Schulter, sie gingen langsam weiter.

»Meine Güte, Luise, du bist wirklich eine große Zauberin. Mit bloßem Handauflegen vertreibst du jede schlechte Stimmung. Ja, vielleicht hast du recht, vielleicht sollte ich ein Stündchen schlafen. Das wird mir guttun.«

Luises Gesicht hellte sich auf. »Und das Bad nehmen wir zu zweit.«

»Zum Glück ist deine Badewanne groß genug.«

»Du bleibst also in dieser Nacht bei mir?«

Er nickte und hauchte ihr einen Kuss auf die Wange. »Für heute hast du alle meine Gedanken gereinigt und befreit. Was morgen kommt, sehe ich, wenn die Sonne sich erhebt. Lass uns gemeinsam in der Gegenwart sein.«

～◦～

Alexander Schubnikow stand vor dem Spiegel und musterte sein Gesicht. Die verstrichenen Lebensjahre hinterließen Spuren in seiner Miene, das Haar war schütter, die Haut faltig, sein Blick abgeklärt. In jungen Jahren war er rank und schlank gewesen, ein erstklassiger Reiter, er hatte in seiner aktiven Dienstzeit als Soldat mit seiner Kompanie wochenlang im Wald gelebt. Er war siebenundvierzig Jahre alt und fühlte noch die alte Zähigkeit, wenngleich er ein paar Kilogramm zugelegt hatte und der Rücken immer wieder schmerzte. Natürlich, das harte und entbehrungsreiche Leben im Militärlager würde er heute nicht mehr so leicht ertragen können, aber eines hatte sich in all den Jahren als beständig erwiesen. Ja, es berauschte ihn heute wie damals, wenn Menschen in seinen Händen zerschmolzen wie Butter.

Er atmete tief durch, lächelte sein Spiegelbild an und griff nach der Seife. Das Wasser im Lavoir färbte sich rot. Blut war der einzige Saft, der ihn mehr berauschte als Wodka. Er war trunken davon.

Zwei seiner Männer hatten die Frau in die Kutsche bugsiert und von Triest hierher in das entlegene Landhaus nach Muggia gebracht, die beiden anderen Männer hatten inzwischen ihre Wohnung durchsucht. Als Galkin die Frau aus der Kutsche gehievt hatte, hatte er beinahe entschuldigend berichtet, dass er hart hatte zuschlagen müssen und dass Blut geflossen sei. Schubnikow hatte seinen Adjutanten einen fast mitleidigen Blick zugeworfen. Das Ungemach, das Galkin dieser Person hatte zuteilwerden lassen, würde einem Sonntagsspaziergang gleichkommen. So war es auch gekommen, Schubnikow hatte aus dem Vollen seiner langjährigen Erfahrung geschöpft.

Die Schreie aus dem Keller drangen nicht nach außen, weder im Garten noch auf der ohnedies einsamen Straße waren sie zu hören. Schubnikow hatte rechtzeitig die entsprechenden Vorkehrungen treffen lassen. Innerhalb von anderthalb Stunden hatte er alles Wissenswerte aus dieser Frau herausgekitzelt.

Er griff nach dem Handtuch und trocknete die Hände. Es lief auf Mitternacht zu, Schubnikow war müde von der Arbeit.

Was für eine großartige Chance sich ihm bot! Triest war voller Überraschungen. Wenn er hier siegreich bleiben würde, war ihm die Beförderung zum General gewiss. Er würde sein eigenes kleines Imperium errichten.

Sinnierend schaute er auf das Wasser im Lavoir, dann brach er in Gelächter aus. Was für Esel diese Österreicher waren! Es war kaum zu glauben. Ein vollständiger Satz an Bauplänen für die neuen Schlachtschiffe. Geschützkaliber 30,5 cm, Munitionslager, Granatenaufzüge, Lafetten, Panzertürme, alles.

Es gab keinen Zweifel, dass er hier Erfolg haben würde. Seine Männer arbeiteten effizient, und er sah die nächsten Schritte klar vor sich.

Die Triester Affäre würde in Sankt Petersburg einschlagen wie eine Schiffsgranate in ein Ruderboot. Nur eines musste er sicherstellen, nämlich, dass die Gräfin Olenina ihm nicht den Erfolg vermasselte. Er musste sich sehr bald um die edle Dame kümmern.

Montag,
11. November 1907

ALLE IN DER KANZLEI anwesenden Beamten des k.k. Polizeiagenteninstituts hatten sich zur Besprechung eingefunden, alle, die Oberinspector Gellner in seinem geräumigen Bureau einberufen hatte. Die Inspectoren Zabini, Pittoni und Jaunig saßen in der vorderen Reihe, die Polizeiagenten Materazzi, Marin und Bosovich dahinter. Nur zwei Mann waren nicht anwesend. Buttazoni und Tribel waren dienstlich in der Stadt unterwegs. Der Oberinspector saß mit finsterer Miene hinter seinem Schreibtisch und wartete, bis seine Untergebenen Platz genommen hatten.

»Meine Herren, ich habe Sie einberufen, um Sie über eine unliebsame Sache in Kenntnis zu setzen.« Oberinspector Gellner war wie Bruno zweisprachig, sein Italienisch war akzentfrei, aber wenn er wichtige Themen anschnitt, sprach er stets in seiner Muttersprache Deutsch. »Wie am Freitagabend ruchbar wurde, hat am Mittwoch voriger Woche in Triest eine Geheimkonferenz auf höchster Ebene stattgefunden. Hat irgendjemand von Ihnen von diesem lange geplanten und vorbereiteten Treffen vorab Kunde erhalten?«

Schweigen. Die sechs Polizisten schauten einander fragend an.

»Die Kunde wurde dem k.k. Polizeiagenteninstitut offensichtlich vorenthalten«, sagte Emilio.

Gellner nickte bedeutungsschwer. »Und wie, meine Herren, sollen wir dann in unserer Stadt für Sicherheit und Ordnung sorgen, wenn dem k.k. Polizeiagenteninstitut mit keinem Sterbenswörtchen mitgeteilt wird, dass sich der Außenminister, der Reichskriegsminister, der Chef des Generalstabs und der Marinekommandant in Triest einfinden? Himmelherrgott, das ist eine Sauerei! Vielen Dank, Signor Zabini, dass Sie mir am Freitag gleich von Ihrer Unterredung mit dem Herrn Obersekretär von Baumberg berichtet haben. Ich habe mich daraufhin beim Herrn Polizeidirektor erkundigt, ob er von der Sache wusste. Dr. Rathkolb wurde ebenso überrumpelt wie ich. Daraufhin habe ich im Namen des k.k. Polizeiagenteninstituts Beschwerde eingelegt. Diese Missachtung seitens der Armee, der Marine und des Kriegsministeriums ist ein Affront!« Gellner ließ sein Donnerwetter nachhallen. »Aber dann, wenn die Armee wieder etwas von uns braucht, dann sind diese Herren vorlaut und fordernd, dann geht es den Herren niemals schnell genug, dann wollen sie alles und jedes unverzüglich von uns wissen. Nicht auszudenken, wenn irgendetwas vorgefallen wäre. Wir wären wie die größten Deppen dagestanden.«

Bruno strich mit der flachen Hand über den Stoff seiner Hose. »Mir scheint, da braut sich etwas über dem Golf von Triest zusammen.«

Gellner fixierte Bruno scharf. »Wie meinen Sie das, Inspector?«

»Wussten Sie, dass das gesamte Areal des STT zum militärischen Sperrgebiet erklärt wurde?«

»Ach so, deswegen die Wachen!«, rief Vinzenz aus. »Ich bin am Samstag in der Gegend gewesen und habe aus der Ferne bewaffnete Soldaten vor dem Haupteingang gesehen.«

»Wissen Sie, warum das so ist?«, fragte Gellner an Bruno gewandt.

»Den Grund habe ich nicht erfahren. Ich habe im Fall Lainer seinen Vorgesetzten im STT befragt. Das ganze Areal wird vom Militär bewacht, man darf nicht hinein und nicht hinaus. Selbst als ich meinen Dienstausweis gezeigt habe, durfte ich nur in die Vorhalle.«

»Vielleicht werden wieder Torpedoboote gebaut«, mutmaßte Luigi aus der hinteren Sitzreihe. »Wobei, ich dachte, die Bauserie wäre abgeschlossen.«

Emilio legte ein Bein über das andere und faltete seine Hände. »Nein, meine Herren, Torpedoboote sind es wahrscheinlich nicht. Ich habe von einem Bekannten, der im Lokschuppen des STT arbeitet, erfahren, dass täglich vier bis fünf mit Eisen beladene Züge abgefertigt werden. Da wird etwas sehr viel Größeres als ein Torpedoboot gebaut. Vermutlich ist es ein Kreuzer oder gar ein Schlachtschiff.«

Gellner schlug mit der Faust auf den Tisch. »Und das k.k. Polizeiagenteninstitut erfährt davon nichts? Das Kriegsministerium spielt verrückt! Das wird ein Nachspiel haben. So geht das einfach nicht.«

»In diesem Zusammenhang finde ich es beunruhigend, dass wir vor einer Woche einen toten Schiffsbauingenieur des STT aufgefunden haben«, sagte Bruno.

Gellner nickte. »Das ist in der Tat beunruhigend.«

»Dazu passt Folgendes, Herr Oberinspector«, hakte Emilio ein. »Heute früh habe ich bei der Durchsicht der aktuellen Meldungen eine Vermisstenanzeige gefunden, die mich gleich stutzig hat werden lassen.«

»Worum geht es?«, fragte Gellner mit düsterer Miene.

»Der Inhaber eines Zinshauses im Borgo Giuseppino hat Samstagmorgen eine Streichholzschachtel gefunden, die wahrscheinlich einem seiner Mieter gehört. Es ist ein griechisches Produkt, das in Triest nicht erhältlich ist, von dem aber sein Mieter einen Vorrat besessen hat. Der Vermieter wollte seinem Mieter die Streichhölzer zurückbringen, die er offenbar im Flur verloren hat, aber der Mieter war nicht zu Hause. Am Samstag und Sonntag hat der Vermieter wieder mehrmals an die Tür geklopft, aber niemand öffnete. Deswegen hat der Mann gestern Abend eine Vermisstenanzeige aufgegeben.«

Gellner runzelte die Stirn. »Eine Vermisstenanzeige nach zwei Tagen wegen einer Schachtel Streichhölzer? Was soll mich daran stutzig machen?«

Emilio zuckte mit den Schultern. »Vielleicht der Umstand, dass es sich bei der vermissten Person um einen Bürger des Kaiserreichs Japan mit dem Namen Yamada Maresuke handelt. Der Mann ist einundvierzig Jahre alt, stammt aus der Stadt Yokohama und ist seit fünf Jahren als leitender Ingenieur im Lloydarsenal beschäftigt.«

Bruno schnappte nach Luft. »Ich habe von Maresuke gehört!«

»Was haben Sie gehört?«, fragte Gellner.

»Ich kenne Herrn Maresuke nicht persönlich, aber mein Billardpartner, Ingenieur Ventura, hat mir von ihm erzählt. Der Mann ist ein ausgewiesener Experte für Gussverfahren und wurde vom Österreichischen Lloyd nach Triest geholt. Es waren angeblich beträchtliche Summen im Spiel, um diesen Fachmann zu kriegen.«

Gellner runzelte die Stirn. »Gussverfahren im Schiffsbau? Schiffe werden doch genietet?«

»Der Rumpf wird genietet, das ja, aber viele Bauteile werden durch Eisenguss hergestellt. Lagerschalen für die rotierenden Teile der Dampfmaschinen etwa, Kesselrahmen, Rohrstutzen und vieles mehr. Soviel ich gehört habe, hat Maresuke die Arbeit der Gießerei im Lloydarsenal praktisch revolutioniert.«

»Das klingt nach Schwierigkeiten«, murmelte Emilio düster. »Eine Geheimkonferenz, der Bau eines großen Kriegsschiffes, militärisches Sperrgebiet mitten in Triest, ein toter

Schiffsbauingenieur des STT, ein vermisster Ingenieur des Lloydarsenals, der noch dazu ein ausländischer Fachmann ersten Ranges war. Was kommt als Nächstes?«

Als hätte Emilios rhetorische Frage eine Reaktion provoziert, klopfte es laut an der Tür.

»Herein!«, rief Oberinspector Gellner.

Polizeiagent Tribel trat ein und nahm Haltung an. »Herr Oberinspector, ich habe Meldung zu machen.«

»Schießen Sie los, Tribel.«

»Es gab einen Wohnungseinbruch in der Via di Vienna. Von der Mieterin fehlt jede Spur, aber ich selbst habe im Schlafzimmer Blutflecken entdeckt. Ich bitte um Verstärkung für die Untersuchung.«

»Blutflecken also«, wiederholte Gellner. »Sie vermuten ein Gewaltverbrechen?«

»Jawohl, Herr Oberinspector.«

»Und in wessen Wohnung ist eingebrochen worden?«

»Die abgängige Mieterin ist Reichsitalienerin und arbeitet als Buchhändlerin auf der Via del Corso. Ihr Name ist Erlinda Russo.«

～◦～

Carlo und Fedora Cherini standen vor dem Haus in der Via Pietro Kandler. Carlo blickte die Fassade hoch, während Fedora ihn von der Seite musterte.

»Kommst du noch hoch auf eine Schale Kaffee?«

Carlo nickte zustimmend. »Ja, warum nicht. Kaffee wäre jetzt gut. Wann kommen die Buben von der Schule?«

»Zu Mittag.«

Carlo nahm seine Taschenuhr zur Hand, las die Zeit ab. »Schade, in einer Stunde muss ich in der Kanzlei im Lloydpalast sein.«

»Du kannst die Buben morgen sehen, sie laufen dir nicht davon.«

»Also dann, für einen Schluck Kaffee bleibt noch Zeit.«

Fedora ging die Treppe voraus in den vierten Stock, Carlo folgte ihr. Sie hatten das Gerichtsverfahren kurz und schmerzlos hinter sich gebracht, nun musste nur noch die Kirchenbehörde die Trennung von Tisch und Bett genehmigen und das Paar war von all seinen ehelichen Verpflichtungen füreinander entbunden. Fedora sperrte die Wohnungstür auf, betrat die Küche und hängte Hut und Mantel an den Garderobenhaken. Sie beobachtete, wie Carlo vorsichtig über die Schwelle trat, seinen Hut abnahm und sich neugierig umschaute.

»Gib mir Hut und Mantel«, forderte sie ihn auf.

»Hier wohnst du also.«

»Hier wohnen wir.«

»Darf ich mich umsehen?«

»Warum nicht.«

Carlo betrat das Wohnzimmer, schaute zum Fenster hinaus und warf einen Blick in das Zimmer seiner Söhne. Bevor er auch einen Blick in Fedoras Schlafzimmer werfen konnte, schloss sie die Tür und blieb davor stehen. Carlo hob beschwichtigend die Hände.

Fedora wies ihm dem Weg in die Küche. »Setz dich bitte. Gleich gibt es Kaffee.«

Carlo nahm am kleinen Küchentisch Platz, während Fedora Feuer machte.

»Ich muss es gestehen, Fedora, dich wiederzusehen, wühlt mich auf.«

»Wie meinst du das?«

»Ich war sieben Wochen auf See, und du hast dein Leben völlig umgekrempelt. Du hast für dich und die Buben eine schöne Wohnung in guter Lage besorgt, du hast einen Arbeitsplatz gefunden, du bist nicht dem Elend oder dem Suff verfallen. Deine Energie ist aufwühlend. Du siehst auch hinreißend aus.«

Fedora winkte ab. »Lass es gut sein, Carlo, für aufgewühlte Gefühle habe ich keine Zeit und schon gar keine Geduld. Ich bin sehr froh, dass du vor Gericht dein Wort gehalten hast.«

Carlo lachte auf. »Du hast recht, für Rührseligkeit ist es längst zu spät. Trotzdem bin ich von deinen Erfolgen, auf eigenen Beinen zu stehen, beeindruckt.«

»Ohne tatkräftige Hilfe meiner Freunde hätte ich es niemals geschafft.«

»Erklär mir das mit der Baronin Callenhoff. Wie hast du sie kennengelernt? Die Baronin steht im Ruf, in ihrer Villa am Land sehr zurückgezogen zu leben.«

»Ihr gehört das Zinshaus, die Wohnung stand leer und sollte neu vermietet werden, also konnte ich einziehen.«

»Aber woher kennst du die Baronin?«

»Ich kenne sie eben, und sie hat mir mit der Wohnung und der Arbeitsstelle geholfen. Dafür werde ich Luise ein Leben lang dankbar sein«, sagte Fedora, stellte die Wasserkanne auf die Herdplatte und schaufelte Kohle in die Glut. Danach setzte sie sich zu Carlo an den Tisch.

»Und der Herr Inspector? Hat er dir auch geholfen?«

»Hat er, sogar tatkräftig.«

»Lebst du jetzt mit ihm zusammen?«

»Wir treffen uns, gehen gemeinsam zum Einkauf, wir waren gemeinsam im Kaffeehaus und im Teatro Verdi.«

»Was du nicht sagst.«

»Ich hoffe, du wirst weiterhin zu deinem Wort stehen und mir die Hälfte des Erlöses des Hausverkaufs geben. Bruno hat mir eine Menge Geld geliehen.«

Carlo grinste verächtlich. »Du willst ihm das Geld zurückgeben? Warum arbeitest du deine Schulden nicht einfach ab?«

Fedora zog ihre Lippen breit. »Wenn du ekelhaft sein willst, Carlo, dann kannst du das gerne im Hafen, an Bord deines Schiffes oder sonst wo tun, nicht in meiner Wohnung.«

»Entschuldige, es ist mir so herausgerutscht.«

»Entschuldigung angenommen, aber ein zweites Mal höre ich mir so etwas nicht an.«

»Aber das Geld ist nicht für dich, es ist für die Buben.«

»Ich habe Geld geborgt, um auf eigenen Beinen zu stehen, und nur wenn ich auf eigenen Beinen stehe, kann ich unsere Söhne großziehen.«

»Hassen sie mich?«

»Frag sie selbst.«

»Hassen sie dich?«

»Sie waren sehr verstört, weil sie bei deinem Bruder, dem Hornochsen, und deiner Mutter, der Giftnatter, im Keller eingesperrt wurden. Sie waren heilfroh, dass ich sie dort herausgeholt und ihnen ein Dach über dem Kopf gegeben habe.«

»Hassen sie den Herrn Inspector?«

Fedora lächelte mitleidig. »Bruno hat nicht nur mich mit seinem Charme und Intellekt um den Finger gewickelt, sondern auch die Buben. Sie kommen klar. Deinem neuen Leben in Indien steht nichts mehr im Wege.«

»Du willst mich also so schnell wie möglich loswerden. Soll ich gehen?«

Fedora winkte ab. »Ach was, eine Schale Kaffee hab ich dir versprochen, die sollst du auch bekommen.«

Die beiden saßen schweigend beisammen und schauten zur Kanne auf der Herdplatte.

»Hast du eine Photographie von Victoria?«

»Ja.«

Fedora wartete, aber Carlo regte sich nicht. »Hast du sie bei dir?«

»Ja.«

Sie wartete weiter, schließlich seufzte sie. »Muss ich dich mit Chloroform betäuben?«

Carlo schüttelte den Kopf. »Genau mit solchen Witzen hast du einen Keil in unsere Ehe getrieben. Und natürlich durch deine notorische Untreue.«

»Das sagt der Mann, der in jedem Hafen eine Geliebte hat.«

»Nur in einem, diese Geliebte aber wiegt alle anderen auf«, konterte Carlo, zog aus dem Sakko seine Brieftasche, entnahm dieser eine kleinformatige Photographie und starrte das Bild träumerisch an. Erst nach einer Weile reichte er die Photographie an Fedora.

»Sie sieht sehr vornehm aus. Wie eine englische Gräfin.«

»Sie hat nichts mit dir gemein, und das ist gut so.«

Fedora gab das Bild schmunzelnd zurück. »Ich freue mich für dich, dass du verliebt bist.«

»Victoria hat gesagt, dass sie irgendwann Triest besuchen will. Sie will sehen, wo ich meine Kindheit verbracht habe. Und ich habe gesagt, dass ich einmal mit ihr nach Sussex reisen möchte. Da ist sie aufgewachsen.«

»Gib Bescheid, wenn ihr nach Triest kommt. Ich lade sie und ihre Tochter zum Essen ein. Dich nicht, du kannst bei deinen rüpelhaften Matrosen aus dem Napf futtern.«

»Deine furchtbaren Witze werden mir nicht fehlen.«

»Dann konntest du deine Lage verbessern.«

»Du hast gesagt, du wirst mir die drei Briefe zurückgeben, wenn das Verfahren abgeschlossen ist.«

Kommentarlos erhob sich Fedora, öffnete den Küchenschrank, nahm die drei mit einem Faden zusammengebundenen Briefe heraus und legte sie vor Carlo auf den Tisch.

»Vielen Dank, dass du dich auch an die Abmachungen hältst«, murmelte Carlo.

»Immerhin bringen wir das ganze Durcheinander halbwegs mit Stil und Anstand über die Bühne. Jetzt noch eine Schale Kaffee und dann wünsche ich dir eine gute Reise nach Bombay.«

⁓~

»Also, junger Mann, dann zeig, was du bis jetzt gelernt hast«, sagte Bruno, öffnete seine Kommissionstasche, entnahm eine seiner Lupen und reichte sie Luigi.

»Immer die glatten Oberflächen zuvorderst untersuchen«, replizierte Luigi den ersten Lehrsatz der Daktyloskopie. »Spiegel, Fenster, lackiertes Holz und Metallflächen.«

»Sehr gut. Beginne im Wohnzimmer.« Bruno wandte sich Tribel zu. »Und Sie nehmen sich bitte das Mobiliar vor. Suchen Sie nach Anhaltspunkten, warum hier eingebrochen worden ist. Etwa eine aufgebrochene Geldkassette oder Schmuckschatulle, ein verstecktes Portemonnaie. Am besten, Sie beginnen mit dem Sekretär neben dem Bücherregal.«

»Die Kollegen vom Kommissariat haben schon alles durchsucht«, erwiderte Tribel.

Bruno schaute sich um, ob der uniformierte Wachmann, der vor der Wohnung Stellung bezogen hatte, ihn hören konnte, dann beugte er sich Tribel zu und flüsterte: »Die Männer haben bestimmt gewissenhaft gearbeitet, aber wir wollen doch sichergehen, dass nichts übersehen wurde.«

Tribel grinste breit. »Jawohl, Herr Inspector.«

Während die beiden jungen Polizeiagenten sich ihrer Arbeit widmeten, trat Bruno an das Fenster des Schlafzimmers der Buchhändlerin Erlinda Russo. Er konzentrierte sich und blendete alle Neben- und Störgeräusche aus, er versuchte, ein Gefühl dafür zu bekommen, was hier vorgefallen war. Hier stimmte einiges nicht. Einbrecher suchten nach leer stehenden Wohnungen, und in der weitaus überwiegenden Zahl der Fälle gaben sie in Bruchteilen eines Augenblicks Fersengeld, wenn sie wider Erwarten bei einem Einbruch vom Wohnungsbesitzer ertappt wurden. Die Wohnung bestand aus drei Zimmern, durch die Eingangstür kam man in die Küche, dann in das Wohnzimmer, an welches rechts das Kabinett anschloss. Im Kabinett befanden sich das Bett, ein Nachtkästchen und der Kleiderschrank der Mieterin. Das war eine ganz und gar unauffällige Wohnung einer alleinstehenden und berufstätigen Frau. Das Auffälligste an der Wohnung war das überaus wohl sortierte Bücherregal im Wohnzimmer, was bei einer Buchhändlerin jedoch nicht überraschte. Zweifellos war die Mieterin eine gebildete und polyglotte Frau, sie las Bücher in vier Sprachen, Bruno hatte italienische, deutsche, slowenische und französische gefunden.

Was ihn sofort gestört hatte, waren das unversehrte Türschloss, die im Wohnzimmer in Richtung des Schlafzimmers umgestürzte Stehlampe und die Blutflecken auf dem Boden des Schlafzimmers. Bruno ging im Kopf durch, wie der Einbruch stattgefunden haben könnte. Und die erste Variante, die sich ihm aufdrängte, war beunruhigend.

Es klopfte, die Mieterin öffnete, ein entschlossener Mann zwängte sich in den Spalt, vielleicht trug er eine Waffe in der Hand, die Mieterin flüchtete nach hinten, entweder warf sie selbst oder der nachdrängende Einbrecher die Stehlampe um, die Mieterin versuchte, das Schlafzimmer zu erreichen und die Tür zu versperren, doch der Einbrecher war schneller und stieß die Frau mit überlegener Körperkraft zu Boden. Danach traf er die Frau mit einem Schlagring oder einem Stock, sodass sie blutend vor dem Fenster zu Boden ging. Und natürlich stellte sich die Frage, wo die Mieterin gegenwärtig war. Es war unwahrscheinlich, dass ein Einbrecher auf diese Art in eine Wohnung eindrang, noch viel unwahrscheinlicher war, dass er eine derart überwältigte Wohnungsbesitzerin entführte.

Wo war Erlinda Russo? Hatte sie sich selbst mit einer Verletzung ins Hospital begeben? Diese Möglichkeit musste überprüft werden. Das war eine Aufgabe für Tribel.

Hatte er es mit einem Fall von Entführung zu tun, und waren die durchwühlten Schubladen nur eine Täuschung? Oder gehörten die Entführung und der Einbruch zusammen?

»Herr Inspector.«

Bruno schrak aus seinen Gedanken hoch. Er schaute zu dem uniformierten Polizisten im Türstock. »Ja, bitte?«

»Entschuldigen Sie, Herr Inspector, aber da ist ein Herr, der Sie persönlich zu sprechen wünscht.«

»Hat der Herr seinen Namen genannt?«

»Ja, Obersekretär von Baumberg aus dem Bureau des Statthalters.«

Bruno sog geräuschvoll Luft ein. Baumberg, hier? »Ich komme.«

Bruno eilte an Bosovich und Tribel vorbei, die neugierig von ihrer Arbeit hochblickten. Im Flur traf er auf Leopold von Baumberg, der ihm mit düsterer Miene direkt in die Augen schaute. »Herr von Baumberg, jetzt, wo Sie hier sind, überrascht mich Ihr Kommen nicht.«

»Wo können wir ungestört sprechen?«

»Folgen Sie mir.« Bruno ging voran in das Schlafzimmer, wartete, bis Baumberg im Zimmer war, gab Luigi Bosovich mit einem Handzeichen zu verstehen, dass keine Störung erwünscht war, und schloss die Tür. Bruno wandte sich Baumberg zu. Der Obersekretär ging in die Hocke und richtete seinen Blick auf den Blutfleck vor ihm.

»Herr Inspector, was können Sie mir zum vorliegenden Fall sagen?«

Bruno wartete mit der Antwort, bis sich Baumberg erhob und ihn anschaute. »Herr von Baumberg, ich kann Ihnen sagen, dass anhand der Spuren hier ein sehr ungewöhnlicher

Einbruch stattgefunden hat. Haben Ihre Männer die Schubladen und den Kasten durchwühlt?«

»Nein.«

»Dann stehen wir beide vor einem Rätsel. Meine Leute sind dabei, nach verwertbaren Spuren zu suchen. Ich kann Ihnen zum gegenwärtigen Zeitpunkt keinen umfassenden Bericht über das Verschwinden von Erlinda Russo erstatten. Ich bin erst seit zehn Minuten vor Ort. Wir müssen eine Entführung in Betracht ziehen. Und dieser Blutfleck löst dunkle Ahnungen in mir aus.«

Baumberg legte seinen Kopf schief. »Untersuchen Sie Ihre Fälle auf der Basis von Ahnungen?«

»Ja, ich gebe sehr viel auf Ahnungen, genauso viel gebe ich auf wissenschaftlich beweisbare Fakten. Spekulative Ahnung und empirische Methoden, ich bin viel zu pragmatisch, um eine mögliche Erkenntnisquelle von vornherein auszuschließen, und ich bin viel zu rational, um das Irrationale zu negieren.«

Baumberg zog die Augenbrauen hoch. »Erlauben Sie, dass ich meine Meinung äußere.«

»Unbedingt.«

»Sie sind ein interessanter Mann, Herr Inspector.«

»Und das hier ist ein interessanter Fall.«

»Wenn Sie jemals an eine Veränderung Ihrer Situation denken wollen, kontaktieren Sie mich.«

»Was niemals geschehen wird. Ihr Arbeitsbereich liegt viel zu sehr im Dunklen.«

»Was ist mit Erlinda Russo geschehen?«

»Ich weiß es nicht. Noch nicht. Wenn Sie Ihre Finger im Spiel haben, Herr von Baumberg, werde ich es wahrscheinlich niemals wissen.«

Baumberg ging im Zimmer auf und ab. »Verdammt, es gerät außer Kontrolle.«

»Was gerät außer Kontrolle?«

Baumberg hielt inne und fixierte Bruno. »Was wissen Sie, was Sie mir nicht gesagt haben? Und dass Sie etwas wissen, wittere ich.«

»Sind Sie ein Spürhund?«

»Ja.«

»Ich auch. Ich spüre, dass Erlinda Russo nicht von Kriminellen überfallen oder entführt worden ist, sondern von Geheimagenten.«

Baumberg trat nahe an Bruno heran, sein Blick stach, seine Stimme klang drohend. »Halten Sie ja den Mund, Inspector. Ich beschwöre Sie! Kein Wort zu Ihren Leuten. Ich bin knapp vor der Explosion.«

»Ihre Geschäfte haben in meiner Stadt nichts zu suchen, Herr Obersekretär. Und je eher Sie diese abgeschlossen haben, desto besser.«

Für einige Sekunden starrten sich die Männer gespannt an, dann nickte Baumberg und klopfte Bruno auf die Schulter. »Herr Inspector, vielen Dank für Ihre Kooperation.«

»Natürlich, Herr Obersekretär. Sobald der Bericht der Untersuchung der Wohnung fertig ist, wird Ihnen eine Abschrift zugestellt.«

»Vielen Dank«, sagte Baumberg und wandte sich zum Gehen.

»Was wissen Sie vom Verbleib von Yamada Maresuke?«, fragte Bruno.

Baumberg fror in der Bewegung ein, starrte für einen Augenblick zu Boden, dann wandte er sich Bruno breit lächelnd zu. »Famos, Signor Zabini, Sie rennen bei mir alle Türen ein. Ernsthaft, kommen Sie in meine Abteilung! Leute wie Sie kann ich gebrauchen.«

Bruno lächelte ebenso breit. »Ich würde am ersten Tag versagen und sterben, Herr von Baumberg. Nein, ich bleibe lieber bei meinen Leisten.«

Baumberg lüpfte seinen Hut zum Gruß. »Gehaben Sie sich wohl, Herr Inspector.«

»Sie sich auch, Herr Obersekretär.«

∾☙∽

Seit zwanzig Minuten befand sich Jekaterina Olenina in einem Laden für Kurzwaren in der Via di Vienna auf der Höhe der Piazza della Posta und besah sich das Sortiment. Der Ladeninhaber hatte sich freundlich erkundigt, wonach sie suche, woraufhin Jekaterina gesagt hatte, dass sie sich nur die Zeit vertreibe, während sie auf ihren Mann warte, der eine Angelegenheit im Postamt zu erledigen hatte. Daraufhin hatte der ältere Herr genickt und sich anderen Kundinnen zugewandt.

Immer wieder lugte sie unauffällig zwischen Nadeln, Schnallen, Zwirn und Wolle nach draußen. Was ging da vor?

Der Ladeninhaber, seine beiden Verkäuferinnen und die Kundinnen im Geschäftslokal schauten fast ein bisschen erschrocken durch das Schaufenster. Die im Gleichschritt marschierenden Matrosen wurden von einem Offizier angeführt. Jekaterina zählte zwanzig Mann in Zweierreihe. Dass es Matrosen waren, erkannte sie sofort an den charakteristischen Mützen. Die Männer trugen Gewehre und Tornister, auch der stramme Gang zeigte klar, dass die Männer nicht ihren Urlaub an Land verbrachten, sondern Befehle ausführten. Nur welche Befehle? Was Jekaterina sofort verstand, war, dass die Österreicher den Druck erhöht hatten, indem sie die Präsenz von Militär und Marine in der Stadt sichtbar machten.

So schnell wie der Trupp aufgetaucht war, so schnell war er auch wieder verschwunden. Nur deren Schritte hallten noch in Jekaterinas Ohren.

Sie war rechtzeitig wieder in ihrer Verkleidung als Kleinbürgerin, ausgestattet mit einem schlichten Einkaufskorb, vor der Polizeidirektion erschienen. Sie hatte nicht lange gewartet, da hatte der Polizist mit zwei weiteren Männern das Gebäude verlassen. Der Mann trug einen Lederkoffer bei sich und schien der Kommandant der kleinen Truppe zu sein. Zielstrebig waren die drei Polizisten in die Via di Vienna marschiert. Vor dem Eckhaus hatte ein uniformierter Polizist gestanden, der bei Erscheinen der drei Männer stramm salutiert hatte. Damit war für Jekaterina erwiesen, dass der Mann ein hochrangiger Beamter war, wahrscheinlich ein Kommissar.

Und plötzlich war Leopold von Baumberg aufgetaucht. Sie hätte ihn im Laden stehend fast übersehen, wie ein schneller Schatten war er vor dem Haustor erschienen, hatte kurz mit dem Wache stehenden Polizisten gesprochen und war dann im Haus verschwunden.

Was war in diesem Wohnhaus inmitten des Borgo Teresiano vorgefallen? Ein Gewaltverbrechen? Ein Einbruch? Und warum suchte der Regionalleiter des österreichisch-ungarischen Geheimdienstes dieses Haus auf? Das waren für Jekaterinas Geschmack zu viele Fragen auf einmal.

Und es wurde noch schlimmer.

Jekaterina wusste den Namen des Mannes nicht, aber sie erkannte ihn eindeutig wieder. Er ging, sich verstohlen umsehend und an einer Zigarette saugend, am Schaufenster vorbei. Er sah nicht hinein, und selbst wenn er es getan hätte, hätte er die Gräfin Olenina nicht erkannt. Es war einer der Soldaten des Obersts. Einer dieser Schlägertypen.

Konnte sie Schubnikow vertrauen? Hatte er seine Finger im Spiel? Zu viele Fragen auf einmal, die sie unbedingt klären musste.

Die wichtigste Frage allerdings war folgende: War sie selbst in Triest noch sicher?

Jekaterina sah, dass Baumberg das Haus verließ und in der

Menschenmenge verschwand. Schubnikows Mann beschattete entweder Baumberg oder er beobachtete das Haus.

Sie nahm eine Packung mit Nähnadeln und ging zur Kassa. »Ich habe mich entschieden.«

Der Kaufmann lächelte höflich. »Sehr wohl, gnädige Frau. Das macht dreißig Heller.«

Jekaterina reichte die Münzen über den Tresen. »Wissen Sie vielleicht, was da drüben vorgefallen ist? Warum steht ein Polizist vor dem Haustor?«

Der Mann machte ein leidendes Gesicht. »Wieder einmal ein Einbruch. Es ist eine Schande, wie viele Einbrüche geschehen. Und was macht die liebe Polizei? Sie kommt wie immer zu spät und lässt diese Strolche entkommen. Was meinen Sie, wie sehr wir Kaufleute hier im Viertel auf unsere Waren aufpassen müssen?«

»Ein Einbruch also. Vielen Dank und auf Wiedersehen.«

»Auf Wiedersehen, gnädige Frau. Und beehren Sie uns bald wieder.«

Jekaterina trat auf die Straße, da sah sie, wie der Kommissar das Eckhaus verließ und zügig losmarschierte. Sie wusste von ihrer nächtlichen Verfolgung in Barcola, dass er schnellen Schrittes unterwegs war, und hatte sich heute bewusst Schuhe angezogen, mit denen sie ebenfalls zügig vorankam. In großer Distanz folgte sie ihm. Sie blickte sorgsam hinter sich, ob Schubnikows Mann ihr hinterherging, aber sie konnte ihn nicht entdecken.

Der Kommissar nahm geradewegs die Via di Vienna bis zum Canal Grande, überquerte die Brücke, marschierte weiter zur Piazza della Borsa, ließ die Piazza Grande hinter sich und tauchte in die Città Vecchia ein. Wohin wollte er so zielstrebig? In der Via di Cavana bog der Mann links ab und ging geradewegs die Via San Michele hoch.

Jekaterina wurde es mulmig zumute. Sie ahnte Schlimmes.

Tatsächlich blieb er vor dem Haus stehen, in dem ihre Wohnung lag, und schaute an der Fassade empor. Jekaterina huschte in einen Hauseingang und tat so, als ob sie in ihrem Einkaufskorb kramte, spähte allerdings die Gasse hoch. Der Kommissar betrat das Haus.

Sie fluchte in sich hinein. Wie war er zu ihrer Adresse gekommen? Wie hatte er ihre Spur gefunden? Er musste in dem Fall Lainer involviert sein. Warum sonst hätten Baumberg und er sich mindestens zum zweiten Mal getroffen?

Was war in diesem Eckhaus in der Via di Vienna vorgefallen?

Sie musste noch heute ihre Wohnung aufgeben. Ihre Lage wurde unhaltbar, wenn schon die Polizei hinter ihr her war, dann waren Baumberg, Hudson und Stiebke nicht mehr weit. Und was würde Schubnikow erst tun, wenn er erführe, welchen Preis es in Triest zu gewinnen gab? Was für eine verdammt verfahrene Situation! Und nur, weil sich dieser Narr Gustav Lainer von einem Zug hatte überrollen lassen.

Sie erschrak. Wie aus dem Nichts baute sich ein dunkler Schatten vor ihr auf.

»Wer sind Sie? Und warum folgen Sie mir?«, fragte der Mann auf Italienisch.

Jekaterina schnappte nach Luft. Gehetzt schaute sie sich um. Gab es eine Möglichkeit zur Flucht? Nein. Sie stand in der Ecke, hinter sich der geschlossene Flügel des Haustors und vor sich nur eine Elle entfernt der Kommissar. Mit nur einem Handgriff würde er sie packen, mit nur einem Stoß gegen das Tor werfen können. Sie saß in der Falle.

Nach der Schrecksekunde fing sie sich schnell. Blasiert musterte sie den Mann. Jedes weitere Schauspiel war nun obsolet, sie sprach Deutsch. »Sind Sie über die Mauer im Innenhof geklettert und rund um den Häuserblock gelaufen, Herr Kommissar?«

»Und wenn dem so wäre?«

»Dann sind Sie wohl ein teuflisch guter Sportsmann.«

»Ihr Akzent klingt nicht südslawisch.«

»Haben Sie ein Gehör dafür?«

»Oh ja, ein sehr feines.«

»Herr Kommissar, Sie sollten es einer Dame gegenüber nicht an Höflichkeit mangeln lassen. Ich fühle mich von Ihnen bedrängt.«

»In Österreich-Ungarn heißt der Dienstgrad Inspector, nicht Kommissar.«

»Ich bitte um Vergebung, Herr Inspector. Ich habe bislang kaum mit der hiesigen Polizei zu tun gehabt.«

»Also, wer sind Sie?«

Jekaterina nahm den lächerlichen Hut ab und legte ihn in den Korb. »Tja, wenn Sie mich schon in meiner Wohnung besuchen möchten, dann sollten wir vielleicht eine Tasse Tee trinken. Ich empfange gern Besuch von so überaus stattlichen Herren.«

Bruno trat einen Schritt zurück und nahm seinen Hut ab. »Meine Verehrung, Gräfin, es ist mir eine Ehre, Euch kennenlernen zu dürfen. Darf ich mich vorstellen? Inspector Bruno Zabini. Und einer Einladung zum Tee stimme ich mit dem allergrößten Vergnügen zu.«

»Hört, hört, Sie können also doch höflich sein.«

»Ich bitte, mein forsches Auftreten zu pardonieren.«

»Schwamm drüber, Pardon erteilt.«

Jekaterina trat auf das Trottoir und schaute links und rechts. Weit und breit kein Geheimagent zu sehen. Was wusste dieser Polizist? Sie musste es herausbekommen. Jekaterina kramte in ihrem Einkaufskorb nach dem Schlüsselbund.

»Nun, mein Herr, bitte folgen Sie mir unauffällig.«

～☙～

Luise schaute zur Bahnhofsuhr. Ein Bediensteter hatte auf der Anschlagtafel mit Kreide vermerkt, dass der Nachtzug aus Wien mit einer Viertelstunde Verspätung eintreffen würde. Bei einer vierzehn Stunden langen Fahrt war das eine Kleinigkeit. Sie selbst war auch schon mit dem Schlafwaggon auf der Südbahn unterwegs gewesen, allerdings von Triest nach Wien. In der Nacht zu fahren, beraubte einem zwar die großartige Aussicht auf die wunderschönen Länder, die die Südbahnstrecke durchquerte, aber praktisch war es allemal, im Schlaf zu reisen und am Morgen in der Hauptstadt aufzuwachen.

Jeden Augenblick musste der Zug den Südbahnhof erreichen.

Sie war mit leichtem Gepäck im Frühzug von Sistiana nach Triest gefahren, hatte ihren Koffer in ihrer Wohnung abgestellt und war dann zurück zum Bahnhof gegangen, um Carolina abzuholen. Luise freute sich auf das Wiedersehen. Sie plante, eine Woche in ihrer Stadtwohnung zu bleiben, mit ihrer jüngeren Freundin in der Stadt zu flanieren, im Kaffeehaus Platz zu nehmen und abends gemeinsam eine Opernaufführung zu besuchen. Am kommenden Freitag würde Carolina einen Empfang in ihrer Beletage geben.

Signora Latini hatte von Luise entsprechende Anweisungen erhalten und würde in der Villa nach dem Rechten sehen. Grete und Gerwin würden am Donnerstag nach Triest kommen. Luises Stadtwohnung verfügte über ein Gästezimmer, das Grete beziehen konnte. Für Gerwin würde sie in ihrem Schlafzimmer ein Bett aufstellen lassen. Spätestens wenn Gerwin im nächsten Jahr zur Schule ging, würde sie ihren Hauptwohnsitz nach Triest verlegen. Hier gab es deutsche Schulen, in Sistiana nicht. Ihr Sohn und sein Kindermädchen würden die nächsten Tage mit Spiel, Spaß und einigen Lektionen verbringen. Luise hatte für Gerwin und Grete ein paar Aufgaben vorbereitet. Beide machten erste Fortschritte beim Erlernen der italienischen Sprache. Grete zeigte sich zunehmend von

Luises Büchern begeistert, stöberte lange in ihrer Bibliothek und ließ es sich nicht nehmen, Gerwin Geschichten vorzulesen. Was wiederum Gerwin immer begieriger machte, selbst das Lesen zu erlernen. Und Herr Doplicher war nicht mehr wiederzuerkennen, seit das junge Volk im Haus war. Wie vom Winde verweht waren seine mürrischen Launen und schrullige Art. Mit einem guten Gefühl hatte Luise für eine Woche Abschied von ihrer so lebendigen Villa genommen.

Da stampfte schon eine Dampflokomotive auf den Bahnhof zu.

Komtess Carolina von Urbanau war nach schweren Schicksalsschlägen im Frühjahr den ganzen Sommer über bei Luise in Sistiana zu Gast gewesen. Sie war im Mai mit ihrem Vater, dem Grafen Maximilian von Urbanau, und mit ihrem heimlichen Geliebten Friedrich Grüner an Bord des Dampfers Thalia gegangen und hatte eine Vergnügungsfahrt durch die Adria und die Ägäis unternommen. Wobei die Rückkehr von der dreiwöchigen Rundreise Carolina kein Vergnügen bereitet, sondern in einer Katastrophe geendet und ihr einen Nervenzusammenbruch beschert hatte. Der weit über die Grenzen der Stadt Triest hinaus bekannte Nervenarzt Dr. Samigli hatte sich der Komtess angenommen und eine Kur verordnet. Luise hatte sich um ihre zwanzigjährige Freundin gekümmert. Nach und nach hatte Carolina wieder Tritt gefasst und die tragischen Ereignisse überwunden.

Sie hatten in der jeweils anderen eine Seelenverwandte gefunden, waren aus adeligem Haus, feinfühlig und voller Sehnsüchte, und beide hatten schwere existenzielle Krisen zu durchleben. Luise war es ein persönliches Anliegen gewesen, ihrer Freundin zu helfen, und es erfüllte sie bis heute mit Freude und auch ein bisschen mit Stolz, dass Carolina weitgehend geheilt im Spätsommer vom Küstenland zurück in ihre Heimatstadt Graz hatte reisen können.

Und nun, zwei Monate später, besuchte Carolina wieder Triest. Sie war mittlerweile einundzwanzig, war also volljährig und konnte selbst über das immense Vermögen verfügen, das der Graf seiner Tochter vererbt hatte. Wobei sie sich in Vermögensfragen ganz an die Usancen ihres Vaters hielt. Um die Ländereien und den Landsitz des Hauses Urbanau kümmerte sich seit über zwei Jahrzehnten ein verlässlicher Gutsverwalter, die Glasfabrik, das Quarzbergwerk und die sonstigen Geschäfte des Grafen verwaltete die Advokaturkanzlei in Graz, sodass Carolina sorgenfrei in der Grazer Villa wohnen und sich der Kunst, dem Lesen und dem Briefeschreiben widmen konnte. In einem ihrer Briefe an Luise hatte sie von ihren Kontakten zur Österreichischen Gesellschaft der Friedensfreunde und einem Briefwechsel mit Bertha von Suttner berichtet. Luise und Carolina schrieben einander fast wöchentlich. Ihre Ankunft in Triest hatte sie auch postalisch angekündigt und bereits ihre große Vorfreude anklingen lassen, endlich Luises Sohn Gerwin kennenlernen zu dürfen. Carolina hatte für einen Monat eine Beletage auf der Piazza Goldoni gemietet, so würde sich auch Gelegenheit für einen Ausflug nach Sistiana ergeben.

Mit quietschenden Bremsen kam der Zug zum Stillstand. Der Perron füllte sich in Sekundenschnelle, und wie immer, wenn ein Zug aus Wien eintraf, fanden sich Menschen, die ihre Verwandten oder Freunde abholten, Gepäckträger mit ihren Karren, Straßenhändler und Zeitungsverkäufer ein und erwarteten den Zug und seine Fahrgäste.

Luise hielt Ausschau. Carolina reiste nicht allein, ihre Haushälterin Josefa und deren Ehemann Ignaz Rieger begleiteten sie und würden einen Monat in Triest verweilen. Die Beletage war so geräumig, dass für das Dienstbotenpaar eigene Räume zur Verfügung standen. Josefa Rieger war seit fünfzehn Jahren die Haushälterin in der Grazer Villa, sie kochte, putzte und versorgte die Wäsche. Ihr Ehemann arbeitete einst als Schuster, aber vor zehn Jahren hatte Graf Urbanau Ignaz Rieger als Hausmeister und Gärtner angestellt. Die drei Kinder des Ehepaares waren erwachsen und gingen ihrer eigenen Wege, sodass es für die beiden möglich war, mit der Komtess auf Reisen zu gehen.

Luise entdeckte Carolina, die eben aus dem Waggon stieg. Luise eilte los. »Da bist du ja!«, rief sie und umarmte Carolina.

»Ja, wieder in Triest. Es tut so gut, dich zu sehen.«

Die beiden wechselten ein paar Worte, bis Luise sah, dass ein Mann Anfang fünfzig und eine Frau Ende vierzig in respektvollem Abstand und umringt von Koffern Aufstellung genommen haben.

»Liebe Luise, darf ich dich bekannt machen? Das sind meine treuen Reisegefährten, Herr Ignaz Rieger und seine Frau Josefa. Die Baronin Callenhoff.«

Ignaz Rieger nahm respektvoll seinen Hut und verneigte sich, während seine Frau einen Knicks machte. Luise trat auf den drahtig wirkenden Mann mit dem grauen Schnauzbart und die ein bisschen mollige Frau zu und ließ es sich nicht nehmen, den beiden die Hand zu schütteln.

»Herr und Frau Rieger, es freut mich ganz besonders, dass auch Sie hier im Küstenland zu Gast sind. Waren Sie schon einmal in Triest?«

Josefa übernahm zumeist das Reden, sie schüttelte den Kopf. »Nein, Euer Gnaden, wir sind beide zum ersten Mal am Meer.«

»Dann ist es umso aufregender, gleich einen Monat Zeit zu haben, das Leben am Golf von Triest kennenzulernen.«

»Jawohl, Euer Gnaden, wir sind sehr aufgeregt und freuen uns. Wir sind der Komtess zu größter Dankbarkeit verpflichtet, dass wir auf unsere alten Tage noch etwas von der weiten Welt sehen.«

Luise nickte lächelnd. »Ich lade Sie ganz herzlich ein, gemeinsam mit der Komtess mich in meinem Haus in Sistiana zu besuchen. Es gibt dort herrliche Wanderwege an der Küste und im Karst.«

»Liebend gerne, Euer Gnaden.«

»Vor dem Bahnhof wartet ein Wagen, der Sie mit dem Gepäck zur Piazza Goldoni bringen wird. Die Komtess und ich nutzen das trockene Wetter für einen Spaziergang.«

»Vielen Dank, Euer Gnaden.«

Luise bot Carolina die Armbeuge. Gemeinsam gingen sie in Richtung Bahnhofshalle. »Wie ist es dir ergangen, meine Teure? Du musst mir alles erzählen.«

»Wirklich alles?«

»Wir haben jede Zeit der Welt.«

Bruno nippte an der Teetasse. Ein köstliches Getränk. Die Gräfin Olenina hatte ihn aufgefordert, Platz zu nehmen, danach hatte sie den Petroleumbrenner ihres Samowars entzündet. Er hatte schon von russischen Samowaren gehört, aber als passionierter Kaffeetrinker noch nie einen gesehen, geschweige denn damit zubereiteten Tee getrunken. Auf seine Frage hin hatte die Gräfin die Funktionsweise des Teekochers genauer erläutert. Der Samowar war in einer Fabrik in Tula erzeugt worden, bei ihrer Reise von Sankt Petersburg nach Triest hatte sie ihn mitgenommen. Obenauf stand eine Kanne mit Sawarka, dem kräftigen Teekonzentrat, das die Haushälterin fast jeden Morgen aufbrühte. Wann immer der Gräfin der Sinn nach einer Tasse Tee stand, konnte sie mit dem Petroleumbrenner Wasser erhitzen, mit dem das Konzentrat verdünnt wurde. So war Bruno schon nach wenigen Minuten in den Genuss einer äußerst aromatischen Tasse Tee gekommen.

Die Gräfin hatte sich selbst auch etwas aufgegossen, sich entschuldigt und in ihr Boudoir zurückgezogen. Sie fände es ganz und gar unschicklich, in einem derartig unpassenden Aufzug einen Gast zu empfangen. Also wartete Bruno, immer wieder am Tee nippend, im Salon auf ihre Rückkehr.

Er schaute auf seine Armbanduhr. Hatte sie ihn übertölpelt? War sie längst über ein Fenster in den Innenhof und dann über die Mauer geklettert? Sie brauchte erstaunlich lange, um das Kleid abzulegen und ein anderes anzuziehen. Sollte er die Wohnung vorsorglich durchsuchen? Dann knarrte im Nebenzimmer das Parkett, die Tür öffnete sich.

Brunos Augen weiteten sich. Die Gräfin Olenina betrat den Raum nicht, sie erschien. Was für ein Auftritt! Unwillkürlich sprang Bruno hoch und nahm Haltung an. Sie trug ein schulterfreies rotes Kleid aus feinster Seide und blütenweißen Spitzen, eine elegante Perlenkette, sie hatte ihre Haut gepudert und die Lippen leuchtend rot gefärbt, ihr Haar war stilvoll frisiert. In würdevoller Noblesse trat sie vor Bruno und bot ihm die Hand zum Kuss.

»Herr Inspector, es freut mich, Ihre Bekanntschaft zu machen. Entschuldigen Sie, dass ich Sie habe warten lassen.«

»Euer Gnaden, jede noch so lange Wartezeit ist nichtig, wenn an deren Ende eine Begegnung mit Euch zu erwarten ist. Gräfin, ich bin überwältigt über diese frappante Metamorphose vom, Ihr entschuldigt bitte das unbeholfene Gleichnis, vom unscheinbaren Gänseblümchen zur prachtvollen Rose.«

»Sie verstehen sich trefflich auf die Kunst des Kompliments, wie ich höre. Bitte setzen Sie sich doch wieder. Darf ich Ihnen noch eine Tasse Tee aufwarten?«

»Herzlich gerne, Euer Gnaden.«

Die Gräfin füllte beide Tassen und nahm Platz. Auch Bruno setzte sich. Ihm war klar, warum sie in Galagarderobe auftrat. Mit ihrer Schönheit, ihrem formvollendeten Hals und dem geradezu sündhaft tief ausgeschnittenen Dekolleté würde sie auf jedem Empfang in allen Palästen für Furore sorgen. Ja, Bruno konnte sich kaum sattsehen. Ging er ihr auf den Leim? Er war sich noch nicht sicher.

Gräfin Olenina nickte ihm kokett lächelnd zu. »Darf ich Sie um einen Gefallen bitten, Herr Zabini?«

»Selbstverständlich, Gräfin.«

»Erzählen Sie doch bitte eine unterhaltsame und vielleicht sogar ein wenig erbauliche Geschichte. Mein heutiger Tag ist bislang von unscheinbarer Trübheit erfüllt, die wohl dem Wetter anzulasten ist, und ich hege die größte Hoffnung, dass unsere überraschende Begegnung einen tieferen Sinn hat.«

Bruno wiegte den Kopf. »Euer Gnaden, Ihr bittet mich um eine unterhaltsame, vielleicht erbauliche Geschichte? Das ist herausfordernd. Ich bin kein Poet, und schon gar kein begnadeter Geschichtenerzähler, aber … wenn ich es mir überlege, tja, warum eigentlich nicht. Ich werde zu Eurer Unterhaltung eine Geschichte erzählen.«

Gräfin Olenina klatschte in die Hände. »Wie erfreulich! Ich bin ganz die Ihre, völlig hingegeben Ihrer Erzählung.«

Bruno schaute zum Fenster und sammelte sich einen Moment. »Es war einmal ein junger Mann, der sich zu großen Taten und besonderer Tugend im Leben berufen fühlte. Wissbegierig und gelehrsam wandte er sich einem Bereich des Lebens zu, in dem er wertvolle Arbeit für die Menschheit zu leisten sich imstande fühlte. Der junge Bursche studierte gründlich die technischen Wissenschaften und ward bald zu einem respektierten Mann der Ingenieurkunst. Sein Fachgebiet war der Entwurf und Bau von kleinen und großen Schiffen. Die Welt, in der er lebte, war eine Welt der internationalen Verbindungen, die führenden Städte Europas – Sankt Petersburg, Wien und Paris – waren mit der Eisenbahn verbunden, und die großen Häfen der Welt wurden von zahllosen Dampfern angesteuert. Ja, in einer solch bewegten Welt konnte ein Mann, der sich auf den Bau von Schiffen verstand, große Taten vollbringen. Doch auch im Kleinen war der brave Mann ein Musterbeispiel der Tatkraft, so baute er nicht nur Hochseedampfer, sondern auch robuste und besonders leichte Sportboote.« Bruno machte eine kleine Pause und nahm einen Schluck Tee.

Gräfin Olenina funkelte ihn mit ihren großen Augen neugierig an. »Was geschah dann mit dem tugendhaften jungen Mann?«

Bruno wiegte den Kopf. »Ach, der Teufel schläft nicht, und dort, wo Gott das Glück aus vollen Händen über die Menschen streut, grämt der Teufel sich besonders und verfällt dem Neid und der Missgunst. So geriet unser tugendhafter Mann in den Blick des Höllenfürsten, und Letzterer schickte Ersterem eine Versuchung.« Bruno verstummte und fixierte die Gräfin.

Sie schaute ihn eine Weile mit großen Augen an. »Ja, und weiter? Wie geht die Geschichte voran? Sie haben mich mit Ihrer Erzählkunst neugierig gemacht, Herr Zabini.«

»Ich weiß noch nicht, wie die Geschichte weitergeht, ich stoße mit meiner Phantasie an Grenzen. Wie gesagt, ich bin kein Poet. Aber Ihr, verehrte Gräfin, vielleicht habt Ihr eine Idee, wie die Geschichte sich entfaltet. Was könnte es für eine Versuchung sein, die der Teufel dem tugendhaften Mann geschickt hat?«

»Sehr pfiffig, mein Herr, ich fühle mich durch Ihr Denk- und Ratespiel in der Tat angespornt. Passen Sie auf, Herr Zabini. Wie wäre es damit?«

»Ich lausche voll der Erwartung.«

»Vielleicht war es nicht der Teufel, der dem tugendhaften Mann eine dunkle Versuchung schickte, sondern ein Engel erschien, der dem Mann den Weg wies, welcher sein Leben auf neue, nie gekannte Höhen der Tugend führen würde.«

Bruno nickte begeistert. »Eine großartige Idee! Ein Engel erschien dem Manne und gewährte ihm unendliches Glück.

Diese Wendung ist höchst gelungen. Was aber, wenn das Glück des Mannes den missgünstigen Teufel umso rasender machte? Und, werte Gräfin Olenina, Ihr kennt gewiss die alten Geschichten vom Teufel. Wen schickt der Teufel, wenn er vor Hass und Niedertracht schäumt?«

»Er schickt den dunklen Tod.«

Bruno gestikulierte. »Ja, der Höllenfürst schickt den Sensenmann.«

Gräfin Olenina machte eine leidende Miene. »Ach, Herr Zabini, Ihre Geschichte hat so gut begonnen, aber dieses böse Ende stößt meine Stimmung in ungeahnte Tiefen. Dabei hat mir mein Arzt geraten, dass ich der Sonne und des milden Klimas wegen an die Adria reisen soll, um dem Schatten der Melancholie zu entkommen. Ich glaube, Sie sind als Geschichtenerzähler ein Scharlatan.«

Bruno musste unwillkürlich lachen. »Gräfin, wenn ich wahrhaft das Bestreben hätte, mich als Geschichtenerzähler zu verdingen, so wäre mir der Bettelstab gewiss und das Hungertuch unausweichlich.«

Die Miene der Gräfin erhellte sich. »Na, immerhin besitzen Sie Humor und Selbsterkenntnis. Das ist viel wert in dieser unserer Welt.«

»Warum hat Gustav Lainer in den letzten Wochen gezählte vierzehn Mal in seinem privaten Notizbuch Einträge gemacht, die mich auf Eure Spur gebracht haben?«

Die Miene der Gräfin war mit einem Schlag undurchdringlich wie glasiertes Porzellan. »Dieser Narr hat also ein Notizbuch vollgekritzelt.«

»Das hat er.«

»Was verleitet Sie dazu, in den privaten Notizbüchern anderer Menschen zu stöbern?«

»Wart Ihr der Engel, der Lainer den Weg zu einem Leben in nie gekannte Höhen gewiesen hat?«

»Ist das die Frage, derentwegen Sie zu mir gekommen sind?«

»Was habt Ihr von ihm verlangt? Was sollte er für Euch tun?«

»Wo ist dieses Notizbuch?«

»Sicher verwahrt.«

Gräfin Olenina erhob sich, trat ans Regal und richtete den Blick auf die aufgereihten Bücherrücken. »Weiß auch Herr von Baumberg von diesem Notizbuch?«

»Warum soll ich Eure Fragen beantworten, wenn Ihr keine meiner beantwortet?«

»Auch darauf muss ich Ihnen die Antwort schuldig bleiben.«

Bruno stand auf und postierte sich in der Mitte des Raumes. »Ihr wisst also jetzt, dass ich ein Notizbuch habe, das mir gewisse Einblicke verschafft. Ich weiß jetzt, dass Ihr Gustav Lainer zu gefährlichen Dingen verleitet habt, die ihm das Leben gekostet haben.«

»Mit seinem Tod habe ich nicht das Geringste zu tun. Sein Tod hat mich in eine äußerst prekäre Lage gebracht.«

»Wo wart Ihr in der Nacht vom dritten auf den vierten November?«

»In meinem Hotelzimmer auf der pittoresken Insel Brioni. Sie können das liebend gern überprüfen.«

»Das werde ich tun.«

Gräfin Olenina machte zwei Schritte auf Bruno zu und schaute ihm tief in die Augen. »Sind Sie bewaffnet, Herr Inspector?«

»Ich bin im Dienst, ja, ich trage eine Waffe bei mir. Warum wollt Ihr das wissen?«

Die Gräfin fasste nach Brunos Hand und presste sie auf ihren linken Busen. »Weil ich Sie um einen Akt der Gnade bitte.«

Bruno war schlagartig aufgewühlt, er rang mit sich. »Der Gnade?«

»Nehmen Sie Ihre Waffe und schießen Sie mich tot. Hier und jetzt!«

Bruno zog seine Hand zurück und entfernte sich etwas. »Das soll eine Gnade sein?«

»Oh ja! Wenn Leopold von Baumberg oder Oberst Alexander Schubnikow dieses Notizbuch in die Hände bekommen oder erfahren, was Sie zu wissen vermeinen, dann ist ein Schuss in den Kopf hier und jetzt ein gottgesegneter Akt der Gnade. Ich flehe Sie an.«

Bruno nahm Mantel und Hut, trat an die Tür und fasste nach der Klinke. Er wandte sich noch einmal der Gräfin zu. »Wer ist Oberst Alexander Schubnikow?«

»Das, mein Herr, ist der Teufel aus unserer Erzählung. Und er hält sich leibhaftig in Triest auf, reist aber bestimmt unter falschem Namen. Leider kenne ich sein Pseudonym nicht, auch sein Unterschlupf ist mir unbekannt.«

»Ein russischer Agent?«

»Vielleicht der Übelste von allen. Und er reist nie allein.«

»Muss ich mir Sorgen machen?«

»Sorgen stehen uns allen unmittelbar bevor.«

Bruno nickte. »Ihr wisst jetzt, wie und wo Ihr mich findet?«

»Das weiß ich.«

»Nun denn, verehrte Gräfin Olenina, niemand ahnt, dass diese Unterredung stattgefunden hat. Bestimmt gelingt es uns beiden, dieses Geheimnis für uns zu behalten.«

»Ich bin zuversichtlich, was diese Angelegenheit betrifft. Und in Wahrheit bin ich Ihrem Wohlwollen vollständig ausgeliefert.«

»Euer Gnaden, vielen Dank für den köstlichen Tee. Ich wünsche einen guten Tag, auf Wiedersehen.«

»Herzlichen Dank für den höchst genehmen Besuch. Auf Wiedersehen, Herr Zabini.«

Koloman Vanek lehnte an der Mauer eines schäbigen alten Hauses inmitten der Città Vecchia und las in einer italienischen Zeitung. Mittlerweile verstand er das meiste, nur manche Wörter kannte er nicht, erfasste aber meist den Sinn des Satzes.

In diesem Teil der Stadt standen Häuser, die so alt waren, dass niemand mehr wusste, wann sie gebaut worden waren. Vor zweihundert Jahren? Dreihundert? Die Bewohner der Altstadt, die nicht dem Suff, der Verzweiflung oder der Prostitution verfallen waren, interessierte vielmehr, wie sie es schaffen konnten, eine Wohnung in den neuen Stadtteilen zu bekommen. Aber für eine Wohnung in guter Lage brauchte man viel Geld, und als Hafenarbeiter oder Wäscherin verdiente man miserabel.

Vanek hatte diesen Stadtteil sofort gemocht. Die verwinkelten Gassen, der omnipräsente Geruch nach Urin, die Wäscheleinen zwischen den Häusern und die schäbigen Branntweinlokale. Er hatte hier eine Frau gefunden, die er ein- bis zweimal pro Woche besuchte. Vanek zahlte besser als die anderen Kunden, deswegen stand die Tür für seine unangekündigten Besuche immer offen. Einmal hatte die Frau sogar einen Kunden fortgeschickt, der gerade dabei war, sich zu entkleiden. Als dieser Mann laut geworden war und ihre Künste eingefordert hatte, hatte Vanek, ohne auch nur mit der Wimper zu zucken, sein Portemonnaie gezückt, ihm den Betrag erstattet und mit kalten Augen zur Tür gewiesen. Der Mann war ohne ein weiteres Wort abgezogen.

Heute plante Vanek jedoch keinen Damenbesuch. Er war einem verdächtigen Mann bis zur Piazza di Cavana gefolgt, wo sich dieser in einem kleinen Stehlokal an den Tresen gelehnt und einen Schnaps bestellt hatte. Vanek war unbemerkt vorbeigegangen und im Gewirr der schmalen Seitengassen verschwunden. Er war nur zwei Ecken von der Piazza entfernt und dachte nach.

Eine Gruppe Kinder in Lumpenkleidern trat auf ihn zu und bettelte ihn an. Er knurrte düster, woraufhin die Kinder schimpfend fortliefen. Vanek faltete die Zeitung zusammen und steckte sie in die Tasche seines Mantels. Er machte sich auf den Weg zum Hafen, schaute sich sorgfältig um und verschwand im Excelsior Palace Hotel an der Riva del Mandracchio. Dort stellte er sich an den Empfang, legte ein paar Münzen auf den Tresen und ließ sich eine der drei Telephonkabinen zuweisen.

Vanek zog die Tür der Kabine sorgsam zu und wartete auf die Vermittlung. Er musste rund drei Minuten warten, bis er durchgestellt werden konnte.

»Obersekretär von Baumberg. Mit wem spreche ich?«

»Ich bin es, Herr Hauptmann. Vanek.«

»Vanek, wo steckst du die ganze Zeit?«

»Bin an der Arbeit.«

»Wo bist du?«

»Im Excelsior. Die haben die besten Telephone der Stadt. Und schallgeschützte Kabinen.«

»Weiß ich, da habe ich auch wiederholt telephoniert. Warum bist du einfach verschwunden? Ich habe nicht bemerkt, dass du aufgebrochen bist.«

»Herr Hauptmann, deswegen rufe ich an.«

»Was gibt es?«

»Als Sie in die Wohnung der verschwundenen Italienerin gegangen sind, war ich weit hinter Ihnen. Nachdem Sie die Piazza Grande verlassen haben, wurden Sie von einem Mann verfolgt. Kein Anfänger, Herr Hauptmann, so viel habe ich schnell bemerkt. Ich musste sehr vorsichtig sein. Auch als Sie ins Postamt gegangen sind, war er an Ihnen dran, und später, als Sie bei der Börse im Kaffeehaus gesessen sind, hat der Mann Sie aus großer Distanz im Auge behalten. Erst als Sie zurück im Bureau waren und das Gebäude anderthalb Stunden nicht verlassen haben, hat er seinen Beobachtungsposten aufgegeben und ist eine Weile in der Stadt auf und ab gelaufen. Es war eindeutig, Herr Hauptmann, er wollte sich vergewissern, dass niemand hinter ihm her war.«

»Warst du aber, nicht wahr?«

»War ich.«

»Hat er dich bemerkt?«

»Natürlich nicht. Als er sich sicher war, ist er in eine Branntweinstube auf der Piazza di Cavana eingekehrt. Wahrscheinlich nimmt er gerade eben die zweite Runde.«

»Gut gemacht, Vanek. Ein Engländer? Ein Italiener? Ein Franzose?«

»Ich habe nicht gehört, welche Sprache er spricht, und nachgefragt habe ich auch nicht. Aber ich habe eine Vermutung?«

»Raus damit.«

»Ich glaube, er ist Russe.«

»Wie kommst du darauf?«

»Er sieht nicht wie ein Italiener oder Franzose aus. Ich bin überzeugt, dass er Russe ist.«

»Vanek, ich weiß mittlerweile mit Sicherheit, dass weder die Deutschen noch die Briten Erlinda Russo haben. Außerdem haben die Italiener Alarm geschlagen, sie werden in Kürze zusätzlich Kräfte mobilisieren. Das Spiel wird härter.«

»Wie lautet der Befehl, Herr Hauptmann?«, fragte Vanek und musste ein Weilchen auf die Antwort warten.

»Ich schicke dir Zoglauer und Meier als Verstärkung. Ich will hören, was der Mann zu erzählen hat.«

»Die beiden sollen gleich zur Piazza kommen.«

»Und macht es um Himmels willen diskret.«

»Das versteht sich doch von selbst, Herr Hauptmann.«

⁓❦⁓

Nachdem Carlo gegangen war, hatte sie eilig die Suppe für ihre Söhne zubereitet, selbst einen Teller mit Brot gegessen und sich der Näharbeit gewidmet. Als dann Ludovico und Rudolfo nach Hause gekommen waren, war sie mit ihnen bei Tisch gesessen, hatte sich ihre Erlebnisse aus der Schule erzählen lassen und sich nach den Hausaufgaben erkundigt, ohne ihre Arbeit zu unterbrechen. Als die Buben fertig gegessen hatten, hatte Fedora ihnen erklärt, dass ihr Vater und ihre Mutter seit dem Spruch des Richters am Vormittag von Tisch und Bett getrennte Eheleute waren. Ludovico und Rudolfo hatten die Nachricht schweigend aufgenommen und ihr Zimmer aufgesucht. Es war Fedora unmöglich zu sagen, ob sie verstört waren, verärgert, verängstigt oder ob es ihnen gleichgültig war. Mit einem mulmigen Gefühl im Bauch hatte sie die Arbeit am Kostüm abgeschlossen. Was würde aus den beiden werden? Würden sie ohne die erziehende Hand ihres Vaters auf die schiefe Bahn geraten? Würden sie ihre Mutter schnellstmöglich verlassen und sich im Erwachsenenalter von ihr distanzieren?

Sie hatte keine Antworten darauf.

Sie musste einfach vorausschauen und Tag für Tag meistern. Ihr blieb keine Zeit für Grübelei und Selbstmitleid, die Kostüme mussten morgen zur Probe bereit sein.

Fedora packte die Sachen in den Koffer, verabschiedete sich von den Buben und verließ die Wohnung. Als sie in die Via Giulia einbog, malte sie sich aus, wie Chiara Monteverdi im bearbeiteten Kleid gravitätisch auf die Bühne treten und mit kraftvoller Stimme ihren Monolog deklamieren würde. Ja, das Theater übte große Faszination auf Fedora aus, die Geschichten eröffneten ihr eine neue Welt. Sollte sie nicht doch versuchen, ihre Unsicherheit und Selbstzweifel zu überwinden? Sollte sie die Arbeit an ihrem Stück weiterführen? Was konnte schon geschehen? Im schlimmsten Fall würde der Theaterdirektor es nach drei Seiten vom Schreibtisch fegen und sich über die schreibende Kostümflickerin lustig machen. Das war das Schlimmste, was passieren konnte. Natürlich würde sie dem Direktor mit dem Säbel den Kopf abschlagen, den Schädel auf eine Lanze spießen und auf der Piazza Grande zur Belustigung des Volkes zur Schau stellen. Fedora kicherte in sich hinein. Das war alles nicht so schlimm.

»Guten Tag, Signora Cherini. So in Gedanken?«

Fedora erschrak über den wie aus dem Nichts auftauchenden Mann, der sich neben sie gesellt hatte. Sie hielt inne. »Erschrecken Sie die Leute immer so, Herr Inspector?«

»Nur manchmal. Verreisen Sie?«, fragte Emilio mit Blick auf den Koffer.

»Ja, ich verreise.«

»Aha, und wohin soll die Reise gehen?«

Fedora ging weiter, Emilio blieb neben ihr. »In ein Land, in dem Sie mir nicht folgen können, in das Land der Phantasie und Literatur. Haben Sie mir aufgelauert?«

»Mit Verlaub gesagt, ja, das habe ich.«

»Und warum lauern Sie mir auf?«

»Weil das zu meinem Beruf gehört.«

»Unbescholtenen Bürgern hinterherzuschnüffeln, ist also Ihr Beruf. Interessant. Ich dachte, Polizisten sollten Verbrecher jagen.«

»Meiner Erfahrung nach ist die Grenze zwischen einem unbescholtenen Bürger und einem Verbrecher sehr durchlässig und kaum mit dauerhaft stabilen Grenzsteinen zu markieren.«

»Gehören Sie selbst zur einen oder zur anderen Gruppe von Menschen? Oder sind Sie ein Grenzgänger?«

Emilio lachte. »Ich bin hocherfreut, Sie endlich persönlich kennenzulernen und mit Ihnen zu sprechen.«

»Ich weiß noch nicht, ob ich erfreut bin.«

»Nach Kräften werde ich mich bemühen, die Begegnung so angenehm wie möglich zu gestalten. Sind Sie auf dem Weg ins Theater?«

»Ja.«

»Und in diesem Koffer sind wohl Kostüme. Habe ich recht?«

Fedora antwortete nicht, sie ging ein paar Schritte schweigend.

»Sie haben also gleich bemerkt, dass ich mich nach Ihnen umgesehen habe«, sagte Fedora. »Eine kurze Begegnung in Ihrer Gasse und schon wissen Sie Bescheid. Sie wissen, wie ich heiße, wo ich wohne und was ich arbeite. Wie viel wissen Sie noch von mir?«

»Signora Cherini, ich weiß in Wahrheit sehr wenig *von* Ihnen, aber ich weiß manches *über* Sie.«

»Sind das Spitzfindigkeiten der Formulierung?«

»Oh nein, das ist für mich ein beträchtlicher Unterschied. Etwas *über* einen Menschen zu wissen, hat in meiner Diktion etwas Deskriptives, etwas Polizeiliches. Etwas *von* einem Menschen zu wissen hingegen, meint sehr viel mehr eine persönliche Ebene.«

»Gut, Sie wissen also viel *über* mich und nun wollen Sie auch etwas *von* mir wissen. Verstehe ich Ihre Initiative richtig, mir aufzulauern, das Gespräch zu suchen und mich zu begleiten?«

»Signora Cherini, ich bin im höchsten Maß veranlasst, Ihre Geistesgegenwart zu preisen.«

»Wollen Sie von mir etwas über Bruno erfahren? Wollen Sie mich aushorchen? Ob er seine Kleidung ordentlich zusammenlegt, ob er ein geschickter Handwerker ist oder ob er ein hingebungsvoller Liebhaber ist?«

Emilio lachte. »Nun, das interessiert mich herzlich wenig. Ich weiß über Bruno alles, was ich wissen muss. Daher benötige ich keine zusätzliche Auskunft.«

»Warum hat Bruno, bis auf eine winzige Andeutung im

Moment der Erkenntnis, mir gegenüber standhaft jede Auskunft über den Mann verweigert, der mit einem Brief meine Ehe zerstört hat? Warum fürchtet Bruno Sie?«

»Tut er das? Hm, das ist völlig deplatziert. Außerdem finde ich es nicht nötig, dass wir über meinen sich selbst immerzu sehr wichtig nehmenden Kollegen sprechen. Für mich ist Bruno über seine Arbeitskraft hinaus uninteressant. Und über einen Brief, der Ihre mittlerweile getrennte Ehe, ja, Signora, über das Gerichtsverfahren von heute früh weiß ich auch Bescheid, der also Ihr Eheleben mit dem Offizier zur See Carlo Cherini belastet haben könnte, weiß ich nichts.«

»Ach nicht? Und ich soll das glauben?«

»Ich bitte Sie darum.«

»Wenn Sie damit nichts zu tun haben, warum verfolgen Sie mich dann?«

»Es schmerzt, dass Sie meine Aufwartung als Verfolgung klassifizieren. Vielmehr unternehme ich einen bescheidenen Versuch, freundschaftliche Bande zu knüpfen.«

Fedora überlegte scharf. Was hatte der Mann wirklich vor? Er war schwer zu durchschauen. Oder war der Grund seines Auftauchens ganz simpel? Fedora neigte zu dieser Ansicht. Ihrer Erfahrung nach waren Männer, die sich für besonders schlau und gerissen hielten, auch nicht anders als alle anderen. In Wahrheit drehten sich die Gedanken von Männern nur um zwei Dinge. Macht und Geld war das eine, aber das würde er bei ihr nicht finden, das war ihm natürlich klar. Also ging es um die zweite Sache.

Fedora musterte Emilio kokett von der Seite. »Signor Pittoni, ich weiß zwar wenig *über* Sie, noch viel weniger weiß ich etwas *von* Ihnen, immerhin ist mir Ihr Name, Dienstgrad und Ihre Wohnadresse bekannt. Niemand kann in die Zukunft blicken. Vielleicht ergibt sich ja die Möglichkeit, freundschaftliche Bande zu knüpfen.«

»Das würde mich freuen.«

»Tja, wie Sie wohl wissen, bin ich eine moderne Frau. Ich sehe mit großer Neugier den Entwicklungen des noch so jungen zwanzigsten Jahrhunderts entgegen. Und mutigen Männern, die für Ihre Sache Risiken eingehen, die schneidig zur Tat schreiten, kann ich kaum einen Gefallen abschlagen.«

»Signora Cherini, Ihre Aussagen erfüllen mein Herz mit Zuversicht und Wärme.«

»Wärme kann nicht schaden, immerhin zieht der Winter heran.«

»Die Bora wird auch bald fallen.«

»Da ist es immer gut, in einer gut geheizten Stube zu verweilen und sich unter einer kuscheligen Tuchent zu verkriechen.« Fedora hielt an und reichte ihre Hand zum Kuss. »Signor Pittoni, vielen Dank für die Freundlichkeit, mich ein Stück des Weges zu begleiten, doch jetzt muss ich mich empfehlen. Die Arbeit ruft.«

Emilio nahm Haltung an und leistete den Handkuss. »Auch ich bedanke mich für die anregende Unterhaltung. Ich hoffe doch auf bald, Signora.«

»Das hoffe ich auch. Auf Wiedersehen.«

Sie blickte nicht hinter sich. Diesen Gefallen wollte sie ihm nicht erweisen.

❧

Leopold von Baumberg stieg hinter Koloman Vanek die Treppe hinab in den Keller. Er müsse unverzüglich mitkommen, hatte Vanek im Bureau gesagt, also waren die beiden zur Kaserne marschiert. Was passiert war und warum sein Adjutant ihn zum Abmarsch gedrängt hatte, entzog sich Baumbergs Kenntnis, aber dass sie den Exerzierplatz der Kaserne überquert und jenes Nebengebäude betreten hatten, in dessen Keller sich das Depot des Geheimdienstes befand, hatte vorab ein paar Fragen geklärt. Es gab Schwierigkeiten, so viel war gewiss.

Vanek schaltete das elektrische Licht im Kellergang ein und schaute Baumberg an.

»Ist etwas mit dem vermeintlichen Russen?«

»Ja, Herr Hauptmann. Sehen Sie selbst.«

Am Ende des Ganges klopfte Vanek viermal und nach einer kurzen Pause wieder viermal an die verschlossene Eisentür. Meier öffnete und ließ die beiden eintreten. Baumberg überblickte die Szenerie. Zoglauer saß auf einem schlichten Holzstuhl, erhob sich mit schmerzverzerrtem Gesicht. Er trug seinen dick bandagierten rechten Arm in einer Schlinge. Meier stellte sich neben seinen Kameraden, während Baumberg und Vanek zu dem auf dem Boden liegenden Körper traten.

Baumberg zeigte auf die klaffende Wunde am Hals des Mannes. »Ist das dein Werk, Vanek?«

»Ja, Herr Hauptmann.«

»Was ist vorgefallen?«

»Ein Messerkampf. Meier und ich haben Position für den Zugriff bezogen, Zoglauer deckte die Fluchtroute. Als der Mann dann aus dem Branntweinlokal herauskam, ist er in Richtung Piazza Giuseppina gegangen. Wir waren an ihm dran, dann hat er uns entdeckt und ist gerannt.«

»Wen von euch hat er entdeckt?«, fragte Baumberg scharf.

Meier schluckte. »Mich, Herr Hauptmann.«

»Haben Sie sich patschert angestellt?«

Meier würgte die Antwort hervor. »Es war Pech, Herr Hauptmann. Es tut mir leid, ich wollte …«

»Was wollten Sie?«

Meier stammelte betreten.

»Herr Hauptmann«, warf Vanek ein, »unser Kunde war kein Anfänger. Meier hat keinen Fehler gemacht, es war wirklich Pech. Eine Sekunde später hätten wir ihn gehabt. Er war teuflisch flink und er hat nicht gezögert.«

»Ist das so?«, fragte Baumberg mit prüfendem Blick.

Vanek nickte zustimmend. »Nicht mehr als eine Sekunde. Wie ich sagte.«

Baumberg winkte ab. »Also, wie ging es weiter?«

»Er ist gelaufen. Ich hinter ihm her, Meier hat die Nebengasse genommen. Er hat hinter sich geschaut und mich gesehen. Dann hat Zoglauer ihm den Weg abgeschnitten. Wie geplant. Ich habe nicht gesehen, dass er ein Messer in der Hand hatte.«

Baumberg wandte sich Zoglauer zu. »Wie schlimm ist es?«

»Beträchtlich, Herr Hauptmann«, antwortete der Mann. »Ich konnte in letzter Sekunde den Bauchstich abwehren, habe aber eine böse Wunde am Unterarm davongetragen. Hat stark geblutet.«

»Wer hat den Verband angelegt?«

»Der Militärarzt hier in der Kaserne.«

»Das heißt, Sie sind versorgt?«

»Jawohl, Herr Hauptmann.«

»Gut. Vanek, weiter in der Erzählung.«

»Also, der Russe …«

»Weißt du, dass er Russe war?«

»Er hat auf Russisch geflucht, also nehme ich es an. Wir haben keinen Pass oder sonstige Papiere bei ihm gefunden.«

»Damit war zu rechnen.«

»Zoglauers Einschreiten hat ihn gezwungen, in einen Innenhof zu flüchten. Er wollte über die Mauer, da habe ich ihn an den Beinen erwischt. Er hat nach mir getreten, aber ich konnte ihn zurückhalten. Meier und ich haben ihn mit gezogenen Messern umstellt. Er ist wie verrückt auf mich los und hat mir um ein Haar den Bauch aufgeschlitzt. Herr Hauptmann, wenn ich nicht zugestochen hätte, wäre ich jetzt tot und nicht er.«

»Ist das auch Ihre Einschätzung, Meier?«

»Definitiv. Das war ein erfahrener Messerkämpfer, präzise Bewegungen, schnelle Vorstöße, volle Aggression. Vanek war in Lebensgefahr, er musste sich verteidigen.«

Baumberg ging in die Hocke und inspizierte die Stichwunde. »Niemand sollte so dumm sein, sich mit Koloman Vanek auf ein Duell einzulassen. Hier liegt der Beweis. So ein Kampf muss aufgefallen sein. Was habt ihr mit dem Blut gemacht?«

»Ich habe im Innenhof Besen und Kübel gefunden und mit viel Wasser das Blut weggespült. So gut das ging. Meier hat Zoglauer hierher in die Kaserne zum Arzt gebracht und ist dann mit einem Handwagen und einer Truhe zurückgekehrt. So haben wir den Leichnam hergeschafft. Passanten in der Altstadt haben die Verfolgungsjagd gesehen. Den Kampf im Innenhof könnten die Einwohner der Häuser gesehen haben. Und auch, wie ich das Blut abgewaschen habe. Herr Hauptmann, leider ist der Einsatz völlig aus dem Ruder gelaufen. Ich nehme die Schuld auf mich.«

Baumberg ging auf und ab. »Wie wir sehen können, agieren dieser russische Oberst und seine Leute gewalttätig. Aber wer konnte ahnen, dass sie sich am helllichten Tag mitten in der Città Vecchia auf einen Messerkampf einlassen würden? Damit habe ich nicht gerechnet, deswegen, Vanek, hast nicht du die Schuld an der Eskalation, sondern ich. Du hast nur deine Haut gerettet.«

»Die Lage wird unübersichtlich«, brummte Vanek düster.

»Das kannst du laut sagen.«

»Was sind Ihre Befehle, Herr Hauptmann?«

Baumberg stemmte die Fäuste in die Hüften und überlegte. »Erstens: Die Leiche muss spurlos verschwinden. Vanek, das erledigst du. Zweitens: Zoglauer, Sie schauen, dass Ihre Wunde schnell verheilt. Eine Woche will ich Sie nicht sehen, kurieren Sie sich aus. Drittens: Meier, Sie überprüfen noch einmal alle behördlichen Meldungen vom Aufenthalt russischer Bürger in Triest. Viertens: Ich werde auf direktem Weg zum Polizeidirektor gehen und kalmieren, damit die Polizei den Vorfall mit Diskretion behandelt und die Presse den Messerkampf nicht morgen auf den Titelblättern bringt. Danach telegraphiere ich dem Reichskriegsminister. Und eines noch. Ab sofort tragen wir rund um die Uhr Revolver.«

⁓◦⁓

Mit Einbruch der Nacht war es merklich kälter geworden, Bruno hatte seinen Schal um den Hals gewickelt und Handschuhe angezogen. Es war damit zu rechnen, dass es in der Nacht erstmals Frost geben könnte, denn der Himmel über dem Golf von Triest hatte aufgeklart. Würde bald die erste Bora des heranziehenden Winters fallen?

Bruno marschierte zügig. Kurz zog ein flüchtiger Gedanke an ihm vorbei. Hatte er Fedora sein Kommen für diesen Abend angekündigt? Er wusste es nicht mehr. Luise hatte ihm vor Kurzem einen Brief geschrieben und ihren Aufenthalt in Triest angekündigt. Wann war das? Und hatte Luise nicht vom Besuch einer guten Bekannten geschrieben? Er konnte sich beim besten Willen nicht erinnern. Mit einem Augenaufschlag waren die fehlenden Antworten auf die unbestimmten Fragen fort.

Er dachte nur an das eine. An nichts anderes. Es zermürbte ihn.

Bruno bog in die Via dell Acquedotto und erreichte bald das Haus, in dem sein langjähriger Freund Lionello Ventura wohnte. Bevor er es betrat, schaute er sich um und ging noch einmal auf und ab. Litt er an Verfolgungswahn? Grund genug dafür gab es. Dann stieg er in den zweiten Stock empor. Bruno wartete im Flur, ob er Schritte hinter sich hörte. Nichts. Also trat er vor die Tür und betätigte die Klingel. Wenig später drang elektrisches Licht durch das Fenster über der Wohnungstür und der Schlüssel drehte sich im Schloss.

»Bruno! Was für eine Überraschung, dass du mich besuchst«, rief Lionello aus.

»Störe ich dich gerade? Oder darf ich eintreten?«

»Natürlich, komme nur herein. Du störst nicht, ich habe dich bloß nicht erwartet.« Lionello schloss hinter Bruno ab. »Leg ab und setz dich zu mir. Ich habe vor Kurzem kräftig nachgelegt, es ist kalt geworden.«

»Vielen Dank«, sagte Bruno und legte Mantel, Schal, Handschuhe und Hut ab. »Es tut mir leid, dass es mit der Billardpartie am letzten Samstag nicht geklappt hat. Ich war wieder einmal verhindert.«

»Ich habe schon gehört, dass deine Suspendierung aufgehoben ist und du wieder in Amt und Würden bist.«

»Lass uns drinnen reden.«

»Ja, komm nur«, sagte Lionello und ging voraus ins Wohnzimmer.

Lionello Ventura war zwei Jahre älter als Bruno, seit über zehn Jahren trafen sich die beiden Männer zum Billardspiel, zum Kaffeetrinken und zum Gedankenaustausch. Zwischen ihnen war ein stabiles Band des Vertrauens entstanden, sie erzählten sich Dinge, die sie anderen Bekannten nicht erzählten, mal philosophierten sie, mal disputierten sie. So hatte etwa Lionello von Anfang an gewusst, dass Bruno ein Verhältnis mit der Ehefrau eines Seeoffiziers angefangen hatte und wenig später eines mit der Ehefrau des weithin bekannten Baron Callenhoff, dass also Bruno über mehrere Jahre hinweg ein Doppelleben geführt hatte, hier der hochrangige Polizeibeamte, dort der heimliche Geliebte zweier schöner Frauen. Bruno hingegen wusste seit dem ersten Tag ihrer Bekanntschaft, dass Lionello Junggeselle war, nicht weil er kein Glück bei den Frauen fand, sondern schlicht und einfach, weil er es nicht in ihren Armen suchte. Bald schon hatte Bruno Lionellos geheimen Partner kennengelernt, nämlich den in akademischen Kreisen wohlbekannten Hydrographen Edgar Brandtner, der am Hydrographischen Amt der k.u.k. Kriegsmarine in Pola arbeitete. Ja, in Österreich-Ungarn war praktizierte Homosexualität ein strafbares Vergehen, und Bruno wusste, dass Lionello und Edgar gegen das Gesetz verstießen, wenn sie sich wechselseitig entweder in Triest oder Pola besuchten und beieinander lagen. Bruno hatte für sich sehr schnell entschieden, dass er als Polizist dem Gesetz treu diente, dass es aber Lebensbereiche gab, in denen die Gesetze seines Landes völlig unzulänglich waren. Er würde seinen Freund und Billardpartner niemals anzeigen, im Gegenteil, er half ihm, den Schein der Normalität aufrechtzuerhalten.

Somit führte auch Lionello ein Doppelleben. Da der renommierte Oberconstructeur im Lloydarsenal, auf dessen Reißbrett die leistungsfähigsten Dampfer der Monarchie entstanden, und dort der heimliche Geliebte eines Mannes, der einer der bedeutendsten Wissenschaftler der gegenwärtigen Meeresforschung war.

Genauso schnell wie Bruno Lionello durchschaut hatte, hatte dieser auch Bruno verstanden. Bruno hatte nicht ein einziges Mal das Gefühl gehabt, Lionello könnte von ihm etwas in sexueller Weise erwarten. Lionello hatte sofort gewusst, dass Bruno in Liebesdingen vielleicht zu komplizierten Verbindungen neigte, dass er aber in jeder Hinsicht handelsüblich orientiert war.

»Darf ich dir Kaffee anbieten? Oder Tee? Ich habe zuvor eine Flasche Rotwein geöffnet. Ein Glas?«

Bruno sah die Flasche und das halb gefüllte Glas. Auf dem Notenpult lagen Noten, und der Geigenkasten war geöffnet. »Habe ich dich beim Spiel unterbrochen?«

»Nein, ich habe noch nicht begonnen, aber ich wollte üben.«

»Ein neues Stück?«

»Ja, eine Sonate von Johannes Brahms. Sehr anspruchsvoll, ich habe bei einigen Passagen meine liebe Not.«

»Bei Gelegenheit musst du mir das Stück vorspielen.«

»Wenn ich es denn hinreichend gut spielen kann. Setz dich bitte. Also, was darf ich dir anbieten?«

Bruno überlegte kurz. »Keinen Kaffee. Ich habe heute schon zu viel Kaffee getrunken. Aber ein Glas Rotwein wäre jetzt gerade recht.«

»Sehr gut, dann lass uns gemeinsam Wein trinken.«

Bruno setzte sich an den Tisch, während Lionello weitere Gläser für Wein und Wasser brachte, seinen Stuhl zurechtrückte und sich niederließ.

»Du wirkst gehetzt, mein Freund?«

Bruno nickte Lionello zu. »Ich renne schon den ganzen Tag durch die Stadt.«

»Also, was verschafft mir die Ehre deines Besuches?«

»Bitte halte mich nicht für unhöflich, ich bin in einer schwierigen Situation. Bitte stell keine Fragen zu meinen Motiven und den Hintergründen.«

»Selbstverständlich, ich respektiere deinen Wunsch.«

»Hast du gesehen, dass vor dem Hafen zwei Kriegsschiffe vor Anker gegangen sind?«

»Zwei? Ich habe gehört, dass die SMS Babenberg seit den Morgenstunden auf der Reede vor Triest liegt.«

»Knapp vor Sonnenuntergang hat die SMS Erzherzog Karl den Anker geworfen. Tagsüber sind bewaffnete Matrosen der Babenberg durch Triest marschiert. Angeblich zu Übungszwecken. Das wird morgen in den Zeitungen zu lesen sein.«

»Angeblich?«

»Wie gut kennst du Yamada Maresuke?«

»Mäßig gut.«

»Habt ihr regelmäßig miteinander zu tun?«

»Nein, eher selten. Wie du weißt, entwerfe ich vor allem das Innenleben der Schiffsrümpfe, die Rohrleitungen, Behälter, die Treppen und Decks. Dabei werden zahlreiche Bauteile konstruiert, die in der Gießerei gefertigt werden. Also in der Regel kriegt Maresuke von meiner Abteilung fertige Zeichnungen der benötigten Bauteile. Wie die Gießerei im Detail arbeitet, kann ich nicht beeinflussen, ich brauche nur die fertigen Werkstücke. Und seit Maresuke im Amt ist, gibt es keinen Anlass für Reklamation. Das war vor ihm leider anders. Ich kenne Maresuke nur von den Besprechungen der Leitenden Ingenieure, ich glaube, ich habe nie mit ihm ein Wort gewechselt, das über einen höflichen Gruß hinausgeht.«

»Ist er zurückhaltend?«

»So kann man es bezeichnen. Immer höflich, immer gut gelaunt, immer lächelnd, ausgesprochen tüchtig bei der Arbeit, so, wie man sich einen kultivierten Asiaten vorstellt. Ich habe gehört, dass er heute nicht zur Arbeit erschienen ist. Nach deiner beunruhigenden Einleitung frage ich also lieber nicht, warum du dich nach Maresuke erkundigst.«

»Kanntest du Gustav Lainer?«

»Wir sind einander mehrmals über den Weg gelaufen. Lass mich nachdenken, ja, bei einem öffentlichen Vortrag im September letzten Jahres habe ich ihn getroffen. Es ging um neue Methoden der Kartographie und deren Rolle im weltweiten Schiffsverkehr. Ich habe von seinem Freitod in der Zeitung gelesen.«

»Habt ihr Schiffsbauingenieure vom Lloydarsenal regelmäßig Kontakt zu den Leuten vom Stabilimento Tecnico Triestino?«

»Immer wieder, ja, aber eher informell oder auf Führungsebene.«

»Kennst du Hartmuth von Greifenstein?«

»Natürlich.«

»Sag mir bitte etwas über den Mann.«

»Er ist ein sehr erfahrener Ingenieur und erprobter Abteilungsleiter. Ein sehr wertvoller Mann, aber, wenn ich ehrlich sein soll, Greifenstein ist niemand, mit dem ich befreundet sein könnte oder wollte. Der Mann leidet an Verfolgungswahn. Wahrscheinlich ist das auch eine Folge seiner Arbeit.«

»Was meinst du damit?«

Lionello hob sein Glas und stieß mit Bruno an. »Schau, Bruno, wir im Lloydarsenal bauen im internationalen Vergleich eher kleine, bestenfalls mittelgroße Handelsschiffe. In der Adria und im Mittelmeer sind diese genau richtig, aber wenn du dir ansiehst, was die Briten und Deutschen an Schiffen bauen, ist das kein Vergleich. Für den Transport von Abertausend Menschen und Millionen Tonnen Fracht pro Jahr über den Atlantik braucht man Ozeanriesen. Das, was wir hier bauen, sind schnuckelige kleine Boote im Vergleich zu den Atlantikdampfern. Und technologisch sind wir um gut und gerne fünf Jahre hinter den Briten und Deutschen zurück. Niemand käme auf die Idee, im Lloydarsenal zu spionieren. Aber der STT? Dort wird für Kriegsschiffe der Kiel gestreckt. Der STT wird von der Admiralität pausenlos mit Argusaugen beobachtet. Da kann man mit der Zeit Verfolgungswahn entwickeln, zumal in einer leitenden Funktion, wie Greifenstein sie innehat.«

»Was weißt du über den Bau von Kriegsschiffen im STT?«

Lionello zeigte sich beunruhigt. »Bruno, allein das Thema anzusprechen, ist nicht ganz ungefährlich in Tagen wie diesen.«

»Was weißt du darüber?«

Lionello seufzte. »Also am liebsten würde ich nicht darüber sprechen, aber hier in meiner Wohnung und zwischen uns beiden kann ich wohl zugeben, dass ich in meiner Position so manches mitkriege, was bei den Kollegen im STT so geschieht.«

»Das habe ich vermutet. Meine Fragen werden von Greifenstein, der Direktion des STT, der Marine und vom Reichskriegsministerium nicht einmal ignoriert.«

»Es ist längst kein Geheimnis, dass der STT in den letzten beiden Jahren eine beträchtliche Anzahl von Torpedobooten gebaut hat. Zum einen die Einheiten der rund zweihundert Tonnen schweren Kaiman-Klasse und zum anderen die vierhundert Tonnen schweren Boote der Huszár-Klasse. Die Marine hat vierundzwanzig Stück der Kaiman-Klasse und vierzehn der Huszár-Klasse bestellt. Ich weiß nicht genau, wie viele schon in Dienst gestellt wurden, aber wohl die Mehrzahl. Mit diesen Booten wächst die defensive Stärke der k.u.k. Kriegsmarine ganz beträchtlich. Die Schwarzen Gesellen sind brandgefährliche Waffen.«

Bruno runzelte die Stirn. »Wieso Schwarze Gesellen?«

»Torpedoboote bestehen praktisch nur aus einer leistungsstarken Dampfmaschine und den Lancierapparaten zum Abfeuern der Torpedos. An Bord solcher Boote ist es zum einem sehr rußig, und zum anderen werden sie für Nachtangriffe schwarz lackiert. Daher stammt der Name.«

Bruno nickte verstehend. »Eine Küste, die von kleinen, schnellen, wendigen und mit hochexplosiven Torpedos bewaffneten Booten bewacht wird, mit großen Schiffen anzugreifen, ist wohl keine gute Idee.«

»Genau das ist das Einsatzgebiet dieser Boote. Keine Großmacht der Welt kann mit ihrer Flotte unsere Küste belagern und beschießen, ohne mit schweren Verlusten rechnen zu müssen. Und gerade im engen Raum der Adria erscheint eine starke Flotte von Torpedobooten, die noch dazu recht kostengünstig hergestellt und gewartet werden können, als Garant für defensive militärische Sicherheit.«

»Was weißt du über die großen Schiffe, die auf der Helling des STT gebaut werden?«

»Nun, zwei von denen liegen ja jetzt vor Triest auf der Reede, wie du berichtet hast.«

»Soviel ich weiß, sind von diesen beiden Schiffen auch Klassen gebaut worden.«

»Korrekt. Die Babenberg gehört zu den drei Schlachtschiffen der Habsburg-Klasse, die vor rund zehn Jahren auf Kiel gelegt wurden. Und die Erzherzog Karl ist das erste von drei Schiffen der nach ihr benannten Klasse, deren Bau vor rund fünf Jahren begonnen wurde.«

»Das heißt, die k.u.k. Kriegsmarine verfügt über sechs Schlachtschiffe.«

»Nein, eigentlich über neun. Es gibt noch die drei Einheiten der Monarch-Klasse, aber diese Schiffe sind heillos veraltet, viel zu schwach gepanzert, zu langsam und dürftig bewaffnet. Diese Schiffe wären in einem Gefecht mit moderneren Schiffen wertlos. Man kann sie heutzutage bestenfalls als Schulschiffe oder für diplomatische Zwecke verwenden.«

»Also verfügt Österreich-Ungarn über sechs einsatzbereite Schlachtschiffe?«

Lionello wiegte den Kopf. »Bruno, du weißt aus vielen Diskussionen, dass ich ein sehr distanziertes Verhältnis zur Rüstung der Großmächte habe. Ich kann einfach nicht verstehen, warum die europäischen Staaten die wertvollsten Materialien und gigantische Geldbeträge in das Militär stecken. Was soll das bringen? Einen Krieg nie dagewesenen Ausmaßes? Und weil du dieses unangenehme Thema ansprichst, offenbar weil es dir unter den Nägeln brennt, so muss ich berichten, dass im Bereich der Seekriegsrüstung dieser Tage jede Grenze von Vernunft und Anstand gebrochen wird.«

»Du meinst die neuen Schlachtschiffe, die vor Kurzem in der Baia di Muggia auf Kiel gelegt wurden, du meinst die end-

lose Kolonne von Güterzügen, die in den steirischen Hoch-
öfen gekochtes Eisen und Kohle nach Triest bringt, du meinst
die Geheimniskrämerei, die rund um den STT gemacht wird?«

»Das und noch mehr. Die SMS Erzherzog Karl ist ein Schiff
mit zehntausend Tonnen Verdrängung und einer Haupt-
bewaffnung von vier 24-cm- und vier 19-cm-Geschützen.
Die neuen Schiffe, die Radetzky-Klasse, werden vierzehn-
tausendfunfhundert Tonnen verdrängen und mit vier 30,5-
cm- und acht 24-cm-Geschützen ausgerüstet sein. Führe dir
bitte vor Augen, dass eine 30,5-cm-Kanone pro Minute zwei
Granaten mit einem Gewicht von jeweils vierhundertfünfzig
Kilogramm über zehn oder noch mehr Seemeilen verfeuern
kann. Ein Artillerieduell zwischen der Erzherzog Karl und
der Radetzky wäre von vornherein entschieden. Dabei ist die
Erzherzog Karl vor vier Jahren in Dienst gestellt worden! Die
Schnelligkeit, mit der immer größere, schwerere, schnellere,
stärkere Schiffe gebaut werden, ist mit keinem anderen Wort
mehr zu beschreiben als mit diesem: Wahnsinn!«

»Ich habe mich viel zu lange nicht mit diesen Fragen
beschäftigt. Für Pazifisten wie uns beide klingt das mehr als
beunruhigend.«

»Dabei ist das längst nicht alles.«

Bruno zog die Stirn kraus. »Was meinst du?«

»Ich meine die HMS Dreadnought.«

»Ist das ein britisches Kriegsschiff?«

»Das erste ihrer Art. Ein Titan des Meeres.«

»Du willst mir also sagen, dass die Briten ein Schlachtschiff
bauen wollen, das allen anderen überlegen ist?«

»Die Dreadnought ist längst auf See! Hast du davon nicht
in der Zeitung gelesen?«

»Nein, das muss mir entgangen sein.«

»Wofür interessierst du dich? Regatten und Pferderennen?
Theateraufführungen und Bälle?«

»Wäre das eine Sünde?«

»Unsere neuen Schlachtschiffe liegen noch auf der Helling, und die Briten verfügen bereits über ein Schiff, gegen das die Radetzky nicht den Funken einer Chance hat. Die Briten haben eine Bezeichnung für diese neue Bauart gefunden.«

»Wie lautet diese?«

»*All big gun one caliber battleship.* Die Briten bauen jetzt in ihren leistungsfähigen Werften Schlachtschiffe nach dem Modell der Dreadnought. Achtzehntausend Tonnen Verdrängung und zehn 30,5-cm-Geschütze in fünf Zwillingstürmen. Einer am Vorschiff, je einer auf gleicher Höhe steuerbord und backbord auf den Seitendecks, und zwei achtern ausgerichtet. Die Erzherzog Karl würde von nur einer einzigen deckenden Salve der Dreadnought von der Oberfläche der See gefegt werden. Die Radetzky könnte zumindest eine Weile standhalten und Schläge austeilen, aber auch ihr Schicksal wäre unausweichlich.«

»Wollen die Briten die ganze Welt unterwerfen?«

»Das wird nicht geschehen, sondern die Spirale des Wettrüstens wird sich weiterdrehen. Bald werden die Deutschen, Franzosen und Russen vergleichbare Schiffe haben. Danach ziehen die Italiener, Amerikaner, Japaner und unsere liebe alte Donaumonarchie nach. Ich weiß nicht, wo und wie das enden wird«, sagte Lionello betreten. »Ich versuche, nicht wahrzuhaben, dass wir in einer Welt des Irrsinns leben, ich versuche, mich mit viel Arbeit, guter Musik und interessanten Romanen zu beschäftigen. Es ist außerhalb meiner geistigen Möglichkeiten, mir vorzustellen, was das für ein Krieg werden soll, in dem solche Waffen eingesetzt werden. Ich verstehe es nicht.«

Bruno griff zum Weinglas und leerte es mit einem Zug. »Dann ist alles noch viel schlimmer, als ich dachte.«

Dienstag,
12. November 1907

OBERST ALEXANDER SCHUBNIKOW saß in seinem Zimmer bei Tisch und nahm das Frühstück ein. Genügte der Wodka, den man in dieser Stadt kaufen konnte, seinen Ansprüchen nicht, so gab es am erhältlichen Tee keine Kritik. In der Nähe des Hafens lag eine von einem Briten geführte Teehandlung, in der man Ware jeder Qualitätsklasse kaufen konnte. Zum einen lebten in Triest, wie in vielen anderen bedeutenden Hafenstädten rund um den Globus, britische Geschäftsleute, zum anderen betrieb der Österreichische Lloyd eine direkte Seelinie zwischen hier und Bombay. Triest war nicht nur ein bedeutender Umschlagplatz für Kaffee, auch der Import von Tee florierte.

Schubnikow beendete sein Frühstück bestehend aus Brot, Wurst und eben Tee, er schob den Teller von sich und blätterte die nächste Zeitungsseite auf. Er las sowohl die deutschsprachige Triester Zeitung als auch die slowenische Edinost. Schubnikow sprach gut Bulgarisch, hatte er doch knapp zehn Jahre in diesem mit Russland befreundeten Land gelebt und gearbeitet. Natürlich hatten die verschiedenen südslawischen Sprachen ihre Eigenheiten, aber dennoch fand er das geschriebene Slowenisch einigermaßen verständlich. Er war sich sicher, dass er nach ein paar Monaten das Slowenische gut beherrschen würde. Französisch und Deutsch hatte er in der Offiziersschule erlernt, daher war die Lektüre der Triester Zeitung kein Problem für ihn. An das Erlernen der italienischen Sprache würde er nicht einmal einen Gedanken verschwenden. Er würde gar nicht so lange in dieser Weltgegend bleiben, um diese Mühe auf sich zu nehmen. Außerdem fand er, dass die Italiener verweichlichte Halsabschneider waren, eine faule Bande von Schmarotzern, sogar noch schlimmer als diese lächerlichen Österreicher.

Wirklich gute Männer, ganze Kerle, fanden sich ohnedies nur in Russland. Das russische Volk war, darin war sich Schubnikow sicher, allen anderen Völkern überlegen. Schon Napoleon, das französische Großmaul, hatte feststellen müssen, dass nur echte Männer in der russischen Weite überleben konnten. Ja, die Schlacht bei Borodino hatte Napoleon zwar gewonnen, doch so fern der Heimat war es nur eine Frage der Zeit gewesen, bis sich die angeborene Schwäche der Franzosen gezeigt und sich die Grande Armée in einen Haufen winselnder Angsthasen verwandelt hatte. Der epische russische Sieg in der Schlacht an der Beresina hatte der Welt gezeigt, dass Russland zwar mit Krieg überzogen, aber niemals besiegt werden konnte.

Über die Jahrhunderte gerechnet hatten das auch die Osmanen lernen müssen. Im Krimkrieg von 1853 bis 1856 hatten die türkischen Feiglinge die Westmächte auf ihre Seite gebracht, so war es verständlich, dass gegen die Überzahl an Gegnern Russland Positionen hatte preisgeben müssen. Doch rund zwanzig Jahre später hatten die Osmanen die Macht der Armee des Zaren zu fürchten gelernt. Als junger Leutnant hatte Schubnikow mit seiner Truppe bei den vier Schlachten am Schipkapass gekämpft. In der ersten Schlacht hatten die russischen Truppen den zentralen Pass des Balkangebirges den Türken entrissen, bei der zweiten und dritten Schlacht hatten sie und die verbündeten bulgarischen Freiwilligenverbände den Pass gegen den Ansturm der zahlenmäßig weit überlegenen Türken verteidigt, und bei der vierten Schlacht gelang es ihnen, die türkischen Stellungen auf dem Pass endgültig zu überrennen. Der Sieg über die Osmanen im Jahr 1878 war überwältigend, am Ende der Kampfhandlungen stand die russische Armee nur wenige Milja vor Konstantinopel. Alexander Schubnikow hatte für seine Verdienste während der Kämpfe seine erste Tapferkeitsmedaille erhalten.

Es war in Wahrheit ein Skandal, dass er nicht längst zum General ernannt worden war. Die Söhne adeliger Herren stiegen ohne jegliche Verdienste die militärische Hierarchie empor, während die Männer aus dem Volk trotz dutzendfach erwiesenem Mut vor dem Feinde, trotz Führungsstärke, höchster militärischer Disziplin und strategischem Verstand bei den Beförderungen übergangen wurden. Aber eines war sicher, wenn er hier erfolgreich die Baupläne an sich reißen würde, dann musste die Beförderung einfach erfolgen. Anderenfalls würde er ein Blutbad im Generalstab anrichten.

Es klopfte an der Tür.

»Herein!«

»Guten Morgen, Herr Oberst.«

»Sieh an, Galkin, sind Sie mit der ersten Fähre von Triest gekommen?«

Galkin hatte in jener diskreten Herberge in der Città Vecchia übernachtet, in der er immer wieder bei Aufenthalten in Triest abstieg. »Jawohl.«

»Haben Sie ein Frühstück zu sich genommen?«

»Keine Zeit, Herr Oberst. Ich bin gleich aufgebrochen.«

»Was liegt an?«

»Ich habe eine gute und eine schlechte Nachricht.«

»Zuerst die gute.«

»Ich kenne jetzt den Namen und die Adresse des Franzosen.«

»Bestens.«

»Ein alter Bekannter, Herr Oberst.«

»Schön! Ich treffe gerne alte Bekannte. Wer ist es?«

»Es ist Casimir Morel.«

Schubnikow starrte seinen Adjutanten für einen Augenblick atemlos an, dann brach er in Gelächter aus. »Das darf ja wohl nicht wahr sein! Gibt es in ganz Frankreich nicht einen einzigen tüchtigen Agenten? Müssen sie wirklich diesen parfümierten Affen entsenden? Meine Güte, Galkin, es wird keinerlei Nervenkitzel sein, diesem Kretin wie schon in Königsberg den Hintern zu versohlen. Das ist in der Tat eine gute Nachricht. Und jetzt die schlechte.«

Galkin zog den Kopf ein, wissend, dass sein Vorgesetzter nicht erfreut sein würde. »Pjotr Nemilow hätte auch in der Herberge übernachten sollen, um heute Morgen die Beschattung von Baumberg fortzuführen.«

»Ja, so lauteten meine Anordnungen.«

»Nemilow ist abends nicht erschienen, deswegen bin ich noch einmal unterwegs gewesen. Ich konnte ihn nicht finden. Knapp vor Mitternacht, als ich in die Herberge zurückgekommen bin, war er immer noch nicht da. Auch heute früh fehlte von ihm jede Spur.«

Schubnikow erhob sich langsam und griff zu seinen Zigaretten. »Nemilow ist bei Beschattungen sehr geschickt, ich glaube kaum, dass er einen Fehler gemacht hat.«

»Die Österreicher sind nicht zu unterschätzen. Es war riskant, Baumberg zu observieren.«

»Das ist Ihre Meinung, meine lautet anders.«

»Ich habe böse Ahnungen. Nemilow ist noch nie zu spät gekommen. Ich fürchte, dass er aufgeflogen ist.«

Schubnikow zündete sich eine Zigarette an und sog nachdenklich daran. »Wenn Sie recht haben, Galkin, wenn Baumbergs Männer Nemilow erwischt haben, dann ist er jetzt zweifelsfrei tot.«

»Das ist zu befürchten.«

»Ich bin mir sicher, dass Nemilow nicht ein Sterbenswörtchen verraten hat. Wahrscheinlich hat er ihnen einen Kampf geliefert und ist im Gefecht gefallen. Nemilow war ein wahrer Krieger.«

»Er war nur mit einem Messer bewaffnet.«

Schubnikow trat ans Fenster, öffnete es und blies den Rauch nach draußen. Er sprach über seine Schulter. »Wenn Nemilow tot ist, werden die Österreicher zehnfach dafür bezahlen. Das verspreche ich Ihnen. Wir werden ihn rächen. Wir rüsten uns mit Revolvern.«

»Zu Befehl, Herr Oberst.«

❧

Luise Dorothea von Callenhoff saß bei Tisch und las den Piccolo, den ihre Haushälterin Maria auf dem Weg hierher mitgebracht hatte. Noch vor Sonnenaufgang war Luise aufgewacht, hatte sich bekleidet und eine halbe Stunde am Schreibtisch gearbeitet, dann war Maria gekommen und hatte in der Küche Feuer gemacht. Wenig später hatte sich Luise im Salon zu Tisch begeben. Kurz darauf ertönte ein Klopfen an der Wohnungstür. Luise schaute überrascht auf die Pendeluhr, und Maria kam von der Küche in den Salon.

»Erwartet Ihr Besuch, Baronessa?«

»Nein. Bitte, Maria, sehen Sie nach, wer gekommen ist.«

»Sehr wohl.«

Luise legte die Zeitung weg, erhob sich und blickte zur Tür. Sie hörte eine vertraute Stimme. Schlagartig hellte sich ihre Miene auf.

»Signor Zabini ist gekommen, Baronessa«, sagte Maria.

»Vielen Dank, Maria, ich kümmere mich um Bruno.«

Die Haushälterin machte den Durchgang frei und wartete neben der Tür.

Luise eilte in das Vorzimmer und sah, dass Bruno eben seinen Mantel an den Garderobehaken hängte. »Bruno, was für eine erfreuliche Überraschung. Komm nur näher. Hattest du schon Frühstück? Darf ich dir einen Kaffee offerieren?« Luise umarmte Bruno, hakte sich bei ihm ein und führte ihn in den Salon.

»Ich hatte noch kein Frühstück und bin gleich nach dem Aufwachen los.«

»Dann lass uns gemeinsam Kaffee trinken. Willst du etwas essen?«

Bruno nickte ein bisschen verschämt. »Äh, ja, essen wäre gut. Am liebsten ein Butterbrot zum Kaffee.«

Luise wandte sich an die wartende Haushälterin. »Maria, bitte bringen Sie eine Kanne Kaffee und zwei Butterbrote für Signor Zabini. Es müsste noch etwas Marmelade vorrätig sein. Bitte eine Schale voll.«

»Sehr wohl, Baronessa.«

»So setz dich bitte. Was für eine Freude, dich zu sehen.«

»Vielen Dank, Luise. Ich muss in aller Form um Entschuldigung bitten, dass ich gestern Abend nicht mehr gekommen bin.«

»Tja, ich weiß ja, dass du manchmal zu Treffpunkten nicht erscheinst und jedes Mal dafür einen triftigen Grund hast. In der Anfangszeit unserer Bekanntschaft hat mir das zu schaffen gemacht. Ich war von Selbstzweifel erfüllt. Hat er mich satt? Will er mich sitzen lassen? Schenkt er einer anderen seine Gunst? Solche Fragen plagten mich. Ich habe lernen müssen, dass Polizisten nicht immer Herr ihrer Zeit sind.«

»Vielen Dank für dein Verständnis. Und tatsächlich war ich gestern Abend derart beschäftigt, dass ich, selbst wenn ich ein paar Minuten Zeit gefunden hätte, nicht mehr an den vereinbarten Besuch gedacht hätte. Erst heute früh ist mir wieder eingefallen, dass wir am Sonntag in Sistiana das Treffen vereinbart haben.«

»Oh, zum Glück habe ich mit äußerster Anstrengung geschafft, dich am Sonntagabend nicht aus meinem Netz entschlüpfen zu lassen.«

Die beiden lachten.

Bruno griff nach Luises Hand und drückte sie. »Ich kann nicht lange bleiben, ich bin sozusagen nur auf der Durchreise.«

»Ohne Kaffee und Butterbrot lasse ich dich nicht gehen.«

Bruno nickte. »So viel Zeit muss sein.«

Luise schaute Bruno tief in die Augen. »Mein Lieber, ich sehe dir auch heute die Verstörung an. Es muss ein gravierendes Problem sein, das dich beschäftigt.«

Bruno verzog leidend den Mund. »Ich habe gehofft, dass man mir nichts ansieht.«

»Bruno, ich lese in dir wie in einem offenen Buch, das habe ich immer getan. Genauso wie du in mir. Die Offenheit zwischen uns war vom ersten Augenblick an das weite Feld, auf dem sich unsere Beziehung entfalten konnte.«

»Das hast du schön gesagt.«

»Ich stelle diese Frage nur, damit ich ein fernes Gefühl für deine Lage kriege. Ist es eine Familientragödie, die dir so zusetzt? Ein Verbrechen gegen ein Kind? Sind dir vertraute Menschen involviert?«

Bruno kaute auf seinen Lippen und überlegte, wie viel er sagen durfte. »Nun, es ist mein Glaube an die Menschheit, der dieser Tage von gewaltigen Erdbeben erschüttert wird. Es ist keine Familientragödie mit Kindern, diesmal nicht. Ich habe sehr konkrete Visionen, Traumbilder, Phantasmen einer möglichen Tragödie unserer Zeit und unseres Erdkreises.«

Luise schluckte betreten. »Du sprichst von einer epochalen Krise?«

»Sie wird nicht kommen, die epochale Krise, darin bin ich mir sicher. Die Menschen sind zu bequem, um den aufgebauten Wohlstand zu opfern. Was ich sehe, sind Hirngespinste eines verängstigten Geistes. Die Angst ist in mir, aber sie ist zum Glück nicht in der Welt. Noch nicht. Sie wird es niemals sein. Keine Sorge, alles wird gut.«

»Bruno, du klingst verwirrt. Du beschwichtigst dich selbst. Das ist sehr beunruhigend.«

Maria klopfte an der offen stehenden Tür. »Baronessa, der Kaffee ist fertig.«

»Vielen Dank, Maria. Bitte servieren Sie.«

Die Haushälterin setzte das Tablett ab, goss Bruno Kaffee ein und stellte den Teller mit den beiden Butterbroten bereit. »Wohl bekomms, Signor Zabini«, sagte Maria mit einem honigsüßen Lächeln, machte einen Knicks und verschwand wieder in der Küche.

Luise wusste, dass Maria für Bruno schwärmte. Er biss herzhaft zu, genoss das frische Brot, die dick aufgetragene Butter und den duftenden Kaffee. Luise verfolgte mit Wohlgefallen, dass er mit großem Appetit aß.

Bruno schluckte einen Happen. »Jetzt weiß ich, was los ist, Luise«, sagte er mit einem breiten Lächeln.

»Hast du das Rätsel gelöst?«

»Ja. Es war einfach der Hunger. Ich habe gestern die Nahrungsaufnahme völlig vergessen. Meine Stimmung bessert sich.«

»Das ist erfreulich.«

Schweigend verfolgte Luise, wie er das zweite Butterbrot dick mit Marmelade bestrich und ebenso verschlang.

»Ich soll dir auch ganz herzliche Grüße von Carolina ausrichten.«

Bruno runzelte die Stirn. »Welche Carolina?«

Luise erschrak unmerklich. Bruno verfügte über ein außerordentlich gutes Gedächtnis, das hatte er tausendfach bewiesen. Wenn er also diese Frage stellte, dann nicht, weil er vergessen hatte, dass sie ihm am letzten Sonntag erklärt hatte, dass Carolina am Montag mit dem Nachtzug in Triest ankommen würde, sondern weil ihre Ausführungen nicht an sein Bewusstsein gedrungen waren. »Carolina von Urbanau ist gestern früh angereist. Wir haben den ganzen Tag miteinander verbracht.«

Bruno klatschte sich gegen die Stirn. »Ach ja, wie ich das vergessen konnte! Verzeih bitte. Die Komtess ist also wieder in Triest.«

»Sie wird am Freitag einen Empfang ausrichten und hat dazu Einladungen drucken lassen. Da ich dich gestern erwartet habe, übernahm ich die Einladung an dich, um sie persönlich zu überreichen.« Luise erhob sich, holte ein am Schrank liegendes Couvert und reichte es Bruno. »Carolina würde sich über deinen Besuch sehr freuen. Sie hat Einladungen an rund dreißig Personen verschickt, ein gesellschaftlicher Abend steht bevor.«

Bruno öffnete das Couvert. »Also hat sie, wie besprochen, die Beletage auf der Piazza Goldoni gemietet. Sehr schön.«

»Wirst du der Einladung Folge leisten?«

Bruno steckte die Karte zurück in den Umschlag, schob diesen in seine Sakkotasche und erhob sich. »Ich hoffe sehr, dass ich ein bisschen Boden unter die Füße kriege und werde mir daher die Gelegenheit für einen Besuch nicht nehmen lassen. Ich muss jetzt los. Vielen Dank für das köstliche Frühstück. Fürs Erste bin ich gewappnet.«

»Ich begleite dich zur Tür.«

Wenig später stand Luise sinnierend am Fenster. Warum hatte er sie besucht? Was hatte er ihr sagen wollen? Was hatte ihm solchen Schrecken eingejagt? Luise wusste, dass er bei besonders grausamen oder widerwärtigen Verbrechen das Böse der Menschen von sich fernhalten konnte, und sie hatte den Erfolg dieser Bemühung stets bewundert. Nichts warf Bruno Zabini so leicht um, aber dieser Tage wankte er bedenklich. Luise rang mit sich selbst, sich nicht von Brunos Stimmung anstecken zu lassen. Irgendwann würde er ihr erzählen, was ihn dieser Tage so plagte, darin war sie sich sicher.

Sie hörte Schritte auf dem Parkett und das Klappern von Geschirr. Luise wandte sich ihrer Haushälterin lächelnd zu. »Vielen Dank, Maria. Wenn Sie das Geschirr gemacht haben, können Sie für heute die Arbeit beenden. In einer halben Stunde breche ich auf.«

»Esst Ihr wieder mit der Contessa im Ristorante?«

»Ja, Sie brauchen heute nicht zu kochen.«

⁓∾⁓

Bruno betrat die Kanzlei des k.k. Polizeiagenteninstituts und grüßte die beiden Schreibkräfte und die bereits anwesenden Kollegen. In seinem Bureau legte er Hut und Mantel ab. Noch ehe er saß, stand sein junger Kollege Luigi Bosovich im Türrahmen.

»Komm herein, Luigi, und setz dich bitte.«

»Jawohl, Herr Inspector.«

Die beiden nahmen Platz, und Luigi zog seinen Notizblock hervor.

»Was hast du herausgefunden?«, fragte Bruno.

»Ich habe einen Augenzeugen, der die mögliche Entführung von Erlinda Russo beobachtet hat.«

»Sehr gut! Wie heißt der Zeuge und was hat er gesehen?«

»Sein Name ist Silvio Pincherle, er ist zweiunddreißig Jahre alt und arbeitet in einem Laden für Kurzwaren gleich um die

Ecke des Hauses, in welchem Erlinda Russos Wohnung liegt. Der Mann hat Sonntagabend zwischen vier und halb acht Uhr im Laden verschiedene Arbeiten ausgeführt, und knapp bevor er wieder nach Hause gehen wollte und alle Lichter im Laden erloschen waren, hat er gesehen, wie ein Wagen vorgefahren ist. Zwei Männer haben eine Frau gestützt oder geführt oder beides. Die Frau wurde in das Innere des Wagens bugsiert, dann ist einer der Männer in den Wagen gestiegen und abgefahren, während der andere zu Fuß in die andere Richtung marschiert ist. Der Wagen fuhr in Richtung Südbahnhof.«

»Du sagst Wagen. Ein Automobil oder eine Kutsche?«

»Ein gedeckter Zweispänner.«

»Um halb acht Uhr abends ist das vorgefallen?«

»Ungefähr.«

»Konnte er die Personen näher beschreiben?«

»Leider nein. Erstens war es dunkel, zweitens hat er nicht so genau geschaut und sich drittens erst durch meine Befragung an die Beobachtung erinnert.«

»Ist er der Ladenbesitzer?«

»Nein, er ist als Lagerist angestellt.«

»Ein Lagerist arbeitet am Sonntagabend?«

»Tja, wie soll ich sagen? Der Mann scheint einen einfach gestrickten, aber geradezu pedantischen Charakter zu haben. Wie auch sein Dienstgeber bestätigt, kommt Pincherle jeden Sonntag in den Laden, um für den kommenden Montag alles vorzubereiten. Der Laden verfügt nicht nur über penibel ordentliche Verkaufsregale und Warentische, sondern auch über ein sehr gut ausgestattetes Lager. Das ist die Domäne Pincherles, er lebt für seine Arbeit.«

»Und hat er Erlinda Russo erkannt?«

»Nein, er hat nur gesehen, dass die beiden Männer eine klein gewachsene, weibliche Person am Oberarm gehalten haben. Das Einzige, was Pincherle beobachtet hat, war, dass die Frau keinen Hut, sondern ein weit ins Gesicht gezogenes Kopftuch getragen hat.«

»Es könnte also jede andere Frau gleicher Größe gewesen sein?«

»Leider ja.«

»Immerhin ist das ein Anhaltspunkt. Wenn die Russo jene Frau war, dann wissen wir, wann sie fortgebracht wurde. Und dass mindestens zwei Männer und ein Kutscher daran beteiligt waren. Wir werden uns unter den Kutschern der Stadt umhören müssen, ob jemand diese Fahrt gemacht hat.«

»Wenn es eine private Kutsche war, bringt die Befragung nichts.«

»Doch, weil wir dann immerhin wissen, dass es keine Mietkutsche war. Das ist natürlich nicht viel. Und wenn Russo wirklich entführt worden ist, werden die Entführer wohl kaum einen Wagen von der Via del Corso genommen haben. Aber wir dürfen keine Möglichkeit ausschließen.«

»Gut, dann übernehme ich diese Befragung.«

»Nein, schicke Polizeiamtsdiener Vlah. Höre dich bitte im Umfeld dieses ominösen Messerkampfes in der Città Vecchia um, befrage die Anrainer und Zeugen. Und natürlich werden wir äußerst diskret vorgehen, exakt so, wie der Obersekretär des Statthalters verlangt hat.«

Luigi schaute zur offen stehenden Tür, beugte sich konspirativ über den Schreibtisch und flüsterte. »Ist es wahr, dass Herr Obersekretär von Baumberg vom militärischen Geheimdienst ist?«

Bruno verneinte. »Wer setzt dir solche Flöhe ins Ohr? Davon will ich nichts gehört haben. Mach dich auf den Weg.«

Nachdem Luigi das Bureau verlassen hatte, zog Bruno einen Aktenumschlag aus einer Schublade und klappte ihn auf. Dem äußeren Anschein nach las er einen Bericht, in Wahrheit aber spukten Gedanken durch seinen Kopf.

War das Paket mit den Bauplänen in der Scheune in Sistiana sicher genug versteckt? Warum übergab er es Baumberg nicht einfach? Warum misstraute er den Leuten vom Geheimdienst? Hatte das Verschwinden des japanischen Ingenieurs und der italienischen Buchhändlerin etwas mit den gestohlenen Bauplänen der Geschütztürme der neuen Schlachtschiffe zu tun? Warum zum Teufel bauten die Großmächte wie verrückt Kriegsschiffe?

Bilder flackerten vor Brunos geistigem Auge auf. Er sah die klugen und tiefen Augen einer Frau, ihren schönen Hals und nackten Schultern, er sah sie in einem roten, tief ausgeschnittenen Kleid vor sich stehen. Er fühlte, wie sich ihre warmen Hände um seine schlossen, spürte die Rundung ihres Busens.

War die Gräfin Olenina eine gefährliche Sirene, deren Gesang unzählige Seeleute in den Abgrund zog?

~ঞ্চৈ

Jekaterina klappte den Koffer zu, stellte ihn neben der Tür ab, griff nach dem nächsten und öffnete ihn. Nachdem sie ihre Unterwäsche verstaut hatte, kamen nun die Kleider an die Reihe. Methodisch leerte sie ihre Schränke. Zum Glück verfügte sie über nicht allzu viel Garderobe, bewusst war sie mit recht leichtem Gepäck nach Triest gekommen und hatte während ihres Aufenthaltes an der Adria nur so viel gekauft, wie wirklich nötig war. Da der Zeitpunkt gekommen war, hier alle Zelte abzubrechen, würde sie nicht einen eigenen Wagen für ihren Hausrat benötigen, sondern bloß ein Coupé mit Gepäckträger.

Ihr Ehemann Wladimir Olenin hatte seinerzeit, als sie noch gemeinsam für Fürst Blochin gearbeitet hatten, stets gesagt, dass man als Geheimagent jeden Tag aufs Neue mit dem Schlimmsten rechnen und stets für einen schnellen Rückzug vorbereitet sein musste, genauso wie man jederzeit einen Vorstoß auszuführen imstande sein sollte. Sie hatte sich seine Worte gut eingeprägt und bereits bei ihrer Anreise gewisse Vorkehrungen getroffen.

Heute beim Frühstück war ein unverschlüsseltes Telegramm aus Sankt Petersburg eingetroffen. Ein Botenjunge hatte das Stück Papier mit den erschütternden Worten, die im Telegraphenamt eingegangen waren, überbracht. Fürst Blochin war an einem Herzinfarkt verstorben. Wie alt war der Fürst gewesen? Sie wusste es nicht genau, aber er musste weit über siebzig gewesen sein. Er hatte ein Leben im Dienste Russlands geführt. Doch mit dem Tod ihres Mentors, Auftraggebers und Beschützers war ihre Stellung so fern der Heimat in einem sich zuspitzenden Konflikt, an dessen Auslösung sie maßgeblichen Einfluss gehabt hat, nicht länger zu halten. Und ohne die regelmäßigen Geldanweisungen des Fürsten würde sie bald bankrott sein. Nach einer Schrecksekunde hatte sie dem Botenjungen großzügig Trinkgeld gegeben, ihre Haushälterin Sofia angewiesen, die Küche auf Vordermann zu bringen, und in ihrem Boudoir zu packen begonnen.

Sie hatte ein Konto bei der Wiener Union-Bank eröffnet, welche in Triest im zentral gelegenen Palast Tergesteum eine Filiale betrieb. Die Zahlungen aus Sankt Petersburg flossen über mehrere Banken auf verwinkelten Pfaden auf dieses Konto, doch Jekaterina beließ nur geringe Beträge darauf, sie lagerte zu jeder Tages- und Nachtzeit verfügbare Geldbeträge in Bankschließfächern. Im Fall der Fälle konnte sie die Schließfächer leeren und für immer aus der Stadt verschwinden. An Fluchtmöglichkeiten und erreichbaren Destinationen mangelte es in Triest nicht. Mit der Eisenbahn konnte sie nahezu jeden Ort Europas erreichen, mit den Dampfschiffen alle Häfen dieser Welt.

Jekaterina hörte die Schritte ihrer Haushälterin auf dem Parkett und schaute zur offen stehenden Tür, wo Sofia respektvoll klopfte und einen Knicks machte. Die stumme Frau trug ein Silbertablett, auf dem eine Visitenkarte lag. Jekaterina griff danach und las den Namen ihres unerwarteten Gastes. Kam ihre Abreise zu spät? Hätte sie sofort nach Gustav Lainers Tod das Weite suchen sollen?

»Bitten Sie den Herren in den Salon. Ich habe sofort für ihn Zeit.«

Die Haushälterin nickte bestätigend und ging ab.

Jekaterina musterte sich im Spiegel. Ja, sie war standesgemäß und für die Vormittagsstunde passend gekleidet. Sie begab sich in den Salon, schloss die Tür zu ihrem Boudoir, nahm neben dem Tisch Aufstellung und atmete tief durch.

Sofia führte einen distinguierten Herrn in einem exzellenten Mantel und frisch polierten Schuhen herein, Hut und Stock trug er in der Hand. Die Haushälterin wartete im Hintergrund.

»Guten Morgen, Mister Hudson. Ich bin entzückt, Ihre Bekanntschaft zu machen, und freue mich sehr über Ihren Besuch.« Sie bot ihm die Hand.

Kenneth Hudson trat vor, beugte das Haupt und leistete den Handkuss. »Euer Gnaden, hochverehrte Gräfin Olenina, die Freude, Eure Bekanntschaft zu machen, ist unermesslich. Ich bitte vielmals um Entschuldigung, dass ich ganz ohne Anmeldung bei Euch eindringe und Eure Zeit in Anspruch nehme.«

»Mister Hudson, darf ich Ihnen eine Tasse Tee aufwarten?«

»Mit Euch Tee zu trinken, Euer Gnaden, wäre ein ausgesprochenes Privileg.«

»Bitte legen Sie doch ab. Sofia?«

Die Haushälterin eilte herbei, nahm Mantel, Hut und Stock entgegen.

»Oh, Ihr habt da einen sehr eleganten Samowar. Ist dieser aus Eurer Heimat Russland importiert?«

»Ja. Ich reise ungern ohne Samowar. Leider kann ich Ihnen keinen Tee daraus anbieten, denn ich habe heute noch keine Sawarka aufgebrüht, und es dauert eine ganze Weile, bis der Samowar die richtige Temperatur erreicht hat, aber der Ofen in der Küche ist unter Feuer, somit kann ich Ihnen nach klassisch englischer Art zubereiteten Tee offerieren. Trinken Sie Ceylon, Mister Hudson?«

»Liebend gerne, Euer Gnaden.«

»Sehr schön. Sofia, bitte eine Kanne Ceylon.«

Die Haushälterin machte einen Knicks und huschte in die Küche.

»Bitte setzen Sie sich doch. Ich hoffe, dass Sie nicht verwirrt waren, weil Sofia Sie wortlos hereingeführt hat. Sie ist stumm.«

»Das habe ich sehr schnell verstanden, also war ich nicht verwirrt.«

»Ist es für Sie genehm, die Konversation weiterhin in deutscher Sprache zu führen? Sowohl mein Englisch als auch mein Italienisch sind äußerst bescheiden.«

»Das ist ganz in meinem Interesse, spreche ich doch kaum Russisch.«

»Ich habe Ihrer Karte entnommen, dass Sie Teeimporteur sind.«

Hudson nickte. »Ja, das ist meine Profession. Ihr müsst wissen, ich war viele Jahre in Indien tätig und habe gute Kontakte zu Plantagenbesitzern knüpfen können. Die beiden Länder Russland und England liegen auf dem europäischen Kontinent zwar in verschiedenen Himmelsrichtungen, aber in der Liebe zum Tee gleichen sich unsere Völker. Und wie Ihr bestimmt wisst, Euer Gnaden, ist gerade der Hafen von Triest mit seinen guten Seeverbindungen zwischen Europa und

Indien ein bedeutender Handelsplatz für die Schätze und Reichtümer Südasiens.«

Sie plauderten eine Weile über die Vorzüge verschiedener Teesorten und die Absatzmöglichkeiten in Österreich-Ungarn, Russland und dem Vereinigten Königreich. Schließlich servierte Sofia das feine Porzellan. Jekaterina, die ihren Tee immer ungesüßt trank, verfolgte, wie Hudson eine Prise Zucker in die dampfende Tasse ruhrte. Sie lauerte gespannt.

Hudson nahm einen Schluck und lächelte glückselig. »Köstlich, Euer Gnaden, ein sehr gutes Blatt. Genau das Richtige an diesem auffrischenden Tag. Der Winter zieht nun auch an der Adria heran, die Morgenstunde war fast frostig.«

Jekaterina stellte ihre Teetasse ab, schaute mit schwermütigem Blick kurz zum Fenster und danach ihrem Gast in die Augen. »Mister Hudson, wir können gerne noch eine Stunde höflich über Tee, das Wetter und weitere hochinteressante Themen parlieren. Sie könnten mir aber auch einfach sagen, wie Sie mich gefunden haben.«

Hudson stellte die Tasse ab, das distinguierte Lächeln verschwand aus seiner Miene, dafür zeigte er eine irgendwie nüchterne Abgeklärtheit. Er seufzte. »Geschätzte Gräfin Olenina, ich zweifle nicht einen Augenblick daran, dass Ihr bestens darüber Bescheid wisst, in welcher besonderen Situation wir dieser Tage stecken. Erlaubt Ihr, dass ich ein wenig meine Position in Triest erläutere?«

»Bitte, ich bin ganz Ohr.«

»Das Vereinigte Königreich und Österreich-Ungarn finden als europäische Großmächte immer wieder Punkte in der europäischen Politik, in denen sich die Anschauungen zum Teil gravierend unterscheiden. Aber wie Ihr wisst, ist Österreich-Ungarn auf den Weltmeeren kein Konkurrent meiner Heimat. Ganz anders ist es bei unserem Nachbarstaat an der Nordsee. Das Kaiserreich Deutschland mit seiner außerordentlich leistungsfähigen Industrie bereitet dem Empire beträchtliches Kopfzerbrechen. Wirtschaftlich und militärisch. Dass die österreichischen Schifffahrtsgesellschaften im Mittelmeer, im Roten Meer und auf dem Weg nach Indien florierende Linien betreiben, ist bei aller wirtschaftlichen Konkurrenz zu englischen Gesellschaften geopolitisch aus meiner Sicht sogar ein Gewinn für das Vereinigte Königreich. Gerade auf der Linie Triest–Bombay verkehren so viele österreichische Schiffe, dass sich für uns Briten die weite Reise nach Indien recht bequem gestaltet. Österreich-Ungarns Politik kümmert sich um die Belange im Herzen Europas, Österreich war historisch gesehen Europas Schild gegen die militärisch expandierenden Osmanen. In Wahrheit ist es für uns Briten ein Segen, sich nicht in die für uns unverständlichen und äußerst schwierigen Verhältnisse auf dem Kontinent einmischen zu müssen. Ich persönlich bewundere das ordnende Geschick des alten Kaisers in Wien. Und dann muss ich sagen, dass ich sehr erfreut war, als Leopold von Baumberg nach Triest kam und sich binnen kurzer Zeit geordnete Verhältnisse etablieren konnten. Ich zolle diesem Mann höchsten Respekt.«

»Mir war es bislang nicht vergönnt, Herrn von Baumberg persönlich kennenzulernen.«

»Das steht unmittelbar bevor.«

»Ist das so?«

»Ja. Bitte lasst mich erläutern, wie ich zu dieser Ansicht komme.«

»Fahren Sie bitte fort, Mister Hudson.«

»Liebend gerne, Gräfin. Herr von Baumberg hat mir eine geradezu privilegierte Stellung in der Stadt eingeräumt. Ich kann hier viele Verbindungslinien in Händen halten, die sehr weit über den Raum der Adria hinausgehen. Ich habe von meiner Vergangenheit in Indien schon berichtet. Die Art von Arbeit, die ich hier mit stiller Duldung unserer Gastgeber, nämlich der Österreicher, verrichten kann, ist für das Vereinigte Königreich von großer Bedeutung.« Hudson machte eine Pause und nahm einen Schluck Tee. »Aufgrund dieses Umstandes konnte ich mich in den letzten Tagen eingehend der Klärung einer überraschend aufgetauchten Frage widmen. Herr von Baumberg hat derzeit, wie Ihr wisst, wirklich viele höchst unangenehme Probleme zu meistern, die seine Aufmerksamkeit binden. Aber seid versichert, Gräfin, dieser schlaue Fuchs wird früher oder später Eure Fährte aufnehmen. Ich habe sie gefunden, die Fährte, doch es hat mich beträchtliche Energie und Arbeit gekostet. Bitte, Euer Gnaden, versteht das als Kompliment.«

Jekaterina neigte würdevoll den Kopf. »Ganz so hat es für mich geklungen.«

»Euch ist ein famoses Husarenstück gelungen, Gräfin. Ich bin ebenso begeistert wie bestürzt. Ihr seid also die gewitzte Schattenspielerin, die die Geheimdienste der Großmächte reichlich dumm hat aussehen lassen.«

»Und doch ist alles schiefgegangen.«

»Wollt Ihr mir erzählen, warum das so war?«

»Mister Hudson, die leidige Sache liegt mir wie ein Stein im Magen.«

»Das kann ich verstehen.«

»Wie haben Sie mich gefunden?«

»Nun, irgendwann wurde offenkundig, dass dieser zuvor unscheinbare Ingenieur mit einer sehr diskreten, aber äußerst eleganten Dame Umgang pflegte. Im Übrigen, wenn mich Herr von Baumberg direkt fragt, werde ich offen und ohne Reue von meinen Erkenntnissen erzählen. Wie man hierzulande so schön sagt: Eine Hand wäscht die andere. Aber das wird wohl nicht nötig sein, ich denke, in Kürze wird Herr von Baumberg Euch identifiziert haben. Wenn es mir gelungen ist, dann wird er es auch schaffen. Falls Ihr morgen früh inkognito eine Schiffspassage nach Bombay braucht, lasst es mich wissen. Das kann ich mit einem Telephonat arrangieren.«

»Ich danke vielmals für dieses Angebot.«

»Sehr gerne, Gräfin, ich helfe, wo ich kann. Zwei Fragen hätte ich aber doch noch an Euch.«

»Und zwar?«

»Die erste ist eigentlich eine rhetorische Frage, denn wenn Ihr sie bejahen könntet, wärt Ihr nicht mehr in Triest, dennoch stelle ich sie. Habt Ihr die Baupläne?«

»Nein.«

»Wie gesagt, es war eine rhetorische Frage.«

»Was ist Ihre zweite Frage?«

Hudson kniff die Augen zusammen. »Was hat Oberst Schubnikow vor?«

Jekaterina verzog leidend den Mund. »Das weiß ich nicht.«

»Haben Sie Einfluss auf diesen Mann?«

»Nein. Vielmehr muss ich mich vor seinem Einfluss in Schutz bringen, jetzt, wo herausgekommen ist, dass ich in den Fall Lainer involviert bin.«

»Ich fürchte, der Oberst wird, um an die Dokumente zu kommen, vor nichts zurückschrecken. Ich beneide Leopold von Baumberg nicht um diese Lage. Mir wurde berichtet, dass gestern ein Messerkampf auf offener Straße stattgefunden hat. Wisst Ihr etwas darüber?«

»Nein, das ist mir neu.«

»Ich habe kein gutes Gefühl.«

»So ergeht es auch mir.«

»Gräfin, kann ich irgendetwas für Euch tun?«

»Wie lange gilt das Angebot mit der Schiffspassage nach Bombay?«

»So lange, bis der Dampfer morgen um sieben Uhr früh die Gangway einholt. Und danach gilt das Angebot weiterhin für jeden Dampfer nach Bombay. In der indischen Großstadt kann ich gewisse Vorkehrungen veranlassen, die Eurer Sicherheit dienen. Ihr habt jetzt meine Karte, Ihr könnt zu jeder Tages- und Nachtzeit zu mir kommen.«

Jekaterina griff nach ihrer Tasse und schaute sinnierend in den Tee. »Warum wollen Sie mir helfen, Mister Hudson?«

»Das kann ich leicht beantworten. Ich habe Euch, werte Gräfin, lieber zum Freund als zum Feind. Von Letzteren habe ich ohnedies genug. Und eines konnte ich in den vielen Jahren meines Lebens lernen.«

»Nämlich?«

»Man soll eine Tür niemals unbedacht zuschlagen.«

»Leider haben Sie, werter Mister Hudson, meinen geliebten, viel zu früh verstorbenen Ehemann Wladimir Olenin nicht gekannt. Sie hätten sich bestimmt blendend mit ihm verstanden.«

~ø~

Leopold von Baumberg stand am Ende des Molo San Carlo und schaute dem sich entfernenden Dampfer Graf Wurmbrand hinterher. Der kleine, aber schnelle Dampfer war eine Stütze des adriatischen Schiffsverkehrs. Wie Baumberg an der Anschlagtafel auf dem Molo gelesen hatte, bediente das Schiff die Eillinie nach Cattaro mit Berührungen der Häfen Zara und Ragusa. Einmal hatte Baumberg die Bocche di Cattaro am südlichsten Zipfel der Monarchie besucht – jene von einer schmalen Öffnung zum Meer und steilen Bergflanken umgrenzte Bucht. Die kleine Hafenstadt Cattaro hatte wegen ihrer Lage in der uneinnehmbaren Bucht für die k.u.k. Kriegsmarine höchsten strategischen Wert, der gesamte südliche Bereich der Adria konnte mit den dort vor Anker liegenden Schiffen kontrolliert werden.

Die Graf Wurmbrand fuhr an beiden auf der Reede vor

Triest liegenden Kriegsschiffen vorbei. Baumberg zog seine Taschenuhr und las die Zeit. Schnell neigte sich der Tag dem Abend zu. Wo blieb Stiebke? Der Preuße hatte um eine Unterredung gebeten, Baumberg war pünktlich erschienen. Er wandte sich um und blickte auf das geschäftige Treiben auf dem Molo. Da sah er Stiebke, der mit schnellen Schritten auf ihn zumarschierte. Baumberg griff nach seinem Zigarettenetui und steckte sich eine an.

»Guten Tag, Herr von Baumberg.«

»Herr Stiebke. Zigarette gefällig?«

»Vielen Dank.«

Baumberg entflammte mit einem Streichholz die beiden Zigaretten, die Männer rauchten und blickten sich um.

»Sie haben um ein Gespräch gebeten?«

Stiebke nickte. »Ja, ich wollte nicht am Telephon über derlei Dinge sprechen. Es kommt auch von meiner Seite Bewegung in die Affäre. Die Verstärkung ist eingetroffen.«

»Ah, sehr gut. Wie viele Männer haben Sie unter Kommando?«

»Drei sehr verlässliche Männer, erprobt und von mir persönlich über den Einsatz in Triest instruiert. Ich stehe Ihnen zur Verfügung, Herr von Baumberg.«

»Vielen Dank, Herr Stiebke. Ihre Unterstützung ist sehr bedeutungsvoll.«

»Der gestrige Messerkampf hat gezeigt, dass die Gerüchte über Oberst Schubnikow keine Übertreibung waren. Haben Sie Verletzte zu beklagen?«

»Ja, einer hat eine Stichwunde.«

»Koloman Vanek?«

Baumberg winkte ab. »Nein, ein anderer. Der Mann, der Vanek im Kampf besiegt, muss erst geboren werden.«

»Ist schon klar geworden, wie viele Russen sich in Triest aufhalten?«

»Leider nein. Ich kenne weder die Truppenstärke noch den Stützpunkt des Obersts.«

»Vielen Dank, dass Sie mich über das Verschwinden der Spinne benachrichtigt haben.«

»Vielen Dank, dass Sie mir den Hinweis auf Signora Russo gegeben haben.«

»Wir kämpfen Schulter an Schulter.«

»Die Italiener werden rasen vor Wut. Ich fürchte, dass die Probleme, die Schubnikow derzeit macht, marginal sein werden, wenn die Italiener erst in Triest einfallen.«

»Die Italiener kann ich eine Weile bei Laune halten.«

»Stiebke, wenn Ihnen das gelingt, haben Sie bei mir etwas gut. Sie wissen, Österreich-Ungarn und Italien pflegen eine recht komplizierte Beziehung zueinander.«

»Das Guthaben können Sie gleich einlösen, Baumberg.«

»Die Briten?«

»Hudsons Leute gebärden sich schamlos. Dass ich mehrfach beleidigt wurde, ist nebensächlich, aber die Truppenkonzentration der Briten in der Adria nimmt aus der Sicht des Kaiserreichs Deutschland bedrohliche Ausmaße an.«

»Ich werde den Briten klarmachen, dass sie Dampf aus dem Kessel nehmen müssen.«

»Ich respektiere, dass Sie gute Kontakte zu Hudson pflegen, aber er sollte Deutschland nicht zu sehr herausfordern. In Berlin und Wilhelmshaven sind einflussreiche Kreise verärgert.«

»Hudson hat heute Mittag meinen Verdacht bestätigt.«

»Welchen?«

»Er hat heute Vormittag mit der Gräfin Olenina Tee getrunken. Die edle Dame hat nicht geleugnet, Ingenieur Lainer zu seinem Diebstahl angestiftet zu haben.«

»Also doch die Gräfin. So wie Sie vermutet haben. Haben Sie die Dame in Gewahrsam?«

»Nein. Sie konnte kurz vor dem Zugriff verschwinden.«

»Sehr schade. Hat Hudson die Gräfin gewarnt?«

»Zuerst hat er sie zur Rede gestellt, dann hat er sie gewarnt und entkommen lassen, zum Abschluss hat er mich informiert.«

»Sehen Sie, Baumberg, das meine ich. Man kann Hudson einfach nicht trauen. Die Briten spielen ein falsches Spiel.«

»Die Gräfin ist höchstwahrscheinlich noch in der Stadt. Ich kontrolliere seit Tagen alle Straßen, Bahnlinien und ablegenden Schiffe.«

Stiebke zertrat die Zigarette und schaute Baumberg von der Seite an. »Eine russische Gräfin, ein russischer Oberst, russische Messerkämpfer. Was wollen die Russen so fern der Heimat?«

»Die Russen sind wegen der Niederlage in Ostasien äußerst gereizt. Der rasante Flottenausbau der anderen Großmächte sorgt in Sankt Petersburg für Kopfzerbrechen und führt möglicherweise zu überstürzten Handlungen. Die Gräfin kriege ich schon noch, da mache ich mir wenig Sorgen, aber diesem rabiaten Oberst muss ich schnellstens das Handwerk legen.«

»Schnellstens. Dabei können Sie weiterhin auf meine Hilfe zählen.«

»Vielen Dank, Herr Stiebke.«

»Und die Franzosen?«

Auch Baumberg zertrat seine Zigarette. »Verdächtig still.«

∽❦∾

Luise und Carolina saßen im Salon bei Tisch. Neben dem Teegeschirr standen eine halb volle Flasche Maraschino und zwei Likörgläser. Im Sommer, als sich Carolina bei Luise in Sistiana aufgehalten hatte, war offenkundig geworden, dass sie Cognac verabscheute, Wein und Sekt nur zu gesellschaftlichen

Anlässen trank, sie aber einem Gläschen Kirschlikör durchaus zugetan war. Luise hatte ihrer Haushälterin am Montag aufgetragen, zwei Flaschen Luxardo zu besorgen. Die erste der beiden hatte sie zum Nachmittagstee geöffnet.

»Darf ich nachschenken?«, fragte Luise.

Carolina lächelte vorwitzig. »Ein drittes Glas Maraschino? Nun, warum nicht. Ich hoffe nur, dass ich dann den Weg auf die Piazza Goldoni noch finde.«

Luise winkte ab. »In äußersten Notfall kannst du bei mir im Gästezimmer übernachten.«

»Josefa würde die Polizei alarmieren, wenn ich bei Sonnenuntergang nicht zurück bin.«

»Ach, wir schicken einfach einen Boten.«

Die beiden lachten. Die Baronin Callenhoff war um sieben Jahre älter als die Komtess Urbanau, die Baronin war verheiratet und hatte einen Sohn, während die Komtess noch unvermählt war. Ansonsten ähnelten sich die beiden durchaus, sowohl im Temperament wie auch im Aussehen. Beide waren feingliedrig, groß gewachsen, hatten blondes Haar und blaue Augen, beiden sah man auf den ersten Blick die adelige Abstammung an. Im öffentlichen Raum traten sie mit gravitätischer Noblesse auf, doch wenn sie sich unbeobachtet fühlten, waren sie einfach nur dicke Freundinnen. Natürlich war Luise lebenserfahrener, und nachdem sie schwere Lebenskrisen erfolgreich bewältigt hatte, auch selbstbewusster und stärker als ihre junge Freundin, doch stand die Komtess Urbanau in der Adelshierarchie oberhalb Luises. Sie war die Erbin einer Grafschaft, sollte sie einen standesgemäßen Sohn gebären, würde er den Titel Graf von Urbanau tragen. Ihr Vater Maximilian von Urbanau hatte zwar sein Leben zuerst als Offizier, danach als Attaché des Kriegsministeriums verbracht, aber er war durch seine Ländereien, Bergwerke und eine Fabrik außerordentlich reich gewesen. Das beträchtliche Vermögen war Carolina als Haupterbin zugefallen. Die Zeitungen von Triest bis nach Lemberg hatten nach dem Tod ihres Vaters Carolina als die reichste Komtess der gesamten Monarchie bezeichnet. Carolina hatte diese Behauptung nicht überprüft, jedoch auch nicht zurückgewiesen.

Luise drückte den Korken auf die Likörflasche, sie prosteten sich zu. »Meine Liebe, wir haben seit deiner Ankunft über so viele schöne, interessante, absurde und witzige Belange gesprochen, darf ich nun eine Frage an dich richten, die sich mir aufdrängt?«

»Luise, natürlich, so frag doch.«

»Du hast erwähnt, dass am Donnerstag Arthur von Brendelberg nach Triest kommen wird, um am Freitag bei deinem Empfang Gast sein zu können.«

»Ja, das habe ich erwähnt.«

»Wir haben das Thema deiner Vermählung nicht angeschnitten, aber jetzt muss ich es tun. Du hast dich in Graz mehrmals mit Arthur getroffen, in deinen Briefen jedoch nie erwähnt, ob du dem Wunsch deines Vaters nach einer Heirat mit Arthur von Brendelberg nachzukommen gedenkst.«

Carolina nickte. »Vielen Dank, Luise, dass du im Sommer noch den Briefwechsel zwischen Arthur und mir angeregt hast. Ja, ich habe zu Vaters Lebzeiten eine Vermählung kategorisch ausgeschlossen, mit den bekannten horriblen Folgen. Bei den Spaziergängen mit Arthur und bei einer gemeinsamen Bergwanderung am Semmering haben wir uns kennengelernt. In vielen Belangen denken Arthur und ich ganz ähnlich, etwa in der Friedensfrage, bei Fragen der Wissenschaften, über Gerechtigkeit und Gesetz. Ich bewundere, wie gebildet er ist. Sein Großvater, Graf Brendelberg, und mein Vater haben bestimmt, dass die beiden Häuser in Zukunft nicht mehr gegeneinander stehen, sondern sich vereinigen sollen. Arthur ist in der direkten Folge der Erbe einer Grafschaft, mein noch ungeborener Sohn wird eine weitere Grafschaft erben, wenn also Arthur und ich in einer Ehe einem Knaben das Leben schenken, wird er Erbe zweier Grafschaften sein und in der Zukunft eine der bedeutendsten Personen des Herzogtums Steiermark und ein gewichtiger Mann in der gesamten Monarchie sein.«

»Das sind so weit die Pläne deines seligen Herrn Papas. Hat dich sein Tod zum Umdenken bewogen?«

»Ja. Ich will die Last seines Todes mir erträglicher machen, indem ich seinem Willen entspreche. Arthur ist nicht der Typ von Mann, der mich in jugendliche Schwärmerei versetzt, aber er ist intelligent, höflich und mir gegenüber absolut respektvoll. Und er will, dass ich seine Frau werde.«

»Du verhältst dich mustergültig, Carolina. Ich bin sehr stolz auf dich.«

»Danke, meine Liebe. Die Worte, die du vor dem Unglück damals auf der Thalia an mich gerichtet hast, waren für mich am Anfang unverständlich, aber in den letzten Wochen und Monaten sind sie mir immer klarer geworden. Ich werde deinen Ratschlägen folgen. Im nächsten Frühjahr werden Arthur und ich unsere Verlobung bekannt geben und die Hochzeit wird im Sommer folgen.«

»Jetzt bin ich etwas überrumpelt, dass die Planungen schon so weit gediehen sind.«

»Arthur und ich haben uns darauf verständigt. Wir halten uns noch bedeckt, und nach einem Gespräch, das Arthur und ich mit dem Grafen Brendelberg geführt haben, wird auch seine Familie vorerst nichts verlautbaren.«

»Zuerst also unternimmst du eine Reise an die Adria und weiter nach Ägypten und Mesopotamien, und dann heiratest du. Ich bewundere deine Energie und Tatkraft.«

»Das Schicksal hat mir einen neugierigen Geist, einen bedeutenden Namen und in jungen Jahren ein ansehnliches

Vermögen beschert. Ich will mit diesen Gaben keinen Unfug anrichten, sondern mich ihrer würdig erweisen. Und ich hege keine Befürchtung, dass Arthur mich in meiner Freiheit einzuschränken gedenkt.«

»Bist du dir darin sicher?«

»Ja, weil Arthur heimlich eine andere Frau liebt.«

Luise zog überrascht die Augenbrauen hoch. »Eine andere! Ist sie etwa nicht standesgemäß?«

»Sie ist bürgerlich. Aber das ist nicht der springende Punkt, weswegen die Liaison im Geheimen bleiben muss. Luise, du versprichst mir doch, Arthurs Geheimnis zu bewahren?«

»Selbstverständlich, mein Wort darauf.«

»Ich würde es auch niemand anderem anvertrauen. Ich kann und will den Namen der Dame nicht nennen, denn das musste ich Arthur ausdrücklich versprechen, daher nur so viel. Sie ist die Witwe eines früh verstorbenen Architekten und um zwölf Jahre älter als er, sie hat zwei Söhne und eine Tochter. Arthur ist seit drei Jahren ihr geheimer Liebhaber, und wenn es nicht unschicklich wäre, würde er sie heiraten, weil sie einander lieben. Sie hat ihm dennoch empfohlen, die Ehe mit mir einzugehen, denn er müsse der Erblinie des Hauses Brendelberg entsprechen.«

»Sieh an. Das Leben schlägt manche überraschende Volte.«

»Er findet mich hübsch und sympathisch, aber er empfindet keine tiefe Liebe für mich. Mir geht es mit anderen Vorzeichen genauso. Ich denke, wir werden mit Verstand, Respekt und Toleranz eine gute Ehe führen können, die unseren Kindern viele Möglichkeiten des Lebens eröffnet und uns selbst so manche Freiheit gewährt.«

Luise erhob das Glas, Carolina tat es ihr gleich, sie stießen an. »Meine teure Freundin, wie ich höre und sehe, bist du zu einer erwachsenen Frau geworden.«

»Nun, es wäre mir lieber gewesen, wenn ich den Zustand mit weniger Schmerz erreicht hätte.«

»Der Schmerz ist mit dem Erwachsenwerden untrennbar verbunden.«

»Es scheint so zu sein.«

»Doch das Leben ist diesbezüglich gerecht, denn neben dem Schmerz schenkt es uns auch die Lust.«

»Noch bin ich nicht stark genug, sie zu erfahren. Aber ich sehe in die Zukunft.«

~⊷⊶~

Er hatte sich von Anfang an in Triest wohlgefühlt, man spürte überall den mediterranen Einfluss in Kultur, Gesellschaft und Lebensgefühl. Casimir Morel hatte im Laufe seiner Karriere so manche Orte gesehen, die ihm vom ersten Augenblick an zuwider gewesen waren. Er hasste den Norden, die Kälte und die langen dunklen Winter, er war ein Geschöpf des Südens. Seine Eltern besaßen knapp außerhalb von Marseille ein kleines Gut, sein Vater war in jungen Jahren bei der Marine gewesen, hatte aber dann den Dienst quittiert und die Wirtschaft seines Großvaters übernommen, jetzt führte Morels ältester Bruder das Gut. Als dritter Sohn seiner Eltern hatte er zwar immer zugunsten der älteren Brüder zurückstecken müssen, doch durch den Abschluss der Marineakademie hatte sich sein Leben völlig verändert. Sieben Jahre hatte er im Dienst auf See verbracht, in dieser Zeit war er mehrfach mit dem Geheimdienst der Marine in Kontakt gekommen. Nach seinem ruhmreichen Einsatz beim Boxeraufstand in China vor sieben Jahren hatte man ihm einen Posten als Agent angeboten. Er hatte sofort zugegriffen und sein Leben damit grundlegend verbessert. Egal, wohin ihn seine Einsätze führten, die Frauenherzen flogen ihm zu. Der Odem des Abenteuers umhüllte ihn und sorgte für seinen beständigen Erfolg beim schönen Geschlecht.

Seine aktuelle Geliebte war die Frau eines Bankiers, der sich häufig auf Reisen befand. Eine sanftmütige Italienerin, die er eine ganze Weile hatte umgarnen müssen, bis sie seinem Charme letztlich erlegen war. Aber nicht diese Frau hatte ihm einen Brief geschrieben, sondern Veronika. Sie war die Gattin eines deutschsprachigen Beamten, die ihren Mann nach allen Regeln der verbotenen Liebeskünste betrog. Er hatte sie länger nicht getroffen, doch als Veronika in einem Brief ein heimliches Treffen vorgeschlagen hatte, hatte er keinen Moment gezögert.

Casimir Morel stand im Schatten der Festungsmauer des Castello di San Giusto und spähte um sich. Wo blieb sie bloß? Er zog seine Taschenuhr hervor. Um halb sechs waren sie verabredet, sie war zehn Minuten verspätet. Hatte Veronikas Mann überraschend seine Reise absagen müssen und kam sie deshalb nicht außer Haus? So etwas passierte natürlich immer wieder. Oft genug hatte er Komplikationen mit misstrauischen Ehemännern erdulden müssen, einmal sogar war er zu einem Duell herausgefordert worden. Natürlich hatte er sich nicht darauf eingelassen. Sein Gegner wäre ein schwedischer Offizier in Stockholm gewesen, ein Mann, der mit Pistole und Säbel meisterhaft umzugehen verstand. Es wäre viel zu riskant gewesen, sich mit einem solchen Gegner zu messen. Morel hatte von der Offiziersgattin gewusst, wie man lautlos in das Haus einsteigen konnte, also hatte er das Ehepaar in der Nacht vor dem Duell im Schlaf erdolcht und es wie einen Raubmord aussehen lassen.

Morel bemerkte ein Mädchen in den Kleidern einer Zofe auf ihn zukommen. Das Mädchen blieb in gebührendem Abstand stehen und machte einen Knicks.

»Entschuldigen Sie bitte, sind Sie Signor Casimir?«

»Was willst du, hübsches Kind?«

»Meine Herrin, Signora Ketteler, hat mich geschickt, Ihnen diesen Brief zu überreichen.«

»Du bist spät dran.«

»Entschuldigen Sie bitte.«

»Na, gib schon her.« Morel schnappte das Couvert und reichte dem Mädchen eine Münze. Als sie fortging, rief er ihr hinterher. »Und trödle nicht wieder herum!«

Morel riss das Couvert auf und las die in sehr schöner Handschrift verfassten Zeilen. Veronika entschuldigte sich, dass sie es nicht mehr rechtzeitig geschafft hatte, das Treffen beim Castello abzusagen, stattdessen hatte sie in einem Hotel in der Città Vecchia ein Zimmer gemietet, in welchem sie ihn sehnsüchtig erwartete. Morel steckte den Brief in die Tasche seines Mantels und marschierte in Richtung der angegebenen Adresse. Er schaute um sich. Niemand folgte ihm.

Nach fünfzehn Minuten Fußmarsch stand er vor einem Haus, das man beileibe nicht als Grandhotel bezeichnen konnte. Veronika hatte die Zimmernummer aufgeschrieben, er wusste also, wo er klopfen musste, daher vermied er es, dem Concierge in der Lobby in die Arme zu laufen. Jedes Hotel verfügte über einen Hintereingang. Morel wurde in der Seitengasse fündig, er betrat unerkannt das Haus und huschte über die Treppe in den ersten Stock.

Zimmer hundertzwölf.

Ein Lächeln legte sich auf sein Gesicht. Das war eine Begebenheit ganz nach seinem Geschmack. Eine wollüstige Ehefrau, ein geheimes Treffen, ein hitziges Schäferstündchen, man musste nur zu leben wissen.

Er lauschte an der Tür.

Stille.

Sollte er klopfen oder prüfen, ob die Tür unverschlossen war?

Am Ende des Ganges trat ein Mann hinter einer Ecke hervor. Er grinste. Morel kannte ihn. Es war Galkin. Der Adjutant des Obersts. Verdammt. Er war in eine Falle getappt.

Morel reagierte blitzschnell. Er zog den Revolver und schoss sofort. Sein Gegner warf sich hinter eine Ecke. Morel rannte los und feuerte noch eine Kugel.

Ein zweiter Russe riss mit der Waffe in der Hand die Tür von Zimmer hundertzwölf auf und schoss. Die Kugel verfehlte Morel, der bereits die Treppe erreicht hatte. Mit fliegenden Schritten hastete er hinab. In der Lobby rannte er am erschrockenen Concierge und einem livrierten Dienstmann vorbei zur Tür, blickte hinter sich und sah Galkin und den anderen Russen. Morel hob die Waffe. Galkin sprang erneut zur Seite und ließ sich zu Boden fallen. Morel drückte ab, der Schuss krachte, traf allerdings den Dienstmann, der zu Boden stürzte. Der zweite Russe feuerte zurück, verfehlte jedoch sein Ziel.

Morel rammte mit der Schulter das Tor auf und hetzte los. Fort von hier. Im Gewirr der Gassen der mittelalterlichen Altstadt würde er seine Verfolger abschütteln. Noch bevor die beiden Russen das Hotel verlassen konnten, warf sich Morel in die nächste dunkle Seitengasse. Wie aus dem Nichts trat ein Mann aus der Dunkelheit eines Hauseingangs hervor und versperrte ihm den Weg. Morel hob die Waffe und spannte den Hahn. Da blitzte etwas auf. Ein länglicher, sehr schlanker Gegenstand aus poliertem Eisen. Jetzt erkannte Morel seinen Gegner. Es war Oberst Schubnikow höchstpersönlich. Dessen Dolch bohrte sich in seinen Bauch. Mit einer spielerischen Handbewegung schlug der Oberst Morel die Waffe aus Hand. Der Revolver fiel zu Boden.

Der Oberst stützte Morel, die beiden Männer standen Brust an Brust. Morel schnappte nach Luft.

»Kinder sollten sich nicht in die Spiele der Erwachsenen mischen, Monsieur Morel. Hat Ihnen das niemand beigebracht? Hier also die letzte Lektion Ihres Leben.«

Morel verstand nicht, dass ihn der Oberst fortstieß und dabei den Dolch aus seinem Leib zog, er verstand nur, dass plötzlich Unmengen an Blut aus der Wunde strömten. Morel fühlte weder Schmerz noch Angst, sank zu Boden und schaute auf das siegestrunkene Antlitz des Obersts.

Zwei Männer traten in seinen Gesichtskreis. Wer waren sie? Irgendwie war sich Morel sicher, dass die Antwort auf diese Frage Bedeutung hatte. Wo war er hier überhaupt? Und was war geschehen?

»Haben wir Verletzte?«

»Nein.«

»Gut. Schaffen wir den Kerl fort.«

»Keine Zeit, Herr Oberst. Ich habe die Trillerpfeife eines Wachmanns gehört. Die Schüsse haben ihn wohl alarmiert. Die Polizei kann jeden Moment eintreffen.«

»Verdammt. Dann los.«

Warum sprachen die Männer Russisch? Selbst diese Frage war bedeutungsvoll. Aber auch sie konnte Casimir Morel nicht beantworten. Zum Glück hatte er Russisch gelernt, er hatte die Männer verstanden. Die Polizei würde also gleich erscheinen. Das war sehr gut. Das war seine Rettung. Morel verfolgte noch, wie Oberst Schubnikow seinen Revolver zog und auf ihn anlegte. Den Schuss hörte er nicht mehr.

❧

Bruno strich sich mit der flachen Hand über das Gesicht. Was hier geschah, war blanker Wahnsinn. Er hatte sowohl Oberinspector Gellner als auch dem Polizeidirektor Dr. Rathkolb Nachrichten geschickt. Die Lage geriet völlig außer Kontrolle.

Sollte er sich von Luigi Bosovich eine Zigarette geben lassen? Bruno rauchte selten, eigentlich nur zu besonderen gesellschaftlichen Anlässen oder wenn ihm der Schädel zu platzen drohte. Gegenwärtig schien Letzteres unmittelbar bevorzustehen. Bruno nahm seinen Hut ab und fächerte sich frische Luft zu. »Verdammt, Luigi, du solltest an Tatorten nicht so qualmen. Man kriegt ja keine Luft«, knurrte Bruno.

»Jawohl, Herr Inspector«, sagte Luigi und zerdrückte die halb gerauchte Zigarette im Aschenbecher an der Rezeption des Hotels.

»Wie viele Einschusslöcher haben Sie gefunden?«, fragte Bruno einen der uniformierten Polizisten.

»Insgesamt fünf. Drei in diese Richtung, und zwei in die andere.«

»Also ein Feuergefecht.«

»Scheint so.«

»Hatte der Verwundete eine Austrittswunde?«

»Nein, die Kugel muss noch in der Schulter stecken.«

»Also mindestens sechs Schüsse sind hier in den Innenräumen gefallen. Mindestens ein weiterer auf der Straße. Luigi, notiere das. Und leg eine Skizze vom Gang, der Treppe und der Lobby an, auf der die Einschusslöcher eingezeichnet sind. Auch wo der Verwundete gelegen hat.« Bruno klopfte dem uniformierten Polizisten anerkennend auf die Schulter. »Dass Sie den Verwundeten sofort ins Hospital gebracht haben, war richtig. Wir können nur hoffen, dass der Mann die Nacht überlebt. Haben Sie den Namen des Verwundeten?«

»Ja. Er ist Dienstmann, der das Gepäck eines Hotelgastes zum Hafen bringen sollte. Deswegen hat er sich in der Lobby aufgehalten.«

»Wo ist der Concierge?«

»Er liegt im Dienstbotenzimmer auf einem Diwan. Schwerer Schock, der Mann ist kaum ansprechbar.«

»Etwas Zeit zur Erholung soll er haben, ich befrage ihn später. Jetzt inspiziere ich die Leiche.«

»Soll ich mitkommen, Herr Inspector?«, fragte Luigi.

»Du trägst den Photoapparat. Die Skizze legst du dann im Anschluss gleich an.« Bruno nickte dem uniformierten Polizisten zu, nahm seine Kommissionstasche, verließ mit Luigi im Schlepptau die Hotellobby und bog in die Seitengasse ein. Die Polizei hielt rund um das Hotel die Schaulustigen fern. Ein Polizist stand neben der abgedeckten Leiche, der Mann salutierte, als Bruno und Luigi auf ihn zukamen. Bruno zog die Decke zur Seite und entnahm seinem Koffer die Taschenlampe. Methodisch untersuchte er den Körper und diktierte Luigi seine Beobachtungen. Nach rund zehn Minuten trat er einen Schritt zurück, rückte seinen Hut zurecht und stemmte sinnierend die Hände in die Hüften.

»Soll ich jetzt eine Photographie machen, Herr Inspector?«

»Nein, Luigi, bitte skizziere die Innenräume. Ich übernehme die Photographie.«

Luigi betrat wieder das Hotel, während Bruno das Dreibein des Photoapparates aufstellte. Der uniformierte Polizist leuchtete mit der Taschenlampe und einer weiteren Lichtquelle, während Bruno die Photographie anfertigte. Der Inspector ahnte, dass das Bild angesichts der mäßigen Lichtverhältnisse in der dunklen Gasse kaum sehr scharf sein würde, aber immerhin wäre der Tatort dokumentiert. Er packte die Photoausrüstung wieder zusammen, stellte sie vor dem Hoteleingang ab und wollte eben den Abtransport der Leiche freigeben, da sah er in der Menschenmenge vor der Polizeiabsperrung einen breitschultrigen Mann mit Melone. War das Vanek? Bruno ging auf den Mann zu, und tatsächlich, jetzt erkannte er ihn.

»Nun, Herr Vanek, unternehmen Sie einen Abendspaziergang?«

»Ein Spaziergang ist zu jeder Tageszeit passend.«

Bruno wandte sich an die beiden Polizisten, die die Gasse absperrten. »Der Herr gehört zu mir.«

»Jawohl, Herr Inspector.«

Bruno ging, ohne sich nach Vanek umzusehen, wieder in die Seitengasse und trat vor den Leichnam. Vanek stellte sich neben ihn und schaute mit ungerührtem Gesichtsausdruck auf den Toten hinab.

»Kannten Sie den Mann?«, fragte Bruno mit gedämpfter Stimme.

»Casimir Morel.«

»Er trug einen französischen Pass bei sich.«

»Morel war für die französische Kriegsmarine tätig. Er war ein Dilettant.«

»Was immer er war, jetzt ist er tot.«

»Zwei Wunden.«

»Die Stichwunde im Bauch ist durch eine lange Klinge herbeigeführt worden. Wahrscheinlich kein Säbel, sondern ein Dolch.«

»Die Waffe eines Assassinen.«

»Der Schuss traf das Herz. Der Schütze hat genau gewusst, wo er die Kugel platzieren muss. Das war eine Hinrichtung. Im Hotel sind mehrere Schüsse gefallen.«

»Weitere Tote?«

»Ein schwer verletzter Dienstmann, der völlig unbeteiligt in den Schusswechsel geraten ist. Die Ärzte im Hospital kämpfen in diesen Minuten um sein Leben. Ein Augenzeuge hat drei Männer gesehen, die weggerannt sind. Angeblich haben die Männer Russisch miteinander gesprochen.«

»Der Herr Hauptmann wird nicht erfreut sein.«

»Herr Vanek, sagen Sie mir, was hier geschieht.«

»Krieg ist ausgebrochen.«

»Haben Sie etwas mit dem Messerkampf von gestern zu tun?«

»Der Hauptmann hat mir verboten, darüber zu sprechen.«

Bruno wandte sich Vanek zu, seine Stimme knarrte vor Wut. »Mehrere verschwundene Personen, gestern ein Messerkampf nur ein paar Gassen weiter, heute eine wilde Schießerei. Das kann Baumberg nicht mehr geheim halten. Spätestens mit dieser Leiche hier mitten in der Città Vecchia ist die Lage völlig außer Kontrolle geraten. Die Polizei wird drakonische Maßnahmen ergreifen. Sagen Sie das Ihrem Hauptmann.«

Vanek trat einen Schritt zurück und lüpfte seinen Hut. »Ich bin auf dem Weg zu ihm. Guten Abend, Herr Zabini.«

»Guten Abend, Herr Vanek.«

◦◦◦

Emilio Pittoni verrichtete noch einige Handgriffe, er sperrte die aktuell von ihm bearbeiteten Akten in den Schrank, tätigte einen Kontrollblick in seinem Bureau, knipste das Licht aus und sperrte ab. Keiner seiner Kollegen oder die Schreibkräfte sollten ohne Weiteres seinen Arbeitsraum betreten und herumschnüffeln können, allein der Gedanke, dass jemand seine Schubladen durchwühlen könnte, war ihm zuwider. Es gab natürlich für alle Türen in der Kanzlei Zweitschlüssel, die sich in der Verfügungsgewalt des Oberinspectors befanden, aber Emilio war sich sicher, dass Gellner nur bei einer Feuersbrunst oder in einem anderen Notfall mit dem Zweitschlüssel Emilios Bureau aufschließen würde. Aber selbst wenn jemand in seinen Schubladen und Schränken herumschnüffeln würde, würde diese Person nichts anderes finden, als die Arbeitsmaterialien eines hochrangigen Polizisten. Emilio war viel zu vorsichtig, als dass es Hinweise auf seine Zusatzeinkünfte geben würde. Er führte nicht Buch über seine Nebengeschäfte, er hatte alle Daten und Fakten im Kopf.

Bruno und Luigi waren vor rund zehn Minuten gegangen, Emilio verließ heute wieder einmal als Letzter die Kanzlei. Er knipste hinter sich die Lichter aus und kontrollierte, ob alle Außentüren versperrt waren. Natürlich standen auch nachts mehrere Männer vor und im Gebäude der Polizeidirektion Wache, und gegen Mitternacht kontrollierte immer ein Mann die verschlossenen Türen.

Gemächlich stieg Emilio die Treppe hinab und grüßte die Wachen und verließ das Haus. Zum Glück engagierte sich Bruno so in diesem Mordfall in der Città Vecchia. Ohne sich explizit dafür zu bedanken, überließ er ihm gerne die Arbeit. Bruno hatte ja jetzt auch einen persönlichen Assistenten. So etwas hätte Emilio noch gefehlt, für einen Assistenten hatte er wahrlich keine Verwendung. Er arbeitete lieber allein, denn er teilte nicht gern seine Profite. Eine Schießerei in einem Hotel, bei der ein französischer Spirituosenhändler getötet und ein Dienstmann angeschossen worden waren, war ein nicht alltägliches Verbrechen. Für Ermittlungen in aufwendigen Fällen hatte Emilio derzeit keine Zeit – und auch keine Lust.

Was ihn beschäftigte, war, dass der Capo ihn gebeten hatte, weitere junge Damen nach Triest zu schleusen. Der Capo hatte zwei Mädchen in Sizilien gekauft, die innerhalb der nächsten drei Wochen in die Stadt gebracht werden sollten. Da war einiges zu tun.

Und dann wollte er sich um die in Fahrt kommende Affäre mit Signora Cherini kümmern. Im Frühjahr hatte er Brunos Doppelleben entdeckt und so diese Frau in den Blick genommen. Er erinnerte sich noch nach Monaten an eine Begebenheit im Frühling. Ende Mai waren Carlo Cherini und Bruno auf See gewesen, und Fedora hatte mit ihren Söhnen noch im Haus des Offiziers Cherini gelebt. Eines Nachmittags hatte Emilio sie aus dem Wald hinter dem Haus mit dem Feldstecher beobachtet. Fedora hatte im Badehaus den Kessel erhitzt und die Wäsche gewaschen. Es war ein sehr warmer Tag gewesen, Fedora Cherini hatte die Arbeit äußerst spärlich bekleidet ausgeführt. Emilio hatte ihr eine halbe Stunde lang aus der Ferne zugesehen. Seit damals wusste er, dass diese Frau nicht nur ein attraktives Gesicht zu bieten hatte, sondern dass an diesem Weib alles so war, wie jeder Kavalier es sich wünschte. Und als er sie gestern angesprochen hatte, hatte er ihr die Wollust an der Nasenspitze förmlich ablesen können.

Emilio ging gemächlich durch die Gassen seiner Heimatstadt. Es würde ein Vergnügen sein, diesen überreifen Apfel vom Baum zu pflücken.

〜◦〜

Wieder hatte ein Arbeitstag in den frühen Morgenstunden begonnen und erst lange nach Sonnenuntergang geendet. Der Herbst war weit fortgeschritten und der Winter zog fühlbar heran. In dieser Nacht fielen die Temperaturen in Richtung Gefrierpunkt, doch kalt war Bruno nicht, zum einen trug er wärmende Kleidung, zum anderen war ihm durch den zügigen Anstieg auf die Anhöhe von Cologna warm geworden. Als er sich dem Haus näherte, freute er sich auf einen Bissen Brot und einen Schluck Wein, auf warmes Wasser und Seife, um sich vom Schmutz des Tages zu reinigen, und auf sein Bett. Er trat durch das Gartentor vor das Haus und kramte in den Taschen seines Mantels nach dem Schlüssel. Aus den Augenwinkeln entdeckte er eine Bewegung bei den Bäumen. Eine Gestalt trat aus dem Schatten. Bruno warf sich mit geballten Fäusten herum. Irgendjemand hatte ihm im Garten aufgelauert.

»Entschuldigen Sie bitte, dass ich Sie erschreckt habe, Herr Inspector.«

Die Frau sprach Deutsch mit unverkennbarem Akzent. Brunos Muskelspannung ließ nach, er erkannte die Gräfin Olenina. »Was tut Ihr hier?«

Sie trat näher. Wieder war die Gräfin als einfache Frau aus dem Volk verkleidet.

»Ich habe auf Sie gewartet.«

Bruno spähte um sich.

»Ich warte allein seit anderthalb Stunden hier in der Dunkelheit.«

»Anderthalb Stunden? Seid Ihr nicht völlig durchfroren?«

»Ich bin Russin, ich friere erst, wenn meterdickes Eis das Meer bedeckt.«

»Ihr habt also meine Wohnadresse herausgefunden und Euch auf die Lauer gelegt. Wollt Ihr mir etwas mitteilen?«

»Ja.«

»Was?«

»Hier im Freien?«

Bruno sperrte die Tür auf, trat ein, rieb ein Streichholz an und führte die Flamme zum Docht der Spirituslampe. Das Licht erfüllte die Stube. In der Tür stand die Gräfin Olenina mit einem Koffer in der Linken und einem Korb in der Rechten, sie schaute sich um.

»Tretet bitte ein, Euer Gnaden, und setzt Euch. Ich mache gleich Feuer. Ich kann Euch Brot, Wurst und Wein offerieren.«

Jekaterina trat ein und stellte ihr Gepäck ab. Bruno schloss die Tür und zog die Vorhänge vor die Fenster, dann trat er an den Herd und entflammte Zeitungspapier und Holzspäne.

»Sie wohnen sehr bescheiden. Eine Stube und eine Kammer im Hinterhaus, mehr Platz brauchen Sie nicht? Sie haben also keine Frau und Kinder. Wohnen Sie hier in Untermiete?«

Bruno wartete, bis das Zeitungspapier die Späne entflammt hatte, dann schob er zwei kleine Scheite in den Ofen und schloss das Türchen. Er lud mit einer Handbewegung die mitten im Raum stehende Gräfin ein, sich zu setzen. »Das Haus gehört meiner Mutter. Sie bewohnt den vorderen, größeren Teil des Hauses, meine beiden Räume waren früher die Stallungen der Kleinbauern, die hier gelebt haben. Mein Vater hat zu seinen Lebzeiten das Haus von Grund auf renovieren und im ehemaligen Ziegen- und Hühnerstall eine Dienstbotenwohnung einrichten lassen. Seit seinem Tod arbeitet keine Dienstmagd hier, also nutze ich den Hintereingang und die beiden Räume.«

»Das Haus lag in völliger Dunkelheit. Ist Ihre Mutter auf Reisen?«

»Sie hat den Frühzug nach Wien genommen und wird zwei Wochen in ihrer Heimatstadt sein.«

»Stammt Ihre Mutter aus Wien?«

»Ja.«

»Ist sie deutschsprachig?«

»Ja.«

»Deswegen klingt ihr Deutsch in meinen Ohren völlig akzentfrei.«

»Ich bin mit zwei Sprachen aufgewachsen, meine Muttersprache ist Deutsch, meine Vatersprache Italienisch. Seid Ihr hungrig?«

»Nein, hungrig nicht, aber ein Glas Wein würde konvenieren.«

»Ihr erlaubt, dass ich nach einem langen Tag noch esse.«

»Das ist Ihre Behausung, Herr Inspector.«

Bruno stellte einen Teller mit Brot und Wurst und eine Schale mit Sauerkraut auf den Tisch, dann füllte er zwei Gläser mit Terrano. Da die Scheite im Ofen Feuer gefangen hatten, legte er kräftig nach. Er setzte sich wieder an den Tisch und biss herzhaft in das Brot. Seinen Gast ließ er dabei nicht aus den Augen, Jekaterina erwiderte den Blick. »Ihr habt Gepäck bei Euch. Seid Ihr auf der Flucht, Gräfin?«

»Ja.«

»Nur mit einem Koffer und einem Korb? Also ist es eine überhastete Flucht.«

»Ich habe die weiteren Koffer in der Gepäckaufbewahrung am Bahnhof verstaut.«

»Dennoch habt Ihr einen Koffer und Korb mitgebracht.«

»Sehen Sie mich bitte nicht so anklagend an, Herr Inspector.«

»Es gibt eine wichtige Regel, die ich im Laufe der Jahre meines Berufes erlernt habe.«

»Und die lautet?«

»Bringe niemals deine Arbeit mit nach Hause.«

Jekaterina lachte und hob das Glas. »Eine sehr vernünftige Einstellung. Ich fürchte, dass ich damit in meinem Beruf wenig Erfolg haben würde.«

Bruno hob ebenfalls sein Weinglas und stieß mit ihr an. »Meine Erfolge, das Berufsleben vom Privatleben zu trennen, sind, wie sich hier und jetzt bestätigt, auch bescheiden.«

»Diese Äußerung kann man wohl kaum als Kompliment verstehen.«

»Ich würde mir niemals verzeihen, einer hochwohlgeborenen Dame gegenüber es an Galanterie mangeln zu lassen, und dennoch muss es einen Grund dafür geben, dass Ihr erstens meine Adresse in Erfahrung gebracht und Euch zweitens im Garten auf die Lauer gelegt habt.«

»Mein Leben ist bedroht. Ich brauche ein sicheres Versteck.«

»Das, was Ihr in Triest angezettelt habt, ist zu einem offenen Krieg geworden. Es gab heute einen Mord auf offener Straße.«

»Wer ist getötet worden?«

»Ein Franzose namens Casimir Morel wurde in einem Schusswechsel tödlich getroffen. Die Russisch sprechenden Täter sind entkommen. Die Affäre eskaliert.«

»Deswegen muss ich die Flucht ergreifen.«

»Aber Ihr befindet Euch nicht im Zug nach Sankt Petersburg oder auf einem Dampfer in Richtung Odessa, sondern Ihr sitzt in meiner Stube und trinkt Wein. Soll ich Euch hier verstecken?«

»Wäre das möglich?«

»Wer auch immer hinter Euch her ist, würde Euch hier früher oder später finden.«

»Es muss nur für ein paar Tage sein. So lange, bis sich die verworrene Lage in der Stadt geschlichtet hat.«

»Seid Ihr noch immer auf der Jagd nach den Bauplänen?«

Jekaterina schaute Bruno unverwandt an. »Was wissen Sie über deren Verbleib?«

»Wie kommt Ihr auf den Gedanken, ich könnte etwas über deren Verbleib wissen?«

»Wie es scheint, ist es unser Schicksal, dass Gespräche zwischen uns zu mehr Fragen als zu Antworten führen.«

»Gut, dann hier keine Frage, sondern eine klare Aussage: Ich misstraue Euch, Gräfin.«

»Wie charmant Sie sind, Inspector.«

»Ich misstraue Herrn von Baumberg, dem von Ihnen genannten und mir unbekannten Alexander Schubnikow sowie allen anderen Geheimagenten der Großmächte, die meine Stadt unsicher machen. Ich misstraue der österreichisch-ungarischen Armee und Marine, dem Reichskriegsminister und den Ingenieuren, die in den Werften Triests Kriegsschiffe bauen.«

»Meiner bescheidenen Erfahrung nach leben misstrauische Menschen länger als leichtgläubige.«

»Was wollt Ihr wirklich von mir, Gräfin?«

Jekaterina schwieg und nahm einen Schluck Wein. Sie schüttelte den Kopf. »Ich weiß nicht, ob ich nicht schon wieder eine Verrücktheit begehe. Wahrscheinlich wird es mich diesmal den Kopf kosten. Egal, lieber ein intensives kurzes Leben als das lebenslange Siechtum der Einförmigkeit. Ich bin nicht geschaffen für die Langeweile.«

Bruno füllte beide Gläser wieder. Er wartete, während sein Gast gedankenverloren ins Leere blickte.

»Mein Mentor in Sankt Petersburg ist vor Kurzem gestorben. Ich nehme an, dass es nicht Gift war. Fürst Blochin war betagt und er litt seit längerer Zeit unter Herzbeschwerden. Der Fürst hat meine reichlich bedrückte finanzielle Lage erträglich gemacht. Mein Mann ist tot, meine Familie ist zerstritten, meine Freundinnen der Jugend sind glücklich oder unglücklich verheiratete junge Mütter, das gesellschaftliche Leben in Sankt Petersburg fand ich immer sterbenslangweilig. So hat mich der Wind des Schicksals durch das Leben und die Länder geweht. Nach meiner Hochzeit lebte ich wie in einem Rausch, ich war furchtbar verliebt, mein Mann hat mich auf Händen getragen, wir waren glücklich. Dann verstand ich, dass mein Mann geheimdienstliche Aufträge für Fürst Blochin verrichtete. Ich war wie hypnotisiert davon, mein Leben war spannender als jeder Roman, wir haben gemeinsam gearbeitet und waren dabei überaus erfolgreich. Aber in den Monaten allein hier in Triest ist die Arbeit für mich immer weiter in die Ferne gerückt. Ja, ich habe eine gute Gelegenheit ergriffen und ein Netz gesponnen, in dem sich Gustav Lainer verfangen hat. Ich bin nicht stolz darauf, im Gegenteil, aber ich brauche Geld für meine Zukunft. Außerdem kann und will ich nicht nach Russland zurück. Nicht nach dem, was hier schon geschehen ist und wohl noch geschehen wird. Allein die Existenz eines Mannes wie Oberst Schubnikow erschüttert meinen Glauben an die Richtigkeit der russischen Politik. Wozu für ein Vaterland sterben, in dem korrupte Politiker und brutale Mörder das Sagen haben? Ich will aus Europa verschwinden. Ist Ihnen Kenneth Hudson bekannt?«

»Der Name kommt mir bekannt vor. Moment, betreibt er nicht Teehandel?«

»Ja, Mister Hudson ist offiziell Teehändler in Triest, inoffiziell aber der Oberbefehlshaber des britischen Geheimdienstes im Mittelmeer. Ein sehr einflussreicher Mann. Mister Hudson hat mir eine Schiffspassage und Unterschlupf in Bombay angeboten.«

»Und werdet Ihr dieses Angebot annehmen?«

»Natürlich nicht, denn sobald ein bisschen Gras über die Triester Affäre gewachsen ist, wird Mister Hudson sehr konkrete Forderungen an mich richten. Ich muss mich aus der Umklammerung der Geheimdienste lösen, ich muss um meine Freiheit kämpfen. Und da kommen Sie ins Spiel, Herr Zabini.«

»Welche Rolle denkt Ihr mir zu?«

»Ich brauche einen österreichisch-ungarischen Reisepass.«

Bruno nickte verstehend. »Und ich soll diesen beschaffen, nicht wahr?«

»Sie sind ein hochrangiger Polizeibeamter, Sie haben bestimmt gewisse Möglichkeiten.«

»Wohin soll die Reise gehen?«

»Weit fort von Russland nach Südamerika.«

Bruno dachte nach. »Ihr könntet eine Ruthenin aus Galizien oder der Bukowina sein. Den Spanisch oder Portugiesisch sprechenden Südamerikanern fällt der Unterschied zwischen Russisch und Ruthenisch wohl kaum auf.«

»Ich spreche gut Ruthenisch.«

»Noch besser.«

»Können Sie mir einen Pass besorgen?«

»Nein.«

Jekaterina verzog den Mund. »So einfach lehnen Sie meine Anfrage ab?«

»Es fiele auf, wenn ich versuchen würde, auf dem Amtsweg einen Pass zu besorgen. Wozu benötigt ein Inspector des k. k.

Polizeiagenteninstituts in Triest einen Pass für eine Staatsbürgerin aus Galizien? Das wird nicht klappen.«

»Und wenn Sie den Amtsweg umgehen?«

»Warum sollte ich das tun?«

»Weil ich Sie höflich darum ersuche.«

Bruno lachte. »Das wäre tatsächlich der einzige Grund, der mir einleuchtet.«

»Ich bin nicht wohlhabend, Herr Zabini, aber ich kann Ihnen dennoch einen beträchtlichen Lohn für die Beschaffung bezahlen.«

»Geld hat mich noch nie interessiert.«

»Was interessiert Sie sonst?«

Bruno beendete sein Mahl, griff zum Weinglas und schaute in die Leere. »Hm, was interessiert mich eigentlich? Gute Bücher bestimmt. Die Erkenntnisse der Wissenschaft. Bergwandern. Schwimmen im Meer. Eine Fahrt mit dem Ruderboot.« Er richtete den Blick auf Jekaterina. »Schöne Frauen interessieren mich.«

Ein anrüchiges Lächeln legte sich auf Jekaterinas Lippen. »Interessieren sich schöne Frauen auch für Sie, Herr Zabini.«

»Um ehrlich zu sein, Gräfin, ist es mir bis heute ein Rätsel geblieben, wofür sich Frauen interessieren.«

»Rätsel fand ich immer aufregender als omnipräsente Gewissheit.«

»Darin stimme ich Euch zu.«

»Ich hülle mich wieder in mein rotes Kleid, lege Schminke auf, parfümiere mich mit verlockenden Düften. Mein Anblick hat Sie, wenn ich mich recht entsinne, wahrhaftig entzückt. Wäre das Euer Preis, Herr Zabini? Eine Liebesnacht mit mir für einen Reisepass?«

Bruno schüttelte verneinend den Kopf. »Nein, ich kaufe Liebesnächte nicht. Das ist mir zuwider. Ich würde niemals einer Frau meinen Willen aufzwingen, weder mit Gewalt noch mit Geld oder Reisepässen.«

»Sie scheinen ein wahrer Kavalier zu sein.«

Bruno erhob sich und ging nachdenkend in seiner Stube auf und ab. »Mir ist gerade eine Idee gekommen.«

»Lassen Sie mich an dieser Idee teilhaben, Herr Zabini.«

Er ging schweigend mehrmals auf und ab, dann setzte er sich wieder und fixierte Jekaterina. »Wisst Ihr, wo Schubnikow und seine Leute Unterschlupf gefunden haben?«

»Nein, das ist mir nicht bekannt.«

»Glaubt Ihr, dass Ihr es herausbekommen könnt?«

»Sobald ich diesem Mann nahe komme, bin ich meines Lebens nicht mehr sicher. Schubnikow ist ein gefährlicher Verrückter und seine Leute sind Mordgesellen.«

»Seit er sich in der Stadt aufhält, häufen sich die Leichen.«

»Wäre das Ihr Preis für den Pass? Der Kopf von Alexander Schubnikow?«

»Nicht meiner, sondern jener Leopold von Baumbergs.«

Jekaterina schnappte erschrocken nach Luft. »Herr Zabini, ich bin zu Ihnen gekommen, weil ich mir seit unserer ersten Begegnung sicher war, dass Sie mich nicht an Baumberg ausliefern werden.«

»Ich werde Euch nicht ausliefern, sondern wir werden Baumberg gemeinsam aufsuchen.«

»Wenn ich Baumberg in die Hände falle, wird er mich seinen Hunden oder noch schlimmer seinen Männern vorwerfen. Wie stellen Sie sich das vor? Das wäre verrückt.«

»Wir machen ein Geschäft, Gräfin. Ihr nehmt Kontakt zu Schubnikow auf und unterbreitet ihm ein Angebot. Wenn er für Eure Sicherheit garantiert, sagt Ihr ihm, wer die Baupläne verwahrt. Ziel der Kontaktaufnahme ist, den Unterschlupf ausfindig zu machen, damit die Triester Polizei dieser Mörderbande das Handwerk legen kann. Baumberg wird Euch kein Haar krümmen, vielmehr den österreichischen Reisepass beschaffen. Er kann das bestimmt sehr viel diskreter und schneller bewerkstelligen als ich.«

»Und warum sollte Baumberg mir kein Haar krümmen? Den Unterschlupf von Schubnikow findet er früher oder später selbst.«

»Er wird Euch unversehrt ziehen lassen, weil ich ihm nur dann die Baupläne der Geschütztürme übergeben werde.«

Jekaterina kniff die Augen lauernd zusammen. »Fürchten Sie nicht, dass Baumberg diese Täuschung sofort durchschaut? Oder …«

»Oder was?«

»Oder haben Sie die Baupläne wirklich?«

»Nur in diesem Fall kann mein Plan funktionieren.«

Jekaterina zuckte förmlich zusammen. »Belügen Sie mich?«

»Werte Gräfin Olenina, Lüge und Täuschung gehören wohl eher in Euer Metier.«

»Wie haben Sie gefunden, was mehrere Geheimdienste nicht finden konnten?«

»Das erzähle ich Euch, wenn wir morgen früh mit Leopold von Baumberg verhandeln. Und es hat keinen Sinn, mich im Schlaf zu erdolchen, Gräfin, denn die Pläne sind nicht hier. Sie sind in einem sicheren Versteck, das nur ich kenne. Wenn ich den morgigen Tag nicht erlebe, stirbt auch dieses Wissen mit mir.«

Jekaterina schüttelte ungläubig den Kopf. »Warum wollen Sie das tun? Was haben Sie davon?«

»Ich stelle den Frieden in meiner Heimatstadt wieder her, den Ihr mit Euren exaltierten Eskapaden beträchtlich gestört habt.«

»Und wenn Schubnikow die Geschichte nicht glaubt?«

»Wahrscheinlich wird er Euch in diesem Fall töten. Ihr habt Euch in dieses Milieu begeben, und einmal noch müsst

Ihr nach dessen Regeln spielen. Ihr lenkt Schubnikow auf meine Fährte. Sagt dem Oberst, dass ich von Euch eine hohe Summe für die Baupläne verlangt habe. Das wird er glauben. Und ich erwarte ihn mit gezogener Waffe.«

Jekaterina verschränkte die Arme und überdachte das Gesagte. »Ein brauchbarer Plan, der sogar klappen könnte. Aber zwei Fragen sind für mich noch offen.«

»Welche sind das?«

»Erstens. Warum wollen Sie etwas so Wertvolles wie die Baupläne der neuen Kriegsschiffe gegen meine Sicherheit eintauschen?«

»Weil Ihr zu mir gekommen seid, Gräfin, und mich höflich darum gebeten habt. Höflichkeit zahlt sich immer aus. Und der Wert von gezeichneten Kanonentürmen ist für mich nicht greifbar.«

»Hat mich also meine Ahnung nicht getrogen, dass ich mich an Sie wenden kann.«

»Noch ist nichts gewonnen, es gibt tausend Dinge, die schiefgehen können. Und ein paar werden schiefgehen, das sagt allein die Wahrscheinlichkeit.«

»Damit ist zu rechnen.«

»Wie lautet Eure zweite Frage?«

Jekaterina nahm Bruno mit einem bühnenreifen Augenaufschlag in den Blick. »Wo werde ich heute übernachten?«

Bruno blieb völlig unnahbar, er erhob sich. »Da meine Mutter außer Haus ist, kann ich Euch das Gästebett in der Nebenkammer anbieten. Sehr spartanisch, aber Ihr seid dort ungestört. Ich nehme Euer Gepäck.«

Auch Jekaterina erhob sich. »Dann freue ich mich schon jetzt auf ein gemeinsames Frühstück mit Ihnen, Herr Zabini.«

Mittwoch,
13. November 1907

Die Localbahn rollte auf die Endhaltestelle auf der Piazza della Caserma zu. Bruno hielt die Gräfin im Blick. Sie war wieder als einfache Bürgerin verkleidet und fiel unter den Fahrgästen nicht auf. Bruno und Jekaterina hatten vor dem Aufbruch übereinstimmend beschlossen, in der Öffentlichkeit Distanz zu wahren. Als Bruno vor Sonnenaufgang erwacht war, hatte er nicht gewusst, ob die geheimnisvolle russische Gräfin noch im Haus war, also hatte er sich eilig bekleidet, das Haus umrundet und war durch die Vordertür getreten. Noch bevor er hätte klopfen können, hatte die Gräfin vollständig bekleidet die Tür zur Nebenkammer geöffnet. Sie war nicht fortgegangen, hatte ihm nicht im Schlaf die Kehle durchschnitten oder das Haus in Brand gesetzt, sondern hatte einfach geschlafen. Bruno hatte Feuer gemacht, Kaffee gekocht und Eier gebraten. Sie habe über Brunos Plan genau nachgedacht, hatte die Gräfin beim Essen gesagt, und sie sei damit einverstanden. Jetzt waren sie getrennt, aber doch immer in Sichtweite unterwegs, um den Palazzo del Governo aufzusuchen.

Bruno stand im hinteren Teil der Tram, hielt sich an einem Haltegriff fest und kaute auf der Unterlippe. Hatte er einen Fehler gemacht, als er der Gräfin offenbart hatte, über die

Baupläne zu verfügen? Lauerten an der nächsten Straßenecke bereits die Schergen des russischen Obersts?

Die Tram hielt an, die Fahrgäste stiegen aus. Bruno und Jekaterina hatten kurz Augenkontakt, dann marschierten sie los. Sie hatten vereinbart, den Weg zur Piazza Grande zu Fuß zurückzulegen und nicht die Elektrische zu nehmen. Zu Fuß konnten beide besser die Gegend im Blick halten. Bruno folgte Jekaterina in gemessenem Abstand, er spähte sorgsam um sich. Sie durchquerten das Borgo Teresiano, schritten über den Canal Grande und kamen schließlich bis zur Piazza Grande.

Vor dem Palazzo del Governo hielt Jekaterina an und ließ Bruno aufschließen. Sie schaute ihn mit verkniffener Miene an. »Jetzt, wo ich hier bin, kommen mir Zweifel an unserem Vorhaben.«

»Habt Vertrauen, Euer Gnaden.«

»Das sagen ausgerechnet Sie, Herr Inspector. Ich kann mich dunkel an eine Äußerung von Ihnen erinnern, in der Sie detailliert aufgezählt haben, wem alles Sie nicht trauen. Mich beschleicht das Gefühl, dass Sie meinen Namen zuerst genannt haben und dann den Namen Baumberg folgen ließen.«

»Jetzt sind wir schon hier. Kommt mit hinein.«

»Sie verlangen viel von mir.«

»Und Ihr werdet viel dafür bekommen. Einen Reisepass und eine Schiffspassage nach Südamerika.«

»Ihnen traue ich ja, Herr Zabini, Sie werden Ihren Teil der Abmachung einhalten. Aber was wird Herr von Baumberg tun?«

»Am besten wir fragen ihn selbst.«

Jekaterina trat zwei Schritte zurück und hob abwehrend die Hände. »Bitte, Herr Inspector, ich habe es mir anders überlegt. Ich werde Ihnen nicht folgen. Lassen Sie mich ziehen. Ich flehe Sie an.«

Bruno antwortete nicht, denn hinter Jekaterina näherte sich ein massiger Mann mit Melone. Jekaterina bemerkte, dass Bruno an ihr vorbeischaute, und wandte den Kopf. Der Mann trat neben sie, mit undurchdringlicher Miene hob er den Hut zum Gruß.

»Guten Morgen, Herr Inspector. Guten Morgen, gnädige Frau.«

Bruno schaute um sich, ehe er ebenfalls den Hut lüftete.

»Guten Morgen, Herr Vanek. Haben Sie mich verfolgt?«

»Aber nein, warum sollte ich? Ich habe mir nur am Hafen ein bisschen die Beine vertreten. Die sitzende Arbeit im Bureau ist nichts für mich, ich bin lieber an der frischen Luft«, sagte Vanek und verneigte sich vor Jekaterina. »Herr Inspector, wollen Sie mir nicht Ihre reizende Begleitung vorstellen?«

»Wir müssen unverzüglich zu Herrn von Baumberg.«

»In Eurer Verkleidung habe ich Euch aus der Distanz nicht erkannt, Gräfin Olenina. Sehr geschickt.«

»Vielen Dank für das Kompliment, mein Herr.«

»Der Herr Hauptmann wird über Euren Besuch erfreut sein. Er ist in seinem Bureau. Bitte hier entlang. Nur zu.«

Vanek dirigierte die beiden über die Treppe bis in die Räumlichkeiten des Obersekretärs von Baumberg. Sie warteten im Vorzimmer bei der Empfangsdame, während Vanek an die Tür klopfte und eintrat. Nur ein paar Augenblicke später öffnete Vanek die Tür wieder und vollführte eine einladende Geste. »Der Herr Hauptmann bittet abzulegen und näherzutreten.«

Die Empfangsdame nahm Mäntel und Hüte entgegen. Jekaterina holte tief Luft, streckte den Rücken durch und ging mit erhobenem Haupt voran. Bruno folgte ihr. Vanek folgte Bruno, schloss hinter sich die Tür und stellte sich ans Fenster.

Baumberg eilte Jekaterina entgegen. »Geschätzte Gräfin Olenina, was für eine außergewöhnliche Ehre, dass Ihr mir in meinem Bureau Eure gnädige Aufwartung macht. Vielen herzlichen Dank für Euren entzückenden Besuch.«

Jekaterina reichte die Hand, Baumberg verneigte sich soldatisch stramm und leistete den Handkuss. »Die Ehre ist ganz auf meiner Seite, Herr von Baumberg.«

Baumberg wandte sich Bruno zu. »Ich bin sehr erfreut, Sie wiederzusehen, Herr Inspector. Guten Morgen.«

Bruno schüttelte die dargebotene Hand. »Guten Morgen, Herr Obersekretär.«

»Darf ich den verehrten Gästen etwas anbieten? Eine Schale Kaffee? Oder lieber einen Tee? Oder gar einen Cognac zum morgendlichen Aufrütteln?«

»Herr von Baumberg, dankenswerterweise hat Herr Zabini ein kräftiges Frühstück für mich zubereitet und dabei auch Kaffee serviert. Für mich bitte kein Getränk.«

Bruno nickte. »Ich schließe mich der Gräfin an.«

»Selbstverständlich, wie Ihnen beliebt. Nun, dann darf ich in medias res gehen und Sie bitten, Platz zu nehmen. Ich hoffe es stört nicht, wenn mein treuer Vanek der Besprechung beiwohnt.«

Sie bezogen Ihre Plätze, Bruno rechts, Jekaterina links vor dem Schreibtisch, Baumberg dahinter.

»Ich gestehe unverblümt ein, dass mich Euer Erscheinen in helle Aufregung versetzt, Gräfin. Ich bin wirklich in gespannter Erwartung auf unser Gespräch. Allein der Umstand, dass, wie Ihr sagtet, werte Gräfin, Herr Zabini für das Frühstück sorgte, gibt Anlass für hochgradige Neugier meinerseits. Darf ich um Eure Eröffnung ersuchen?«

Jekaterina schaute zu Bruno. »Ich denke, die Eröffnungsrede überlasse ich Herrn Zabini.«

Bruno räusperte sich. »Herr von Baumberg, ich bitte Sie ausdrücklich darum festzuhalten, dass die Gräfin Olenina zwar auf mein Anraten, aber aus freien Stücken und in vollem Bewusstsein aller Unwägbarkeiten hierhergekommen ist.«

»Diese Bitte erfülle ich mit dem größten Vergnügen, Herr Inspector.«

»Wie uns allen klar ist, ist die Gräfin sehr tief in den Fall Gustav Lainer involviert. Der Diebstahl der Baupläne ist definitiv ein Verbrechen, welches weit über seine kriminalistische Relevanz hinausgeht. Wie Sie wissen, habe ich Lainers Gepäck gefunden und in die Aufbewahrung durch das k.k. Polizeiagenteninstituts gebracht. In Lainers Gepäck befand sich ein Notizbuch, das mich auf verschlungenen Wegen am Montag zur Gräfin geführt hat.«

Baumberg runzelte die Stirn, hob die Hand, öffnete eine Schublade und kramte einen Akt hervor. Er öffnete den Umschlag, zog ein Papier heraus und suchte mit dem Zeigefinger die Liste ab.

Bruno wusste genau, was Baumberg vor sich hatte. »Sie werden darauf nichts von diesem Notizbuch finden, weil ich es an mich nahm und nirgends vermerkte.«

Baumberg schaute Bruno mit fragendem Blick an. »Sie unterschlagen Beweismittel, Herr Inspector? Wie soll ich das beurteilen?«

»Ich kann nicht beeinflussen, wie Sie Ihre Urteile fällen, und es ist mir auch herzlich egal. Mir ist allerdings nicht egal, wenn auf den Straßen meiner Heimatstadt ein blutiger Agentenkrieg tobt. Bei diesem Krieg stehe ich an vorderster Front und zwar so lange, bis wieder Frieden einkehrt. Wenn Sie über meine polizeiliche Arbeitsweise Beschwerde führen wollen, dann tun Sie sich keinen Zwang an, Herr von Baumberg. Warten Sie aber erst, bis ich die volle Tragweite meiner Vorgehensweise umrissen habe.«

»Ihr streitbarer Tonfall gefällt mir ausgesprochen gut, Herr Inspector. Sie haben meine vollste Aufmerksamkeit.«

»Wie gesagt, am Montag habe ich die Gräfin Olenina kennengelernt und ihr versprochen, sie nicht an den österreichischen Geheimdienst auszuliefern. Gestern Nacht stand sie vor meiner Tür und bat mich um Hilfe, weil mehrere Parteien in diesem Kampf hinter ihr her sind und sie um ihr Leben bangen muss. Ja, die Gräfin hat die Nacht in meinem Haus im Gästezimmer verbracht. Und wir sind gemeinsam in Ihr Bureau gekommen.«

»Sehr zu meinem Wohlgefallen, wie ich erneut betone.«

»Herr Zabini möchte Ihnen ein Geschäft vorschlagen«, warf Jekaterina ein.

»Immer heraus damit, ich bin sehr gespannt.«

»Unser gemeinsamer Feind ist Oberst Schubnikow«, sagte Bruno. »Dieser Mann watet durch Blut. Die Sicherheit der Gräfin ist vor allem durch ihn gefährdet, obwohl oder gerade weil er ihr Landsmann ist. Wir müssen seinem Treiben Einhalt gebieten.«

»Das ist ganz in meinem Sinne«, sagte Baumberg.

»Das Problem ist, dass wir nicht wissen, wo die Bande rund um den Oberst ihren Unterschlupf hat. Oder kennen Sie mittlerweile den Ort, Herr von Baumberg?«

»Leider nicht.«

»Ich werde den Lockvogel spielen«, erklärte Jekaterina. »ich werde dafür sorgen, dass Oberst Schubnikow sich meiner bemächtigt. Und sobald ich in seinem Versteck bin, mache ich ihm ein Angebot, das er nicht ausschlagen kann.«

»Genau«, setzte Bruno fort. »Die Gräfin wird behaupten, dass ich die Baupläne der Geschütztürme um teures Geld an sie verkaufen wolle. Sollte es dem Oberst gelingen, trotz unserer Aufmerksamkeit die Gräfin zu entführen, und wir also nicht unmittelbar den Unterschlupf lokalisieren können, so locken wir die Bande auf meine Fährte. Und ich erwarte deren Kommen vorbereitet und gerüstet. Es wäre wünschenswert, Herr von Baumberg, wenn in diesem Fall Geheimdienst und Militär mit der örtlichen Polizei kooperieren würden.«

»Darauf können Sie zählen, Herr Inspector.«

»Vielen Dank.«

»Derzeit weiß niemand außer den hier im Raum anwesenden Herren, wo ich mich aufhalte«, sagte Jekaterina. »Schubnikow hat keine Ahnung. Daher können wir einen Zeitpunkt bestimmen, an dem ich öffentlich in Erscheinung trete. Ich kenne die Komtess Urbanau seit dem Sommer, auch Herr Zabini ist ein Bekannter von ihr, wir sind beide am Freitagabend zu einem Empfang bei ihr eingeladen.«

»So ist es nach außen hin verständlich, dass ich immer in der Nähe der Gräfin bin«, spann Bruno den Faden weiter. »Wenn nun am Donnerstag in der Zeitung ein Artikel über den geplanten Empfang bei der Komtess Urbanau erscheint, in der neben anderer Gäste auch die Anwesenheit der Gräfin Olenina angekündigt wird, können wir Vorkehrungen treffen, um die russischen Agenten in unser Blickfeld zu bringen. Ich kenne einen Reporter der Triester Zeitung, den ich wegen des Artikels ansprechen kann. Der Ort des Empfangs ist die Piazza Goldoni. Ich werde Männer des k.k. Polizeiagenteninstituts rund um die Piazza postieren. Und Sie sollten Ihre Männer aufbieten.«

»Sie können sicher sein, dass ich im Fall des Falles entsprechende Maßnahmen ergreifen werde. Der Plan, den Sie hier vorschlagen, nimmt vor meinem geistigen Auge Gestalt an. Aber es gibt noch so manche Unklarheiten.«

»Die da wären?«

»Was ist, wenn Oberst Schubnikow den Köder nicht schluckt? Was, wenn er nicht glaubt, dass Sie, Herr Inspector, die verschollenen Baupläne an die Gräfin verkaufen wollen? Was, wenn die Baupläne, die die werte Gräfin vermittels ihrer ganz speziellen Fähigkeiten aus dem Tresorraum des STT extrahiert hat, längst fort sind? Wenn sie in japanischer, französischer, deutscher oder englischer Hand sind und der Oberst davon weiß? Was dann?«, fragte Baumberg und schaute dabei Jekaterina eindringlich an.

Sie hielt dem Blick eine Weile stand, dann wies Sie mit der Hand zu Bruno. »Herr Zabini, klären Sie bitte diese Fragen.«

Baumberg fixierte Bruno.

»Natürlich wird der Oberst dieser Geschichte misstrauen. Die Sache aber ist folgende: Ich habe die Baupläne tatsächlich.«

Baumberg schien das Atmen vergessen zu haben. »Tatsächlich?«

»Ja, tatsächlich. Jetzt haben Sie wirklich jedes Recht, beim Statthalter gegen mich Beschwerde zu erheben.«

»Bevor ich irgendwelche Beschwerden erhebe, möchte ich doch liebend gerne wissen, warum ich Ihnen Glauben schenken sollte.«

Bruno gestikulierte. »Ihnen ist bekannt, dass ich Gustav Lainer schon seit Jahren als Sportkameraden kenne. Ich bin sogar in Sportbooten gefahren, die Lainer entworfen und gebaut hat. Deswegen habe ich auch sein Gepäck noch vor Ihren Leuten im Bootshaus in Barcola gefunden, obwohl Ihre Leute das Bootshaus eingehend untersucht haben.«

»Jawohl, und zwar peinlich genau. Er hat die Pläne dort nicht versteckt. Weder im Bootshaus noch in den umliegenden Gebüschen. Meine Leute haben sehr gründlich gesucht.«

»Mein Vorteil bei der Suche war, dass ich Lainer kannte. Vor über vier Jahren hat Lainer angeregt, dass Bojen vor dem Steg des Bootshauses weithin sichtbar die Marina abstecken sollten. An genau festgelegten Stellen hat er schwere Steine versenkt, an denen Eisenketten fixiert sind, am oberen Ende der Kette hängen die weiß lackierten Schwimmkörper. Lainer hat das berechnet und ausgeführt, der Verein hat die Kosten übernommen. Eine Boje fehlt seit letztem Samstag, die habe ich höchstpersönlich versenkt, nachdem ich aus dem Hohlraum der Boje eine in Öltuch eingeschlagene Metallkiste entnommen habe. Der Inhalt des beträchtlich schweren Metallkörpers war ein Paket an technischen Zeichnungen mit dem Emblem des Marinearsenals in Pola. Ich habe mir eine ganze Nacht um die Ohren geschlagen, um diese Zeichnungen zu studieren. Munitionskammern, Förderbänder für die Granaten und Kartuschen, Treppen und Geländer für die Geschützmannschaft, die Lafetten für die Kanonenrohre, die Zahnräder, mit denen der viele Tonnen schwere Panzerturm gedreht wird. Ja, Herr von Baumberg, ich habe genau gesehen, welche Teufelsmaschinen zum Wohl des Kaisers und des Vaterlandes gebaut werden sollen. Am liebsten hätte ich das Zeug verbrannt! Aber ich vermute, dass diese Zeichnungen nur Kopien sind und die Originale sich noch im Marinearsenal befinden. Also hätte deren Zerstörung nichts gebracht, außer ein paar Tage Verzögerung beim Bau der Kriegsschiffe. Die fleißigen Zeichner im Marinearsenal können jederzeit wieder Kopien anlegen. Ja, sehr geehrte Gräfin, Herr von Baumberg, Herr Vanek, ich habe das Paket gefunden, weil ich Gustav Lainer länger als Sie gekannt habe. Und ich habe das Paket in Sicherheit gebracht. Das gegenwärtige Versteck kennt niemand außer mir. Ich rate Ihnen dringend, davon auszugehen, dass ich Ihnen keine verrückten Geschichten auftische, sondern hier und jetzt die Wahrheit sage.«

»Ich gebe mein Bestes, Inspector, aber so recht will sich der Glauben an Ihre abenteuerliche Erzählung nicht einstellen«, sagte Baumberg.

Bruno suchte den Augenkontakt und zog aus seiner Sakkotasche ein gefaltetes Stück Papier. »Tja, dass Sie skeptisch sind, habe ich mir gedacht. Deshalb bitte ich Sie diese zehn Zahlen- und Ziffernreihen zu überprüfen. Jede einzelne Konstruktionszeichnung erhält vom Zeichner eine eindeutige Chiffre, die die Zugehörigkeit der Zeichnung zu einer bestimmten Baugruppe festlegt. Ich habe mir bei der Durchsicht der Zeichnungen erlaubt, wahllos zehn solcher Chiffren zu notieren. Ihre Leute können gerne meine Notizen mit den Aufzeichnungen des STT vergleichen. Vielleicht reicht Ihnen dies als Beweis.« Bruno legte das Papier auf dem Schreibtisch ab.

Baumberg lehnte sich zurück, er strich sich mit dem Finger über den Schnurrbart. »Ich habe den Eindruck, dass Sie mehr sind als ein einfacher Polizist, Herr Zabini. Sie sind vielmehr ein gewitzter Spieler.«

»Vielleicht spiele ich ein Spiel, aber es ist keines, das mir Vergnügen bereitet. Und hier ist mein Einsatz, Herr von Baumberg.«

»Sehr gut, legen Sie die Karten auf den Tisch.«

»Wenn es der Gräfin Olenina gelingt, diese Mordgesellen zu enttarnen, wenn Oberst Schubnikow und seine Leute hinter Schloss und Riegel sitzen oder von mir aus auch auf dem Grund der Adria liegen, dann besorgen Sie der Gräfin einen österreichischen Reisepass und eine Fahrkarte inkognito nach Südamerika.«

Baumberg wandte seinen Blick Jekaterina zu. »Das ist also Euer Preis? Ihr wollt abreisen?«

»Sie könnten eine wohldotierte Gratifikation hinzufügen.«

»Seid Ihr knapp bei Kasse?«

»Ich mache Schluss mit der Arbeit als Agentin, ich beginne ein neues Leben in der Neuen Welt. Davon träume ich. Daher brauche ich Geld.«

Baumberg wiegte den Kopf. »Ich zweifle daran, dass das gelingen wird. Wenn man diese Arbeit einmal getan hat, und Ihr wart hervorragend darin, Gräfin, dann kehrt sie zurück wie eine Sucht. Aber fürs Erste wollt Ihr Abstand gewinnen. Das respektiere ich. Ehrlich gesagt, bin ich auch froh, Euch weit fort zu wissen. Entschuldigt bitte meinen unhöflichen Tonfall. Ihr kriegt einen Pass und eine Fahrkarte, das kann ich bewerkstelligen. Herr Zabini erhält dafür Frieden in seiner Heimatstadt, den er so sehr liebt. Aber was ist mein Gewinn?«

»Zu Ihnen kehrt das Paket mit den Entwürfen der fürchterlichsten Waffen unserer Zeit unversehrt zurück«, sagte Bruno.

Baumberg verschränkte seine Finger ineinander und sinnierte eine ganze Weile. Ohne seinen Blick von Bruno und Jekaterina abzuwenden, richtete er sich an seinen Adjutanten. »Du, Vanek, hast du das gehört?«

»Freilich, Herr Hauptmann.«

»Und was sagst du zu diesem Handel?«

Bruno und Jekaterina schauten zu dem Mann hinüber, der mit ausdrucksloser Miene ihren Blick erwiderte.

»Nur eines, Herr Hauptmann.«

»Und zwar?«

»Ich möchte nicht in der Haut des Herrn Inspectors stecken, wenn das Geschäft platzt.«

❧

Seit einer Viertelstunde schlich Fedora durch das Viertel rund um den Campo San Giacomo. Sie hatte ihre Söhne zur Schule begleitet und war dann auf direktem Weg hierher marschiert. Trotz der Kälte fühlte sie sich erhitzt. War es ein Fieber? Kein echtes in jedem Fall, wenn dann eines des Geistes. Montagabend und den gesamten gestrigen Dienstag hatte sie über die Begegnung mit Emilio Pittoni nachgedacht. Sie hätte gerne mit Bruno darüber gesprochen, aber seit er Samstagabend wie von der Tarantel gestochen aufgesprungen und fortgelaufen war, hatte sie ihn nicht mehr gesehen. Ein bisschen war sie enttäuscht und verärgert, dass er so einfach verschwunden war, um irgendwelchen Ideen über Ketten und Bojen hinterherzujagen. Sie verstand bis heute nicht, was er eigentlich gemeint hatte.

Fedora fühlte Zerrissenheit.

Ließ Bruno sie warten, weil er bei Luise war? Es war verrückt, einen Mann zu lieben, der zwei Frauen liebte. Fedora verehrte Luise, ihre aristokratische Noblesse, die Eleganz ihrer Gesten, die Belesenheit ihrer Worte und ihre Großzügigkeit waren bewundernswert. Würde sie jemals mit Luise um Brunos Gunst ringen müssen? Die Frage hatte sich ihr in den Jahren ihrer geheimen Beziehung nicht gestellt, im Gegenteil. Es war ihr zupassgekommen, dass sie für Bruno keine Verantwortung hatte übernehmen müssen. Sie hatte sich unbeschwert und in vollen Zügen an seinem Geist, seinem Humor, an seinen kräftigen Schultern und seinem unersättlichen Hunger nach Küssen erfreut. Aber nach der Auflösung ihrer Ehe hatte sich ihre Lage gründlich geändert.

Emilio Pittoni hatte bei der Begegnung am Montag keinerlei Zweifel daran gelassen, dass er an ihr interessiert war. Sie war aber nicht in das Viertel San Giacomo gekommen, um sich wegen Brunos Vernachlässigung der letzten Tage anderenorts Ablenkung zu suchen. Erstens hatte sie keine Lust darauf, sich mit einem weiteren Polizisten einzulassen. Zweitens wollte sie endlich herausbekommen, ob Emilio sie wochenlang ausspioniert und mit einem anonymen Brief ihre Ehe zerstört hatte. Drittens war er gar nicht der Typus von Mann, den sie anziehend fand. Er verfügte zweifelsfrei über einen hellwachen Verstand und scharfen Blick, egal, was geschehen würde, sie würde Emilio sehr vorsichtig gegenübertreten müssen.

Hatte sie ihn verfehlt? Saß er längst in seinem Bureau? Das wäre möglich, aber Bruno hatte irgendwann in einem völlig anderen Zusammenhang erwähnt, dass Emilio in der Regel recht spät seine Arbeit antrat. Einem Inspector I. Klasse des k.k. Polizeiagenteninstituts schrieb niemand vor, wann er zur Arbeit zu erscheinen hatte.

Sie hatte sich so postiert, dass sie vom Campo in die Via del Pozzo blicken konnte, daher sah sie aus der Ferne, dass Emilio Pittoni sein Wohnhaus verließ und sich näherte. Ein leiser Schauer lief über ihren Rücken. Sollte sie unverzüglich die Flucht ergreifen?

Nein. Jetzt war sie schon hier.

Sie ging zum Gemüsehändler auf dem Campo, stellte sich vor den Ladentisch und besah das Angebot. Am Arm trug sie einen Korb.

Der Händler kassierte eben von einer Kundin und wandte sich dann ihr zu. »Signora, was darf es sein?«

»Ich brauche Zwiebeln.«

»Wie viel?«

»Ein Kilogramm.«

Der Händler füllte die Waagschale und fragte, ob er noch etwas geben könne. Fedora verneinte, zog ihren Geldbeutel und reichte ihm ein paar Münzen. Er nahm das Geld und ließ die Zwiebeln in ihren Korb rollen. Fedora verabschiedete sich. Sie blickte sich um. Wo war Emilio? Hatte sie ihn verpasst?

Sie überquerte die Fahrbahn und ging das Trottoir entlang. Sie schaute über ihre Schulter. Da war er. Fedora hielt an und wandte sich ihm zu.

Breit grinsend trat er an sie heran und hob seinen Hut. »Guten Morgen, Signora Cherini.«

»Guten Morgen, Signor Pittoni.«

»Was für eine angenehme Überraschung, Sie hier in diesem Viertel zu treffen. Und noch dazu so früh am Morgen.«

»Triest ist ein Dorf, man trifft sich immerzu.«

»Das ist wahr. Seid ihr wegen der exzellenten Zwiebeln hier, die es am Campo zu kaufen gibt?«

»Oh ja, diese Zwiebeln sind von erlesener Qualität. Und wenn ich Zwiebelsuppe für meine Söhne kochen will, kaufe ich regelmäßig hier ein.«

»Ich habe Sie hier noch nie beim Einkauf gesehen.«

»Ich kenne zahlreiche Polizisten, die einfach nicht gründlich hinsehen.«

Emilio lachte. »Signora Cherini, gewähren Sie mir bitte das exquisite Vergnügen, mit Ihnen einen kleinen Spaziergang zu unternehmen?«

»Solange die Bora nicht fällt, spricht nichts gegen einen Spaziergang.«

Emilio griff nach seinem Zigarettenetui und steckte sich eine an, währenddessen musterte er sie von oben bis unten. Vorsorglich hatte Fedora frühmorgens das schöne Kleid und den eleganten Hut gewählt. Sie hielt seinem Blick herausfordernd stand.

～⚬～

Bruno betrat die Kanzlei des k.k. Polizeiagenteninstituts und nahm den Hut ab. Auf dem Weg zu den Bureaus musste man den Raum der beiden Schreibkräfte durchqueren. Bruno klopfte, ehe er die Tür öffnete und eintrat. »Guten Morgen, Ivana. Guten Morgen, Regina«, grüßte er.

»Guten Morgen, Signor Zabini. Sie sind heute überraschend spät dran«, sagte Ivana.

»Ich hatte noch einen wichtigen Weg hinter mich zu bringen.«

»Furchtbar, was gestern Abend passiert ist. Signor Bosovich hat uns davon erzählt. Wir haben viele Anfragen der Zeitungen wegen dieser Schießerei.«

»Um die Zeitungen kann ich mich nicht kümmern, dafür bleibt wirklich keine Zeit. Luigi ist also schon in der Kanzlei?«

»Ja, bis auf die Signori Pittoni und Tribel sind alle Herrn Agenten und Inspectoren anwesend. Herr Oberinspector Gellner hat schon nach Ihnen gefragt.«

»Das trifft sich gut. Ich werde gleich zu ihm gehen. Ivana, ich habe ein Anliegen.«

»Ja?«

»Rufen Sie im Bureau des Polizeidirektors an und bitten Sie in meinem Namen um ein Gespräch im großen Kreis. Und zwar so bald wie möglich. Am besten sofort.«

»Ich kann auch das eine Stockwerk nach oben gehen und persönlich vorsprechen.«

»Anruf oder persönlich, wie Sie wollen.«

»Ein Mobilmachung, Herr Inspector?«

»Kein Wort nach draußen, die Angelegenheit bleibt unter Verschluss.«

»Ich verstehe. Ich gebe Ihnen gleich Bescheid, wenn ich telephoniert habe.«

»Sehr gut«, sagte Bruno und wollte den Raum durchqueren, da erhob sich Regina Kandler von ihrem Stuhl.

»Herr Inspector, ich habe da noch etwas für Sie.«

Bruno ging auf die unscheinbare und meist sehr stille Frau Anfang fünfzig zu. »Regina, worum geht es?«

Sie reichte Bruno ein Papier. »Wir haben einen Anruf vom Kommissariat in Capodistria erhalten. Die Kollegen haben im Hinterland die im Dickicht versteckte Leiche eines Mannes gefunden, der offenbar vor seinem Tod schwer misshandelt worden ist. Allem Anschein nach handelt es sich bei der Leiche um einen Mann aus Ostasien, das konnte man an seinen Gesichtszügen erkennen.«

»Verdammt.«

»Die äußerliche Beschreibung passt auf den als vermisst gemeldeten Herrn Maresuke aus Japan.«

»Noch ein Toter. Es ist eine Katastrophe.«

»Der arme Herr Maresuke. Er war so ein freundlicher Mensch. Immer höflich.«

Bruno spitzte die Ohren. »Kannten Sie Maresuke persönlich?«

»Aber ja. Mein Mann arbeitet in der Gießerei des Lloydarsenals, Herr Maresuke war sein Vorgesetzter. Ich habe ihn einige Male gesehen und bin ihm vorgestellt worden. Mein Mann sagt, dass es im Werk drunter und drüber geht, seit Herr Maresuke vermisst wird. Wenn er nun wirklich tot ist, wäre das ein großer Verlust.«

Bruno tätschelte Regina, der die Nachricht sichtlich zusetzte, mitfühlend die Hand. »Ich nehme mich des Falles an und telephoniere mit den Kollegen in Capodistria. Und wenn sich der Verdacht erhärtet, werde ich eine würdevolle Beisetzung für Herrn Maresuke veranlassen. Oder seine Gebeine an seine Familie in die Heimat senden. Je nachdem, was die japanische Gesandtschaft sagt.«

»Danke, Herr Inspector. Wir sind so froh, dass Sie wieder im Dienst sind. Nicht wahr, Ivana?«

»Ja, sehr froh sogar.«

Brunos Blick pendelte zwischen den beiden Frauen. »Vielen Dank, meine Damen, für die freundlichen Worte. Ivana, erledigen Sie bitte den Anruf gleich. Ich bin jetzt beim Oberinspector.«

❧

Fedora lauschte sehr genau seinen Ausführungen, schaute sich aber mindestens ebenso sorgfältig um. Sie war in einem Zustand höchster Wachsamkeit, der sich aber in keiner Weise in ihrer Miene, Haltung oder Sprache verraten durfte. Ihr Plan war es, Emilio zuerst über seine Erfolge als Polizist sprechen zu lassen. Männer liebten es, Frauen, auf die sie ein Auge geworfen hatten, mit ihren Erfolgen zu beeindrucken. Und Fedora war beeindruckt, nicht nur weil sie hier eine Rolle spielte und ihm Bewunderung vorgaukelte, sondern weil die Art, wie Emilio die abenteuerliche Geschichte zum Besten gab, tatsächlich Eindruck auf sie machte. Er erzählte, wie er vor einigen Jahren einen Serienmörder dingfest gemacht hatte, der in mehreren Hafenstädten Dalmatiens Prostituierte getötet hatte und den lokalen Polizeibehörden unentwegt entschlüpft war. Emilio war eigens mit dem Dampfer nach Ragusa gefahren und hatte als Leitender Inspector die Ermittlungen erfolgreich übernommen. Fedora wusste allerdings, dass Bruno und Emilio gemeinsam den Serienmörder gefasst hatten. Bruno hatte, als er von diesem aufsehenerregenden Auftrag an die beiden Triester Inspectoren erzählt hatte, sowohl von Emilios als auch von seinen eigenen Leistungen berichtet. Soweit Fedora wusste, war es den beiden gemeinsam gelungen, den Mörder zu entlarven. Von Brunos Leistungen hörte Fedora in Emilios Bericht nichts, immerhin hatte Emilio anfangs erwähnt, dass auch Bruno auf dem Dampfer nach Ragusa an Bord war, aber alle Erfolge rechnete er sich selbst an.

Auf ihrem Spaziergang waren sie in den Porto Vecchio gekommen und flanierten eben die Rive entlang. Fedora hatte das Gesprächsthema von Emilios Erfolgen hin zu seinen Vorlieben gelenkt. Über kaum etwas sprachen Männer erfreuter als über ihre Vorlieben.

»Sie sammeln also schöne Möbelstücke?«, fragte Fedora mit erstaunter Miene.

»Ist das so überraschend?«

»Ja, irgendwie bin ich überrascht.«

»Erst vor Kurzem habe ich eine kunstvoll getischlerte Kommode mit einer Steinplatte aus weißem Carrara-Marmor und einem Schrankaufsatz erstanden. Sie ist das Prunkstück meines Wohnzimmers.«

Ganz unwillkürlich bog Emilio in eine Seitengasse in Richtung Città Vecchia ein. Fedora ging weiterhin an seiner Seite.

»Ich sehe die Kommode förmlich vor mir«, sagte Fedora. »Solche Möbel kosten doch ein Vermögen. Wie kann sich ein Polizist derartigen Prunk leisten?«

»Mit Sparsamkeit und dem Auge für ein gutes Geschäft. Ich liebe es, auf Trödelmärkten herumzustreichen. Neben altem und wertlosem Zeug findet man immer wieder schöne Dinge zu einem bisweilen sehr günstigen Preis. Man muss nur Geduld bei der Suche aufbringen. Auch über ein gewisses Geschick bei Preisverhandlungen sollte man verfügen.«

»Signor Pittoni, bitte verstehen Sie mich nicht falsch, aber wenn man Sie auf der Straße in eher schlichten Anzügen trifft, dann würde man kaum vermuten, dass Ihre Faszination stilvollen und eleganten Möbeln gilt.«

»Ich bin ein Mann aus dem Volk, nicht hochwohlgeboren, kein Spross einer Fabrikantenfamilie, kein Erbe großer Ländereien, ich bin in der Triester Vorstadt aufgewachsen. In meinen eigenen vier Wänden gönne ich mir gewissen Komfort und einen Hauch von Luxus, aber als Beamter im Dienste des Kaisers würde ich es mir niemals gestatten, in der Öffentlichkeit mit nicht vorhandenem Reichtum zu protzen.«

Sie kamen in eine enge Gasse.

Emilio schaute vor und hinter sich, auch blickte er nach oben zu den Fenstern der Häuser. Sie waren allein. Er stellte sich Fedora in den Weg und stützte den Arm auf der Wand ab. »In mein privates Refugium lade ich nur sehr selten und nur sehr erlauchte Gäste ein.«

Fedora trat nahe an ihn heran. »Signor Pittoni, verstehe ich das richtig, dass Sie mir dieses Privileg in Aussicht stellen möchten?«

»Ich stelle es mir vergnüglich vor, Ihnen eine Kanne Kaffee und ein Stück Kuchen zu servieren.«

»Oh, köstlicher Kaffee kann ein wahrer Genuss sein. Wie mir scheint, Signor Pittoni, habe ich mich ein bisschen in Ihnen getäuscht.«

»Inwiefern getäuscht?«

»Sie sind ein Mann von Format und Stil.«

Emilio wiegte den Kopf. »Die Täuschung ist wohl meine Schuld. Ich bin wegen meines Berufes sehr vorsichtig und lasse nur Menschen in meinen näheren Wirkungskreis, denen ich vertraue. Also, ja, ich gestehe, ich wende das Mittel der Täuschung an, um der Schlechtigkeit und Bosheit der Menschen nicht mein wahres Angesicht zu zeigen.«

Sie rückte noch näher heran. »Zeigen Sie mir nun Ihr wahres Angesicht, Signor Pittoni?«

»Lassen Sie mich es so formulieren, Signora. Dadurch, dass Sie sich für mich interessieren, interessiere ich mich auch für Sie.«

Fedora warf ihm einen glutvollen Blick zu. »Sie finden mich also interessant?«

»Ich finde Sie höchst interessant, außerordentlich attraktiv und überaus anziehend.«

»Und weil Sie mich anziehend finden, wollen Sie mich ausziehen?«

Emilio fasste mit der Hand ihr Kinn. »Ausziehen könnten Sie sich selbst. Ich genieße es, einer schönen Frau bei der Entkleidung zuzusehen. Vor allem, wenn es das erste Mal ist und es viel zu entdecken gibt.«

»Geht das nicht alles zu schnell, Signor? Ich habe mich nur zu einem kleinen Spaziergang überreden lassen, von Entkleidung war nicht die Rede. Außerdem, seit mich mein Ehemann wegen gewisser Fehltritte aus dem Haus gejagt hat, muss ich sehr vorsichtig sein. Weitere Fehltritte suche ich tunlichst zu vermeiden.«

Emilio drückte seine Nasenspitze gegen ihre. »Ach, seien Sie froh, der verdammten Ehe entkommen zu sein.«

»Sie scheinen nicht die rechte Person für ein Ehegelöbnis zu sein.«

»Ich bin ein freier Mann, und Sie sind eine freie Frau, uns gehört die Welt. Gelöbnisse sollen diejenigen leisten, denen sonst nichts Besseres einfällt.«

Fedora roch sein Rasierwasser, sie spürte seine körperliche Präsenz und blickte aus kurzer Distanz tief in seine Augen. Was fand sie darin? War da auch noch etwas anderes als Lüsternheit und Selbstsucht? War da etwas anderes als Lug, Trug und Täuschung? Am liebsten hätte sie dem Mann eine Ohrfeige verpasst. Oder ihm ihr Knie in den Unterleib gestoßen. Aber sie konnte nicht mehr zurückweichen, sie musste ihre Rolle weiterspielen. Sie biss sich verführerisch auf die Lippen. »Wahrscheinlich haben Sie recht, Emilio, wir beide passen nicht in das enge Korsett der Ehe. Vielleicht muss ich dankbar dafür sein, dass mich mein langweiliger Ehemann fortgejagt hat.«

»Mein Brief hat dich von Zwängen befreit, du Schöne. Genießen wir die Freiheit gemeinsam, hier und jetzt«, hauchte Emilio, legte seine Hände auf ihre Hüfte und küsste ihren Hals. »Ich bin verruckt nach dir.«

Da war es. Das Geständnis. Also doch. So wie Bruno es von Anfang an vermutet, ihr gegenüber aber nie behauptet hatte. Emilio Pittoni hatte den Brief an Carlo mit dem Hinweis auf die eheliche Untreue seiner Ehefrau verfasst.

Sie hatte Emilio nahe an sich heranlassen müssen, um das Geständnis herauszukitzeln, gefährlich nahe. Sie hatte in

Wahrheit Angst vor diesem Mann. Und ertrug seine Nähe kaum. Fedora spürte hochsteigenden Ekel. Ein verrückter Gedanke schoss durch ihren Kopf. Wie würde die große Schauspielerin Chiara Monteverdi auf der Bühne in einer solch brenzligen Situation agieren? Ganz klar, allein durch darstellerische Kunst. Was hatte Chiara bei diesem geselligen Besäufnis vor ein paar Tagen gesagt? Theaterspielen sei ganz einfach, man brauche lediglich jeden Abend um sein Leben zu spielen.

Fedora entschlüpfte seiner Zudringlichkeit und trat drei Schritte zurück. Sie holte tief Luft, warf sich in eine theatralische Pose und zeigte ein strahlendes Lächeln. »Signor Pittoni, wenn Sie meiner habhaft werden wollen, müssen Sie mich schon töten!«

»Wie bitte?«

»Wenn ich tatsächlich in Ihre Wohnung käme, dann nur, um die Kaffeekanne samt kochend heißem Inhalt auf Ihrem Kopf zu zerschlagen. Eben haben Sie zugegeben, meine Ehe zerstört zu haben.«

Fedora las in seiner Miene. Sie zeigte für einen Augenblick Abscheu und Wut, schnell fasste er sich wieder und präsentierte wie zumeist distanzierte Geringschätzung.

»Ach, daher weht der Wind. Mit einer tollpatschig ausgelegten Falle habe ich natürlich gerechnet. Und deine Ehe, meine Schöne, hast du allemal selbst zerstört.«

»Sie haben meinen Söhnen Schmerz zugefügt.«

Emilio lächelte maliziös. »Das sehe ich anders. Der Schmerz kam wegen deiner notorischen Untreue. Zweifellos wärst du in einem der Freudenhäuser der Città Vecchia besser aufgehoben als im Haushalt eines Seeoffiziers.«

Fedora sah, dass hinter Emilio zwei ältere Frauen mit Wäschekörben in die schmale Gasse traten. Das war ihre Chance zur Flucht.

»Halten Sie sich in Zukunft fern von mir, Signor Pittoni. Bei der nächsten Begegnung kratze ich Ihnen die Augen aus!«

Fedora rannte los. Alles drehte sich vor ihr, und doch fühlte sie Stolz. Und Schadenfreude. Und Angst. Gewiss feilte dieser Mann schon in diesem Augenblick an einem Racheplan. Er würde sie für diese Blamage leiden lassen, sie, Bruno und ihre Söhne. Fedora dachte fieberhaft nach. Wie konnte sie sich vor Emilios Rache rechtzeitig in Schutz bringen? Und wie würde er sich rächen?

Nach einer Weile stand sie vor dem Politeama Rossetti. Bereits vor einer halben Stunde hätte sie ihre Arbeit antreten müssen. Obwohl sie noch nicht so lange am Theater arbeitete, wusste sie, dass man es hier, außer bei Vorstellungsbeginn, mit der Pünktlichkeit nicht so genau nahm. Ihre Vorgesetzte würde mit einer einfachen Entschuldigung und dem Versprechen, durch schnelle Arbeit die halbe Stunde wieder aufzuholen, zu besänftigen sein.

Das hier war nun ihre Welt. Das Theater, die Bühne und die Kunst. Was war gerade eben noch gewesen? Egal, sie ließ alles hinter sich. Jetzt die Arbeit an der Nähmaschine, danach die Zwiebelsuppe für die Buben und abends ein Glas Wein. Schade, dass Bruno dieser Tage keine Zeit für sie erübrigen konnte. Sie würde beim nächsten Treffen eine unterhaltsame Geschichte erzählen können. Darauf freute sie sich.

～⚬～

Luise zählte die Gläser im Schrank. Die geräumige Beletage war sehr gut ausgestattet. Sie umfasste einen großen Salon, ein helles Eckzimmer mit einem Flügel, eine eigene Bibliothek, ein Schlafzimmer und neben der Küche auch ein hervorragend ausgestattetes Badezimmer. Die Wohnung besaß sogar einen eigenen Wasseranschluss, weshalb die Küche über eine Spüle aus emailliertem Blech verfügte und im Bad neben einem Waschtisch und einer Badewanne auch ein Wasserklosett installiert war. An Hausrat war alles vorhanden, was man für ein gediegenes Leben in der Stadt benötigte, Töpfe, Pfannen, Porzellan und Gläser aller Arten. Luise notierte auf der Liste die Anzahl der Wein-, Cognac-, Sekt- und Limonadengläser. Die Bibliothek war mit historischen und zeitgenössischen Romanen und Sachbüchern reichlich ausgestattet. Und der Flügel war sogar gestimmt, wie Luise überprüft hatte. Zuletzt hatte ein amerikanischer Millionär mit seiner Familie hier gewohnt, aber da sie wieder in ihre Heimat nach Übersee gegangen waren, hatte Carolina von Urbanau die Wohnung mieten können. In der Beletage des Hauses an der Piazza Goldoni befand sich neben der herrschaftlichen Wohnung auch eine Dienstbotenwohnung. In letzterer waren Herr und Frau Rieger untergebracht.

Carolina betrat mit einer Vase in der Hand den Salon.

Luise schloss die Vitrinentür des Geschirrschrankes. »Also hinsichtlich der Gläser, Teller und Tassen besteht kein Engpass für deine Gäste.«

»Sehr gut. Was meinst du: Soll ich die Vase auf den Tisch stellen oder an das Fenster?«

Luise überlegte. »Besser ans Fenster. Hast du schon Blumen besorgt?«

»Josefa hat gestern bei einem Floristen in der Via del Corso eine Bestellung aufgegeben.«

Schwere Schritte knarrten auf dem Parkett des Vorzimmers, Luise und Carolina wandten ihren Blick. Herr Rieger und zwei Burschen brachten Kisten mit Weinflaschen.

»Komtess, sollen wir den Weißwein und Sekt kühlen?«

»Haben Sie schon Eis geholt?«

»Ja, gleich am Vormittag. Milch, Butter und Fleisch liegen schon im Eiskasten.«

Carolina winkte ab. »Die Flaschen kühlen wir am Freitag, das wäre jetzt zu früh.«

»Ist recht«, sagte Rieger und winkte den Burschen, die ihm bei den Vorbereitungen für den Empfang zur Hand gingen. Die Männer verschwanden in der Küche, aus der Wohlgerüche drangen. Die Haushälterin hatte darauf bestanden, heute zu kochen. Seit ihrer Ankunft hatte Carolina mit Luise stets im Restaurant gespeist, weswegen Josefa nur die Küche ihrer Dienstbotenwohnung benutzt hatte. Aber heute, so hatte Josefa argumentiert, würde sich die Arbeit in der größeren Küche lohnen, denn heute würden neben den beiden Damen und ihrem Ehemann auch die beiden Tagelöhner essen, und junge Männer, die tüchtig anpacken mussten, seien immer hungrig. Carolina hatte zugestimmt und Josefa aufgetragen, auch für ihren Halbbruder Georg vorzusorgen, der im Laufe des Vormittags kommen werde.

»Was ich dich fragen wollte«, wandte sich Carolina an Luise. »Darf ich mit einer Darbietung von dir am Klavier rechnen?«

Luise überlegte kurz. »Nun, ich könnte zwei, drei kurze Stücke vortragen, die ich in der letzten Zeit häufiger gespielt habe. Franz Schubert und Frédéric Chopin. Wäre das genehm?«

»Höchst genehm. Ich habe zwar einen Pianisten engagiert, aber dein Spiel wäre ein schöner Moment des Abends.«

»Wird Chiara Monteverdi singen?«

»Ich hoffe doch sehr. Sie hat mir auf meine briefliche Anfrage noch nicht geantwortet.«

»Wie ich den hellsten Stern der hiesigen Bühnen kenne, wird sie aus dem Stegreif ein paar Lieder zum Besten geben. Ein Empfang, an dem Signora Monteverdi zugegen ist, wird unwillkürlich zu einem Fest für Auge und Ohr. Hast du vor, auch am Klavier zu spielen?«

Carolina winkte ab. »Um Gottes willen, nein, erstens spiele ich nicht gut genug für öffentliche Auftritte, zweitens bin ich mit meiner Rolle als Gastgeberin vollends beschäftigt.«

Die Klingel an der Eingangstür schellte. Herr Rieger kam aus der Küche und eilte zur Tür.

»Das wird Georg sein«, sagte Carolina und stellte sich in die Mitte des Salons.

»Herr Steyrer ist gekommen«, verkündete Rieger.

Georg Steyrer trat mit dem Hut in der Hand in den Salon. Carolina lief auf ihn zu und fiel ihm in die Arme. »Georg! Endlich sehe ich dich wieder. Was für eine Freude!«

Georg küsste Carolinas Stirn und schaute sie bewundernd an. »Meine Güte, Schwesterchen, du wirst mit jedem Tag hübscher! Du siehst hinreißend aus. Wie geht es dir, meine Liebe?«

Georg war acht Jahre älter als seine Halbschwester Carolina. Er war der Spross einer Affäre des Grafen Urbanau mit einer Dienstmagd. Graf Urbanau hatte zwar in einem Gerichtsverfahren durchgesetzt, dass seine Vaterschaft nicht bestätigt wurde, aber für Carolina war bereits in jungen Jahren evident, dass Georg, der unter schwierigen Bedingungen aufwachsen musste, ihrem Vater auffällig ähnlich sah. Nach dem tragischen Tod des Grafen war also die Vaterschaft vor dem Gesetz nicht anerkannt, dennoch hatte Carolina mit Erreichen ihrer Volljährigkeit für Georg eine monatlich auszuzahlende Apanage eingerichtet und ihm für den Kauf einer Wohnung in Triest eine beträchtliche Summe geschenkt.

Luise trat an die beiden heran und bot die Hand. »Guten Tag, Herr Steyrer.«

Georg nahm Haltung an und leistete den Handkuss. »Guten Tag, Baronin. Es ist mir eine Ehre, Euch wieder zu begegnen.«

»Georg, erzähl mir alles. Die Thalia hat also gestern wieder angelegt. Wo seid ihr diesmal gewesen?«

»Die Vergnügungsfahrt hat mich nach Süditalien, Spanien und Nordafrika geführt. Wir hatten viel Glück mit dem Wetter und konnten die erlauchten Passagiere voller schöner Erinnerungen wohlbehalten wieder in Triest an Land gehen lassen.«

»Es war deine erste Fahrt mit der Thalia als Schiffskommissär. Wie ist es dir ergangen?«

»Sehr gut. Das Leben an Bord bereitet mir viel Freude, ich bin immer mit interessanten Menschen zusammen, sehe viele Hafenstädte und kriege sogar ein Gehalt dafür, an Bord des elegantesten Dampfers der Monarchie zu sein.«

»Dein Aufstieg war fast kometenhaft. Vom Steward zum Oberkellner und jetzt bist du Schiffskommissär. Ich gratuliere.«

»Vielen Dank.«

»Ich hoffe, du musst nicht bald wieder fort. Josefa kocht für uns, du musst zum Essen bleiben.«

»Der heutige Tag, meine Liebe, gehört ganz allein dir. Der Dampfer liegt im Lloydarsenal und wird von tüchtigen Seeleuten überholt. Ich habe heute freigenommen. Also muss ich nicht bald wieder fort und nehme die Einladung zum Essen sehr gerne an. Aber zuerst muss ich um deine Aufmerksamkeit bitten. Auch um Eure, Baronin.« Georg huschte ins Vorzimmer und holte einen großen Pappkoffer. »Ich habe von meiner Reise Geschenke mitgebracht. Baronin, das ist für Euch. Damit will ich mich auf bescheidene Art dafür bedanken, dass Ihr meiner geliebten Halbschwester in den Monaten nach ihren Verlusten so großzügig und hilfsbereit zur Seite gestanden habt.« Georg nahm ein kunstvoll verpacktes Geschenk aus dem Koffer.

»Ach, Herr Steyrer, das wäre doch nicht nötig gewesen.«

»Doch, für mich ist es notwendig, Euch zu beschenken. Herzlichen Dank, Baronin. Und dieses Geschenk ist für dich, Carolina.«

~~⊙~~

Stephan Rathkolb trat auf die Straße und schaute kurz zum abendlichen Himmel empor. Er knöpfte seinen Mantel zu, rückte den Hut zurecht und marschierte los. Ein langer Arbeitstag lag hinter ihm, der ihn vor manche Herausforderung gestellt hatte. Seit er das Amt des Polizeidirektors ausübte, war es ihm zur lieben Gewohnheit geworden, den Weg von der Kanzlei nach Hause zu Fuß zurückzulegen. So er dafür Zeit fand, stattete er auch der auf dem Weg liegenden Buchhandlung einen Besuch ab. Rathkolb hatte sich im Laufe der Zeit eine wohl sortierte Bibliothek angeschafft. Auch seine Frau liebte gute Bücher. Seit ihre Kinder außer Haus waren, verbrachte das Ehepaar Rathkolb die winterlichen Abende vorzugsweise bei einer Kanne Tee lesend. Auf das abendliche Ritual freute sich Rathkolb, las er doch in diesen Tagen einen sehr abenteuerlichen und unterhaltsamen Roman eines französischen Schriftstellers. Neben Deutsch und Italienisch sprach er fließend Französisch und kultivierte diese Sprache, indem er regelmäßig französische Bücher las. Schon im Gymnasium hatte er entdeckt, dass ihm der Sprachunterricht leichtfiel, so hatte er sehr erfolgreich die romanischen Sprachen erlernt, Latein, Französisch und Italienisch. Und nach seinem Studium der Rechtswissenschaften in Wien hatten er und seine Frau als junges Ehepaar fünf Jahre in Paris und später acht Jahre in Rom gelebt. Er hatte seine Arbeit als Sekretär der österreichisch-ungarischen Gesandtschaft verrichtet, während seine Frau die Kinder betreut hatte. Später hatte sich die Gelegenheit ergeben, vom Dienst im Außenamt in die Polizeidirektion in Triest zu wechseln. Als nach sechs Jahren in Triest sein Vorgänger in den Ruhestand getreten war, hatte er das Amt an der Spitze der Polizeibehörde übernommen. Er und seine Frau liebten das Leben im Küstenland, auch seine jüngere Tochter lebte mit ihrem Mann und den Kindern in Triest, während sein Erstgeborener und die ältere Tochter mit ihren Familien in Wien beheimatet waren.

Rathkolb schaute links und rechts, dann überquerte er die Fahrbahn und näherte sich der Buchhandlung. Er überlegte, ob er den Laden betreten sollte, und entschied sich dagegen. In knapp einer Viertelstunde würde der Laden schließen, da zahlte sich ein Besuch nur zum Schmökern und Gustieren nicht aus. Er blickte über seine Schulter. Eine Frau ging knapp hinter ihm und schaute ihn mit großen Augen an.

»Entschuldigen Sie bitte, mein Herr, sind Sie Dr. Rathkolb?«

Rathkolb hielt inne und wandte sich der Frau zu. »Ja, das bin ich.«

Die Frau trat näher und schaute ihn verlegen an. »Entschuldigen Sie bitte, dass ich Sie auf offener Straße anspreche. Das ist mir peinlich, und wenn es nicht nötig wäre, hätte ich es nicht getan. Ich wusste nicht, wie ich sonst mit Ihnen sprechen könnte.«

»Gnädige Frau, haben Sie ein Anliegen?«

»Ja. Darf ich mich vorstellen?«

Rathkolb musterte die Frau, die in warmer Kleidung vor ihm stand. Möglicherweise hatte sie längere Zeit auf der Straße stehend auf ihn gewartet. Ihm fielen sofort ihre großen Augen und ebenmäßigen Gesichtszüge auf. »Das wäre mir angenehm.«

»Wir sind einander noch nie begegnet, aber ich weiß, dass Sie meinen Namen kennen. Ich heiße Fedora Cherini.«

Rathkolb lüpfte seinen Hut. »Signora Cherini, ja, Ihr Name ist mir bekannt. Ich bin sehr erfreut, Sie persönlich kennenzulernen. Sie haben also nach einer Gelegenheit gesucht, mit mir zu sprechen. Darf ich Sie ins Kaffeehaus einladen? Wir könnten bei einer Schale Kaffee sprechen.«

»Lieber nicht, Herr Direktor. Es ist eine unangenehme Sache, derentwegen ich mit Ihnen sprechen muss, und es wäre mir peinlich, im Kaffeehaus gesehen zu werden.«

»Eine unangenehme Sache also. Gut, dann schlage ich vor, dass wir ein Stück gehen, und Sie berichten mir, was Ihnen auf der Seele liegt.«

»Vielen Dank, Herr Direktor.«

Rathkolb und Fedora gingen schweigend ein paar Schritte nebeneinander. Er wartete, bis sie sich offenbarte, aber sie zögerte ganz offensichtlich aus Verlegenheit. Er musste ihr ein wenig unter die Arme greifen. »Wie geht es Ihren Söhnen, Signora Cherini? Haben Sie sich in der neuen Umgebung eingefunden?«

»Es geht ihnen recht gut. In der neuen Schule gab es in den ersten Tagen einige Schwierigkeiten, aber das hat sich zum Glück schnell gebessert. Die zwei halten zusammen wie Pech und Schwefel, das erleichtert mir das Leben ungemein. Ich mag gar nicht daran denken, wenn die beiden pausenlos miteinander streiten würden, wie es bei manchen Geschwistern der Fall ist.«

»Wann findet das Gerichtsverfahren zur Trennung von Tisch und Bett statt?«

»Das Verfahren fand am Montag statt.«

»Das heißt, die Trennung von Carlo Cherini ist rechtlich vollzogen?«

»Ja. Die Kirchenbehörde muss das Verfahren noch bestätigen, dann sind Carlo und ich von allen ehelichen Verpflichtungen befreit.«

»Ich bin sehr froh, dass dieses Verfahren ohne ausufernde Skandale vonstattengegangen ist, vor allem weil ich dadurch Signor Zabinis Suspendierung aufheben konnte. Erst heute hat sich wieder gezeigt, was für ein wertvoller Polizeibeamter er ist.«

»Meine Beziehung zu Bruno ist auch einer der Gründe, weswegen ich mit Ihnen reden muss, Herr Direktor.«

»Signora Cherini, bitte sprechen Sie.«

Fedora holte tief Luft. »Ist Ihnen bekannt, wie mein Ehemann Carlo auf die von mir geheim gehaltene Beziehung zu Bruno gekommen ist?«

»Lassen Sie mich nachdenken. Wie war das? Ach, spielte da nicht ein anonymer Brief eine Rolle?«

»Jawohl, ein anonymer Briefschreiber hat Carlo auf die Spur gebracht. Ich weiß jetzt, wer diesen Brief geschrieben hat.«

»Ach ja? Und wer hat das getan?«

Fedora biss sich auf die Lippen und schaute nervös um sich. »Es war Emilio Pittoni.«

Rathkolb blieb stehen und überdachte die Information. »Sind Sie sich sicher, Signora?«

»Leider ja. Signor Pittoni hat mir in den letzten Tagen nachgestellt, er hat wohl gedacht, dass ich ein sittlich völlig verdorbenes Weib bin, das er in sein Bett locken kann. Ich habe mich locken lassen, nicht aber, weil ich verdorben bin, sondern um herauszufinden, ob mein Verdacht berechtigt ist. Heute Vormittag habe ich mit Signor Pittoni einen Spaziergang unternommen. Er hat mich bedrängt, ich habe ihn gewähren lassen, aber habe gleichzeitig versucht, ein Geständnis herauszukitzeln. Und siehe da, Signor Pittoni hat zugegeben, dass er diesen Brief an Carlo geschrieben hat. Kaum war es heraußen, bin ich fortgelaufen.«

Die beiden gingen weiter. »Noch versuche ich, Ordnung in meine Gedanken zu bringen«, sagte Rathkolb. »Was hat das zu bedeuten?«

»Darf ich Ihnen meine Sichtweise darlegen, Herr Direktor?«

»Ich bitte darum.«

»Inspector Pittoni muss Bruno und mich tagelang, vielleicht sogar wochenlang unerkannt ausspioniert haben, denn Bruno und ich waren bei unseren heimlichen Treffen stets sehr diskret. Und dass er mit diesem Brief meine Ehe zerstören wollte, kann ich nicht glauben. Carlo kennt Signor Pittoni nicht, er weiß bis heute nicht, wer den Brief an ihn geschrieben hat. Ich habe Signor Pittoni erst kennengelernt, als die Ehe mit Carlo längst in die Brüche gegangen ist. Verstehen Sie, Herr Direktor? Der Angriff von Emilio Pittoni galt nicht Carlo oder mir, der Angriff galt Bruno.«

»Ich beginne zu verstehen.«

»Ich bin, wer ich bin, Herr Direktor. Ja, ich bin eine untreue Ehefrau und wahrscheinlich eine schlechte Mutter, ich bin lasterhaft und ein bisschen verrückt, aber ich verstelle mich nicht. Wenn Signor Pittoni mir schaden will, dann soll er zuschlagen. Ich habe in meinem Leben manche Schläge eingesteckt, und ich weiß, dass noch weitere folgen werden. Aber ich hasse den Gedanken, dass ein hinterhältiger Mann Bruno mit böser Absicht Schaden zufügen will. Ich liebe Bruno auf meine eigene komplizierte Art, aber es ist Liebe. Ich kann nicht dulden, dass Signor Pittoni sich mit einem Messer in der Hand von hinten an Bruno heranschleicht. Bruno spricht immer in den höchsten Tönen von Ihnen, Herr Direktor, er lobt Ihren Sinn für Gerechtigkeit, Ihre Rechtstreue und die Stärke Ihrer Führung, deshalb dachte ich mir, ich sollte Ihnen berichten, wie daneben sich einer Ihrer Beamten einem anderen gegenüber verhalten hat.«

»Was Sie hier vorbringen, Signora Cherini, sind schwerwiegende Anschuldigungen.«

»Ja, das sind sie. Ich würde sie niemals vorbringen, wenn

ich mir in der Sache nicht sicher wäre. Nachdem Carlo im ersten Zorn mir meine Söhne weggenommen und mich aus dem Haus gejagt hat, war ich sehr niedergeschlagen. Ich bin in eine tiefe Melancholie verfallen. Ich weiß, ich bin an meinem Unglück selbst schuld, daher erhebe ich keine Klage. Bruno hat mir geholfen, aus diesem finsteren Keller wieder ans Licht der Sonne zu kommen. Aber Signor Pittoni hat das Seine dazu beigetragen, dass ich ganz unten war. Diese Rechnung begleiche ich hier und jetzt. Sie haben eine Giftschlange in Ihren Reihen, Herr Direktor. Ich weiß das, weil sie mich gebissen hat.«

»Das ist ein sehr einprägsames Sinnbild.«

»Ich bitte nochmals um Entschuldigung, dass ich Ihnen auf offener Straße aufgelauert habe. Ich habe nicht gewusst, wie ich sonst mit Ihnen sprechen könnte. Und bitte sagen Sie Bruno nichts von alldem. Er weiß nichts von meinen Nachforschungen und Erkenntnissen.«

»Mein Wort darauf, Signora Cherini, das Gespräch bleibt vertraulich.«

Fedora atmete erleichtert auf. »Das war es, Herr Direktor, das musste ich loswerden.«

»Vielen Dank, dass Sie sich an mich gewandt haben.«

Fedora schüttelte Rathkolb die Hand und eilte davon. Er schaute ihr eine ganze Weile hinterher, auch als sie längst aus seinem Blickfeld verschwunden war. Grübelnd setzte er sich wieder in Bewegung.

∽✢∾

Bruno schaute sich genau um, ehe er den Garten betrat. Dunkelheit und Stille umgaben das Haus, aus dem Kamin stieg kein Rauch empor. Wenn sich also die Gräfin Olenina, so wie vereinbart, im Haus aufhielt, war sie so vorsichtig gewesen, kein Feuer zu machen. Auch waren sämtliche Vorhänge zugezogen, sodass kein Lichtschein nach außen drang. Er hatte ihr den Ersatzschlüssel für das Vorderhaus gegeben, nicht jenen für seine Räume. Es wäre ihm unangenehm gewesen, wenn sie sich in seiner Stube oder Kammer aufgehalten hätte.

Er kam zum Bibliotheksfenster, bei welchem ebenfalls der Vorhang zugezogen war. Direkt davor stehend nahm Bruno doch einen Lichtschein wahr. Er trat vor die Haustür und drückte die Klinke nach unten. Sie war versperrt, also zog er seinen Schlüsselbund aus der Tasche. Leise ging er in die Stube. Die Tür zur Bibliothek war geschlossen. Er wollte schon klopfen, da öffnete sie sich und Jekaterina trat in die Stube.

»Haben mich meine Ohren also nicht getrogen. Guten Abend, Herr Zabini.«

»Guten Abend, Gräfin. Hier scheint alles in Ordnung zu sein.«

»Ja. Ich war so frei, mir aus der sehr gut bestückten Bibliothek Ihrer Frau Mutter ein Buch zu borgen. So konnte ich den Nachmittag und Abend in aller Stille gestalten.«

»Hat Herr Vanek Euch bis hierher geleitet?«

»Geleitet nicht, aber er hat mich nicht aus den Augen gelassen. Wahrscheinlich hält er oder ein anderer Mann aus Baumbergs Truppe in der Gegend Wache.«

»Ich gehe davon aus, dass dem so ist, allerdings habe ich auf dem Weg hierher niemanden entdecken können.«

»Sie wissen ja, wie Geheimagenten sind. Wahrscheinlich sitzt der Mann mit einem Fernglas auf einem Baum oder hat sich irgendwo ein Erdloch gegraben.«

Bruno schmunzelte. »Habt Ihr gegessen?«

»Ich war so frei, mich in der gut gefüllten Speisekammer zu bedienen. Ihre Mutter scheint eine gewissenhafte und vorsorgende Frau zu sein. Eingelegtes und getrocknetes Gemüse,

Sauerkraut, Schmalztöpfe, Pökelfleisch, Wurst und Käse. Ich musste nicht darben. Und mit der Decke war mir auch nicht kalt.«

»Ich könnte jetzt einheizen.«

»Nicht nötig.«

»Ach ja, Ihr seid Russin und friert deshalb nicht.«

»Es ist neun Uhr abends. Sind Ihre Arbeitstage immer so lang?«

»Nicht immer, aber immer wieder.«

»In ein fremdes Haus eingesperrt zu sein, ist nicht sehr angenehm für mich. Ich fühle mich wie ein Fremdkörper in diesen Wänden. Und ich langweile mich. Was können Sie mir an Zerstreuung vorschlagen, Herr Zabini?«

Bruno lächelte. »Ich könnte Euch ein paar Triestiner Volkslieder beibringen. Als Sänger bin ich nur mäßig talentiert, aber ich kann mir Melodien merken. Oder ich hole Euch eine Flasche Wein.«

Jekaterina lächelte gewinnend. »Der zweite Vorschlag trifft schon eher meinen Geschmack. Haben Sie Wodka?«

»Nein, aber wenn Euch nach einem starken Getränk dürstet, kann ich Sliwowitz anbieten.«

»Sliwowitz klingt sündhaft, und wie Sie wissen, bin ich eine unverbesserliche Sünderin. Trinken Sie mit mir, Herr Zabini?«

»Allein die Gastfreundschaft gebietet es mir, Euch Gesellschaft beim Besäufnis zu leisten, aber ich muss Euch darauf hinweisen, dass ich nur Wasser trinke. Ich muss morgen vor Sonnenaufgang wieder auf den Beinen sein.«

»Man könnte meinen, Sie wären ein preußischer Beamter und nicht ein liederlicher Italiener, so gewissenhaft und ordentlich wie Sie sind.«

»Werte Gräfin, anhand Eurer neckischen Bemerkungen leite ich ab, dass Ihr Euch mit der gegenwärtigen Situation angefreundet habt.«

»Ich bin sehr anpassungsfähig, anderenfalls könnte ich ein Leben wie meines nicht führen.«

»Es ist wohl ein sehr unterhaltsames Leben, das ihr führt.«

»Ich brauche Unterhaltung und hasse Langeweile. Und ich empfinde es als einen nicht zu tolerierenden Akt praktizierter Langeweile, wenn Sie mich dazu verdammen, alleine zu trinken. Das ist indiskutabel. Wenn Sie also nicht trinken, will ich auch nicht trinken.«

»Wie Ihr meint, werte Gräfin. Da ich mich also versichert habe, dass Ihr wohlauf seid, kann ich mich zurückziehen.«

»Ich fühle mich schmählich vernachlässigt.«

Bruno kniff die Augen zusammen. »Habt Ihr mit dieser Art der Koketterie Gustav Lainer um den Finger gewickelt?«

Jekaterina lachte auf. »Wo denken Sie hin, Herr Inspector? Für Gustav Lainer war sehr viel weniger Aufwand nötig. Sie scheinen ein schwieriger Mensch zu sein.«

»Das hat verdächtig nach einem Kompliment geklungen.«

»Vielleicht war es eines, vielleicht aber eine Anklage.«

»Darf ich Euch auch ein Kompliment unterbreiten, Gräfin?«

»Endlich! Ich will das Kompliment unbedingt hören, damit ich diesen durch und durch unerfreulichen Tag zumindest mit einem Wohlklang beschließen kann.«

Bruno lächelte. »Von all dem Unglück, das mir in den letzten Monaten zuteilwurde, seid Ihr das bei Weitem unterhaltsamste.«

Jekaterina schien nachzudenken, ob sie Bruno eine Ohrfeige geben oder sich geschmeichelt fühlen sollte. Sie lächelte zufrieden und hielt ihm die Hand hin, er küsste sie.

»Ich freue mich auf ein zweites Frühstück mit Ihnen. Gute Nacht, Herr Zabini.«

»Gute Nacht, Euer Gnaden.«

Donnerstag,
14. November 1907

DIE SÜSSE SCHWERMUT nach einer durchzechten Nacht hing unter den Pinien. Oberst Schubnikow vertrat sich hinter dem Haus die Beine, hielt in einer Hand die Tasse mit Tee, in der anderen eine Zigarette. Nach dem siegreichen Kampf gegen Frankreichs größten Trottel hatte er seinen Männern und sich einen Tag Ruhe gegönnt. Sie hatten gestern ihr Versteck nicht verlassen, Karten gespielt, gegessen und Cognac getrunken. Schubnikow selbst hatte sich an Sliwowitz gütlich getan. Für ihn war Cognac ein Gesöff für Franzosen und Italiener, aber da seine Männer Geschmack daran fanden, hatte er ein halbes Dutzend Flaschen Camis & Stock spendiert. Schubnikow blickte in den Morgenhimmel. Ob in dieser Weltgegend irgendwann einmal so etwas wie echter Frost herrschte? Er hatte auf der langen Reise nach Triest gelesen, dass an der Ostküste der Adria regelmäßig die Bora fiel, ein kalter Wintersturm mit gefährlichen Böen. Auf diesen Wind und seine Kälte wartete er, denn dann würde hier vielleicht die Luft aufklaren und die weich machende Wärme vertrieben werden.

Schubnikow leerte den Tee und zerdrückte die Zigarette im Aschenbecher. Galkin trat durch die Hintertür in den Garten. In der Hand hielt er die Morgenausgabe der Triester Zeitung.

Schubnikow wandte sich Galkin zu. »Sind die Männer im Einsatz?«

»Jawohl, Herr Oberst, sie sind schon vor einer Viertelstunde gegangen. Ich selbst nehme die nächste Fähre nach Triest.«

»Gut.«

»Herr Oberst, haben Sie die Zeitung gelesen?«

»Monsieur Morel hat zum Abschied große Presse erhalten. Die Reporter vermuten, dass er von einem gehörnten Ehemann in die Schießerei im Hotel verwickelt wurde. Angeblich gibt es große Bestürzung in manchen Kreisen der besseren Gesellschaft. Diese Dummköpfe.«

»Die Polizei setzt bestimmt alle Hebel in Bewegung.«

»Nur wird die Polizei wie üblich nichts finden.«

»Da ist noch etwas anderes, Herr Oberst.«

»Was meinen Sie?«

Galkin legte die Zeitung auf den Gartentisch, blätterte sie auf und zeigte auf eine Stelle »Haben Sie hier diese kleine Meldung gesehen?«

»Habe ich. Die hochgeschätzte Gräfin Olenina ist also bei einem Empfang eingeladen. Die Gastgeberin muss eine bedeutende Person sein, dass von einem Empfang in ihrer Beletage schon einen Tag vorher berichtet wird. Wissen Sie etwas über die Komtess Urbanau?«

»Nein, der Name ist mir unbekannt.«

»Das macht die Sache interessant.«

»Herr Oberst, ich bin ein wenig beunruhigt.«

»Immer heraus, Galkin. Was beunruhigt Sie diesmal?«

»Ich sehe zwei Möglichkeiten. Erstens. Gräfin Olenina steht auf der Liste der eingeladenen Gäste, ist aber, seit wir den Kontakt zu ihr verloren haben, aus Triest verschwunden und jetzt schon in Wien, Budapest oder Prag. Die Zeitung hat die prominenten Namen der Gästeliste angeführt, ohne zu wissen, dass die Gräfin längst nicht mehr in der Stadt weilt.«

»Das ist eine Möglichkeit. Die zweite?«

»Die zweite ist, dass die Gräfin Verbündete gefunden hat und uns eine Falle stellen will.«

»Bravo, Galkin, es zeigt sich immer wieder, dass Sie ein brauchbarer Agent sind. Genau diese beiden Optionen sehe ich auch.«

»Wie sollen wir vorgehen?«

»Der Empfang ist morgen Abend. Da bleibt noch viel Zeit für geeignete Vorbereitungen. Wer auch immer sich der Dienste der Gräfin versichert hat, wird ein Fiasko erleben. Und dann nehme ich mir die hochwohlgeborene Dame richtig vor. Wäre doch gelacht, wenn wir nicht sehr schnell herausfinden würden, wo sich die verschollenen Baupläne befinden.«

»Ich rate zu größter Vorsicht, Herr Oberst.«

»Keine Frage, Galkin, das wird eine heikle Mission. Also genau das Richtige für Männer wie uns.«

⁓

Sie stand vor einer Bäckerei und schaute vorsichtig um sich. Natürlich war ihr Unterfangen riskant. Aber noch einen Tag tatenlos herumzusitzen, war ihr unmöglich gewesen. Als sie bei Sonnenaufgang aufgewacht war, hatte sie die Haushälfte des Inspectors still vorgefunden. Sie hatte an Tür und Fenster geklopft, aber offenbar war er schon außer Haus gegangen. Also hatte sie ein Frühstück eingenommen und dann im Kleiderschrank der Mutter nach einer geeigneten Verkleidung gesucht. Sie hatte sich einen alten Mantel, einen unscheinbaren Kittel, eine Strickweste und ein schlichtes Kopftuch ausgeborgt. Dann hatte sie sich beim Fenster auf die Lauer gelegt, bis ein Mann am Garten vorbeigegangen war, der auffällig unauffällig das Haus beobachtet hatte. Sie war sich sicher, dass dieser Mann einer von Baumbergs Spitzeln war. Als er außer Sicht kam, hatte sie einen Einkaufskorb genommen und war eilig zu Fuß von Cologna zur Piazza della Caserma marschiert. Dort hatte sie die Elektrische genommen und war zum Staatsbahnhof gefahren, von wo aus sie durch die Città Vecchia bis zur Piazza di Cavana kam. Auf diesem Weg hatte sie peinlich genau über ihre Schulter geschaut.

Jekaterina war sich sicher, von niemandem verfolgt zu werden. Sie zog sich das Kopftuch tief in die Stirn, betrat die Bäckerei und kaufte Brot. Bei einem Obsthändler auf der Piazza besorgte sie Äpfel. Den Korb am Arm schritt sie aus, bog in die Via Felice Venezian, die in die Via San Michele überging. Jekaterina folgte einer Mutter mit ihren drei Kindern so unauffällig, wie sie nur konnte.

Auf der anderen Straßenseite kam ihr ein Mann mit Gehstock und unter die Schulter geklemmter Tageszeitung entgegen. Er schaute hinüber zu den lärmenden Kindern und der sie streng ermahnenden Mutter. Dann war er an Jekaterina vorbei. Der Mann hatte nicht einmal wahrgenommen, dass sich auf dem gegenüberliegenden Trottoir eine offenbar ältere Frau in schlichter Kleidung und mit Einkaufskorb am Arm aufgehalten hatte. Jekaterina konnte sich an das Gesicht des Mannes erinnern, sie hatte ihn im Spätsommer oder Frühherbst gemeinsam mit Kenneth Hudson gesehen. Damit war klar, dass der britische Geheimdienst noch immer im Spiel war.

Auf einer Bank an der Treppe, die empor zum Castello führte, saß ein Mann, der in der Zeitung las und immer wieder über den Rand des Blattes hinab auf die Fahrbahn und das Trottoir schaute. Jekaterina vermutete, dass er die Triester Zeitung las, also war er wohl einer von Baumbergs Männern.

Am Ende der Straße bog sie nach rechts in die Via dei Navali. Bei einem Schuhputzer saß ein ihr bekannter Mann rauchend auf dem Hocker und ließ das Leder seiner Schuhe einer gründlichen Politur unterziehen. Sein Name war Semenkow, wie sich Jekaterina erinnerte, es war jener Landsmann im Dienst des Obersts, der sie knapp vor der ersten Begegnung mit Schubnikow im Restaurant so offensichtlich beobachtet hatte. Auch ihm fiel die unscheinbare Frau mit Einkaufskorb nicht auf, denn er und der Schuhputzer guckten vielmehr zwei hübschen Fräuleins hinterher, die lachend an ihnen vorbeigingen.

Zügig ließ Jekaterina das Viertel hinter sich und näherte sich wieder dem Hafen. Sie kaufte bei einem Straßenverkäufer die Triester Zeitung, den Piccolo und die Edinost. In drei Sprachen, auf Deutsch, Italienisch und Slowenisch wurde in fetten Lettern von der Schießerei in einem Hotel berichtet. Jekaterina legte die Blätter in ihren Korb und bei der nächsten Haltestelle nahm sie die Elektrische.

Also war sie noch gerade rechtzeitig untergetaucht.

Sollte sie morgen Abend wirklich den Lockvogel mimen? Warum war Inspector Zabini noch vor dem Morgengrauen fortgegangen? Was führte er im Schilde? Warum hatte er das zweite gemeinsame Frühstück mit ihr ausgelassen? Konnte sie Baumberg vertrauen? Würde Baumberg ihr einen Pass verschaffen oder würde er sie festnehmen lassen?

Jekaterina fühlte sich hilflos. Sie war an einem Punkt angekommen, an dem sie nicht mehr über ihr eigenes Schicksal bestimmen konnte, es lag nun in den Händen ihr bis vor Kurzem noch fremder Männer. Sie hatte keine Antworten.

Wenigstens eine Frage konnte sie beantworten. Nämlich diejenige nach dem heutigen Mittagessen. Bei der Fischhalle verließ sie die Tram und überquerte die Fahrbahn. Heute würde sie im Haus des Inspectors Feuer machen und kochen. Geschmorte Goldbrasse, Bratkartoffel und Salat aus Roten Rüben. Dazu gut gekühlter Weißwein. Wenn das keine gute

Idee war! Sie wollte es sich heute noch einmal gut gehen lassen. Denn der morgige Tag konnte allzu leicht der letzte ihres Lebens sein.

∽⊗∽

Der Zug fuhr in den Bahnhof ein. Bruno schaute auf seine Armbanduhr. Pünktlich auf die Minute. Hohe Geschwindigkeiten erreichten die kleinen Lokomotiven vor den Regionalzügen nicht, vierzig, höchstens fünfzig Kilometer pro Stunde war auf der Strecke das Übliche. Die Schnellzuglokomotiven vor den Expresszügen der Südbahn bewegten sich weitaus schneller und hielten nur an großen Bahnhöfen. Also nicht in Sistiana.

Mit dem allerersten Zug des Tages war er von Triest abgefahren. Es hatte noch Dunkelheit über dem Küstenland gelegen, als er mit einem Koffer in der Hand in Sistiana ausgestiegen war. Ein Reisekoffer war bei Zugpassagieren nicht überraschend, so war er in der Menschenmenge nicht aufgefallen. Eine halbe Stunde hatte er gebraucht, um die Scheune zu erreichen. Da die Strecke über Feldwege führte, konnte er sich versichern, dass ihn niemand verfolgte. Eine weitere halbe Stunde dauerte der Rückweg, dann hatte er außerhalb des Bahnhofgebäudes zwanzig Minuten auf den Zug gewartet. Zwischen Görz und Triest pendelten mehrmals täglich Regionalzüge, so war er noch vor Mittag wieder zurück in der Stadt.

Der Zug war beinahe voll, die Fahrgäste drängten zu den Türen. Bruno saß noch auf seinem Platz und spähte durch das Fenster. Der Perron füllte sich. Wenn Reisezüge aus Wien, München oder Mailand eintrafen, sammelten sich auf dem Bahnsteig Gepäckträger, Zeitungsjungen und Straßenhändler, bei den Regionalzügen war das nicht der Fall. Erst als sich der Wagen merklich leerte, erhob er sich und ergriff den Koffer. Ganz unwillkürlich schaute er über seine Schulter und tastete nach seinem Revolver. Vor dem Aufbruch hatte er die Ladung der Rast & Gasser kontrolliert und acht Patronen für eine zweite Trommelfüllung in die Sakkotasche gesteckt.

Bruno trat auf die offene Plattform des Wagens. Ehe er die Treppe hinunterstieg, schaute er sich auf dem Bahnsteig um. Der Zug bestand aus vier zweiachsigen Personenwagen und einem am Ende angehängten Gepäckwaggon. An diesem öffneten gerade mehrere Bahnhofsarbeiter die Schiebetür und begannen mit der Entladung. Bruno war im dritten Wagen in der zweiten Klasse gesessen, direkt hinter der Lokomotive saßen die Fahrgäste der ersten Klasse.

Bruno entdeckte Luise in der Menschenmenge. Sofort zog er den Kopf wieder zurück. Er durfte nicht gesehen werden. Nicht mit dem Koffer in der Hand.

Weil ein Bahnbediensteter, der beim Gepäckwaggon stand, ihn scheel anschaute, tat Bruno so, als ob er etwas vermisse und deswegen seine Taschen durchsuche. Er betrat wieder den Innenraum und stellte sich ans Fenster. Ja, es war Luise und eine ihr bekannte junge Frau. Er brauchte nicht lange in seinem Gedächtnis zu kramen, die junge Frau neben Luise war niemand Geringeres als Komtess Carolina von Urbanau. Luise und die Komtess schienen vor dem Wagen der ersten Klasse jemanden zu treffen. Wen? Bruno schaute genauer. Luise umarmte einen Knaben, Carolina schüttelte dem Kind und der jungen Frau die Hand. Er erkannte Gerwin von Callenhoff und sein Kindermädchen Grete.

Bruno ärgerte sich. Die beiden mussten ebenso wie er am Bahnhof Sistiana in den Zug gestiegen sein, aber er hatte sie nicht bemerkt. Nun, er hatte die Wartezeit diskret hinter dem Gebäude verbracht und war dann knapp vor Abfahrt noch schnell aufgesprungen, aber wenn Grete oder Gerwin durch den Zug gegangen wären, hätten sie ihn entdeckt.

Er beobachtete, wie sich die Gruppe zum Gehen wandte, und wartete, bis sie außer Sicht waren. Dann stieg er aus. Die vier verschwanden in der Bahnhofshalle.

»Guten Tag, mein Herr.«

Bruno riss den Kopf herum. Der Bahnbedienstete trat mit fragendem Blick auf ihn zu.

»Ist etwas nicht in Ordnung?«, fragte der Mann.

Hatte ihn der Bahnbedienstete beobachtet? Zorn stieg in Bruno hoch. Er zog seine Kokarde, trat nahe an den Mann heran und knurrte drohend. »Sie haben mich nicht gesehen. Ist das klar?«

Der Mann zuckte eingeschüchtert zurück und hob abwehrend die Hände. »Nichts für ungut, Herr Wachtmeister.«

Bruno nickte dem Bahnbediensteten zu. In der Halle schaute er sich um und sah, dass Luise und ihre Begleitung vor dem Gebäude in eine Kutsche stiegen. Als die Kutsche abgefahren war, marschierte Bruno los.

Er kam zur Polizeidirektion. Die vor dem Eingangsportal postierte Wache salutierte. Bruno betrat das Gebäude, doch er nahm nicht die Treppe nach oben in die Kanzlei, sondern ging nach unten in den Keller. Er hatte sich gestern die entsprechenden Schlüssel besorgt, also betrat er den geschlossenen Bereich des Kellers und begrüßte die dort anwesenden Männer. Dieser Teil des Kellers umfasste mehrere Haftzellen, verschiedene Lager- und Archivräume und am hinteren Ende des verwinkelten Ganges die mit einer schweren Eisentür gesicherte Waffenkammer. Bruno erklärte den Kollegen, dass er im Archiv nach alten Akten suchen müsse, also öffneten sie ihm das Gittertor.

Bruno ging den Gang entlang bis an sein Ende. Vor der mehrfach gesicherten Tür zur Waffenkammer stellte er den Koffer ab, lauschte und schaute in den Gang hinter sich. Niemand war in der Nähe, niemand beobachtete ihn.

Bruno sperrte die beiden Schlösser der Eisentür auf. Er schlüpfte durch den schmalen Spalt und zog in völliger Dunkelheit die Tür hinter sich zu. Er wusste, dass sich an ihrer Innenseite ein Riegel befand, mit dem der fensterlose Raum versperrt werden konnte, nach diesem Riegel tastete er und schob ihn vor. Dann suchte er nach dem Lichtschalter. Helligkeit erfüllte den Raum. Es roch nach altem Gemäuer und Schmieröl. Zwei Metallschränke befanden sich in dem engen Raum, beide waren mit Vorhängeschlössern gesichert. In einem Schrank befanden sich Messer, Säbel und Revolver samt Munition, im anderen Gewehre und Bajonette. Er hatte den Polizeidirektor persönlich um Erlaubnis gebeten, Zugriff auf die Schlüssel zur Waffenkammer zu erhalten.

Bruno öffnete den Schrank mit den Gewehren.

Fein säuberlich aufgereiht standen dreißig Mannlicher M1886 und fünf M1895 im Schrank. Die älteren Gewehre M1886 waren als Ordonanzwaffen der k.u.k. Armee nicht mehr gebräuchlich, die Armee hatte das wesentlich leistungsfähigere Gewehr M1895 eingeführt und seine Altbestände nach Südamerika verkauft. Die Polizeibehörde hingegen trennte sich nicht von ihrem Arsenal, weil bei Massenaufläufen und Demonstrationen es meist völlig ausreichte, wenn die Polizisten das Gewehr schulterten. Geschossen wurde damit in der Regel nicht, und wenn, dann nicht auf militärische Ziele.

Bruno hob mehrere schwere Kisten mit Munition heraus und stellte sie auf dem Boden ab. Dann öffnete er seinen Koffer, entnahm das in Packpapier eingeschlagene und mit Spagat verschnürte Paket, verstaute es in der Tiefe des Schrankes und stellte die Munitionskisten davor. Er trat einen Schritt zurück. Niemand, der das Paket hier entdeckte, würde vermuten, dass sich militärische Geheimnisse ersten Ranges darin versteckten.

Sein Puls hämmerte. Warum in Gottes Namen mischte er sich in diese Staatsaffäre? Kanonentürme von Schlachtschiffen! Kaliber 30,5 cm. Das war völlig verrückt. Bruno nahm sich hoch und heilig vor, die vermaledeite Gräfin Olenina heute noch eigenhändig zu erwürgen. Er würde dabei patriotische Lieder singen.

~⊙~

Zu viert verfolgten sie, wie die Cleopatra ablegte und von einem Hafenschlepper gedreht wurde. Als der Bug westwärts ausgerichtet war, lösten die Matrosen das Schlepptau und der Dampfer nahm Fahrt auf. Das Schiffshorn ertönte. Erschrocken schrie Gerwin auf und hielt sich die Ohren zu, brach aber gleich darauf in Gelächter aus.

Gerwin und Grete standen am Ende des Molo San Carlo und beobachteten, wie die Cleopatra mit wehenden Fahnen das Hafenbecken verließ. Seit er aus dem Zug gestiegen war, kam Gerwin nicht mehr aus dem Staunen heraus. So viele Menschen, so hohe Häuser, so prachtvolle Kutschen und Automobile, die elektrische Tram, die neuen Eindrücke überstürzten sich förmlich. Dafür, dass er bislang kaum mehr von der Welt als das Haus und den Garten des Landsitzes der Familie Callenhoff gesehen hatte, eröffnete sich ihm nun die große Welt in vollem Umfang. Sowohl Gerwin als auch Grete hatten noch nie zuvor einen Hochseedampfer gesehen, und hier im Porto Vecchio lagen mehrere an den Molen und dem Kai.

Der Schiffskommissär der Cleopatra hatte die beiden Damen, den Knaben und das Kindermädchen entdeckt. Da das Ablegen unmittelbar bevorstand und alle Passagiere schon an Bord waren, hatte er ein Gespräch mit Gerwin begonnen, der den Dampfer, die Matrosen und den uniformierten Schiffskommissär mit großen Augen bestaunt hatte. Dieser hatte erzählt, dass die Cleopatra wieder auf der Eillinie von Triest nach Alexandria verkehrte und dabei den Hafen Brindisi berühren würde. Das Schiff verfügte über Kabinen für hundertzwanzig Passagiere, konnte Hunderte Tonnen Fracht aufnahmen und maß hundertdreizehn Meter vom Bug bis zum Heck, die Cleopatra erreichte sechzehn Knoten und verkehrte wie ihre drei Schwesterschiffe meist auf der Eillinie nach Alexandria. Seit zwölf Jahren war die Cleopatra auf See und hatte somit das beste Alter für einen großen Dampfer des Mittelmeers erreicht. Gerwin hatte den Ausführungen atemlos gelauscht. Dann hatte sich der Schiffskommissär höflich verabschiedet, war an Bord gegangen, anschließend hatten die Matrosen die Gangway und die Leinen eingeholt.

Luise bemerkte, dass Carolina anders als Gerwin und Grete das Ablegen des Dampfers nicht voller Begeisterung verfolgte, sondern sich mit verzwickter Miene zurückhielt. Luise verstand sofort, trat auf ihre Freundin zu und hakte sich bei ihr ein. »Carolina, ist alles in Ordnung?«

»Ja, es geht schon wieder. Es war nur …«

»Böse Erinnerungen?«

»Ja. Ein halbes Jahr ist es her, seit ich hier am Molo an Bord der Thalia gegangen bin.«

»Es tut mir leid, dass ich daran nicht gedacht habe, als ich vorgeschlagen habe, den Hafen zu besuchen.«

»Ich habe bislang den Hafen gemieden.«

»Dann wollen wir von hier fortgehen.«

»Lass nur, Luise, es ist gut so. Ich kann mich nicht immer verstecken, ich muss und will mich der Welt stellen. Außerdem konnten wir Gerwin und Grete keine größere Freude machen, als hierherzukommen.«

Gerwin und Grete winkten mit ihren Taschentüchern dem Schiff hinterher, einige Passagiere taten es ihnen an der Reling stehend gleich.

Luise schaute auf ihre Armbanduhr. »Kommt bitte!«, rief sie den beiden zu, die sich umdrehten, ihre Taschentücher einsteckten und näher kamen. »Nach dieser Kutschfahrt und dem abenteuerlichen Besuch am Hafen werden wir jetzt die Wohnung aufsuchen. Dort werdet ihr meine Haushälterin Maria kennenlernen, die euch sehnsüchtig erwartet und für uns das Mittagessen vorbereitet. Nachmittags werden wir zum Castello di San Giusto emporsteigen, den Ausblick auf Triest von oben genießen und nach dem Abstieg in Carolinas Beletage Kakao und Kuchen zu uns nehmen. Ist das ein gutes Vorhaben für den heutigen Tag?«

Mittlerweile ganz selbstverständlich griff Gerwin nach Luises Hand. »Jawohl, Mama, das ist ein sehr gutes Vorhaben.«

∽◉∾

Leopold von Baumberg lauschte den Ausführungen seines Freundes Stukart, fügte da und dort etwas hinzu, hörte aber vor allem zu. Da sich die Triester Affäre mittlerweile bis zum Armeeoberkommando durchgesprochen hatte, hatte Major Stukart von Franz Conrad von Hötzendorf persönlich die Anweisung erhalten, sich über die sogenannte Sauerei an der Adria zu beschweren. Stukart hatte in seiner unnachahmlichen Art einen jovialen Tonfall für die Gardinenpredigt angeschlagen und sich wortreich bei Baumberg dafür entschuldigt, überhaupt zum Telephon gegriffen zu haben, aber Dienst sei Dienst und Schnaps sei Schnaps, er habe einen direkten Befehl erhalten und führe ihn aus. Baumberg nahm Stukart den Anruf nicht übel, was ihn ärgerte, war, dass in höchsten militärischen Kreisen Geheimnisse nicht als solche behandelt, sondern im Gegenteil genüsslich bei Cognac und Zigarre ausgeplaudert wurden.

Es klopfte an der Tür und Koloman Vanek steckte seinen Kopf herein. Baumberg hielt weiter mit der Rechten den Hörer des Tischtelephons an sein Ohr gedrückt und winkte mit der Linken seinen Adjutanten herein.

Vanek schloss die Tür und setzte sich vor den Schreibtisch.

»Also gut, lieber Stukart, vielen Dank für dein Verständnis und den konzilianten Tonfall. Du bist halt ein echter Haberer. Und richte bitte dem AOK aus, dass wir hier wirklich alle Hebel in Bewegung setzen. Vielen Dank, Servus und auf Wiederhören.« Baumberg legte den Hörer auf, schnaufte durch und fasste seinen Adjutanten scharf ins Auge. »Sag mir, Vanek, warum heißt es Geheimdienst, wenn der ganze Stab sich das Maul zerreißt?«

Vanek hatte seinen Mantel nicht abgelegt und drehte seine Melone in der Hand. »Geheimdienst deswegen, weil es immer ein Geheimnis bleiben wird, warum es durch angeblich dichte Dächer jedes Mal wieder hindurchregnet.«

Baumberg lehnte sich zurück. Vaneks trockener Humor bot in dieser verfahrenen Situation einen stabilen Anker. Baumberg gestikulierte. »Also, hast du eine Neuigkeit?«

»Jawohl, Herr Hauptmann.«

»Immer raus damit.«

»Klinger, unser Mann am Südbahnhof, hat gesehen, wie Inspector Zabini aus einem Zug gestiegen ist. Der Inspector hat einen Koffer mit sich getragen.«

»Interessant. Welcher Zug?«

»Der Vormittagszug aus Görz. Wir wissen nicht, wo er zugestiegen ist, und wir wussten auch nicht, dass er Triest verlassen hat. Laut unserer Beobachtungen hat er die Nacht in seinem Haus in Cologna verbracht.«

»Die Gräfin war ja über Nacht bei Zabini zu Gast.«

»Ja. Unser Mann in Cologna meldet, dass sie das Haus nicht verlassen und schon wie gestern keinerlei Zeichen ihrer

Anwesenheit im Haus gegeben hat. Kein qualmender Kamin, kein Spaziergang rund ums Haus, nichts. Die Gräfin hält sich offenbar an die Vereinbarungen oder passiert in dieser Stunde die Straße von Gibraltar.«

»Zabini schleicht also außer Haus und kommt dann überraschend für alle am Vormittag mit dem Zug aus Görz. Sehr verdächtig.«

»Klinger hat beobachtet, dass Zabini äußerst vorsichtig war und offenbar ihm bekannten Menschen aus dem Weg gegangen ist. Da der Inspector um sich gespäht hat, hat Klinger ihn nur aus großer Distanz verfolgen können und dann auch aus dem Blick verloren. Aber anhand des Weges, den Zabini eingeschlagen hat, ist sich unser Mann sicher, dass der Inspector auf direktem Weg zur Polizeidirektion gegangen ist.«

Baumberg schüttelte den Kopf. »Was glaubst du, Vanek, hat er die Baupläne aus dem Versteck geholt und in der Polizeidirektion deponiert?«

»Ich fresse meinen Hut, wenn nicht.«

»Das heißt, wir sind unserem Paket um einen Schritt näher gekommen.«

»Ich meine, ja.«

»Wann war das?«

»Vor anderthalb Stunden.«

»Wo ist Klinger jetzt?«

»Wie befohlen wieder am Südbahnhof. Ich habe ihn bei meiner Inspektionsrunde an Ort und Stelle angetroffen, er hat mir die Sache erzählt, deswegen bin ich gleich zu Ihnen gekommen.«

»Wir haben jetzt dreiundzwanzig Männer im Einsatz, die Bahnhöfe, der Hafen, alle Straßen sind unter Beobachtung. Früher oder später werden uns der Oberst und seine Männer ins Netz gehen. Ich zweifle ernsthaft an der Sinnhaftigkeit der von Zabini vorgeschlagenen Operation.«

»Daran zweifle ich auch.«

»Aber dennoch kann es sein, dass der Oberst sich noch ein, zwei Wochen versteckt hält. Wien verlangt ultimativ die Lieferung des Kopfes dieses Mannes, und zwar am besten sofort. In Wien ist man der Überzeugung, dass Schubnikow hinter der Betriebsamkeit der Gräfin Olenina steckt und dass deshalb dem Mann schnellstmöglich das Handwerk zu legen ist. Und ich habe strikte Order, keinerlei Rücksichtnahme auf eventuelle diplomatische Verwicklungen zu nehmen. Wien fühlt sich durch die Operation der Russen im höchsten Maß beleidigt und herausgefordert. Wie mein alter Freund Stukart mir eben mitgeteilt hat, zieht Conrad sogar weitreichende militärische Maßnahmen in Betracht.«

Vanek spitzte die Lippen und pfiff. »Dicke Luft also.«

»Äußerst dicke Luft.«

»Herr Hauptmann, in diesem Fall sollten wir Zabinis Plan nicht verwerfen. Wir werden sehen, ob morgen Abend die Revolver rauchen.«

Baumberg sinnierte eine Weile, dann nickte er. »Du hast wahrscheinlich wieder einmal recht, Vanek. Spielen wir also diese Karte.«

»Außerdem würde ich mittlerweile herzlich gern mit Oberst Schubnikow Bekanntschaft schließen.«

Ein sardonisches Grinsen legte sich auf Baumbergs Gesicht. »Weißt du was, Vanek, zu diesem geselligen Treffen würde ich dich sogar froh gestimmt begleiten.«

⁓∾

Das Haus seiner Mutter verfügte über zwei Schornsteine, rund um den großen Kamin lagen die Küche und Wohnräume des Haupthauses, am kleinen Kamin lagen die Stube des Hinterhauses und die außen angebaute Waschküche. Als sich Bruno dem Haus näherte, sah er, dass aus dem großen Kamin Rauch stieg. Offenbar war der Gräfin kalt geworden oder sie hatte Feuer gemacht, um zu kochen. Bruno schaute sich um, konnte aber den hier herumstreichenden Agenten Baumbergs nicht entdecken. Die Sonne schickte sich an, im Golf von Triest zu versinken, und nicht nur der Abend kündigte sich an, sondern auch der Wind frischte merklich auf. Und er wehte nicht vom Meer in Richtung Land, sondern umgekehrt. Seine Mutter hatte wie jedes Jahr rechtzeitig Brennholz gekauft, und er hatte es bei der Waschküche und in der kleinen Scheune gestapelt.

Bruno kam auf das Haus zu, klopfte laut an und öffnete die Tür. Er betrat den Vorraum, wo ihn Wohlgerüche empfingen. »Guten Tag!«, rief er.

Hut, Mantel und Schal hängte er an die Garderobe und trat durch die offen stehende Tür in die Küche.

Jekaterina legte das Buch zur Seite und erhob sich. Sie lächelte Bruno zu. »Guten Tag, Herr Zabini. Wie erfreulich, dass Sie mir einen Besuch abstatten.«

»Die Freude ist ganz meinerseits, Gräfin.« Sein Blick streifte die beim Herd stehenden Töpfe und Pfannen. »Wie ich sehe, habt Ihr gekocht.«

»Oh ja, ich wollte nicht länger die Vorräte Ihrer Mutter plündern, also habe ich eingekauft. Haben Sie Hunger? Ich habe mich beim Kochen ein bisschen verschätzt und zu viel zubereitet. Mögen Sie geschmorte Goldbrasse mit Bratkartoffeln?«

Bruno hörte in sich hinein und vernahm den lautstarken Zuruf seines Magens. »Tatsächlich habe ich wieder einmal die geregelte Nahrungsaufnahme vergessen, und Goldbrasse liebe ich sehr.«

»Weil ich das spartanische Leben ohne Dienstboten mittlerweile gewohnt und zu einer tüchtigen adriatischen Hausfrau geworden bin, erlaube ich mir, Ihnen, Herr Zabini, einen Teller zu servieren. Ist das genehm?«

»Diese Einladung kann ich unter keinen Umständen abschlagen, viel eher sehe ich mich veranlasst, eine Flasche Wein zu holen.«

»Bei Kellertemperatur gelagerter Weißwein passt ganz vorzüglich zu Fisch. Da ich nicht wusste, wann und ob Sie heute kommen, habe ich schon vor einer Stunde meinen Hunger gestillt, aber einen kleinen Happen will ich noch zu mir nehmen.«

Wenig später hatte Jekaterina den Tisch schlicht, aber stilvoll gedeckt und Bruno hatte den Wein entkorkt. Sie saßen am Esstisch einander gegenüber, im Herd knisterten die aufgelegten Holzscheite, der Duft der Goldbrasse stieg Bruno in die Nase und das Wasser lief ihm im Mund zusammen.

»Guten Appetit, Herr Zabini.«

»Ebenso guten Appetit. Ich bin noch nie von einer Gräfin mit derartigen Köstlichkeiten verwöhnt worden. Das ist ein denkwürdiges Abendessen. Prost.« Bruno hob das Weinglas und stieß mit Jekaterina an. »Vielen Dank für das Mahl.«

»Vielen Dank für die Gesellschaft.«

Die beiden griffen zum Besteck und begannen zu essen.

»Oh, der Fisch ist delikat.«

»In der Ostsee kommt Goldbrasse nicht vor, dort isst man Hering und Dorsch. Erst hier an der Adria machte ich Bekanntschaft mit diesem vorzüglichen Speisefisch.«

»Ihr wart also zum Einkaufen außer Haus?«

»Das war ich. Ich glaube, dass ich den Agenten, der Ihr Haus bewacht, ein bisschen in Verlegenheit gebracht habe. Denn ich bin mir sicher, dass er mein Fortgehen nicht bemerkt hat. Zum einen, weil ich darauf geachtet habe, dem Mann aus dem Weg zu gehen, zum anderen, weil ich eine Verkleidung angelegt habe. Bei der Rückkehr hat er mich unter Garantie gesehen, denn ich ging erhobenen Hauptes auf das Haus zu.«

»Wahrscheinlich ist es dem Mann bei mir auch so ergangen.«

»Sie haben das Haus noch vor Sonnenaufgang verlassen. Ich habe nichts davon bemerkt.«

»Ich war leise.«

»Was hat Sie veranlasst, so früh außer Haus zu gehen?«

Bruno hielt beim Kauen inne und schaute Jekaterina in die Augen. »Was glaubt Ihr?«

»Haben Sie die Baupläne aus dem Versteck geholt?«

Bruno nickte zustimmend. »Das habe ich.«

»Haben Sie sie jetzt bei sich?«

»Nein, ich habe sie aus einem entfernt liegenden Versteck in ein näher liegendes gebracht.«

»Weiß Baumberg davon?«

»Die Frage kann ich nicht beantworten. Ich bin mir absolut sicher, dass keiner seiner Leute mich beim vorigen Versteck gesehen hat, aber ich bin mit dem Zug gefahren und am Südbahnhof ausgestiegen. Baumberg lässt beide Bahnhöfe rund um die Uhr bewachen, also könnte ich spätestens dort gesehen worden sein. Ganz bestimmt aber bin ich auf dem Weg von der Polizeidirektion hierher gesehen worden.«

»Das heißt, es besteht die Möglichkeit, dass Baumberg weiß, wo sich das neue Versteck befindet.«

»Das liegt im Bereich des Möglichen.«

»Fürchten Sie nicht, dass er sich der Pläne bemächtigt?«

»Das wird ohne meine Kenntnis nicht möglich sein, dafür habe ich gesorgt.«

»Unserem morgigen Spiel steht also nichts im Wege?«

»Ich habe alle in meiner Macht stehenden Vorbereitungen getroffen. Baumberg wird das Seinige tun. Habt Ihr Euch auch vorbereitet, werte Gräfin?«

Jekaterina lächelte Bruno gewinnend an und erhob sich. »Selbstredend, geschätzter Herr Zabini. Entschuldigen Sie mich für einen Moment.«

Bruno blickte ihr hinterher, wie sie in der Kammer verschwand und die Tür schloss. Er leerte den Teller, lehnte sich zurück und nahm einen Schluck Wein. Was hatte die Gräfin vor?

Einige Minuten später öffnete sie die Tür und trat würdevoll in den Raum. Bruno erhob sich.

»Nun, Herr Zabini, was meinen Sie? Ist das rote Kleid die passende Garderobe für den Empfang bei Komtess Urbanau?« Sie posierte und drehte sich einmal um die eigene Achse.

»Ihr seid in jedem Kleid eine Augenweide, in diesem hingegen die Zierde jeden Empfanges.«

»Wenn ich denn morgen sterben werde, möchte ich dies zumindest stilvoll tun.«

»Ich hoffe inständig, dass Ihr morgen nicht sterben werdet.«

»Leider fürchte ich, dass diese Hoffnung vergebens ist. Mein, vielmehr sogar unser beider Schicksal liegt in den Händen höherer Mächte.«

»Das tut es immer. Wir Erdenwesen haben nur wenig Einfluss auf das uns zugeteilte Schicksal. Und doch können wir manche Entscheidungen selbst treffen.«

»Ich zum Beispiel kann entscheiden, ob ich ein rotes oder blaues Kleid trage.«

»Und ich kann entscheiden, welchen Hut ich aufsetze.«

Jekaterina musterte Bruno verführerisch. »Sehen Sie, Herr Zabini, die Welt steht uns Menschen in all seinen farbenfrohen Facetten offen.«

Bruno trat nahe an sie heran. »Gräfin, ich muss Euch offenbaren, dass Ihr mir ein bisschen den Kopf verdreht habt.«

»Sehr schön, Herr Zabini, das trifft sich gut, denn seit wir gemeinsam Tee getrunken haben, bin ich ein bisschen vernarrt in Sie.«

Bruno legte seine Hände auf ihre Hüften. »Wenn wir beiden morgen sterben, sollten wir heute noch dem Leben seinen freien Lauf lassen.«

Sie schmiegte sich an ihn. »Ich sehne mich nach der Freiheit, die das Leben uns bietet. Sie haben mir gesagt, dass Sie sich für schöne Frauen interessieren.«

»Das habe ich wahrheitsgemäß getan.«

»Und können Sie sich an meine Gegenfrage erinnern?«

»Ihr habt gefragt, ob sich Frauen auch für mich interessieren. Leider konnte ich auf diese Frage keine zuverlässige Antwort geben.«

»Aber ich kann.«

»Das glaube ich Euch sehr gern.«

»Sie stellen eine höchst gelungene Mischung aus der Attraktivität eines Lateiners mit der kräftigen Statur eines Germanen dar, verfügen über Höflichkeit, Intellekt und Humor. Ich kann nicht für andere Frauen sprechen, aber ich finde Sie sehr interessant.«

»Und Ihr, werte Gräfin, seid als das leuchtende Gold des Nordens in jeder Hinsicht interessant.«

»Bruno, nenn mich bitte bei meinem Vornamen.«

»Sehr gerne, Jekaterina.«

»Ich will deine Nähe fühlen.«

Bruno griff in die Innentasche seines Sakkos und entnahm eine Packung Sigi. »Für spezielle Anlässe trage ich auch spezielle Kleidung.«

»Ich bin entzückt. Viele Männer lehnen Pariser ab, weil sie fürchten, ihre Männlichkeit würde leiden.«

»Ich bin nicht wie viele Männer.«

»Das ist wahr, du bist etwas Besonderes.«

»Und du bist nicht wie viele Frauen.«

»Küss mich, Bruno.«

Bruno umarmte sie, ihre Lippen fanden sich. Die Hitze der Leidenschaft erfasste die beiden. Bruno hob sie hoch, trug sie zum Küchentisch und setzte sie sanft ab. Ohne die Lippen voneinander zu lösen, entledigte er sich seines Sakkos und knöpfte sein Hemd auf, während sie das Kleid über ihre Schultern zog und ihre Brüste offenbarte. Er liebkoste ihre Rundungen und zog den Saum des Kleides hoch. Sie trug keine Unterkleidung. Jekaterina löste den Gürtel seiner Hose und knöpfte sie auf. Sie griff nach dem, was ihr entgegenstrebte.

Freitag,
15. November 1907

DAS RÜTTELN DER FENSTERLÄDEN weckte Luise. Schon gestern hatte ihre Haushälterin Maria gemeint, dass bald die Bora fallen würde, denn ihr Vater spüre seinen Rheumatismus nicht mehr, was nur der Fall sei, wenn die Bora käme. Luise lugte zum Fenster. Noch drang kein Licht durch die Spalten der geschlossenen Läden, die Sonne war also noch nicht aufgegangen. Dann schaute sie zu Gerwins Bett. Er regte sich nicht, sie hörte seine regelmäßigen Atemzüge.

Gerwin hatte ihren Vorschlag, sein Bett in ihr Schlafzimmer zu stellen, mit Freude aufgenommen. So hatte Grete das Gästezimmer der Triester Wohnung für sich allein haben können. Luise hatte beim Zubettgehen mit ihrem Sohn gemeinsam auf seinem Bett gesessen und ihm aus einem mit hübschen Holzschnitten illustrierten Buch vorgelesen. Immer eine weitere der kurzen Sagen und Märchen hatte er hören wollen, so lange, bis er, den Kopf auf ihren Schoß gebettet, eingeschlafen war.

Wie üblich analysierte sie sehr genau ihre Emotionen und Regungen. Zum einen neigte sie seit ihrer Jugend zu rationalen Überlegungen auch von Gefühlen, zum anderen hatte sie durch die Therapie bei Dr. Samagli Methoden erlernt, wie man die menschliche Psyche im Allgemeinen und die eigene Psyche im Besonderen analysieren konnte. Vor Kurzem hatte sie einen Aufsatz über eine neue Wiener Therapiemethode gelesen, der sogenannten Psychoanalyse. Daraufhin hatte sie in der Buchhandlung Schriften von Dr. Freud bestellt.

In ihr regten sich durch den lange verwehrten Kontakt zu ihrem Sohn starke Gefühle, jetzt, wo er ihr so nahe war und jeden Tag näher kam, jetzt, wo sie an seinem Leben teilhaben konnte, jetzt, wo sie ihm eine Mutter war. Ein guter Teil war eine Form von Verliebtheit, ein anderer Teil war der unbändige Wunsch, ihn zu beschützen, ihm Gutes zu tun, ihm Vertrauen in das Leben zu schenken. Vor allem war es ein im Boden verwurzeltes Gefühl von emotionaler Stimmigkeit. Es fühlte sich richtig an, dem eigenen Nachwuchs die Welt zu erschließen. Luise ahnte wohl, dass diese starken Gefühle sich irgendwann einer alltäglichen Nüchternheit annähern würden, denn kein Mensch könne bei gesundem Verstand ewig in Euphorie verweilen. Hier und jetzt an diesem kühlen Novembermorgen, an welchem der Wind mit den Fensterläden klapperte, genoss sie aber diesen Zustand.

Luise trug Unterkleid, Nachthemd und warme Kniestrümpfe, so erhob sie sich vom Bett und trat lautlos an das Fenster. Sie lauschte dem Heulen und Klappern. Ein vertrautes Geräusch, so klang die Bora. Sie fühlte die Kälte beim Fenster, also griff sie nach ihrem flauschigen Morgenmantel, verließ ihr Schlafzimmer, schloss die Tür und ging in die Küche. Klackend legte sie den Schalter um und die Helligkeit des elektrischen Lichts erfüllte den Raum.

Kaum öffnete sie den Küchenschrank, um das Frühstücksgeschirr herauszunehmen, hörte sie sich nähernde Schritte.

»Guten Morgen, Euer Gnaden.«

»Guten Morgen, Grete. Du bist schon voll bekleidet, dann habe ich dich wohl nicht geweckt.«

»Nein, Euer Gnaden, ich bin vor einer halben Stunde durch den Wind wach geworden und habe mich bekleidet. Ich dachte, dass Ihr frühestens in einer Stunde aufwachen werdet, deswegen habe ich still in meinem Zimmer gewartet. Soll ich den Tisch decken?«

»Lass nur, Grete, das erledige ich. Du kannst Feuer machen. Über Nacht ist es richtig kalt geworden, da wird uns ein Häferl warme Milch guttun.«

»Sehr wohl, Euer Gnaden.«

⁓ֆ⁓

Leopold von Baumberg stand vor dem Waschtisch mit dem Lavoir und betrachtete sein frisch rasiertes Gesicht. Makellos. Er schlüpfte in sein Hemd und knöpfte es zu. Er lebte schon länger in Triest, daher wusste er anhand der Geräusche, dass die Bora gekommen war. Als er nach dem Erwachen seine Notdurft auf der Gangtoilette verrichtet hatte, hatte er durch die Fensterspalten die pfeifende Kälte gespürt.

War es ein schlechtes Omen, dass just an diesem Tag der Sturm über Triest tobte?

In jedem Fall würde er heute nicht den leichten Mantel und den Hut nehmen, sondern den Wintermantel, die Leder-handschuhe und die Pelzmütze. Über dem Hemd und unter dem Sakko würde er eine Weste tragen und unter der Anzug-hose lange Unterhosen und Kniestrümpfe. Ein Soldat musste wissen, wie er sich für den Kampf ausrüstete, und wenn kal-ter Sturm aufzog, musste man mit entsprechender Kleidung gewappnet sein. Baumberg knöpfte die Weste zu, als sein Blick auf das Schulterhalfter fiel. Er hielt kurz inne, dann zog er die Weste wieder aus und legte die Pistolentasche samt der Leder-riemen an und zog darüber Weste und Sakko. Sein Messer hing wie immer im Futteral am Gürtel.

Baumberg stemmte die Fäuste in die Hüften und schaute sinnierend in die Leere. Was tat er hier überhaupt? Warum belastete er sich mit Staatsaffären und dem Krieg der Spione? Gab es keine bessere Möglichkeit, ein Leben zu führen? Aber er tat, was er tun musste. Und er tat es, weil er es konnte. Irgendjemand musste es ja tun. Und Vanek und er waren gut darin. Gut genug, um den heutigen Tag zu überleben? Baumberg zuckte mit den Schultern. Der Tag würde die Antwort auf diese Frage bringen. Auf die eine oder andere Art. Vanek würde zum vereinbarten Zeitpunkt am vereinbarten Ort bereitstehen.

Auf Vanek war immer Verlass.

⥲

Bruno strich mit den Fingerkuppen über Luises Rücken, wühlte in ihrem Haar, er hörte ihr helles, vertrautes Lachen. Und er wusste gleichzeitig, dass er noch schlief. Also träumte er. Ach, wäre doch das Leben ein Traum wie dieser. Er schlug die Augen auf.

Das Heulen des Windes war unüberhörbar.

Die Wärme unter der Tuchent war himmlisch. War Luise gestern Abend noch zu Besuch gekommen? War sie bei ihm über Nacht geblieben? Er war verwirrt und schaute neben sich.

Bruno erschrak. Wer war diese Frau neben ihm?

Die Erinnerung kehrte zurück. Jekaterina und er hatten nach der hitzigen Begegnung auf dem Küchentisch eine zweite Flasche Wein entkorkt und waren nach Einbruch der Dunkelheit in seine Kammer unter die Tuchent gekrochen. Sie hatten sich erneut geliebt und waren schließlich eng umschlungen eingeschlafen.

Bruno tastete nach seiner Armbanduhr, die am Nachtkästchen lag. Noch war es dunkel, aber es gelang ihm dennoch, die Uhrzeit abzulesen.

Bruno lauschte. Sein nächtlicher Gast schlief noch. Worauf hatte er sich da eingelassen? Eine Affäre mit einer russischen Gräfin, die sich als Spionin verdingte, war geradezu verrückt. Was wusste er schon von Jekaterina? Es fühlte sich merkwürdig an, neben einer fremden Frau aufzuwachen. Und doch auch war ein Gefühl von Beglückung in ihm. Was nach einer derart intensiven Begegnung und ekstatischen Hingabe kein Wunder war.

Vorsichtig glitt er aus dem Bett. Ihn fröstelte, also griff er schnell nach seiner Unterwäsche.

Jetzt regte sich Jekaterina. Sie setzte sich verschlafen auf. »Wie spät ist es?«

»Fünf Minuten vor sechs Uhr.«

»So früh weckst du mich?«

»Es wird ein langer Tag.«

Bruno hörte, wie Jekaterina erschrocken Luft holte.

»Meine Güte, dieser Tag!«

∿

Dr. Rathkolb kam mit einem Stapel Akten unter dem Arm die Treppe hoch und marschierte auf sein Bureau zu. Auf dem Gang vor der Tür wartete Emilio Pittoni. »Ah, Signor Pittoni, ich hoffe, Sie mussten nicht lange warten.«

»Zwei Minuten, Herr Direktor.«

»Na dann ist es ja gut«, sagte Rathkolb und schüttelte Pittoni die Hand. »Kommen Sie bitte gleich herein.«

Die beiden betraten das geräumige Bureau des Polizeidirektors. Rathkolb legte die Akten auf einem Nebentisch ab und deutete Pittoni freundlich lächelnd, Platz zu nehmen. Pittoni rückte den Stuhl vor den Schreibtisch, wartete, bis der Direktor sich setzte, und ließ sich dann nieder.

»Vielen Dank, Herr Inspector, dass Sie sich gleich Zeit genommen haben, in mein Bureau zu kommen.«

»Nun, ich war ohnedies im Haus.«

»Wissen Sie über die Aktivitäten des k.k. Polizeiagenteninstituts Bescheid, die Inspector Zabini für den heutigen Tag angeregt hat?«

»Im Großen und Ganzen ja. Zabini hat bei Oberinspector Gellner die Abkommandierung von drei Polizeiagenten und zwei Amtsdienern bewirkt. Außerdem stehen sieben uniformierte Polizisten der Bewachung eines Empfanges der Komtess Urbanau zur Verfügung.«

»Ganz genau. Oberinspector Gellner und Inspector Zabini haben diese Maßnahme auch mit mir abgestimmt.«

»Es wird gemunkelt, dass es eine Verwicklung ausländischer Geheimdienste beim Verschwinden mehrerer Personen geben könnte. Und dass diese wilde Schießerei in der Città Vecchia ebenfalls damit zu tun haben könnte.«

»Derartige Befürchtungen müssen wir hegen. Bei der gestrigen Sitzung in der Kanzlei seiner Exzellenz des Statthalters bin ich auf geheimdienstlich relevante Zusammenhänge hingewiesen worden. Der Statthalter persönlich hat die von Inspector Zabini getroffenen Vorkehrungen gutgeheißen und eigene Unterstützung zugesichert.« Rathkolb beobachtete, wie Pittonis stets lauernde Miene einen fragenden Ausdruck bekam.

»Was hat ein eigentlich nebensächlicher gesellschaftlicher Anlass bei der jungen Komtess mit geheimdienstlichen Belangen zu tun? Das wollte ich auch von Zabini wissen, er aber ist auf meine Frage nicht eingegangen.«

»Leider bin ich mit den Details auch nicht vertraut und führe in dieser Angelegenheit die Anweisungen seiner Exzellenz des Statthalters aus.«

Pittoni nickte mit dem Kopf. »Gut, dann befolgen wir die Anweisungen von oben. Aber warum wollten Sie mich sprechen, Herr Direktor?«

»Wenn Inspector Zabini und beträchtliche Kräfte des k.k. Polizeiagenteninstituts sich dieser Sache widmen, so muss ich sicherstellen, dass auch alle weiteren, die sozusagen üblichen polizeilichen Arbeiten gewissenhaft erledigt werden. Und da zähle ich explizit auf Ihre bewährten Leistungen, Herr Inspector.«

»Sie können sich voll und ganz auf mich verlassen. Ich habe im Übrigen den Täter bei diesem Raubmord am Staatsbahnhof identifiziert und zur Fahndung ausgeschrieben.«

»Vortrefflich, Signor Pittoni! Sie sind eine Stütze der Polizeibehörden. Wer ist der mutmaßliche Täter?«

»Wie ich anfangs schon vermutet habe, der Cousin des getöteten Händlers. Es gibt eindeutige Zeugenaussagen, die den Mann belasten. Und er hat hohe Spielschulden.«

Rathkolb legte zufrieden seine Hände auf dem Schreibtisch übereinander. »Sehr gut.«

Für eine Weile lag Schweigen zwischen den beiden sich genau musternden Männern. Rathkolb war klar, dass Emilio wusste, dass die Besprechung noch nicht zum Kern vorgedrungen war. Was Rathkolb an seinem Untergebenen immer hoch eingeschätzt hatte, waren dessen Klugheit und Instinkt. Es war praktisch unmöglich, Pittoni eine Lüge zu verkaufen, er witterte mit untrüglichem Gespür das Vorhandensein verborgener Motive. Rathkolb fand es daher ratsam, nicht um den heißen Brei herumzureden, sondern direkt den Sachverhalt darzulegen.

»Signor Pittoni, ich habe vor Kurzem eine überraschende Begegnung erlebt. Und zwar hat sich Signora Cherini an mich gewandt. Sagt Ihnen der Name Fedora Cherini etwas?«, fragte Rathkolb und musterte die Miene des Inspectors, an der allerdings nicht die kleinste Regung zu entdecken war.

»Ja, mir ist die Signora begegnet.«

»Umreißen Sie bitte die Umstände der Begebenheit.«

»Wie vor zwei Monaten offenkundig wurde, unterhielt Zabini mit der Signora ein ehebrecherisches Verhältnis. Das hätte ich zwar meinem sonst so mustergültigen und rechtschaffenen Kollegen nicht zugetraut, aber Herr Direktor, wenn man jeden Ehebrecher in Triest ins Gefängnis stecken wollte, wären die Straßen recht leer. Ich kann verstehen, dass Sie Zabini suspendieren mussten, aber von so einer verbotenen Liebelei geht die Welt nicht unter.«

»Ihre tolerante Haltung kann ich gut nachvollziehen, Herr Inspector. Wie also sind Sie der Signora Cherini begegnet?«

»Die Signora hat mich auf offener Straße verfolgt. Sie hat sich in der Gegend meiner Wohnung herumgetrieben und mich beobachtet. Sie können sich denken, Herr Direktor, dass ich recht bald bemerkt habe, dass mich jemand beschattet.«

»Das kann ich mir lebhaft vorstellen, Herr Inspector. Ihre Fähigkeiten als Polizist stehen außer Streit.«

»Also habe ich die Signora zur Rede gestellt. Dabei sind seltsame Anschauungen zutage getreten.«

»Welcher Art?«

»Die Signora hegt offenbar den Verdacht, dass ich etwas mit dem Zerbrechen ihrer Ehe zu tun haben könnte.«

Rathkolb achtete genau auf die Stimmlage Pittonis. »Und, haben Sie damit etwas zu tun?«

Pittonis Miene war völlig ungerührt. »Wie hätte ich davon wissen sollen? Was Zabini in seiner Freizeit tut und lässt, ist seine Sache. Mir war die Signora Cherini bis zum Zeitpunkt, als die Affäre in der Kanzlei ruchbar wurde, völlig unbekannt.«

»Wieso, Herr Inspector, glauben Sie, hat Signora Cherini mir gegenüber Klage gegen Sie erhoben.«

Pittoni zuckte mit den Schultern. »Hat sie das ernsthaft getan?«

»Das hat sie.«

»Dann ist die Signora noch verrückter, als ich annahm.«

»Meinen Sie, die Signora verrenne sich in abstrusen Ideen?«

»Herr Direktor, Sie sind der Signora ja begegnet und haben gehört, was sie sagt. Klingt das nicht alles ein bisschen durchgedreht?«

Rathkolb lehnte sich entspannt zurück und wiegte den Kopf. »Nun, die Signora hat verstört gewirkt. Das ja.«

»Anders kann ich mir die lächerlichen Anschuldigungen nicht erklären.«

»In der Tat, Herr Inspector, die Sache entbehrt nicht einer gewissen Lächerlichkeit. Und wie wir beide wissen, werden hochrangige Polizisten immer wieder mit den absonderlichsten Beschuldigungen konfrontiert.«

»Herr Direktor, ich finde es völlig richtig, dass Sie solchen Behauptungen im Detail nachgehen. Nur so kann die Polizeibehörde unangefochten ihren Pflichten nachkommen.«

»Treffend formuliert, Herr Inspector.«

»Nur ein Aspekt in der Sache irritiert mich ein wenig.«

»Und zwar welcher?«

Pittoni wiegte den Kopf und verzog seine Lippen. »Nämlich, dass Inspector Zabini nach wie vor Umgang mit einer derart sonderbaren Person hält. Oh ja, die Signora Cherini ist eine attraktive Frau, jedem Mann, der nicht blind ist, fällt das sofort auf. Aber wenn sie offensichtlich zu verrückten Ideen neigt, würde ich mich von einer derartigen Person fernhalten.«

»Das ist ein berechtigter Aspekt«, sagte Rathkolb und schaute eine Weile zum Fenster. »Nun denn, Herr Inspector, dann haben wir, wie es unsere Pflicht ist, dieses Thema erörtert und können uns wieder unserer Arbeit widmen. Ich danke vielmals, dass Sie sich die Zeit genommen haben.«

Beide erhoben sich.

»Das ist doch selbstverständlich, Herr Direktor.«

⌒⌂⌒

Carolina von Urbanau stemmte sich gegen den Wall aus
anströmender Luft. Trotz Mantel, Schal und Pelzmütze fühlte
sie, wie die Kälte durch die Kleidung bis auf die Haut drang.
Sie wusste natürlich, dass nun die Bora wehte. Ihre Liebe zur
Hafenstadt an der Adria hatte sie alles lesen lassen, was Triest
zum Thema hatte. Zahlreiche Bücher und Artikel über die
Geschichte, Bevölkerung, Kultur und Wirtschaft hatte sie ver-
schlungen und war dabei immer wieder auf den kalten Fall-
wind gestoßen. An der Ostseite der adriatischen Küste fiel
der Wind aus dem bergigen Hinterland schroff zum Meer ab.
Aber in ihrer recht windstillen Heimat Graz über die Bora zu
lesen oder sie am eigenen Leib zu erfahren, war dann doch
etwas anderes. Heute Morgen hatte sie es nicht länger in der
Wohnung ausgehalten, hatte sich bekleidet und war vor das
Haus getreten, obwohl ihre Haushälterin ihr davon abgera-
ten hatte. Josefa hatte frühmorgens beobachtet, wie der Sturm
einen Blumentopf von der Brüstung des Nebenhauses geweht
hatte. Den Vorfall nahm sich Carolina immerhin zu Herzen
und ging nicht zu nah an den Häuserwänden entlang.

Dunkle Wolken zogen mit hoher Geschwindigkeit über
den Himmel. Die Atemluft war kalt, aber klar und rein. Carolina bewegte sich die Via del Corso entlang, der Sturm packte
sie jetzt von hinten und trieb sie dem Hafen zu. Wäre die
Straße vereist, könnte sie sich niemals auf den Beinen halten.
An einer Kreuzung klammerte sie sich an einen Laternenmast, schloss die Augen und hielt das Gesicht in den Wind.
Sie spürte die Kraft der Elemente. Die zahlreichen Kutschen
und Fuhrwerke, die normalerweise die Via del Corso befuh-

ren, fehlten heute. Viele Kutscher ließen die Pferde und die Fahrzeuge in den Stallungen aus Angst davor, die Bora könnte ihre Kutsche umwerfen. Manche Fahrer allerdings beschwerten ihre Fahrzeuge mit Sandsäcken oder sonstigen Gewichten, damit sie besser auf der Straße lagen. Das ermüdete natürlich die Pferde, aber da im Sturm ohnedies viel weniger Fahrten zu machen waren, hatten die Tiere Zeit zur Erholung. Denn wenn der Sturm zur Bora nera anschwoll, zur schwarzen Bora, die mit unsäglicher Wucht durch die Straßen und über die Plätze tobte, waren sogar schwer beladene Kohle- oder Bierwägen nicht sicher.

Nur wenige Fuhrwerke rollten die Straße entlang, immerhin schien die Elektrische ihren Betrieb aufrechtzuerhalten.

Auch wenn sie sich unerschrocken dem Wind entgegenstellte, wusste sie nicht, ob ihre Gäste das gleiche Risiko eingehen würden. Würden sie nachmittags zum Empfang erscheinen oder sich wegen des widrigen Wetters entschuldigen? Carolina musste sich gedulden, in jedem Fall waren alle Vorbereitungen getroffen worden, ihre dreißig Gäste zu empfangen und zu unterhalten. Vorausgesetzt, die große Chiara Monteverdi und der Pianist würden erscheinen.

Sie kämpfte sich weiter in Richtung Hafen. In einer Seitengasse bemerkte sie, mit welcher Wucht der Sturm durch die Häuserschlucht fegte. Beinahe gespenstisch schob die Bora hier einen noch aufrecht stehenden Mülleimer über das Kopfsteinpflaster. Dabei klapperte der Deckel des Blecheimers auf seiner holprigen Fahrt. Zehn Schritte vor ihr schlug ein Dachziegel auf das Trottoir. Sie wechselte daraufhin die Straßenseite.

Dann kam sie zum Hafen.

Das graue Meer war aufgewühlt, schäumte und klatschte gegen die Kaimauer. Die Boote und kleineren Schiffe zappelten umher und schlugen klappernd aneinander. Nur die großen Dampfer schienen wie müde Riesen inmitten des Getöses zu schlafen. Carolina umklammerte mit dem linken Arm einen Laternenmast, hielt mit der rechten Hand ihre Pelzmütze fest und schaute um sich. Sie lächelte. Es war verrückt, sich bei diesem Wetter am Kai aufzuhalten. Wenn eine Bö sie in das Hafenbecken warf, würde sie niemand retten können. Carolina genoss die Angst, die sie fühlte.

Schneeregen setzte ein. Doch anders als in ihrer steirischen Heimat, in der Regen und Schnee meist geradewegs vom Himmel fiel, schlugen die wässrigen Schneeflocken im Wind ihr waagrecht ins Gesicht. Carolina lachte lauthals in den Lärm. Der Niederschlag wurde immer dichter, also beschloss sie, ihre Expedition abzubrechen und sich wieder in Richtung Piazza Goldoni durchzukämpfen.

Immerhin hatte sie nun bei ihrem Empfang etwas zu erzählen. Und in ihrem Tagebuch würde sie die Eindrücke festhalten.

~◈~

Der Page drückte das Portal gegen den Luftstrom zu und begrüßte Jekaterina. Sie erwiderte den Gruß, wandte sich dem Kutscher zu, der ihre Koffer abstellte, sittsam seine Mütze abnahm und mit einem herzlichen Dank seine Taxe sowie ein beträchtliches Trinkgeld entgegennahm. Sie hatte eine Weile warten müssen, bis sie einen Wagen gefunden hatte. Wegen des Sturmes waren die Straßen wie leer gefegt, und ja, während der Fahrt mit der Kutsche war ihr mulmig zumute gewesen. Aber jetzt war sie in Sicherheit. Als sie vor Monaten in Triest angekommen war, hatte sie einige Tage im Hotel Vanoli auf der Piazza Grande logiert, daher kannte sie das vornehme Haus. Sie trat an den Tresen, hinter dem der über beide Ohren lächelnde Concierge stand.

»Meine Verehrung, Euer Gnaden. Was für eine vorzügliche Freude an diesem ach so stürmischen Tag, dass Ihr Euch bequemt, unser bescheidenes Haus zu frequentieren, Gräfin Olenina.«

Jekaterina hatte sich schon bei ihrem ersten Aufenthalt vom ausgezeichneten Personengedächtnis des Concierge überzeugen können. »Die Freude ist ganz meinerseits, mein Guter.«

»Belieben Euer Ehren das Restaurant zu besuchen?«

»Sehr gern später, aber meine Frage gilt vordringlich der Verfügbarkeit einer Suite.«

Der Concierge verzog leidend die Miene. »Ach du meine Güte, unsere exquisiten Suiten mit Blick auf die Piazza sind leider auf längere Zeit belegt.«

»Der Blick auf die Piazza ist keine Voraussetzung.«

Wieder lächelte der Mann breit. »In diesem Fall bin ich überglücklich, Euch eine schöne Suite im dritten Stock anbieten zu können, mit Fenstern zur Gasse.«

»Verfügt die Suite über ein Bad?«

»Selbstverständlich, Euer Ehren, alle unsere Suiten sind mit separaten Bädern ausgestattet.«

»Ausgezeichnet. Dann nehme ich Ihr Angebot gerne an.«

»Auf welche Dauer darf ich Euer Ehren als den höchst willkommenen Gast im Hotel Vanoli vermerken?«

»Ist es eine Komplikation, wenn ich meine Abreise noch nicht genau nennen kann?«

Der Concierge machte eine einladende Handbewegung. »Das ist in keiner Weise eine Komplikation, wir stehen Euch unbeschränkt zur Verfügung.« Der Mann beugte sich über das Gästebuch und machte einen Eintrag. »Darf ich um Eure geschätzte Unterschrift bitten? Der Page wird Euer Gepäck unverzüglich hochbringen. Und ich begrüße Euch, Gräfin, herzlich als unseren Gast. Darf ich für Euer Wohl sorgen und Euch etwas auf die Suite schicken lassen?«

»Sehr gerne. Bitte schicken Sie eine Kanne schwarzen Tee.«

»Bevorzugt Darjeeling, Assam oder Ceylon?«

»Ceylon bitte. Und etwas Zwieback.«

»Mit dem allergrößten Vergnügen, Euer Gnaden.«

✺

Bruno schloss hinter sich die Tür. Er hatte beim Fußmarsch durch die Gassen seinen Hut festhalten müssen, um nicht ohne Kopfbedeckung den weiteren Tag zu verbringen. Auf der Piazza della Borsa war ein älterer Herr seinem Hut hinterhergelaufen und hätte ihn wohl nicht erwischt, wenn ein Zeitungsjunge ihn nicht geschnappt hätte. Ob der Herr dem Jungen dafür ein Trinkgeld gegeben hatte, hatte Bruno nicht verfolgt, denn er hatte Wichtigeres zu tun. Das Caffè Municipio im Rathaus war, wie alle anderen Kaffeehäuser auf der Piazza Grande, fast bis auf den letzten Sitzplatz voll. Das Leben, das sich normalerweise auf den Straßen und Plätzen der Stadt abspielte, zog sich vor der Bora in die Innenräume zurück. Bruno schaute sich um, dann entdeckte er Luigi Bosovich an einem kleinen Tisch mit zwei Stühlen vor dem Fenster. Bruno nahm den Hut ab und ging auf Luigi zu.

»Herr Inspector«, sagte Luigi und erhob sich ehrerbietig.

»Nun, Luigi, du hast also deinen Beobachtungsposten eingenommen«, sagte Bruno mit einem Blick auf die Zeitungen, die geleerte Kaffeetasse, den Aschenbecher und das Zigarettenetui. Die beiden setzten sich. Von Luigis Sitzplatz aus hatte er den Eingang des Hotels im Blick.

»Jawohl, Herr Inspector.«

»Hast du Herrn Vanek oder Herrn von Baumberg heute gesehen?«

»Nein.«

»Ist die Gräfin im Hotel?«

»Vor einer halben Stunde ist sie angekommen.«

Bruno schaute auf die Uhr. »Gut, mir bleiben noch zwanzig Minuten, dann muss ich aufbrechen. Also könnte ich einen Kaffee nehmen. Willst du auch noch eine Schale?«

»Ja. Der Tag wird wohl lange werden.«

»Das ist zu erwarten«, bestätigte Bruno und winkte dem Kellner.

∼∾∘

»Meinst du, dass wenigstens ein paar meiner Gäste kommen werden?«, fragte Carolina am Fenster stehend. Sie blickte hinunter auf die Piazza Goldoni, auf der sich die sonst übliche Betriebsamkeit vor dem Sturm verbarg.

Luise trat neben Carolina. »Ach, mach dir keine Sorgen. Die Triestiner lassen sich doch wegen der Bora nicht von Vergnügungen abhalten. Du wirst sehen, es werden alle geladenen Gäste erscheinen.«

Carolina wandte sich vom Fenster ab und schaute auf die große Standuhr am anderen Ende des Salons. »Halb fünf. Noch eine halbe Stunde. Ich bin richtiggehend aufgekratzt.«

»Aber warum denn, meine Liebe? Das ist doch nicht der erste Empfang, den du erlebst.«

»Aber der erste, den ich selbst ausrichte. Und dann in Triest, nicht in meiner Heimatstadt. Werden sich die Gäste wohlfühlen? Ist alles gut vorbereitet? Werden die Speisen munden? Wird Signora Monteverdi kommen?«

Luise hakte sich bei Carolina ein und führte sie durch die Räume. »Schau dich um, Carolina, der Piano nobile, deine Beletage, ist feierlich geschmückt, die Speisen sind vorbereitet, die Getränke gekühlt. Es wird alles gut gehen.«

Carolina kicherte. »Ja, weil vor der Tür ist es dann doch zu kalt und zugig.«

Grete und Gerwin kamen in den Salon, sie trugen auf Tabletts Gläser und Tassen aus feinem Porzellan. Grete war in ein gestreiftes Kleid mit weißem Rüschenkragen, Schürze und aufgestecktem Rüschenkranz im Haar bekleidet. Ihre Aufgabe war es, beim Empfang als Kammerzofe zu fungieren. Die junge Frau war sehr stolz, diesen Auftrag erhalten zu haben, und mühte sich redlich, alles richtig zu machen. Gerwin assistierte ihr nach Kräften, sehr zum Amüsement der Haushälterin Josefa und ihres Ehemanns.

»Euer Gnaden, ist es recht, wenn wir die Gläser und Tassen hier bereitstellen?«, fragte Grete mit einem Knicks vor den beiden edlen Damen.

»Ja, bitte dort abstellen«, antwortete Luise.

Carolina und Luise setzten ihren Spaziergang durch die Beletage fort.

Luise schaute Carolina von der Seite an. »Wann ist Arthur von Brendelberg in Triest angekommen?«

»Heute früh. Er hat den Schlafwagen aus Graz genommen.«

»Hast du ihn getroffen?«

»Das nicht, aber Herr Rieger hat ihn am Bahnhof abgeholt und ihn in sein Hotel begleitet. Es war bei dem Sturm gar nicht leicht, einen Wagen zu kriegen.«

»Wo logiert er?«

»Im Excelsior Palace Hotel.«

»Standesgemäß für den Enkelsohn und späteren Erben des Grafen Brendelberg.«

»Ich freue mich, dass er den weiten Weg auf sich genommen hat, um an meinem Empfang teilzunehmen.«

»Wie lange wird Arthur in Triest bleiben?«

»Geplant war eine Woche Aufenthalt. Wir haben beabsichtigt, die Theater und Galerien der Stadt zu besuchen, mit der Fähre einen Tagesausflug nach Venedig und eine Wanderung in Duino zu unternehmen. Daraus wird bei diesem Wetter nichts werden. Möglicherweise reist er nach drei oder vier Tagen wieder ab.«

»Nun, die Bora fällt, wann es ihr beliebt. Sie richtet sich nicht nach den Wünschen und Reiseplänen der Menschen.«

Die Klingel an der Wohnungstür schellte. »Das wird Georg sein!«, rief Carolina und eilte los, um ihren Halbbruder persönlich hineinzulassen.

Herr Rieger trat in den Salon und verneigte sich. Er trug die Livree in den Farben des Hauses Urbanau, an seiner Brust prangte das Wappen. Mit den polierten Schuhen, den Kniestrümpfen, der knielangen Hose über dem Frack und dem Mascherl, wie die Österreicher zum Querbinder sagten, war Herr Rieger makellos gekleidet, er verkörperte in seiner gesamten Erscheinung den perfekten Kammerdiener.

»Euer Gnaden, erlaubt bitte, dass ich einen telephonischen Anruf melde. Es wird nach Euch gefragt, Baronin.«

»Ein Anruf für mich?«

»Jawohl, Euer Gnaden, Herr Inspector Zabini bittet um eine Unterredung.«

»Ist er noch in der Leitung?«

»Jawohl.«

Das vornehme Haus auf der Piazza Goldoni verfügte über einen eigenen Telephonanschluss. Neben der Loge des Portiers befand sich die Zelle des Fernsprechapparates.

»Vielen Dank, Herr Rieger, ich werde den Anruf gleich entgegennehmen.«

»Euer Gnaden, ich weise Euch den Weg.«

∽ଡ଼ଚ

»Contessa, es ist mir eine außerordentliche Ehre, heute hier Euer Gast sein zu dürfen. Meine Gemahlin und ich waren hocherfreut über die Einladung und möchten Euch großen Dank dafür aussprechen.«

»Ich danke Ihnen, Signor Pasqualini, ebenso Ihnen, Signora, dass Sie diesen Empfang mit Ihrer Anwesenheit beehren. Es ist mir eine große Freude, Sie begrüßen zu dürfen.«

Der bekannte Triester Geschäftsmann und bekennende Cosmopolit und seine ebenso polyglotte wie gebildete Ehefrau wandten sich Luise zu, die ihrer jüngeren Freundin Carolina von Urbanau bei der Begrüßung der eintreffenden Gäste sekundierte.

»Was für eine seltene Ehre, Baronessa, dass Ihr unserer Stadt die Ehre erweist. Ich bin hocherfreut, Euch nach langer Zeit wieder zu begegnen«, sagte Pasqualini und küsste ihre Hand.

»Nun, Signor Pasqualini, ich weile gar nicht so selten in Triest.«

»Davon weiß man aber kaum etwas.«

»Ich glaube, es hat sich herumgesprochen, dass ich ein Leben in der Stille führe.«

»Oh ja, Baronessa, dergleichen hat man hierorts schon gehört. Umso erfreulicher ist es, dass es Euch, Contessa, gelungen ist, die Baronessa Callenhoff aus dem furchtbar fern liegenden Sistiana hierher auf die Piazza Goldoni zu locken.«

Die Runde lachte über den kleinen Scherz. Luise bewunderte, wie elegant und selbstsicher Pasqualini Deutsch redete, mit klar hörbarem Akzent, aber melodiös und richtig intoniert. Man sagte, Pasqualini beherrsche sieben Sprachen, er selbst behauptete dagegen, nur Italienisch zu können, sich aber in anderen Sprachen eine Fahrkarte für den Zug kaufen zu können.

»Baronessa, darf ich eine Frage an Euch richten?«

»Nur zu, Signore.«

»Ich habe ein Gerücht aufgeschnappt, wonach der Baron, Euer Gemahl, bei seiner Reise in Südamerika von einer Tropenkrankheit infiziert worden ist. Sind diese Gerüchte am Ende wahr?«

»Leider ja, Signor Pasqualini, mein Gemahl ist an Malaria erkrankt und befindet sich daher in Santos in ärztlicher Behandlung. Aber die letzten Nachrichten aus Brasilien stimmen mich zuversichtlich, er konnte nämlich aus dem Krankenhaus in häusliche Pflege entlassen werden.«

Die besorgte Miene Pasqualinis wandelte sich und er lächelte wieder. »Das freut mich zu hören. Wir beten für die schnelle Genesung.«

»Vielen Dank für Ihre Gebete.«

»Darf ich mich erdreisten, die Gelegenheit beim Schopfe zu packen, und darf ich Euch gegenüber, Contessa, und Euch gegenüber, Baronessa, eine Einladung zum wöchentlichen Kaffeekränzchen in meinem Haus aussprechen? Meine Ehefrau und ich würden uns über derart exquisiten Besuch sehr freuen.«

»Sehr gerne«, sagte Carolina, »ich werde bei nächster Gelegenheit Ihrem so gastfreundlichen Haus einen Besuch abstatten. Bei meinem bislang einzigen Aufenthalt im Sommer war ich überwältigt vom überaus weltoffenen und geistreichen Ambiente.«

Nach einigen weiteren höflichen Worten betrat das Ehepaar Pasqualini den Salon und wurde von einem Diener mit einem Glas Sekt begrüßt. Luise und Carolina schauten dem Paar hinterher.

»Hat Signor Zabini am Telephon gesagt, warum sich seine Ankunft verspätet?«

»Nicht genau. Er hat von beruflichen Verpflichtungen gesprochen.«

»Nun, das ist wohl der Tribut, den man als Inspector zu zahlen bereit sein muss.«

»Tatsächlich geschieht es gelegentlich, dass er verspätet oder gar nicht zu Treffen erscheint. Und jedes Mal wieder gibt es gute Gründe dafür.«

Es klingelte wieder an der Tür, Herr Rieger, der die Gäste einließ, öffnete die Tür, nahm die gedruckte Einladung entgegen und trat sich verneigend zur Seite. Die Gräfin Olenina trat über die Schwelle in den hell erleuchteten Vorraum. Der Diener nahm ihr Mantel, Handschuhe, Schal und Mütze ab.

Luises Augen weiteten sich. Die Gräfin war in ein außerordentlich elegantes, tief geschnittenes rotes Abendkleid gehüllt, ihr Haar war kunstvoll frisiert. Carolina hatte ihr von der Schönheit und Eleganz der russischen Gräfin erzählt. Sie und die Gräfin Olenina hatten sich im Sommer bei einer Theatervorstellung kennengelernt und danach mehrmals getroffen.

Carolina eilte der Gräfin mit ausgestreckten Händen entgegen. »Jekaterina, was für eine Freude, dass Ihr Euch trotz des stürmischen Wetters auf den Weg begeben habt, mich zu besuchen.«

»Werte Carolina, in der Tat war es gar nicht einfach, bei dem Sturm einen Wagen zu kriegen. Umso mehr freue ich mich, heute Euer Gast sein zu dürfen.«

»Gräfin, darf ich Euch meine schwesterliche Freundin, die Baronin Callenhoff, vorstellen?«

Luise trat vor die beiden Gräfinnen und machte einen Knicks. »Gräfin, ich bin hocherfreut.«

»Baronin, die Freude ist ganz meinerseits.«

〜◦〜

Der Abend dämmerte im November schnell. Alexander Schubnikow stand in einem dunklen Hauseingang in der Via del Salice, gleich bei der Treppe zur Via del Bosco. Schubnikow hatte den Kragen seines Mantels hochgeschlagen und die Mütze tief in die Stirn gezogen. Kalt war ihm nicht, aber der Sturm war unerfreulich. Da er sich nicht regte und auch nicht rauchte, war er in dunkle Kleidung gehüllt im Schatten völlig unsichtbar.

Vor ihm tauchte eine Gestalt auf. Unwillkürlich tastete Schubnikow nach seiner Pistole, dann erkannte er seinen Adjutanten. Galkin schaute sich um, dann stellte er sich neben Schubnikow in die Dunkelheit.

»Wie ist die Lage?«

»Vorerst ruhig. Ich habe drei Wachen gesehen, die entweder von der Polizei oder vom Militär sind.«

»Semenkow und Raschkin?«

»Die Männer sind auf ihren Posten. Semenkow hat Stiebke und einen seiner Männer gesehen.«

»Ist er sich sicher, dass Stiebke jetzt mit Verstärkung operiert?«

»Er ist sich sicher.«

»Sieh an, die verdammten Preußen kriegen wieder einmal den Hals nicht voll.«

»Sehr viel Betrieb, Herr Oberst. An allen Ecken Baumbergs Männer, Stiebke hat Verstärkung beordert, was Hudson macht, wissen wir nicht. Die Italiener haben eine Abteilung geschickt. Und die Rolle der Triester Polizei ist mir auch noch nicht klar. Das behagt mir nicht.«

»Siehst du, Galkin, es kommt der Tag, an dem ich deine Bedenken teile.«

»Die Falle ist offensichtlich.«

»Allerdings. Doch wem gilt sie? Uns? Den Briten? Den Italienern?«

»In jedem Fall ist die Gräfin pünktlich beim Empfang erschienen.«

Schubnikow überdachte die Lage. »Galkin, wir machen jetzt Folgendes.«

»Und zwar, Herr Oberst?«

»Ganz einfach. Wir spielen nicht nach den Regeln der Österreicher, Preußen, Italiener oder Briten, wir spielen nach unseren eigenen.«

~⊙~

Bruno nippte an seinem Sektglas. Kurz geisterte durch seinen Kopf, dass er nicht zu viel trinken durfte, denn sein Auftrag erforderte klaren Verstand und höchste Wachsamkeit. Er stand am Rand des Salons am Fenster und ließ den Blick schweifen. Trotz der Unbill des Wetters hatte sich die Beletage mit erlauchten Gästen gefüllt. Er selbst hatte sich zu Fuß durch den Sturm gekämpft, aber die meisten Gäste waren im Wagen vorgefahren.

Natürlich kannte Bruno die Gäste zumindest dem Namen nach. Es gehörte zu seinem Beruf, über viele Bewohner seiner Heimatstadt Bescheid zu wissen. Die anwesende Gesellschaft hätte auch bei einem Empfang des Kaufmanns Pasqualini zu Gast sein können. Wissenschaftler, Künstler und Wirtschaftsleute, die einerseits cosmopolitisch gesinnt waren und andererseits treu zur Monarchie standen.

Luise war in einem Gespräch mit dem weit über die Grenzen Triests hinaus bekannten Nervenarzt Dr. Samigli. Bruno hörte in der Vielstimmigkeit des Empfangs nicht, worüber sie sprachen, aber sowohl der Doktor wie auch Luise waren vom Thema der Unterredung in Beschlag genommen. Dr. Samigli hatte Luise nach ihrem Nervenzusammenbruch vor einigen Jahren entscheidend geholfen, seither waren die beiden gute Freunde. Als Carolina von Urbanau nach ihren Schicksalsschlägen in Luises Villa zu Gast war, hatte Luise dafür gesorgt, dass Carolina Patientin bei Dr. Samigli wurde.

Bruno lugte zu Jekaterina hinüber, die von mehreren Männern umlagert war und mit strahlendem Lächeln und weltgewandtem Gestus Komplimente entgegennahm.

Bruno versuchte nach Kräften, dem geselligen Anlass entsprechend locker, gelöst und gut gelaunt zu wirken, aber in Wirklichkeit war er gespannt wie eine Feder. Er nahm aus den Augenwinkeln eine Bewegung wahr und drehte den Kopf. Unwillkürlich streckte er den Rücken und nahm Haltung an, denn die Gastgeberin trat auf ihn zu.

»Es freut mich sehr, Signor Zabini, dass Sie trotz all Ihrer beruflichen Verpflichtungen die Möglichkeit gefunden haben, meine Abendgesellschaft zu besuchen.«

Bruno neigte ehrerbietig den Kopf. »Die Freude ist ganz auf meiner Seite, Komtess. Wie ich schon bei meinem verspäteten Eintreffen sagte, bin ich Euch sehr dankbar für die Einladung.«

Carolina von Urbanau stellte sich neben Bruno und ließ den Blick im Raum schweifen. »Es erfüllt mich gleichermaßen mit Freude wie mit Stolz, dass so viele Gäste der Triester Gesellschaft meiner Einladung gefolgt sind. Dabei bin ich hier fremd, fern meiner steirischen Heimat, und doch habe ich hier Freunde.«

»So fern ist die Steiermark doch nicht, und Graz und Triest sind so etwas wie Schwesterstädte. Mich wundert nicht, dass so viele Einheimische erschienen sind. Wir Triestiner sind ein vergnügungssüchtiges Volk, am wohlsten fühlen wir uns auf Empfängen, Bällen und Tanzvergnügungen. Vor allem aber seid Ihr seit dem letzten Sommer eine Berühmtheit in der Stadt, Komtess.«

Carolina seufzte. »Ach, der Sommer und die Fahrt auf der Thalia! Wenn ich daran zurückdenke, kommt es mir bisweilen vor, als ob die Vorkommnisse viele Jahre zurücklägen, dann wieder glaube ich, dass ich all das nicht selbst erlebt, sondern in einem Roman davon gelesen hätte.«

»Das kenne ich, Komtess. Ich glaube, der Geist des Menschen vermag nur ein gewisses Maß an lebendiger Erinnerung an Schrecken und Leid zu behalten, der Rest wird zu einem Gespinst an Unklarheit oder versinkt im Vergessen.«

Carolina schaute Bruno von der Seite an. »Ich kann mich noch klar an den Tanzabend auf der Thalia erinnern. Ist es nicht eine Gunst des Schicksals, dass der menschliche Geist die schönen Dinge lange in Erinnerung behalten kann?«

Bruno lächelte. »An den Tanzabend kann ich mich auch lebhaft erinnern. Ich hatte das unsägliche Vergnügen, auch mit Euch getanzt zu haben, Komtess.«

Carolina nickte und ließ den Blick wieder schweifen. »Haben Sie Arthur schon kennengelernt?«

»Jawohl, Komtess, Herr von Brendelberg und ich haben einander die Hand geschüttelt.«

»Im nächsten Sommer werden wir heiraten.«

»Von den Heiratsplänen habe ich schon vernommen. Ich gratuliere und wünsche alles Gute für den gemeinsamen Lebensweg. Und ich sehe mit Freude, dass Ihr dem Willen Eures Herrn Papa, Gott hab ihn selig, durch die Heirat nachkommt.«

»Ja, auch Arthurs Großvater Graf Brendelberg ist sehr erfreut, dass nach den Wirrnissen und Schicksalsschlägen nun doch unsere beiden Häuser im Verbund der Ehe zusammenfinden.«

»Sollte der Ehe ein Stammhalter entspringen, wofür ich innig bete, steht Eurem Sohn ein bedeutender Lebensweg bevor. Die Verschmelzung der Grafschaften Brendelberg und Urbanau wird ein bedeutsames Ereignis für Eure steirische Heimat sein.«

Carolina kicherte. »Jetzt klingen Sie wie mein Vater oder Graf Brendelberg.«

Bruno verneigte sich. »Pardon, Komtess, ich wollte Ihren Vater nicht parodieren.«

»Wussten Sie, dass ich einen Tag nach meinem einundzwanzigsten Geburtstag der Österreichischen Gesellschaft der Friedensfreunde beigetreten bin?«

»Luise hat mir davon erzählt.«

»Nach der Lektüre des Romans ›Die Waffen nieder‹ habe ich Bertha von Suttner einen langen Brief geschrieben, und da sie mir geantwortet hat, entstand in den letzten Monaten ein Briefwechsel. Ich habe bei meinem Eintritt der Gesellschaft der Friedensfreunde eine beträchtliche Summe gespendet.«

»Das ist äußerst lobenswert und für die wertvolle Arbeit der Gesellschaft zweifellos sehr hilfreich.«

»Ich kann mich noch an Gespräche erinnern, Signor Zabini, bei denen Sie pazifistische Anschauungen zu erkennen gegeben haben.«

Bruno dachte kurz an die Nacht, die er sich mit den Bauplänen der Radetzky um die Ohren geschlagen hatte. »Nun, der Pazifismus erscheint mir wirklich eine gesellschaftliche Bewegung zu sein, derer es in unserer schwierigen Gegenwart dringend bedarf.«

»Ich verstehe mein Engagement für den Frieden irgendwie auch als eine persönliche Befreiung, wenn Sie so wollen, als einen Akt der Emanzipation vom moralischen Erbe meiner Vorfahren.«

»Ich hatte die Ehre, Euren Herrn Papa kennengelernt zu haben. Ein Soldat und Ehrenmann vom Scheitel bis zur Sohle.«

»Aus Ihrem Mund klingt das wie ein Kompliment.«

»So habe ich es auch gemeint.«

»Mein Vater war bei all seiner charakterlichen Stärke, für die ich ihn bewundert und geliebt habe, ein Militarist. Der Kampf Mann gegen Mann, Bataillon gegen Bataillon und Armee gegen Armee war Teil seiner Welt. Dort, wo das menschliche Wort nicht mehr ausreicht, spricht das Gewehr. Von solcher Ideologie will ich mich entfernen. Die Menschen müssen sich befreien vom alten Zwang zur Gewalt.«

Bruno war angetan. Schon als er sie während der Fahrt auf der Thalia kennengelernt hatte, war ihm der rege Intellekt der Komtess aufgefallen. »Komtess, ich bewundere einmal mehr die Klarheit Eurer Gedanken und Worte.«

»Zum Glück ist Arthur auch Pazifist. Er sehnt sich nicht nach dem abenteuerlichen Leben eines Soldaten im Feld, sondern ist von Wissenschaft und Forschung fasziniert. Ich bin überzeugt, wir werden eine von Wertschätzung und Respekt getragene Ehe führen können.«

»Das ist ein gutes Fundament einer Gemeinschaft.«

Carolina schaute Bruno wieder von der Seite an. »Luise hat mir Geschichten über Sie erzählt, Signor Zabini.«

»Ich hoffe inständig, dass es keine unvorteilhaften waren.«

»Aus meiner Sicht nicht.«

»Was genau meint Ihr, Euer Gnaden?«

»Die Sache mit Signora Cherini.«

Bruno nickte. »Nun, ich kann die Affäre nicht abstreiten, die Geschichte hat in Triest die Runde gemacht.«

Carolina schaute sich um, ob ihre Worte mitangehört werden konnten, und flüsterte. »Luise hat mir in einem sehr intimen Gespräch anvertraut, dass Sie seit Jahren gleichzeitig Beziehungen zu Signora Cherini und zu Luise unterhalten haben.«

»Nun, Komtess, als intime Freundin von Luise wisst Ihr wohl vieles über mich. Ich hoffe, Ihr findet mich nicht sittlich völlig verdorben.«

»Eigentlich gar nicht, im Gegenteil sogar. Mir gefällt es, wenn Menschen ihr Leben selbstbestimmt führen, selbst wenn es nicht den gesellschaftlichen Konventionen entspricht. Ich schöpfe daraus Mut, das noch vor mir liegende Leben als

Chance zur Entfaltung zu begreifen, nicht als vorgezeichneten Weg. Ich habe viele Pläne für die Zukunft.«

»Das ist sehr gut. Wann, wenn nicht in der Jugend sollen Menschen Pläne hegen?«

»In vier Wochen werde ich in Begleitung von Herrn und Frau Rieger Triest in Richtung Alexandria verlassen. Eine unverheiratete junge Frau meines Standes kann natürlich nicht allein verreisen, also lasse ich mich von meinen Dienstboten begleiten. Der Gesundheit meiner treuen Josefa willen werden wir uns eine Woche in der Kuranstalt in Heluan aufhalten. Die heilsame Wirkung der dortigen Schwefelbäder ist weithin bekannt. Wir werden die Pyramiden und alten Tempelanlagen besuchen, eine Fahrt auf dem Nil unternehmen und ich will auf einem Kamel reiten.«

»Das klingt nach abenteuerlichen Erfahrungen, die Euch bevorstehen.«

»Da ich keine nahen Verwandten habe, hat mein Vater sein beträchtliches Vermögen mir hinterlassen. Ohne dass ich es wollte, bin ich sehr reich, ich trage einen hochgestellten Namen, bin Besitzerin von Ländereien, eines Quarzbergwerkes und einer Glasfabrik, ich habe für all das nichts geleistet oder getan, und dennoch hat das Schicksal mich in dieses Leben gesetzt. Dieser Gunst will ich mich als würdig erweisen.«

Bruno nickte. In den Worten der Komtess hörte er die Gedankenwelt Luises. »Komtess, wieder einmal bin ich beeindruckt, in welch jungen Jahren Sie über derlei Weisheit verfügen, die gar nicht selten bei deutlich reiferen Menschen schmerzlich fehlt.«

»Ich musste im heurigen Jahr sehr schnell erwachsen werden und lernen, auf eigenen Beinen zu stehen. Luise hat mir dabei entscheidend geholfen.«

»Durch Menschen wie Luise wird die Welt jeden Tag ein kleines Stück besser.«

»Sind Sie auf Luises Sohn eifersüchtig, Signor Zabini?«

Bruno zog überrascht die Augenbrauen hoch. »Komtess, ich verstehe die Frage nicht.«

»Luises Aufmerksamkeit gilt, wie ich beobachtet habe, dieser Tage ganz ihrem Sohn. Fühlen Sie sich zurückgesetzt?«

»Wie könnte ich auf einen noch nicht sechsjährigen Knaben eifersüchtig sein? Vielmehr erfüllt es mich mit Freude zu sehen, dass dieser dunkle Fleck in Luises Leben sich lichtet. Wenn sie und ihr Sohn glücklich sind, dann bin ich es auch.«

An der Tür klingelte es und die beiden beobachteten, dass mehrere Personen eintraten. Bruno erkannte aus der Distanz die berühmte Schauspielerin und Sängerin Chiara Monteverdi.

Carolina wandte sich Bruno zu. »Ich habe nie zuvor einen Menschen wie Sie getroffen, Signor Zabini. Ich freue mich, dass wir Freunde sein können. Aber jetzt ist es meine Pflicht als Gastgeberin, meine etwas verspäteten Gäste zu begrüßen.«

Bruno verneigte sich. »Euer Gnaden.«

~❦~

Damit der Sturm seine Melone nicht fortwehte, hatte Vanek kurzerhand den Schal darüber gebunden, und um seinen Hals vor der Kälte zu schützen, hatte er den Mantel bis oben zugeknöpft und den Kragen hochgeschlagen. Der Südwind vor einigen Tagen, der Scirocco, hatte sich merkwürdig angefühlt, irgendwie unnatürlich warm, und die Regenfront hatte beträchtlichen Niederschlag gebracht, dennoch hatte er den Sturm als ungefährlich wahrgenommen. Die am heutigen Abend tobende Bora hingegen fühlte sich irgendwie bösartig an. Weniger wegen der Kälte. Wenn in seiner Heimat Mährisch Ostrau im Winter eine kontinentale Kaltfront aus

Russland gen Westen zog, war es oft klirrend kalt mit bis zu minus zwanzig Grad auf der Skala des hundertteiligen Thermometers. Die auf der Haut schneidende Wucht der anströmenden Luft sorgte bei Vanek für Unwohlsein. Seine Augen tränten, wenn er gegen den Wind schaute. In den vergangenen Jahren in Triest hatte er sich bei der Bora nur ausnahmsweise vor die Tür gewagt, heute war ein Verstecken in den Innenräumen nicht möglich. Vanek hatte kein gutes Gefühl bei der Sache. Die Falle für die Russen war offensichtlich, und so dumm konnten der Oberst und seine Leute nicht sein, unbedarft mitten hineinzutappen. Egal, der Hauptmann hatte Befehle erteilt und Vanek würde sie ausführen.

Beim Fußmarsch durch die Gassen und Straßen hatte er den Eindruck, dass der Wind aus allen Richtungen kam. Die Luftmassen fielen über den Hang abwärts in die Stadt und pfiffen durch die Straßen und um die Häuser. An manchen Kreuzungen trafen sie aufeinander und schienen miteinander zu ringen, welchen Weg sie nun einschlagen sollten. In manch enger dunkler Gasse dagegen schien der Wind seine Geschwindigkeit zu verdoppeln, als wolle er schnell weiter.

Im Licht einer Straßenlampe sah Vanek eine sich mutig vorankämpfende Person. Er wartete eine Weile, dann folgte er der Person. Er befand sich im Viertel hinter dem Ospitale Civico. Der Mann schien die Gassen abzusuchen. Vanek wagte sich näher heran und erkannte ihn schließlich. Er trat aus dem Schatten und näherte sich.

Rolf Stiebke erkannte wiederum Vanek und deutete auf ein Haus. Vanek folgte Stiebke in den einigermaßen windgeschützten Eingang des Wohnhauses. Sie mussten beinahe brüllen, um sich verständlich zu machen.

»Guten Abend, Herr Vanek.«

»Guten Abend.«

»Sind Sie auf Streife?«

»Jawohl.«

»Ich ebenfalls. Hat die Triester Polizei ihre Stellungen bezogen?«

»Schon vor rund zwei Stunden. Die Männer halten sich überraschend gut.«

»Aufstellung wie geplant?«

»Jawohl. Die Polizei sichert den Bereich südwestlich der Piazza, unsere Männer nordöstlich. Sind Ihre Leute als loser zweiter Ring bereit?«

»Ich nahm es an, aber ich suche nach Buchholz. Das Viertel hinter dem Hospital ist sein Sektor, doch ich habe ihn bei meinem Rundgang nicht entdecken können.«

»Hm, der Sturm ist wirklich sehr stark. Vielleicht hat er ein gutes Versteck mit Rundumsicht gefunden.«

»Das könnte sein, aber es ist ausgemacht, dass sich meine Leute zu erkennen geben, wenn ich in ihrem Sektor auftauche.«

»Kann noch kommen.«

»Haben Sie etwas von den Italienern erfahren?«

»Allerdings. Unser Informant hat berichtet, dass sich mittlerweile acht Mann in ihrem Quartier in Opicina eingefunden haben.«

»Acht Mann? Die Italiener gehen aufs Ganze. Wenn ich bedenke, dass ich nur drei Mann vor Ort habe.«

»Der Hauptmann befehligt ein halbes Bataillon. Wir sind auf alle Eventualitäten vorbereitet.«

»Jetzt fehlen nur noch diese verdammten Russen.«

»Aufgrund meines unguten Gefühls bei diesem Einsatz denke ich, dass sie kommen werden. Auf die eine oder andere Art.«

»Wo ist Baumberg?«

»Im Aufmarschraum.«

»Ich muss mit ihm sprechen.«

»Gut, Herr Stiebke, dann suche ich nach Ihrem Mann. Buchholz ist der Name?«

»Friedhelm Buchholz. Einen Meter fünfundsiebzig groß, Mitte zwanzig, blondes Haar, scharf gestutzter Schnurrbart. Er trägt einen dunkelblauen Wollschal und Handschuhe aus demselben Material.«

»Ich werde ihn finden.«

»Haben Sie keinen zugeteilten Sektor, Herr Vanek?«

»Mein Sektor ist die ganze Stadt.«

∾◦∽

Ein prächtiger Kristallluster erhellte das Musikzimmer mit elektrischem Licht. Der Pianist griff routiniert in die Tasten und bildete das musikalische Fundament, auf dem Chiara Monteverdi ihre klare Stimme klingen ließ. Mit einem Lied von Franz Schubert hatte sie ihre Darbietung eröffnet und dafür begeisterten Applaus erhalten. Als Nächstes kündigte sie ein altes Volkslied aus dem Küstenland in venezianischer Sprache an. Zwanzig Stühle waren im Musiksalon aufgestellt worden, die nun allesamt besetzt waren, manche Gäste standen dahinter an der Wand oder bei den Fenstern und lauschten dem Vortrag.

Chiara Monteverdi und der Pianist tauschten Blicke aus, dann schlug der Musiker den ersten Akkord an.

Bruno stand neben der offen stehenden Tür zum Salon. Er blickte sich um. In vorderster Reihe saßen die Gastgeberin Carolina von Urbanau, ihr Halbbruder Georg Steyrer, Luise und ihr Sohn Gerwin, der mit großen Augen und offenem Mund an den Lippen der Sängerin hing, weiters Signor und Signora Pasqualini. Da nicht für alle Gäste Stühle aufgestellt werden konnten, hatten die Herren den Damen den Vortritt gelassen, sodass die Hälfte der männlichen Gäste stehend der Musik lauschte.

Wo war die Gräfin Olenina? Bruno schaute durch die Tür in den Salon nebenan. Jekaterina war eben dabei, sich vom Kammerdiener Tee in ihre Tasse gießen zu lassen. Mit einem Kopfnicken bedankte sie sich, der Kammerdiener zog sich wieder zum Kachelofen zurück, wo er Aufstellung hielt und den erlauchten Gästen sofort zu Diensten sein konnte. Jekaterina wandte sich ab, das feine Porzellan in Händen, und wollte zum Musikzimmer gehen. Brunos und Jekaterinas Blick kreuzten sich. Er schaute um sich. Die anderen Gäste lauschten dem Gesang, also schlüpfte er mit leisen Schritten durch die Tür in den Salon. Jekaterina und Bruno stellten sich zum Fenster und blickten hinaus in die abendliche Dunkelheit. So nah am Fenster vermischten sich der Gesang und das Klavierspiel aus dem Nebenraum mit dem Heulen des Windes und dem Klappern der Fensterläden.

Bruno blickte hinter sich. Herr Rieger in der Livree des Kammerdieners stand am anderen Ende des geräumigen Salons außerhalb der Hörweite.

Jekaterina nippte an der Teetasse und flüsterte. »Du hast dich verspätet.«

»Immerhin habe ich durch einen Anruf vorab für die erwartete Verspätung um Entschuldigung gebeten.«

»Was war der Grund?«

»Vorbereitungen.«

»Läuft alles nach Plan?«

»Ja. Polizei und Militär haben ein dichtes Netz geknüpft. Selbst bei diesem Wetter kann niemand unbemerkt hindurchschlüpfen.«

»Das beruhigt mich nur kaum.«

»Bist du nervös?«

»Allerdings.«

»Du wirkst nach außen hin kein bisschen nervös. Im Gegenteil, man bewundert allenthalben deine Grandezza.«

»Ich habe den Eindruck, dass die anwesenden Herren insbesondere mein Dekolleté bewundern.«

»Dein Kleid ist gewagt geschnitten.«

»Ich glaube nicht, dass der Plan aufgeht. Schubnikow wird nicht in die Falle tappen.«

»Der Abend ist noch lang. Wir müssen geduldig und wachsam bleiben.«

Jekaterina sah kurz über ihre Schulter in den Salon, rückte näher, hielt die Teetasse und griff mit rechts nach Brunos Hand. »Ich fühle mich wie ein zerrissener Bogen Briefpapier. Ich liege auf dem Schreibtisch und werde vom durch das offen stehende Fenster strömenden Wind zu Boden geweht. Ich habe Angst, Bruno. Gleichzeitig bin ich wütend.«

»Bitte halte stand. Du schaffst das, und ich werde alles tun, um deine Haut zu retten.«

Jekaterina schaute Bruno mit großen Augen von der Seite an. »Meine Haut …«

Bruno wiegte den Kopf. »Sprichwörtlich gesprochen.«

»Die letzte Nacht hat mich beglückt.«

»Mich auch.«

»Es war schön mit dir.«

»Ja, das war es.«

»Geh mit mir nach Südamerika.«

Bruno zuckte ein wenig zurück. »Wie bitte?«

Jekaterina rückte nach. »Du und ich beginnen in der Karibik ein neues Leben. Lass uns einfach von hier fortgehen.«

»Bevor wir Pläne schmieden, müssen wir zuerst den heutigen Abend überleben.«

Jekaterina verharrte eine Weile regungslos sinnierend, sie schien seinen Worten nachzulauschen und seine Gesten zu überdenken. Dann trat sie einen Schritt zur Seite, hielt wieder mit beiden Händen die Untertasse fest und starrte zum Fenster hinaus. Bruno spürte ihre Melancholie.

»Seit mich Wladimir verlassen hat, bin ich allein auf der Welt.« Jekaterina nahm einen Schluck Tee und warf Bruno einen aristokratischen Blick zu. »Natürlich halte ich stand. Ich bin die Tochter des Grafen Uwarow und war Gemahlin des Grafen Olenin. Dem Sturm der Zeit nicht standzuhalten, ist keine Kategorie des Handelns für mich, Herr Inspector. Ich möchte jetzt der musikalischen Darbietung lauschen.«

Bruno verneigte sich ehrerbietig und bot seinen Arm. Jekaterina hakte sich ein und ließ sich geleiten. Im Musikzimmer erhob sich sofort einer der Herren und bot der Gräfin den Sitzplatz an.

✌︎

Leopold von Baumberg drückte die schwere Haustür zu und verbannte somit den Sturm nach draußen. Der Flur des Wohnhauses in der Via del Boschetto lag in völliger Dunkelheit, also zog Rolf Stiebke seine Taschenlampe und schaltete sie ein. Baumberg und Stiebke waren sofort losgeeilt, als sie einen Zettel mit der notierten Adresse und einem großen »V« auf der Rückseite erhalten hatten. V wie Vanek. Die beiden Männer schauten sich im wandernden Lichtkegel der Lampe um.

Plötzlich stach ein zweiter Lichtkegel aus der Dunkelheit und erfasste sie.

»Hier entlang, Herr Hauptmann«, hörte Baumberg die flüsternde Stimme seines Adjutanten. »Zum Keller. Ich gehe voran.«

Auch Baumberg zog seine Taschenlampe. Vanek führte sie über eine enge Wendeltreppe in das muffige Kellergeschoss des Hauses, einen Gang entlang und hielt an der Krümmung an.

»Hier ist der Gang zu Ende. Sehen Sie selbst, was ich gefunden habe«, sagte Vanek und ließ Stiebke und Baumberg an sich vorbei.

In der Nische lag eine Leiche. Stiebke kniete sich zu Boden.

»Herr Stiebke, ist das Ihr Mann? Ist das Buchholz? Er trägt Schal und Handschuhe aus dunkelblauer Wolle.«

»Verdammt«, knurrte der Preuße. »Seine Kehle wurde durchtrennt.«

»Zuerst aber wurde ihm in den Rücken gestochen, nehme ich an«, erläuterte Vanek.

Baumberg wandte sich Vanek zu. »Wie, glaubst du, ist es abgelaufen?«

Vanek biss sich auf die Lippen. »Ich glaube, dass sich jemand von hinten angeschlichen und mit einem Dolch zugestochen hat. Es muss eine lange Klinge gewesen sein, er hat auf der Bauchdecke eine Austrittswunde. Dann wurde er wohl hierher geschleppt und mit dem Gurgelschnitt getötet. So wäre es plausibel. Wenig Blut auf dem Trottoir und viel Blut hier im Keller.«

»Die Russen?«

»Kann sein, kann auch anders sein.«

»Die Italiener?«

»Alles ist möglich.«

»Und wie haben Sie Buchholz hier unten gefunden?«, fragte Stiebke mit dunkler Miene.

»Solange es nicht regnet oder schneit, fällt mir auch wenig Blut auf dem Trottoir auf. Der Rest war dann Nase.«

»Dein Riechorgan ist unübertroffen, Vanek«, raunte Baumberg. »Der Zug nimmt Fahrt auf.«

Vanek knipste seine Taschenlampe aus. »Ich hoffe doch sehr, dass er nicht entgleist.«

Jekaterina stand im Kreise einer illustren Schar an parlierenden Gästen. Man sprach über die musikalische Darbietung der großen Künstlerin Monteverdi, eiferte sich, deren Schönheit und Ausdrucksstärke im Vortrag zu preisen, und man fühlte sich geehrt, dass es der Komtess Urbanau gelungen war, ihre schwesterliche Freundin Baronin Callenhoff für eine öffentliche Darbietung ihres Klavierspiels zu gewinnen. Drei Stücke hatte die ansonsten auf dem Land sehr zurückgezogen lebende Baronin gespielt und begeisterte Ovationen dafür erhalten. Aus dem Musikzimmer nebenan war nun das dezente Klavierspiel des engagierten Pianisten zu vernehmen.

»Euer Gnaden, geehrte Gräfin Olenina, spielt Ihr auch ein Instrument?«, fragte der weißhaarige Leiter des deutschen Gymnasiums. Die Blicke der Schar wandten sich Jekaterina zu.

»Nun, Herr Direktor, ich habe wie alle meine Geschwister musikalischen Unterricht erhalten, kann also beanspruchen, eine Flöte und eine Violine richtig in die Hand zu nehmen, aber leider hat sich gezeigt, dass mein Talent im besten Fall für einfache Etüden reicht. So ist es wohl ein Gewinn jeder Abendgesellschaft, wenn ich darauf verzichte, durch öffentliches Spiel die Gäste zu vertreiben.«

Die Gruppe lachte herzlich über das Bonmot der russischen Gräfin.

»Wenn ich die Kühnheit haben darf, mich zu erkundigen, worin Ihr Eure besonderen Stärken seht, Euer Gnaden?«, hakte der Direktor nach.

»Ich verstehe mich recht gut auf Sprachen. Mein Sprachlehrer war schon in meinen frühen Jahren über meine schnellen Fortschritte beim Erlernen des Deutschen und Französischen erfreut.«

»In diese Freude kann ich einstimmen«, sagte der Mann galant. »Ich glaube im Sinne der versammelten Gästeschar zu sprechen, wenn wir Bewohner des österreichischen Küstenlandes voller Bewunderung Eurer bestechenden Artikulation des Deutschen lauschen dürfen.«

Die anderen Gäste stimmten zu. Jekaterina neigte huldvoll ihr Haupt. »Vielen Dank für das Kompliment, Herr Direktor, Sie bereiten mir damit viel Freude. Doch ich bitte um Pardon, meine Damen, meine Herren, wenn ich mich nun entferne. Ich muss mich ein wenig frisch machen.«

Jekaterina trat aus der Runde, stellte ihr Weinglas ab und schritt langsam und lächelnd durch den Salon in Richtung Vorraum. Sie nahm sich vor, nicht noch ein Glas Wein zu trinken, zwei hatte sie schon und sie spürte die Wirkung ein bisschen. Rechts neben der Wohnungstür lag die Tür zum Badezimmer. Die Beletage war nicht nur geräumig, sondern auch bestens ausgestattet, verfügte sie doch neben zweier Kamine samt entsprechender Öfen über einen Wasseranschluss in Bad und Küche. Als sie die Beletage betreten und in Augenschein genommen hatte, war sie erstaunt gewesen, dass eine einundzwanzigjährige Frau Mieterin einer derartigen Unterkunft sein konnte. Nun, die Komtess Urbanau war von Adel und sehr wohlhabend, aber sie war auch unverheiratet und kinderlos. In Russland hätte eine Komtess in gleicher Situation einen älteren männlichen Verwandten als Familienvorstand bitten müssen, die Beletage zu mieten. Jekaterina fand die hiesigen Verhältnisse in vieler Hinsicht fortschrittlich. Konservative Kreise in Russland lehnten die freizügigen Sitten und Gebräuche in Mittel- und Westeuropa ab und meinten gar, Europa sei dem Verfall in die Dekadenz ausgeliefert, aber Jekaterina verstand gerade die zügige Modernisierung der mitteleuropäischen Gesellschaft, so wie sie sie hier in Triest erlebte, als das genaue Gegenteil von Dekadenz.

Sie öffnete die Tür zum Bad und trat über die Schwelle.

Wie aus dem Nichts tauchte hinter ihr ein Schatten auf und stieß sie voran. Jekaterina erschrak und taumelte, konnte aber

410

einen Sturz verhindern. Sie warf sich herum und schaute zum Angreifer. Jekaterina sah den Rücken eines Mannes, der mit einem schnellen Handgriff die Tür von innen versperrte. Sie schnappte nach Luft.

Galkin wandte sich ihr zu. Seine Miene war gespannt und dennoch ausdruckslos. »Guten Abend, Gräfin«, flüsterte er auf Russisch und zog ein Messer. »Bitte schreit nicht, seid leise und kooperativ.«

»Sind Sie verrückt, Galkin? Ich wäre vor Schreck beinahe gestorben.«

Er musterte sie und sein Blick verfing sich in ihrem Dekolleté. »Für mich seht Ihr überaus lebendig aus.«

»Was soll das? Es ist äußerst gefährlich, hier aufzutauchen.«

»Vielleicht ist es für Euch gefährlich.«

»Ich werde beschattet. Die Österreicher sind mir nicht nur auf den Fersen, sie haben mich umzingelt.«

»Weiß ich längst. Übrigens nicht nur die Österreicher, sondern auch die Preußen. Die beiden Länder haben einen deutschen Pakt geschlossen.«

»Wie ist es Ihnen gelungen, hierher in die Beletage vorzudringen? Ich kann nicht glauben, dass Baumberg Sie freiwillig durchgelassen hat. Das ganze Viertel ist von Polizei und Militär umstellt.«

»Ich musste mir den Weg freikämpfen.«

»Kämpfen? Noch mehr Tote?«

»Im Krieg gibt es Verluste. Das ist tragisch, aber unvermeidlich.«

»Wo ist der Oberst? Ich muss auf dem schnellsten Weg zu ihm. Ich habe wichtige Neuigkeiten. Und er muss mich vor den Österreichern in Sicherheit bringen.«

Galkin kniff lauernd die Augen zusammen. »Was für Neuigkeiten?«

411

»Das werde ich nicht mit Ihnen besprechen, Galkin. Bringen Sie mich zum Oberst.«

»Ich bin mir noch nicht sicher, ob ich Euch an Ort und Stelle die Kehle durchschneiden sollte. Ich glaube, Ihr spielt ein falsches Spiel.«

»Glaubt das auch der Oberst?«

»Was der Oberst glaubt, kann ich nicht sagen. Ich führe seine Befehle aus, aber deswegen kann ich doch meine eigenen Gedanken haben.«

»Wie sind Sie hier überhaupt hereingekommen? Haben Sie sich im Vorraum versteckt?«

»Ja, fast eine halbe Stunde stand ich hinter dem Schrank. Als ich erst in diesem Haus war, war alles Weitere ein Kinderspiel. Nun, ein bisschen Geduld musste ich aufbringen und die hat sich wohl gelohnt.«

»Bringen Sie mich jetzt zum Oberst oder nicht?«

»Der Oberst hat Befehl gegeben, Eure Vertrauenswürdigkeit zu prüfen.«

»So kommen wir nicht weiter.«

»Auf welcher Seite steht Ihr, Gräfin?«

Jekaterina schaute Galkin verärgert an. »Ich stand, stehe und werde immer auf der Seite Russlands stehen, aber was der Oberst und Sie hier inszenieren, lässt mich an Ihrer Loyalität unserem Vaterland gegenüber zweifeln.«

»Also haben Sie auch Zweifel.«

»Genug der Wortspiele, Galkin. Ich habe Zugang zu den Plänen der Geschütztürme. Wollen Sie die nun haben oder nicht? Oder soll ich sie an die Engländer verkaufen? Mister Hudson stellt mir nach.«

Galkin rührte sich ein Weilchen nicht, er schien zu überlegen. »Wie ich schon sagte, ich traue Euch nicht.«

»Reden Sie keinen Unsinn, Galkin, und benutzen Sie Ihren Verstand. Wenn ich noch länger mit Ihnen hier eingesperrt bin, werden die Dienstboten der Komtess misstrauisch und schlagen Alarm.«

Galkin steckte das Messer in das Futteral am Gürtel. »Dann los, gehen wir.«

»Ich muss Mantel und Mütze holen.«

»Nein, die bleiben hier. Nehmt meinen Mantel und Hut. Mir ist im Versteck ohnedies warm geworden«, sagte Galkin, zog seinen Mantel aus und gab ihm Jekaterina, dann setzte er seinen Hut auf ihren Kopf.

»Und wie kommen wir hier raus? Wie schlüpfen wir durch den Überwachungsring?«

Galkin trat nahe an sie heran, Jekaterina nahm seinen Atem wahr. Er roch nach Tabak und Grausamkeit.

»Nicht auf dem gleichen Weg, wie ich hier hereingekommen bin. Ihr werdet sehen, Gräfin, ich bin vorbereitet.«

»Drehen Sie sich um, Galkin, damit ich vor dem Abmarsch noch mein Geschäft verrichten kann.«

»Und Ihr mir bequem in den Rücken schießen könnt? Ich glaube, Ihr werdet Euer Schamgefühl überwinden müssen.«

❧

Rechts neben dem großen Salon lag das Musikzimmer, links davon die Bibliothek, in welcher Sitzmöbel platziert worden waren, sodass dieser Raum für die Herren als Rauchsalon genutzt werden konnte. Da in der mittlerweile fortgeschrittenen Stunde des Empfanges das musikalische Programm und der Umtrunk abgeschlossen und die Speisen gereicht worden waren, wurden nun Cognac, Maraschino und Kräuterlikör serviert. Mehrere Herren hatten sich mit einem Glas edlem Brand und einer Zigarre im Rauchsalon eingefunden. Da wegen des anhaltend frostigen Windes nicht das Fenster offen stand, sickerte der Zigarrenqualm in den Salon. Bruno wechselte daraufhin seine Stellung und wich vor den Rauchschwaden in das Musikzimmer zurück. Eben beendete der Pianist sein Spiel, sammelte seine Notenblätter und schloss den Tastendeckel des Flügels. Der gute Mann hatte seine Arbeit verrichtet und griff nach einem Weinglas.

»Signor Zabini«, grüßte Chiara Monteverdi und trat auf Bruno zu. »Es ist mir eine Freude, endlich Ihre Bekanntschaft zu machen.«

Bruno nahm Haltung an und neigte den Kopf. »Signora Monteverdi, die Freude ist ganz auf meiner Seite.« Er wusste, dass Monteverdi in seinem Alter war, obwohl die bedeutende Künstlerin in den letzten Jahren um ihr wahres Alter ein Geheimnis gemacht hatte.

»Hat Ihnen meine Aufführung gefallen?«

»Außerordentlich, Signora. Ich bin ein großer Verehrer Ihrer Kunst und hatte wiederholt das Vergnügen, Sie sowohl als Schauspielerin als auch als Sängerin zu erleben.«

»Meine Kunst hat mir viel ermöglicht, Signor Zabini. In meiner Zeit in Wien bin ich im Carltheater in der Leopoldstadt und im Theater an der Wien in Operetten aufgetreten, so konnte ich Schauspiel und Gesang zur Geltung bringen. Es war eine schöne Zeit, aber ich muss es ganz ehrlich sagen, Wien war mir immer zu groß und zu laut, und die Donau ist zwar ein eindrucksvoller Strom, aber in keiner Weise ein Ersatz für meine geliebte Adria. Ich brauche das Meer, ich kann nur im Küstenland leben. Eine Tournee durch die Monarchie? Jederzeit! Ich liebe das Leben in Hotels und auf Schienen, es berauscht mich, in einer Woche auf drei verschiedenen Bühnen in drei verschiedenen Städten aufzutreten. Aber der letzte Zug der Tournee muss mich zurück nach Triest bringen, das ist gewiss. Sind Sie ein Bekannter der Komtess, Signor Zabini?«

»Ja. Ich hatte die Ehre, die Komtess im Frühjahr anlässlich einer Vergnügungsfahrt mit der Thalia kennenzulernen, und ich hatte die furchtbare Pflicht, als Kriminalist die scheußliche Ermordung des ehrwürdigen Herrn Grafen aufzuklären. So entstand eine Relation, die immerhin dafür gesorgt hat, dass mich die Komtess zu ihrem Empfang eingeladen hat.«

»Furchtbare Sache. Ich habe mit Bestürzung die Artikel über den Mordfall gelesen und dafür gebetet, dass die Komtess die Schicksalsschläge verkraften kann.«

»Nun, ich meine, die Komtess ist auf dem besten Weg. Anderenfalls wäre sie wohl kaum heute eine derart hinreißende und souveräne Gastgeberin.«

Chiara Monteverdi musterte Bruno. »Ich habe auch über Sie in der Zeitung gelesen, Herr Inspector.«

Bruno verzog seinen Mund. »Zum Glück verschwanden die Berichte schnell wieder aus den Blättern.«

»Sie sind also ein Polizist, der in amouröse Skandale verwickelt ist?«

»Nun, ich kann mit einem gewissen Stolz berichten, dass ich in keine Korruptions- oder Gewaltskandale verstrickt bin. Wie mir zugetragen worden ist, sind Sie, Signora, seit Kurzem mit Signora Cherini bekannt.«

Chiara Monteverdi schmunzelte hintergründig. »In der Tat, Fedora und ich haben uns vom ersten Augenblick unserer Begegnung gemocht. Und natürlich war ich so schamlos, sie an einem turbulenten Abend in meiner Wohnung mit Maraschino betrunken zu machen und sie über ihre sittliche Verfehlung auszuhorchen. Solche Geschichten sind ganz nach meinem lasterhaften Geschmack. Ich weiß alles über Sie, Signor Zabini. Sie sind ein Tier.«

Bruno schmunzelte. »Eindeutig, Signora, das bin ich. Immerhin hat der geniale britische Naturforscher Charles Darwin schlüssig nachgewiesen, dass der Mensch selbstverständlich ein Tier und mit den wilden Affen in Afrika eng verwandt ist. Der Mensch ist ein Tier, das nicht fliegen oder unter Wasser leben, das aber Maschinen bauen, Bücher schreiben und Operetten singen kann.«

Monteverdi lächelte Bruno amüsiert an. »Wenn ich Sie richtig verstehe, wollen Sie sagen, dass auch ich ein Tier bin, eine wilde Äffin.«

»Im biologischen Sinn lässt sich das mit gutem Recht behaupten, wenngleich wenigen Tieren unter der Sonne die Evolution solch reiche Gaben an Talenten und Schönheit auf den Lebensweg gegeben hat wie Ihnen, Signora Monteverdi.«

Chiara Monteverdi reichte ihre Hand. »Ich werde in Zukunft ein Auge auf Sie haben, Signor Zabini, und ich ärgere mich ein bisschen, Ihnen nicht früher persönlich begegnet zu sein. In jedem Fall freut es mich, dass wir in Fedora eine gemeinsame Freundin haben. Achten Sie gut auf sie! Sie ist eine Frau mit Energie und Ideen, aber ich glaube, sie ist auch manchmal ein bisschen zerstreut. Ich wünsche Ihnen einen angenehmen Abend, ich muss mich verabschieden. Guten Abend, Signor Zabini.«

Bruno leistete den Handkuss. »Guten Abend, Signora Monteverdi.«

Bruno verfolgte wie Monteverdi, zwei sie begleitende Schauspielerinnen aus dem Ensemble des Politeama Rossetti und der Pianist bei Komtess Urbanau vorstellig wurden und sich anschickten, als erste Gäste den Empfang zu verlassen.

Luise trat in den Musiksalon, ging auf Bruno zu und stellte sich neben ihn. »Du hast dich von Signora Monteverdi verabschiedet, wie ich gesehen habe«, sagte sie.

»Es war das erste Mal, dass ich die große Künstlerin persönlich gesprochen habe.«

»Nun, ihr Lebenswandel liefert zwar für die Reporter von Klatschspalten reichen Stoff, offenbar aber nicht für das k.k. Polizeiagenteninstitut.«

»Worüber ich mehr als glücklich bin.«

Luise musterte Bruno.

Er zog die Augenbrauen hoch. »Ist etwas?«

»Das müsste ich dich fragen.«

»Mich fragen?«

»Du weißt, dass ich in dir lesen kann.«

Bruno schluckte. »Bitte heute nicht.«

»Du bist den ganzen Abend zu den Gästen gegenüber höflich und distanziert, mir aber scheinst du geradezu aus dem Weg zu gehen.«

»Es tut mir leid, dass dieser Eindruck entstanden ist. Ich wollte nicht stören, du trittst ja neben Carolina sozusagen als die rechte Hand der Veranstalterin auf und hast entsprechende gesellschaftliche Verpflichtungen.«

»Bedrückt dich noch immer diese Ermittlungssache, von der du mir inhaltlich nichts verraten hast? Ist es der auf offener Straße getötete Franzose, der deine Stimmung trübt?«

»Ja, wobei der tote Franzose nur Teil einer sehr viel größeren Sache ist.«

»Kann ich dir irgendwie behilflich sein?«

»Die größte Hilfe wäre, wenn du weit von dieser Sache entfernt bleibst.«

Luise schluckte. »Das klingt nicht sehr vertrauenerweckend.«

»Luise, bitte hör zu«, flüsterte Bruno.

»Ja?«

»Ich bin nicht zum Vergnügen hier, ich bin im Einsatz.«

»Bist du bewaffnet?«, fragte sie ebenfalls in gedämpfter Lautstärke.

»Ja.«

»Hat es etwas mit der Gräfin Olenina zu tun?«

»Wie kommst du auf die Gräfin?«

»Bitte keine Gegenfragen, Bruno. Schon als du die Räumlichkeiten betreten hast, habe ich bemerkt, dass du die Gräfin Olenina nicht aus den Augen lässt. Und sie dich auch nicht. Bist du zu ihrem Schutz eingeteilt?«

»Ja.«

Luise und Bruno standen ein Weilchen schweigend beisammen.

»In zwei, drei Momenten«, sagte Luise, »bist du der Gräfin sehr nahe gekommen.«

Bruno warf die Stirn in Falten. »Was willst du damit sagen?«

»Diese Nähe hat auf mich sehr vertraut gewirkt.«

Bruno atmete tief ein und aus. »Höre ich Eifersucht in deinen Worten?«

»Ich würde es eher Wachsamkeit nennen.«

Bruno schüttelte den Kopf. »Keine Sorge, meine Liebe, ich bin viel zu tief in eine äußerst brenzlige Angelegenheit verstrickt, als dass ich es mir leisten könnte, Dummheiten zu machen.«

Luise ließ den Blick schweifen. »Wo ist die Gräfin überhaupt?«

Die Frage schlug wie ein Blitz in Bruno ein. Unwillkürlich tastete er nach seiner Waffe unter dem Sakko. Er stellte das halb leere Weinglas am Klavier ab und marschierte in den Salon. Dort war die Gräfin nicht, auch nicht in der Bibliothek bei den rauchenden Herren. Er betrat danach die Küche und öffnete sogar die Tür zum Schlafzimmer. Jekaterina war nirgends. Bruno ging in den Vorraum, wo eben Chiara Monteverdi zum Schutz vor dem Sturm dick eingemummt mit ihrer Begleitung die Beletage verließ. Zwei Damen standen etwas abseits der Tür zum Bad. Bruno trat auf sie zu.

»Entschuldigen Sie, Signora Pasqualini, warten Sie auf das Freiwerden des Bades?«

»Ja.«

»Ist das Bad schon länger besetzt?«

»Leider ja.«

»Hält sich die Gräfin Olenina im Bad auf?«

»Meines Wissens ja.«

Bruno klopfte laut. »Ist jemand im Bad?«

Niemand regte sich. Er klopfte erneut. Keine Reaktion. Bruno drückte die Türklinke nach unten, doch die Tür war versperrt. Er lugte durch das Schlüsselloch. Der Schlüssel steckte nicht, sodass er erkennen konnte, dass das elektrische Licht im Bad eingeschaltet war. Bruno warf sich herum und suchte auf der Garderobenstange nach Jekaterinas Winterkleidung – Mantel, Mütze und Schal hingen dort. Er griff in die Taschen seines Mantels, dann eilte er wieder zur Tür, kniete davor auf dem Boden und schob den Dietrich in das Schlüsselloch.

»Aber Inspector Zabini, was treiben Sie denn da?«, fragte Signora Pasqualini empört. »Sie können doch nicht einfach ins Bad eindringen, wenn sich eine Dame darin befindet.«

Bruno schaute kurz über seine Schulter. »Bitte drei Schritte zurücktreten! Das ist ein Polizeieinsatz!«

Erschrocken über seinen rauen Tonfall wichen die beiden wartenden Damen zurück. Mit einem Klacken öffnete das Schloss, Bruno sprang hoch und betrat das Badezimmer. Niemand hielt sich darin auf. Er rüttelte am Fenster. Es war von innen verschlossen. Bruno boxte mit der rechten Faust in die Luft. »Porca miseria!«

❧

Die Räder rumpelten über das Pflaster, während der Sturm an der Kutsche rüttelte. Jekaterina saß offenbar in Fahrtrichtung, genau konnte sie es nicht sagen, denn nachdem sie über die Leiter aus dem Abwasserkanal hinaufgestiegen war und sich in einem Hinterhof wiedergefunden hatte, hatte Galkin mit einer Binde ihre Augen verhüllt. Er hatte sie am Oberarm gepackt und ein paar Gassen entlanggeführt, dann hatte er sie in eine wartende Kutsche geschoben. Seit einigen Minuten rollte diese durch die Nacht. Bei jeder Erschütterung spürte sie seine Schulter neben sich.

»Ist die Augenbinde wirklich nötig?«

»Habt bitte etwas Geduld, Gräfin.«

Der Wagen hielt an, sie hörte, wie die Tür geöffnet wurde und eine Person zustieg. Kaum war die Tür geschlossen, setzte sich das Fuhrwerk wieder in Bewegung.

»Ich hoffe sehr, dass Sie mich zu Ihrem Vorgesetzten bringen, Galkin. Oder sind Sie eben eingestiegen, Herr Oberst?«

Galkin entfernte die Augenbinde.

»Werte Gräfin, ich sitze die längste Zeit bei Euch«, sagte Schubnikow.

Jekaterina blickte in drei Augenpaare, Schubnikow saß ihr schräg gegenüber, Galkin neben ihr, und einer der Männer des Obersts ihr gegenüber. Sie suchte in ihrem Gedächtnis nach dem Namen des Mannes. Waleri Semenkow hieß er, er war also zugestiegen. Der Mann grinste sie schäbig an.

»Wer führt den Wagen? Sergei Raschkin?«

»Ihr habt ein gutes Namensgedächtnis, Gräfin.«

Die Fenster des Wagens waren mit Vorhängen verdeckt. Sie kannte das Interieur seit ihrer ersten Begegnung mit Schubnikow. In all der Zeit hatte sich ihre Situation nicht gebessert, im Gegenteil, sie hatte sich beträchtlich verschlechtert.

»Haben wir die verdammten Österreicher abgeschüttelt?«

»Die Österreicher, die Preußen und die Briten. Alle anderen sind weit davon entfernt, unsere Spuren zu finden.«

Eine Windböe schüttelte den Wagen.

»Befürchten Sie nicht, dass wir umgeworfen werden könnten?«

»Zwei kräftige Pferde ziehen einen Wagen, der von vier erwachsenen Männern und einer Edelfrau beschwert wird. Ich bin guter Dinge, ans Ziel zu kommen.«

»Ihr Wort in Gottes Ohr.«

»Das hat wenig mit Gott zu tun, sondern mit Schwerkraft. Eure Lage hingegen liegt vollständig in Gottes Hand.«

Jekaterina lachte auf. »Halten Sie sich für Gott, Herr Oberst?«

»Das wäre Blasphemie. Ich bin viel eher Gottes ergebenes Werkzeug.«

»Was mag das für ein Gott sein, der Sie als sein Werkzeug erwählt?«

»Ein strenger, aber gerechter.«

»Sie müssen mich vor Baumbergs Zugriff schützen.«

»Erläutert bitte die Vorteile, die mir aus dieser Leistung erwachsen.«

»Ich könnte Sie zu den Bauplänen führen.«

»So wie ich das sehe, habt Ihr die Baupläne vor längerer Zeit verloren.«

»Zeiten ändern sich.«

Schubnikow musterte Jekaterina mit kaltem Blick. »Sprechen wir im Haus weiter. Da brauchen wir nicht so gegen den Sturm anbrüllen.«

»Ich hoffe, Sie haben dort angemessene Garderobe vorrätig. Beim Marsch durch den unterirdischen Abwasserkanal sind meine Schuhe und mein Kleid schmutzig geworden.«

»Ich kann Euch Wasser, Seife und eine Bürste anbieten.«

Sie schnupperte am Mantelkragen und verzog den Mund. »Und ich benötige warme Winterkleidung. Galkins Mantel ist blutbesudelt und stinkt nach Soldat.«

Bruno kämpfte mit weit vorgebeugtem Oberkörper gegen den Sturm, den Hut tief in die Stirn gezogen. Die Straßen waren menschenleer, kaputte Dachziegel und Blumentöpfe lagen auf der Fahrbahn und dem Trottoir. Auf der Piazza San Giovanni mühten sich mehrere Männer, einen umgestürzten Wagen aufzurichten. Das Pferd des Einspänners sah Bruno nicht, es war entweder aus dem Geschirr gerissen und durchgegangen oder von den Männern abgespannt und fortgeführt worden. Bruno hoffte, dass bei dem Unfall weder Kutscher noch Ross zu Schaden gekommen waren.

Vor dem Caffè Diana gegenüber dem bekannten Restaurant Puntigam entdeckte er einen sich durch den Sturm mühenden Mann. An der groß gewachsenen Statur erkannte er seinen Kollegen Vinzenz Jaunig. Bruno eilte auf ihn zu, und als Vinzenz ihn entdeckte, überquerte dieser die Fahrbahn. Die Männer steckten die Köpfe zusammen.

»Vinzenz, wir haben Schwierigkeiten!«

»Allerdings.«

»Die Gräfin ist vor meinen Augen verschwunden.«

»Ist sie entführt worden?«

»Ich vermute es, aber sicher bin ich nicht. Das ist ein unverzeihlicher Fehler. Ich war für ihre Sicherheit verantwortlich.«

»Wir haben zwei Tote.«

»Was?«, rief Bruno erschrocken aus.

»Einer ist ein Preuße mit dem Namen Buchholz. Der andere ist einer von Baumbergs Männern. Ernst Wolkner.«

»Erschossen?«

»Erst Rückenstich, dann Gurgelschnitt. Wohl ein und derselbe Täter. Der hat sich den Weg bis zur Piazza Goldoni freigekämpft.«

»Das ist eine Katastrophe!«

»Vor allem, wenn die Gräfin jetzt verschwunden ist.«

»Wir müssen die Männer alarmieren und herausfinden, ob einer der Kollegen etwas gesehen hat.«

»Jawohl! Ich nehme den Weg zur Città Vecchia und du gehst hinüber zur Via Stadion.«

»In Ordnung. Ich werde auch Baumberg im Aufmarschraum aufsuchen.«

»Der ist bestimmt nicht mehr dort. Die Leute vom Geheimdienst sind längst alle ausgeflogen.«

»Verdammte Bora. Der Sturm macht mich wahnsinnig.«

»Wir haben alle Straßen besetzt. Entweder werden der Entführer und die Gräfin gesehen oder wir finden weitere Leichen.«

»Ach, Vinzenz, mal den Teufel nicht an die Wand!«

»Los jetzt!«

❧

»Auf Wiedersehen, sehr geehrter Herr Dr. Samigli. Und vielen Dank für Ihren Besuch.«

»Es hat mich unbändig gefreut, Euch in so guter Verfassung wiederzusehen, Komtess. Auf Wiedersehen.«

Die Gäste verließen die Beletage wie ein sinkendes Schiff. Dass die Gräfin Olenina verschwunden und Inspector Zabini übereilt fortgelaufen war, hatte die Stimmung des ansonsten sehr heiteren Abends beträchtlich gedrückt. Carolina und Luise verabschiedeten die letzten Gäste, dann war der Empfang beendet. Josefa, Grete und die zwei Kellner sammelten Teller, Gläser und Tassen, Herr Rieger lüftete trotz des nach wie vor wütenden Sturms den Rauchsalon, indem er einen Fensterflügel halb geöffnet arretierte, danach begann er, die Aschenbecher zu leeren und die Cognacschwenker auf ein Tablett zu stellen.

Luise wandte sich an ihr Kindermädchen. »Grete, einen Augenblick bitte.«

»Jawohl, Euer Gnaden. Bitte sehr.«

»Wo ist Gerwin?«

»Er war schon so müde, dass er im Schlafzimmer der Komtess auf dem Ohrensessel eingeschlafen ist. Ich habe eine Decke über ihn gebreitet.«

»Er schläft also tief und fest?«

»Jawohl, Euer Gnaden.«

»Hm, ihn zu wecken und zu Fuß nach Hause zu gehen, wird schwierig sein.«

»Wir könnten Herrn Rieger bitten, Gerwin zu tragen«, schlug Grete vor.

Carolina winkte ab. »Und was ist, wenn ihr alle heute Nacht bei mir bleibt? Grete kann im Gästezimmer übernachten, Luise, du und Gerwin könnt bei mir im Schlafzimmer bleiben. Das Bett ist sehr breit.«

Luise wiegte den Kopf. »Das würde vieles einfacher machen.«

»Und ihr müsst auch nicht mehr mitten in der Nacht hinaus.«

»Ein weiteres schlagendes Argument. Ich nehme die Einladung sehr gerne an.«

»Grete, bitte heben Sie Gerwin gleich vom Ohrensessel in mein Bett«, sagte Carolina.

»Sehr wohl, Euer Gnaden.« Grete machte einen Knicks und eilte los.

Luise und Carolina durchquerten den Salon und betraten das Musikzimmer.

»Ich fand es sehr beunruhigend, als Signor Zabini so schnell fortgelaufen ist.«

»Nicht nur dir ist es so ergangen. Die Gesellschaft hat sich noch vor dem offiziellen Ende zerstreut. Das sagt alles.«

»Weißt du, was es für eine Bewandtnis mit dem Verschwinden der Gräfin auf sich hat?«

»Nein. Bruno war diesbezüglich noch zugeknöpfter, als er sonst bei seinen Fällen ist.«

»Ich habe den Eindruck gehabt, dass er den ganzen Abend über unter Spannung gestanden hat.«

»So, als ob er hinter jeder Ecke einen Attentäter vermutete.«

»Täusche ich mich hinsichtlich der Ausbeulung seines Sakkos oder trug er tatsächlich all die Zeit seine Waffe bei sich?«

»Carolina, das war keine Täuschung.«

»Dann muss es etwas Ernstes gewesen sein.«

»Davon gehe ich aus.«

»Ich bin irritiert.«

Luise schaute ihre junge Freundin von der Seite an. »Was meinst du?«

»Nun, es hat mich viel Überwindung und Disziplin gekostet, den Empfang vorzubereiten, und noch mehr Anstrengung, eine gute Gastgeberin zu sein. Dann entwickelte sich der Abend so schön und heiter. Vielen Dank noch einmal für dein meisterliches Klavierspiel. Und dann endet der Abend mit einem Schlussakkord in Moll.«

»Nimm dir das bitte nicht zu Herzen, meine Teure. Bruno ist Polizist und muss sich daher um Belange kümmern, vor denen wir Normalsterblichen Reißaus nehmen. So ist das nun einmal.«

»Herrn Zabini wieder im Einsatz zu erleben, löst dunkle Erinnerungen und noch dunklere Stimmungen in mir aus.«

Luise griff nach Carolinas Unterarm und zog diese an sich. »Also hat es noch einen Vorteil, dass ich heute bei dir übernachte. Ich werde die dunklen Erinnerungen und Stimmungen einfach durch meine Anwesenheit bannen. Ich bin gut darin, böse Dämonen zu verjagen.«

Auf Carolinas Gesicht legte sich ein Lächeln. »Das kann ich bestätigen. Du bist eine Meisterin in dieser Kunst.«

Luise flüsterte Carolina verschwörerisch zu. »Und der wichtigste Kunstgriff hierbei ist folgender.«

»Und zwar?«

»Lausche gut: Man nehme einen guten Schuss Cognac, einen besseren Schuss Maraschino, zwei Spritzer Cocktailbitter, etwas Wasser oder Eis, verrühre die Zutaten in einem Glas und labe sich vor dem Zubettgehen ausgiebig an diesem Heiltrank.«

Die beiden Damen lachten.

Zwölf Männer sammelten sich auf der Piazza Goldoni, Baumberg mit drei Leuten, Rolf Stiebke mit einem seiner Männer und Bruno mit fünf Polizisten. Sie bildeten mitten auf der dunklen Piazza eine Gruppe und schützten sich so gegenseitig vor dem Sturm. Mehrere Straßenlaternen waren ausgefallen, wodurch die ohnedies finstere Nacht noch dunkler wurde. Vor rund einer Stunde hatte Bruno den Empfang verlassen, seither war er durch die Straßen gelaufen und hatte seine Leute alarmiert.

Die Männer steckten die Köpfe zusammen.

»Wie läuft die Suche nach der Gräfin?«, fragte Baumberg.

»Bislang erfolglos«, berichtete Bruno.

»Haben Sie etwas gesehen, Stiebke?«, frage Baumberg weiter.

»Leider nein.«

»Vanek, hast du etwas entdeckt?«

»Keine Sichtung, Herr Hauptmann.«

»Hat die Gräfin ein falsches Spiel gespielt?«, fragte Stiebke.

»Je mehr ich darüber nachdenke, desto wahrscheinlicher erscheint es mir«, sagte Baumberg.

»Materazzi, Sie haben das Hotel Vanoli im Blick gehabt. Hat die Gräfin das Hotel betreten?«

»Nein. Sie hat nachmittags vor dem Hotel einen Wagen genommen und ist seitdem nicht mehr dort aufgetaucht. Und bevor ich meinen Wachposten verlassen habe und hergekommen bin, habe ich noch einmal nachgesehen. Die Gräfin hat das Hotel bis zu diesem Zeitpunkt nicht betreten.«

»Mindestens ein Mann, vielleicht auch mehrere, müssen die Gräfin im Palazzo abgefangen oder abgeholt haben und sind dann mit ihr getürmt. Zumindest müssen wir davon ausgehen«, fasste Bruno zusammen. »Bei dem dichten Netz, das wir gesponnen haben, können zwei Personen nur schwer unbemerkt durch die Straßen eilen.«

»Und wenn sie nicht auf der Straße getürmt sind?«, fragte Vanek. »Ich kenne die Kanalisation Triests kaum, aber wäre das möglich?«

Bruno und Vinzenz Jaunig schauten einander mit finsterer Miene an.

»Ja, Herr Vanek, das liegt tatsächlich im Bereich des Möglichen.«

»Wir sind also«, resümierte Baumberg bitter, »mit simplen Tricks an der Nase herumgeführt worden. Das wird einen bombastischen Anschiss geben.«

»Solange nicht klar ist, was wirklich geschehen ist, haben wir das Gefecht nicht verloren«, rief Bruno kämpferisch. »Ich lasse meine Männer erneut ausschwärmen. Wir geben uns nicht geschlagen.«

Baumberg schaute Bruno an. »Sie haben natürlich recht, Herr Inspector. Der Kampf ist noch nicht zu Ende, aber unsere Lage ist äußerst gefährdet. Vanek, du führst unsere Männer an, kämmt noch mal alle Gassen nach Hinweisen durch.«

Vanek drehte sein Gesicht in Windrichtung. »Wenn Regen oder Schneefall einsetzt, wird es keine Spuren mehr geben.«

»Wir machen weiter nach Plan. Herr Stiebke, folgen Sie uns?«, fragte Baumberg.

»Ja, uns bleibt keine andere Wahl.«

»Gut, meine Herren, wir schwärmen wieder in die vereinbarten Räume aus«, rief Bruno.

Die Ansammlung der Männer löste sich in alle Richtungen auf. Bruno ging neben Vinzenz Jaunig in Richtung Città Vecchia.

»Wenn das hier schiefgeht, Vinzenz, kann ich morgen meinen Dienstausweis endgültig abgeben.«

»Die Nacht ist noch lang, Bruno, da kann noch viel passieren.«

»Wo ist eigentlich Luigi? Hast du ihn gesehen?«

»Nein, aber ich war nicht bei der Piazza Grande eingeteilt.«

»Materazzi!«, rief Bruno und winkte. Der Polizeiagent eilte auf ihn zu.

»Herr Inspector?«

»Wann haben Sie Luigi Bosovich zuletzt gesehen?«

Materazzi zog seine Taschenuhr. »Vor knapp zwei Stunden. Ich habe die Piazza Grande rüber bis zur Piazza della Borsa im Auge gehalten, er die Rive und das Borgo Giuseppino.«

Bruno knurrte. »Wo steckt der Lümmel schon wieder?«

～∞～

Seine Finger schmerzten, die Arme brannten wie Feuer, der Krampf im rechten Oberschenkel trieb ihn beinahe in den Wahnsinn. Mehrmals hätte die Bora ihn beinahe zu Boden geworfen, seinen Hut hatte sie schon wenige Augenblicke nach Beginn der Fahrt mitgerissen, den Schal ebenso. Wenn er diese Nacht überleben sollte, würde er morgen mit einer Erkältung aufwachen.

Wenn er falsch lag, würde er monatelang das Gespött des k.k. Polizeiagenteninstituts sein, mehr noch, der gesamten Polizeibehörde.

Seit einer Stunde klammerte sich Luigi Bosovich an die Rückseite eines Zweispänners und hoffte, dass seine Kräfte ausreichen würden, nicht vom rollenden Gefährt zu stürzen. Trotz der Dunkelheit und seiner im Wind tränenden Augen glaubte er zu erkennen, wohin sich die Kutsche bewegte. Er erhaschte einen kurzen Blick auf die aufgewühlte Meeresoberfläche. Rechts von ihm, nicht links in Fahrtrichtung. Also musste sich die Kutsche nach Süden bewegen. Dann ahnte er in der Ferne Gebäude, die ihm bekannt vorkamen. Die Kutsche näherte sich Muggia, darin war er sich sicher.

Aus beträchtlicher Entfernung hatte er in der Via San Giorgio eine Gestalt entdeckt, die sich von Hauseingang zu Hauseingang geschlichen hatte.

Luigi hatte gleich so ein seltsames Gefühl gehabt und fieberhaft überlegt, wie er seinen Kollegen von der Sichtung berichten konnte. Er hatte sich entscheiden müssen, entweder die Sichtung zu melden oder der Person zu folgen. Er hatte sich für die Verfolgung entschieden. Zweimal fürchtete Luigi, den Mann verloren zu haben, dann aber war er wieder in sein Gesichtsfeld getreten. Die dunkle Gestalt hatte sich in Richtung Piazza Giuseppina und die lang gestreckte Via del Lazzaretto Vecchio geschlichen. In der Via Economo schien der Mann auf etwas zu warten. Luigi hatte unerkannt im Hintergrund gelauert.

Ein Zweispänner war vorgefahren, der Mann hatte sich aus dem Schatten gelöst und war in den Wagen gestiegen.

Luigi hatte nicht nachgedacht, sondern instinktiv gehandelt. Mit aller Kraft war er aus seinem Versteck gesprungen und aus Leibeskräften dem Wagen hinterhergerannt. Beinahe wäre er ausgerutscht und gefallen, beinahe hätte ihn eine Windböe umgeworfen. Er war nicht gestürzt. Vor einer Kurve hatte der Wagen das Tempo reduziert, so war er herangekommen und aufgesprungen. Er hatte inständig gehofft, dass der Kutscher den blinden Passagier nicht bemerkte. Nach fünf Minuten Fahrt hatte er Hoffnung geschöpft.

Der Wagen hatte dem Sturm getrotzt und fuhr mittlerweile seit über einer Stunde. Für Luigi dagegen fühlte sich die Fahrt endlos an.

Wie lange würden sich seine Hände noch festhalten können? Wie lange konnte er noch der Kälte trotzen? Irgendwann würde es nicht mehr genügen, sich mit aller Willenskraft anzuklammern, und dann würde er auf die Fahrbahn fallen. Da keine anderen Fahrzeuge unterwegs waren, würde er immerhin nicht überfahren werden. Ein schwacher Trost.

Luigi schaute um sich. Die Kutsche verließ die gepflasterte Fahrbahn und bog auf eine bergan führende Schotterstraße ein. Die Pferde mühten sich nach Kräften, den schweren Wagen den Hang emporzuschleppen, Luigi hörte den Peitschenknall des Kutschers. Von seiner Position aus konnte er nicht nach vorn sehen, wohin die Fahrt ging, aber links und rechts entdeckte er jetzt Gebüsch und Bäume. Der Wagen wurde noch langsamer. Luigi folgte einem spontanen Impuls. Es ließ die Beine baumeln, hielt sich einen Augenblick lang nur noch mit den höllisch schmerzenden Fingern fest, dann ließ er los, machte zwei Schritte und tauchte dann rechts von der Fahrbahn in das Gebüsch. Er duckte sich und spähte die Gasse hoch. Die Rösser quälten sich noch ein paar Meter die Gasse empor. Luigi schlich im Unterholz dem Wagen hinterher. Dann hielt die Kutsche vor einem Portal auf der anderen Straßenseite. In der Dunkelheit konnte er nicht genau sehen, wer aus der Kutsche stieg, aber anhand der Körpergröße und Bewegungen schätzte er, dass eine Frau darunter sein musste.

Noch immer hatte er keine Gewissheit: Hatte er unbescholtene Bürger auf geradezu halsbrecherische Art verfolgt? Oder hatte er die Fährte der Gräfin Olenina und das Versteck der russischen Geheimagenten aufgespürt?

Einer der Männer öffnete das Portal, ein anderer trat an eines der Pferde heran, packte es am Zaumzeug und zog das Tier voran. Dabei spornte er das Pferd an.

»давай! давай!«

～◦～

Ivana Zupan drehte am Walzendrehknopf ihrer Underwood No. 5 und zog den fertig getippten Bericht aus der Maschine. Sie legte das Papier auf den Stapel, der sich im Laufe des Nachmittags und Abends angehäuft hatte. Was war das doch für ein Fortschritt gewesen, als die eigens für den Amtsgebrauch aus den USA importierten Schreibmaschinen angekommen waren. Einhundert Exemplare dieser völlig neuartigen, technisch geradezu revolutionären Maschinen waren mit dem Dampfer angeliefert worden, die Mehrzahl der Maschinen war auf direktem Weg nach Wien in das Ministerium weitertransportiert worden, aber fünfzehn Stück waren für den Amtsgebrauch in Triest geblieben, und zwei Stück hatte das k.k. Polizeiagenteninstitut erhalten. Bei der Übergabe der Schreibmaschinen an die beiden Schreibkräfte hatte der Oberinspector eine mahnende Rede gehalten, mit den kostbaren Geräten äußerst sorgsam umzugehen und sie nicht für alltägliche Arbeit, sondern nur für die wichtigsten Papiere einzusetzen. Zwei Jahre war das her. Seither hatte sich gezeigt, dass die Underwood nicht nur technisch neue Maßstäbe setzte, sondern auch außerordentlich robust war. Mittlerweile schrieben Regina und Ivana die Mehrzahl der Berichte auf ihren Schreibmaschinen, das Klappern der Typenhebel und das Glöckchen, wenn der Schreibrand erreicht war, waren in der Kanzlei mittlerweile zur Normalität geworden. Ivana benutzte zum Schreiben in der Regel sechs Finger, während Regina sehr bald ein System entwickelt hatte, mit allen zehn Fingern zu tippen. Ivana war wirklich nicht langsam bei der Arbeit, aber Regina schrieb über einen ganzen Arbeitstag gerechnet dank ihres Systems mehr.

Eines Tages hatte sich Oberinspector Gellner an der Schreibmaschine versucht, aber nach einer halben Stunde kapituliert. Er hatte lang nach den richtigen Buchstaben auf der Tastatur gesucht und trotzdem in jedem zweiten Wort einen Tippfehler gemacht. Diese neumodische Höllenmaschine sei nichts für ihn, hatte der Oberinspector ausgerufen, er schreibe weiter so, wie er es erlernt habe, althergebracht mit Feder und Tinte. Ivana und Regina hatten eine Zeit lang hinter vorgehaltener Hand über den gescheiterten Versuch des Oberinspectors gewitzelt.

Ivana schaute auf die Uhr. Der Abend zog sich in die Länge. Viel zu tun war nicht mehr, sie hatte dank der Überstunden den Rückstau bei der Schreibarbeit abgearbeitet.

An der Tür zur Schreibstube wurde geklopft. Ivana hob den Kopf. »Herein!«

»Guten Abend, Signora Zupan«, grüßte der Polizeidirektor Dr. Rathkolb und trat in die Mitte des Raumes.

Ivana erhob sich ehrerbietig. »Guten Abend, Herr Direktor.«

»Ich habe beim Stiegensteigen die Schreibmaschine gehört und wollte nach dem Rechten sehen.«

»Hier ist alles bestens, Herr Direktor. Gerade eben habe ich den letzten offenen Bericht abgeschrieben.«

»Machen Sie Journaldienst im Rahmen des Einsatzes?«

»Jawohl, ich habe mich freiwillig gemeldet.«

»Und, sind Anrufe oder sonstige Nachrichten hereingekommen?«

Ivana nickte und griff in das Fach für den Posteingang. »Das ja, Herr Direktor. Bisher nur das Übliche.«

Rathkolb legte Hut und Tasche ab und griff nach den Papieren. »Stellungen bezogen. Sichtvermerke. Routinemeldungen. Also scheint die Lage bis auf die Bora ruhig zu sein.«

»Ich hoffe sehr, dass das so bleibt.«

Rathkolb zog einen Stuhl heran und setzte sich vor Ivanas Schreibtisch. Auch sie nahm Platz. »Geschätzte Frau Zupan, lassen Sie uns ein bisschen plaudern. Jetzt, wo wir die gesamte Kanzlei für uns haben.«

»Sehr gern, Herr Direktor. Worüber wollen Sie sprechen?«

»Über Ihre Arbeit im Polizeiagenteninstitut. Sind Sie zufrieden mit Ihrer Stellung?«

»Sehr zufrieden, Herr Direktor. Wir leisten hier wichtige Arbeit, Herr Oberinspector Gellner ist ein vorbildlicher Vorgesetzter, die Herren Inspectoren und Polizeiagenten schätzen die Arbeit von uns Schreibkräften. Ja, natürlich kann es manchmal turbulent werden, wie heute zum Beispiel, einerseits die Bora, andererseits der große Einsatz rund um die Piazza Goldoni. Es geht mitunter hektisch zu, aber in der Regel können wir unsere Arbeit gewissenhaft erledigen.«

»Wie klappt die Zusammenarbeit mit Regina Kandler?«

»Sehr gut. Regina und ich sind nicht nur Arbeitskolleginnen, wir sind auch Freundinnen.«

Rathkolb lächelte zufrieden. »Das freut mich. Sie können sich gewiss noch erinnern, es gab in manchen Amtsstuben in der Stadt beträchtliche Aufregung, als ich beschlossen habe, zwei weibliche Schreibkräfte anzustellen. Manche haben gar von Revolution und Umsturz gesprochen, aber Signora Kandlers und Ihre Arbeitsleistung geben mir jeden Tag recht.«

»Es finden sich aber auch viele Menschen, Herr Direktor, die Sie für diese fortschrittliche Entscheidung bewundern.«

Rathkolb nickte versonnen, dann fasste er Ivana ins Auge.

»Ich habe Sie das noch nie gefragt, aber wie sehen Sie den Skandal um Inspector Zabini?«

Ivana wurde es ein wenig mulmig. »Nun, Herr Direktor, wie soll ich sagen …«

»Einfach heraus, Signora Zupan, gerade drauflos.«

»Tja, ich kann verstehen, dass Sie Inspector Zabini vom Dienst suspendieren mussten, Ehebruch ist vor dem Gesetz ein Vergehen, und natürlich muss gerade die Polizeibehörde in Sachen Gesetzestreue mit leuchtendem Beispiel vorangehen, aber wenn Sie mich persönlich fragen, dann finde ich das Geschehen nicht sehr skandalös. Signor Cherini und seine Frau haben sich auseinandergelebt, das kann doch in einer Ehe passieren. Da sie katholisch sind, können sie sich nach dem Gesetz nicht scheiden lassen. Warum ist das dann Bürgern evangelischen oder mosaischen Glaubens erlaubt? Ich meine, da misst unser Rechtssystem mit zweierlei Maß. Und wenn Signora Cherini und Signor Zabini zueinanderfinden, ist das doch gut. Der Mensch sucht immer nach einem Partner. Die Beteiligten sind erwachsen und mündig, also für mich ist das nicht skandalös, sondern allzu menschlich.«

Rathkolb verzog anerkennend seinen Mund. »Sie zeigen ein beachtliches Maß an Toleranz, Signora Zupan.«

»Ich finde es richtig, dass Sie Inspector Zabini wieder in Amt und Würden gesetzt haben. Alle in der Kanzlei haben geradezu aufgeatmet. Allein sein Auftreten sorgt bei den jungen Polizeiagenten für Disziplin, und uns Schreibkräften fällt es leichter, in der Kanzlei für Ordnung zu sorgen.«

»Ist das also Ihre Ansicht?«

»Das ist sie, Herr Direktor. Ich finde es auch wichtig, dass Inspector Zabini jetzt vermehrt in die Ausbildung der jungen Männer eingebunden ist. Nachdem er mir vor Zeiten die Technik der Daktyloskopie erklärt hat, bin ich davon überzeugt, dass diese zukunftsweisende Methode nicht von einem

Beamten allein angewendet werden sollte. Überhaupt finde ich die wissenschaftlichen Methoden, die Inspector Zabini anwendet, sehr fortschrittlich.«

»Nun, ich höre ein hohes Maß an Respekt in Ihren Worten.«

»Diesen Respekt verdient sich Inspector Zabini.«

»Und was halten Sie von Inspector Pittoni?«

Ivana dachte kurz nach, ehe sie antwortete. »Ich finde es schade, dass die Inspectoren Zabini und Pittoni gelegentlich nicht gut miteinander auskommen. Es ist offensichtlich, dass die beiden in vielen Punkten konträre Ansichten haben.«

»Meinen Sie, dass die Polizeiarbeit darunter leidet?«

»Das nicht. In einem gewissen Sinne ergänzen sich die Arbeitsweisen. Hier die wissenschaftliche Gründlichkeit, dort das sichere Gespür. Inspector Pittonis Leistungen sind bewundernswert, ich kann mich an keinen Fall erinnern, in dem sich Verdächtige mit Lügen oder Ausreden seinen Fragen entwinden konnten. Inspector Pittoni ist vom Typus her ein Einzelgänger, der viele Freiheiten braucht.«

»Wie ist sein Verhalten Signora Kandler und Ihnen gegenüber?«

»Vorbildlich. Inspector Pittoni ist manchmal ein bisschen unwirsch, das ist so seine Art, aber Regina und mir gegenüber ist er stets korrekt und wertschätzend.«

»Also meinen Sie, dass die Arbeit im k.k. Polizeiagenteninstitut alles in allem gut läuft?«

»Das meine ich, Herr Direktor.«

Rathkolb strich sich sinnierend durch den Bart. »Nun denn, Signora Zupan, ich danke Ihnen für die offene Aussprache.«

»Ich danke Ihnen, Herr Direktor, dass Sie sich die Zeit nehmen, auch mit uns Schreibkräften zu sprechen.«

»Meiner Auffassung nach muss es dafür Gelegenheit geben.«

Auf dem Gang waren schwere Schritte zu hören. Es klopfte. Rathkolb und Ivana blickten zur Tür.

»Herein!«, rief Ivana.

Polizeiamtsdiener Vlah trat außer Atem herein und nahm Haltung an, als er Rathkolb erblickte. Vlah hielt einen Zettel in der Hand.

»Signor Vlah, haben Sie Neuigkeiten vom Einsatz?«

Vlah räusperte sich, ging auf Rathkolb zu und reichte den Zettel. »Ja, Herr Direktor, schlechte Nachrichten.«

Rathkolb erhob sich. »Was ist vorgefallen?«

»Wir haben zwei Tote. Das ist die Nachricht von Inspector Jaunig, die ich abliefern soll.«

Rathkolb schnappte den Zettel und las zwei Namen. »Was ist diesen Männern geschehen? Ein offener Kampf?«

»Nein, die Männer wurden höchst wahrscheinlich von hinten mit einem Messer angegriffen und durch einen Gurgelschnitt getötet.«

»Um Himmels willen!«, rief Rathkolb entsetzt. »Wann ist das passiert?«

»Kann ich nicht genau sagen, auf den Straßen herrscht Chaos und die verdammte Bora macht alles viel schlimmer. Ich bin auf dem Weg hierher fast von einem umstürzenden Baugerüst erschlagen worden. Die Elektrische hat den Betrieb einstellen müssen, weil aus Sicherheitsgründen die Oberleitung abgeschaltet wurde. Einer der Toten ist Deutscher, der andere gehört zu Herrn Baumberg.«

»Jessasmarandjosef, das ist eine Katastrophe!«

»Was ich gehört habe, ist die russische Gräfin verschwunden.«

»Geflohen?«

»Weiß ich leider nicht genau.«

Das Telephon klingelte. Alle drei schauten erschrocken zu den beiden Wandapparaten. Für eine Weile schienen sie die Atmung zu vergessen. Das Telephon klingelte erneut.

»Signora Zupan, heben Sie bitte ab.«

Ivana eilte zum Apparat und nahm den Anruf entgegen.

»Danke, Vlah, dass Sie sich durch den Sturm gekämpft haben. Haben Sie weitere Instruktionen von Inspector Jaunig erhalten?«

»Ja, ich soll sofort wieder auf meinen Posten zurückkehren. Die Herren durchkämmen gerade die Gegend rund um die Piazza Goldoni auf der Suche nach dem Verbleib der Gräfin.«

»Herr Direktor!«, rief Ivana, wurde aber nicht gehört.

»Vlah, ich komme mit Ihnen. Ivana soll Verstärkung aus den anderen Kommissariaten anfordern und Oberinspector Gellner verständigen.«

»Jawohl.«

»Herr Direktor!«, rief Ivana lauter. »Es ist dringend!«

Die beiden Männer schauten zu Ivana hinüber.

»Dringend?«

»Ja. Am Apparat ist Polizeiagent Bosovich. Er ruft von der Wachstube in Muggia an. Am besten, er teilt seine Beobachtung Ihnen persönlich mit. Er hat eine Spur verfolgt.«

Rathkolb kniff seine Augen zusammen und eilte los. »Geben Sie mir den Hörer.«

Ivana reichte den Hörer an Rathkolb und trat schnell zurück.

»Hier spricht Rathkolb! Sind Sie es, Signor Bosovich? Also, was haben Sie beobachtet?«

◈

Während der Fahrt hatte sie, so gut es ging, aufgepasst, aber da die Vorhänge zugezogen waren und der Oberst und seine zwei Männer sie pausenlos im Auge behielten, war es ihr unmöglich gewesen, die exakte Richtung festzustellen. Nur eines vermutete sie, nämlich, dass die Fahrt entlang der Küste geführt hatte, also nicht auf das Karstplateau. Erst gegen Ende der Fahrt war es für sie spürbar gewesen, dass es bergauf gegangen war, aber nicht so lange, wie man hinauf zum Plateau benötigte. Also hatte sich der Wagen entweder in südliche oder nördliche Richtung von Triest entfernt. Beim Aussteigen hatte man ihr nicht wieder die Augenbinde angelegt, weswegen Jekaterina sich umschauen konnte. Sie hatte sich auf einer stillen Schotterstraße vor einem abgelegenen Haus vorgefunden. Das Grundstück befand sich außerhalb jeder Siedlung. Ein idealer Unterschlupf für einen Mann wie Alexander Schubnikow und seine Männer.

Jekaterina saß in einer muffigen Kammer an einem Tisch und wartete. Das Haus verfügte offenbar über keine Elektrizität, eine Öllampe spendete Licht. Der Raum war nicht beheizt. Sie hatte Galkins Mantel zurückgegeben und sich in eine wärmende Wolldecke gehüllt. Nur in ihrem roten Abendkleid hätte sie schnell gefroren. Die Decke schützte nicht nur gegen die Kälte, sondern auch vor den zudringlichen Blicken der Männer.

Wenig später knarrte die Tür und Schubnikow trat ein. Er trug eine Flasche und drei Schnapsgläser in der Hand. Hinter ihm betrat Galkin den Raum. Schubnikow setzte sich ihr gegenüber an den Tisch, Galkin rückte einen Stuhl an das Kopfende. Schubnikow stellte die Gläser ab, zog mit einem Ploppen den Korken aus dem Flaschenhals und goss ein.

»Euer Gnaden, greift bitte zu. Es ist zwar kein Wodka, aber der kroatische Sliwowitz ist gut. In der Fremde muss man nehmen, was man kriegt. Prost.«

Jekaterina langte nach einem Glas und hob es hoch. »Prost, meine Herren. Auf Russland!«

»Auf Russland«, wiederholte Schubnikow.

»Auf die Heimat«, sagte Galkin.

Sie leerten die Gläser in einem Zug.

»Ah, das wärmt die Brust und das Herz«, sagte Schubnikow und griff zur Flasche. Danach füllte er erneut die drei Gläser, rührte seines aber nicht an, weswegen Jekaterina und Galkin auch nicht tranken.

»Also, geschätzte Gräfin Olenina, die Zeiten haben sich geändert.«

»Das haben sie.«

»Warum seid Ihr aus Eurer Wohnung verschwunden?«

»Weil mir Mister Hudson einen Besuch abgestattet und mir sozusagen einen Revolver mit gespanntem Hahn auf die Brust gesetzt hat.«

»Die Briten mischen überall mit. Was hat er von Euch gewollt?«

»Er wollte mich außer Landes in Sicherheit bringen. Nach Bombay oder noch weiter fort. Was er nicht gesagt hat, was aber völlig klar in der Luft lag, war, dass ich nach dem Verstreichen einer gewissen Zeit als Spionin der britischen Krone zurück nach Sankt Petersburg gehen solle. Erst brächte er mich vor den wütenden Österreichern in Sicherheit, dafür müsste ich später nach seiner Pfeife tanzen.«

»So agieren diese Inselbewohner nun einmal.«

»Und weil auch Baumbergs Schergen mir immer näher kamen, musste ich die Wohnung räumen.«

»Und wo habt Ihr in den vergangenen Tagen Unterschlupf gefunden, erlauchte Gräfin?«

Jekaterina lächelte herablassend. »Sehr geehrter Herr Oberst, Sie halten mich vielleicht für eine überspannte Adelige, die aus Langeweile und Übermut im Metier des Geheimdienstes dilettiert. Diese Ihre Meinung werde ich möglicherweise niemals durch Argumente und Leistungen entkräften können, aber ich kann es ja versuchen. Vielleicht findet Galkin meine Leistungen ansprechend? Oder die Generalität in

Sankt Petersburg? Die hohen Herren im Kreml? Egal, ich habe einen Eid auf unser Vaterland abgelegt und werde die mir aufgetragenen Pflichten immer so gut erfüllen, wie ich nur kann.«

»Das Bekenntnis Eurer patriotischen Gesinnung ist rührend, aber keine Antwort auf meine Frage.«

»Ich habe Unterschlupf in einem kleinen Häuschen am Stadtrand gefunden. Und dort habe ich Bekanntschaft mit einem interessanten Mann gemacht.«

»Wer ist das und was ist an ihm interessant?«

»Haben Sie sich über die örtliche Polizei ein Bild gemacht, Herr Oberst?«

»Natürlich.«

»Wie schätzen Sie die Leitungsfähigkeit der Triester Polizei ein?«

Schubnikow wiegte den Kopf. »Ich könnte mir vorstellen, dass sie sehr gut darin ist, Hühnerdiebe und Leichenfledderer zu fassen. Wahrscheinlich verdienen so manche Polizisten gut an den Huren in der Stadt.«

Jekaterina lächelte. »Sehen Sie, Herr Oberst, nach Monaten in dieser Stadt kann ich Ihren Befund vielleicht dadurch ergänzen, dass die hiesige Polizei auch Erfolge bei der Verfolgung von Ehebrechern und Taschendieben vorzuweisen hat.«

»Ich bin voll der Bewunderung für die österreichisch-ungarischen Behörden und deren emsige Vertreter.«

»Wenngleich man sagen muss, dass die Tötungen diverser ausländischer Gäste bei der Polizei für Alarmstimmung gesorgt haben. War es nötig, diesen Franzosen auf offener Straße zu erschießen?«

»Das war ohne Alternative.«

»Es gibt da einen Mann in der Polizei, der sozusagen der Einäugige unter den Blinden ist.«

Schubnikow verzog anerkennend seinen Mund. »Ihr macht mich neugierig, Gräfin.«

»Sein Name ist Inspector Bruno Zabini.«

»Galkin, sagt Ihnen der Name etwas?«

»Nein, Herr Oberst.«

»Er ist einer der führenden Kriminalisten im k.k. Polizeiagenteninstitut und ein langjähriger Bekannter eines leider zu früh verstorbenen Mannes namens Gustav Lainer.«

»Ihr habt meine volle Aufmerksamkeit, Gräfin.«

»Diesem Inspector ist der Fang seines Lebens gelungen. Er hat Baumberg, Ihnen, Herr Oberst, Mister Hudson, Monsieur Morel, allen anderen Agenten in der Stadt und allen voran natürlich mir selbst den fetten Braten weggeschnappt. Inspector Zabini hat die von Lainer unter meiner Anleitung gestohlenen Baupläne der Geschütztürme der Radetzky-Klasse gefunden.«

Schubnikow wiegte anerkennend den Kopf. »Und wo hat er sie gefunden?«

»Das hat er mir nicht erzählt.«

»Was hat er Euch erzählt?«

»Er hat die Tragweite seines Fundes erkannt und ist sehr zuversichtlich, dass sich seine finanzielle Lage als einfacher Beamter in absehbarer Zeit beträchtlich verbessern könnte.«

»Es gibt nichts Schöneres und Verlässlicheres auf der Welt als von ihrem bescheidenen Lohn enttäuschte Beamte.«

»Er will viel Geld, sehr viel Geld, Herr Oberst. Da Fürst Blochin verstorben ist, sehe ich derzeit keine Möglichkeit, an die nötige Summe für diesen Inspector heranzukommen. Deshalb musste ich mit Ihnen Kontakt aufnehmen, auch wenn Baumberg mir verflucht knapp auf den Fersen war. Dank Ihres Einschreitens und Galkins besonderen Fähigkeiten bin ich diesem Scheusal entkommen. Dafür bin ich Ihnen sehr dankbar.«

»Man tut für Landsleute, was man kann.«

»Herr Oberst, können Sie innerhalb von drei Tagen hunderttausend Kronen aufbringen?«

Schubnikow zeigte ein überraschtes Gesicht. »Eine beträchtliche Summe. Der Herr Inspector setzt wohl hohe Beträge bei Pferdewetten.«

»Die Pläne sind es wert. Können Sie das Geld besorgen?«

»Die Frage ist doch eher, ob ich einem allzu großspurigen Provinzbeamten so viel Geld geben will.«

»Sie können ja mit dem Mann feilschen wie auf dem Basar.«

»Ich könnte mich des Mannes auch einfach bemächtigen und Raschkin sagen, er soll sein Messer zum Einsatz bringen. Raschkin ist ein Meister, schweigsame Seelen zum Sprechen zu bringen.«

»Um ehrlich zu sein, Herr Oberst, diese Sache überlasse ich gern Ihrer Beurteilung. Für mich ist nur wichtig, dass ich bei diesem Handel meinen Anteil und Sicherheitsgarantien erhalte.«

»So viel zu Euren patriotischen Gefühlen. Was wollt Ihr herausschinden?«

»Ich will fünfzigtausend Kronen.«

Schubnikow regte seine Miene nicht. »Dreißigtausend.«

»Fünfundvierzig.«

»Fünfunddreißig.«

»Vierzig. Darunter gehe ich nicht.«

Schubnikow nickte zustimmend. »Das ist ein Betrag, den man einer Dame Euren Formats und Standes zurechnen muss. Abgemacht, vierzigtausend österreichische Kronen. Warum verlangt Ihr keine Rubel? Gefällt Euch das österreichische Küstenland so sehr?«

»Und ich brauche Ihre ausdrückliche Garantie, dass Sie mich nicht an Baumberg oder Hudson ausliefern. Ich unterstelle mich vollständig Ihrem Kommando, erwarte also entsprechenden Schutz.«

Schubnikow machte eine kategorische Handbewegung. »Genehmigt, Euer Gnaden. Galkin ist mein Zeuge. Ihr seid eine Landsfrau und schlagt Euch wirklich wacker, also wird Euch mein Schutz zuteil.«

»Erfreulich, Herr Oberst. Ich habe immer gewusst, dass man mit Ihnen ins Geschäft kommen kann.«

»Den guten Geschäftssinn, erlauchte Gräfin, habe ich bei Euch auch sofort wahrgenommen.«

»Morgen werde ich Ihnen die Wohnadresse des Inspectors verraten.«

»Warum nicht gleich?«

»Weil ich nach all den Strapazen müde bin.«

»Leider kann ich Euch hier keine standesgemäße Unterkunft anbieten, aber immerhin eine bescheidene Kammer, deren Tür Ihr versperren könnt. Eine Dame benötigt für die Nachtruhe gewisse Intimität, die Euch von meinen Männer und mir vollständig gewährt wird. Galkin wird Euch die Kammer zeigen.«

»Vielen Dank, Herr Oberst.«

Schubnikow nickte, griff zum Schnapsglas und erhob sich. »Wir kommen voran, Gräfin. Das freut mich, und darauf will ich trinken. Prost.«

Jekaterina und Galkin erhoben sich ebenfalls, griffen nach den Schnapsgläsern und prosteten sich zu. Der Sliwowitz brannte in Jekaterinas Kehle und wärmte ihren Bauch.

War das der letzte Umtrunk ihres Lebens? Würde sie diese Nacht überleben?

❧

Bruno hörte das ferne Schrillen einer Trillerpfeife und schaute um sich. Woher war der Pfiff gekommen? Zum wiederholten Mal war er rund um das Castello di San Giusto gelaufen, eben näherte er sich auf der Via del Monte der großen Treppe. Bruno trat an die Brüstung und blickte hinunter in Richtung Piazza Goldoni.

Sofort rannte er die Treppe hinab.

Auf der Piazza standen drei Kutschen der Polizeibehörde. Man blies offenbar zum Sammeln. Wer hatte das veranlasst? Der große Vierspänner war unverkennbar, es gab nur wenige Kutschen solchen Bautyps in Triest. Er verfügte über sechzehn Sitzplätze, aber es war durchaus möglich, mehr als zwanzig Mann damit zu befördern. Dahinter befanden sich zwei Zweispänner, die pro Wagen noch einmal bis zu acht Mann transportieren konnten. Rund um die drei Fuhrwerke standen mehrere Männer, die sich und die Pferde gegen den Sturm zu schützen versuchten.

Bruno sah, dass Männer von allen Seiten auf die Piazza liefen, durch die wiederkehrenden Pfiffe alarmiert. Er erreichte die Piazza und erkannte auf dem Kutschbock des Vierspänners den Polizisten Milan Leskovar, der für die stete Verfügbarkeit der Polizeifahrzeuge verantwortlich und selbst als Kutscher tätig war.

Polizeiamtsdiener Vlah marschierte rund um die Piazza und blies in regelmäßigen Abständen in die Trillerpfeife. Bruno und sein Kollege Vinzenz Jaunig trafen fast zeitgleich am Sammelpunkt ein. Da rannten Koloman Vanek und sein Kollege Meier herbei, wenig später sah Bruno Materazzi und Baumberg.

»Zabini, da sind Sie ja! Sehr gut«, rief Polizeidirektor Rathkolb. »Kommen Sie näher.«

Der Direktor und Oberinspector Gellner scharten die Männer rund um sich, in der ersten Reihe die Kommandanten, dahinter das Fußvolk. Dr. Rathkolb hatte also persönlich ein Großaufgebot organisiert, so viel verstand Bruno auch ohne eine Erklärung.

Rathkolb schaute in die Runde der Männer. Er musste gegen den Sturm anschreien, damit ihn jeder verstand. »Einsatzbesprechung! Der Sicherungsring hat gehalten, Polizeiagent Bosovich ist es gelungen, eine Kutsche, in der vier Männer und eine Frau unterwegs waren, bis nach Muggia zu verfolgen. Er hat die russische Sprache gehört und telephonisch Verstärkung angefordert. Signor Bosovich hält sich derzeit in der Wachstube Muggia auf, zwei Männer beobachten aus der Distanz das Haus im Hinterland. Ich beordere alle verfügbaren Polizeikräfte zum Einsatz. Das Kommando führt Oberinspector Gellner. Wir bilden zwei Gruppen, die von Zabini und Jaunig geführt werden. Herr von Baumberg, das ist ein Polizeieinsatz. Ich kann nicht verbieten, dass Sie sich auch nach Muggia begeben, aber halten Sie Ihre Leute im Hintergrund.«

»Selbstverständlich, Herr Direktor.«

»Wer sind Sie?«, fragte Rathkolb und schaute den Mann an, der neben Baumberg stand.

»Mein Name ist Rolf Stiebke aus Deutschland, Herr Direktor. Ich habe mit meinen Männern Herrn von Baumbergs Truppe verstärkt.«

»Herr Direktor«, warf Baumberg schnell ein. »Herr Stiebke ist ein enger Verbündeter und genießt mein volles Vertrauen.«

»Der deutsche Staatsbürger, der heute Abend getötet wurde, gehört der zu Ihren Leuten?«

»Jawohl, Herr Direktor, Buchholz war einer meiner besten Männer.«

Rathkolb nickte. »Nun denn, Herr Stiebke, ich darf und werde während eines Polizeieinsatzes ausländische Gäste nicht in Gefahr bringen. Ich verbiete Ihnen, sich dem unmittelbaren Einsatzgebiet zu nähern, ansonsten sind Sie frei, dahin zu gehen, wo Sie wollen. Und für Ihren Mann werden wir Sühne suchen, das verspreche ich.«

»Danke, Herr Direktor.«

»Sind noch Fragen offen?«, rief Rathkolb in die Menge und wartete. »Dann übergebe ich hiermit das Kommando an Oberinspector Gellner.«

Gellner trat vor. »Männer, ihr habt gehört, es geht los. Die Bora macht den Einsatz zu einer Herausforderung, die wir aber meistern werden. Kontrolliert die Ladungen eurer Waffen. Die Verdächtigen sind rücksichtslos und äußerst gewaltbereit, aber wir werden ihnen schon Mores lehren in unserer Stadt. Bleibt beisammen und immer wachsam. Bereit? Gut. Alle Mann aufsitzen!«

～◦～

Schubnikow saß nach wie vor am Tisch und hatte inzwischen sein Glas ein weiteres Mal gefüllt, geleert und abermals gefüllt. Er entflammte eine Zigarette und überdachte die Lage. Wie nicht anders zu erwarten, trug seine Vorgangsweise Früchte. Die vorerst schwer durchschaubaren Fronten in der Stadt an der Adria lichteten sich und traten klarer hervor. Japan war ausgeschaltet, Frankreich ausgeschaltet und Italien war durch die geographische Nähe zwar präsent, aber kopf- und führungslos. Letzteres fand Schubnikow einleuchtend. Wie konnte man auch so dumm sein, einer Frau das Kommando eines Einsatzes zu überantworten? Das musste zwangsläufig zur Niederlage führen. Auch seine Heimat Russland war dem Geist der Aufklärung auf den Leim gegangen. Nicht auszudenken, in welch peinliche Lage die hochwohlgeborene Gräfin Olenina Russland geführt hätte. Ohne sein Eingreifen wäre der Einsatz in Triest zu einem Fiasko geworden.

Galkin trat in den Raum.

»Hat die Gräfin ihre Gemächer bezogen?«, fragte Schubnikow.

»Das hat sie.«

»Dann schließen Sie die Tür und setzten sich zu mir, Galkin.«

Der Adjutant des Oberst tat, wie ihm geheißen. Schubnikow füllte Galkins Glas und schob es über den Tisch. Die Männer tranken.

»Also, Galkin, was wollen Sie mir sagen?«

»Ich möchte eine Frage stellen.«

»Heraus damit.«

»Glauben Sie ernsthaft der Geschichte mit dem Polizisten, der die Pläne verkaufen will?«

»Sie könnte auf die eine oder andere Weise wahr sein, vielleicht nicht so, wie sie von der Gräfin geschildert worden ist.«

»Ich glaube weit eher, dass Baumberg die Gräfin in der Hand hat und sie als Lockvogel einsetzt.«

»Das glaube ich nicht nur, davon bin ich felsenfest überzeugt. Die Gräfin spielt ein falsches Spiel, das ist offensichtlich.«

Galkins angespannte Miene lockerte sich. »Gut, ich habe schon befürchtet, Sie würden sich in die Ränke der Gräfin verwickeln.«

Ein strafender Blick traf Galkin. »Reden Sie keinen Unsinn! Wie lange sind Sie schon in meinem Dienst? Na also.«

»Wie sollen wir weiter verfahren?«

»Wir werden uns diesen Herrn Inspector genau ansehen, dann wird sich wohl sehr schnell der Wahrheitsgehalt dieser Zote aus dem Mund der Gräfin herausstellen. Und wenn er die Pläne wirklich hat, dann sind sie uns so gut wie sicher.«

»Und die Gräfin?«

»Wird ihren gerechten Lohn erhalten.«

Galkin grinste schmutzig. »Vierzigtausend Kronen und eine Schutzgarantie?«

Schubnikow nickte zustimmend. »Die Prämie wird wie üblich aufgeteilt. Vierzig Prozent für mich, sechzig Prozent für meine Männer. Durch Nemilows Tod erhöht sich Ihr Anteil, Galkin.«

»Wir werden zu Nemilows Ehren eine Flasche Champagner köpfen.«

»Das sind wir unserem Kameraden schuldig.«

»Und die Gräfin selbst?«

Schubnikow zerdrückte seine Zigarette im Aschenbecher. »Wissen Sie, Galkin, mit der Zeit habe ich meine Meinung, was die Gräfin betrifft, überdacht.«

»Hört, hört.«

»Ich habe mittlerweile großen Respekt vor der Zähigkeit und Entschlossenheit der Dame, und da sie mit allem, was Frauen an Vorzügen bieten können, im reichen Maße gesegnet ist, werde ich, sobald wir die Baupläne haben, diese rossige Stute herrisch zureiten.«

»Sehr gut, Herr Oberst.«

»Nach mir sind Sie an der Reihe, Galkin. An wen Sie sie weiterreichen, überlasse ich Ihnen.«

»Die Kameraden können würfeln.«

Schubnikow nickte zufrieden. »Sehen Sie, Galkin, ich wusste ja, dass ich mich auf Ihre Ideen verlassen kann. Darauf trinken wir.«

❧

Der Sturm heulte und peitschte die Baumkronen. Bruno sah fast nichts, tastete sich Schritt für Schritt voran. Luigi Bosovich folgte ihm auf dem Fuß, dahinter gingen die Polizeiagenten Materazzi und Tribel sowie zwei Wachmänner aus Muggia. Zu sechst war es ihre Aufgabe, das Haus am Hügel großräumig zu umgehen und dann die Rückseite im Wald zu besetzen. Gellner und Jaunig schwärmten mit dem Gros des Aufgebots von der Straße kommend aus.

Bruno versuchte, sich zu orientieren. Wo lag das Haus? Die Nacht war finster, dichte Wolken verdeckten den Mond. Die Männer trugen zwar Taschenlampen bei sich, setzten diese aber aus Sicherheitsgründen nicht ein. So war der Fußmarsch durch den Wald ein Wagnis. Jederzeit konnte der Sturm einen Baum entwurzeln oder ein Ast konnte abknicken und sie von oben treffen. Oder sie stolperten über Wurzeln oder Steine, tappten in ein Erdloch und brachen sich den Knöchel.

Einer der einheimischen Polizisten drängte sich an Bruno heran. »Herr Inspector. Da entlang.«

»Sind Sie sicher?«

»Ja. Ich kenne den Wald, weil ich hier mehrfach mit meinen Brüdern Bäume gefällt habe. In diese Richtung müssen wir gehen.«

»Am besten Sie gehen voran und zeigen uns den Weg.«

»Jawohl, Herr Inspector.«

Der Mann marschierte gebückt los und hielt dabei seine Dienstmütze fest.

Plötzlich leuchtete vor ihnen eine Lampe dreimal hintereinander auf. Die sechs Männer hielten an, gingen auf die Knie und griffen nach ihren Waffen. Der einheimische Polizist erwiderte das Signal. Aus der Dunkelheit löste sich eine Gestalt und kam näher. Bruno kniff die Augen zusammen. Er erkannte an der Form der Mütze, dass es sich um einen Polizisten handelte. Sie hatten also den im Wald versteckt wartenden Kollegen gefunden. Oder vielmehr hatte der Mann die sich nähernde Gruppe entdeckt. Sie steckten die Köpfe zusammen.

»Wachtmeister Cermani.«

»Inspector Zabini. Ich kommandiere die Truppe. Wie ist die Lage?«

»Außer der Bora ist es hier ruhig. Vor einer Dreiviertel-stunde wurden im Haus die Lichter gelöscht, seither rührt sich nichts.«

»Wie weit noch?«

»Zwanzig Meter bis zu meinem Beobachtungsposten.«

»Wie weit liegt das Haus entfernt?«

»Ungefähr siebzig Meter bei freier Sicht zur Rückseite. Leider kann man das Grundstück nicht vollständig einse-hen, dazu müsste man näher heran. Aber ich sollte ja aus der Ferne beobachten.«

»Gut gemacht, Cermani.«

»Was ist eigentlich los? Warum musste ich hier beob-achten?«

»Möglicherweise ist das Haus der Unterschlupf einer äußerst brutalen Verbrecherbande. Die Polizeidirektion Tri-est bietet einen Großeinsatz auf, um das Haus zu umstel-len.«

»Hat das mit dem Mord in der Città Vecchia zu tun?«

»Damit, und möglicherweise mit weiteren Morden.«

»Wie lauten Ihre Befehle für mich, Herr Inspector?«

»Sind Sie durchfroren?«

»Nein, ich bin gut ausgerüstet.«

»Sind Sie voll einsatzbereit, Cermani? Ist die Waffe gela-den?«

»Jawohl, Herr Inspector.«

»Dann stehen Sie ab sofort unter meinem Kommando. Füh-ren Sie mich zu Ihrem Beobachtungsposten, dann gliedern Sie sich ein. Wir bilden eine Kette. Der Zugriff erfolgt vom Gros über die Straße, wir decken das Hinterland. Revolver bereithalten. Ausschwärmen.«

Der Trupp bewegte sich Schritt für Schritt den Hügel empor. Koloman Vanek hielt sich wie angeordnet hinter den Polizisten. Er spürte dieses prickelnde Gefühl wie bei jedem Einsatz.

Baumberg hatte in Triest eine Kutsche organisiert, und so waren er, Vanek, Meier und Stiebke dem Polizeiaufgebot nach Muggia gefolgt.

Sie hielten Sicherheitsabstand zum Oberinspector und seinen Leuten. Viel konnte Vanek nicht sehen, der wolkenverhangene Himmel ließ selbst den matten Schein des Mondes nicht durch. Das Unterholz neben der Fahrbahn lag in völliger Schwärze. Aus der Ferne nahm Vanek aber dennoch wahr, dass der Oberinspector seinen Trupp anhielt, sich mit den Männern besprach und wie die Polizisten schließlich links und rechts ausschwärmten.

Vanek trat an Baumberg heran. »Herr Hauptmann, soll ich wirklich hier Maulaffen feilhalten? Was ist, wenn die Polizei den Einsatz vermurkst?«

»Das darf unter keinen Umständen passieren.«

»Ich gehe vor und suche mir einen Unterschlupf.«

Baumberg winkte Meier heran. »Herr Stiebke und ich bleiben hier, damit die Polizei sieht, dass wir uns an die Regeln halten, aber Meier, Sie gehen mit Vanek gedeckt vor. Ich brauche fähige Leute im unmittelbaren Geschehen.«

Vanek nickte Baumberg zu. »Danke, Herr Hauptmann.«

»Ich weiß ja, dass du im Ernstfall Untätigkeit nicht ausstehen kannst. Meier, sind Sie bereit?«

»Bin bereit, Herr Hauptmann.«

»Abmarsch«, sagte Baumberg und löste sich von seinen beiden Männern.

Vanek klopfte Meier auf die Schulter und zeigte die Richtung an, dann verschwanden sie in der Dunkelheit.

Jekaterina lag vollständig bekleidet unter der Decke und lauschte konzentriert in die Nacht hinein. Offenbar hatten sich die Männer zur Ruhe begeben, seit rund einer Dreiviertelstunde war es still und kein Lichtschein drang mehr durch den Türspalt. Nur das Rütteln des Windes an den Fenstern und Dachschindeln war zu hören. Als sie den Raum betreten und die Tür hinter sich abgesperrt hatte, hatte sie im Licht einer Kerze das Fenster inspiziert. Die Fensterflügel konnten zwar geöffnet werden, doch die Läden waren von außen verriegelt worden. Sie hätte Werkzeug benötigt, um sie aufzubrechen, aber im Raum befanden sich nur ein Bett, ein Schrank und ein Stuhl. Zweifellos war ihre Bleibe sorgsam als Haftzelle vorbereitet worden. Kurz überlegte sie, ob sie mit dem Stuhl gegen die Läden schlagen könnte, war aber schnell von dieser Idee abgekommen. Der Lärm hätte den als Wache abgestellten Mann alarmiert.

Sie überlegte, welche Ausrüstung ihr zur Verfügung stand. Da war ein kostbares Collier, ein paar ausgesucht schöne Ohrringe, ein verführerisch tief geschnittenes Abendkleid und dazu passendes Schuhwerk, bestens geeignet für poliertes Parkett und marmorne Böden. Darüber hinaus konnte sie auf zwei warme Wolldecken, ein muffig riechendes Pölsterchen, einen Schal, eine Streichholzschachtel und zwei Kerzen zurückgreifen.

Ein bitteres Lächeln legte sich auf ihr Gesicht. Sie könnte ein Feuer entfachen und dem Oberst und seinen Schergen tüchtig einheizen. Dieses Attentat hätte allerdings zur Folge, dass sie selbst zuallererst am Rauch ersticken und in der Feuerbrunst sich zu Kohle wandeln würde. Keine sehr verlockende Option.

Sie saß in der Falle.

Hatte Bruno ihr Verschwinden rechtzeitig bemerkt? War er dem Wagen gefolgt? Sie hatte während der Fahrt und hier im Haus keine Anzeichen bemerkt, dass sie verfolgt wurden.

Die Flucht durch die Kanalisation war das Ass, mit dem Galkin alle anderen ausgestochen hatte. Dieser schlaue Fuchs war nicht zu unterschätzen. War auch Bruno überrascht worden? Waren die Triester Polizei und der österreichische Geheimdienst übertölpelt worden? Ihr Mann hatte immer gesagt, dass man als Agent stets realistisch bleiben musste, also vom schlechtesten Fall ausgehen sollte. Und letzteren würde sie so formulieren: Sie war völlig schutzlos einer Bande gemeingefährlicher Gewalttäter ausgesetzt.

Wie sie Schubnikow einschätzte, würde er sie seinen Männern vorwerfen, ehe er sie kaltblütig hinrichtete. Der Tod schien also gewiss. Wenn sie sich selbst richtete, würde ihr immerhin die Schändung erspart bleiben. Eine derart törichte und theatralische Tat passte aber nicht zu ihr. Also blieb nur die Flucht mit einer geringen Chance auf Erfolg, aber der hohen Wahrscheinlichkeit, auf der Flucht erschossen zu werden.

Jekaterina streifte ihre Schuhe ab und erhob sich leise aus dem Bett. Sie warf sich beide Decken um die Schultern und legte ein Ohr an die Tür.

Das Haus lag in völliger Stille.

Sachte drehte sie den Schlüssel im Schloss und drückte die Klinke nach unten.

Die Tür war von außen versperrt. Damit hatte sie natürlich rechnen müssen, sie hatte beim Eintreten den Riegel an der Tür gesehen. Also doch der mühsame Weg durch die Fensterläden. Nur wie?

⁓◦⁓

Der Beobachtungsposten war gut gewählt, bei Tageslicht hätte man mit dem Feldstecher die gesamte Rückseite des Hauses im Auge, doch in finsterer Nacht sah man nichts außer Umrissen. Bruno vermied es, auf die Armbanduhr zu schauen, denn um die Zeit abzulesen, hätte er die Taschenlampe benützen müssen. Es gab vorerst keinen Grund, seine Stellung erkennbar zu machen. Wenn Gellner den Sturm auf das Haus anordnen würde, würden sie das auch hier hinter dem Haus bemerken.

Konzentriert und regungslos verharrte er in seinem Versteck. Langsam verfiel er in jenen Zustand der Entrückung, der sich einstellte, wenn er bei einem Einsatz längere Zeit völlig still und bewegungslos warten musste. Er war gespannt wie eine Katze, die vor einem Mauseloch auf der Lauer lag. Scheinbar völlig ruhig und gelassen, geradezu schläfrig, aber von einem Moment auf den anderen zum Sprung bereit.

Eine Bewegung beim Haus.

Bruno war schlagartig hellwach. Ein Schatten hatte sich durch die Dunkelheit bewegt. Und er war sich sicher, dass es kein Tier war.

Bruno ließ das Fernglas sinken und griff zur Taschenlampe. Er richtete die Lampe zuerst nach links und schaltete sie kurz ein, dann tat er das Gleiche rechts. Luigi hatte das Signal gesehen, denn schon kroch er durch das Unterholz heran. Wenig später kam auch Materazzi.

Bruno und die beiden Männer steckten die Köpfe zusammen. Er flüsterte. »Eine Gestalt entfernt sich vom Haus. Luigi und ich gehen vor und schneiden ihr den Weg ab. Waffe ziehen. Bist du bereit?«

»Bin bereit, Herr Inspector.«

»Du gehst links, ich rechts. Materazzi, Sie halten mit den Männern die Stellung. Niemand darf hier durchschlüpfen. Wenn ich pfeife, stürmen Sie. Oder wenn Schüsse fallen.«

»Jawohl, Herr Inspector.«

»Wir gehen vor.«

Galkin saß in der Dunkelheit und starrte auf die halb volle Schnapsflasche. Er hatte sich freiwillig zur ersten Wache gemeldet, denn mitten in der Nacht geweckt zu werden, mochte er nicht. Er lauschte in die Nacht. Wie es aussah, waren sie Baumberg und seinen Leuten entwischt. Schon in den nächsten Tagen würden sie diesen Unterschlupf verlassen müssen, es war gefährlich, zu lange an einem Ort zu verweilen. Selbst die tollpatschigen Österreicher könnten sie hier früher oder später finden. Oder von diesem verdammten britischen Teehändler einen Hinweis bekommen. Galkin war sich sicher, dass die Briten genauestens über die Geschehnisse an der Adria unterrichtet waren. Sie hatten überall ihre schmierigen Spione. Das war auch der Grund, weswegen der Oberst die Briten so hasste. Dafür hatte Galkin völlig Verständnis.

Dieser italienischen Hexe und dem französischen Dummkopf heimzuleuchten, war naheliegend gewesen, aber der Japaner, den sie beseitigt hatten, tat ihm ein bisschen leid. Der Mann war Galkin auf merkwürdige Art sympathisch gewesen. Warum, wusste er nicht zu sagen. Vielleicht, weil er bei der Folter keine Angst gezeigt hatte. Die Zähigkeit und Selbstdisziplin der Asiaten fand Galkin immer wieder faszinierend. Aber natürlich hatte der Oberst völlig recht, wenn er sagte, dass jeder einzelne Japaner im Dienst des Kaisers für die verheerende Niederlage Russlands zu bluten hatte. Rache musste sein.

Gerade der Gedanke an die Disziplin der Asiaten ermöglichte es Galkin, nicht zur Schnapsflasche zu greifen. Am Ende der Wache, wenn er Semenkow aus dem Bett jagte, würde er sich einen Schlummertrunk eingießen.

Er hörte ein rumpelndes Geräusch.

Sofort war Galkin hellwach und sprang hoch.

Da war es wieder. Woher kam es? Galkin eilte durch das Haus und legte sein Ohr an die Tür des Zimmers der Gräfin. Es rumpelte erneut. Galkin fluchte, schob den Riegel zur Seite und suchte nach dem Zweitschlüssel. Er riss die Tür auf. Einer der Ladenflügel schlug im Wind gegen den Fensterrahmen. Die Gräfin war verschwunden.

Galkin zog seine Waffe und rannte zum Zimmer des Obersts. Er riss die Tür auf, trat ans Bett und rüttelte Schubnikow an der Schulter.

»Herr Oberst, wachen Sie auf!«

Schubnikow hatte tief und fest geschlafen, er riss desorientiert die Augen auf. »Galkin? Was ist los?«

»Die Gräfin ist getürmt.«

»Verflucht!«

»Ich suche sie. Weit kann sie noch nicht sein.«

»Sind die Männer alarmiert?«

»Noch nicht. Habe Sie zuerst geweckt.«

»Gut. Dann holen Sie die Gräfin, ich wecke die anderen.«

Galkin packte seinen Mantel, rannte zurück in das Zimmer der Gräfin und stieg durch das Fenster nach draußen. Er schaute sich um. Welche Richtung hatte sie eingeschlagen? Galkin hastete los.

❧

Es war ein Kinderspiel gewesen, sich an den im Unterholz langsam voranschreitenden Polizisten vorbeizuschummeln. Meier und er waren Wölfe auf Beutegang. Die ängstlichen Beamten der Triester Polizeibehörde marschierten nicht durch den Wald, sie stolperten dahin. Im Normalfall saßen diese Männer in geheizten Amtsstuben und kratzten mit der Füllfeder langweilige Berichte auf das Papier, während er, Vanek, im Kriegseinsatz war. Das hier war Krieg, das war sein Schlachtfeld, hier war er zu Hause und stand seinen Mann.

Vanek und Meier schritten gebückt voran. Der Sturm, das Geheul und das Knirschen der sich wiegenden Äste überdeckte jedes Geräusch, das sie verursachten. Sie trugen dunkle Kleidung, duckten sich im Unterholz und waren so völlig unsichtbar.

Vanek hielt an und kniff die Augen zusammen. Das Haus lag jetzt unmittelbar vor ihnen, die etwa hüfthohe Steinmauer, die das Grundstück einfriedete, war für die beiden kein Hindernis. Vanek duckte sich hinter der Mauer und zog Meier heran. »Sie gehen rechts, ich links. Suchen Sie sich einen Unterschlupf und beobachten. Wenn die Polizisten stürmen, dürfen sie unsere Anwesenheit nicht einmal ahnen. Wenn die Russen kommen, schießen wir zuerst. Ohne Vorwarnung.«

»Geht klar.«

»Waidmannsheil.«

»Ihnen auch, Vanek.«

Wenig später fand Vanek ein ideales Versteck hinter einem Gebüsch, kaum zwanzig Meter von der Eingangstür des Hauses entfernt, aber doch weit neben der allfälligen Schusslinie bei einem Gefecht vor dem Haus. Er kauerte am Boden und lauerte.

✧

Bruno versuchte, die Geräusche auseinanderzuhalten. War das der Sturm? Waren das Schritte im Unterholz? Hatte sich dort vorn jemand bewegt? Hatte sich eine Person hinter einem Baumstamm versteckt? Schwer zu sagen. Am besten er ging voran zu der Stelle und knipste in unmittelbarer Nähe die Lampe ein. Wenn die vermutete Person hinter diesem Baum allerdings einer der russischen Agenten war, der seinen Revolver im Anschlag hielt, würde Bruno ein ideales Ziel bieten.

Es gab nur eine Möglichkeit, Klarheit zu erlangen, er musste den Ausfallschritt wagen.

Bruno kroch zu Luigi, der nur drei Meter hinter ihm auf dem Boden liegend wartete. Bruno beugte sich seinem Adjutanten zu und flüsterte mit vorgehaltener Hand in dessen Ohr. »Ich glaube, da vorn ist jemand. Halte die Stellung, ich sehe nach. Wenn ich mich täusche, komme ich zurück.«

Luigi nickte zustimmend.

Bruno ging gebückt Schritt für Schritt näher, in der rechten Hand hielt er den Revolver, in der linken die Taschenlampe. Noch drei Schritte und er würde den Baum erreicht haben. Zwei Schritte. Bruno hielt den Atem an und spannte den Hahn. Dann legte er den Schalter der Lampe um. Der Lichtstrahl zerschnitt die Dunkelheit.

Niemand versteckte sich beim Baumstamm.

Hatte er sich getäuscht? Er leuchtete um sich, sah nur Bäume und Sträucher.

»Bruno?«

Die Stimme erklang knapp hinter ihm. Bruno warf sich erschrocken herum und leuchtete in das Gesicht einer Person, die gerade aus dem Gebüsch auftauchte. Er erkannte die Gräfin sofort und schaltete die Lampe aus.

»Jekaterina!«, rief er und hörte, wie sie durch das Gebüsch auf ihn zukam.

»Musstest du mir ins Gesicht leuchten? Ich bin geblendet und sehe nichts.«

»Hier bin ich«, sagte er, löste den Hahn und steckte die Waffe in die Revolvertasche. Bruno griff nach ihrem Oberarm und zog sie zu sich.

Erleichtert umschlang sie Bruno. »Meine Güte, ich habe unbeschreibliche Ängste ausgestanden. Gott im Himmel sei es gedankt, dass du hier bist.«

»Ist der Oberst hinter dir her?«

»Ich hoffe nicht. Ich gab mir größte Mühe, die versperrten Fensterläden geräuschlos aufzubrechen, aber der Oberst und seine Männer werden zweifellos sehr bald bemerken, dass ich geflüchtet bin.«

Bruno drückte sie an sich und sprach mit gedämpfter Lautstärke in ihr Ohr. »Ich habe auch Ängste ausgestanden. Ich bin froh, dich gefunden zu haben.«

»Bist du allein gekommen?«

»Nein, das Haus ist von drei Dutzend Männern umstellt. Fort von hier, in diese Richtung.«

»Ja, nur fort.«

»Wie viele Männer sind im Haus?«

»Sie sind zu viert.«

»Gut. Dann bringe ich dich zuerst in Sicherheit.«

»Endlich.«

Bruno hakte sich bei Jekaterina ein und führte sie voran. Sie kamen nach wenigen Schritten an eine kleine Lichtung. Bruno sah einen Schatten, der hinter einem Baum hervortrat. War das Luigi? Er hätte doch ein Stück weiter hinten warten sollen.

Noch bevor Bruno die Person hätte anrufen können, sah er direkt vor sich einen grellen Blitz und hörte, wie etwas an seinem Ohr vorbeizischte, dann ertönte ein Knall.

Bruno stieß Jekaterina zu Boden und hörte trotz des Sturmes, wie der Schatten vor ihm erneut den Hahn spannte. Bruno rang mit sich. Um die Waffe aus der Tasche zu ziehen, blieb nicht genug Zeit. Er musste sich mit einem Sprung zu Boden in Sicherheit bringen. Und zwar sofort!

Links neben ihm zerriss ein Blitz die Dunkelheit. Der Knall dröhnte in seinen Ohren. Der Schatten vor ihm taumelte und ging zu Boden. Bruno schaltete die Taschenlampe ein. In etwa zwölf Metern Entfernung lag ein Mann am Boden, seine Arme und Beine zuckten.

Bruno schwenkte das Licht nach links und sah Luigi Bosovich, der zur Salzsäule erstarrt seinen Revolver auf das Ziel gerichtet hielt und scheinbar völlig die Atmung vergessen hatte. Aus Luigis Waffe stieg Pulverqualm. Brunos Kopf fühlte sich wie ein mit Menschen überfüllter Perron in einer lärmenden Bahnhofshalle an. Was ging hier vor sich? Bruno schaltete die Lampe aus.

»Luigi, bist du in Ordnung?«

Der Angesprochene reagierte nicht, starrte noch immer in Richtung des Mannes, den er mit seinem Schuss niedergestreckt hatte.

Bruno bückte sich und half Jekaterina wieder auf die Beine. »Bist du verletzt? Ist alles in Ordnung?«

»Nun, ein paar blaue Flecken werden bleiben. Wie geht es dir? Bist du getroffen worden?«

»Die Kugel verfehlte mein Ohr um Haaresbreite.«

Jekaterina richtete sich auf und schaute zu Luigi, der seine Waffe senkte, ohne aus seiner Trance zu erwachen. »Wer ist der Mann?«

»Mein Adjutant Bosovich.«

Jekaterina atmete gequält durch. »So ein Adjutant ist mehr wert als alles Gold der Welt.«

Bruno trat auf Luigi zu und fasste ihn an der Schulter. »Danke, Luigi, du hast mir das Leben gerettet. Das war verflucht knapp.«

Luigi starrte Bruno mit weit aufgerissenen Augen an. »Ich … ich … habe auf einen Menschen … geschossen.«

»Und Gott sei Dank auch getroffen.«

»Bruno, bring die Lampe!«, rief Jekaterina.

Bruno drehte sich um und erahnte in der Dunkelheit, dass die Gräfin Olenina beim Getroffenen stand. Bruno lief los und schaltete die Taschenlampe wieder ein. Der Mann focht sein letztes Gefecht, er gab sich noch nicht geschlagen, aber als Bruno die Lampe auf die Brust des Mannes richtete, war klar, dass dieser Kampf schon entschieden war. Die Kugel hatte mitten in die Brust eingeschlagen und wohl die Hauptschlagader zerrissen, das Leben quoll in einem nicht versiegenden Strom aus ihm heraus.

»Kennst du ihn?«, fragte Bruno.

»Grigorij Galkin. Die rechte Hand des Obersts.«

Der Todeskampf ging dem Ende zu. Der Blutstrom verebbte, die Miene des Mannes gefror.

»Ruhe in Frieden«, murmelte Bruno.

»Wir müssen fort. Der Oberst hat die Schüsse unter Garantie gehört.«

»Ja, du hast recht«, sagte Bruno, warf sich herum, packte den nach wie vor benommenen Luigi und zog ihn mit sich.

Wenig später erreichten sie die rückwärtige Linie. Bruno leuchtete mit der Lampe und rief laut. »Materazzi! Wir kommen! Wir haben die Gräfin! Es gibt einen Toten! Materazzi, wo sind Sie?«

Mehrere Lichter gingen an. »Wir sind hier, Herr Inspector!«

Bruno trat außer Atem vor die versammelten Polizisten und blickte um sich. »Sie, Cermani, ich habe einen Auftrag für Sie. Bringen Sie die Gräfin in Sicherheit.«

Materazzi leuchtete Luigi ins Gesicht. »Was ist mit ihm?«

»Er hat einen Schock.«

»Ist er verwundet?«

»Nein, Luigi hat einen Mann erschossen und damit mein Leben gerettet.« Bruno entwand Luigi den Revolver und reichte ihn den uniformierten Polizisten. »Cermani, verwahren Sie die Waffe, bis Polizeiagent Bosovich wieder bei Sinnen ist. Und bringen Sie auch ihn in Sicherheit.«

»Jawohl, Herr Inspector.«

»Alle anderen folgen mir. Waffen bereithalten. Lampen aus.«

Oberst Alexander Schubnikow hatte sich eilig bekleidet und bewaffnet, er stand im Zimmer, in dem sie die Gräfin Olenina eingesperrt hatten, und schaute sich im Kerzenlicht um. Er brummte einen Fluch. Von hinten näherten sich Schritte, Schubnikow wandte den Blick zur offen stehenden Tür. Raschkin und Semenkow erschienen.

»Ist die Gräfin getürmt?«, fragte Semenkow.

Schubnikow lachte gequält auf. »Wir haben dieses Miststück wohl ein wenig unterschätzt. Sie hat den Stuhl zerlegt und ein Stuhlbein als Hebel benutzt, um den Riegel der Fensterläden zu zerbrechen.«

Die beiden Männer schauten sich um. »Und das ganz ohne Werkzeug?«

»Die Gräfin Olenina ist offensichtlich eine Frau mit vielen Talenten. Es wird mir ein Vergnügen sein, ihr all die Freude, die sie uns zuteilwerden lässt, hundertfach zu vergelten.«

»Ist Galkin hinter ihr her?«

»Galkin wird sie bald finden und zurückbringen. Aber das wird nicht ohne Folgen für ihn bleiben. Es war seine Wache.« Schubnikows Blick wechselte zwischen seinen beiden Männern. »Vielleicht sollte ich mir einen neuen Adjutanten suchen. Einen, der sich nicht von den großen Augen einer schönen Frau blenden lässt.«

Durch das offen stehende Fenster hörten sie aus großer Entfernung einen Schuss. Und dass es ein Schuss war, war den erfahrenen Soldaten trotz der Sturmgeräusche sofort klar.

Schubnikow hastete zum Fenster und hielt seine Nase in den Wind.

Ein zweiter Schuss knallte durch den Wald.

»Hat Galkin Probleme?«, fragte Raschkin, der knapp hinter Schubnikow stand, und lauschte.

»Vielleicht Warnschüsse, um die Gräfin zu stoppen?«, rätselte Semenkow.

»Vielleicht«, knurrte Schubnikow düster, »vielleicht ist uns aber auch Baumberg auf den Fersen, weil die verdammte Gräfin Olenina ihn und seine Schergen hierhergeführt hat.«

»Ihre Befehle, Herr Oberst?«

Schubnikow zog seinen Revolver. »Lampen bereithalten, aber nicht einschalten. Waffen ziehen. Wir schwärmen aus. Raschkin geht vor Richtung Straße, ich folge, Semenkow macht das Schlusslicht. Wir sondieren die Lage rund um das Haus und überprüfen die Straße. Dann schwenken wir Richtung Wald und suchen nach Galkin. Raschkin, sind Sie bereit?«

Der Mann hob mit stählerner Miene seinen Revolver. »Bereit, Herr Oberst.«

»Semenkow?«

»Ebenfalls bereit.«

»Auf mein Kommando. Marsch.«

***

Vanek hockte in seinem Versteck und wartete. Wo blieben die Polizisten? Die Schwarmlinie schien nicht voranzukommen, das Haus hätte längst eng umstellt sein müssen. Er ärgerte sich, dass er dem Kommandanten der Polizeitruppe Oberinspector Gellner nicht erklärt hatte, wie ein Haus mit verschanzter Verteidigung zu stürmen war. Vanek hatte Zweifel an den militärischen Kenntnissen der Triester Polizei, aber gerade solche waren hier vonnöten. Wenn die Polizei den Einsatz vermasselte, würden entweder viele uniformierte Männer sterben oder die russischen Agenten im dunklen Wald verschwinden.

In der Ferne hörte er zwei Schüsse. Es ging los.

Wie viele Männer waren im Haus?

Schwer zu sagen. Dieser junge Polizist, dessen kluge

Augen Vanek gleich aufgefallen waren, hatte von vier Männern berichtet, die in der Kutsche unterwegs gewesen waren. Waren noch mal vier Männer im Haus versteckt? Es wäre möglich, wenngleich das Haus nicht besonders groß war. Vanek schätzte, dass sich vier bis sechs Männer im Haus aufhalten könnten. Und sie waren unter Garantie bewaffnet. Dennoch waren die Triester Polizei und der österreichische Geheimdienst klar in der Überzahl. An Feuerkraft würde es nicht mangeln. An Entschlossenheit vielleicht? Die Polizisten rückten einfach nicht vor. Sollten Meier und er allein den Sturmangriff wagen?

Vanek kniff die Augen zusammen. An der Haustür tat sich etwas. Ein Schatten beugte sich aus dem Türspalt und verzog sich gleich wieder. Irgendjemand hatte den Kopf herausgestreckt und sich umgesehen. Die Vorhut hatte beim ersten Blick alles still vorgefunden, also winkte sie dem Trupp herbei, öffnete die Tür und trat über die Schwelle. So dachte Vanek. Tatsächlich schob sich ein Schatten durch den Spalt und hielt links neben der Tür mit dem Rücken an der Hausmauer inne. Ein weiterer Schatten blieb rechts neben der Tür stehen. Der erste Schatten bewegte sich in Richtung Gartentor und Straße. Dort, wo Meier Stellung bezogen hatte. Der zweite Schatten folgte dem ersten. Ein dritter Schatten trat aus der Tür und folgte den beiden. Trotz der Finsternis erkannte Vanek genau, dass die Männer sich geschickt bewegten. Erfahrene Krieger, schoss es durch seinen Kopf. Er blickte noch einmal zum Haus. Es kam kein vierter Mann heraus. Vielleicht blieb er als Rückendeckung drin? Oder hatte er zuvor mit den Schüssen im Wald seine Kameraden alarmiert?

Die drei liefen über die freie Fläche zwischen dem Haus und der Hecke bei der Steinmauer.

Ein Schuss krachte. Vanek sah genau, aus welcher Richtung dieser kam. Meier schoss also ohne Vorwarnung. Gut so, braver Mann, dachte Vanek.

Der erste Schatten fiel. Meier hatte getroffen.

Schatten zwei und drei eröffneten das Gegenfeuer. Vanek zählte mit. Acht Schüsse. Vanek war leider nicht klar, wer wie viele Kugeln abgefeuert hatte. Die beiden Männer rannten in die entgegengesetzte Richtung los. Hatten sie Meier erwischt? Vanek atmete schwer. In jedem Fall feuerte Meier den türmenden Männern nicht hinterher. Das war ein schlechtes Zeichen.

Zwei Männer rannten nun direkt auf sein Versteck zu. Vanek biss die Zähne zusammen und tastete nach seinem Messer, ließ es aber noch in der Scheide. Der dritte Mann war jetzt vor dem zweiten und näherte sich von links, während der zweite rechts am Gebüsch vorbeilaufen wollte. Vanek machte sich bereit. Am Boden kauernd schnellte er los und warf sich in den Lauf des Mannes. Dieser stürzte, Vanek rollte sich um die eigene Achse und warf sich in voller Länge auf den am Boden Liegenden. Vanek tastete in der Dunkelheit nach der Hand, die den Revolver hielt, fand sie und brach mit einem harten Ruck mehrere Fingerknochen. Der Mann schrie auf und verlor die Waffe. Vanek umschlang den Hals des Mannes, drückte ihm mit aller Kraft die Luft ab und rollte mit ihm über den Boden zu einem weiteren Baumstamm. Der Mann versuchte, sich zu wehren, aber Vanek hielt ihn eisern wie ein Schraubstock im Würgegriff. Als die Gegenwehr nachließ, zog Vanek sein Messer, löste den Würgegriff, packte die rechte Hand des Mannes und presste sie gegen den Baumstamm. Er holte kräftig aus und nagelte die Handfläche mit dem Messer an das Holz des Baumes.

Der Mann brüllte wie am Spieß und fluchte.

Vanek schlängelte sich wie eine Viper über den Boden fort von seinem ersten Opfer.

Wo war der zweite Schatten? Dass er da war, fühlte Vanek genau, auch dass er seine Waffe schussbereit in Händen hielt. Wo war er? Hinter einem Baum? Hinter einem Gebüsch? Geduckt in einem Versteck am Boden?

Vanek nahm seine Melone vom Kopf und warf sie nach rechts in die Luft, rollte gleichzeitig nach links über den Boden.

Ein Schuss knallte, eine Kugel schlug nur wenige Zentimeter neben ihm in den Boden. Der Gegner wusste, was er tat, der Schuss war wohl platziert gewesen, aber hatte dennoch nicht getroffen. Vor allem aber hatte der Schuss Vanek genau gezeigt, wo sich sein Gegner aufhielt. Nur vier Meter entfernt. Das war die Chance.

Wie ein angreifendes Krokodil hastete er auf allen vieren blitzschnell auf seinen Gegner zu. Eine Kugel strich knapp über seinen Rücken und schlug in den Boden. Anderthalb Meter noch. Vanek hörte klar und deutlich, wie der Hahn des Revolvers auf eine leere Patronenhülse schlug. Die Trommel des Gegners war also leer geschossen. Das machte die Sache einfacher.

Vanek sprang mit beiden Fäusten voran. Sein Gegner war kampferprobt, das war klar, also rechnete Vanek damit, dass ihm eine Klinge entgegengestreckt war, in die er rennen sollte. Mit den Fäusten schlug Vanek nach der Waffe führenden Hand, erwischte sie tatsächlich und hieb sie zur Seite. Vanek packte die Hand und biss zu, der Gegner schrie auf und ließ den Dolch fallen.

Ein Faustschlag traf Vanek am Kopf. Vanek stieß den Mann von sich und grinste böse. »Herr Oberst, sind Sie es höchstpersönlich?«, fragte Vanek auf Deutsch.

»Fahr zur Hölle, Bastard!«

»Es freut mich sehr, endlich Ihre Bekanntschaft zu machen.«

Schubnikow attackierte Vanek mit Faustschlägen, die dieser mit seinen bärenstarken Armen und Schultern abwehrte.

Vanek machte eine Finte, täuschte rechts an, schlug dann aber links hart zu. Der Oberst taumelte. Vanek packte Schubnikow mit der linken Hand am Kragen und holte aus. Die schallende Ohrfeige hätte einen Esel umgeworfen. Mit dem Handrücken zog Vanek erneut durch. Und von vorn und zurück, er verpasste Schubnikow eine Tracht Prügel, die dieser sein Lebtag nicht vergessen würde.

Mehrere Lichter blitzten auf und erhellten das Geschehen.

Vanek entdeckte aus dem Augenwinkel Oberinspector Gellner, Inspector Jaunig und den Hauptmann.

»Vanek!«, rief Baumberg. »Halt ein! Hör auf! Lass mir auch noch ein Stück übrig.«

Vanek hielt in der Bewegung inne und sah im Lichtschein der Taschenlampen, dass dem Oberst Blut aus Mund und Nase lief und dass er knapp davor war, das Bewusstsein zu verlieren. Vanek verzog die Lippen, lockerte den Griff um den Kragen und trat zwei Schritte zurück. Schubnikow fiel zu Boden wie ein Sack Mehl. »Wie Sie wollen, Herr Hauptmann. Ich habe ihn für Sie frachtfertig gemacht.«

Baumberg trat an Vanek heran und klopfte ihm anerkennend auf die Schulter. »Es gibt keinen besseren Spediteur als dich.«

Die verstreuten Polizisten tauchten aus der Dunkelheit auf und sammelten die geschlagenen russischen Spione ein. Gellner, Jaunig und Stiebke traten auf Vanek zu und blickten beeindruckt, aber auch eingeschüchtert drein.

Baumberg schmunzelte hintergründig. Er sah nicht zum ersten Mal die Ergebnisse der Arbeit seines Adjutanten. Baumberg stemmte die Fäuste in die Hüften und musterte Koloman Vanek demonstrativ. »Wie du wieder aussiehst, Vanek! Nur genieren muss man sich mit dir. Was soll der Herr Oberinspector denken? Dein Mantel ist völlig verdreckt und zerrissen. Komm mir so schlampig ja nie wieder unter die Augen.«

Vanek hob seine Melone vom Boden, klopfte den Staub ab, setzte sie auf und salutierte leger. »Zu Befehl, Herr Hauptmann.«

⁓◦⁓

Bruno hielt die Tür zur Passagierkabine der Kutsche offen, damit der Sturm sie nicht wieder zuschlug. Jekaterina stieg in zwei Decken gehüllt in den Wagen, danach Polizeidirektor Rathkolb. Die beiden setzten sich auf die Bank in Fahrtrichtung. Luigi zertrat seine abgerauchte Zigarette und kletterte hinein, als Letzter folgte Bruno, der dem Kutscher ein Handzeichen gab und die Tür schloss. Der Wagen setzte sich in Bewegung. Bruno schaute zu Luigi, der immer noch kreidebleich war und unter Schock zu stehen schien.

Dr. Rathkolb hatte während des Einsatzes in der Wachstube Muggia die Stellung gehalten. Der Tross der Triester Polizei setzte sich wieder in Bewegung, der Zweispänner mit dem Direktor fuhr zuerst los.

»Euer Gnaden, geehrte Gräfin Olenina, ich hoffe inständig, dass Euch nicht im Übermaß Ungemach zuteilwurde«, sagte Rathkolb.

Jekaterina seufzte. »Ach, Herr Direktor, ich habe schon angenehmere Abende erlebt.«

»In jedem Fall danke ich Gott dem Herren und unseren tüchtigen Polizeibeamten, dass Ihr zwar ein wenig ramponiert, aber letztlich wohlbehalten aus der Gefahrenzone herausgekommen seid.«

»Dafür danke ich Gott und Ihren Untergebenen ebenfalls.«

»Friert Ihr, Euer Gnaden?«

»Nein, die beiden Decken sind vielleicht nicht sehr kleidsam, aber sie halten mich warm.«

Rathkolb musterte mit besorgter Miene Luigi. »Signor Bosovich, wie ist denn Ihr wertes Befinden? Geht es Ihnen gut?«

Bruno sah zu Luigi. Dieser nickte dem Polizeidirektor nur schwach zu.

»Was ist Ihnen denn widerfahren, Signor Bosovich?«

Luigi antwortete nicht.

Bruno ergriff das Wort. »Herr Direktor, wir sind in einen Schusswechsel geraten. Signor Bosovich hat geistesgegenwärtig und blitzschnell mein Leben in höchster Not gerettet und das Feuer erwidert. Einen Augenblick später und ich würde jetzt nicht mehr unter den Lebendigen weilen. Allerdings hat Luigis Schuss den Gegner getötet.«

»Ich kann mir denken, dass es ein Schock für Sie ist, Signor Bosovich. Sie haben heute Geistesgegenwart, Tatkraft und Heldenmut bewiesen, daher gebe ich Ihnen drei Tage Urlaub. Ruhen Sie sich von den Strapazen aus.«

Luigi nickte sich bedankend.

»Ich glaube, dass nach den heutigen Leistungen Polizeiagent Bosovich eine Anerkennung erhalten sollte«, sagte Bruno.

»Jetzt, wo Sie es sagen, Inspector, denke ich ernsthaft an eine Beförderung.«

»Das wäre wohl angemessen.«

Rathkolb fixierte Bruno. »Erstatten Sie mir bitte Bericht, Signor Zabini. Noch weiß ich zwar, dass der Einsatz erfolgreich verlief, aber ich kenne keine Details. Haben wir in dieser Nacht weitere Verluste zu beklagen?«

»Leider ja, Herr Direktor.«

»Wer ist es?«

»Einer von Baumbergs Männern namens Meier. Er geriet ebenfalls in einen Schusswechsel und wurde dreimal getroffen. Einmal ins Bein, zweimal in die Brust, er ist am Ort des Geschehens seinen Verletzungen erlegen.«

»Verflixt, ich habe Baumberg doch gesagt, er soll sich im Hintergrund halten.«

»Wie der Vorfall sich zugetragen hat, weiß ich nicht. Beim Kampf vor dem Haus war ich nicht zugegen, ich habe ja mit meinen Männern das Hinterland gesichert.«

»Also ein toter Russe und ein toter Österreicher. Wissen Sie den Namen des Russen?«

»Grigorij Galkin. Er war die rechte Hand des Obersts.«

»Weitere Verletzte?«

»Die weiteren Verletzten sind die drei russischen Bürger. Oberst Schubnikow hat eine gebrochene Nase und eine Gehirnerschütterung, ist aber ansprechbar. Auch wenn er bislang jede Aussage verweigert. Einer seiner Männer hat eine Schusswunde an der linken Schulter, die ihm viel Blut gekostet hat, aber bei rechtzeitiger medizinischer Versorgung nicht lebensgefährlich ist. Der andere Mann hat Verletzungen an beiden Händen, drei Finger an einer Hand sind gebrochen, die andere weist eine Stichwunde auf. Auch diese Verletzungen bedrohen das Leben nicht. Oberinspector Gellner und Inspector Jaunig bewachen den Abtransport der gefassten Russen persönlich.«

»Ja, das habe ich noch mitbekommen. Ist diese gewaltbereite Zelle von Spionen jetzt zerschlagen?«

Bruno schaute Jekaterina an, Rathkolb folgte seinem Blick.

»Gräfin, Ihr habt gesagt, dass sich vier Mann im Haus aufgehalten haben. Einer ist tot, die drei anderen sind inhaftiert. Sind weitere Männer vor Ort?«, fragte Bruno.

»Ich weiß, dass Schubnikow mit vier Männern nach Triest gekommen ist. Ein Mann muss also noch auf freiem Fuß sein. Sein Name ist Nemilow.«

Bruno wandte sich an Rathkolb. »Herr Direktor, ich habe Kenntnis, dass Herr von Baumberg oder einer seiner Männer schon vor Tagen einen der Russen aus dem Verkehr gezogen haben.«

Rathkolb runzelte die Stirn. »Wie meinen Sie das? Festgenommen?«

»Endgültig aus dem Verkehr gezogen.«

»Warum weiß ich davon nichts?«

»Die Polizeibehörde weiß davon nur inoffiziell. Die genauen Umstände müssen Sie mit Obersekretär von Baumberg besprechen. Mehr kann ich dazu nicht sagen.«

»Dann ist«, warf Jekaterina ein, »Schubnikows Bande zerschlagen.«

»Dem Himmel sei Dank«, sagte Rathkolb. »Endlich kehrt wieder Ruhe in der Stadt ein.«

»Das hoffe ich auch«, murmelte Bruno.

Brütendes Schweigen und bleierne Müdigkeit fiel über die Fahrgäste der Kutsche, die von der Bora geschüttelt in Richtung Triest rollte.

Samstag,
16. November 1907

BRUNO KLOPFTE AN die offen stehende Tür und trat ein. Er grüßte. Oberinspector Gellner saß mit ernster Miene und mit auf der Tischplatte abgestützten Ellbogen hinter seinem Schreibtisch und quittierte Brunos Gruß mit einem Kopfnicken.

Gellner fixierte das in Packpapier eingeschlagene Paket in Brunos Hand. »Ist das das inkriminierte Paket, Inspector?«

»Jawohl. Darf ich es auf Ihrem Schreibtisch abstellen?«

»Nur zu.«

Zwei Minuten vor zwei Uhr traten Inspector Pittoni und Inspector Jaunig sowie Ivana Zupan in den Raum. Die Herren blieben stehen, denn es waren in Gellners geräumigem Bureau keine Stühle vorbereitet worden.

Ivana trat vor Gellner. »Sie haben nach mir rufen lassen, Herr Oberinspector?«

»Jawohl. Geschätzte Ivana, wir erwarten in den nächsten Minuten hohen Besuch in der Kanzlei. Dr. Rathkolb wird erscheinen, weiters Obersekretär von Baumberg aus dem Bureau des Statthalters. Wahrscheinlich werden die Herren in Begleitung erscheinen. Führen Sie bitte die Herren sofort herein.«

»Sehr wohl, Herr Oberinspector.«

»Darüber hinaus erwarten wir die Gräfin Olenina. Bitte nehmen Sie die edle Dame mit ausgesuchter Höflichkeit in Empfang, servieren Sie Kaffee oder sonstige Erfrischungen und bitten Sie die Gräfin zu warten. Ich werde nach ihr rufen lassen. Verstanden?«

»Jawohl«, sagte Ivana, verneigte sich und eilte aus dem Bureau.

Gellner las die Zeit von der Pendeluhr neben dem Schrank. »Wie ich Dr. Rathkolb kenne, wird er auf die Minute pünktlich erscheinen. Wir haben noch eine Minute. Wollen die Herren Inspectoren etwas sagen?«

Vinzenz Jaunig zeigte auf das in Packpapier eingeschlagene und mit Spagat verschnürte Paket. »Ist es das, was ich glaube?«

Gellner erhob sich und ging um seinen Schreibtisch herum. »Zumindest Inspector Zabini behauptet es.«

Bruno nickte. »Es ist das, was du glaubst.«

Vinzenz pfiff durch die Zähne. »Himmelherrgott, für den Haufen Papier all die Scherereien.«

Die Männer hörten Schritte auf dem Parkett. Ivana trat ein. »Herr Oberinspector, wie erwartet, Dr. Rathkolb und sein Assistent Dr. Striebl.«

Gellner begrüßte die beiden hohen Herren mit Handschlag und wollte sie zu den Stehplätzen führen, die er für die Besprechung vorgesehen hatte, doch Rathkolb und sein Assistent schüttelten auch den drei Inspectoren die Hand.

Wenig später tauchte Ivana erneut auf. »Meine Herren, wie angekündigt, Obersekretär von Baumberg, Abteilungsleiter von Greifenstein und Herr Vanek.«

»Vielen Dank, werte Ivana. Ist die Gräfin Olenina schon aufgetaucht?«

»Noch nicht.«

»Nun denn, Sie sind instruiert, bitte schließen Sie jetzt die Tür.«

»Sehr wohl, Herr Oberinspector.«

Gellner durchmaß den Raum und postierte sich vor seinem Schreibtisch. »Sehr geehrte Herren, Herr Direktor, Herr Obersekretär, Herr Abteilungsleiter, ich freue mich, dass ich Sie zum Abschluss dieses aufwühlenden Einsatzes in der Kanzlei des k.k. Polizeiagenteninstituts begrüßen darf. Die anwesenden Herren, die in der letzten Nacht nicht beim Großeinsatz in Muggia zugegen waren, sind hoffentlich von den Geschehnissen in Kenntnis gesetzt?«, fragte Gellner und schaute in die Runde.

Einhelliges Kopfnicken war die Folge.

Bruno stand neben Vinzenz an der Wandseite des Raumes und schaute hinüber zu Baumberg, Greifenstein und Vanek, die bei den Fenstern standen. Die drei gafften unverhohlen zum Paket auf dem Schreibtisch.

»Sehr gut, dann darf ich die Konferenz eröffnen und bitte den Herrn Direktor um seine Worte.«

Alle Augen richteten sich auf Rathkolb.

»Meine Herren, im Namen der Polizeidirektion bedanke ich mich für die amtsübergreifende, konstruktive und erfolgreiche Zusammenarbeit. Es erfüllt mich mit Stolz, dass das k.k. Polizeiagenteninstitut einen substanziellen Beitrag zur Lösung eines weit über die Stadt Triest hinausreichenden Falles, ich muss sogar sagen, zur Beilegung einer Staatsaffäre, beitragen konnte. Die mörderischen Methoden dieses russischen Obersts haben die Stadt in Angst und Schrecken versetzt, umso erfreulicher ist es, dass wir diesem Treiben ein Ende setzen konnten. In diesem Zusammenhang entbiete ich der Kanzlei des Statthalters, namentlich Ihnen, Herr Obersekretär, mein tief empfundenes Mitgefühl für den tragischen Verlust Ihrer beiden Männer.«

Baumberg nickte. »Vielen Dank, Herr Direktor. Ernst Wolkner und Joseph Meier sind aufrecht im Kampf gefallen. Sie sind Helden.«

»Ich werde persönlich einen Kondolenzbrief an den Botschafter des Kaiserreichs Deutschland verfassen und die Todesumstände von Herrn Buchholz umreißen.«

»Die Kanzlei des Statthalters wird den Kondolenzbrief gerne unterzeichnen.«

Rathkolb wandte sich Bruno zu. »Inspector Zabini, wenn ich das richtig sehe, haben Sie das vorläufig sichergestellte Paket mit Geheimmaterial auf dem Schreibtisch abgestellt.«

Bruno griff in seine Hosentasche, zog sein Taschenmesser und klappte es auf. »Jawohl, Herr Direktor. Hier sind alle Zeichnungen, die offenbar vom tragisch verunglückten Ingenieur Gustav Lainer aus dem Tresor des STT entwendet wurden. Zumindest sind es die Zeichnungen, die ich gefunden und verwahrt habe.« Bruno trat an den Schreibtisch heran, zerschnitt den Spagat und entfernte das Packpapier. »Herr Direktor, Herr Oberinspector, mit Ihrer Erlaubnis möchte ich die Sammlung an Konstruktionsplänen an den wahren Besitzer zurückgeben. Vielen Dank, Herr von Greifenstein, dass Sie persönlich gekommen sind, um die Papiere in Empfang zu nehmen.«

»Eine Frage zu den Konstruktionsplänen habe ich«, warf Rathkolb ein. »Ich weiß nur, dass es sich um militärisches Geheimmaterial handelt. Aus reiner Neugier, was ist der Inhalt der Pläne? Ein neues Kriegsschiff? Neue Torpedoboote?«

Alle schauten zuerst Greifenstein an, aber da dieser selbst Baumbergs Blick suchte, wanderten auch die Blicke der anderen Männer zu diesem.

Baumberg schien zu überlegen, wie viel er sagen konnte. »Nun, meine Herren, durch die verräterische Tat dieses Schiffsbauingenieurs ist es nun kein Geheimnis im kleinsten Kreis der militärischen Entscheidungsträger. Ich kann also erklären, dass mit dem Baubeginn einer Klasse von drei

Schlachtschiffen bislang unbekannter Größe und Stärke unsere geliebte Heimat Österreich-Ungarn zu den europäischen Seemächten aufschließen wird.«

Man hörte, wie Emilio Pittoni durch die Zähne pfiff und flüsterte. »Gleich drei.«

»Daher war das Verschwinden dieser Baupläne, ganz wie Sie sagen, Herr Direktor, von Anfang an eine hochexplosive Staatsaffäre, deren schlechter Ausgang zu beträchtlicher Kriegsgefahr geführt hätte«, sagte Baumberg und deutete auf die Aktenschläge auf dem Schreibtisch. »Wenn also die abhandengekommenen Baupläne vollständig und unversehrt, und ohne dass davon illegale Duplikate angefertigt wurden, wieder zurück in die Obhut des STT, namentlich in die Hände des Herrn Abteilungsleiters von Greifenstein kommen, ist die Affäre zu einem zufriedenstellenden Ende gekommen.«

Bruno fühlte Baumbergs stechenden Blick und erwiderte diesen. »Herr von Baumberg, was mit den Plänen geschehen ist, als sie sich noch im Zugriff Gustav Lainers befunden haben, kann ich nicht sagen. Aber nachdem ich die Papiere aus Lainers Versteck entfernt habe, hat niemand davon Duplikate angefertigt. Das kann ich bezeugen.«

»Gut«, sagte Baumberg lapidar.

»Aber was haben Sie sich da herausgenommen, Herr Inspector?«, fragte Greifenstein empört. »Als Sie die Pläne gefunden haben, hätten Sie sofort an mich retourniert werden müssen. Oder zumindest an Herrn Baumberg. Und zwar unverzüglich!«

Bruno bemerkte, wie alle Anwesenden ihn anschauten. Auf diese Frage, respektive auf diesen Vorwurf hatte er natürlich gewartet. »Sie haben recht, Herr von Greifenstein, ich habe eigenmächtig gehandelt. Aus verschiedenen Gründen, die sämtlich in den verworrenen und rätselhaften Hintergründen und Vorgängen in der Affäre Lainer lagen, habe ich die fette Beute der reißenden Wolfsmeute, die über Triest hergefallen ist, weggeschnappt und in Sicherheit gebracht. Wenn Sie, Herr von Greifenstein, oder Sie, Herr von Baumberg, mich wegen meiner Handlungen anklagen wollen, so besteht jetzt durch die Anwesenheit des Herrn Polizeidirektors die Möglichkeit.«

Baumberg winkte ab. »Inspector Zabini, in den letzten Tagen habe ich Ihre Arbeitsweise aus unmittelbarer Nähe beobachten können, und ich erkenne eine Neigung zu unkonventionellen Methoden, aber Ihre persönliche und dienstliche Integrität steht für mich außer Zweifel. Ich werde keine Anklage gegen Sie erheben, außer es fehlen den sichergestellten Bauplänen gewisse Teile.«

Bruno trat vom Schreibtisch fort. »Ich bitte Sie, die Vollständigkeit des Pakets zu überprüfen.«

Baumberg gestikulierte. »Herr von Greifenstein, bitte walten Sie Ihres Amtes.«

Greifenstein nickte, ging zum Schreibtisch und entnahm seiner Tasche eine Liste mit den fehlenden Zeichnungen, die allesamt genau nummeriert waren. Systematisch entfaltete er jede einzelne Zeichnung, begutachtete sie und hakte auf seiner Liste den entsprechenden Vermerk ab.

Bruno stand wieder neben seinem Kollegen Vinzenz. »Herr Oberinspector, solange Herr von Greifenstein an der Arbeit ist, könnten wir uns erkundigen, ob die Gräfin Olenina bereits eingetroffen ist.«

Gellner schaute sich in der Runde um. »Sind die Herren mit Inspector Zabinis Vorschlag einverstanden? Gut. Dann bitte ich Sie, Herr Inspector, nachzusehen, und im Falle der Anwesenheit die edle Dame gleich hereinzuführen.«

»Jawohl«, sagte Bruno und verließ das Bureau. Im Warteraum stand Jekaterina am Fenster und blickte nach draußen. Als sie Brunos Schritte hörte, wandte sie sich ihm zu.

»Guten Tag, Euer Gnaden«, grüßte Bruno, verneigte sich ehrerbietig und leistete den Handkuss.

»Guten Morgen, Herr Inspector.«

»Die hohen Herren bitten dich jetzt einzutreten«, sagte er mit gedämpfter Stimme.

»Was erwartet mich da drinnen? Ein Tribunal? Eine Auspeitschung? Die Steinigung?«

»Ich kann dir leider keine vergnügliche Begegnung versprechen, aber immerhin wirst du nicht in Stücke zerrissen. Hoffe ich zumindest.«

Jekaterina schmunzelte. »Du bist ein so sehr hoffnungsvoller Mensch, dass es mich beinahe schon amüsiert.«

Bruno zuckte mit den Schultern. »Frisch gewagt, ich gehe voran.«

Er klopfte an die geschlossene Tür, öffnete sie und verkündete mit fester Stimme. »Meine Herrn, die Gräfin Olenina aus Sankt Petersburg.«

Jekaterina streckte den Rücken, sie betrat den Raum nicht einfach, sie erschien und füllte ihn mit ihrer Präsenz aus. So wie sie es oft auf öffentlichem Parkett getan hatte.

Gellner eilte als Gastgeber ihr entgegen, verneigte sich und küsste ihr die Hand. »Es ist uns eine außerordentliche Ehre, Euer Gnaden, Euch in unserer Kanzlei begrüßen zu dürfen. Mein Name ist Oberinspector Gellner, ich bin der Leiter des k.k. Polizeiagenteninstituts. Gräfin, darf ich Euch einen Stuhl anbieten?«

Jekaterina schaute sich um. »Vielen Dank, Herr Oberinspector, aber ich möchte lieber stehen.«

Greifenstein hielt in seiner Arbeit inne, fixierte Jekaterina und zeigte mit dem Finger auf sie. »Ihr, Gräfin, gehört hinter Schloss und Riegel! Ihr habt einen meiner tüchtigsten und gewissenhaftesten Mitarbeiter verführt, verhext und zu selbstmörderischen Handlungen angestiftet!«

Jekaterina fühlte die Blicke der Männer wie glühendes Eisen auf ihrer Haut. Mit einem theatralischen Augenaufschlag nahm sie Greifenstein in den Blick und lächelte kühl. »Hochgeschätzter Herr von Greifenstein, die Sicherheitsvorkehrungen in Ihrer Werft und insbesondere in Ihrem Tresorraum sind nicht der Rede wert. Jeder Zeitungsjunge kann da Papiere hinein- und hinaustragen.«

Stille. Bruno verkniff sich ein Schmunzeln. Auch Baumberg und Rathkolb schienen eher amüsiert als verärgert, hielten sich aber zurück. Nur ein Mann grinste ob der kecken Antwort breit: Koloman Vanek.

Noch bevor irgendjemand etwas sagen konnte, ergriff Jekaterina das Wort. »Hochgeschätzte Herren, ich muss mich vielmals bei Ihnen und den unerschrockenen Männern in Uniform bedanken, die sich in der letzten Nacht gegen den Sturm und die Waffengewalt einiger meiner Landsleute gestellt haben und mich sprichwörtlich im letzten Moment aus dräuender Todesgefahr gerettet haben. Vielen Dank dafür! Ich hoffe sehr, dass Sie mein Heimatland Russland nicht hassen, weil einige von ihnen jeden Anstand und jede Vernunft abgeworfen haben und zu Gewalttätern geworden sind. Ich bitte um Entschuldigung.«

»Im Namen des Statthalters der Reichsunmittelbaren Stadt Triest nehme ich diese Entschuldigung herzlich gern an«, sagte Baumberg. »Wie jeder weltgewandte Mensch weiß, gibt es in allen Ländern rechtschaffene Menschen und ebenso Gewalttäter.«

Bruno warf ein. »Darin gebe ich Herrn Baumberg recht. Die Frage ist nur, ob die Gewalttäter eines Landes im Gefängnis sitzen oder hohe Ämter in Politik oder Militär bekleiden.«

Baumberg schien sich auf keine Diskussionen mit Bruno einlassen zu wollen und wandte sich wieder Jekaterina zu. »Euer Gnaden, wir haben im Vorfeld des gestrigen Einsatzes ein Arrangement getroffen. Ihr habt Euren Teil des Handels erfüllt, Inspector Zabini hat, wie wir sehen können, seinen Teil erfüllt, so will ich nicht zurückstehen und auch meinen Anteil liefern. Vanek, bitte.«

Alle schauten Vanek an, der aus der Tasche seines Sakkos einen Pass, eine Fahrkarte und ein geschlossenes Couvert zog.

»Ich habe mir erlaubt«, setzte Baumberg fort, »dem Pass und dem Schiffsbillett auch einen Finderlohn beizufügen. Ich kann nicht versprechen, dass der Betrag auch nur ansatzweise die Höhe aufweist, die der russische Geheimdienst für die gestohlenen Baupläne unserer Kanonentürme bezahlt hätte. Russland ist reich und großartig, Österreich-Ungarn ist dagegen klein. Aber wir Österreicher haben Sinn für Humor, wenn uns jemand einen gelungenen Streich spielt, sind wir jederzeit bereit, die Zeche zu bezahlen.«

»Mit jedem Tag, sehr geehrter Herr Obersekretär, bewundere ich Ihr Heimatland mehr.«

»Ihr seid zu liebenswürdig, Gräfin. Allerdings kann ich meinen treuen Vanek nur dann bitten, Euch Pass, Billett und Couvert auszuhändigen, wenn die Vollständigkeit der zuvor verschollenen Pläne bestätigt wurde. Herr von Greifenstein, wie weit sind Sie mit Ihren Erhebungen?«

Greifenstein, der dem Gespräch gelauscht hatte, setzte seine Arbeit fort. »Einen Moment noch, Herr Obersekretär.«

»Darf ich mich erkundigen, was nun mit Oberst Schubnikow und seinen Männern geschieht?«, fragte Jekaterina.

Dr. Rathkolb ergriff das Wort. »Was zu geschehen hat, steht völlig außer Frage. Es liegen Zeugenaussagen vor, dass Schubnikow auf offener Straße einen Mann getötet hat, nämlich den französischen Staatsbürger Casimir Morel. Weiters steht der Oberst im Verdacht, an der heimtückischen Tötung weiterer Personen beteiligt zu sein. Oberst Schubnikow und seine Männer stehen nicht im diplomatischen Dienst des Zarenreichs, genießen also keinerlei Immunität. Ein österreichisches Gericht und ein gesetzeskonformes Urteil erwartet die Männer.«

»Sie werden Schubnikow also nicht bei Nacht und Nebel mit einer Ankerkette um das Bein im Meer versenken?«

»Solange ich in dieser Stadt für die Polizeibehörde zuständig bin, wird strikt nach Gesetz verfahren.«

Jekatcrina zuckte mit den Schultern. »Schade, ich hätte dem Oberst einen Tauchgang von Herzen gegönnt.«

Rathkolb antwortete achselzuckend. »Also, wenn vor Gericht die Schuld festgestellt wird, bleibt dem Oberst ohnedies nur der Strang des Henkers.«

»Das stimmt mich zuversichtlich für die Zukunft.«

»Herr von Baumberg«, sagte Greifenstein laut und trat in die Mitte des Raumes. »Die Baupläne sind vollständig. Keine einzige Zeichnung fehlt und der Zustand des Papiers ist tadellos.«

Bruno atmete innerlich durch und richtete den Sitz seiner Krawatte.

Baumberg suchte Brunos Blick. »Nun denn, Herr Inspector, wie es scheint, ist Ihr gewagter Plan aufgegangen. Ich gratuliere. Vanek, übergib bitte der Gräfin Olenina ihren Lohn.«

Vanek tat, wie ihm geheißen.

Oberinspector Gellner breitete seine Arme aus. »Geschätzte Gäste, verehrte Gräfin, meine Herren, nachdem der Fall so trefflich gelöst wurde, bitte ich Sie, meine Einladung zu Kaffee, Cognac und Zigarre anzunehmen. Frau Ivana wird eine Kanne fein gemahlenen Caffè Hausbrandt aufbrühen und ich stelle erstklassigen Cognac sowie handgerollte Virginier zur Verfügung, bekanntlich die Lieblingszigarre Seiner Majestät des Kaisers. Unser Erfolg muss gebührend gefeiert werden!«

»Signor Zabini, wie wird man eigentlich Polizist?«

Bruno saß bei Tisch und schnitt Scheiben von der Stangenwurst ab. Er selbst hatte sich Wein eingeschenkt, Ludovico und Rudolfo tranken Wasser. Auf den Tellern lagen Brot, Gurkenstücke und Käse als Abendmahl. Die Dunkelheit hatte sich längst über Triest gesenkt und nach wie vor fegte die Bora über die Stadt. Auf dem Weg von der Kanzlei hierher in die Via Pietro Kandler hatte er die klare Luft genossen. Die Bora hatte die Luft der Hafenstadt gereinigt, kein Qualm der vielen Schlote und Schornsteine hing in den Häuserschluchten, der sich an manchen Straßenecken ansammelnde Kohleruß war hinfortgeweht, der kalte Nordwind förderte auch die Gesundheit. Brunos Mutter sagte immer, die Bora wischte Migräne und Rheumatismus hinweg.

»Nun, du musst volljährig und unbescholten sein, du musst den Militärdienst abgeleistet haben, dann kannst du dich bei der Polizeibehörde melden und wirst einer Auswahlprüfung unterzogen. Wenn du tauglich bist und die Polizei eine Dienststelle freihat, kannst du Polizist werden.«

»Wann ist man denn volljährig?«

»Nach Abschluss deines einundzwanzigsten Lebensjahres.«

»Und was heißt unbescholten?«

»Das heißt, dass du niemals straffällig geworden bist. Einbrecher oder Pferdediebe dürfen nicht zur Polizei.«

Bruno verteilte die Wurstscheiben auf die drei Teller. Fedora war noch im Theater, sie würde in der nächsten halben Stunde kommen, also hatte sich Bruno mit ihren beiden Söhnen zu Tisch gesetzt.

Ludovico überdachte das Gehörte. »Mein Schulfreund Marco hat gesagt, dass alle Polizisten korrupt sind und dass die Polizeibehörde eine Sammelgrube für faule Dummköpfe ist.«

Bruno lachte. »Wie kommt Marco auf solche Ideen?«

»Weiß ich nicht. Hat er wahrscheinlich irgendwo gehört.«

»Vielleicht sollte ich mit Marcos Vater einmal sprechen. Nein, Ludovico, nicht alle Polizisten sind korrupt. Und hältst du mich für einen faulen Dummkopf?«

Ludovico schob sich eine Scheibe Wurst in den Mund und kaute versonnen. »Ich glaube nicht. Sie sind nicht dumm, Signor Zabini.«

»Vielen Dank, mein junger Freund. Warum fragst du? Spielst du etwa mit dem Gedanken, auch Polizist zu werden?«

Ludovico zuckte mit den Achseln. »Ich bin zehn. Bis ich volljährig bin, vergehen noch tausend Jahre.«

Wieder lachte Bruno. »Ich glaube, wir zwei werden sehr bald tüchtig rechnen üben müssen.«

Die Eingangstür knarrte, die drei schauten hinüber. Fedora trat über die Schwelle und sah, dass ihre Söhne mit Bruno bei Tisch saßen und dass der Küchenofen wohlige Wärme spendete. Bruno hatte Feuer gemacht, tüchtig Kohle aufgelegt und die tagsüber kalte Küche auf Temperatur gebracht.

»Guten Abend, meine Herren«, rief Fedora, von Brunos Besuch angenehm überrascht.

»Guten Abend, Mama«, grüßten die beiden Buben.

»Sehr gut, ihr habt euch Essen gemacht und eingeheizt. Das sieht ja richtig gemütlich aus.«

Bruno rückte einen Stuhl heran. »Setz dich doch und iss mit uns zu Abend. Ich habe Wurst, Käse und eine Flasche Wein mitgebracht.«

Fedora trat an Bruno heran und legte ihre Hand auf seine Schulter. »Liebend gerne, aber ich muss die Tasche leeren und ein paar Dinge erledigen. Ich bin noch beschäftigt.«

»Gut, dann bereite ich einen Teller für dich vor, und du setzt dich, wenn du fertig bist.«

»Das wäre großartig. Vielen Dank. Es freut mich sehr, dass du uns besuchst. Wir haben länger nichts gehört und gesehen von dir.«

»Ich war sehr beschäftigt.«

Während Fedora ihre Arbeiten verrichtete, plauderte sie mit den Söhnen, sie berichteten einander von den Erlebnissen des Tages. Nach einer Weile setzte sich Fedora zu Tisch, wo ein voller Teller und ein gefülltes Weinglas auf sie warteten. Die Söhne waren mit ihrem Abendmahl längst fertig und verzogen sich in ihr Zimmer, also gesellte sich Fedora zu Bruno an den Küchentisch.

»Ich bin hungrig. Gut, dass ich heute nicht mehr kochen muss. Prost, mein Lieber.«

Bruno hatte sich selbst nachgeschenkt und hob das Weinglas. »Prost.«

»Ist deine Mutter schon aus Wien zurück?«

»Noch nicht. Sie hat einen Brief geschrieben, dass sie nicht zwei, sondern drei, vielleicht sogar vier Wochen in Wien bleiben wird. Sie war seit sechs Jahren nicht mehr in der Hauptstadt, und da gibt es viele familiäre Verpflichtungen.«

»Ist der aufsehenerregende Fall mit dem erschossenen Franzosen gelöst?«

»Ja.«

»Das heißt, du hast deinen Kopf wieder frei für andere Belange wie Mord und Totschlag.«

»Nun, ich versuche, den Kopf freizubekommen.«

Fedora beugte sich impulsiv über den Tisch und drückte ihm einen Kuss auf die Wange. »Ich fühle mich sehr geschmeichelt, dass du, um auf andere Gedanken zu kommen, bei mir erscheinst, den Buben ein Abendessen zubereitest, eine Flasche Wein mitbringst und tüchtig einheizt.«

Während Fedora aß, plauderten sie noch beiläufig über dies

und das. Als sie fertig war, stellte sie den Teller in die Abwasch, setzte sich wieder zu Bruno und schob ihm ihr leeres Glas hin. Er füllte ihres und seines mit Terrano.

Fedora blickte zur Wohnzimmertür, ihre Söhne hielten sich in ihrem Zimmer auf. Fedora stieß die Tür zu, ihre Miene wurde ernst. »Bruno, wir müssen reden.«

Bruno spitzte die Ohren. »Reden? Wir reden doch schon seit einer halben Stunde.«

»Du weißt schon, was ich meine.«

»Du hast etwas auf dem Herzen?«

»Ja.«

»Gut, dann immer heraus damit.«

»Zwei Dinge.«

»Ich lausche auch zwei Dingen.«

»Erstens. Ich habe Emilio Pittoni getroffen.«

Bruno konnte seine Überraschung nicht verbergen. »In der Tat?«

»Ich habe Nachforschungen über ihn angestellt, er ist mir dahintergekommen und hat mir zugesetzt. Ich habe schnell bemerkt, dass er ein Auge auf mich geworfen hat, also habe ich mir das zunutze gemacht und ihn so lange gelockt, bis er gestanden hat, den fatalen Brief an Carlo geschrieben zu haben. Er hat unser geheimes Verhältnis platzen lassen, er war es, der Carlo auf dich gehetzt hat.«

»Das hat er zugegeben?«

»Ich habe es aus ihm herausgekitzelt.«

»Musstest du dich in Gefahr begeben?«

Fedora ächzte gequält. »Allerdings.«

»Hast du Zeugen?«

»Nein, wir waren in einer stillen Gasse in der Città Vecchia. Aber mir ging es nicht um Zeugen oder eine Anklage, ich wollte die Wahrheit wissen. Ich wollte wissen, wer dich hinterrücks attackiert und gleichzeitig damit meine Ehe zerstört hat. Ja, der Ratte ist das Geständnis herausgerutscht. Ich habe auch Dr. Rathkolb davon in Kenntnis gesetzt.«

Bruno blieb der Mund offen stehen. »Du hast was getan?«

»Ich habe den Direktor auf offener Straße angesprochen und von meinen Erkenntnissen berichtet. Ich habe ihm gesagt, dass in seinem Amt eine bösartige Giftschlange ihr Unwesen treibt.«

»Und was hat der Direktor geantwortet?«

»Nichts. Was soll er antworten? Er hat sich aber meinen Bericht genau angehört. Ich glaube, er hat mein Anliegen ernst genommen, obwohl das ja eine verrückte Geschichte ist.«

Bruno nahm sinnierend einen Schluck Wein. »Und du meinst, dass Emilio diesen Brief geschrieben hat?«

»Ich meine das nicht, ich weiß es jetzt.«

Bruno dachte angestrengt nach, schüttelte nach einer Weile seinen Kopf. »Hm, ich weiß gar nicht, was ich sagen oder denken soll. Will ich etwas unternehmen oder die Sache auf sich beruhen lassen? Ich habe noch keine Antwort.«

Fedora winkte ab. »Das ist heute auch egal, ich wollte nur, dass du Bescheid weißt.«

»Vielen Dank. Es ist immer gut, über den aktuellen Stand der Dinge Kenntnis zu haben.«

Sie saßen einige Minuten schweigend beisammen.

»Du hast von zwei Dingen gesprochen.«

»Ja«, sagte Fedora, erhob sich, stellte sich zum Ofen und wärmte über der Herdplatte ihre Hände.

Bruno wartete. »Immer heraus, meine Teure. Gib dir einen Ruck.«

Fedora atmete tief ein und setzte sich wieder zu Bruno an den Tisch. »Es ist mir unangenehm, geradezu peinlich.«

»Fedora, was ist dir peinlich?«

Sie nahm einen tüchtigen Schluck Wein. »Du weißt ja, dass

ich eine Nacht bei Chiara Monteverdi auf dem Diwan übernachtet habe.«

»Das habe ich noch lebhaft in Erinnerung.«

»An diesem feuchtfröhlichen Abend hat sich ein Mann um meine Aufmerksamkeit bemüht. Sehr bemüht sogar.«

Bruno kam heute aus dem Staunen nicht heraus. »Ein Mann?«

»Sergio. Er ist Schauspieler im Ensemble.«

»Willst du mir sagen, dass du an jenem Abend mit einem Schauspieler eine Affäre gehabt hast?«

»Nein, keine Affäre! Frag nicht so dumm. Verflixt, Bruno, wir haben uns immer versprochen, dass wir einander alles sagen können, dass wir ehrlich sind zueinander.«

Bruno nickte zustimmend. »Das haben wir einander zugesichert. Also, Fedora, kläre mich auf. Was willst du mir sagen?«

»Seit damals wirbt Sergio Montanari um meine Gunst. Er ist sechs Jahre älter als ich, kinderloser Witwer, er ist ein großartiger Schauspieler, er hat Feuer, Leidenschaft und eine göttliche Stimme. Und er sieht blendend aus. Wie soll ich sagen, Bruno? Ich kann seinem Werben nicht mehr lange standhalten. Sergio hat sich in mich verliebt, so beteuert er inständig. Und ich habe mich in ihn verliebt. Ich fühle einen starken Sog. Sobald die Bora abflaut, will er mit den Buben und mir eine Fahrt nach Venedig unternehmen. Das ist die Lage, davon wollte ich dir berichten.«

Bruno dachte über ihre Eröffnung nach, horchte in sich hinein. Wie fühlte er sich? Da war etwas Eifersucht, das ja, aber vor allem Erleichterung in ihm. Spontan erhob er sich und zog Fedora auf die Beine. Er schloss sie in seine Arme und drückte sie an sich. »Meine geliebte Fedora, was bin ich glücklich, dich zu kennen. Kannst du dich an jenen Abend erinnern, als du von Carlo aus dem Haus gejagt wurdest und in der Città Vecchia in einem muffigen Zimmer Quartier gesucht hast?«

»Natürlich. Diesen Abend werde ich mein Lebtag nicht vergessen.«

»Dann weißt du gewiss auch noch, was ich damals gesagt habe.«

»Du hast gesagt, dass wir Gras über die Trennung meiner Ehe wachsen lassen und uns dann entscheiden, ob wir beieinanderbleiben oder ob wir andere Wege einschlagen sollen. Du hast betont, dass wir freie Menschen sind.«

»Das habe ich.«

»Soll das heißen, dass du nicht böse bist?«

»Genau das soll es heißen.«

»Bruno, du hast mir nach der Trennung unendlich geholfen, sodass es mich bis auf die Knochen beschämt, dich jetzt mit dieser Sache zu konfrontieren.«

»Dass ich dir geholfen habe, war doch selbstverständlich, immerhin haben wir durch jahrelange Unkeuschheit gemeinsam deine Ehe zerstört. Außerdem wirst du immer die erste Frau sein, die ich geliebt habe. Ich werde dir immer, so gut ich kann, beistehen.«

»Du bist auch der erste Mann, den ich geliebt habe.«

»Na also, es gibt ein Band, das niemals zerrissen werden kann.«

»Bist du eifersüchtig?«

»Natürlich. Mir werden die Liebesnächte mit dir fehlen.«

Fedora kicherte. »Wer kann schon in die Zukunft schauen. Vielleicht ergibt sich ja später eine Gelegenheit.«

Bruno drohte mit ausgestrecktem Zeigefinger. »Führe mich nicht jetzt schon in Versuchung, lasterhaftes Weib.«

»Bist du verärgert?«

»Im Gegenteil. Ich freue mich für dich. Und da du ehrlich zu mir bist, will ich ehrlich zu dir sein.«

»Hast du auch etwas auf dem Herzen?«

»Ja.«

Fedora löste sich aus seiner Umarmung und schaute Bruno in die Augen. »Was willst du mir sagen?«

Bruno kaute auf seiner Unterlippe. »Die letzten Tage waren für mich außerordentlich fordernd, ich war mit tiefschürfenden Ängsten konfrontiert, ich stand vor einem Abgrund. Der Abgrund ist nach wie vor da, aber ich habe mich ein paar Meter nach hinten in Sicherheit bringen können. All die verwirrenden und beklemmenden Ereignisse haben mir klargemacht, dass ich mich in Zukunft für einen Menschen entscheiden muss.«

»Einen Menschen? Eine Frau, meinst du?«

»Ja, eine Frau. Früher konnte ich mich nicht festlegen. Du kannst dich erinnern, was ich dir damals bei dieser schicksalhaften Begegnung über meine Ehepläne mit Anneliese aus Graz erzählt habe.«

»Nie werde ich diese erschütternde Geschichte vergessen.«

»Ich war geradezu traumatisiert und konnte mich nicht für eine Frau entscheiden. Selbst wenn ich gewollt hätte, hätte ich es nicht gekonnt. Ich glaube, ich habe dieses alte Trauma überwunden. Das Leben ist zu kurz und vielfältig, um sich gegen Neuerung zu verwehren.«

Fedora kniff gespannt die Augen zusammen. »Ist das wahr? Du hast dich entschieden?«

»Die Entscheidung tritt immer klarer in mein Bewusstsein.«

»Wenn ich das richtig verstehe, hast du dich für Luise entschieden.«

»Mein Herz hat gewählt.«

»Jetzt bin ich eifersüchtig.«

»Wir spielen mit offenen Karten.«

»Hast du es Luise schon gesagt?«

»Nein, ich hatte noch keine Gelegenheit, mich ihr anzuvertrauen. Außerdem ist sie verheiratet. Es wäre lächerlich, ihr heute die Treue zu schwören, wenn im nächsten Monat ihr Mann aus Südamerika zurückkommt. Deswegen bin ich zuerst zu dir gekommen, um mit dir zu essen, zu trinken und um mit dir darüber zu sprechen.«

»Du willst meine Meinung hören?«

»Ja.«

Fedora machte eine kategorische Handbewegung »Sag ihr die Wahrheit. Sie liebt dich, das weiß ich, seit ich sie kennengelernt habe. Sie liebt dich mehr, als ich dich je geliebt habe.«

»Glaubst du?«

»Das glaube ich nicht, das weiß ich. Öffne dich ihr. Sag ihr, dass sie dich nicht mehr mit mir teilen muss. Das wird sie glücklich machen. Und dich auch.«

»Und wir zwei bleiben auf ewig Freunde?«

»Auf ewig.«

Sonntag,
17. November 1907

BRUNO HIELT SEINEN HUT FEST. Der Sturm hatte merklich nachgelassen, reichte aber immer noch aus, um Hüte vom Kopf in das Meer zu wehen. In wenigen Minuten würde die Eugenia ablegen. Der mittelgroße Dampfer der Schifffahrtsgesellschaft Austro-Americana würde die Nacht lang südwärts die Adria durchqueren, dann die Häfen Bari und Siracusa berühren, weiter durch das Mittelmeer in westlicher Richtung dampfen, die Straße von Gibraltar hinter sich lassen und für zwei Tage im Hafen von Cádiz liegen. Dort würden die Kohlebunker bis an die Decke gefüllt werden, ehe die Eugenia sich auf die lange Reise über den Atlantischen Ozean begeben würde. Endziel der Überfahrt war die Hafenstadt Maracaibo im fernen Venezuela.

Bruno erinnerte sich, vor einigen Jahren Berichte über die Venezuela-Krise und den zeitgleich stattfindenden Panamakonflikt gelesen zu haben, mehr wusste er von dieser exotischen Weltgegend nicht. Nun, ein derart ehrgeiziges und anspruchsvolles Bauwerk wie der im Entstehen begriffene Panamakanal zog die begehrlichen Blicke der Großmächte wie Honig die Fliegen an, und da konnte es zu Konflikten kommen. Gerade die Triestiner wussten, wie bedeutsam für die Schifffahrt ein Kanal sein konnte, hatten doch die heimischen Schifffahrtsgesellschaften durch den Suezkanal immensen wirtschaftlichen Auftrieb erhalten. Und die Bedeutung des Panamakanals würde für den weltweiten Seehandel wohl an die Bedeutung des Suezkanals heranreichen. Dennoch fühlte sich allein der Gedanke an Venezuela, Panama oder die Karibik für Bruno irgendwie irreal an. Das war eine andere Welt.

In welche Jekaterina aufzubrechen gedachte.

Standesgemäß war die Gräfin am Molo Giuseppino vorgefahren. Zwei Dienstmänner hatten ihr Gepäck von der Kutsche auf das Schiff getragen. Bruno und Jekaterina standen beieinander und verfolgten, wie sich die letzten Passagiere einschifften.

»Es irritiert mich, wie schnell jetzt alles geht. Am Freitagabend noch der Empfang bei Komtess Urbanau, und jetzt, Sonntagabend, begebe ich mich an Bord eines Dampfers. Baumberg kann mich offenbar nicht schnell genug loswerden.«

»Nur einmal pro Monat fährt ein Schiff von Triest nach Maracaibo. Du hättest lange auf die Überfahrt warten oder auf dem Weg mehrmals umsteigen müssen.«

»Ja, dessen bin ich mir bewusst, dennoch bin ich überrumpelt. Ich habe den ganzen Tag über meine Habseligkeiten packen müssen, um rechtzeitig reisebereit zu sein. Ich bin heute noch nicht zur Ruhe gekommen.«

»Während der zwei Wochen auf See wirst du Gelegenheit haben, die gesuchte Ruhe zu finden.«

»Einerseits bin ich voll der Freude und Neugier auf die Reise, andererseits erfüllt es mich mit Wehmut, Europa zu verlassen.«

»Das ist das Schicksal aller Auswanderer.«

»Was mich wohl in der Ferne erwartet?«

»Palmen, Sandstrände, das helle Licht der Karibik, Begegnungen mit exotischen Menschen.«

»In Venezuela ist eine Russin aus dem Norden exotisch.«

»Bitte vergiss nicht, dass du jetzt Ruthenin aus Lemberg bist. Du besitzt einen österreichisch-ungarischen Reisepass, du bist nicht länger Russin.«

»Ein neuer Name, ein neuer Pass, eine neue Identität. Ich bin verwirrt.«

Bruno wartete geduldig, bis Jekaterina aus ihrer Grübelei wieder zu ihm zurückkehrte.

»Nun denn, Signore, ich danke, dass du dir die Zeit genommen hast, mich zu verabschieden.«

»Das ist doch selbstverständlich.«

Jekaterina fasste Bruno ins Auge. Sie trat nahe an ihn heran und flüsterte. »Es zerreißt mir schier das Herz, jetzt, nachdem wir einander kennengelernt haben, dich zu verlassen.«

»Den Schmerz fühle ich auch.«

»Ich fürchte, es ist ein Abschied auf immer. Oder hast du vor, mir nach Südamerika nachzureisen?«

»Gerade unsere Begegnung hat mir klargemacht, dass Triest meine Heimat ist und bleiben wird.«

»Ich habe schon befürchtet, dass du etwas Derartiges sagen wirst.«

»Dessen ungeachtet ist es mir ein persönliches Anliegen gewesen, dich zu begleiten.«

»Mein Schicksal scheint es zu sein, immer wieder aufs Neue allein in die Welt geworfen zu werden.«

»Ich kenne keine weitere Person, die so mutig sich ihrem Schicksal stellt.«

Jekaterina lächelte. »Zuvor habe ich aus der Ferne Herrn Vanek gesehen. Er wird wohl hier irgendwo in der Menschenmenge genau beobachten, ob ich tatsächlich an Bord des Schiffes gehe.«

Ein distinguierter Herr mit Gehstock näherte sich. Jekaterina entdeckte ihn und winkte erfreut. Kenneth Hudson trat näher und zog höflich den Hut.

»Mister Hudson, ich bin hocherfreut, sie so knapp vor meiner Abreise noch zu treffen.«

»Euer Gnaden, ich hätte es mir niemals verziehen, die Gelegenheit zu versäumen, Euch eine gute Reise zu wünschen.«

»Vielen Dank für Ihre guten Wünsche.«

»Ich bin sehr erfreut, dass all die Komplikationen und Verstrickungen, wie mir zugetragen wurde, nun hinter Euch liegen. Meine Bewunderung gebührt natürlich auch dem tapferen Einschreiten der hiesigen Polizei«, sagte Hudson und nickte Bruno anerkennend zu.

»Die bei der Bewältigung der von mir verursachten Komplikationen und Verstrickungen tatsächlich äußerst hilfreich war.«

»Gräfin, erlaubt Ihr den Ausdruck meines Bedauerns, dass eine Dame von Eurer Schönheit, Weltgewandtheit und Weitsicht unseren Erdteil verlassen wird. Eure Abreise hinterlässt in Triest eine Lücke, die wohl niemals zu schließen sein wird.«

»Mister Hudson, mit Ihren galanten Worten steigern Sie meinen Abschiedsschmerz ins Unerträgliche.«

»Oh, leidend will ich Euch nicht machen.«

Das Schiffshorn dröhnte und die Matrosen schwärmten aus, um Gangway und Leinen einzuholen.

»Nun, meine Herren, ich danke Ihnen für die Aufwartung, aber ich muss mich nun an Bord begeben.«

»Ich wünsche Euch Lebewohl, Gräfin, und eine angenehme Überfahrt«, sagte Hudson und leistete den Handkuss.

»Sehr geehrter Signor Zabini, vielen Dank für all die Geduld und Zeit, die Sie mir gewidmet haben. Ich bin felsenfest davon überzeugt, dass ich die Dauer, die ich an der Adria verbracht habe, niemals aus dem Gedächtnis verlieren werde. Leben Sie wohl.«

Bruno zog seinen Hut, verneigte sich und küsste ebenfalls ihre Hand. »Hochgeschätzte Gräfin, leben Sie wohl.«

Jekaterina trat auf die Gangway, zog die Fahrkarte und reichte sie dem Schiffskommissär. Sie warf einen letzten Blick hinunter zum Molo, hinüber zu den Rive und hinauf zum Colle di San Guisto. Mit einem tiefen Atemzug nahm sie Abschied von Triest, der Adria und dem alten Erdteil. Ein neuer Kontinent wartete auf sie.

Dichter Schneefall setzte ein.

Montag,
18. November 1907

Es war knapp vor elf Uhr vormittags. Bruno stapfte im Borgo Teresiano durch den Schnee auf dem Trottoir. Die Bora hatte sich längst gelegt, aber dafür gesorgt, dass die Luft über dem Golf von Triest kalt war, sodass der Schnee, der nachts vom Himmel gefallen war, die Stadt wie ein weißes Leintuch bedeckte. Auf den Straßen verursachte das weiße Pulver beträchtliches Verkehrschaos. Immer wieder blieben Kutschen stecken, die Elektrische hatte auf allen Linien Verspätung und die Hausmeister schimpften, weil sie Schnee schaufeln mussten.

Bruno betrat das Haus und stieg in den vierten Stock hoch. Er betätigte die Türklingel.

Maria, die Haushälterin, öffnete die Tür. »Guten Morgen, Signor Zabini.«

»Guten Morgen, Maria. Ist die Baronin zugegen?«

»Ja, die Baronin ist hier. Ich melde gleich Ihr Kommen.«

»Vielen Dank.«

Bruno trat ein und wartete im Vorzimmer.

Luise erschien und umarmte Bruno. »Bruno, wie erfreulich, dass du mich besuchst. Bitte, komm nur herein.«

»Ich muss meine Schuhe ausziehen. Sie sind vom Schnee ganz nass.«

»Maria, bitte stellen Sie Signor Zabini Hausschuhe heraus.«

Wenig später hatte Bruno Mantel, Mütze und Schal abgelegt und die Hausschuhe angezogen. Er folgte Luise in den Salon. »Es tut mir leid, dass ich unangekündigt so hereinplatze. Störe ich dich bei einer Tätigkeit?«

»Du störst niemals. Ich habe einen Brief begonnen, den ich später abschließen werde. Hast du etwas Zeit oder bist du in dienstlicher Eile?«

»Alle dienstlichen Verpflichtungen habe ich an diesem Vormittag meinen Kollegen übergeben, also habe ich etwas Zeit.«

»Darf ich dich zu einer Kanne Kaffee einladen?«

»Kaffee wäre sehr gut.«

Luise lächelte erfreut und wandte sich an Maria, die bei der Tür stand. »Liebe Maria, bitte eine Kanne Kaffee für Signor Zabini und mich. Und ist noch etwas vom Gugelhupf übrig?«

»Ja, zwei Stücke sind noch da. Ich serviere sie zum Kaffee.«

»Vielen Dank. Bruno, bitte nimm Platz.«

Die beiden setzten sich an den großen Tisch im Salon. Bruno blickte um sich. »Ist dein Sohn gar nicht hier?«

»Er konnte angesichts der Schneelage nicht eine Sekunde ruhig sitzen, also sind Grete und er warm eingepackt losmarschiert. Ich erwarte ihre Rückkehr zu Mittag. Ein sechsjähriger Knabe kann dem Schnee nicht widerstehen. Und Grete war geradezu aus dem Häuschen, als sie zum Fenster hinausgesehen hat. Sie kommt ja aus den Tiroler Bergen, wo im Winter meterhoch Schnee liegt. Hier an der Adria ist er eher selten, daher musste sie unbedingt hinaus. Sie sind zum Giardino Pubblico gegangen.«

»Da werden wohl heute so manche Schneeballschlachten geschlagen und Schneemänner gebaut.«

Sie plauderten noch eine Weile über das Wetter, bis Maria das Tablett mit Kaffee und Kuchen brachte.

»Vielen Dank, Maria. Wenn wir noch etwas benötigen, klingle ich.«

»Sehr wohl, Baronessa«, sagte die Haushälterin und schloss die Tür.

Bruno nippte an der Tasse. Er fühlte Luises musternden Blick.

»Du wirkst nicht mehr so angespannt wie zuletzt«, sagte Luise.«

Bruno nickte zustimmend. »Ja, der verflixte Fall ist abgeschlossen. Liebe Luise, ich kann dir sagen, dieser Fall hat mir beträchtlich zugesetzt.«

»Sind alle Verbrecher hinter Schloss und Riegel?«

»In diesem Fall sitzen die wahren Verbrecher auf Thronen und Ministerstühlen, aber ja, die Totschläger sind gefasst.«

»Dein Fall hat also einen politischen Aspekt.«

»Wir konnten eine Staatsaffäre vermeiden. Ein Scheitern hätte unkalkulierbare Folgen gehabt. Wir sind mit einem blauen Auge davongekommen.«

»Und wie geht es Gräfin Olenina? Sie war doch in die, wie du sagst, Staatsaffäre verwickelt.«

»Die Gräfin Olenina ist außer Landes. Einflussreiche Kreise in der Stadt konnten die edle Dame gar nicht schnell genug loswerden. Wahrscheinlich läuft ihr Dampfer in dieser Stunde in Bari ein.«

»Reist sie mit dem Schiff über Odessa zurück nach Russland?«

»Nein, sie reist über Cádiz nach Südamerika.«

»Sieh an, Südamerika.«

»Der Fall ist also abgeschlossen.«

»Erfreulich.«

»Ich war übrigens zuvor bei Komtess Urbanau und habe mich persönlich dafür entschuldigt, dass ich ihren Empfang gestört habe. Sie hat meine Entschuldigung angenommen. Darüber bin ich sehr erleichtert.«

»Hast du auch Arthur von Brendelberg getroffen?«

»Ja. Die beiden waren mitten in einer Italienischlektion mit einem Hauslehrer.«

»Carolina und Arthur sind eifrig bemüht, ihre Sprachkenntnisse zu verbessern.«

Bruno griff zur Gabel und nahm ein Stückchen vom Gugelhupf, trank einen Schluck Kaffee und stellte die Tasse ab. »Luise, ich bin gekommen, um dir etwas mitzuteilen.«

»Nun, ein bisschen ahnte ich schon, dass du nicht nur zum Kaffeetrinken erschienen bist.«

»Lass mich ein wenig ausholen. Du hast ja bemerkt, dass ich in den letzten Tagen sehr angespannt war. Ich musste wirklich mit Händen und Füßen strampeln, um nicht unterzugehen. In Triest pfeifen die Spatzen von den Dächern, dass im STT wieder Kriegsschiffe gebaut werden. Diesmal aber keine kleinen und wendigen Torpedoboote, sondern gewaltige Schlachtschiffe, wahre Giganten der Meere. Es entstehen mit unseren Steuergeldern und mit der Arbeit einheimischer Werftarbeiter die entsetzlichsten Waffen dieser Welt. Ich kann das nicht verhindern, deshalb fühlte ich mich hilflos einem Taumel ausgesetzt, der mir tief an die Substanz ging. Und noch immer geht. Und auch in Zukunft gehen wird. Wie soll es anders sein? Die Schiffe liegen ja jetzt erst auf der Helling und werden dann jahrelang im Einsatz sein, und möglicherweise auch irgendwann mit ihren schweren Kanonen auf Menschen schießen. Und ich bin Zeuge dieses Wahnsinns, wir alle sind dessen Zeugen.«

Bruno machte eine Pause und schaute sinnierend zum Fenster.

»Ich kann es nicht anders sagen, aber ich habe Angst vor der Zukunft.«

»Ich kann diese Angst angesichts deiner Schilderungen nachfühlen.«

»In jedem Fall ist mir klar geworden, dass ich nicht mehr gedankenlos in den Tag hineinleben kann. Ich habe schon gewisse Entscheidungen getroffen und werde weitere treffen.«

»Welche Entscheidungen?«

»Entscheidungen privater Natur.«

»Erkläre dies bitte.«

Bruno blickte Luise direkt in die Augen. »Fedora und ich haben uns übereinstimmend darauf geeinigt, in Zukunft gute Freunde zu sein. Wir werden einander immer verbunden bleiben, aber ich kann und ich will nicht mehr das Bett mit ihr teilen.«

Luises Miene regte sich nicht. Sie blieb wie immer hellhörig, aufmerksam und ruhig.

»Ich weiß, dass ich mich niemals öffentlich zu dir bekennen kann, du bist eine verheiratete Frau und Mutter eines Sohnes, du bist adelig und ich bin bürgerlich, du bist reich und ich bin nur ein einfacher Polizist. Aber ab dieser Sekunde bis in alle Ewigkeit möchte ich keine andere Frau mehr lieben als dich, Luise.«

Schweigen lag im Raum. Bruno war sich nicht sicher, was seine Eröffnung bei ihr bewirkte. Sie schien in Gedanken weit fort zu sein. Hatte sie überhaupt gehört, was er ihr gesagt hatte?

Nach einer Weile erhob sich Luise, kam auf ihn zu und legte ihre Handfläche auf seine Wange. »Bruno, was sagst du da?«

Er stand auf und fasste sie an beiden Händen. »Ich sage, dass ich ohne dich nicht leben kann, und weil das nicht geht, weil wir nicht gemeinsam leben können, muss ich aus deinem Leben verschwinden. Ich muss mich von dir lossagen. Ich will und kann nicht mehr die geheime Liebschaft der Baronin sein, weil ich dich zu sehr liebe.«

»Ist das die Wahrheit, Bruno?«

»Natürlich! Ich spreche so, wie ich sprechen muss. So schwer es mir auch fällt.«

»Du würdest dich von mir lossagen, weil du mich liebst?«

»In meinem Inneren werde ich mich niemals von dir lossagen können, aber ich werde dich nie wieder bedrängen.«

»Ich habe deine Nähe niemals als Bedrängung empfunden.«

»Ich will nicht deinen guten Ruf gefährden. Ich will nicht eine Bürde sein, die es dir erschwert, mit deinem Sohn zu leben. Was geschieht, wenn der Herr Baron von unserer Verbindung erfährt? Was ist, wenn dein Ehemann Druck oder gar Gewalt auf dich ausübt? Dafür will ich nicht verantwortlich sein. Ich muss dich vor mir schützen.«

»Du verstehst das als Schutz?«

»Es zerreißt mir das Herz, aber, Luise, wie soll ich sagen, es ist …«

»Warte einen Augenblick. Es gibt auch etwas, was ich dir mitteilen muss.«

Bruno runzelte fragend die Stirn. »Wie bitte? Was musst du mir mitteilen?«

»Bitte warte einen Moment.«

Bruno tat, wie ihm geheißen, während Luise nebenan in die Bibliothek ging. Sie brachte ein aufgerissenes Couvert und reichte es ihm.

»Dieses Telegramm wurde heute früh von einem Boten überbracht. Lies bitte dessen Inhalt.«

Bruno zog das Papier aus dem Couvert und überflog die Drucklettern.

Luise las in seinem Gesicht. »Wie du siehst, ist das Telegramm aus Südamerika, genauer aus Santos. Der österreichisch-ungarische Konsul in Brasilien teilt voller Bestürzung mit, dass Helmbrecht Engelbert Freiherr von Callenhoff am letzten Freitag nach einem schweren Fieberschub an Malaria verstorben ist.«

Bruno starrte Luise mit offenem Mund an.

»Bruno, mein Geliebter, ich bin nicht mehr verheiratet, ich bin seit Freitag letzter Woche Witwe.«

Wie in Trance steckte Bruno das Papier in das Couvert zurück und legte dieses auf dem Tisch ab. Er nahm Haltung an. »Geehrte Baronin Callenhoff, im Moment dieses schweren Schicksalsschlages spreche ich Euch mein tief empfundenes Beileid aus.«

Luise streckte den Rücken und neigte den Kopf. »Vielen Dank für Ihre Anteilnahme, Signor Zabini.«

Dann fielen sie einander in die Arme.

ENDE

*Weitere Titel finden Sie auf den
folgenden Seiten und im Internet:*

WWW.GMEINER-VERLAG.DE

Günter Neuwirth
im Gmeiner-Verlag:

Polizistin Christina Kayserling ermittelt:

Totentrank
ISBN 978-3-8392-0651-5

Erdenkinder
ISBN 978-3-8392-0258-6

Neumondnacht
ISBN 978-3-8392-0498-6

Moorhammers Fest
ISBN 978-3-8392-0890-8

Inspektor Hoffmann ermittelt:

Die Frau im roten Mantel
ISBN 978-3-8392-2145-7

Zeidlers Gewissen
ISBN 978-3-8392-2278-2

In der Hitze Wiens
ISBN 978-3-8392-2407-6

Inspector Bruno Zabini ermittelt:

Dampfer ab Triest
ISBN 978-3-8392-2800-5

Caffè in Triest
ISBN 978-3-8392-0111-4

Sturm über Triest
ISBN 978-3-8392-0418-4

Südbahn nach Triest
ISBN 978-3-8392-0630-0

Wettlauf in Triest
ISBN 978-3-8392-0812-0

Reigen in Triest
ISBN 978-3-8392-0813-3

E-Book-Only:

Paulis Pub
ISBN 978-3-7349-9436-4

Fichtes Telefon
ISBN 978-3-7349-9438-8

Hoffmanns Erwachen
ISBN 978-3-7349-9444-9

GMEINER SPANNUNG

WWW.GMEINER-VERLAG.DE
Wir machen's spannend

Alessio Guerrini
Im Schatten der Palazzi
Kriminalroman
288 Seiten, 12,5 x 20,5 cm,
Broschur
ISBN 978-3-8392-8025-6

Eigentlich sucht Constantin Schiefer in der Toskana
nur ein Haus für seinen wohlverdienten Ruhestand.
Doch als plötzlich ein wertvolles Caravaggio-Ge-
mälde verschwindet und mysteriöse Drohungen
auftauchen, wird der pensionierte Kriminalist in
einen Fall verstrickt, der bis zu einem spektakulären
Kunstraub aus einem Florentiner Museum ins Jahr
1998 zurückreicht. Unterstützt von der eigenwilligen
Rechtsmedizinerin Elena Einaudi muss er sich einem
Netzwerk aus Mafia und korrupten Kunsthändlern
stellen – doch je näher er der Wahrheit kommt, desto
gefährlicher wird es für ihn.

GMEINER SPANNUNG

WWW.GMEINER-VERLAG.DE
Wir machen's spannend

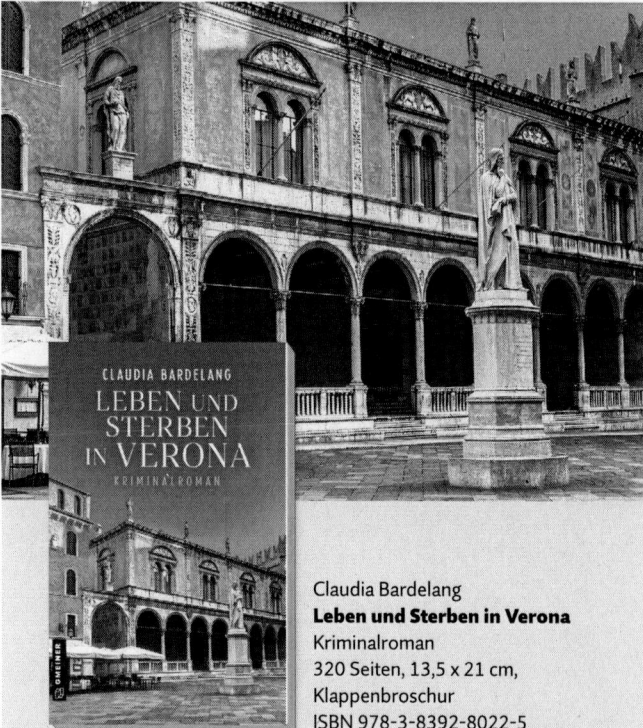

Claudia Bardelang
Leben und Sterben in Verona
Kriminalroman
320 Seiten, 13,5 x 21 cm,
Klappenbroschur
ISBN 978-3-8392-8022-5

Commissario Matteo Forlani, einst Veronas be-
gehrtester Junggeselle, nun frischgebackener Vater
und Ehemann, steckt in einer Krise: Seine Frau leidet
unter schweren Wochenbettdepressionen, das Baby
überfordert ihn und seine Mutter weiß alles besser.
Als ein guter Freund und Antiquitätenhändler und
dessen Mitarbeiter ermordet werden, stürzt sich Forlani in die Ermittlungen. Die Spur führt in die Welt
kostbarer Antiquitäten – und zu einer alten Waffe
mit tödlicher Vergangenheit. Forlani bemerkt zu
spät, dass der Mörder längst auch ihn im Visier hat.

GMEINER SPANNUNG

WWW.GMEINER-VERLAG.DE
Wir machen's spannend

Anna Merati
**Tod im Piemont – Weißer Trüffel,
schwarzer Tod**
Kriminalroman
272 Seiten, 13,5 x 21 cm,
Klappenbroschur
ISBN 978-3-8392-8024-9

Ob sie Annas Tod im Kaffeesatz gelesen hätte? Diese
Frage kann Café-Betreiberin Sofia Dalmasso nun
nicht mehr beantworten, denn die Marktfrau wird
ermordet aufgefunden, bevor Sofia ihr die Zukunft
vorhersagen kann. Commissario Alessandro Ranieri
übernimmt die Ermittlung. Doch auch wenn der Fall
bei Sofias Freund in besten Händen ist, schadet es sicher nicht, eigene Nachforschungen anzustellen. Und
so führen ihre Recherchen Sofia vom Lago Maggiore
nach Alba, wo weiße Trüffel und dunkle Geheimnisse vergraben liegen …

GMEINER SPANNUNG

WWW.GMEINER-VERLAG.DE
Wir machen's spannend